Mór Jókai

Szerelem bolondjai

Mór Jókai

Szerelem bolondjai

ISBN/EAN: 9783337364328

Printed in Europe, USA, Canada, Australia, Japan

Cover: Foto ©Andreas Hilbeck / pixelio.de

More available books at **www.hansebooks.com**

JÓKAI MÓR
ÖSSZES MŰVEI

NEMZETI KIADÁS

XLI. KÖTET

SZERELEM BOLONDJAI

BUDAPEST

RÉVAI TESTVÉREK KIADÁSA

1896

SZERELEM BOLONDJAI

REGÉNY

IRTA

JÓKAI MÓR

PFEIFER FERDINÁND TULAJDONA

BUDAPEST

RÉVAI TESTVÉREK KIADÁSA

1896

ELŐSZÓ.

Micsoda czím ez már? fogja kérdezni minden ember.

Minő blasphemia! kiált fel a sentimentalismus. Hisz a szerelemnek még a bolondsága is nagyobb bölcseség, mint a philosophok minden tudománya.

Minő pleonasmus! mondja rá a satyricus. Hát vannak a szerelemnek okosai is?

Minő antithesis! jegyzi meg felőle a koreszmék embere. Hisz a szerelem nem szerelem többé, mihelyt bolondság; s a bolondság sem bolondság, mihelyt szerelem.

Ebből valami furcsa lesz! szól hozzá a kiváncsiság: szerelmesek és bolondok! Rendkivüli történetek rakhelye lesz itt.

Én aztán, hogy amazokkal mind megbirkózzam, emezeket kielégítsem: elévethetném mindazt, a mit emlékezetem összehalmozva tart az emberi szív szerepléséről a világtörténelemben.

Beszélhetnék a szerelem túlcsapongásairól, a római Saturnaliák mysteriumairól, miket Hispala Sescennia urhölgy fedezett fel kedvese előtt, a kit sajnált ez ünnepélyek kegyetlen élveinek feláldozni, s mely felfedezésért Adrián császár egy városnegyedet leromboltatott. Akadnának e történetnek olvasói, s azok bizonyítanának a mellett, hogy a szerelem sok bolondot eszközöl.

Elmesélhetném a «megfordított évszakok» bohóságait, mely egylet a XVI. században azt a szabályt állította fel, hogy a kik egymást igazán szeretik, azok nyáron télhez, télen nyárhoz öltözve járjanak, a szomjat meleg vizzel oltsák, az éhséget sületlen szerekkel. – Azt tartom, hogy ezek elég nagy bolondok voltak.

Regélhetnék a mór «szeretők sziklájáról», hová egyszer üldözött szerelmes pár menekült fel az apai korbács elől, s a honnan tovább nem futhatva, mindketten leugrottak, meghaltak. És azután még sokáig «szeretők sziklájának» hítták azt a helyet, s a hol csak boldogtalan szerelmesek voltak a környékben, mind odasiettek magukat elölni. – Kérdés maradna, hogy kik voltak a nagyobb bolondok: azok-e, a kik a példával előrementek, vagy azok, a kik őket követték?

Segélyemre hívhatnám az ethnográphiát, s elkezdve a szerelem bizarr közönyétől, melylyel az eszkimo a vendégszeretet fogalmát még a hitvesi kegy osztalékaira is kiterjeszti, végig utaztathatnám a kegyes olvasót az ellenkező oldalig, a hol a féltékeny koriálok soha sem engedik feleségeiket megmosdani, hogy más férfi ne is gyaníthassa arczaikról, hogy szépek-e? Közbe esnének aztán olyan népek is, mint az alibamoniak, a hol még a nők is féltékenyek és boszuállók, s ha egy-egy asszonynak a férje hűtlenséget követ el, valamennyi asszony ellene támad, s a hűtlen férj collective elpáholtatik. – Melyik bolondabb a három közül?

Azután felidézhetném a világtörténelem nagy kisérteteit, s elmondanám rólok: ez a koronás rém itten Semiramis, háromezer év nem oltotta ki szeméből azt a bűvsugárt, a mivel hajdan a hőskor férfiait keblére szédíté; minden évben más férje volt, s azok mind csoda módon haltak meg. A szép királyné egy kerített sírkertet tartott holt férjei számára, a hol az egymás után következők számára remek síremlékek voltak emelve. A hogy a mai kor delnője tart egy-egy photograph-albumot, mely lassankint megtelik imádók

6

arczképeivel, úgy tartott e hatalmas nő egy sirkertet, s annak minden lapja egy-egy márványemlék volt, ráirva a holt férj neve és szerelmének nagysága. Azon fehér márvány-mausoleum, melynek küszöbéhez támaszkodva jelen meg előttünk a szép rém, maga még fehérebb, mint a márvány, csak szemei feketék és égők: Arraeus hamvainak sírboltja az; azon Arraeusé, ki Bythina királya volt, szép, fiatal és hős. Semiramis belészeretett s kezét ajánlá neki; de Arraeus visszautasította azt. Erre a királyné haddal támadt ellene, s Arraeus a szerelmes nő elleni harczban elesett. A királyné aztán a halva megkapott kedves tetemének emelteté azt a mausoleumot, s még holta után sem birta nem szeretni azt, ki inkább meghalt, mint hogy őt szeresse, s kit inkább megölt ő, mint hogy mást szeressen. Ez csinos tárgy volna, s sok régimódi pánczél és balista leirását lehetne benne közrebocsátani.

Érdekes volna «őrült Johanna» királyné története, ki férjét addig üldözé, míg vágytársnéja megölte a közös szerelem tárgyát, a királyt; s akkor Johanna ezüst koporsóba tetté a hullát és mindig magával hordozá azt, a hol járt-kelt, a hol megpihent, elaludt, a férj a koporsóban mindenütt mellette volt, a míg élt. – Sok romantikus vidéket be lehetne ezzel az esüst koporsóval járatni, annak a bebizonyitására, hogy bizony nagy bolondok a szerelmesek.

Szép mese volna e tárgyról Dzsehángir és Nurgehán története. Dzsehángir t. i. mór kalifa volt (meglehet azonban, hogy arab padisah volt; nem állítom bizonyosan), Nurgehán pedig a legszebbik felsége, kétségtenül hollóhaju, tojásdad arczu, korall-ajku, gyémántszemű, a hogy a keleti ideálokat szokás költőileg feltálalni; és obligáte heves vérű, rajongó kedélyű, ábrándos szellemű, a hogy ugyanazokat psychologice feltranchirozva illik az olvasó asztalára tenni. Tehát egyszer ennek a Dzsehángirnak az a raptusa támadt, hogy a szép Nurgehánnak egy édes ölelésére megengedte, hogy egy álló egész huszonnégy óráig uralkodjék az országán ő helyette, s a mit ez alatt parancsolni fog, az mind akképen teljesüljön. A szép Nurgehán aztán – természetesen – legelébb is a kincstárból felhordatta, a mi kész aranyat talált; – ezt idáig más is ilyen okosan intézné; – és akkor az aranyakat mind újra verette, az egyik felén volt az ő feje, Dzsehángiréval egyesítve, a másik felén ez a körirat: «Dzsehángir és Nurgehán szerelmének emlékére», – s aztán ezt a pénzt kiosztatta az ország szegényei között, hogy az ő szerelmét örökké emlegessék. – S minthogy a mahomedán pénzeken nem szokott lenni emberi ábrázat, s minthogy mahomedán férfi a feleségével együtt nem szokta magát a világ előtt mutogatni, tehát kétségtelen, hogy ez a bolondság igen nagy katastrófával végződött, mely majd vita tárgyául hagyná fenn annak elhatározását, hogy melyik volt a kettő közül a nagyobbik bolond? a regényíróra csak azon technikai nehézségek maradván fenn, hogy először hogyan tudná 24 óra alatt egy egész mór királyi kincstár pénzét újraveretni, mert polytechnikai regények óta a közönség szeme nagyon fel van nyitva az ilyen dolgokban; másik meg annak elintézése, hogy miféle kormánybiztosok lehettek abban az arabs országban, ha a szegények számára küldött aranyak csakugyan a publikum közé kerülhettek az ő kezeiken keresztül?

Beszélhetnék az angol herczegről, ki beleszeretett juhásznéjába, s mert az semmiképen nem akart végette herczegnővé lenni, ő lett miatta juhászszá s őrizte és fejte vele együtt a saját juhait. Melyik volt a nagyobb bolond?

Előidézhetném azt a János királyt, a kinek nem volt elég úgy szeretni, a hogy emberek szeretnek: ő a tündérek szerelmére akarta fokozni idegeit s e végett minden este spiritusos pokróczba varratta be magát. Egyszer a komornyikja a czérnát, melylyel már bevarrta, égő gyertyával akarta elszakítani s a spiritus lobbot vetett.

8

Minthogy pedig János király nem volt Salamander, tehát ott bolondul megégett. Ennek is lehetne hatása.

Vagy ezer efélét!

Tüneményes, rendkivüli történeteket, miket az ódon krónika elég emlékezeteseknek talált, hogy a világtörténet margójára feljegyezze.

De ezúttal nem válogatok közülök.

Közönséges, mindennapi történeteket írok le; olyanokat, a mik minden időben, minden égalj alatt megtörténhettek; itt körülöttünk, szemünk láttára végbement dolgokat, miket észre sem vesz az ember addig, míg el nem mondják előtte, s csak akkor emlékezik rá, hogy hiszen azt ő is tudja valahonnan.

Mindennapi történeteket, mikben a kik szerepelnek, derék, okos, nevezetes emberek, s talán egész életükön át titokban tudják tartani, hogy – ők voltak az első pályadíjnyertesek azok között, a kiknek a neve: «szerelem bolondjai.»

MAGYAR KLUBBOK.

Nálunk is van klubbélet, nem csak Angliában; a mit kérek nem zavartatni össze a politikai gyüldék üzelmeivel, a mik más légkörbe tartoznak; sem pedig azon jótékony és közhasznu egyletek életével, mik emberek és agarak nevelésére, ügyefogyottak gyámolítására, hazafiui dalok betanulására s egyéb magasztos közczélokra alakulnak s naponkint meleg elismerésünkkel találkoznak.

Társadalmi csoportokról akarok csupán beszélni, miket közös eszmék mellett közös együttérzés kényszerít egy közös asztal körül ülni; miknek tagjai keresik egymást, a nélkül, hogy jó barátok volnának, harczolnak egymással, a nélkül, hogy ellenségek lennének, s a vonzódás és küzdelem közös tárgya rájuk nézve a mindennapi élet alapja, a rajtuk kivül állókra nézve pedig tiszta hiábavalóság.

Egész niebelungi mondakör, a mit az úri néphagyomány megörökíte a legrégibb hazai klubb felől, melynek most már stereotyppé vált alakja, Józsa Gyuri mintázza azon rokonkeblek szövetségét, kiknek társulási eszméjük volt a zöld és fehér asztalok komolyságaiból mentül több tréfát csikarni ki, egymás rovására, néha a hatalom boszújára, és igen sokszor nagyon megfizetve a tréfának az árát.

A klubb tagjai régen elhaltak, s helyeiket nem pótolta senki. Az utolsó tag, tréfából megölette magát egy falusi kovács foghuzóval öt garasért, mert nem akart a borbélynak egy forintot fizetni, abban halt meg.

Azután volt egy klubbunk, melyet «timárlegények»-nek hittak; czélja volt a democratikus erények megkedveltetése a társaséletben. Tagjai közül, a ki 49-ben el nem hullott, az bizonyosan számos élményekről tud beszélni, miket az állambörtönök nyújtottak a következő években társaséletre kényszerített hazafiaknak.

Volt az írók között is egy klubb, mely a «tizek egyleté»-nek nevezte magát. Köztük voltam. Annyira szerettük egymást, hogy noha írók voltunk, soha semmiféle munkánkat egymásnak fel nem olvastuk. Most már csak hárman vagyunk tizek; de az a három is tizfelé elszórva, néha a sorstól egymás mellé, másszor egymáshoz csapva; de azért a klubbatyafiság még most is tart közöttünk.

Volt egy másik klubbunk, melyet a magyar humor Nestora alakított, s mely e büszke czímet választá magának: «szamarak társulata». Voltak fő- és alszamarak, rendes és tiszteletbeli szamarak; s minden pénteken össze kellett jönniök kedélyes szamárkodásra. Az alakító meghalt, s a klubb tagjai most már mind igen okos emberek, s diplomájukat nem veszik elő többé.

A harminczas évekből maradt fenn egy szövetség, mely a «tizenhárom» klubbjának nevezte el magát. Tizenhárman ültek egy asztalnál, s minthogy tizenhárom közül abban az évben egynek okvetlenül meg kell halni, tehát minden évben sorsot húztak, hogy a jövő évben ki legyen a halott közülök, és ki legyen a prédikátor? Az év forduló napján azután ismét összejöttek s a halottá delegáltnak végig kelle hallgatni saját halotti búcsúztatóját, érdemeinek hol helyes, hol viszszás előszámlálásával. Mind a tizenhárman meghallgatták szerencsésen saját temetési beszédeiket, s most már öreg emberek lehetnek.

Van ismét egy teljes virágzásban és pipafüstben levő klubbunk, melyet szkuptsinának nevezünk, a hol politikai pártszinezet nélkül régi jó emberek összetalálkoznak, czél lévén egymásnak mentül több gorombaságot mondani en famille, és vesztett fogadások után mentül több büntetéskávét elfogyasztani.

Most azonban egy kevésbbé ismert klubbot akarok bemutatni, melynek tagjai a high lifehez tartoznak, s annálfogva beléletük változatos mozzanatai nem is foglalkodtatják annyira a közbeszédet. Honnan tudom e klubb létezését? annak titkát ne feszegessük. Én magam tagja nem vagyok. Isten őrizz! A klubbnak az a neve, hogy: «a szerelem bolondjai».

Valóságos rendszabályokkal biró, életképes és kifejlődésre méltó klubb.

Tagjai csak azok lehetnek, kik be tudják bizonyítani, hogy szerelmi indokokból valami hallatlan és kevésbé szokott bolondságot tudtak elkövetni. Egy szigorú bizottmány itél titkos szavazás utján a fölött, hogy a belépni kivánó, előadott érdemei után, miket akár maga, akár mások sorolhatnak elő, érdemes-e e társulat tagjai közé fölvétetni; vagy pedig udvariasan elutasítandó, mint a ki meglehet, hogy külön szerelmes is, bolond is, de nem együtt; vagy nem oly mértékben, hogy még az okos emberek társaságába ne számüzethessék.

Vannak a klubbnak külföldi és tiszteletbeli tagjai is, a kik e minőségükről semmit sem tudnak, de a kiknek neveit és viselt dolgait a klubb emlékkönyve híven örökíti s emlékezetes tetteik különböző phasisai folytonos evidentiában tartatnak.

E klubb jutalmakat is tűz ki, mik öt évről öt évre a legérdemesebbnek a pályabiráló választmány által odaitéltetnek. Az öt év ily pályázatnál nem sokalható, miután tudva van, hogy egy jól kidolgozott szerelmi bolondsághoz huzamosb idő kivántatik.

Sőt az is megtörténik, hogy a ki öt éven át csaknem

bizonyosra dolgozott már, hogy legnagyobb bolondnak elismertesse magát, az utolsó nap tizenkettedik órájában egy véletlenül közbetoppanó új phoenomenon által a pályadíjtól elüttetik.

Egy ilyen esetet tárgyal épen mostani értekezésem.

A szerelem bolondjainak érdemes társulata a legutóbbi öt évben egy Thorwaldseni Venust tüzött ki pályadíjul. A mű csak utánzat volt ugyan, de azért művészi munka, s carrarai márványból. Lehetett volna eredeti művet is kapni párisi művészektől, kik e genreben sokat dolgoznak: hanem ezt ajánlotta a classicitás.

A klubb helyiségét, tagjainak mivoltát nem igen irom le; hiszen a klubb maga csak ráma, melybe regényemet tenni akarom. Elég azt tudni, hogy a ráma aranyos, hogy a faragványait képező alakok elegánsak; különben a rámának azután mentül kevesebb köze van a képhez.

Tehát a pályázatra kitüzött öt év már végére jár, a pályaművek a birálók kezei közt voltak, szépen idegen kézzel letisztázva; s a vélemények kezdtek csere alá jutni.

A pályabirálók: négy választott szerelem bolondja, a szerelembolond-elnökkel esténkint gyüléseket tartottak, melyen a concurrens művek közül a legpályaképesebbek versenyre lőnek bocsátva.

Mind valamennyit in pleno felolvasni nem lett volna czélravezető. Azok közül a közönséges niaiserieket, az unalmas boutadeokat, a kézzelfogható blaguirozásokat, a mindennapi hóbortokat, az illetlen bétiseket, a sentimentális fadesseket, a brutális dupiroztatásokat, az ügyetlen marotteokat, s a hogy még franczia műnyelven e különféle nemeit a szerelmi balgaságoknak nevezik – ad acta csomagolták, s csupán a legválogatottabb őrültségeket teríték fel a társulat asztalára, hogy azok közül itéltessék oda

13

a legérdemesebbnek a pályadíj.

Legyünk kiváncsiak a pályázat eredményére.

ELSŐ BOLOND.
A KINEK VETÉLYTÁRSA EGY KIRÁLY.

(Önéletirás.)

«Szerelmes voltam a megbolondulásig. Talán valamivel túl is rajta.

Szerelmem egy szép svéd leány; haja szőke, szemei kékek, termete a capitoliumi Venus bársonyból.

Bűbájos egy hölgy volt; különösen a szemeiben volt valami sugár, a mi megölt és megelevenített, a mi minden teremtést egy fokkal magasabb lénynyé emelt fel, mint a milyennek született.

Majd mindgyárt megmondom, hogy mire használta ezt a szemsugárt!

Legelőször és mindenekfelett arra, hogy engem holdkórossá tegyen, a ki mindenütt utána járok, a ki őt elkisérem Edinburgból Madridba, onnan Velenczébe, onnan fel Szent-Pétervárra, aztán megint végig valamennyi kisebb-nagyobb német residentián. Hogy mi dolga volt neki mind ezeken a helyeken? majd azt is mingyárt megmondom.

Az én eszményképem egy állatsereglet tulajdonosának leánya volt: maga is állatszelidítő. Az a bűbájos szemsugár arra a haszonra szolgált, hogy különféle fenevadakat emberi szelídségig lealázzon; vagy miután fentebb már azt mondtam, hogy minden teremtést egy fokkal mamagasabb lénynyé emelt fel, tehát következetes maradok s elsorolom, hogy az oroszlányai úgy sétáltak vele karon fogva s két lábra állva, orraikra csiptetett szemüveggel, mint az igazi

15

arszlánok; jeges medvéi úgy praesentiroztak a kezükbe adott puskával, mint az igazi «molodczi», s hyenái úgy enyelegtek parancsára a reszkető báránykákkal, mint – ne keressünk rá magasabb hasonlatot.

Hanem volt egy veszedelmes ismeretsége: egy gyönyörű nagy királytigris.

Ez volt az a király, a ki énnekem vetélytársam volt.

Hogy nem ok nélkül féltettem tőle ideálomat, azt mindenki könnyen elhiheti.

Mikor belépett hozzá kalitkájába, rövid lenge öltönyben, vállig meztelen karokkal, szorosan testhez símuló felső dolmánykában, mely elárulá nem csak azt, hogy termete mily tökéletes, hanem azt is, hogy pánczélinget nem visel alul, semmi egyéb fegyverrel, mint azzal, a mi szemeinek kábító tüzében van, s mikor beléptére a királyi fenevad egyszerre felemelte rettenetesen gyönyörű fejét, felnyitá borzasztó torkát vérengző fogaival, és neki ereszté földrengető ordítását, a mitől még saját izmai is reszketni látszottak, s fejedelmi haraggal tekinte le a vakmerőre, ki őt háborítni merészli – oly vörös villámokat szórtak szemei: akkor megfagyott a vér a néző ereiben; akkor a leány megállt a kalitka szögletében s kinyújtott kezével parancsolóan mutatott a fellázadó fejedelmi vadra és sugárzó szemeit mereven szögezé reá. Úgy állott előtte, mint egy sérthetlen bűvésznő, mint egy szobor, mely néz és meg nem mozdul.

És a fejedelmi vad lassankint alább-alább mélyíté hangját, mely utóbb lassú morajjá enyhült le; majd félrefordítá fejét, elismerve, hogy le van győzve; azután, mintha szégyenlené gyöngeségét, a nézők felé fordult, azokra ordíta egy kegyetlenet, rácsapva óriási tenyerével a vaspálczákra, mintha azt mondaná nekik: mit bámultok reánk, ez a mi kettőnk dolga! Azután egyet fordult, s fejét lesunyva, és hosszú piros nyelvével körülnyalogatva szakállas pofáját, odaoldalgott a bűbájos nőhöz, s fejét hozzádörzsölve, felnyújtott fejével kezét iparkodott megcsókolni – az arczátlan.

Hanem a hölgy akkor hátrakapta kezét, nagyot dobbantott parányi lábával és rákiáltott varázshangzású szóval: «helyedre!»

Mire a királytigris nyöszörögve, mint egy síró gladiator, a tulsó szögletbe vonult, ott lefeküdt, és fejét eldugta két tenyere közé; úgy reszketett, és remegése közben valami szemrehányást mormogott magában.

Akkor aztán a hölgy odalépett hozzá: nyájasan, szeliden szólítá; hizelegve czirógatta végig szép síma fejét; utoljára rádült egész termetével: egy második Ariadne-szobor; fülébe sugdosott, nyakát átölelte s fejét a tigris fejére hajtá.

A gyönyörű fenevad pedig e hizelgés alatt egészen megadta magát, nem morgott már, de forró lihegése hangzott a mély csendben, a mi a nézők közt támadt; végre naiv nyihogást hallatott, még tán énekelni is képes lett volna, s pislogó szemei most már oly zölden világítottak kéjesen le-lehunyt szemhéjai alól.

E pillanatban semmi sem tarthatá vissza a közönséget, hogy rendesen tapsokba ne törjön ki; abban a perczben aztán a hölgy is egy szökéssel kívül volt a számára nyitva tartott ajtón; mig a felriadt királyi vad szilaj dühvel ugrott utána, s óranegyedig elhangzott bőszült ordítása és a dobaj, a mit kalitja vasveretes oldalain elkövetett – midőn megtudta, hogy csak játszottak vele.

Hanem másnap megint hagyta magával azt a jelenetet ismételni. Néha jobb, néha rosszabb szeszélyben volt; voltak esetek, a mikor csak a bűvésznő folytonos dorgálása birta nagy nehezen hunyászul tartani; voltak alkalmak, a mikben tudomásul sem akarta venni jelenlétét, hanem egyre a rácsozat előtt kóválygott és dobogott, mintha a nézőkkel feleselne, s a duzzogót és közönyöst játszaná; sőt néhányszor azt is megtette, hogy az előadás órájában a bejáró ajtó elé feküdt, a mi annyit jelentett, hogy ma nem lesz semmi mutatvány. Olyankor Karolin nem jelent meg.

Karolinnak hítták szép hölgyemet.

Már most mindenki értheti, hogy volt okom őt félteni vetélytársamtól, a ki egy királytigris.

Ha csak mindennapi észjárással gondolkozunk is: könnyen megmagyarázható, hogy egy szép hölgyet, a kit imádunk, mindennap egy oktalan fenevad börtönébe lépve látni: nem emberi idegekkel elviselhető dolog. Egy bőszült pillanat, egy vadállati szeszély, s mit védi e bájos termet, ez arcz, e kebel az imádottat, hogy egyetlen ütésétől e tenyereknek, egyetlen harapásától ez iszonyú fogaknak össze ne roncsoltassék?

Gondolatnak is rettenetes, hogy egy imádott hölgynek az élete mindennap egy negyedóra hosszat egy láthatatlan pókfonálon függjön, a melyiknek ez egyik vége egy tigrisnek a nyakához van kötve.

De engem nem csak ez bántott; engem üldözött az a gondolat, hogy mit enyeleg az én kedvesem – egy idegennel.

Én a hizelgésekben, miket e vadállatra halmozott, meglopva láttam magamat; s mikor átölelte a királytigris nyakát, a gyűlölet és féltékenység pírja lepte be arczomat. Az a fenevad boldogabb, mint én!

És én e jelenetet mindennap végig néztem. Ott voltam az előadáson, ha hó esett, ha eső. Elkisértem a menazseriát egyik városból a másikba. A személyzet úgy ismert már,

18

mint saját kakadúit.

Sokszor váltottam szót Karolinnal – a vasrácson keresztül, mikor a tigrisnél volt. Nekem szabad volt hozzá beszélnem; hiába is nem lett volna szabad, mert mégis tettem volna.

Mikor már a tigris lefeküdt előtte s ő kegyesen rádült, olyankor néhány pillanatig lehetett vele szót váltani, az ő veszélyeztetése nélkül.

– Nem fél ön, hogy egyszer széttépi ez a fenevad?

Nevetett s azt felelte:

– Vannak nők, a kik még ennél veszedelmesebb fenevadakkal is tudnak játszani.

– Azt én magamon tapasztalom.

– Tehát elismeri, hogy veszedelmes?

– Önre nézve nem az.

– Ön nem tépne szét engem, ha a tigris helyében volna?

Hm! Becsületemre, ez olyan kérdés volt, a mire nem tudtam hirtelen mit felelni. Előéletemet tekintve, aligha igazoltnak nem kelle tartanom némi kétségeskedést.

Máskor ismét azt kérdeztem tőle egy próbaóra alkalmával, mikor kevesen voltak jelen: «Nem utálja ön ezt a mesterséget? Ezzel a termettel, ezzel a tekintettel, ezzel a hanggal ön a művészet királynéja lehetne, s itt eltemeti kegyed magát egy ronda kalitkába».

– Nem, uram; én ezt a mesterséget szeretem. Ez a legnagyobb művészet a világon. Az eleven halállal játszani! E mély nyöszörgés, a mit ez a vadállat hörög, az én tapsom. Aztán ez nekem gyönyört ád, a mihez fogható nincs a

19

világon. Belépni egy királyi ellenség odujába, szemtől-szembe, fegyvertelenül kihívni azt a tusára, hallani szívijesztő ordítását, látni vérszomjú tekintetét s azután egy tekintettel, egy mosolygással meghunyászítni őt; lefektetni a földre, lábaimhoz csúsztatni, hogy talpamat fejére tegyem; aztán rádülni pompás termetére, átölelni gyönyörű karcsú nyakát, hallgatni gyáva nyögését; ah ez valami gyönyör, a mit önnek nem lehet megérteni.

– Elhiszem! Ezt csak nők tudják megérteni.

– Ilyenkor minden idegem lángban van; minden csepp vérem, mint a villanyfolyam, fut ereimben. Nézze csak ön órája után, egy percz alatt hányszor ver üterem, mikor itt vagyok.

Azzal a legnaivabb készséggel, melyet az ős természet olt az asszonyokba, kidugta felém a vasrácson kezét, másik kezével öltönye szárnyát takarva a tigris fejére – «a barátom féltékeny, s könnyen megtehetné, hogy ő is kinyújtsa a vasrácson át egyik kezét».

Én megfogtam az elém nyújtott kéz csuklóját; oly szép fehér kéz volt az, oly hajlékony, mint egy hattyúnyak, s órámon számláltam az érütést. Valóban százhuszat vert az egy percz alatt.

– Lássa ön, szólt diadalmasan; ezt ön nem képes felfogni.

– De hát attól nem fél ön, hogy egyszer valamely vadállat széttépi?

– Ah dehogy! a hány itt van, mind olyan szelid, mint a bárány; a legtöbb kicsiny korától fogva ismer. A legnagyobb bolondok, úgy félnek egy kis vesszőtől, hogy moczczanni sem mernek. Egyedül Amuratnak van szíve.

Amurat volt ő csíkos szultánsága neve.

– A többivel csak játszom; de ezt itt – s e szónál picziny ajka elé tevé mutató-újját – meg ne hallja! ezt itt mindannyiszor meg kell hódítanom.

Amurat nyugtalan mozdulattal jelenté, hogy már unja a dolgot. Karolin egy gyönge legyintést adott neki az arczára s azzal eltávozott a másik kalitba, hyénákát ugráltatni abroncson keresztül. Azt már nem szerettem nézni.

A tigris szépen fekve maradt, s csöndesen nézett szemeim közé. Úgy látszott, mintha ismerne már, s topáz-ragyogású szemei élesen tekintének arczomba; néha órákig elnézegettük így egymást, s bizonyosan azon tanakodtunk, hogy kettőnk közül melyikünk külömb állat?

Sorsunk különben meglehetősen egyenlő volt; mindennap délelőtt, délután egy óranegyedig láttuk a szép tündérleányt, ki bennünket megbűvölt, kiről éjjel-nappal álmodoztunk, és a kit – nem mertünk megenni.

Amurat még csak tehette volna, ha merte volna; de nekem az igaz, hogy hozzáférnem sem lehetett. Az apja jobban őrizet alatt tartá, mint csörgőkigyóit.

Párszor bele akartam kötni az ismeretségbe, de a vén oroszlánszelidítő igen nyersen elutasított.

Azt mondta: «Uram! mi semmiképen sem termettünk egymásnak. Ön nagyobb úr, mint hogy családomnak tagja lehessen; én meg viszont nagyobb úr vagyok, mint hogy önnek játéktárgya lehessek. Állattárlatom sokat ér és sokat jövedelmez, leányom úri módon élhet utána; nem kényszeríti a szükség, hogy szégyent keressen magának. Ön városról-városra utánunk jár; ez nekünk nagy megtiszteltetés; azért ön bejárhat minden reggel a próbákra, minden este a mutatványokra, ott beszélgethet velünk, töltheti kedvét, hanem azon túl nem ismerjük egymást.»

Körülbelől ilyenforma válaszokat kaptam a leánytól is.

Az állatszínpadon beszélhettem vele egyedűl, ott nagyon jó gardedame-ja volt; hanem azon kívül lehetetlen volt vele másképen találkoznom, mint apja társaságában.

Föltettem magamban, hogy kiverem fejemből. A tájékára sem megyek többet az egész állatgyűjteménynek. Láttam én annál már szebbeket is. Szebb tigriseket és szebb leányokat.

Csakhogy ez nem volt igaz. Ezt én csak hazudtam magamnak. Dehogy tudtam a nélkül élni, hogy őt egy napon ne lássam. Ha feledni akartam, azt hittem, megbolondulok bele. Egyszer elhagytam őket utazni más városba. Talán ha egy ország választ el egymástól, akkor el leszünk szakítva. Ez sem volt igaz. Három napig küzdöttem legmakacsabb ellenfelemmel: tulajdon magammal; – ő győzött le. Mire a másik városban fel volt állítva az állatsereglet deszkabódéja, már akkor én is ott voltam megint.

No jó, tehát legyek ottan... okoskodám bolondabbik felem ellenében; de tekintsük úgy az egészet, mint egy mulattató látványt. Az ember megszokhatja a balletot, az operát, de azért nem szükséges senkibe szerelmesnek lenni. Ez a szép zoológiai gyűjtemény megérdemli a szaktudós tanulmányozását, igazán megérdemli: az állatok psychologiája, az acclimatatió és dressura méltók a contemplatióra; az egész leány azzal a tigrissel nem egyéb, mint physiologiai experimentum.

Jól van, jól! beszélhettem én azt magamnak; de a mint az óra ütött, a mint a kalit hátulsó ajtaja felnyilt s belépett rajta Karolin, egyszerre ki voltam mozdítva helyemből megint; az a hústömeg, mely az egy forint belépti díjt megfizette, ott állt a karzatnak dőlve az én ruhámban, hanem a lelkem benn volt a kalitban a leánynyal! ott reszketett miatta a

22

halálveszély előtt; ott borúlt lábaihoz varázsló tekintetétől, ott nyöszörgött kegyelemért a padlatot karmoló vadállattal együtt, ott ittasúlt meg piruló lihegésétől, s ott égett meg szemei görögtüzében. E vakmerő játék az eleven halállal, e tündéri varázslat mindennap elvevé eszemet. Azalatt folyvást a képzelem uralgott rajtam, mely egy percz alatt a rémület jégpolusától a kéj forró tropicusáig benyargalta velem az egész világot.

Egy napon azt sugtam Karolinnak:

– Én önt elveszem nőül!

Bámulva tekinte rám nagy szép szemeivel.

– Becsületemre mondom...

Arra megrázta mosolyogva szép fürtös fejét.

– Akar-e ön nőm lenni?

A leány arra mélyen elpirult; egészen odasimult a tigris fejéhez s azt sugá neki:

«Odaadsz, Amurát?»

A tigris nem felelt semmit, csak piros nyelvével nyalogatta szép fehér fogait.

A közönség, mely nem érté, a mit svéd nyelven beszéltünk, azt hitte: az is az előadáshoz tartozik s el volt ragadtatva. A leány eltávozásakor felém tekinte s láttam, hogy két könycsepp ragyog szemeiben.

Ez diadal! Ismerem én már a könycseppeket.

Ezúttal Amurat nem szökött utána, csendesen fekve maradt, s kigyózó farkával csapkodta a padlatot kétfelől.

Biz' ez egy nagy bolondság volt tőlem, házasságot igérni egy menazsériás leánynak; de ismerek embereket, a kik hasonló bolond igéreteket meg is tartottak.

Másnap Karolin atyját véletlen halál érte utól. A hímoroszlán, melynek mindennap torkába fektette nyakát, állkapczáinak egy téves összecsukásával megölte őt. Bizonyosan szórakozottság volt a szereplő hőstől, egy akarata elleni gixer. Ha jury volnék, fölmenteném. Nem volt szándékolt gyilkolási tény.

Hanem azért Karolina mégis csak árva lett, s most már nem volt, a ki előlem őrizze.

Most már elfogadhatta látogatásom mindennap. Igaz, hogy nőül kértem őt. Most már meghallgathatta őrült szerelmem szavait, s nem védhette magát ellenük. Atyja tragikus halála után két hétig nem látta őt a közönség, s távolléte igen természetesnek találtatott. Én mindennap azzal a szóval bucsúztam el tőle, hogy váljék meg végkép szörnyű művészetétől; hagyjon fel az egész állatsereglettel.

Ő mindannyiszor mélyen fürkésző szemekkel tekinte szemeimbe, mintha még valami egyebet is várna; mintha azt kérdené: «hát aztán?»

«Aztán?» Milyen sok leány várta hiába e kérdésre a feleletet; a mi pedig csak egy szó. Mi lesz belőlem aztán?

«Nőm!»

Hogy én e szóval oly fukar voltam!

Igaz, hogy egyszer mondtam azt neki, de az még atyja életében volt. Nem gondolhattam-e arra, hogy a védtelen ellenében nem szükség már e szót ismételnem? Igazán áruló voltam-e? én magam sem tudok rá felelni.

Február 25-ike volt, midőn ismét e szóval váltam el tőle:

«Hagyja el kegyed e rémes életpályát – az én kedvemért.»

A leány megszorítá kezemet, közel hajolt hozzám, mintha megakarna csókolni, hanem azon perczben, melyben át akartam karolni, ügyesen, mint a szilaj párducz, kisiklott kezemből s elfutott tőlem, mint szokott a tigris elől.

És én akkor sem mondtam neki, «hát aztán?»

Másnap reggel még ágyban hevertem, midőn a színlapot hozták. A hirdetmények közt nagy betükkel látom kitéve: «Karolin kisasszony ismét megkezdi mutatványait Amurattal.»

A meglepetés, a boszúság, a szégyen erőt vettek kedélyemen. Elfeledtem, hogy legelőbb is önmagamnak kellene szemrehányást tennem valami nagy mulasztásért.

Hirtelen siettem Karolin szállására.

A hotelben már a kapus tudósított, hogy Karolin máshová költözött s új szállása czímét nem hagyta hátra. Hanem egy levelem volt tőle, a mit a kapus átadott.

A levelet kocsimban olvastam el; ez állt benne:

«Uram! Amuratnak jobb szíve van, mint önnek. Én ő vele maradok. Ő nem öl meg engem.»

Végtelenül fel voltam ingerelve. Hát minek kétkedik bennem? Azt nem akartam elismerni, hogy volt oka a kétkedésre. Ritka emberben van annyi igazságszeretet, hogy saját magát arczúl verje.

Engem egy bolond vadállattal hasonlítani össze!

Elhitettem magammal, hogy ez az egész nem egyéb komédiás büszkeségnél. Ez a nép azt hiszi, hogy azon a deszka piedestálon, melyre magát élő bálványnak felállítja, legyen az színpad, vagy tigriskalitka: valami istennő; – míg férjénél semmi más, csak asszony.»

De hát mondtam-e én neki ezt két hét alatt, míg minden szavamat úgy leste, mint virág a harmatot?

De ez mind nem jutott eszembe.

Valamit éreztem e hölgy iránt, a mi keveréke a szerelemnek és boszúnak, a bámulatnak és megvetésnek, a gyönyörvágynak és a gyilkolásnak.

Hogy megfelelő szót találjak rá: éhes voltam erre a nőre.

Másnap már egy órával a mutatvány ideje előtt ott voltam az állatseregletben. A majmokkal játszottam, a míg elkezdődik. Minő tökéletes lehetne a világ, ha az alkotás műve megmaradt volna a majmoknál. Ha mindnyájunknak ilyen képe volna, mint ezeknek az okos állatoknak, akkor egygyel kevesebb baj volna a földön: a szerelemmel. Egy ilyen orangutang-pofa birtokosa csak nem lőné magát főbe egy ilyen orangutangissáért.

Csengettek, s ez majom-studiumaimat félbeszakítá. Az előadás kezdődött. Elébb valamelyik állatszelidítő-segéd gyakorolta barbarismusát az apróbb tehetségű barmokon; összeeresztett jegesmedvét, hyénát, s evett velük egy tálból nyers húst. Ez most engem a szokottnál is jobban untatott.

Végre hangzott a második csöngetés is, a tigris kalitjának hátulsó ajtaja felnyilt, s a bámész sokaságon a meglepetés moraja futott végig; – Karolin talpig feketébe öltözve lépett elő. Hiszen gyászolt. De az mégis olyan különös volt, komédiát játszani gyászruhában! Arcza is halványabb volt a szokottnál, s szemeiben hiányzott az a megverő igézet, a mi máskor bűvkört alakított körüle.

Meglehet, hogy a fekete ruhának volt hatása a tigrisre; ezek a vadállatok, nem tudom miért, úgy haragusznak a civilizált világ általános színére; az is meglehet, hogy hetek óta nem látva úrnéját, elszokott már igézésétől; annyit észre

26

lehetett rajta venni rögtön, hogy rosz kedve van s ma nem lesz engedelmeskedő szeszélyében.

A mint Karolin belépett hozzá, fejét a földre eresztve, azon dörgő ordítást hallatá, mely az állatoknál a támadást jelenti.

A közönség feszült figyelme ösztönszerű félelembe ment át; s midőn Karolin első közeledő lépésére a tigris hirtelen két lábra állt s fenyegetően tárta fel haláladó torkát, öldöklő fogaival, több hang rémülten kiálta Karolinnak, hagyja el a kalitkát.

Nem tette azt a leány. A helyett hátravetette sűrű hajfürteit s egy rögtöni szökéssel a tigrisnél termett, s úgy ütötte azt pofon picziny tenyerével, hogy csak úgy csattant.

«Helyedre, szolga!»

A szívdobogása megakadt, a ki ezt látta. A mint a feketeruhás leány, mint egy alvilági tündér, e csodaerejü állatot arczul merte ütni, s a mint a dühödt állatkirály ez ütéstől megalázódott, összehúzta magát, irgalmat, bocsánatot esdekelve a leány lábaihoz csúszott és reszketett.

Nem jobban, mint én magam.

Oh! ez az ütés engemet is ért. Engemet kegyetlenebb ütés ért.

A leány szemei megtaláltak engem a sokaság között, s valami mondhatlan gúny, kihívás, szemrehányás sugárzott azokból felém.

Úgy látszott, hogy Karolin ezúttal meg akarta mutatni bűvészete egész hatalmát. Kézcsókra nyújtá a tigrisnek keztyűs kezét, s azután levonva a fekete keztyűt kezéről, odaveté azt eléje s kényszeríté, hogy adja fel fogaival. Az állatkirály engedelmeskedett, mint egy kutya.

27

Akkor azután elkezdett neki szokottan hizelkedni, a tigris roppant első lábát fölvette kezébe, megsimogatta azt; azután leoldá a haját összetartó fehér szalagot, s azt a tigris nyaka körül kötötte: mint a hogy egy szelid báránykának szokták.

Nem nézhettem tovább.

A kalitkasor háta mögé kerültem. Ott állt őrt a tigris kalitja mögött Duvald barátom; régi ismerős szolga az állatseregletnél, az ajtónyitást lesve.

– Jó napot öreg! – köszöntém őt. – Mit csinálsz itt?

– Ügyelek, míg ő visszatér.

– Soká fog tartani még?

– Ma tovább, mint máskor.

– Nem lennél szives nekem átadni helyedet?

– Minek, uram?

– Meg akarom lepni úrnődet, mikor kilép. Én hadd nyissam ki előtte az ajtót. Hiszen ismersz.

Az öreg értően hunyorított szemével, sokszor látott az utóbbi időben úrnőjénél; azt hitte, egészen értjük egymást.

– Hanem aztán valami baj ne legyen belőle, uram. Nézze, itt ez a kis kerek nyílás az ajtón arra való, hogy ezen keresztül nézzük, mikor van vége a mutatványnak. Azt el ne téveszsze ön. Mikor látni fogja, hogy úrnőm hátrafelé szökik, akkor egyszerre sebesen tárja fel az ajtót, s aztán, a mint ő kiszökött, ne sokat foglalkozzék vele, hanem csapja be hirtelen az ajtót, s tolja eléje a reteszt, különben Amurat úrfi szintén kijön utána; no iszen az lenne aztán szép mulatság a publikumnak!

Kedvem lett volna azt a szép mulatságot megszerezni a publikumnak; azonban biztosítám az öreget, hogy eszem ágában sincsen ilyen rosz tréfa.

– De talán még sem teszek valami egészen okos dolgot, ha önt egyedül hagyom itten.

Egy pár markába nyomott louisdor felvilágosítá az öreget, hogy egészen okos dolog lesz az; azzal ott hagyott. Gondolta: elég okos emberre hagyta ezt a helyet.

A mint magamra maradtam, bepillantottam az őrnyiláson. Karolin abban a pillanatban dűlt rá karcsu termetével a meghódított állatkirályra s diadalmas tekintettel keresett valakit a néző sereg között.

Az a valaki itt van.

Én nem tudom, meg voltam-e őrülve akkor? rám is elragadt-e a varázs arról a másik oktalan állatról? – Mit akartam? – Meg akartam-e mutatni ennek a dæmonnak, hogy épen olyan bátor vagyok, mint ő? Meguntam-e saját életemet? vagy az övét akarom elvenni? Imádásom áldozatát akarom-e neki bemutatni, vagy meg akarom gyalázni a világ előtt? – Kinyitottam az ajtót s beléptem a tigris kalitjába.

A közönség ijedelmének hörgő moraja fogadta megjelenésemet. Karolin nem vette azt észre.

Én pedig csendesen odaléptem hozzá, s a mint a királytigrisre volt hajolva karcsu termetével: egy teljes forró csókot nyomtam arczára.

Erre egy sikoltás hangzott. Karolin ijedten szökött fel fektéből.

Most csak két pillanatra emlékezem még.

Az egyik pillanat az volt, midőn a tigris meglátva engem,

egy szökéssel fölém került és egy csapással lesujtott a földre; a másik pillanat az volt, midőn Karolin az újra nekem rohanó vadállat elé veté magát, két kezét maga elé tartva, s ezt kiáltá felém:

«Meneküljön ön, nekem végem!»

És aztán láttam, hogy a tigris éles körmei mint csaptak le fehér vállaira, láttam, mint szökik fel a vér drága kebeléből, és azzal elsötétült velem a világ: eszméletemet vesztém.

———

Mikor, nem tudom, hány nap múlva, öntudatomhoz kezdtem jönni, a kórházban találtam magamat, erősen bekötözve és tapaszokkal beragasztva. Egész csapat orvos állt körül, kik közül a legokosabbik erősen gratulált hozzá, hogy ilyen szépen megmenekültem. Ez nem minden emberrel történt volna meg ilyen símán.

– Hát Karolin? ez volt első kérdésem.

– Neki semmi baja! – felelének.

Csak akkor mondták meg, mikor egészen felgyógyultam, hogy őt szerteszét tépte a vadállat. Velem történt volna az, ha ő mentségemre nem siet.

———

A mint lábra állhattam, az volt a legelső, hogy törvény elé idéztek. Legelőször a közbiztonsági hatóságnak volt velem baja, a miért ily élet- és közbátorság-veszélyeztető merényletet követtem el; az fizettetett velem nem tudom, hány ezer frankot. Azután a polgári törvényszék tudatta velem: hogy Karolinnak egy anyai nagybátyja, mint a menazséria egyetlen örököse, nem tudom, hány ezer frankot akar rajtam megvenni, a miért az állatszelidítés klenodiumától megfosztottam az intézetet.

Ahhoz elmentem magam, hogy egyezzünk ki. Tízezer frankot kért széttépett unokahugáért. Ennyit bizton követelhet, mert most kénytelen egész állatseregletét eladni.

Mondtam, hogy adok neki huszezer frankot: adja el nekem a tigrist. Megegyeztünk.

Én aztán fogtam egy pisztolyt, s Amurat barátomat, mikor legnyugodtabban nézett rám topáz-ragyogásu szemeivel, úgy homlokon lőttem, hogy fel se jajdult.

És most vetélytársam bőre, ki szeretőmet elrabolta, ott van kiterítve hálószobámban, s valahányszor ágyamba lépek rajta át, eszembe jut róla kidobott husz és egynehány ezer frankom, s az a két szép varázs ragyogásu kék szem, a mit soha nem fogok elfelejteni.

* * *

«No ez bizony elég nagy bolond volt!» mondá a klubb elnöke. Lássuk, ki vitatja el tőle az elsőbbséget?

MÁSODIK BOLOND,
A KI EGY KIRÁLYNÉBA SZERELMES.

(Ez is önéletirás.)

Egyszer egy fénykép lepett meg valamelyik pesti műárus kirakatában. Egy fekete ruhás hölgy képe; valóságos madonna-arcz; fejét fekete fátyol borítá, s a fátyol szögleteit összefogva tartá finom fehér keze. De ha a vonásokban madonna volt is az arcz: kifejezéseiben inkább a saragossai leány volt, az orleánsi szűz; a szemekben a szenvedély, melynek nem földi tárgya van, s az ajkakon a jelleg, mely boldogságot nem árul el.

Bementem a műárushoz, hogy megvegyem ezt a fényképet. Volt neki belőle még tiz. Mind a tizet megvettem. Kértem, hogy ne tegyen ki többet belőle az utczai kirakatba.

– Kinek az arczképe ez?

Nem tudta megmondani. Utasított a fényképészhez, a kitől sok más egyébbel együtt bizományba kapta.

Futottam a fényképészhez: «Kinek az arczképe ez?»

Az sem tudta. A mintát Bécsből kapta egy ottani műárustól.

Felutaztam Bécsbe. Felkerestem a műárust: «Kinek az arczképe ez?»

A müárus elmosolyodott rajtam s azt kérdezte, hogy minek akarom ezt megtudni?

– Mert nekem e hölgyet látnom kell, ha valahol e földön

meglátható.

A műárus most még gúnyosabban mosolygott s azt felelte:

– Az nehezen fog menni, uram, először azért, mert ez a hölgy – egy királyné... Másodszor azért, mert ez a hölgy egy olyan királyné, a kinek nem csak hogy fiatal férje van, hanem a kinek azonfölül épen e perczben egy király udvarol, égő bombákat és granátokat hajigálva lábaihoz, s a ki e királyi ajándékokat visszahajigálja.

A műáruson volt ezután a sor az elbámulásra, midőn a helyett, hogy e fölfedezésre szépen behuzzam a fejemet gallérom közé, s elbujjak a kalapom alá és csendesen odább osonjak: minden ujabb szavaira azt láthatta, hogy arczom hevűl, szemeim égni kezdenek a belső hőségtől. S midőn megtudám, ki e hölgy, lelkesedve szorítám arczképét szivemhez: «Igen, igen! egy királynét, egy hősnőt képzeltem benne mindig, s most már esküszöm, hogy látni fogom őt, ha odáig el nem veszek.»

A műárus azt mondta, hogy nem bánja, akármit csinálok, csak az ötven krajczárt fizessem meg a fényképért, mert annyi az ára. Ettől fogva el kezdtem futni.

Futottam nem csak az utczán: a föld minden utazásképes alkalmatosságain, hanem a légben, a holdban, a képzelet világában. Elfutottam hajdani meggyőződéseimtől, bölcs rokonaimtól, vagyonom egy részétől, ép eszemtől; elfutottam saját féllábamtól, és rövid ifjuságomtól.

Hiszen négy év előtt nem voltam én sem ősz, sem sánta, sem reactionárius.

Legelőször is tehát elfutottam az olaszok iránti sympathiáimtól; – ha ők Garibaldit imádják, én Croccot imádom; bemegyek az ostromlott várba, ha vérben uszom is odaig keresztül, s harczolok e hölgyért, és elveszek érte. De neki meg kell azt tudnia, hogy ő érte estem el.

Igazán mondom, olyan hihetetlen ez a történet, hogy ha valaki nekem mesélné el, azt mondanám, hogy hiszékenységemet akarja kipróbálni; pedig rajtam annyira megtörtént az, hogy ha akarnám, se tagadhatnék el belőle semmit, mert fél fejem és fél lábam lépnének fel ellenem tanunak.

De hát kezdjük elől!

Itthon nem szóltam senkinek, hova megyek? Mindenünnen felszedtem a pénzt, a hol hiteleztek; azt mondtam: nagyszerű jószágvásárlásba fogok. Azzal szép csendesen elrobogtam Triesztbe, felültem a legelső olasz gőzösre, mely Anconába volt lapátolandó s azzal olyan szerencsésen jutottam el az olasz partokra, hogy a zivatar odacsapott bennünket egy sziklához, s én az övembe rejtett váltóimon kívül semmit sem mentettem meg a velem vitt tárgyakból.

No de legalább az a hasznom volt a hajótörésből, hogy nem kellett a passusomat vizáltatnom, s a míg Rómába értem, nem rabolhattak ki.

Mikor Rómába értem, már akkor javában szervezkedtek a legitimista szabad-csapatok, a mik az ostromlott Gaeta felszabadítására az Abruzzokba betörendők voltak.

Ott találtam néhány párisi ismerősömet, az ottani jeunesse doréeból, kiket szintén azon magasztos eszme vezetett ide, hogy egy megtámadott királyi hölgy segítségére siessenek. Mindnyájan beedzettük karjainkba a meztelen bőrre az ő nevének előbetüjét, a királyi koronával; az olaszok nagyon értenek ehez. Apró tűszurásokból alakult betüt bedörzsölnek valami piros festékkel, s az holtig ott marad.

Én elmondtam ismerős barátaim előtt szándékomat. Magam alakítok egy szabadcsapatot, s azt személyesen fogom vezetni. Igen helyeselték. Mingyárt eszközöltek ki számomra toborzási irodát, szereztek impressariót, megismertettek fegyverszállítókkal, emberkufárokkal, s én gyönyörrel számítgattam minden estén pénzem fogyatkozásáról, mily mértékben növekedett csapatom? – Derék napbarnította ficzkók voltak; regényes viseletekben: a hány, annyiféle alakú fövegben; ritkaság volt náluk a csizma. Izmaikat igen kevés öltöny takarta, és az is ritka összefüggésben állt saját magával. Nálunk parasztosan úgy mondanák, hogy nagyon rongyosak voltak a ficzkók. De ki néz ilyesmire az igaz ügy bajnokainál? Elővigyázatból mégis megnyirattam valamennyit.

Párisi bourbonista barátaim a saint-germaini negyedből, azt tanácsolák, hogy legalább kétszázra engedjem felnőni szabad csapatomat, s miután néhány hétig hadgyakorlatokat tartottam velök, akkor csatlakozzam a kitünő vezér, Rossolino Pilo zászlója alá. Ezt azonban nem fogadhattam meg, mert azt tapasztalám, hogy mikor én egy nap harminczat fogadok, másnap húsz hiányzik belőle, a mit hajlandó vagyok azon szórakozottságnak tulajdonítani, a minek valószinűleg a klima az oka Olaszországban; annálfogva elhatározám magamban, hogy mihelyt hatvannégy emberem lesz együtt, azokkal én rögtön megindulok a határ felé.

Ez a hatvannégyes szám nekem strategiai szám volt. A hadseregnek minden része folytonosan négyfelé elosztható. Ebből én saját hadműveleti tervet alkottam. A hadsereg minden ütközet után megkétszereződik, míg végre az ellenségé fölé kerül.

Vettem mindegyiknek egy pompás karabint, két pisztolyt, egy vágó szuronyt; a többi magától fog jönni. Hisz én magam is csak annyit ismertem a hadi tudományból, a mennyit a sakktábla és a Napoleon-patience után el lehet sajátítani. Elég is az!

Lőni, vívni a magam részéről még hazulról jól tudok; aztán mikor a csatába megy az ember, fölteszi az ellenségről, hogy az mindezekhez nem ért. Ez szüli az önbizalmat.

Csapatomnak még trombitása is volt, a ki igen jó fiú volt, csakhogy külön adag rhum kellett neki, mert mindgyárt kiszáradt a torka.

Rómából este későn értünk a legközelebbi határszéli faluig, a hol Rossolino Pilo főhadiszállását tartá. Siettem magamat és csapatomat rögtön bemutatni a generalissimusnak.

A fővezér úr alacsony, zömök termetü ferfiú volt, s a mit nagyon apprehendáltam tőle olasz létére, igen szőke. No de mindegy! Ki néz a színre? csak a szív legyen jó.

Előadtam neki szándékomat, hogy én kis csapatommal az igaz ügyért szándékozom utolsó csepp vérig hadakozni, azért nem kérek semmit oly epedve, mint hogy ereszszen engemet és vitézeimet legelől a megkezdendő harczba.

A generalissimus hangosan felkaczagott e kivánságomra.

– Ez a mossiö nagyon naiv! Jó is volna előre berohanni, s az orrunk elől a zsákmány javát elkaparintani!

Én csak elbámultam e szóra.

Aztán egész felháborodással feleltem a generalissimusnak:

– Uram! Én nem jöttem ide rabolni, hanem az igaz ügyért küzdeni.

A vezér vállat vont, rám vigyorította két sor szép fehér fogát: ráfoghatnám, hogy mosolygott, s azzal azt mondta, hogy jól van, akkor hát maradjak a depotnál, s őrizzem a podgyászt, – őrizzek!

A vezér pedig egyenesen kimondá, hogy másként egész vállalatomat nem autorizálja, ha csak nem kötelezem magamat, hogy a kész zsákmánynak egy negyed részét s a foglyok váltságdíjának tiz százalékát, minthogy ez nehezebben behajtható, neki fogom átszolgáltatni.

No ezt meg már épen nem értettem. «Hiszen uram: a hadi foglyokért csak nem veszünk tán váltságdíjat? Ki fizetné azt ki?»

– Nem épen hadi foglyokról van szó! – magyarázá azután a vezér, – hanem megesik, hogy egy-egy gazdag bérlő, egy előkelő úrfi, vagy úrnő, vagy más afféle, kerül hadműveleteink által hatáskörünkbe; azoknak rokonaik vannak, kik örömest megerőtetik magukat bizonyos összegek nélkülözésére, miket az igaz ügy bajnokai jobb czélokra tudnak felhasználni – csak hogy szeretteik személyét egy darabban kaphassák ismét vissza.

Ez a neme a hadviselésnek legkevésbé sem nyerte meg tetszésemet. Azt feleltem rá: «Addio signor!» s kvártélymesteremmel, Trivulzioval neki indultam csapatom számára szállást keresni, mert hogy Italia ege igen költői ég, olyankor, mikor eső nem esik; most azonban épen nagyon esett. Abban a faluban minden ház tömve, dugva volt már korábban jött halandókkal, s az én egész szállásmesterségem nem terjedhetett tovább, mint hogy kinn a gyepen kifeszítettem azt a ponyvát, a mit magammal hoztam sátornak.

– Capitano! – monda oldalba döfve könyökkel Trivulzio, mikor kinn voltunk a falu határán. – Én azt mondom, ne csináljunk mi itt sátort, hanem gyújtsunk őrtüzeket, s míg azokról azt fogja hinni minden ember, hogy mi itt pirítjuk a fogainkat: én az éj sötétében, az esőben, az ismeretes szakadékokon keresztül bevezetem önt az igéret földére, s aztán kezdjük a vállalatot a saját szakállunkra.

– De hogy tegyünk ilyen merész kezdeményezést a fővezér tudta és akarata nélkül? Mit szólna ehez Rossolino Pilo?

Trivulzio elnevette magát:

– Hiszen nem Rossolino Pilo az, hanem Crocco, a fülmetsző. Most eresztették ki a Bagnoból. Itt minden ember valami más nevezetes embernek a nevét viseli. Azt gondolja ön, hogy engem otthon Trivulsionok hínak? ön is jobban teszi, ha valami hires nevet elfog a maga számára Önnek olyan jó angol képe van, capitano; jól tenné, ha Wisemannak nevezné el magát; az a név ezen a tájon igen jó hangzással bir.

– Nekem nincs szükségem álnévre. Viseljenek álarczot azok, a kik félnek egykor tetteikért számot adni. Én csak olyan hőstettekre készülök, a mikkel dicsekedni szokás.

– Mi mindnyájan, a kik önnel vagyunk, capitano, – biztosíta az olasz. – Minket csak a szent ügy lelkesit. Óh madonna! Itt viselem keblemen a képét, s minden este, minden reggel megcsókolom. Hát ön nem visel-e madonna képet a mellén? Még egyszer sem láttam, hogy azt ajkához érintette volna. Pedig az áldást hoz, signore capitano: az megóv a golyóktól, az árulástól, a kémektől, és a rothasztó láztól.

Félbe kellett szakítanom a fecsegőt; olyan tárgyról beszélt, a mi már is elvette eszemet.

– Tehát te nem hiszed, hogy bennünket ezen csapatvezér parancsa kötelez?

– Egyiké sem signore capitano. Óh legyen ön arra készen, hogy találkozni fog ön még nagyobb nevű emberekkel is. Ne csodálkozzék rajta, ha egyszer magával Ferencz királylyal is össze fog találkozni: mert akadnak szemtelenek, a kik az ő nevét is felveszik; de én majd ráismerek az én emberemre. Sőt megeshetik az is, hogy egyszer valami kalandornő tévutra vezeti önt, magával a hős királyné nevével. Óh capitano: őrizkedjék ön a szép asszonyoktól.

Majd kiszalasztottam a számon azt a szót, hogy: óh arra meg már én fogok ráismerni! Hisz egész lelkem tele van az ő képével.

Én tehát egészen megnyugodtam abban a szerencsés véletlenben, hogy íme, a jó sors kezemre adott egy becsületes, lelkesült hadfit, ki helyettem is bír elég ravaszsággal a mindenféle jellegü sok hamis ember eszén túljárni, s rábiztam, hogy kalauzolja tehát csapatomat, a merre legsikeresebben czélhoz érni remél. Még azon éjjel neki vágtunk a hegyeknek.

Három nap és három éjjel vezetett bennünket Trivulzio, mesés járhatlanságu hegyszakadékokon, regényes bozótokon, hídtalan hegyi patakokon keresztül, mely idő alatt zöld borsónál és nyers káposztánál egyebet nem ettünk, s melynek végén egész csapatom velem együtt épen olyan rongyos volt, mint mielőtt új ruhába felöltöztettem valamennyit.

Ellenségre az igaz, hogy ez idő alatt nem találtunk: miután nem is volt valószínü, hogy az ellenségnek valami különös bolond kedve támadjon ugyanazon az úton velünk szemközt sétautat kezdeményezni.

Hanem azért a hadviselés legelső próbatételén mégis szerencsésen által estem.

Nehéz e legelső próbatettet úgy praecise körülirni, hogy azt megértsék, és még se értsék. Pedig a hadjáratok legnagyobb hősei mind tudnak arról eleget beszélni.

Van egy titkos borzalom mindenkiben, a ki még táborozásban nem volt, s először indul neki az ismeretlennek.

Ki ez az ismeretlen?

Talán a repkedő golyó? Az igaz, hogy ezzel is kell egy kis idő, míg megbarátkozunk. Az első füttyentés olyan rémületes, úgy zeng, zizeg, nincs az a kisértetes accord, mely azt ki tudná fejezni. És mikor az ember a legelsőt megkapja, mikor hallja pattanni a saját bőrét: még a fájdalmat nem érzi, csak a megdöbbenést. A golyó felszentelte! olyan, mintha az ember az egyik életből a másikba lépne át teljes öntudattal. Az egy nagy, egy ünnepélyes pillanat: hasonló az oltárelőtti esküvőhöz. De már a második golyónál nincsen az, s mikor az ütközet hevében egész darázsraja a golyóknak döngi a halálos disharmoniát, semmi hatása sincs ránk többé.

De a legelső próba, a mit a hadfi kiáll, nem a golyó, nem a seb, hanem egy bizonyos állapot, melyen keresztül kell mennie, és melyet ki nem kerülhet: ha pánczélinget viselne is, és ha sarkig a Lethe vizébe mártatott volna is, hogy bőrét ne fogja fegyver, – nincs számára menekülés. Benne van ez állapotban a legelső közös bivouac után, melyet hiveivel egy közös szalmán heverve eltöltött. A legelső csípés az az embernek a nyakán.

Egy megnevezhetetlen, egy leirhatatlan szörnyeteg, melynek nálunk, a magas társaságokban még a nevét sem ismeri senki. Egy borzadalmas megalázója az emberi nemnek, egy mikroscopikus fenevad, kinek puszta egyoldalu barátsága is, bár nem viszonoztatik, még is szégyenítő; és a ki ellen nem véd se vitézség, se vasjellem, se hadvezéri óvakodás: hogy egy bajtársi csókkal fel ne avassa a többiek egyenrangu kollégájává.

Ez az első próbája a hadjáratnak, a min a hadfinak keresztül szokás esni. Később aztán a helyzet attributumának veszi az ember, s egészen normalis viszonyba jön vele; s akkor harcz és bivouac-edzettnek nevezheti magát, s a dologban még bizonyos szabályszerü összeköttetést talál a tiszt és közlegénység között; de én soha sem békültem ki az átkozott helyzettel, s a hozott áldozatok legnagyobbikának nevezem azt most is, mint neveztem akkor, midőn a gyehennai szalmán heverve bajtársaim mellett, az imádott képet invocáltam: «Oh madonna! lebegj előttem, hogy ne érezzek semmi földi érzést!»

N'en parlons plus! – A kipróbáltatás nálam e nemben tökéletes volt.

Harmadnap estére értük utunkban a legelső falut.

Ott beszállásoltunk a pap házába. A népség mind elszaladt előlünk az erdőbe, a pap is; olyan nagy volt a rokonszenv irántunk. Hanem annyi kecske mégis maradt otthon, a mennyi csapatomnak vacsorára elég leendett.

Mig azt főzték, én kiterítettem a kőasztalra térképemet, s elkezdtem belőle tájékozni magamat, hogy hol járhattunk eddig, és hol vagyunk most?

Hát majd a gerendáig ugrottam dühömben.

– Corpo di diavolo! Te Trivulzio! cane maledetto! Hiszen három nap, három éjjel azért járattad velünk a bolondját, hogy ma este négy egész migliával távolabb vagyunk Gaetától, mint a honnan kiindultunk ezelőtt négy nappal.

Még nevetett rajtam.

– Hiszen, capitano, ezt nevezik diversiónak, a mi az ellenséget szintén megfelelő diversióra kényszerítendi.

– De én nem jöttem ide az ellenséggel menuettet járni. Én egyenesen rajta akarok törni. Én harczolni jöttem ide, nem a hegymászásban a térdemen lyukakat koptatni, s zöld borsót enni nyersen. Fogj hozzá, hogy czél felé vigy bennünket, vagy elcsaplak pokolba; megköszönheted, ha meg nem lőlek, mint a kutyát, aztán vezetem magam a csapatomat torony irányában, a hol országutat látok a mappán.

Ez elég világosan és érthetően vala mondva signor Trivulzionak, a ki azután nem is tett semmi ellenvetést, hanem engedelmesen megadta magát s igéretet tőn, hogy akár holnap mindgyárt belevisz az ellenség kellő közepébe.

Szavát tartotta.

Másnap hajnalban fényes napvilág mellett rukkoltunk ki a járt útra, s a hogy iránytűm tanusítá, ezuttal a tengerpart felé vett irányban.

Első napi hadjáratunk sikere meglepő volt.

A hány falun és majorházon keresztül vonultunk, mindenütt az olasz tricolor lobogott már; a népség teljes lázadásban a legitim dynastia ellen. E gonosz lázadást puszta megjelenésünk legyőzte mindenütt. A lobogókat rögtön felcseréltettem a Bourbon zászlókkal, a birákat és véneket felesküdtettem a dynastia iránti hűségre, s a fegyverfogható ifjuságból kiválogattam a javát, mely velünk harczolni igérkezett. Minden ponton «jöttem, láttam, győztem!» Fel nem tartóztathatta diadalutamat senki.

Másnap déltájon, a mint egy hegyi patak völgyén felfelé vonultam, mintegy százra felszaporodott csapatommal, egyszerre egy malom fogta el utunkat.

A malom úgy volt építve a hegyvágányon keresztül, hogy mind a patakot, mind az utat befedte; a patak a kerekei között, az út a kapui alatt vitt keresztül.

A malom kapui pedig be voltak zárva.

És a malom ablakából nagy kihívóan lengett alá egész a földig egy hosszú három színű zászló.

– Capitano! – mondá ekkor az én Trivulziom. – Mi itt most csunya zsákutczába jutottunk. Ez a Rampognoso-malom. Úgy számítottam rá, mint bizonyos szállásra a hol megpihenhetünk. Az öreg molnár legjobb hívünk volt, s most ime, ő is a forradalmi zászlóval fogad bennünket. Alkalmasint a fiatal asszony az oka, a kit a fia hozott a házhoz a Romagnából. Ezek az asszonyszemélyek mind exaltadók és italianissimák. Innen most vagy vissza kell fordulnunk, vagy ostromot kell a malom ellen intéznünk.

– Szamárság! – feleltem én Trivulzionak. – Egy malom! Ezzel elbánunk. A molnár kitüzte a tricolort, mert bizonyosan valami ujságban azt olvasta, hogy most ez a divat; egyszerűen megüzenjük neki, hogy vegye le azt a háromszínüt, aztán nyissa ki a kaput s akkor majd eszére tér. Eredj oda és szólítsd fel.

Trivulzionak több esze volt, mint hogy szót fogadjon; a helyett felkeresett a csapatban egy fiatal sihedert, azt küldte a malomhoz, azzal az üzenettel, hogy Fra Trivulzio tiszteli a Rampognoso gazdáját, nem engedné-e meg néki, hogy egy zsák tengerit bevigyen a malomba őrletni?

Mi a sziklautban meghuzódva vártuk a küldetés eredményét.

A malom tömör épülete mintegy ötszáz lépésnyire

lehetett előttünk. A discursust küldöttünk és a Rampognoso lakói között nem lehetett hallanunk a malomzuhatag robajától, hanem azt jól láthattam, a mint egyszer a malombástya egyik ablakán át egy fehér kéz és egy fehér kar kinyúlt, s parlamentairünket egy fazék forró vízzel nyakon öntötte.

Az ordítva jött vissza, a válasz fejében az égés hólyagait mutatva felgyürt karján és mezetlen vállain.

– Eh bien! – mondék, hadvezéri nyugalommal. – Ha a molnár nem nyitja ki kapuját, majd kinyitjuk magunk.

S azzal, hogy hadvezéri nyugalmamat bebizonyítsam, kivontam kardomat; jelt adtam a trombitásnak, hogy fujjon indulót, s magam merészen csapatom élére állva, neki indultam az ellenséges malomnak.

Midőn körülbelül ötven lépésnyire jutottunk a kapuhoz, a malom ablakából két lövést tettek ránk, azok közül egyik talált. Ugyanaz a fiatal ficzkó, kit az imént leforáztak, kapta meg azt is. A golyó a czombjába furódott s arra ő összeroskadt.

Az én csapatom e két lövésre úgy elfutott mellőlem, hogy nem maradt ott egyéb, mint a megbénított sebesült. Azt is nekem kellett hátamra vennem, hogy utánok vigyem. Meg sem álltak addig a kirugó sziklaig, a mely a malomból jöhető lövések ellen fedte valamennyit. A malomból, azonban nem lőttek ránk többet.

– No ti ugyan szép vitézek vagytok! – magasztalám őket. – Most már bánom nagyon, hogy Trivulzio szavát nem fogadtam meg mingyárt eleve, s vissza nem tértem a malomtól a szélesebb útra.

– Most pedig már nem térünk vissza többé! – mondá Trivulzio sötéten.

– Nem bizony, capitano! – bizonyozott, puskája agyával döngetve a földet, egy szemig szakáll banditaképü ficzkó. – Most már vér folyott, s a vér vért kiván.

– De hát mi lesz, ha itt maradunk?

– Bevárjuk az éjt, s akkor majd meglátja ön, hogy mi lesz?

Azzal a férfiak mindegyike odament a vérében fetrengő sebesülthöz s mutató-ujját belemártva annak kifolyt vérébe, egy-egy pontot csinált magán, a homlokán, a két vállán és a mellén, a hogy keresztet szoktunk magunkra vetni.

Nyolcz férfi pedig különvált közülök s az erdőben szótlanúl eltünt.

A többi ottmaradt velem késő éjig, néma duzzogásban töltve az időt.

Éjfél előtt egy órával a bérczi út magaslatán három tüzet láttunk fellobogni.

– Ezek ők! – súgá fülembe Trivulzio.

S azután néhány perczre mintha hosszufarkú égő meteorok szállnának onnan a magasból alá. Azok gyantás kanóczok voltak, miket eltávozott embereim a bérczfalról hajigáltak a malom felé.

Trivulzio megmagyarázta, hogyan?

Egy szívós fiatal fát lehajtanak egész a földig s czövekhez kötik; akkor sudarához hozzákötnek egy kéve czipruságat, a kéve közepébe kő van kötve, mely súlyt adjon neki; akkor azt meggyújtják. A mint a láng a czövek kötelékét elégeti, a lekötött csemete felszabadúl, s felcsapó sudarával messzire ellövi az égő czipruskévét! Ezek hullanak onnan a magasból alá az ostromlot malom felé.

A látvány gyönyörködtetett és izgalmat adott; sajátságos új neme az ostromnak. Vagy tán azért új, mert nagyon is régi. Még az etruriai hadviselésből való.

Az égő röpkék sürűen hullottak a malom felé s szerteszórták magok körül sziporkáikat, a hol leestek. Néhol már meggyuladt tőlük a bozót s éles fényt vetett a malom oldalfalaira.

Egyszer egy jól irányzott löveg épen a malom tetejét érte. Pillanat múlva lángban állt a tető.

Ekkor harczosaim, mintegy jelszóra, hirtelen kirohantak rejtekeikből s elkezdtek a malom ablakaira tüzelni.

Azokból nem lőttek ránk többé vissza. Az ostrom könnyű munka volt. A malomlakók el voltak foglalva az oltással, s mi sértetlenül hatoltunk ezuttal egész a kapuig.

Egy előre levágott nagy fatörzs, melyet tiz férfi emelt, szolgált kaputörő kosúl, s bedöntötte a deszkatorlaszt.

Embereim vad ordítással rohantak az udvarra.

A harcz mámora magamat is megrészegíte. Minő harcz volt ez, melyben résztvettem! Éjszaka, tűzfénynél, idegen hangok, idegen szenvedélyek ádáz ordítása közben. Magam is el voltam kábulva. Első voltam azok között, kik a bezúzott kapun átrohantak a malom udvarára. A malom folyosójáról újabb lövések fogadtak bennünket. A bennszorultak kétségbeesetten védték magukat. Hanem a védelem rövid ideig tartott. Egy pár elszánt ficzkó felmászott a folyosóra s onnan kezdett a védőkre tüzelni. Egyszer aztán a malom égő teteje bezuhant s a malomba szorított védőket odatemette. Kik voltak, hányan voltak? soha sem tudtam meg. A tűz és füst egyszerre elnémítá halálkiáltásukat. A malom belseje ekkor egyszerre rémesen kivilágosodott; a láng minden ablakon kicsapott. E rémvilágítás mellett egy fehér női alak kúszott fel a tűzfal meredek oldalain a malom belsejéből. Csak félkézzel segíthetett magán, mert másik kezével egy kis csecsemőt szorított kebléhez. Gyönyörű fiatal nő volt; szétszórt fekete haja ziláltan repkedett fehér vállai körül; a mint a tűzfal tetejére felért, ott meglapúlt s szilaj tekintettel nézett le felénk és az alant fellobogó tűztengerre.

– Ez asszonyon segíteni kell – kiálték Trivulzionak – minden áron!

– Jól van, segítek! – mondá és utána kúszott fel a tűzfalon, s mikor elérte az asszonyt, akkor megragadta karjánál fogva s letaszította az alant ropogó tűzbe.

De a nő nem esett le a tűzbe, hanem fennakadt egy kiálló vashorogban öltönyénél fogva.

És én ott láttam őt csüggni és kezével gyermekét takargatni, míg a lángok el nem érték, és le nem zuhant a zsarátnakba, és kellett hallanom vérfagyasztó kínordítását, mit egy csecsemő sírása kisért.

A mit a haldokló e perczben érzett: e borzalmat érzem én azóta folyvást, és érezni fogom holtig.

Másnap, midőn egy forrás kőmedenczéjében megmostam arczomat a tegnapi koromtól, elijedtem magamtól; hajam félfele és félszakállam teli volt ősz szálakkal. A tegnapi éj borzalma egyszerre megőszített.

Folyvást a kínlódó női alak rémarcza lebegett előttem.

Elővontam keblemből az arczképet, mely engem idáig hozott: ez adjon lelkemnek vigaszt, hisz ez a borzalom is az ő megmentésére történt. Hasztalan! Ama vergődő halálarcz szemeim és az arczkép közé tolakodott, s csak azt láttam ébren és aludva. Oh Madonna, vedd el rólam ez emlékezetet!

Ha én is olyan könnyen tudnék feledni, mint ezek a czimborák, kik a legelső madonnakép előtt azon véresen összetett kezekkel leimádkozzák bűneiket, s aztán minden jól van – oda bent.

Szemrehányást tettem Trivulzionak oktalan kegyetlenségéért.

– Óh capitano. Ebbe ne szóljon ön bele. Ezt mi jobban értjük. Nálunk az asszonynép csak olyan ellenség, mint a férfi. Ha ön a háta mögött az asszonyoknak kegyelmet oszt: azt fogja észrevenni, hogy egyszer csak két tűz közé szorúlt. Rémhírnek kell előttünk járni. Ha felőlünk az a hír terjed, hogy kegyelmes, irgalmas ficzkók vagyunk, mindenütt ránk fognak törni; de ha megtudják, hogy nem kimélünk senkit, észreveszik, hogy nem lehet velünk tréfálni.

Tizennégy nap alatt aztán felégettünk vagy húsz majorságot és mezei úri lakot; nem számítva a könnyü szerrel megsarczolt falvakat, mik fizettek, csak menjünk odább.

Az utolsó faluban, a hol tizennegyedik napon véletlenül megjelentünk, a templomajtóra két kiáltványt találtam egymás mellé kiragasztva. Mindkettőn saját nevemet pillantám meg nagy betükkel a szöveg között.

Az egyik kiáltvány a piemonti dandárnoké volt, melyben engem «briganti vezér» czímmel tisztel meg s elrendeli, hogy a hol meg foghatnak, ott felakaszszanak; a másik pedig Crocco kiáltványa volt, melyben engedetlenségem miatt proscribál, s mint a fővezér terveit összezavaró lázadót, a hol megkaphat, főbelövetni igér. Mind a két kiáltványt eltettem emlékeim közé.

E szerint akár előre megyek, akár hátra megyek, egy a fizetés.

Előre fogok menni.

Már ekkor annyira közel voltunk Gaétához, hogy az ostromzároló piemontiak tábortüzeit láthattuk a hegyekről, s a távolban kéklettek előttünk Gaéta ormai, a tengertől félig körítve.

Vakmerő csapatom már akkor néhány száz főre szaporodott. Hogy hányan voltunk, azt soha sem számlálhattam meg; mert egy rész mindig portyázni járt.

Az utolsó napon összehívtam őket s jól lelkükre beszéltem. A kinek bátorsága van velem jönni, jőjjön. Most itt állunk a végczélnál. Éjjel megkísértjük keresztül törni az ellenség ostromzárlatán s hírt viszünk az ostromlottaknak, hogy a felmentő sereg közeledik. Hogy czélt érhessünk, szükséges lesz a várőrséget tudósítani, hogy egyidejüleg történendő kirohanással nekünk kezöket nyújtsák. Ki vállalkozik a várba az ellenségen át beszökni?

Trivulzio azt mondá, hogy megteszi ő. Felöltözött abruzzi parasztnak, megrakott egy öszvért élelmi szerrel, s azt lehajtotta a piemonti tábor felé. A jeladás leendett egy fehér röppentyü, éjféltájon, a gaétai felénk néző várfokról.

Tehát itt vagyok már az ő közelében, csak egy rövid élethalálharcz van még közöttünk, hogy előtte letérdepelhessek és azt mondhassam: «Asszonyom, én elhagytam hazát, hitet, boldogságot, hogy éretted meghalhassak!»

Alig vártam azt az éjfélt, azt a jeladást.

A röppentyü csakugyan fölszállt a várfokról: tehát Trivulzio szerencsésen megérkezett.

Én erre egész nap rejtve tartott csapatomat gyors menettel indítám meg az ellenséges ostromzárlat felé. Őrült merészség volt az, de csaknem sikerült. A meglepett ellenség nem ismerte fel a sötétben számunkat, s szinte utat nyitott; rendetlen puskázás közben folyvást előre nyomultunk, csak öt percz kelle még, hogy a szemközt jövő nápolyi csapatnak kezünket nyujthassuk; – ekkor egy szerencsétlen golyó czombomat fúrja át; én összeroskadok, s az én harczosaim, a mint elesni látnak, egyszerre megoldják a kereket s otthagynak a földön, a piemontiak körme között. Én persze, semerre se futhattam.

Két percz múlva ott függtem egy fán. A procedurát nem irom le. Azt mondják, kellemetes érzés. Én nem találtam annak.

Mikor ismét felnyitottam szemeimet, egy vastag boltozatú szobában találtam magamat az ágyon fekve. A szobát két ölnyi vastag falon át világította egy sokszorosan elrácsolt kicsiny ablak. Mellettem hosszú sor ágyon szintén feküdt még sok ember, a kiket én nem ismertem. Hanem az ágyam fejénél guggoló alakban ráismertem Trivulziora.

– Hol vagyok? – kérdezém bágyadtan.

– Gaetában, signore!

E névre valami delejes sugár járta keresztül egyszerre minden eremet.

– Igen bizony! Mi jobban verekedtünk, mint az ön mihaszna ficzkói, s épen jókor érkeztünk, hogy önt leemeljük a fáról. Ön átkozott rosz helyzetben volt. De ne hányjavesse magát az ágyon, signore, mert kötelékei felszakadnak.

Csak akkor vettem észre, hogy egy lábam már nincs.

– Hová lett a ballábam?

– Ne busúljon, signore! az orvosnak megmondtam, hogy

51

ön gazdag nobili Ázsiából vagy Valachiából, vagy nem tudom honnan, a ki magával fogja emlékül vinni a lábát; a dottore eltette spiritusba.

Tehát még ez is kellett nekem.

De legalább czélnál voltam. Itt voltam az ő közelében. Meglehet, hogy ő most épen fejem fölött jár, s e tudat mily boldogító.

Egy félénk kérdést intéztem Trivulziohoz.

– Mit tudsz a királynéról?

– Oh signore, az egy hősnő. Már kétszer volt itt ön felől tudakozódni.

– És én aludtam!

– Pedig mélyen. Most egy órája hagyták abba a bombázást, bizony jó álma lehetett önnek, hogy fel nem ébredt rá. Azóta már hoztak új sebesülteket, s így bizonyos, hogy a királyné ismét le fog jönni. Ő felsége mindennap személyesen szokta megkérdezni a súlyosabb sebesültektől, hogy vannak? Mondhatom, hogy önnek az esete különösen érdekelte ő felségét; hozzám is nyájasan szólt, midőn megtudta, hogy önt ápolom.

Keblembe nyúltam. Az arczkép ott volt. Azt nem vették el tőlem, mikor felkötöttek. Előérzetem sugallta, hogy egyszerű csontszelenczébe foglaltassam azt, mely senki birvágyát nem ingerli.

Tehát vágyaim czélpontjánál voltam elvégre. Fél lábbal s félig megőszült fejjel, az igaz; de mégis czélnál voltam. Ideálom egy királyné, és a királyné gyöngéd fehér keze már kétszer érinté forró homlokomat. Nem sokára színről-színre fogom őt látni. – Nem gazdag kárpótlás-e ez küzdelmeimért?

Délután a tábori feltserek nagy tevékenységgel forgolódtak körülöttünk; minden betegnek a vánkosát a tisztábbik felével fordították kifelé, s a kik nagyon jajgattak, azoknak dupla portió opiumot adtak be, hogy sorsukkal meg legyenek elégedve. Az volt a szó, hogy a királyné meg fogja a sebesülteket látogatni.

Én semmi mákonyt sem kivántam. Seblázam daczára egészen öntudatomnál birtam magamat tartani, s Trivulziot megbiztam, hogy ha el találnék aludni, míg a királyné lejön, okvetlenül ébreszszen fel.

Az az elalvás pedig nagyon könnyen állott nálam. A sok vérvesztés és a chloroform utóhatása folytonos aluszékonyságra hangolta idegeimet, mik aztán a felébredéskor annál izgatottabbak voltak. Szüntelen álomban éltem, ébren úgy, mint alva, s mindig a fényes álomkép lebegett előttem, melynek mását keblemen viseltem.

Az álom és ébrenlét visiói között alig tudok most különböztetést tenni; de úgy hiszem, hogy az mégis megtörtént dolog, a midőn a kazamáta nehéz ajtaja felnyílt, s rajta, mint egy dicsfénytől elárasztott mennyei alak, lépett lépcsőnként alá egy királynői tünemény. Egy nő, angyalok arczával, cherubok termetével. E dicsfénytől körülsugárzott alak odalebegett ágyamhoz, s én ismét éreztem fájdalomcsillapító kezének érintését homlokomon; és aztán megragadtam e kezet forró kezeimmel, és égő ajkaimhoz vontam azt, és a túlvilág extasisát éreztem ez alatt.

Az apocalypsis fényalakja megpillantá a keblemen szétnyilt csontszelenczét, s egy vékony kis irónnal odajegyzé az arczkép alá saját nevét. Aztán eltünt előlem ismét; s én visszaroskadtam a túlvilági gyönyör, s az árnyékvilági fájdalom kábulatába.

Álmodtam-e azt, vagy ébren láttam? nem tudom. De

annyi bizonyos, hogy a keblemben viselt arczkép alatt ott van a királyné aláirása.

Egy hét múlva Gaéta kapitulált.

Én az olaszok kezébe jutottam.

Nem sok idő kellett hozzá, hogy felgyógyúljak. Akkor útnak eresztettek.

Szabad volt akárhová mennem, csak Rómába nem, a hol a királyné lakott.

Tehát hazajöttem.

És most itthon vagyok.

Megnyertem imádott ideálomnak – egy kézcsókját.

És kaptam érette egy falábat.

És valahányszor a tükörbe tekintek, és a fehér csimbókokat meglátom hajam, szakállam között, eszembe jutnak a malomba égett nő és csecsemő alakjai; és a felégetett majorházak, a miknek tulajdonosai nekem nem vétettek semmit.

És valahányszor nyakkendőmet felkötöm, egy vékony vörös vonal a nyakamon eszembe juttatja, hogy már én egyszer a másvilágon is voltam.

És mindezt azért, hogy egy királynénak, ki nekem eszményképem, egy kézcsókjára szert tehessek.

«No ez bizony még az elsőnél is nagyobb bolond volt!» szólt a pályabirálók egyike.

«Legalább elismerő oklevélre érdemes!» szólt a második.

«Menjünk sorba!» szólt a harmadik biráló; «most az én bolondom következik, a ki az előrebocsátott mindkettőnél nagyobb.»

«Halljuk érdemeit.»

«Az én bolondom egy nőbe szerelmes, ki nem az övé, s a kiért minden vagyonát elpazarolja.»

«Mindennapi történet.»

«De az a nő nem rég még saját neje volt; akkor gyülölte, ki nem állhatta, fűt-fát megmozgatott érte, hogy tőle elválhasson; s mikor végre elválasztották, mikor a nő ismét férjhez ment máshoz, akkor eszeveszetten belebolondult és kétségbeesett miatta.»

A klubb elnöke azon észrevételt tevé, hogy ez ugyan objective elég bolond constellátió; de mégis minden attól függ, hogy subjective miképen használtatik fel az illető egyéniségtől.

«Jól van! szólt az advocatus diaboli, – adjatok ötévi határidőt, s az én bolondom, ki még most gazdag, becsületes, hírneves, nagy hazafi, ez idő alatt el fogja pusztítani nagy vagyonát, becsületét, jó hirét, hazafiúi erényeit – egy asszony miatt, ki az övé volt, s kit akkor ő gyülölt; ki most a másé, s kit most szeret; és a ki őt soha sem fogja szeretni.»

«Megadatik az öt év.»

És most ez, idáig, a képnek a kerete volt, – az arabeszkeket láttuk. Most következik a kép, itt kezdődik a regény; a szerelem bolondjainak a regénye. Egyszerű, mindennapi történet, a minőt eleget szőtt keresztűl a sors életutainkon; egyik-másik szemlélő játszott és szerepelt benne – anélkül, hogy tudta volna.

EGY NAGY FÉRFIU GÁLÁBAN.

Utolsó közgyülése volt a vármegyének.

Nemcsak azon évben az utolsó, de sok időre, ki tudja mennyi időre? talán örökmindenkorra utolsó.

Egy novemberi közgyülés 1861-ben.

Emlékezetes szép napok!

Fél lábunk az alkotmányban, fél lábunk az ostromállapotban. Ma még urak, hívek, szónokok, a közlét életműszerei; holnap rabok, számüzöttek, csöndes emberek, eldobott rakonczák.

Szép ország ez a mienk! – Kár, hogy nincs még egy másik ilyen.

De siessünk az ülésbe! Ma nagyszerű izgalmat fogunk átélni. A tisztikar tömegesen lemond; a főispán, e dicső honfi, kimondá: hogy daczára a tiltó parancsnak, az ülést mégis meg fogja tartani, és e teremből csak szuronyok hatalmával engedi magát a bizottmánynyal együtt kiüzetni. Bevárja az erőszakot, mint az egykori római senatorok, kerekes székeiken ülve, magában a forumban.

S ha kimondá, megteszi; mert ez olyan ember. A szó: a férfi!

Ilyennek ismeri mindenki Hartert. Német név, de magyar kebel. Ő a mi emberünk. Múltja kezeskedik érte.

Ott volt mindenütt, a hol legjobb embereink voltak. Debreczenben a gyülésben, Kápolnánál a csatában, s az Új-épületben a vason. Háromszor kipróbált férfi. Most is ő a lelke, a vezetője a megyei szabadelvű tábornak.

Siessünk, hogy el ne mulaszszuk azon szónoklatot, melyet már nem fognak hozni a hírlapok, mert azok már megkapták a csendes figyelmeztetést, hogy az ezentúli gyülésekről, a miket eddig szét nem kergettek a katonák, csak épen annyit szabad referálni, hogy itt meg itt megtartották a szokott bizottmányi congregatiót, aztán hazamentek. – Tehát siessünk, hogy jó helyre jussunk.

Igen! könnyü azt mondani: de a tisztelt megyei közönség, mely a vidékről még tegnap besereglett, már hajnalban úgy teleülte minden, a közönség számára fentartott helyiségeit a gyülésteremnek, hogy oda bennünket semmi erőszak és cselfogás be nem segít; s így kénytelenek leszünk azzal beérni, ha némi protectió mellett az úri karzatnak valamelyik falhoz szorított zugában annyi helyet kaphatunk, a honnan némi choreographiai erőfeszítéssel, lábujjhegyen állva, az előttünk ülő szebbnél- szebb delnők főkötőire leláthatunk; sőt talán abban a szerencsében is részesülhetünk, hogy meghallhatjuk ama szép hölgyeknek udvarló jogvégzett ifjaktól, mi történik, mondatik és határoztatik most odalenn a teremben, a honnan álláspontunkig nem hatol fel más, mint a kebelrázó éljenek egyetemes riadala, és a tropikus hőség, mely egy hollandi gőzfürdőnek semmiben sem enged.

E roszúl választott helyzetben ugyan mind elvesztjük azon remeknél remekebb szónoklatokat, a miknek élvezéseért tulajdonképen idejöttünk, s a mi sajnos és visszapótolhatlan kár marad mind reánk, mind az utókorra nézve; – de cserében viszont megkapjuk mindazt a párbeszédet, a mit a nekünk közvetlenül hátat fordító fiatal úr folytat az előtte ülő hölgy székének karján keresztül hajolva, ugyanazon honleánynyal; mialatt a teremben az ország sorsát intéző határozatok ünnepélyes jelenete folyik.

A nő egy húsz és huszonöt év közötti szépség. Arcza kissé creolszínű, s mikor elmélázik, akkor hideg és halavány; de mikor mosolyog, mikor megelevenül, akkor hő pir ragyog át rajta; ajkainak mosolyában jószívű gyermetegség vall magára, míg szemeinek mély titkos örvénye csábítva vonzza mélyére a beleszédülőt. E szemek tele vannak titkokkal, miket a delejes sugár megértet azzal, a kinek szánva voltak; míg ugyanazon arcz, szem, ajak, tökéletesen be tudja magát az előtt zárni, a kit künn akar hagyni a hidegen, – s egy szemöld-mozdulása megfagyaszt. Ha virágot választana arczához e nő, rózsát, kaméliát nem ajánlanék neki, hanem jáczintot. Rózsa, kamélia mosolyog és fecseg; a jáczint lehajtja titkolózó ajkát s csak a kérdezőnek felel.

A hölgy termete tökéletes; karcsú, ideges, hajlékony; sűrű, fekete, természettől göndör haját aranycsipkés egri főkötő fedi, hosszan lebegő széles, piros szalaggal. Akkor ez volt a divat. Oh! mi hódítók, mi bájolók voltak vele a nők!

A vele beszelgető fiatal ember lehet valami húsz éves. Finom, élveteg arcz, alig serkedő szakállal és bajuszszal; vékony, ábrándos szemöldök, miknek szelid kifejezését meghazudtolni törekszik a merész szemjárás, s a gunyoros szájszegletek. Sugár, hirtelen nőtt termete magán viseli azt a bizonyos lanyhaságot, a mit látunk fiatal embereknél, a kik elfáradtak a szakállukra való várakozásban.

A fiatal nő és a gyermek-ifjú közt valami sajátságos bizalmasság tetszik fel az első pillanatra, melyet mindjárt meg fogunk érteni, mihelyt szavaikat kihallgatjuk.

Lenn a teremben valami kenetteljes hang beszél. Szép, csengő organum; de álláspontunkon nem lehet belőle érteni semmit.

A szép hölgy szeretne a szónokra figyelni, s váltig integet

tiltó legyező-mozdulatokkal a háta mögött fecsegő ifjúnak, hogy ne zavarja figyelmét; a mit ez annál kevésbbé fogad meg.

– De ne fecsegjen, kérem, mindig! Hagyjon figyelnem. Ugyis mindig ostobaságokat mond.

– Ki? Az odalenn?

A hölgy tréfás boszúsággal legyintett az eléje mutató kézre gyöngyház-legyezőjével.

– Hiszen ha olvasni akarod, ellopom a papától az egész beszédet, úgy, a hogy meg van irva; még azt is megkaphatod benne, miket idejekorán kitörült.

(Tegezi a nőt! Az pedig őt nem.)

– Menjen, hagyjon békét! A legszebb mondatokat elszalasztom.

– Tapsolj neki s a kedvedért elmondja még egyszer – da capo.

A nő erre már csak mosolygott.

S az ifjú csemete szemei észrevették a mosolyt.

– Nem veszed észre, hogy a papa szemei minden hatalmas phrasisnál diadalmasan tekintenek ide? Bizonyosan nem az én arczomon akarja olvasni a hatást. A papa ilyenkor igazán szép ember, mikor szónokol. Hogy neki hevül; mint kiegyenesedik; csupa erő és tűz. Ez a megyeházi terem veszedelmes concurrentia nekünk fiataloknak, itt mindig megvernek bennünket az öregek.

– Hát miért nem megy maga is le szónokolni? hisz bizottmányi tag s tiszteletbeli aljegyző?

– Hja, ahhoz én nem értek. A minap megpróbáltam egy

toasztot kiadni magamból; de úgy belekeveredtem, hogy magam sem tudom, kit köszöntöttem fel. Nem áll ez nekünk jól. Mikor egy-egy eminens pajtásom nekidurálja magát, hogy egy maidenspeech lélekvesztőjével a zöld asztalon keresztül vitorlázzon, mikor a homlokán gyöngyözik az izzadság, mind a tíz újja reszket, a szemei kidüllednek, a homloka felhúzott ránczaival préseli a gondolatot: olyankor mindig engemet is vele együtt lel a hideg, meg a meleg; én reszketek érte, hogy jaj, mindjárt felborul s odafullad a tengerbe, s mikor aztán szerencsésen kiköt valahogy a szárazra, úgy örülök neki, mint valami szerencsés kimenetelű szerencsétlenségnek.

– Igen, mert maga gyáva.

– Igaz! Hanem ha én szeretője volnék a maidenspeech-tartónak, rögtön kiszeretnék belőle; hisz ez elájulni való látvány! De mikor egy deli öreg úr feláll, s aztán elébb szétnéz nagy nyugodt tekintettel az egész sokaságon: mintha azt keresné, hogy kinek mit adjon abból, a mit most mondani fog? azután szórja a hatalmas phrasisokat, csak úgy zúg tőle a terem, a közbekiáltásokra rögtön visszafelel, s egy-egy hatalmas mondás után még feltekint a karzatra is, s végig szedi a tetszés adóját a rá mosolygó szép szemekből; aztán neki ereszti magát az indulatáradatnak, s ott áll meg benne, a hol neki tetszik, – végezi a közriadal mellett. Egy ilyen öreg úr veszedelmes versenytárs. Nem veszitek ti akkor észre, hogy kopasz, hogy szakálla szürke, de még talán azt sem, hogy parókát hord és a szakállát festi.

– Ugyan kérem, ne legyen oly gonosz! feddé őt haragosan az ifjú hölgy, Hát nincs magában egy csepp fiúi kegyelet sem?

– Hát mondtam én, hogy a papa festi a szakállát? Nem mondtam én egy szóval sem. Hisz te legjobban tudod, hogy nem festi. Csak hogy ma igen jó színben van. Aztán ez a nimbus, a mi őt most körűlveszi! Azt hiszem, hogy ebben az órában nincs nagyobb ember a hazában, mint a papa. Látod kis mama, milyen kár volt bennünket odahagynod; mert ha még mindig kis mama volnál, főispánné volnál és nagyemberné.

– Maga tökéletes nagy bolond!

(Tehát «kis mama!»)

– A főispánnéság ugyan holnap már visszakéretnék, mert a papa resignál; de a «nagy ember» czím megmarad.

– De ugyan hogy tud maga ilyen ünnepélyes, komoly dologról ily frivol hangon beszélni?

– Hát tudom én, mi ebben az ünnepélyes dolog? Minden ember itt hagyja a hivatalát. A papa indítványozza, a többiek követik. Hogy a papa mi nagylelkűséget követ el? azt én nem értem. Ő úr marad, mint eddig, s jobban mulat, mint itt; hogy pedig a többi szegény legény minek köszön le, minek hagyja oda a kenyerét, életpályáját, azt meg épenséggel nem értem.

De már ezt egyike a legközelebbi önkénytelen hallgatóknak (lehet, hogy épen te, szives olvasó) csakugyan nem hagyhatja szó nélkül, hogy fel ne világosítsa a fiatal embert.

– Hát csak azért teszik, ifjú barátom, mert drágább nekik országuk alkotmánya, mint a kenyerük, s a miért tizenkét év előtt annyi vér folyt, a miért tizenkét év óta annyi sóhaj kelt: a nemzeti becsületet nem akarják kenyérre kenve megenni.

A nyúlánk ifjú halavány arcza ettől sem lett pirosabb. Vállat vonva felel:

– Hát tudom én, mi az az alkotmány? mi az a nemzeti becsület? Akkor én még gyerek voltam, s azóta nem

62

tanítottak engemet arra.

Szerencsére a további fecsegést félbeszakítja a teremből felhangzó éljenriadás. A vezérszónok végezte beszédét.

A megújuló éljenriadal elcsendültével halkabb jelenet következett. A megyebizottmány nevében az alispán olvasá fel az ünnepélyes óvástételt, melyben a megyei közönség tiltakozik az erőszak és alkotmányszegés ellen. Ez alatt oly csend volt még a karzatokon is, hogy a halk hangon ejtett minden szót meg lehete hallani. Olyan volt e szavak mindegyike, mint a koporsóra dobott hant, melylyel a temetkező halottját átadja az engesztelhetlen sírnak, de tiltakozik az elmulás ellen s apellál a feltámadásra.

Ez okirat felolvasását könnyebbült keblek zsibongása váltá fel. Mindenki attól félt, hogy miként másutt, úgy itt is fegyveres erőszak fogja meggátolni az ünnepélyes óvástételt. Szerencsésen végbement az, a nélkül, hogy katonaság érkezett volna. Ebben a városban épen nem volt laktanya.

Azután következett, hogy a főjegyző felolvassa a tisztikar tömeges lemondását. Mind, az elsőtől az utolsóig leteszik hivatalaikat; sem egy öreget a megszokás, sem egy fiatalt a vágy meg nem tartott helyén: valamennyien aláirták az okmányt. Ha nincs alkotmány, nincs tisztviselő.

A karzaton a nők törülték szemeiket.

Mégis szomorú dolog az a lemondás.

Eldobni egyszerre rangot, hatáskört, kenyeret.

A férfi megteszi azt, de a nő szeméből mégis utána hull a köny, mikor rámondja: «jól teszed!»

És e napokban kilenczezer ilyen férfit fogadnak otthon ily könyező arczok.

Egy ütközet volt az, melyből senki sem futott el; melyben hadvezér volt minden közkatona.

A sápadt ifjú a karzaton annyit mondott erre sopánkodó szomszédnőjének:

– Én csak Világosit sajnálom, a pertárnokot.

– Hát az is leköszön?

– Le ám! Pedig húsz esztendő óta szolgál. Nem ért senki a peres csomagokhoz annyira, mint ő; respectálta minden kormány.

– Mégis leköszön?

– Becsület dolga, azt mondják; – hazafiság dolga. Nem lehet neki maradnia. Mennie kell a többivel együtt. Bánom is én! Ezt is csak azért sajnálom, mert már most elmennek falura, valami jószágot bérelnek; pedig én most kezdtem a táncziskolában megismerkedni a kis Ilonkával. Gyönyörű szép gyermek. Képzelem, milyen falusi guvart lesz belőle kinn a mezőn.

– Ismerem, csinos kis leány. Tizennégy éves lehet.

– Mindegy. Már én mégis szerelmes vagyok bele, s nem bánnám, ha ezt az egész tragoediát itt visszautasította volna a pesti drámabíráló bizottmány.

«Szszszszszszszszszsz!»

Hangzik minden oldalról. Ki fecseg ily ünnepélyes pillanatban ott a karzaton?

– De már megyek innen, mert még kidobnak! súg búcsúzólag az úrfi a delnőnek. Adieu, kis mama! A processiónál találkozunk.

– Miféle processiónál?

– Hát hiszen hallgass oda. Épen most teszi Bélteky Feri az indítványt, hogy az ünnepélyes gyűlést fejezzük be egy magasztos ténynyel; menjünk en masse ki a temetőbe, szózatot énekelve, s ott az eltemetett honvédek sírjára tűzzük ki azt a zászlót, mely eddig megyeházunk erkélyén lobogott. Nézd, hogy ágaskodik és szorítja ki magából a hangot. Adieu! Sietek, mert nekem kell vinni a zászlót! ez az exfőispán fiát illeti. Apropos! Tisztelem a kedves férjedet. De ne szólj neki róla.

– Szeles bohó! mosolygott utána a delnő; s aztán mással mulatta magát.

A teremben egyhangulag elfogadtatott a fiatal szónok indítványa, s a karzaton a hölgyek rögtön, mintegy összebeszélve, leszedték kebleikről, hajfürteikről a virágcsokrokat s egy koszorút fontak belőlük azon zászló számára, mely díszes helyét még díszesebbel felváltani indúlt.

Egy óranegyed múlva az utczán volt az egész gyülekezet, s megindúlt a menet a temető felé, a szózat szent zsolozsmáját énekelve.

Elől az öregek. A vén, kipróbált hazafiak; aztán a fiatal nemzedék, azután a hölgyek, kisasszonyok. Középen a zászlóvivő. A zászlót azonban elfoglalta a főispánfi elől az indítványt tevő lelkes ifjú, s a hölgyek koszorújával feldiszítve, ő maga emelte azt magasra. Ennélfogva Elemérnek (ez volt neve az ifjú Harternek) be kellett érni azzal a szereppel, hogy a szózat-éneklők közt a discantot fújja, míg a szép asszonyságok a soprant énekelték.

Elemér ugyan erősen visszaélt a benne vetett bizalommal, mert az ünnepélyes menet közepett, a kis mama oldalán lépdelve, a szózat dallamos danájára világért sem Vörösmarty lelkesítő költeményének szövegét énekelte, hanem mindenféle bolondnál bolondabb búcsújáró éneket, a mik egyébiránt búcsújárók számára sem voltak alkalmasok, s ez impertinentiájával folyvást nevetésre kényszeríté a hozzá legközelebb járkáló hölgyek seregét, s számtalan, nem hízelgő czímezést kapott kis mamájától, ki őt az egész úton nem szűnt meg szidni és fenyegetni, hogy bizony hazakergeti.

Azonban az ünnepélyes menet rendét ekkor valami véletlen intermezzo szakítá félbe, mely nem sokára a közfigyelmet magára vonta.

A mint a menet a főutczába, mely a temetőhöz vezetett, bekanyarodék, ime, szemközt lát jönni a város végéről egy egész szakasz lovaskatonát.

Vértesek voltak. Sisakjaik ragyogtak a porfelleg közűl.

A trombitaszó áthangzott a szózat dallamán.

Bélteky Feri, a lelkes indítványyozó ifjú, e pillanatban, a véletlen szeszélye következtében oly szívgörcsöt kapott, mely, mint minden ismerőse tudja, a délczeg ifjút gyakran elő szokta venni. Szegény, kár érte!

– Bajtárs! fogd kérlek ezt a zászlót! – rebegé Elemérhez, s aztán kezét keblére szorítva, kénytelennek érzé magát egy szegletkőre leülni.

Gonosz szívgörcs! Az is ilyen rosz pillanatban tud jönni.

A lovas katona-csapat az egész utczát széltében elfoglalva jött az ünnepélyes menetre szemközt.

Ezek voltak azon katonák, kiknek megbizatás adatott, hogy a ma megtartandott megyei gyűlést fegyveres erővel is szétoszlassák. Későn érkeztek a szomszéd városból, mely ide nyolcz mértföld; hanem még mindig elég jókor, hogy az ünnepély végét elrontsák.

A menet megállt; a férfiak összecsoportosúltak. Mi itt most a teendő?

Az utczát, a milyen széles, oly terjedelmében foglalja el egyfelől a hazafias processió, másfelől a szemközt jövő lovas katonaság.

Van azonban az utcza baloldalán egy melléksikátor, valami közle, mely szintén kivezet a temetőbe.

A hazafias sokaság az idősb Harter körűl csoportosúlt. Ő volt az oraculum. Tőle leste mindenki a szót, mit kell tenni e válságos pillanatban?

Harter Nándor, az apa, komoly, tapasztalt férfiú volt, ki ily kényes helyzetben sem vesztette el soha lélekjelenlétét. Rögtön készen volt a rögtönzött szónoklattal.

«Honfiak és honleányok! Ime, a nyers erőszak közegei szemközt jönnek ránk azon az úton, melyen mi a honfihála és keserv adóját leróni szándékozunk. Ha csupán férfiak volnának e helyen, azt mondanám, helyünket megálljuk és senkinek ez úton ki nem térünk. Ámde a gyöngédnem iránti tekintetből fölösleges kimélytelenség volna durva bántalmakat idézni fel azon nem iránt, melynek épen védelemmel és ótalommal tartozunk. Isten tanuja annak, hogy ügyünk igazságos; e nyugodt öntudattal kebleinkben, orczapirulás nélkül választhatjuk utunkat, s a nyers erőszak közegeit egy pillanatra sem méltatva, kitérünk előle, s erre a másik úton át rendíthetlen nyugalommal folytatjuk menetünket a kitűzött czél felé.»

Ez annyit tett magyarúl, hogy a díszmenet térjen ki a katonaság elől a közbeeső sikátoron keresztűl.

Az ifjú Harter kezében volt a koszorúzott zászló.

– Hová, kérem? kiálta ő legelébb apja bölcs szavaira. Oda

be a közlébe? ezzel a zászlóval együtt?

Azzal hátrafordúlt a hölgyek felé, s magasra tartva a zászlót, elkiáltá magát quadrille-előtánczos hangon és műkifejezéssel:

«Mesdames, en avant! Promenade!»

S mielőtt valaki megakadályozhatta volna, eléje robogott – az utána tóduló menyecskék, delnők és kisasszonyok által kísérve – a vének és ifjak seregének, s vitte őket neki bolond fővel egyenesen a szemközt jövő katonaságnak. Csak úgy hüledezett bele minden ember; de ment vele. A katonaság pedig hangos trombita-recsegéssel jött rájuk szemközt – egész az említett sikátorig. Ott a mint a két menet összetalálkozott, a lovasság kapitánya jelt adott vitézeinek, s azok egy rögtöni kanyarulattal betértek a sikátorba az éneklő csapat elől, szabadon hagyva előttük az utczát. A főtiszt még üdvözölte is egy kardhajlítással az elől vitt zászlót. Kapott is érte egy harsogó éljent.

E merész vállalat egyszerre száz perczenttel emelte Elemér hitelét férfiak és asszonyok előtt. Pedig tiszta hóbort volt tőle, tessék elhinni.

Hanem már erre a napra nem maradhattak el a következményei.

Miután a fatális szivgörcs a kitünő ifjú szónokot, Bélteky Ferit, elmaradásra kényszeríté, a fiatalság ráesett Elemérre, hogy a honvédek sírjánál ő mondjon valami szónoklatot.

Hiába szabadkozott, hogy ő nem tud hozzá, neki semmi talentuma ahhoz; nem hagytak neki békét. Kezében volt a zászló, oda tolták a magas halom mellé, kényszeríték a zászlót letűzni a sírhalom fejfájához, felemelték vállaikra, s menekülhetlen állapot volt, e helyzetben valamit mondani kellett a cselekvény mellé.

Isten neki! tehát «halljuk!»

Halljuk a nap hősének a fiát, Elemért.

Elemér tehát – mondott valamit.

– Ti derék honvédek. A kiket én nem ismertem soha. A kiknek volt hazátok, a míg éltetek, s hogy meghaltatok, megint van hazátok, és így különb emberek vagytok, mint mink. Eljöttünk hozzátok megmondani, hogy még nincs itt a feltámadás napja. Alhattok békével. Addig is elhoztuk nektek ezt a zászlót, mely nektek egy életbe került; nekünk pedig került hét forint huszonöt krajczárba, nyelestől. S most nem tudjuk hova tenni!»

No képzelhetni, hogy lehordták ez ostoba beszédért Elemér úrfit ifjak, vének, utoljára még az asszonyok is legjobban a kis mama.

– Maga egy éretlen kópé! szidalmazá őt a delnő, midőn hazafelé kísérte Elemér. Így kellett beszélni egy ily ünnepélyes alkalommal? Ilyen ostobaságokat kellett mondania?

– Jól van, jól, no! Kezdj el már megint velem veszekedni, mint odahaza! felelt neki vissza Elemér.

– Igen? szólt a hölgy szemrehányó tekintettel. Sokat veszekedett magával a kis mama úgy-e, míg fia volt?

– Beszéddel nem; de ezzel a tekintettel! Úgy tudsz az emberre nézni, mint az anakonda. Nem csoda, ha szegény papának a haja megőszült ettől a tekintetedtől. – Pardon! Hisz én nem mondtam, hogy a papának a haja szürke.

– Menjen, haragszom önre! ön előtt semmi sem szent.

Azzal a szép hölgy kocsijába engedte magát segíttetni Elemér által, s nem hívta meg, hogy üljön mellé.

Olyan nagy volt a haragja!

EGY NAGY FÉRFIÚ PONGYOLÁBAN.

Az utolsó lelkesítő toaszt is elhangzott azon a búcsúlakomán, melyet a zárgyűlés után Harter Nándor a lelépett megyei tisztikar és feloszlatott megyei bizottmány tiszteletére adott. Azután mindenki hazament, a teljesített kötelesség jótékony érzetével keblében.

A főispánnál nem maradt hátra senki; minden ember tudta jól, hogy annak most sok dolga van: a lemondásról szóló hivatalos jelentését kell megirnia, s az kemény dolog lesz. Azonkívül arra is időt kell neki engedni, hogy a ma tíz órakor ablaka alatt tartandó fáklyás-zene alkalmával magvas válasz-szónoklatra gondolatait rendezhesse.

A vendégek a viszontlátás reményének kifejezése mellett távoztak, az ünnepelt honfi pedig sietett fáradságos napját újabb fáradsággal bevégezni dolgozó-szobájában.

A dolgozó-szoba is megérdemli a leírást, mert lakójának lelkületére élénk világot vetend. Körűl a falon a nemzeti történet gyásznapjaiból vett képek. Itt egy lefejezett hős, kit a királyi eskü daczára végeztek ki, letakarva fehér szemfedővel, lábainál a megőrült ara; amott egy vérboszút tervelő apa, mellette a tört szívű leány, kit egy királyi herczeg gyalázott meg; más rámában egy gyermekeitől búcsúzó fejedelemnő, kit megfosztanak fejedelmi és anyai czímétől, osztrák zsoldosok és vörös hajú jezsuiták; ismét másik fekete keretben két halálra készülő magyar főur, ki börtönében utoljára szorít egymással kezet. Emitt egy gyászruhás királyleány, ki atyja sírjánál keres ótalmat a bitorló idegen ellen. Azután tizenhárom arczkép egy sorban, gyászfátyolos babérral koszorúzva. Majd meg egy véres csatakép, a legsötétebb történelmi háttérrel. Aztán ismét nevezetes férfiak arczképei. Itt egy magyar miniszter, ki tavaly főbe lőtte magát. Ott egy magyar ellenzéki vezér, ki nem rég lőtte magát agyon. Amott ismét egy büszke homlok; az is magyar miniszter: azt főbelőtték. Azután egy nagynevű magyar költő: ezt nem tudni, hol lőtték agyon?

Alig van nemzeti képzőművészet, a lengyelt kivéve, mely annyi rémalakkal, gyászjelenettel népesítette volna be a lakházak falait, mint a magyar. Ez is egy darab korrajz. Egész kultusz az már, a nemzeti martyrologiának kultusza.

Minő kedélyben lehet az, ki ily jelvényekkel veszi magát körűl?

De még nem csak a képek azok. E nehéz gondolatokról beszélnek a könyvtár ódon kötetei, titkos, rejtegetett könyvek, a hajdan és az új kor szomorú revelatiói, a falon függő kardok, buzogányok, az asztalokon papirnyomtatóul heverő emlékezetes kövek, a szögletbe támasztott pálcza, valamelyik politikai celebritásnak várfogságban készített faragványával bunkóján, egész az óralánczról lefüggő aranyba foglalt rézpénzig, melynek zöldrozsdás alapjából e szó tűnik elő: «Libertas».

E szoba lakója nem vetheti olyan helyre szemét, a hol meg ne szólítsa egy nagy, elnyomott panasz.

Harter Nándor leült iróasztalához, kivette fiókjából irótárczáját, felnyitotta annak mesterséges zárát, s egy tiszta lapot kivéve belőle, irt nagy figyelemmel.

Semmi kétség, hogy ahhoz a tárgyhoz, a miről most van az irás rendje, nagy figyelem szükséges.

Nyolczat ütöttek az órák, a midőn készen lett az irással; akkor csengetett hajdújának.

– Eredj, hívd át a titkár urat; mondjad, hogy készen vagyok a jelentésemmel s le akarom tisztáztatni.

A hajdú elment, s egy percz múlva bejött a titkár.

Mintegy harmincz éves férfi lehetett. Iskolázott finomságú alak. Meglátszott rajta, hogy előkelő társaságokban forgolódáshoz van szokva. Arczvonásai szépek volnának, ha mindegyiknek valami éles kifejezése nem volna. Például szájának igen szép metszése volna, ha oly erősen össze nem tartaná, mintha nem hinné elégnek, hogy nyelvét kötve tartsa, még a fogak és ajkak kettős kapuját is be kell zárni előtte, sőt még a szép fekete bajuszt is félig lehajtani rá. A hajlott orr merész vágyakat és erős akaratot fejez ki, a ráncztalan homlok a fölfelé simított hajjal hideg számítást; s az összevont szemöldök alól villogó szemek szépek lehetnek, mikor könnyelmű asszonyok szemébe mosolyognak, de a férfi begombolkozik előttük, mert a művészi kulcsot látja bennük, mely gondolatainak nyitját keresgeti.

– Méltóztatott hivatni? szólt főnökéhez.

– Becsukta ön maga mögött az ajtókat?

– Mind a kettőt.

– Azért kérettem önt, hogy készen van-e a jelentésemmel?

– Itt van nálam. Méltóztassék átnézni.

– Fölösleges volna. Ön remekűl tudja az ilyesmit föltenni, s ismeri nézeteimet. Kérem, majd maradjon itt szobámban s tisztázza le. Az ív papirt előre aláirtam már.

– De talán mégis jó volna elolvasni, hát ha valamit kifeledtem belőle?

– Nem érek rá. Még sok elintézni valóm van. Így is

73

elkéstem. Már nyolcz óra múlt, s tíz percz alatt útban kell lennem.

– El tetszik utazni?

– Jószágomra megyek. Még az éjjel meg kell érkeznem. Most kapom a tudósítást a tiszttartomtól, hogy az adóbehajtó megüzente holnapra a sarczolást. Holnap tizenhat lovast küld a jószágomra; ha holnaputánig nem fizetek, harminczkettőt, azután hatvannégyet. Én be akarom várni, míg az egész szakaszt oda küldi, s ezért magamnak otthon kell lennem, nehogy valami baj támadjon belőle. Az embereim hevesvérüek. Azért önt kell kérnem, hogy végezze a szükséges teendőket itthon. Itt a pecsétnyomóm; a jelentésemet küldje meg a cancellárnak. Négy nap múlva itthon leszek.

– S ha az alatt megérkeznék a kormánybiztos?

– Ön át fogja neki adni az irományokat. Itt vannak kulcsaim. Az irattár kulcsait ismeri ön közöttük.

– S minek nekem a többi kulcsok?

– Ezek iróasztalom és többi szekrényeim kulcsai. Tartsa őket magánál. Nem tudja az ember, hogy a mostani felfordúlt világban mi történhetik. Eszébe juthat a sok ember közül valakinek, a ki most össze-vissza parancsolni fog, hogy házmotozást tartson szállásomon. Arra az esetre jó, ha kéznél vannak a kulcsok. Az iróasztalomban vannak magánlevelezéseim s okirataim, azokat kérem, nézze át, s ha valamit vesz közöttük észre, a minek nem volna jó akárki kezébe jutni, önre bízom, hogy semmisítse meg. Ezekben a szekrényekben állnak mindenféle czélokra beküldött pénzek: honvéd-egyletekre, síremlékekre, akadémiára, ünnepélyekre s magam sem tudom, mi mindenféle alkalmakra kezem alá bízott pénzek. Azt sem tudom mennyi. Ön legyen szives azokat számba venni, s majd alkalmilag nekem egy kimutatást adni róluk. Saját pénzeim is vannak közöttük, azokat válogassa ki és különítse el. Nem tudom, mennyi lehet. Azután engemet mindennap tudósítson futár által az idebenn történendők felől. Most pedig adjon parancsot, hogy fogassanak be rögtön.

– Hát a fáklyás-zenét nem tetszik bevárni?

– Micsoda fáklyás-zenét? Nem tudok semmiről. Nekem nem mondta senki.

A titkár rajta kapta magát, hogy most valamit kiszalasztott a száján, a mit nem kellett volna; s aztán azzal büntette meg a rosz, engedetlen nyelvet, hogy még szorosabban húzta össze ajkai závárát, sőt bajuszát is oda fogta ajkai közé. Pedig az engedetlen nyelv úgy szerette volna kifecsegni, hogy hiszen minden ember beszél róla, készűl hozzá, a fáklyákat rég meghozatták, az egész város talpon van; a ki semmit nem hallott volna is róla, tudhatja gyakorlatból, hogy egy ilyen napnak ilyen estével kell végződni. Hanem a kegyetlen őriző ajkak egy perczre sem nyitották fel a börtönt, hogy a rabgondolat kiszabadulhatott volna rajtuk.

A titkár átvette a kulcsokat.

– Csak az irótárczám kulcsát tartom magamnál, szólt Harter, egy kis Wertheim-kulcsot leakasztva a közös lánczról, s bezárva vele irótárczáját. – Ezt a tárczát is itt hagyom, mert magamnál még tán roszabb helyen volna. Egyébiránt nincs benne semmi féltőm; csupán magánügyeim és élményeim naplóját tartalmazza. Ezt ugyan semmi idegen kulcscsal fel nem lehet nyitni, de ha mégis valaki hivatalosan meg akarna ismerkedni tartalmával, s nem várhatná be, míg előkerülök, mondja ön neki, hogy vágja föl a bőrtáblát, úgy hozzá juthat.

– Majd elteszem magamnál, hogy senki se jusson hozzá.

– Igen jó lesz, édes Emil. Én egészen önre bízom magamat. Most adjon parancsot, hogy a hintómat járassák elő.

A titkár átvette a kulcsokat és a levéltáskát. Öt percz mólva visszatért, jelentve, hogy minden készen van az indulásra.

Harter megszorította a kezét, s arra kérte, hogy maradjon az ő dolgozó szobájában, s ott irja le a jelentést.

Mikor elindult Harter, a hajdúját nem ültette fel a bakra, azt otthon hagyta.

A titkár az ablakból nézte a tovagördülő hintót. Fürkésző tekintete még azután is kisérte azt, midőn már a sötétség eltakart hintót és utczát szemei elől.

Vajjon mire való volt ez a siettetett elutazás a megérdemlett ovatió elől?

Néhány percz múlva megfelelt rá a sötét utcza.

A főtér felől halkan léptetve vonúlt végig egy tizenkét lovagból álló őrjárat, kivont kardokkal; öt percz múlva ugyanaz megint vissza a főispán ablakai alatt.

Ahán!

Most világlott a titkár agyában.

Visszalépett az ablakból, s a mint szemben találta magát a rámákban levő hazafi-képekkel, elkezdett hangtalanul nevetni.

Nem tudom, szereti-e valaki az olyan embereket, a kik magukban tudnak nevetni? És hang nélkül, nehogy elárulják, hogy nevettek.

Az arczképek is látják és tán haragusznak is érte, de nem

mondják senkinek.

E kedélyes társalgást félbeszakítja valakinek a jövetele.

Elemér úrfi az. Most ébred fel. A lakoma alatti toasztozás következménye az volt, hogy le kellett feküdnie, s még most sem igen tudja, hogy reggel van-e, vagy este.

– Ki ment most el innen hintón, Angyaldy ur? kérdi álmosan a titkártól.

– Ön!

– Én?

– Igen! Ön elutazott falura.

– Igaz! Ittam annyit, hogy most azt is el lehet velem hitetni, hogy nem vagyok itt. Hát az öreg hol van?

– Az itt van a szobában.

– Hol?

– Ott ül az iróasztalnál. Nem látja, hogy a jelentését irja?

– Nem vagyok ma tréfáló kedvemben, Angyaldy úr.

– Én pedig soha sem vagyok. Azért most egész komolyan mondom önnek, hogy a méltóságos úr idehaza van, ön pedig elutazott falura. Azért tessék visszamenni a szobájába és addig ki nem menni az utczára, míg ez az utazó hintó megint vissza nem jön.

– Az apám parancsolta ezt?

– Ön tudja, hogy rászolgált a házi árestomra.

– És ha nekem kedvem volna a törvénytelen itélet ellen tiltakozni? most épen olyan nap van.

– Figyelmeztetem önt, hogy abban az esetben

77

koczkáztatná ön a havi díját.

– Vigye az ördög a havi díjat! ha nem adják, megélek hitelre. S ha azt nem kapok, leszek lump; eladom kabátom, órám, csizmám, de zsarnokságot nem tűrök.

– Csak tartsunk rendet, kérem; protestálni szabad, de tűrni kényszerüség. Ön sokat vesztett kártyán, s azt becsületbeli adósságnak hívják.

– Hát jól van, ha ki nem fizetem, kidobnak, de nem csuknak be.

– Csendesen beszéljen. Hallja, már jönnek.

– Ki jön?

– Azt mindjárt meg fogja ön tudni, csak maradjon kérem addig veszteg. Nem hallja ön Bélteky Feri hangját odakünn?

Ez olyan hang volt, mely Elemért csakugyan a szobában maradni kényszeríté. A mai fiasco után nem akart vele találkozni.

Az ifjú Bélteky két más ifjú társával jött küldöttségképen.

– Jó estét, Angyaldy barátom! üdvözlé a kilépő titkárt, ki az elfogadó teremig eléjök jött. – Itthon van a méltóságos úr?

– Igen! felelt a titkár. Jelentését készíti.

– Nekünk azt mondta valaki, hogy a hintóját látta távozni.

– Elemér ment el rajta. Láthatjátok, hogy a hajdúja is itt van.

– Attól ugyan hiába kérdez valaki ilyesmit, mert az mindenre azt feleli, hogy ő nem látott semmit. – Már megijedtünk, hogy ő méltósága nem akarja, hogy létrejöjjön a mai fényes tisztelgés.

– Óh dehogy, hát miért ne akarná?

Bélteky egy kissé huzódozott; de végre is napirenden volt, hogy a tárgyhoz szóljon.

– No talán azért, mivelhogy a katonai parancsnok tudatta a városi hatósággal, hogy többé semmi zajos tüntetést nem fog megtűrhetni.

– No, ez persze fontos körülmény. Be fogom jelenteni ő méltóságának s mindjárt itt leszek válaszával.

A titkár visszament a dolgozó-szobába, gondosan betéve maga után a kettős ajtót, melyeknek egyikét kijövet nyitva hagyta.

Néhány percz múlva ismét visszajött, a belső ajtót újra nyitva hagyva.

– Ő méltósága üdvözletét küldi általam önöknek. Rövid válasza ez: a történendőket szilárd férfiak rendíthetetlen szívvel szokták bevárni. A hol önök keresni fogják őt, ott mindenkor helyén fogják találni. Jőjjön, a minek jönni kell.

A küldöttek egymás szeme közé néztek, aztán kiki a saját szájába harapva, fanyar ajánlkozások mellett eltávoztak.

Angyaldy úr visszatért a dolgozó-szobába.

– Meg kell önt csókolnom! kiálta eléje Elemér, nyakába borúlva. Ön remek egy ember. A papa elillan a fáklyás-zene elől, attól félve, hogy kraváll lesz a katonasággal. Bélteky barátom megsejt valamit, s iparkodik a papánál találni meg az ürügyet, a miért a tüntetés elmarad; ön pedig szépen visszaadja a kezébe a körmünkre égett taplót; most aztán neki kell a szívgörcseihez folyamodni, s lebeszélni a mindenre kész közönséget, józan, értelmes szavakkal. Ön kedves ember! Ezért itthon maradok három napig és járkálni sem fogok a szobámban, hogy ne hallják. Megyek lefeküdni. Nem kell itt csendes jóéjszakát kívánni. Meglesz.

– Én pedig hálából kifizettetem az öreg úrral önnek kártyaadósságait, úgy, hogy az öreg úr maga sem fogja tudni.

Elemér nevetve távozott szobájába. A titkár a dolgozószobában maradt.

Minden ajtót bezárt, hogy többé ne háborgassák.

Mikor aztán egyedül volt, minden meglepetés ellen biztosítva, akkor elővett a zsebében levő kulcsok közül egyet.

Valóban nagy kísértés az a bizalom, a mivel őt Harter úr elhalmozá.

Rábízta, hogy a legtitkosabb leveleinek halmazát nézze át; a mikben terhelő politikai nyilvánításokat talál, azokat égesse el; aztán, hogy ismeretlen mennyiségű összegeket, mikért alig fogják őt valaha azon összegek bizományosai számadásra vonhatni, szedjen rendbe. Saját fiához nem lehetne valakinek nagyobb bizodalma.

S ha azon arczon belül egy áruló lakik, mily végtelen tér van neki nyitva, egy nevezetes ember megrontására.

Pedig ez az ember a legocsmányabb áruló.

Óh! ne féltse tőle pénzét, ne féltse tőle levelezéseit Harter Nándor.

Ez ember nem kutat az után, hogy ő milyen szinész az élet szinpadán, hanem, hogy milyen szinész szívének legmélyebb rejtekében.

Nyugton lehet tőle erszénye, s hiuságának külső

lepkeszárny-pora.

Az összegeket, mik olvasatlanul rábizattak, ez ember a legutolsó fillérig csonkítatlanul fogja beszámolni főnökének. Honvéd-egyletek, emlék-emelő társulatok, névtelen czélok, mik nyilvános számadást nem követelhetnek, ott fogják találni összerakott filléreiket ugyanazokban a pénznemekben, a mikben morzsánkint egybehordták, numismatikai gyűjtemény az, papirosból. Semmi el nem fog belőle veszni.

A felől is nyugodt lehet Harter Nándor és a kik titkait ő rá bízták, hogy arról, a mit valaha papirra tettek, áruló ajk soha beszélni nem fog. Angyaldy előtt mind tréfa ez, és muló szeszély játéka. Ő mélyebb vizet keres.

Nem válogatja a kulcsok közül, a mik rábízva vannak, azt, mely a titkos levéltárhoz, vagy a pénztárhoz vezet. Ezek ráérnek. Hanem előkeresi rejtekéből azt, mely nincs rá bízva: az irótárcza kulcsát.

Az irótárczának mesterséges zára van; mikor Harter Nándor egyszer künn felejtette falun a kulcsát, a város minden lakatosa sem birta azt felnyitni; maga a zár készítője sem férne hozzá a megfelelő kulcs nélkül. Ezért nagyon biztos lehet a tárcza tulajdonosa minden hivatlan betörés ellen.

Hanem egyet nem tud tárczája titkai közül: azt, hogy mikor a bécsi iparos azt titkárja kezébe adta, két kulcsot adott át hozzá. Az egyik tartaléknak való azon esetre, ha a másik veszendőbe találna menni.

Ezt a második kulcsot megtartá magának a titkár.

S miután főnökének az a szokása volt, hogy napi élményei közül a legnevezetesebbeket, lelke benyomásaival együtt fel szokta rendesen jegyezni: a titkár ez egyszerű

81

módszer által úgy olvasott főnöke lelkében, mint a hogy a Dzirdzon méhkasok üvegfalán át olvasnak a kaptár lakosainak titkos műveletében.

Tehát Angyaldy úr, midőn egyedűl maradt a zárt ajtók mögött, elővevé Harter Nándor irótárczáját, s a hozzávaló második kulcscsal felnyitotta annak rejtélyes zárát, s tovább olvasott főnöke lelkében.

A felnyított tárcza Harter Nándor naplóját rejté magában.

Angyaldy jól ismerte már a járást. Eddig minden lap ismeretes volt már előtte, csak a legutolsóra lehetett kíváncsi.

──────────

«Ma ismét egy nehéz nap múlt el rólam.»

Úgy hiszem, hogy szerencsésen múlt el.

Sokan azt hiszik, hogy ez olyan könnyű helyzet.

Az acrobata hercules hozzá van szokva, hogy felvegyen a vállára két embert, azok megint négy embert, meg legfölül egy pár gyermeket; az acrobata mosolyogva sétál fel s alá az emberpyramiddal; de én tudom, hogy ő minden nap azzal a gondolattal kezd mutatványához: meglehet, hogy ma megszakadok a játékban! meglehet, hogy ma rám zuhannak a vállamon állók s vagy magamat, vagy magukat ütik agyon.

Ez az én sorsom is, a ki egy egész emberpyramidot hordtam a vállamon.

Milyen könnyebbülten érzem magamat, hogy azt letehettem valahára.

Ugy hiszem, nem egyhamar fogok ez erőművészeti

82

mutatványnyal fellépni, s a kik leszállhattak vállaimról szintén gratulálhatnak magukban, hogy ismét az édes földet érzik lábaik alatt.

A provisorium inaugurálva van, s bennünket nyugalomba helyez.

Meg van oldva a gordiusi csomó.

Azt hiszem, a legvitézebb tábornok is jobb szeret a karszékben ülni, mint lóháton.

Nincs roszabb kedélyállapot, mint midőn a helyzet, melybe jutottunk, annak kényszerít bennünket lenni, a mik nem vagyunk.

Mikor ütközetben voltam, minden ágyúlövés borzalommal töltött el: de azt bevallani, hogy félek, lehetetlen volt; nem volt bátorságom. Megjártam a vérpad lépcsőit és a börtönt; mindenüvé az vitt, hogy soha sem volt bátorságom a hátam mögött jövőknek azt mondani: no már én tovább nem megyek. Most megint azt az utat láttam magam előtt, melyet már egyszer így végigfutottam; láttam, hogy megint lépésről-lépésre elvisz magával az az ember-pyramid, a kit vállamon tartok, az ágyúkhoz, a vérpadhoz, a börtönhöz és nekem megint nem lesz bátorságom azt mondani: én már tovább nem megyek; bevallom, hogy le kell roskadnom, s azután nevessen rajtam, a kinek tetszik.

A véletlen segítségemre jött.

Az erőszak elállta utamat.

Soha jobbkor!

Most úgy végeztem, mint egy hős! egy levele sem hiányzik babéraimnak.

A mai nap remeklésem napja volt.

Úgy álltam a nép között, mint egy bálvány. Az arczoknak világot kölcsönöztem, mint a nap.

Merész voltam és elhatározott, daczoltam magával a hatalommal.

A vértes kapitány különben jó ismerősöm, s tegnapelőttről tudósított, hogy csak délután fog megérkezhetni csapatjával; addig mindent elvégezhetek.

Szavát tartotta.

A szeles fiatalság nélkül a legszebb rendben mehetett volna végbe az egész ünnepélyes tény; így majd elrontottak mindent.

Mikor a vérteseket láttam szemközt jönni az utczán, szinte kiestem szerepemből.

Fiam, az a haszontalan semmirekellő, kétszer is megszégyenített. Először a vakmerőségével, másodszor a cinikus otrombaságával.

Pedig a közönség úgy figyeli meg a nevezetes emberek fiainak magaviseletét, mint annak tejmérlegét, hogy mint gondolkoznak az apák, mikor otthon magukra vannak?

Ha a fiú léha, azt mondják: ebbe a tejbe szappanlevet kevert a gazda.

És még hozzá ő előtte szégyenített meg.

A ki előtt mindig fényes, mindig délczeg akarok maradni; a kire gondolok, mikor a rivalgó nép előtt állok, és sorompóba hívom az erőszakot; a kiért hirhedett akarok lenni, hogy nevemet el ne feledhesse, hogy bánkódva gondoljon rám, és sóhajtson vissza hozzám.

De milyen csodálatos is most nekem ez a nő.

Két évig éltünk együtt, és akkor elváltunk engesztelhetlen gyülölség miatt.

Még vallást is változtattunk, csak hogy egymástól menekülhessünk.

És a mint elváltam tőle, őrjöngök utána!

De hát csoda-e az?

Hisz ez egy egészen más asszony, mint a kit én birtam.

Két év alatt egyszer sem láttam őt nevetni.

És óh milyen szépen tud e nő kaczagni. Csak most hallom nevetni, mikor már a másé.

Hisz akkor, mikor az enyém volt, még szép sem volt.

És most mily észvesztő, mily varázsló alak.

Hisz én ezeket a szemeket nem láttam soha.

Míg az enyém volt, írtóztam, ha arra kellett gondolnom, hogy abba a házba kell mennem, hol egy födél alatt lakom vele: és most a gyönyör ellepi szivemet, ha azt hallom, hogy ő is abba a városba érkezett, a hol én vagyok; s ha egy helyen találkozunk, a honnan csak távolról is megláthat, ifjúvá születni érzem magamat, kinek oldalomnál léte életunottá tett; a minap egy eltépett keztyűjét aranyokkal váltottam magamhoz attól, a ki a földről felvette, s míg enyém volt a kéz és minden, borzadtam érintésétől.

De hisz ez asszony egészen más, mint a ki volt. Vidám, kedélyes, ragyogó; csupa szív, csupa érzés. Minden szava harmonia most, és minden pillantása igézet.

És minő férj mellett?

Nem is férfi, nem is ember, – egy majom. Ha valaha egy szolgálómat kérte volna meg, azt sem adtam volna hozzá.

85

Mondják, hogy gazdag; de én nem hiszem. Üzérkedik, s kétséges vállalatai vannak.

Csak számokról és üzletekről lehet vele beszélni.

Ha valami ördögi jellem volna, érteném. Az asszonyokra ez hat.

De egy közönséges, mindennapi lény; a minőnek darabját két fókabőrért veszik az asszonyok Lapponiában, a hol három férj tesz egy emberszámot.

Mi előnye van hát neki fölöttem?

Fölöttem, ki most is délczeg férfi vagyok a negyvenesben; vagyonom úrrá tesz; hírem az ország ismeri; dicsőítenek, felmagasztalnak!

Elhanyagoltam én e nőt, míg az enyém volt?

Jó! Tehát vissza fogom őt hódítani.

Az a rosz fiú pedig utazni fog menni minél elébb.

És most sietek. Az est itt ne találjon. Népem nagyszerű ovatióhoz készül, a miből sajnos összeütközés támadhatna a hatalom közegeivel, a mi rám nézve nagyon kellemetlen volna.

Titkárom el fog helyettem intézni mindent. Ő igen hű emberem.

Szerencse, hogy a jó sors magunkforma embereknek adott ilyen alkalmatos kezeket és lábakat, kik helyettünk végzik a dolgot csekély tiszteletdijukért.

———————

Itt végződött a lap.

Az alkalmatos kezek és lábak embere nevetett; csak némán, de kaczagásra nyilt ajkakkal. Azután bezárta az rótárczát, eltette helyére, s azután tollat hegyezett és nekiült megirni a levelet – nem a kanczellár ő méltóságának, hanem Lemming Mária úrhölgynek.

Ez volt a neve ama bizonyos asszonyságnak.

EGY AZ APRÓ EMBEREK KÖZÜL.

Három nap múlva e gyülés után már olyan csendesség volt a mi kis városunk utczáin, hogy azt is eseménynek lehetett nevezni, ha egy kis leány ment végig az utczán, nemzeti színű szalagos pártával a fején.

Az igaz, hogy csinos kis leány. Karcsú, sugár termete alig tizennégy éves kort árul el; nyilt, gyermeteg arcza maga is gyermeknek vallja még, piros, egészséges arcz, tündöklő hajnalkaszínű kék szemekkel, finom kis mosolygó szájjal, melynek szegleteiben dévaj hamiskodás leselkedik, s tiszta derült homlokkal, mely az ártatlanság irástalan lapját tárja elé.

A fiatal lánykának minden mozdulata oly könnyű, oly ruganyos, hogy a kis város hosszú utczáján végig lépdel a nélkül, hogy topánkája leghegyét is besározná; pedig, mint elhihetjük, novemberben ezen utczán nagy művészet kell hozzá, hogy a sárból kiálló köveket úgy ki tudja valaki lábhegygyel válogatni, hogy lábtyűit ne kompromittálja. És a mellett oly szerény, oly óvatos, hogy ruhája szegélyének legkisebb fölemelésével sem ad alkalmat a mellette lostató fiatal kisérőnek szép lábaiból egyebet láthatni, mint épen csak e szép lábakat.

A fiatal kisérő Harter Elemér, ki esernyőt tartva kaszmatol a szép kis leány mellett, s természetesen, végig udvarol neki az utczán, a mi kis városban szokás.

Az előre bocsátott pár után azonban nyomban következik a mama.

Majd annak az alakját később irjuk le, mert most nagyon

sokat ad hozzá az ezergombos gyöngyösi mente, a mit akkor oly délczegen viseltek az éltesebb asszonyok.

– Ugyan kérem, ne tartsa fölém azt az esernyőt! szól a kis leány kisérőjéhez; először, mert úgy sem esik most az eső, másodszor, mert ha esnék, mind a nyakamba csorogna róla a viz.

– Ezt csak azért mondja, hogy ne járjak önhöz olyan közel. No hiszen ne busuljon, nem sokára elég messze leszek innen.

– Tán bizony kiköltöznek falura?

– Apám oda megy, de engem még messzebb küld. Én megyek Angliába.

– Tud ön angolul?

– Tudok beefsteaket enni. Egyéb feladatom nem lesz.

– Lássa, én tudok angolul; pedig soha se jutok el Londonba.

– Hja, ön! Ha én annyi tudománynyal birnék, mint ön! régen követségi attaché volnék valahol.

– No az bizony lehetne így is!

– Igy is? Köszönöm a bókot!

– Hát ne jőjjön hozzám olyan közel, ha bókjaimtól fél.

– Ki tehet arról, ha a szúnyog szeret a gyertyába repülni!

– No, hanem az igaz, következetes eljárás önnek a papájától, hogy miután a jövő farsangot elrontotta (tudja, el van átkozva a ki bálba megy e szomorú esztendőben) – – hát legalább a tánczosokat is kiküldi az országból.

– Jól van, ezt meg mondom neki.

– Bánom is én! Én még attól sem félek, a kitől önök mind félnek; nem hogy attól félnék, a kitől még ön sem fél.

Elemér urfi nem tehetett róla, de bizony nevetett ezen a szón.

– Mit hozzak önnek, ha haza jövök Angliából?

– Igazán akar nekem valamit hozni? Hát tudja mit? Hozzon nekem – valami tiltott könyvet.

– Tiltott könyvet? kérdé elbámulva Elemér.

– No igen, valami olyan könyvet, a mit nem szabad árulni, a miben olyan igazságokat mondogatnak a nagyoknak, a mit azok nem szeretnek meghallani.

– Vagy úgy?

– No igen, hiszen érti ön azt. Valami ilyen veszedelmes könyvet, vagy valami olyan képet vagy irást, a miért az embert, ha megkapják nála a vámnál, hát becsukják.

– Köszönöm a megbizást! Hozok.

– Nem nem! csak tréfáltam. Nem nekem való az. El sem olvasnám. De ha már csakugyan akar ön nekünk valamit hozni a külföldről, hozzon nekünk – egy kis jó hírt.

Ezen aztán megakadt a társalgás.

Egy kis jó hírt – a külföldről. Olyan keresett, olyan várva-várt dolog volt ez: egy kis jó hír!

No, most már ez is kiment a divatból. Nem kerestetik

– Szabad lesz nagysádtoknál búcsulátogatásomat tennem délután? kérdé Elemér, midőn a hölgyek lakásának ajtajáig értek.

– Nem, nem! sietett anyját megelőzni a kis leány. Semmi

szükségem sincs ma délután önre. A ma esteli táncczhoz való ruhámat kell elkészítenem; magam vagyok a szobaleányom s nem szeretem, ha a szobaleányom látogatásokat fogad el, mikor a ruhámat kell vasalnia. Majd elmondhatja ön a táncczestélyen, a mit akar. Adieu!

Azzal beröppent az ajtóból, könyeden, mint egy zerge, a ki szökellve jár, mert lépni még nehezére esik.

Elemér úrfi pedig homlokára nyomta árvalányhajas süvegét, s előre lógó fejjel ment vissza azon az úton, a melyen idáig jött, és gondolt magában ilyenformát:

– Nem fogsz te kis leány arra az estélyre elmenni, a melyre készülsz: s nem foglak én téged látni talán soha az életben.

– Vizit van odabenn! súgá a cseléd a hazaérkezőknek, a mint a konyhába léptek. (Mert kisvárosi lakásoknál szabályszerüen a konyhán keresztül van a bejárás.)

– Kicsoda?

– Dánváryné.

– Jaj! monda az asszonyság.

A kisasszony pedig semmit sem szólott, hanem menekült a hátulsó szobába.

– Itt kínozza már a ténsurat egy óra óta, monda a cseléd; – az ezóta megőszült vele.

Dánváryné asszonyság, ki odabenn várt az érkezőkre, azzal a specziális tulajdonnal birt, hogy mindent tudott, a mi a városban történik, és a mit nem tudott, annak addig járt utána, mig meg nem tudta.

91

Különben optikai feltünésére nézve nagy helyet foglalt el a világban mind termetével, mind krinolinjával, s a mi helyet el nem foglalhatott belőle, azt igyekezett kitelhető messzeségben pézsmaszaggal eltölteni; különben a legdebreczeniebb főkötő volt a fején.

– Csak hogy jösz már, édes kedves! sipákolt a tisztelt delnő, a mint Világosiné az ajtón belépett, s azzal a két asszonyság összecsókolódott, erősen ügyelve, hogy a mindenféle rezgő tűikkel egymás szemeit ki ne szúrják. – Már legalább egy órája ülök itten, rátok várva és lopva kedves férjednek a drága idejét; a mi ugyan nekem csak egy percznek tetszik oly kellemes társalgásban (megjegyzendő, hogy soha sem engedett mást szóhoz jutni), de neki, tudom, hogy oly drága minden pillanata, oly terhes hivatalban, kivált most, hogy az egész vármegye pere, irománya mind az ő vállán maradt, úgyszólván most ő maga egyedül az egész vármegye. A közgyülés azt határozta, hogy a levéltárnok helyén maradjon. Most minden hajdúval ön rendelkezik, úgy-e bár?

– Nem! A kormánybiztos! – felelt Világosi.

– Ah! a kormánybiztos? és szót fogadnak neki? Elismerik? Nem dobják oda a szeme közé, ha valamit parancsol? Jaj, ha én férfi volnék! No iszen, ha mi ránk asszonyokra volna bizva az ország sorsa, tudom Istenem, hogy meggyülne a baja velünk a kormánynak. – De hát a férfiak, azok nagyon is szelidek. Olyan nagy heczczem volt, de olyan nagy heczczem épen ma az én Gyurkámmal otthon: a miatt, hogy a ma esteli bálra való meghivásra mit válaszoljunk. Tudod, édesem, épen azért jöttem hozzátok, hogy hát ti mit szóltok hozzá? A kormánybiztos ma estére bált ad, ugyanabban a megye-teremben, a honnan a megyét épen most kikergette; a város és vármegye minden notabilitása kapott tőle meghivókat. Hallom, hogy igen sokan visszaküldték. Férjem is kapott, azaz hogy egész családunkra szól. No, én a fölött nagyon sokat veszekedtem Gyurival: «Mit gondolsz, Gyuri te! hogy én ma ott tánczoljak, a hol mult héten még a szózatot segítettem énekelni, hogy én a kormánybiztos feleségének pukkedlizzak?» de a Gyuri, a milyen tutyi-mutyi ember, csak azt vitatta, hogy nehéz az ilyen nagy embernek a meghivását visszautasítani, s aztán utoljára is azzal nem kötelezte le az ember neki testét-lelkét, ha egy csésze fagylaltját elfogyasztotta. De hát már most mit szóltok ti ehhez: megy, vagy nem megy az ember?

– Mondtam már, kedves komámasszony, szólt Világosi, hogy minden ember azt cselekszi, a mit legjobbnak lát.

– No csak ne szóljon, kedves koma! én a Jusztikámtól akarom megtudni, hogy mi az ő véleménye? Ebben nekünk asszonyoknak van a leghelyesebb tapintatunk.

– Én azt mondom neked, felelt Világosiné, hogy «ti» fogadjátok el a meghivást és menjetek el.

– Hiszen te nem is mondhatsz mást, igazad van. A komám még a vármegye házánál van, neki helyben kell maradni. Nektek lehetetlen a kormánybiztossal ujjat húzni. Aztán meg a kinek olyan szép serdülő lánykája van, mint az én kis keresztleányom, annak bizony minden alkalmat meg kell ragadni, hogy azt a világnak bemutathassa. De bizony van is vele mit dicsekedni. No, nem a termetéről szólok, mert azt az Isten adta neki, hanem azokról az ő szép tehetségeiről, a miket csakugyan maga szorgalmával tökéletesített. Hiszen galambom, ez egy csodagyerek! A vista elzongoráz egy egész opera-partiturát, a legnehezebbet; mikor tánczol, minden ember csak őtet nézi: mert ahhoz fogható bájt és kellemet már épen csak a tündéreknél lehet képzelni, de valósággal azoknál sincs már több. És még lelkemadta, mikor a gymnastikába járt, még ott is

93

valamennyi férfi-gyerek elől elnyerte a jutalmat; azt hinné az ember, hogy mindjárt eltörik, mikor ránéz, s úgy tudta forgatni a legnehezebb ólombuzogányt, hogy egy férfisuhancz sem jobban; még azt mondják, a rapérral is tud bánni! Hát még a sok nyelvismeret! Németül, francziául, angolul beszél. No az szép lesz, azt mondják, hogy egy angol is lesz a mai bálban, no az csak Ilonkával fog társaloghatni, az egész városban senki mással. Hanem titeket is magasztalás illet érte, hogy olyan jó nevelést adtok neki. Nem kiméltetek tőle semmi költséget; kedves komám éjt-napot egygyé tett, hogy megkereshesse a sok tanitómesterre való költséget: az bizony tinektek is nagy dicsőségetekre válik. Magatoktól megzsugorgattátok, elvonulva éltetek, de most már meg is van a ti örömötök benne. – De hol van az én kedves keresztleányom? Ah bizonyosan a ma esteli bálhoz való öltözékét készíti; mert tudja ám az egész város... mit mondok? az egész vármegye, hogy az én kis tündéri keresztleányom a milyen elegánsul lép ki a világ elé, azt az elegántiát mind maga saját kezével varrja és vasalja; nem vár szabótól, czifra mosónétól semmit. Így van jól! Úgy neveltétek, hogy ha szegény ember veszi el, kész gazdasszonyt kap benne, ha úr veszi el, elegáns úrnőt talál benne, a kivel ugyan felléphet a világban. Add át neki, kedvesem, ezt az egy pár csókot. Isten áldjon meg benneteket! Csókollak ezerszer! Pá, kedves! Jó étvágyat kivánok. Tehát kedves komám uram, azt tanácsolja, hogy fogadjuk el a meghivást a mai komisszáriusi bálba?

– Én nem tanácsoltam semmit! a feleségem mondta.

– No, alázatos szolgája, én már megyek; otthon el nem tudják gondolni, hova maradtam, de mikor ilyen kedves társaságban olyan hirtelen eltelik az embernek az ideje. Csókollak mindnyájatokat százezerszer, milliomszor!

Végre csakugyan elment.

A férj és feleség, mikor egyedül maradtak, egy ideig némán néztek egymás szeme közé, azután egymás karjába borultak, – és sírtak.

Miért?

Azt ők jól tudták.

Olyan becsületes, jó arcz volt mind a kettő. Nem szépség, de jó arcz. Az a szép gyermek csak arról tanuskodik, hogy szülői nagyon szerették egymást.

Mikor letörlék könyeiket, a férj azt kérdé nejétől:

– Tudod, miért volt ma itt ez az asszony?

– Azért, hogy megtudja előkészületeinkből, vajjon véglegesen lemondtál-e te megyehivatalodról?

– És a mint lemondtam róla, az ő férje fog sietni üresen hagyott székembe leülni.

– Azért mondtam neki, hogy ők csak fogadják el a kormánybiztos meghivását.

– Most már hallgasd meg kedvesem, mit végeztem én a kormánybiztosnál.

A nő leült a pamlagra, s férjét odaölelte maga mellé.

– A kormánybiztos igen nyájasan fogadott; elmondá, hogy miért hivatott: a mit én előre tudtam. Hogy mennyire szüksége lesz rám mind neki, mind a közönségnek, hogy e fontos állomáson megmaradjak, melynek tizenkét év óta minden részletét kiismertem. Mondtam neki, hogy tizenhat év óta vagyok ott. Engem még az alkotmányos, régi világ hivott oda, s a később jövők csak ott hagytak, mert szükségük volt rám; az újra átaludt rövid alkotmányos nyáréjálom ismét népszavazattal erősített meg benne, hanem most már elhagyom e helyet és nem maradok meg rajta.

Kérdezte tőlem, miért nem akarok hivatalomban maradni most, midőn mégis magyar provisorium van, holott hivatalt viseltem a német provisorium alatt? Azt feleltem neki: akkor szolgáltam, mert nem kérték a nemzet beleegyezését az erőszak rendszerébe; most azonban a ki szolgálni fog, beleegyezik abba, a mit nemzete ellen tesz; s itt nincs aztán indifferens helyzet. Akkor csak a magam akarata rendelkezett velem, hogy ott legyek-e, vagy ne legyek? most a nemzet akarata az, hogy távozzam, s én a nemzetnek engedelmeskedem. Erre biztatni kezdett, hogy ne féljek semmi üldözéstől, ha az ultrák bántanának, ő védelmezni fog, a henczegést majd rendreutasítja. Ez a szó keserűvé tett. – Azt mondtam neki, hogy hiszek oly időt bekövetkezni, a midőn ő nem lesz azon a helyen, a hol most van, s akkor én ismét vissza fogok térni. – Azt hittem, e szóért ki fog űzni. – Ellenkezőleg. Mikor oly vakmerő gorombaságot mondtam neki, megfogta kezemet: kért, hogy ne nehezteljek, elhalmozott dicséretekkel; azt mondá, hogy minden ember, az összes ügyvédi kar mellettem szól és unszolja őt, hogy helyemen maradásra birjon, mert értelmes, szorgalmas, pontos embernek tartanak, mert nem zsarolom az ügyfeleket; azok érdekében maradjak, a kik szeretnek és becsülnek. – Szinte megingatott. Végül azonban nyomatékúl azt is előhozta, hogy a leköszönt főispán úr, Harter Nándor kiválóan ajánlott neki engemet. – Ez határozott. – «Most már semmi esetre sem fogok hivatalomban maradni, uram!» – Jól mondtam-e?

Válasz helyett a nő keblére ölelé férjét és égő arczát arczához szorítá. Miért égett az olyan nagyon?...

– Most tehát, édes feleségem, arról van szó, hogy újra kell kezdenünk az életet. Mondtam ugyan, de magam nem hittem, hogy egy jobb idő fog jönni, mely a mostani áldozatokért megfizet. Nem mondom, hogy megjutalmaz, csak azt, hogy visszahelyez abba, a mit elvett. Én nem várok arra. Én ha elmegyek, úgy elmegyek, hogy vissza nem jövök. Jól vagyok lakva a nagy és kicsiny urak kegyelmével. Keresek olyan pályát, a hol nem kell könyörögnöm senkitől, csak az egy Istentől: tőle sem mást, csak esőt és napfényt. Megyek földmivelőnek. Itt van a Tisza mellett egy bérbeadandó jószág, melyet a gazdasági felszereléssel együtt kivehetünk. A mi kis megtakarított pénzünk van, az az előleges bérletre s a szükséges beruházásokra elég. Te tudod, hogy becsülettel megszolgált fillérekből gyűlt az össze, lehetetlen, hogy Isten áldása ne kövesse. Mit szólsz ezekhez, édes feleségem? Még nem kötöttem meg semmit, még nem oldottam fel semmit. Holnapig gondolkozhatunk rajta.

A nő letörlé könyeit s igyekezett hangjának nyugalmat adni.

– Minden úgy van jól, a hogy te elintézted. Én nyugodtan megyek veled mindenüvé.

– Rólad meg voltam győződve. De hát szegény Ilonkám? Most tárult volna fel előtte a világ, s most egyszerre be kell azt zárnom előtte. Vége lesz mindennek, a miben oly gondtalanul neveltettük eddig. Következik az egyhangú pusztai élet. Rá nézve temető az, a hová velünk jön.

– Szegény gyermek! Ma a tánczpróbáról Harter fia kisérte haza, mert esett az eső; a mai tánczvigalom előkészületeiről beszéltek. Ha valamiért örülök, hogy az elmarad, úgy ez az, hogy ezzel a fiúval nem fog találkozni többé. Most báli öltözékét készíti szegény. Jer át hozzá velem, ha te mondod meg neki, talán nem esik majd olyan nehezére.

Az apa és és anya átmentek a konyhán túli benyilóba, mely a gyermekek szobája volt.

Még egy kis fiúk is volt, hat éves – és süketnéma.

A mint benyitotta Világosiné az ajtót, Ilonkát egy széken

97

ülve találta, ölében kis öcscsét tartva.

A szegény kis néma gyermek bámész figyelemmel nézett fel nénje arczába, mig a lányka ujjbeszéddel betűket mutogatott neki.

– Te nem készülsz a mai bálba? kérdé tőle anyja.

– Oh! ma úgy szeretnék nem menni sehová. Nézd, megint rájött a szokott baja; megint mindenütt kisérteteket lát; megint fut, sír és reszket, fényes nappal is, hát még éjjel, mikor sötét lesz? Látod, nem nyugszik meg máskép, csak ha ölembe veszem, s aztán ujjbeszéddel elmondom előtte a miatyánkot: mikor oda érünk, hogy «ne vigy minket a kisértetbe!» akkor megnyugszik és mosolyogni kezd; hanem nem birja megtartani fejében az imádságot, s mikor el akarja mondani magában s aztán olyan helyre jut, a mit elfelejtett, kétségbe van esve.

És azzal Ilonka elkezdé ujjbetükkel, a mi a némák beszéde, folytatni a gyermek előtt az ima sorait; a gyermek utána csinálta kis kezeivel az ujjbetüket, gyorsan ment az kettőjüknek, mint a játék; s egyszer aztán a gyermek arczáról eltünt a félelmes kifejezés, kiderült sápadt tekintete, s hálától ragyogva simult oda testvére arczához, átölelve nyakát karjaival.

– Szegény Laczikám! Mit fogsz csinálni az éjjel, ha rosz nénédet nem találod magad mellett? Rosz nénéd tánczolni megy, s téged itt hagy sirni reggelig. A te rosz nénéd.

És azzal testvérkéjét odaölelte kebléhez, és megcsókolgatta. Csak úgy hullottak könyei a gyermek szőke fürteire. Pedig szép kis fiú volt, mint egy angyal, csak hogy nem tudott olyan szépen szólni, mint a hogy azok tudnak.

Az apa odalépett hozzájok. Az anya nem tudott szólni.

– Kedves leányom! Tehát nem bánod, ha ma nem megyünk a tánczvigalomba?

A tekintet, melylyel a leány atyjára nézett s annak kezét ajkaihoz vonta, megfelelt a kérdésre. Most az apa többet is mert mondani leányának.

– Hát ahhoz mit szolnál, kedves leánykám, ha azt mondanám, hogy végképen itt hagyjuk ezt a várost? Elmegyünk valamerre falura, vagy pusztára; és ezentul falusi gazdák leszünk.

Ilonka ennél a szónál felugrott helyéről, megragadta atyja kezét, összecsókolta azt, s aztán ismét feltekintett arczára, mintha azt kérdezné, hogy nem tréfál-e?

– Igazán falura megyünk? Valamenyien? És örökre ott maradunk? Oh! kedves atyám, milyen jó lesz ott nekünk.

A szegény kis néma szerette volna megtudni, hogy nénikéje minek örül olyan nagyon? Ilonka sietett is neki azt megmagyarázni, de most már nem a hosszadalmas ujjbeszéddel, nem azzal a saját gyorsirászatával a némáknak, a min azok olyan sebesen el tudnak egymás közt társalogni. Mutogatá neki, hogy elmennek mesze-mesze, kocsin ülve, ostorpattogással; azután oly helyre fognak menni, a hol nagyszarvú tehenek, birkák, tyukok lesznek; a hol etetni való kis galambok, házinyulak lesznek; a hol lesz kis kert, a mibe virágokat fognak ültetni, gyomlálni, öntözni, gyümölcsöt fáról leszedni; lesznek nagy szénaboglyák, a mikben kedvükre lehet henteregni, és nagy térségek, a miken szabadon lehet majd futkározni.

A kis néma mindezt megértette. Hogyan értette meg? Ez olyan titok, a mit csak azok értenek meg, a kik ezt tanulmányozzák; s a mint nénje a néma-beszédet folytatta, úgy derült fel utána lassankint, utoljára még kaczagott is, azzal a zűrzavaros nevetéssel, a mivel a némák szokták örömüket kifejezni. Kaczagott és nénjét is kényszerítette vele kaczagni.

A férj és nő egymás kezét szorítva állt e jelenet előtt. Az Isten mégis szeret minket.

Világosi mindjárt ebéd után megirta lemondását, s nem is vitte azt személyesen, hanem csak boritékban küldte el a kormánybiztosnak.

Ezzel betette háta mögött az ajtót.

Őt nem fogják többet a kegyelt személyek közt emlegetni.

Kicsiny ember volt; csekély esemény ez. Elmulása nem fog űrt hagyni sem a társadalomban, sem a közigazgatásban. Majd elfeledik könnyen.

Hanem egy család tragoediájában ez a kezdőjelenet, s ki tudja, mi lesz még ennek a vége?

A nagy emberek, ha nagyot buknak is, annál nagyobb lesz a hírük vele; az apró embereket ki veendi számba?

Azok jönnek és elmulnak. Erősen, vagy gyáván viselik magukat, mindegy az; s ha valaki jó- és balsorsukat följegyezte, ha erényeiket, ha szerencsétlenségeiket számbavette, azt mondják rá: «poéta volt, nem kell neki hinni!»

Másnap a lemondott levéltárnok családja már megkezdte a kiköltözést a bérlett pusztára. Eladta a zongorát, a czifra butort és selyemruhát, a hogy vette valaki.

Harmadnap annak a kövér asszonyságnak a férje már benn ült az elhagyott levéltárnoki hivatalban.

És negyednap a tisztelt közönség olyan barátságosan látogatta az új levéltárnokot a maga ügyes-bajos dolgában, mintha mindig ott lett volna.

A királyi biztosi bál is megtartatott a mondott estén. Úgy tudom reggelig tánczoltak benne. Másnap ugyan minden ember, a ki ott tánczolt, sietett kimagyarázni ismerőseinek a kényszerítő körülményeket, a mik miatt kénytelen volt ott tánczolni, hanem azért mégis csak tánczolt.

AZ ÁSPIS.

Hogy mi az az áspis?

Én bizony magam sem tudom így egyszóval megmondani. Valami népies mythologiai személy.

Hanem, a ki nem rösteli ezt a fejezetet végig olvasni, az majd megtudja velem együtt, hogy mi az az áspis?

Világosiék istenhozzádot mondtak a városnak, s kimentek a bérlett pusztára gazdálkodni.

Gazdálkodni? Hisz az igen egyszerű dolog. Bizony nem szentirás az. Minden ember érthet hozzá. Abból áll az egész mesterség, hogy az ember engedi a füvet nőni, s mikor megérett, akkor lekaszálja.

Hanem a kik azután hozzáfognak, hogy ezt az együgyü mesterséget megpróbálják, nem kell nekik egy esztendő, hogy elismerjék, hogy ez a világon a legnagyobb tudomány, a legbizonytalanabb tudomány, a miből minden évben újra le kell tenni az exament.

Világosi annyival volt bölcsebb a mindennapi embereknél, hogy ő már előre felismerte e studium nehézségeit, s hogy kellő készültséggel kezdhessen hozzá, előre bevásárolta az illetékes szaktudósok idevágó munkálatait; megvette a «Mezőgazdaság Könyvé»-t, előfizetett a szaklapokra, könyvnélkül megtanulta a gazdászati vegytant: hány százalék fehérnye képződik a televényes agyagban? hány font szénának felel meg egy mázsa burgonya? neki feküdt az állatgyógytannak; megolvasta a legszebb értekezéseket a váltógazdaság felől, s hozatott magának 160 szemet adó mumia-buzát, hat-soros árpát, vörös mályvamagot, még gyapotmagot is, a minek akkor nagy jövendője igérkezett az amerikai polgárháború miatt.

Hanem az mind kárbaveszett dolog.

A mezei gazdaságot nem könyvből tanulják.

Tanítja azt a zimankós jégesőtől kezdve az utolsó földturó ürgéig minden és mindennap, és azért mindennap meg kell fizetni a tandíjt.

A legelső tudomány pedig, a mit a mezei gazda végigtanulmányoz: – a cselédség.

Hajh! ha az ember szolgálattevő segédkezek nélkül ellehetne, milyen sokáig élne a világon!

Isteni eszme a democratia, hanem a hozzávaló anyag szerfölött emberi.

Nem is beszélek arról, hogy a pusztát, meg a rajta levő épületeket milyen karban adta át a korábbi bérlő Világosiéknak.

Senkinek sem mondanék vele semmi újságot, ha elkezdeném felsorolni, hogy a kiköltözött bérlő egy falbavert szeget nem hagyott a szobában, egy lakható szobát az egész épületben; egy ép kályhát, egy nyitható kilincset, egy zárképes kulcsot, egy meszelt falat még emlegetni való ritkaságképen sem. A kertben pedig sem egy virágot, sem egy bennfeledt káposztatorzsát, sem egy levágatlan ribiszke-bokrot. Az istállók és szántóvető műszerek inventáriumáról elég annyit mondanom, hogy azok a földesúr által két esztendei haszonbér-hátralékban foglaltattak le és hagyattak hátra. Ugy hiszem, mindenki érteni fogja, hogy milyenek voltak?

Térjünk át egyenesen a cselédségre.

A puszta köröskörül egy napi járó földre volt minden piaczczal biró várostól és minden néven nevezhető iskolától.

Lakosait, mint Robinzont a szigetre, úgy hajígálta ide mindenféle zivatar, mely röstellte elnyelni a hajótörötteket. Szemen-szedett népek voltak, a kiknek csak épen azért volt ittenmaradásuk, mert másutt már sehol sem szivelték meg őket.

A számadó juhász ezelőtt egy évvel került ki a börtönből, a hová azért csukták be, mert felgyujtotta az előbbeni gazdájának a juhaklát; azt meg azért gyujtotta fel, mert a gazdája nagyon firtatta, hogy hol van hát azoknak a birkáknak a bőre, a mik állítólag mételyben elhullottak? csak hogy azt felelhesse rá, hogy elégtek a padláson.

A béres-gazda nem volna rosz ember, a míg nem iszik; hanem mikor egyszer egy pohár bort bekapott, akkor nincs az az élő teremtés, a ki megállhasson előtte; beleköt az édes apjába is, s a ki őt úgy meg nem veri, hogy nem tud mozdulni többet, azt bizonyosan ő veri meg úgy, hogy nem tud mozdulni. Ez is kiülte e miatt a vármegye börtönét számtalan izekben.

A kocsisnak az a nevezetes szép tulajdonsága van, hogy a mint felnyitja a száját, azon kezdi, hogy káromkodik. Nem is tudja megindítani a beszédet a nélkül; ez az exordium. Az aztán neki mindegy, hogy kivel beszél: a juhászkutyával, vagy a házigazdával; s még a mellett az az eredetiség is megvan benne, hogy a pipa soha sem szakad ki a szájából: azzal alszik el, azzal horkol, azzal ébred. Kétszer magára gyujtotta az istállót e miatt, jó szerencse, hogy idején eloltották mindig.

Azután jön a kisbéres. Ez jó gyerek volna, csak hogy átkozott lusta és nagy-ehető. Míg jól nem lakott, addig nem tud dolgozni, ha pedig jóllakott, akkor nem szeret. Mihelyt a sarkában nincsenek, mindjárt összedugja a két kezét, s ha mindig nem hajszolja a gazda, azon veszi észre, hogy már megint alszik valami boglya tövében. Urnak született a gazember, s aztán itt kiadja magát parasztlegénynek. Éjszaka aztán annál jobban ébren van: de nem tollat fosztani, hanem a konyhaszolgáló körűl kuktáskodni. Mindig a konyhában ténfereg, a hol semmi dolga.

A konyhaszolgáló végre, egy piros, pozsgás, gömbölyű hajadon, hátul egyetlen csapba font hajjal, télen-nyáron egyformán vállig feltürt czéklavörös karokkal, jó cseléd volna különben, dolgos, szorgalmas, csak hogy egy kanál zsírt nem lehet rábízni, hogy el ne dugja a felét. Meglopja az embert, a míg ránéz; meglopja a fejésnél, a köpülésnél, a mosásnál: és mindezt azért teszi, mert a kisbéresnek olyan átkozott jó étvágya van, s a kisbéres neki olyan igen kedves embere.

Hanem hát ez volna a legkisebb baj. A mit egy ember megeszik, az még utóljára is koldussá nem teszi a gazdát; hanem a mellett irtóztató nyelves! Ha megered nála az ékesen-szólás, olyan, mint a gyöngytyúk; mentül jobban kergetik, annál jobban kerepel. Az ember bámulja benne a természet tökélyét. Hogyan lehet ily folytonosságát a válogatott műszavakból alkotott constructióknak órákig fentartani, minden előre való gondolkodás nélkül? Oh! ezek nem készült beszédek, nem előre kigondolt phrasisok, önkényt jön az mind és egymásután, mint a záportól támadt zuhatag, követ, sarat és szemetet hömpölygetve magával. Ketten-hárman ellene fordulhatnak, kiáll mindannyinak és rekedté perli őket; kocsisné, juhászné, béresné pocsékká válnak előtte, s az előbbeni bérlő felesége, a szegény jámbor zsidó-asszony, tökéletesen elvesztette a hangját a vele folytatott mindennapi duettben.

És azután, mindennek tetejébe, van a kocsisnak, juhásznak, béres-gazdának még egy csoport kisebb-nagyobb gyermeke is; a kik mind igen kedves kis apró emberek, csak hogy épen olyan hazudozó, torkoskodó, veszekedő, ablaktörő, gyufával játszó, káromkodó, gyümölcslopó, dologkerülő és házpusztító gazemberek, mint az apjaik.

A legelső találkozásnál a konyhában, sietett magát bemutatni Böske: ez volt az érdemes szakácsné neve. Világosiéknak természetesen mindent magukkal kellett hozniok, a mi a megélhetéshez szükséges, mert az előbbi bérlő még csak egy forgácsot sem hagyott ott, a mivel tüzet gyujtsanak. Világosiné, mint igen rendes asszonyság, ki még a városban megszokta, hogy minden kanál zsírt számba kell venni, mert különben nem is birtak volna, csekély jövedelmükből még félre is tenni: most is azon kezdte, hogy a háznál talált szakácsnénak mindent darabonkint keze alá adott s tudatta vele, hogy az ő szokása szerint mindent vagy ő maga, vagy a kisasszony fognak kiadni az éléstárból, és hogy a férficselédek onnan belülről fognak élelmeztetni; mindenkinek eleget kell kapni, de mindennek el is kell tartani a kiszámított időig.

– Jól van, jól! – felelt rá vissza Böske. – Hallottam én azt már máskor is, más asszonytól is. Mintha az olyan könnyen menne! Hogy én minden kanál lisztért, minden pundurka tepertőért, minden gyüszüre való eczetért szaladjak a nagyasszonyomhoz meg kisasszonyomhoz. Tudom, hogy majd ráunnak hamarább, mint én: egy hét sem telik bele. Nem lopom én el senkinek semmijét; egy gombostű feje kevés, annyit sem loptam el soha életemben. Ha zsákszámra úgy heverne a konyhában az arany, mint a krumpli, rá sem néznék. Velem ugyan ki lehet jönni. Csak azt mondom, hogy ne bántsanak, csak azt mondom, hogy méregbe ne hozzanak, mert ha egyszer aztán méregbe hoznak, akkor áspis vagyok; valóságos áspis! Tudja nagyasszonyom, kisasszonyom, mi az az áspis? No hát! Különben olyan vagyok, mint a bárány: madarat lehet velem fogatni, mikor jó kedvem van. De ha kivesznek a sodromból, akkor áspis vagyok!

Világosiné nem felelt rá semmit. Nagy studiuma volt már neki az ilyenekben. Látta, hogy a cseléd szorgalmas, hasznavehető, dolgos; hogy nyelves, azt tapasztalta, s hogy szeret a maga kezére gazdálkodni, azt sejtette. Nem tett aztán vele semmit; csak a legnagyobb pontossággal mindig kiadott neki idején mindent. Böskének soha sem volt alkalma a nagyasszonyát gúnyolhatni azzal, hogy egy délelőtt tízszer felkeltse a munkájától egy kis bennfelejtett sóért, vajért, tejért; mindent kezébe adtak, mielőtt kérte volna.

És sohasem állt vele senki szóba. Nem kérdeztek tőle soha annyit sem, hogy jó idő van-e, rosz idő van-e odakinn? Megmondták neki, mit csináljon, s azontul nem volt semmi discursus.

Hasztalan volt hozzá való kedve, nem lehetett senkibe belekötni.

Böskének ez nagyon furta az oldalát. A másik asszonyával már korán reggel elkezdhette a veszekedést, s este is úgy váltak el, hogy hol az dugta ki a fejét az ajtón, hol ő dugta be a fejét az ajtón, egymásnak az utolsó szót elmondani. Itt se első, se utolsó szó nem volt soha. Asszony, férj, kisasszony úgy látszott tudni mind a maga dolgát, hogy szavukat nem lehetett hallani.

– Úgy segéljen, ha az a kis néma nem volna a háznál, az sem volna, a kivel az ember egy szót beszéljen! monda Böske, mikor néha-néha megsokallta már a nagy hallgatást.

A kis néma gyereket szerette nagyon: az egész délutánokat elüldögélt a konyhaajtóban, s eljátszogatott magában egy fa-lóval, meg egy fa-talyigával. Böske egész délután beszélt hozzá szakadatlanul; azt hitte, hogy ez mind legjobban hallgat arra.

Az úrnak és a kisasszonynak kevés dolga volt még most. Ilonkát az anyja készakarva nem eresztette a konyhába; az odabenn az asszonyokkal együtt font, vagy varrt és foldozta a szakadozott ruhákat. A zongorát eladták. Az úr pedig tanulmányozta gazdasági könyveit.

Ősz végén vették át a bérletet, a mezei munka szünetelt; legfeljebb az után lehetett látni, hogy a takarmánykészlettel gazdálkodva bánjanak, a birkának, igásmarhának gondját viseljék. Még virágmagokat vetni is korán lett volna cserepekbe. Előttük állt még az egész rengeteg hosszú tél.

Délutánonkint Ilonka összegyűjté a sok vásott cselédgyereket, s azzal vesződött, hogy megtanítsa őket irni, olvasni.

Persze, az ágyúbólkilőnivalók mindjárt sárkányt csináltak az irni való papirosból, s a kapott irónnal két orrú embereket pingáltak végig a ház falára; s ha Ilonka szigoruan akarta őket fogni, a szeme közé nevettek és szétszaladtak, s messziről csufólodtak feléje; pedig almát is igért nekik, ha jól tanulnak; jól pedig nem tanultak s ekként csak Ilonkára haragudtak, hogy miért nem kapnak almát.

A mi a férfi-cselédeket illeti, azoknak legkevésbbé volt terhükre, hogy gazda van a háznál. Ez nem tette azt, a mit a másik, hogy mindennap megmérje öllel, hogy mennyi széna fogyott el a kazalból, hogy a juhpadlás tetejére felmászkáljon a bőröket megszámlálni, s minden reggel korán felkeljen azért veszekedni, hogy az éjjel meglopták. Azért persze minden éjjel meglopták. Ezt is csak minden éjjel meglopják;

de legalább nem jár utána, s nem rontja vele sem a maga egészségét, sem a mások füle dobját.

A béres lop a kocsisnénak, a kocsis lop a juhásznénak, a juhász lop maga magának, a szakácsné meglopja valamennyit a kis-béresnek; s a kis-béres – az jó ember, az nem lop egyebet csak a napot.

S ezen normális állapotban telik szépen az idő és ürül a hombár, míg egyszer megint jön az újév, aztán meg az új buza, s újra kezdődik a jámbor gazdálkodás.

Hanem azért, ha úgy in thesi minden ember egészen rendes és természetes dolognak tartja is azt, hogy lopni csak kell: mégis concret esetekben alig tudja azt helyeselni, hogy valaki, a ki mástól is lophat, miért lop épen ő tőle? Az ilyesmiben aztán az emberek lelkiismeretesek szoktak lenni.

Mert ha a Böske a Marczi számára lelopja a kéményből a füstölt oldalast, arra mi gondja a kocsisnak, a juhásznak, az öreg-béresnek? de ha a Böske a kocsisnak, a juhásznak és az öreg-béresnek feltálalt babczuspájzról lopja le ugyanazt a füstölt oldalast, azt már keresztyén embernek nem lehet szó nélkül eltűrni.

Egy ilyen babczuspájz-füstölt-oldalas elcsipése miatti per zavarta fel egy szép adventi csütörtök-napon az uj gazdák nyugalmát; ez prózai egy dolog ugyan regénybe való tárgynak, de mikor a jámbor gazdák életében oly gyakoriak az ilyféle katastrófák. Mikor délben a tálalás ideje eljött, csak jön ám mind a három az ambitusra, és hozza a maga paszulyos tálát a két kezében; a beltartalom érintetlen állapotban, a fakanál a közepébe szúrva.

– Hívják ki a nagyasszonyt!

Világosiné kijött az ambitusra.

– Mi baj?

– Itt a czuspájz! – szólt a kocsis, s letevé eléje a malomkő-asztalra a tálat, a pipa akkor is a szájából meredt előre.

Hasonlóul cselekvék a béres is, fején tartva kalapját haragosan.

És a juhász hasonlóképen, ki azután egyuttal a magyarázatát is előadá e jelenetnek; odamutatván a tál közepén szégyenkedő egy darab csontra.

– Hát ennek a sertvésnek csak oldalbordája volt, és húsa nem volt?

– Hát kutyák vagyunk mink, a kiket csontokkal tractálnak, vagy mi? tóditá ki az öreg-béres.

A kocsis nem szólt semmit, csak káromkodott.

A kérdéses maradványai egy magát a közjóért feláldozott sertésnek valóban nagyon közel voltak ahoz az állapothoz, melyben hasonló őslényi gerinczeket a muzeumba szokás relegálni.

Hanem hát erről a nagyasszony nem tehetett, mert ő azokat szokott izomrost-anyag-burkolataikkal adta ki a szakácsnőnek s nem utasította azt, hogy e csontokat a tudós doktor urak számára ily módon praeparálja.

A szegény nagyvárosi delnő, ki soha életében ily hangokat nem hallott, csak hüledezett e goromba támadásokra; ellene három durva férficseléd egyszerre, s még a negyedik, a pofók Marczi is odasettenkedett a folyosó oszlopa mellé, mint ingerens e szörnyű igényperbe, melyben pedig világosan az ő javára történt a csődtömeg elsikkasztása; de ő már csak a vigyorgó pofáját s a paszulyos tálat merte kidugni az oszlop mellől. Ennyi mérges, roszakaratú arczczal, ily világos igaztalansággal szemben

110

csakugyan nem jól érezte magát Világosiné. Jó volna ilyenkor, ha egy úr volt volna a háznál, de a jámbor Világosi nem az. Ő jobban fél a cselédeitől, mint azok ő tőle, s ha lármát hall az udvaron, még beljebb megy a házba, hogy ne hallja.

Annyit mert rebegni a szorongatott nő, hogy hiszen ő kiadta az ételhez való húst, a hogy illik; erről a szakácsnőnek kell valamit tudni.

No iszen csak ez kellett még, hogy a zivatar tökéletes felhőszakadássá váljék a feje fölött!

Böske csak leste, hogy lesz-e bátorsága aszszonyának az ő evictiójára appellálni. A mint meghallá, hogy róla van szó, odaugrott a tűzhelytől, megvetette a lábát a konyha küszöbben s rágyujtott a maga tehetsége szerint. Olyan jól esett neki, hogy egyszer valahára már széteregetheti régóta gyüjtögetett rakétáit; hogy megmutathatja asszonyának, mi hát az az áspis?

– Micsoda? – kezdé rá csipőre tett kezekkel. – Én dugtam el valamit? Én loptam el valamit? Én ettem meg a cselédek húsát mind, ugy-e? Nem maga ád ki az asszony mindent? Nem maga darabolja szét egyenkint? Nem kijön húszszor egy délelőtt belenézni a tűzhelyen a fazekakba? Aztán mégis a szakácsnő a tolvaj! Én vagyok tolvaj? Én? Ne merje azt nekem mondani senki, mert mindjárt keresztül megyek a lelkén! Keresztül megyek a...

De már azt nem mondhatta meg, hogy min megy még keresztül, mert abban a perczben úgy ragadta meg hátulról valaki, hogy mint tíz harapófogó mélyedtek bele az ujjai Böske kövér karjaiba, s úgy röpíté keresztül az a valaki a konyha-ajtóból az ambitusra Böskét, hogy a mint röptiben egyet fordúlt, még azután is ment-ment hátrafelé, nem maga jószántából, s addig ment, mig a sarkaival megakadt az esővíz-fogó szapulóteknőben, s abba azután egész termetével végig feküdt, összecsapván fejé fölött az esővíz hullámai.

Az a valaki pedig nem volt más, mint a kisasszony.

A mint behallatszott a szobába az otromba lárma, melylyel anyját megrohanták, hirtelen kifutott, és épen jókor érkezett, hogy Böskének egy erőteljes kifejezését tettleg bevégezze.

Nem lehet ám ráismerni!

A szemei forogtak, arcza égett, szemöldökei össze voltak húzva, a haja göndören repkedett feje körül, ajkai szét voltak nyitva, az összeszorított fogsort láttatva, és a két keze pofozásra görbült ujjakkal, mint a vadmacskánál.

Rettenetes szép volt.

A három férfi úgy megijedt erre a jelenetre, hogy mindegyikbe belefagyott a bátorság.

– Hát a te kalapod hol van, mikor az anyámmal beszélsz? – szólt a kisasszony a hozzá legközelebb álló öreg-béreshez. Hanem az öreg-béresnek már nem volt ideje megmondani, hogy hol a kalapja, mert abban a perczben ugy kirepült a kalap a fejéből, hogy a kútkámva tetején szállt le.

– Hát ez a pipa, mi? – szólt a kisasszony a kocsisnak, csak hogy már akkor az a pipa sem volt pipa, mert a kocsis szájából kirántva, úgy csapatott a téglához, hogy ezermilliom darabra szakadt.

De már ekkor a juhász nem várta, hogy rákerüljön a sor, hanem iramodott, a merre világot látott, s ott az oszlop mellől megugró Marczival úgy csapta össze a homlokát, hogy majd kicserélték az orraikat.

Ilonka kisasszony pedig kiállva az ambitus szegélyére, ezt a buzdító utasítást küldé utána a megfutamlott hadnak:

– Ha én még egyszer meghallom, hogy valaki az anyámmal gorombáskodik, fogok egy botot s úgy összetöröm a hátán, hogy megemleget róla! Az ételét ma mindenki elvigye, holnap maga főzhet. A kinek nem tetszik a szegődés, itt az újév: mehet!

Nem hallották azok azt már!

Hanem azalatt Böske is kikeczmelgett a szapuló-teknőből, s mint egykor Nurredin szultán a kád vízből felmerülve, egészen új világot látott maga körül.

Még beszélni is elfelejtett.

Ez nem az a világ, a melyet ő itt hagyott. Ez nem az a kisasszony, a ki őt harisnyát kötni tanította vasárnaponkint; s a mit beszélnek, az nem magyarul van.

– Te pedig eltakarodol a háztól rögtön! kiáltá rá Ilonka. Mert ha az anyám szeme elé mersz még egyszer lépni, kikaparom a szemedet, kitépem a nyelvedet, összetörlek, mint ezt a darab fát. (Az a darab fa pedig a kocsis pipaszára volt, a mi a kezében maradt.)

Böske valamit akart mondani, de nem maradt rá ideje.

– Pusztúlj előlem; egy szót se szólj! Most én vagyok az áspis. És ezután mindig én leszek az áspis! S majd én mutatom meg neked, hogy mi az az áspis?

De látta azt már Böske: azt is látta, hogy ha már a többiek elmenekültek a csatatérről, neki sem lesz tanácsos tovább ott maradni. A kisasszony nézegetett a czirokseprű után, a mi a szögletbe volt támasztva. Azért csak eloldalgott az udvarról: félszemmel mindig hátrafelé ügyelve, hogy nem ütik-e már a búbját azal a czirokseprüvel?

Bizony Marczi lovagiassága nem terjedt annyira, hogy választottjának e nehéz harczában segítségére siessen. Az felhasalt a kazal tetejére, onnan nézve a végkimenetelt.

Azután Ilonka bevonta magával édes anyját a folyosóról.

Világosiné zokogott. Úgy ölelte meg gyermekét. Talán öröm volt e zokogásban? Hogy hát még is van «úr» a háznál.

– Igen, de nincs szakácsnő!

Ezt az észrevételt Világosi tette, ki a szobaajtóból csendes nézője volt e jelenetnek. A szakácsnőt még sem kellett volna végkép elkergetni.

– Ne félj, apám! ellátom én a konyhát magam. Nem kell nekem több leánycseléd. Úgy sincs egyéb dolgom. Csak ti menjetek be, üljetek le az asztalhoz; nem lesz semmi hátramaradás.

Azzal beerőltetve apját-anyját, maga konyhakötényt kötött, nekiállt a rántásnak s olyan hamar elkészült az ebéddel, mintha mindig azt tanulta volna.

– Hiszen olyan kevés kell nekünk – biztatá atyját, midőn maga felhordta az ételeket; – nem is érdemes érte szakácsnőt tartani.

Ebéd után mikor kérdezték tőle, hogy hát ki fogja a szennyes tányérokat elmosogatni: ő már régen át is esett rajta.

Van már «ur» is, «jó cseléd» is a háznál.

Csak azon aggódott még Világosi, hogy az ilyen bánásért a cselédek boszút fognak állani; az a juhász már egy gazdáját felgyujtotta.

– Majd megmutatjuk nekik, hogy birunk mink velök! –

biztatá atyját Ilonka.

Az a «mink» pedig senki sem lehetett más, mind egyedül ő maga.

De megtette, a mit igért. A mint beesteledett, vállára vette gyöngyösi mentéjét, zsebébe dugta a kétcsövű pisztolyt s elindult körüljárni az udvart és szérűs-kertet; a kutyáknak kenyeret adott; a kaput becsukatta; benézett minden istállóba: el vannak-e látva ökrök, lovak, birkák aljazóval? nem pipáznak-e a béresek a széna között? benyitott a cselédházakba, hogy a tüzet eloltották-e a tűzhelyeken? otthon van-e minden lélek? Reggel három órakor ismét körűljárt; olyan csendesen ment ki, hogy apját-anyját fel nem költé, s ha éjjel az ebek nagyon ugattak az udvaron, kiment; ha idegen volt, a kire az ebek ugattak, kikérdezte: mi járatban van? Néha épen egy-egy kóborló szegény legény volt az. Attól sem ijedt meg. Leültette a folyosón, hozott neki kenyeret, szalonnát, meg bort. Nem bántotta senki, mert látták, hogy nem fél senkitől.

Egyszer, jó télen, mikor a házőrző ebek nagy vonítására kiment az udvarra, egy nagy hegyes fülü idegen kutyát látott meg az udvaron, mely elől a házi ebek mind az ajtók mögé vonúltak.

– Takarodol innen! – kiálta rá a nagy ebre, s meghajigálta hólapdával. Az morogva sompolygott el az udvarról, átszökve a magas sárfalon. Csak másnap hallotta meg Ilonka a juhásztól, hogy az az idegen kutya egy nagy farkas volt. Megtiltotta a cselédeknek, hogy ezt szülőinek megmondják, mert különben nem eresztenék ki többet éjjel az udvarra. Pedig hisz a farkasnak is tudnia kell azt, hogy ő az áspis, azért szaladt el előle.

És hát ez nagyon jó volt mindnyájukra nézve. A cselédek az napságtól fogva mintha kilettek volna cserélve. A lusta dologhoz látott, a részeges vigyázott a száján bemenőre, a káromkodó a száján kijövőre; sőt még az is megtörtént, hogy Pista kocsis elhagyta a széna körüli dohányzást, mióta a kisasszony azt ígérte neki, hogy ha még egyszer meglátja a boglya körül pipával dolgozni, kilövi a szájából a pipát pisztolylyal.

– Mert megteszi az, ha egyszer megígéri, mert az valóságos áspis!

Azt tán mondani sem kell, hogy a ki leghamarább megtért, az Böske volt; a katastrófa után való reggel visszafordúlt a házhoz, s háttal lépvén be az ajtón, így kezdé:

– Itt a hátam, Ilonka kisasszony! Üssön rá annyit, a mennyit nekem szánt, csak el ne kergessen. Kapnék én helyet jobbat is, de mikor én magát úgy szeretem, a hogy senkit se szeretek a világon. Nem tudom én, miért, de már nagyon szeretem. Fogadjon vissza; soha többet egy rosz szavamat nem hallja se maga, se a nagyasszony; inkább ha veszekedő kedvemben leszek, majd kitöltöm a Marczin. Nem is lopok el többet egy körömfeketényit sem; megvallom, hogy eddig tettem; a Marcziért tettem, de nem lopok többet a zsiványnak egy babszemet sem. No, ne haragudjék a kisasszony hát! Adja ide a kezét; azt a szép kezét.

Ilonkának meglágyult a szive. Odanyujtotta kezét Böskének, s megszorította vele annak kérges tenyerét.

De Böske még meg is akarta csókolni a kezét. Azt pedig Ilonka nem engedte.

– No, nem engedem! Nekem nem szokás kezet csókolni. Én még leány vagyok.

De Böske azért is kezet akart csókolni, de Ilonka azért sem engedte s felemelte magasra a kezeit, s Böske minden

116

erejével sem bírta azokat lehúzni magához.

– Ejnye, de erős kezei vannak, kisasszony! Nem hiába fogott meg tegnap olyan erősen. Nézze, még most is itt mind a tíz ujjának a helye a karomon.

Biz az ott volt: mind a tíz ujj helye, gyönyörű kék foltokban.

– Jól van, Böske, visszafogadlak! – szólt Ilonka. – Hanem jegyezd meg magadnak, hogy most már én vagyok az áspis. Nem te vagy az áspis, hanem én vagyok az. Az is maradok. Hát ahoz tartsa magát minden ember.

Böske azt mondta rá, hogy az is a világ rendi.

A többi cseléd is megmaradt újévkor. Az öreg béres kinyilatkoztatá, hogy most már egészen rendben megy a gazdaság; minden ember tudja, hogy ki mihez tartsa magát; «mert hát az kell, hogy az ember vagy szóljon, vagy beszéljen, vagy mit csináljon.»

Az az «ember» pedig Ilonka volt.

AZ AZ EMBER, A KI HŰ, MINT A KUTYA.

Sokszor használják ezt a szót: «kutya» emberek szidalmazására. Pedig a kutya igen hű és igen okos állat; a nevelés fog rajta, jó tulajdonait szereti kifejteni; saját érdekeit alá tudja rendelni kenyéradója szeszélyének; házat őriz, ellenséget űz, vadat fürkész, a meglőttet elhozza, nem eszi meg: ezek mind olyan tulajdonok, a miket egy emberben is nagyon kellene becsülni.

Hanem már egyszer az ember olyan aristocrata, hogy nem szereti, ha kutyának nevezik. Oroszlánnak, sasnak szereti magát neveztetni, de azért megorrol, ha azt mondják felőle, hogy kutya.

Egy hű kutya.

Még így sem tetszik.

Vajjon mit gondol egy hű kutya magában, mikor azon töri a fejét, hogy a gazdája számára valami vadat lövésre hozzon?

Vajjon nem így philosophál-e magában: annak a vadnak csontja is van; a csontot a gazdám meg nem eszi, az nekem jut?

Én nem mondom apodictice, hogy ezt gondolja; nem akartam vele megbántani senkit; de tegyük föl, hogy hátha ezt gondolja.

Angyaldy úr annyit már tudott, hogy van egy nemes vad: igazi paradicsom-madár, a kire gazdája vadászik. Valaha az ő kalitkájából repült ki, s most bánja, hogy jobban gondját nem viselte. De nagy az erdő, melyben e vadra lesni kell, s ritkán jő lövésre.

Harter Nándor ott kinn duzzog a falujában, valahol a Tisza mellett; elvált neje pedig, mióta egy üzleti férfiúhoz ment nőül, elhagyta a kis várost, fennlakik Bécsben, s csak nagy ünnepélyek alkalmával jár le ragyogni egykori provincialis ismerősei közé.

Igy ők nagyon nehezen és nagyon ritkán találkozhatnak össze.

Ha csak Harter Nándor is fel nem költözik Bécsbe.

Arra azonban legkisebb elfogadható oka sincsen. S egy olyan magyar főúrtól, mint ő, ha Bécsbe megy lakni, bizony számon kérik, hogy mivel foglalatoskodott ottan? s nem igen hisznek el mindenféle mentséget.

Nálunk olyan rettenetes zsarnok a közvélemény.

No de a zsarnok közvélemény ellen még lehet rebellálni, és sok sikerrel; de van egy nagyobb baj annál.

Harter Nándor igen nagy úr – birtoka terjedelmére nézve, hanem a mellett igen rosz gazda. Soha sem számol, s maga sem veszi észre, hogy váltóadósságai mennyire megrövidítik évi jövedelmét.

A mellett az egyetlen örökös, Elemér úrfi, szintén igen rosz gazda, igen jó adósságcsináló és blazirt, cynicus úrfi.

Mikor az apja legközelebb elexpediálta Olaszországba, leginkább azért, hogy ne legyen a szeme előtt, búcsú helyett ilyenforma tanácsot adott neki az útra:

– «És aztán a míg odajársz, okosan viseld magad. Bolondságra, eszem-iszom pajtásokra ne költs. Leányok után ne bolondúlj, mert arra ráérsz. Adósságokat pedig könnyelműen ne csinálj, mert ha megtudom, elfogom a havi pénzedet.»

Elemér úrfi aztán megfordítá a mondatot, s ugyan egy kézszorítás alatt így adá azt apjának vissza:

– «És már most én is arra kérlek, hogy a míg odajárok, okosan viseld magad. Bolondságra, eszem-iszom kortesekre ne költs. Asszonyok után már ne bolondúlj, mert onnan már elkéstél. Adósságokat pedig könnyelműen ne csinálj, mert ha megtudom, hogy anyai örökségemet költöd – sequestrumot adatok.»

Ezzel a szóval váltak el egymástól.

S Elemér úrfinak elég hidegvére van, meg is tenni azt, a mivel tréfálózott.

Tehát Bécsben lakásról szó sem lehetett, egynél több ok miatt.

Hanem a két távol között esik Budapest. Az már alkalmas hely volna.

De hogy kerüljön vad és vadász Budapestre: a hol sem az egyiknek, sem a másiknak legkisebb tennivalója sincsen?

Ez a megoldandó feladat.

Hogy miért töri a fejét e feladat megoldásán oly igen nagyon az ő urának hű szolgája: azt tudni nem lehet. – Én gyanítom, s meglehet, hogy a történet végén mások is lesznek, kik gyanúmat osztani fogják.

Azonban hozzáfogott hűségesen a hajtáshoz.

Már akkor olyan ostromállapotféle volt az országban. Nem egészen Pulver und Blei, hanem csak Blei ohne Pulver.

Ez az ólom különösen kijutott a hírlapoknak.

Annálfogva a «disznószívű» szerkesztő hirébe jutott az olyan újságíró, a ki kiadni mert egy olyan czikket, a mely a legujabb kormányi kinevezéseket bátorkodott birálat alá venni.

S egy ilyen czikk valóban megjelent Angyaldy nevének világos aláírásával.

E neme a vakmerőségnek nem szokott megtorlatlan maradni.

Lefoglalás, becsukatás, vagy személyes összeszidatás.

Angyaldynak azonban volt elég méregkeverői tapintata, épen csak annyi adagot használni ez aqua-tofánából, a mennyi az irányadó egyéniséget csak a legutóbbi módszer alkalmazására mérgesítse fel.

Czélt ért.

Legrövidebb idő alatt stafétát kapott, hogy jőjjön fel azonnal Budapestre az irányadó egyéniséghez.

(Óh isteni terminologiája az ujabb kornak, mely szavakat adtál nyelvünkre, melyeket ha akarunk – értünk, ha nem akarunk, nem értünk!)

Tehát «ad audiendum verbum.»

Angyaldy sietett engedelmeskedni a hivásnak.

Az irányadó egyéniség igen finom és tapintatteljes úr volt, s különösen az olyan emberek irányában, a kik az ujságokba szoktak írni, felülmúlhatlan volt az udvariassága.

Ő ebben a genreben valóságos gourmand volt!

Nem ette meg őket nyersen, hanem előbb szépen megfőzte, mustárral megkenegette, forró lével megabálta, eczetes páczban megpuhította s csak mikor már jó porhanyók voltak, akkor ment nekik késsel, villával.

– Hát édes barátom! – kezdé az irányadó egyéniség, ismert nyájas modorával, Angyaldyhoz a beszédet, – ön nincsen megelégedve a mostani kinevezésekkel. Önnek ezek az emberek nem tetszenek. Ön loyális alattvaló, remélem?

– Mindenesetre.

– Nem is kétségeskedem felőle. Most nincsenek is mások, csupán loyális alattvalók az országban. Tehát miután ön nincsen megelégedve a mostani kinevezésekkel, tehát mindenesetre jó tanácsokkal van tele a kormány számára, hogy kiket kellene tehát hivatalokra alkalmaznunk.

Erre a kérdésre az irányadó egyéniség csak kétféle választ várhatott: vagy egy humillime meghunyászkodót, vagy azt, hogy «bánja a magas mennykő,» akárkit tetszik kiválogatni, nekem egyik sem kell; vagy azt, hogy «nekem, kérem alássan, e tárgyban semmi további véleményem nincsen.» Akkor aztán lehet őtet tovább öntözgetni vagy édes, vagy savanyú lével, míg megporhanyúl.

De mennyire meglepte az irányadó egyéniséget, midőn áldozata e kérdésre talpra állva, azt felelte:

– Igenis, vannak határozott nézeteim az iránt, hogy minő elveket kellene szem előtt tartani a kinevezéseknél; hol kellene keresni az alkalmas egyéniségeket. S e nézeteimet, ha méltóztatik megengedni, körülményesen előadhatom.

E válasz annyira meglepte az irányadó egyéniséget, hogy széket mutatott a vallatottnak, s azt mondá neki: «tessék leülni, kérem!»

Az a nyugalom, a melylyel a fiatal ember a kinált ülést egy oly rettenetes nagy hatalmú helyen elfogadta, tanusítá, hogy bízik magában s nem veszi sarcasmusnak a nyájas megtiszteltetést.

A ki le mer ülni az Olympon Jupiter előtt, az maga is legalább is Apolló.

A kérdés pedig olyan, a minőket azzal szoktak végezni, hogy a ki felelni tud rá: erit mihi magnus Apollo.

– Tehát hogyan kellene eljárnunk a kinevezéseknél az ön bölcs belátása szerint? – szólt a főúr, megállva az ablak előtt s lábait szétvetve.

– Elő fogom adni nézeteimet; de kérem, tessék szintén helyet foglalni, és ne csak engemet ültetni le.

– Óh köszönöm! – volt az iróniás válasz. – Én még nőni akarok.

– Én pedig nem akarom, hogy a mit beszélünk, az előszobában is meghallják! – szólt Angyaldy, fölkelve a székről. – Azért ha méltóságodnak csak az a szándéka, hogy érintett czikkemért egy általános leszidásban részesítsen, tessék röviden elvégezni, és azután rendelkezni velem, hogy hova menjek, haza-e, vagy máshova? Ha pedig azt kivánja, hogy valóban elmondjam, mit gondolok: akkor kegyeskedjék figyelmével megajándékozni.

– Óh kérem, ne tessék haragba jönni! Inkább üljünk le hát szépen egymás mellé.

– Én azt hiszem, – szólt egyenesen a tárgyra térve Angyaldy, – hogy a jelen irányadó körök nagyon tévednek, midőn a kormányzat szervezésénél épen a legnépszerűtlenebb elemekre akarnak támaszkodni.

– De hát mi a tatárt csináljanak, ha a népszerű elem nem akarja magát ideadni, hogy rátámaszkodhassunk? Kormányzatra pedig szükség van, s azt alakítjuk a rosszból

123

– ha nem kapjuk a jóból.

– Meg volt már kisérelve?

– Ohohohó! Mindenütt. Egy esküdtet nem lehet megkapni! Egy éhenholt esküdtet, a kinek hét gyermeke jutott a gyékényre: még se jő hozzánk.

– Hiszen az a hiba, hogy alulról kezdték a kisérletet, az éhenholtakon. Azok kitartanak. Felülről kellett volna kezdeni. Azokon, kik ragyognak. Mi nyereség van egy nyomorulttal, a kit az inség hajt a keresethez? Lenézik, s ott hagyják; de ha egy pártvezető indul meg, egy kitünőség: az megzavarja az egész tábort, az magával visz és hódít.

– Okos beszéd! Más is rájött volna erre. De hát ki tud ezekhez hozzáférni? Úgy-e bár, erre azt feleli ön nekem: «fogj magadnak törököt, ha kell!» De most mindjárt megfogom én «önt.» No ne ijedjen meg, nem önt magát; nincs nekem firkászokra szükségem. Azokat simpliciter becsukatom. Hanem mit szólna ön például ahhoz, ha azt mondanám önnek, hogy tehát én akarok egy népszerű celebris hazafit megkapni, a ki senki más, mint önnek a principálisa, Harter Nándor.

Angyaldy nem érezte magát sarokba szorítva.

– Tessék megpróbálni!

– Igen könnyű ezt önnek felelni: tessék megpróbálni! mert tudja, hogy nem jöhetek össze vele; mert olyan bolondot nem tesz, a miért hivatalosan ideparancsolhassam; szüksége nincs rá, hogy kénytelenségből jőjjön hozzám; ha pedig barátságosan hivom ide, azt fogja rá felelni: hogy beteg, hogy a lába fáj, vagy ha nagyon jó kedvében kapom, még azt üzeni, hogy épen annyira van neki ide jönni, mint nekem odamenni ő hozzá. Úgy-e?

– És ha én azt mondom, hogy Harter Nándor minden barátságos hivás, minden hivatalos parancsolás nélkül is el fog ide jönni, önkényt, maga jószántából?

– Talán ön eszközölné azt ki?

– Én!

– Van valami talizmánja hozzá?

– Azt én tudom.

– És mennyi idő alatt?

– Nyolcz nap alatt.

– Nyolcz nap alatt? No megálljon egy kicsit. – Itt e szónál íróasztalához lépett az irányadó egyéniség, kivett annak fiókjából egy levelet s odatartá azt Angyaldy elé.

– Ismeri ön ezt az írást?

– Jól ismerem. Harter Nándor írása.

– Olvassa el a tartalmát!

– Azt is ismerem. Az van benne, hogy köszöni a benne helyzett bizalmat, de gyöngélkedő egészsége nem engedi, hogy tavasznál hamarább ily hosszú utat tehessen, akkor pedig fürdőkre kell mennie.

– No és ön mégis azt hiszi, hogy nyolcz nap alatt megváltozik?

– Nyolcz nap alatt meg is gyógyúl, itt is lesz, és tiszteletét fogja tenni.

– Ha ön meg tudja tenni azt az ezermesterséget, hogy Harter Nándor az én szobámba bekoczogtasson nyolcz nap alatt, akkor én önnek...

– Semmi jutalmat nem kérek.

– Nem is azt akartam mondani. Akkor én önnek elengedem a perbefogatást azon firka miatt.

– Óh kérem! – szólt nevetve Angyaldy, – még annyi remunerátiót sem igénylek. Csak tessék rólam egész atyai szigorral gondoskodni. Én tudom, mit miért teszek? Hanem arról jót állok, hogy Harter Nándor nyolcz nap alatt itt lesz.

– Jól van. Most elmehet ön. De azt ne gondolja, hogy most már megmenekült. Mert ha velem tréfálni méltóztatott, nyolcz nap múlva kegyeskedünk egymással számot vetni.

– Csupán egyet kérek. Ne méltóztassék ez ügybe ez idő alatt beleavatkozni, különben én nem végezhetem.

* * *

Még nem telt el nyolcz nap, már Harter Nándor fenn volt Budapesten.

Titkára, kit sietett előre értesíteni jöveteléről, már szállásán várta a fogadóban.

Annak elmondta az indokokat, a mik idejövetelét siettették. Az irányadó körökkel szükséges érintkeznie, még pedig rögtön és múlhatatlanul. A Tisza és mellékfolyói fenyegetően megáradtak, a töltések veszélyeztetvék. Ez egy oly közügy, mely mellett minden pártszinezetet el kell felejteni. Itt rögtöni segélyre van szükség, s azt csak tettleges hatalom adhat; s ilyenkor bárminők legyenek is nézeteink a tettleges hatalom törvénytelen álláspontja felől, nem mulaszthatjuk el, hogy embertársaink iránt való tekintetből érintkezésbe ne tegyük magunkat vele. Azért sietve fel kell menni a titkárnak, a tettleges hatalom vezetőinél rendkívüli napon kihallgatást kérni Harter Nándor számára.

Angyaldy végezte a rábizottat. Sietett órát kérni a megjelenhetésre főnöke számára.

– Hm! Ön mennykő gyerek! – dícséré őt az irányadó egyéniség. – Csakugyan beváltotta szavát. S nem tudja, mi hozta ide a nemes urat?

– A Tisza öt nap óta nagyon árad; a töltés fenyegetve van.

– Hát ön hogy tudhatta ezt ezelőtt nyolcz nappal?

Azt hitte, hogy most már igazán megfogta Angyaldyt.

Az pedig könnyü vérrel felelt rá:

– Megérzem messziről a vizet, mint Richárd abbé.

– Nem szeretem a tréfát! Nekem szabad tréfálnom, de önnek nem. Feleljen egyenesen. Hogy tudta ön ma egy hete, hogy Harter Nándor e miatt fog idejönni?

– Tehát megmondom egyenesen. Én nem hiszem, hogy a Tisza miatt jött ide. Azt ő hireszteli egész eddig a küszöbig mindenkinek; de idebenn másról fog beszélni.

– Miről?

– Már arról szabad legyen méltóságod kegyes beleegyezésével legalázatosabban semmit sem tudnom.

– Ilyen emberre volna nekem szükségem, mint ön.

– Szolgálni fogok, – a mikor nem méltóztatik velem parancsolni...

... Tehát mi hozta ide Harter Nándort?

* * *

Az elfogadási óra még az nap délutánra lőn meghatározva, s Harter Nándor a kitüzött időre, ha nem is elsőrendű díszruhájában, de mindenesetre fekete parádéba öltözve, megjelent az irányadó egyéniségnél titkára

127

kiséretében, mely utóbbi az előszobában hátramaradt, s ott mulatta magát tetszése szerint a hivatalos rangtárssal egész kedélyesen.

Az értekezés öt egész óranegyedig tartott, s abból az előszobában nem igen hallhattak meg semmit: szokása levén az odabenn lévő két nobilitásnak, hogy mikor beszélni kezd, nem törődik azzal, hogy a másik hallgat-e rá, vagy szintén beszél? s ekként egyszerre ketten szónokolván, az ilyen párbeszéd sem az ajtón ki nem vehető, sem betükkel nem reproducálható, ha csak mint egymás hegyébe irott palimpsest nem.

Midőn azonban ismét nyilt az ajtó, annyi kivehető volt, hogy az irányadó egyéniség igen nyájasan kisérte ki vendégét, míg az láthatólag fel volt hevülve.

– A viszontlátásig! – volt az előbbi búcsúszava Harterhez, míg Angyaldynak annyit mondott bizalmas leereszkedéssel, hogy: «No önnek is haza lehet már menni.» Ennek Angyaldyra nézve volt valami értelme.

– Vajjon mit beszélhettek az öregek odabenn oly sokáig? – súgá collegájának az irányadói titkár.

– Azt nem tudhatjuk! – felelt Angyaldy okosan.

Hogy az irányadói titkár megtudhatta-e valaha? azt nem fürkészszük; hanem hogy Angyaldynak könnyű volt mindazt megtudni, azt a kettős kulcs története már előre sejteti velünk.

Harter Nándor pontos ember volt, minden napjáról számot adott magának; leírta élete nevezetesebb mozzanatait, minden emlékezetes élménye együtt volt található naplójában.

Angyaldynak csak egy olyan estét kellett ellesnie,

128

melyben főnökét a casinói élvek lefoglalják, hogy titkainak ajtaját felnyissa s olvassa a legutolsó napokon – a mi következik.

├──────────────┤

«A falusi magány nem hogy megmentene az ő emlékétől, még jobban megtölti lelkemet vele. Nem láthatok egy bokrot kertemben, egy virágot üvegházamban, hogy eszembe ne jusson: ez az ő kedvencze volt; itt láttam ülni, itt perlekedtem vele. Miért nem tudtam akkor, hogy őt annyira szeretem?

Mikor szobáimon végig megyek, azt hiszem, hogy neki ott kell lenni valamelyikben; s ha körülöttem hallgat minden, elbámulok rajta, hogy hát az ő szava hova lett innen? Pedig egykor hogy gyűlöltem még a hangját is!

Még az ajtót is bezártam, mely szobáinkból nyilt egymásba.

Most pedig hatvan mértföldnyi távolban vagyunk egymástól, s mégis szüntelen nála lakom. Ha csak a felét e távolságnak eltörölhetném! Ha csak egy városban lakhatnánk! Ha csak láthatnók egymást!

├──────────────┤

«Mi történt ma velem?»

Ő tőle kaptam levelet.

A borítékon megismertem vonásait. Egykor úgy borzadtam e vonásoktól, hogy mikor levelet küldött hozzám, ha távol jártam, napokig el hagytam heverni asztalomon felbontatlanúl.

129

Most reszkettem, mint egy szerelmes poéta.

Sajátságos levél volt az: Malvina kérelemmel fordúl hozzám.

És mit kér? Igen prózai dolgot.

És kinek a számára? A férje számára.

Felkér, hogy nagy tekintélyemnél fogva vessem közbe magamat, hogy a kormányköröknél a magyarországi hadsereg-élelmezés egyik osztálya, melynek Budapest a székhelye, adassék át Lemmingnek.

Nem bolond kivánság ez? én hozzám intézve?

Lehet nekem erre egyebet felelnem, mint azt, hogy: «Asszonyom! Nekem semmi befolyásom a jelenlegi kormánynál, én grácziát vesztett személy vagyok. Aztán mi közöm nekem ahhoz, hogy miként élelmezik a katonákat? És legfőkép mit bánom én, Lemming úr sütteti-e nekik a prófuntot, vagy más? Mi közöm nekem a kormányhoz, és mi közöm Lemming úrhoz, az ön férjéhez, vagy Lemming úr feleségéhez, a tőlem elválasztott idegen asszonysághoz?»

Ez volna a legtermészetesebb válasz Malvina levelére.

És én nem ezt válaszoltam neki, hanem azt, hogy emlékezem a régi boldog napokra, s ez arany-emlékekért megteszem azt a lépést, a mit nem tennék meg a kerek föld minden dicsőségeért, s elmegyek Lemming mellett könyörögni.

Mert a gondolatok háttere az, hogy ő Bécsből Budapestre fog akkor lejönni, s a távolság csak felényi lesz azontul közöttünk.

Nem a sors intézte-e ezt így? Nem a végzet hozta őt hozzám ismét közelebb?

Ma megtettem azt, a mire kért.

Egy olyan lépést tettem miatta, mely nagyon síkos lejtőre vezet, a hol ha az ember egyet csúszik, könnyen úgy járhat, hogy meg nem áll, míg a lejtő aljáig nem ért.

Ürügyet találtam az irányadó köröket meglátogathatni, a nélkül, hogy közeledést áruljak el. A vizek szokatlan áradása. A gyors segély szüksége.

Azután beszéltünk másról.

Mintha csak mellékesen jutott volna eszembe az a sok visszaélés, a mi mindenfelé történik a kormány nevében, a miről az persze nem tehet. Különösen a hadsereg élelmezése dolgában.

Az ember azt gondolná, mikor a hadi budgetet olvassa, hogy a mi katonáink csupa kávében és tokaji borban úsznak. Úsznak biz az élelmezési vállalkozók. Azonban én tudok egy igen becsületes embert, a ki nem olyan, mint a többi, nekem nincs okom őt különösen szeretni, nem is barátkozhatom vele soha; mert hiszen ez azon ember, a ki tőlem elvált nőmet feleségül vette. Én ezt az embert teljes joggal kerülöm a világban, de el kell ismernem, hogy megbizható ember, s így az állam érdekében ajánlhatom, hogy a pesti vállalat adassék az ő kezébe.

Hanem ezuttal nagyon megfogtak.

Azt viszonozta az én főuram, hogy ha olyan igen szívemen hordozom az államgazdászat jobb irányát, ám segítsek rajta saját tehetségemmel is. Hiszen ha az alsótól a felsőig minden ember tiszta kezü volna, akkor lehetetlen volna egynek megmaradni a sorban, a ki csempész legyen; de ha csak egy csempész a sok közül, a többi az egész sorban mind utána menni kénytelen. Ha én Lemminget ajánlom, az ajánlat elfogadható; hanem akkor vállaljam el egyuttal az ellenőrködést is felette, fogadjam el azon magas kormányi hivatalt, mely e szakosztályt kezeli: legyek tanácsos.

Én egész méltósággal utasítottam vissza e kínálatot.

Ily fordulatot az én multam meg nem enged.

Nem tudom, mi lehet az arczomban, a mi gondolataimat elárulja?

A visszautasítás által csak ujabb okot látszottam adni a rábeszéltetésre.

Olvasta volna tán szememből, hogy reszketek annál a gondolatnál, hogy most egyetlen fordulattal ott találjam magamat, a hol napról-napra, folytonosan szemközt kell állnom azzal, a kit oly vágyva óhajtok elérni; hogy nem csak egy városban lakhatnám vele, de minden érdekének szálai ujjaimhoz lennének kötve: a férj, kit magának választott, az én kézcsókoló szolgám lenne; parancsaim végrehajtója; örök lekötelezettem, kit az önérdek lábaimhoz fűz.

Ez a gondolat engem elkábított. Magam sem tudom, miket beszéltem ottan. Rosszul védhettem magamat, mert mikor eljöttem, ez a szó hangzott utánam: «A viszontlátásig!»

A nagy hazafi naplója folytatá:

«Igaz, hogy mindennek vége van már. Váratlan fordulatokra nem számíthatunk. A bevégzett tények ellenünk fordulnak egyenkint. Ha a haza nem tett magáért semmit, hát én hogyan tegyek a hazáért mindent?

Hanem mégis nagy dolog az a közbecsülés.

Most ezek mind vezérüknek tartanak.

132

Mit fognának mondani, ha elpártolnék tőlük?

Velem jönnének-e?

Hátha csalatkoznám s egyedül hagynának? Senkinek a szemrehányásától nem félek annyira, mint Világosiétól.

Ez az ember azért látszik születve lenni, hogy mikor én valami kellemetlen dolgomat már jó mélyen eltemettem, akkor azt kivájja a sárból s szépen fényesre csiszolva, odahelyezze a világ elé.

Mikor most huszonegy éve elhagytam Marit, a szegény bohó leányt, a ki mindent elhitt, a mit fiatal emberek suttognak fiatal leányoknak: azt hittem, vagy elhal bánatában, vagy elbujdosik távol innen s nem látom többet, nem beszél felőle senki többet; akkor ez az ember megszánta ezt a tőlem elhagyott leányt és nőül vette. És nekem azontúl minden nyomon kellett találkoznom Marival, mint köztiszteletben álló asszonysággal, ki engem egy tekintetére sem méltatott. És azt minden ember tudta azontúl, hogy ő férjét mennyire becsüli és engem mennyire megvet; és én e tudat ellen hiába küzdöttem.

Azt hiszem, második nőmmeli szerencsétlenségemnek is ő volt az oka. Malvina megtudta előéletemet s az hidegíté el irántam. Világosi pedig az az ember volt, a ki felől azt beszélték, hogy mindenki becsüli, de neje legjobban.

Mikor a megyei tisztikar leköszönésére indítványt tettem, úgy szerettem volna, hogy ez az egy ember ott maradjon, ne jőjjön velem.

Hadd lehetett volna őt legalább egy napra megaláznom saját neje előtt. Hadd láthatta volna a különbséget köztem és közötte. Én a népszerűség nimbuszában, ez pedig a lenézetés kopott öltönyében, mely rongyos és piszkos ugyan, de felveszi, a ki fázik, mert meleget tart.

133

És most én vegyem fel a «meleg» öltönyt és engedjem a nimbuszt annak a másiknak?

Ha ez az egy ember nem volna a világon, tán könnyebben elhatároznám magamat valamire.

Úgy sem lesz már ebből az országból semmi.

De még sem tehetem multam miatt.

Átlátom, hogy vétek tőlem ily tetterőt, minő keblemben szunnyad, eltemetni; de látom, hogy kötelességem halva lenni. És tökéletesen halva is volnék, ha az a nő nem figyelmeztetne rá, hogy még álmodom.

Mindig ő róla álmodom.

És most itt volna az alkalom: megfogni az álmot, és azt mondani neki: ébren is kezemben vagy.

Esztelen képzelet!

Enyim volt. Eldobtam; nem kellett. Kiverem a fejemből mind őt, mind a rang fényes csábképeit.

Harter folytatni fogja az özvegy medve szomorú szerepét. Tél és rosz kedv van hozzá elég.»

Ez volt utolsó lapja a naplónak.

Angyaldy úgy látta, hogy a méregből még egy adag nem hatott egészen az elevenig.

Ismételjük az adagot erősebben.

Néhány nap mulva Budapestről kapott levelet Harter, az ismeretes kézvonásokkal.

Malvina köszönetet mondott neki szives közbenjárásáért.

134

Eddig is sikere volt már. Óhajtja e szivességet egykor meghálálhatni.

Egyuttal egy pár fényképezett arczmását küldi emlékül; csak azért, mert ezek jobbak, mint a minőket otthon a provinciális photograph a maga primitiv szerszámaival készített. Hiszen ha egyéb viszony megszakadt is, a régi jó barátság fennállhat mindvégig az egymástól eltávozottak között.

Oh! azok bizony egészen más fényképek voltak, mint a minőket a vidéki chemicus a nap segélyével a papirosra égetett.

Az egyiken mint amazon volt levéve Malvina; lovon ülve, uszályos lovagköntösben, mely termete szépségét kitünteté; a másikon otthonias pongyolában, fehér, himzett, tapadó öltönyben, lebontott hajfürtökkel, karszékben ülve és kezében maga is egy photograph-albumot forgatva; a picziny papucsos lábacska egy bársony zsámolyra volt téve, s az áruló köntösszegély engedé láttatni a karcsú bokát.

A fénykép-album nyitott lapján egy arczkép volt látható, félreismerhetlen parányiságban.

Harter Nándor mohón keresé elő roppant nagyító üvegét, melylyel térképeken szokta keresgélni az apró helységek neveit; s azt nézte vele, vajjon kinek az arczképe lehet az, a mire az a másik arczkép függeszti a szemeit?

És csakugyan elhitette magával, hogy annak, bár nem lehet ugyan a képét tisztára kivenni, de a dolmánya gombjai, meg a mentevetése egészen hasonlítanak ahhoz, a hogy ő valamikor levétette magát.

Ez ábrándteljes vizsgálódásaiból titkárának közbejötte zavarta fel.

Angyaldy úr ezuttal igen prózai dolgokkal jött főnökét háborgatni.

– Itt hever egy pár levél, melyben lejárandó váltókra figyelmeztetnek tulajdonosaik, miket nem szándékuk tovább megújítani, miután más üzletben nagyobb haszonnal remélik forgathatni tőkéiket.

– Ugy-e? Most már nem vagyok nekik elég jó? Míg a hatalom kezemben volt, addig kinálva hozták, ha nem kértem is. Hiszen majd kinálkoznának még!

Angyaldy vállat vont. Van itt még más levél is elég.

Külföldre menekültek, külföldi lapok vezérczikkezői sürgetik az elmaradt segélyt, a minek rég kiapadtak a kútforrásai.

– Különös! Hát nem lesz már ennek soha vége?

– Oh igen! csak egy szóba kerül s mindjárt vége lesz.

Csak a czímen kell egy szót igazítani, sohase jönnek azok a levelek többet ide!

De még van hátra valami.

Egy csoport számla.

– Miféle számlák?

– Tetszik tudni. Olyan régi fajták.

Bizony azok még az elvált nagyságos asszony emlékei, miket becsületes selyem- és pipere-árúsok nem resteltek megtartogatni s nagy idő mulva előkeresgélni és præsentálni – az elvált férjnek.

Holmi közönséges ember az ilyen emlékeknél legalább is egy szelid teringettét szalasztana ki az ajkán s tanácsot kérne a mennydörgős mennykőtől, hogy nem lehetne-e az ilyen hitelezőket megütnie, a kik akkor hozzák az ember feleségének a kontóit a nyakára, mikor az embernek a felesége már a más ember felesége? Hanem Harter Nándor e helyett azt kérdezte, hogy «sok az az összeg?»

– Biz az megy egy pár ezer forintra.

– Van-e pénztárunkban pénz?

– Ott mindig kell pénznek lenni. Hanem hogy erre való van-e? azt nem tudom.

– Kell erre valónak lenni. Váltsa ön be Malvina számláit, mik azon időről keltek, a míg nőm volt.

De nagy bolondok lennének azok az üzérek, ha tévedésből egy pár posthumus számlát is nem törvényesítenének, miután ettől az úrtól olyan könnyű azt megkapni, Lemming úrtól pedig olyan nehéz.

Harter Nándor kiadta fiókjából az állampapirokat, mikkel a felsorolt ügyeket rendbe lehetett szedni, s gondosan elzárta helyébe a két arczképet.

Három nap mulva a hivatalos lap hozta Harter Nándor tanácsosi kineveztetését. A laikusok összecsapták a kezeiket, amaz ismeretes klubban pedig kezdtek kettőt tenni egy ellen, mikor Harter Nándorra fogadtak a tigris vetélytársa ellenében.

AZ ASSZONYSÁG ÉS AZ ASSZONY.

Egy hónap mulva már együtt vagyunk Budapesten.

Lemmingéket már ismerik a társaskörök.

Malvina a legtöbbször emlegetett delnő. Ragyogó szépség. Mindenki bámulja. Messziről sugárzik az arczáról az a bizonyos fény, a miről a nők boldogságát fel lehet ismerni.

Míg ez a nő egy olyan férj tulajdona volt, a ki maga fénylett, tündökölt, senki sem vette észre: akár a holdat, mikor föld árnyában áll felénk; és most mindenkit vonz maga után, ki azon bizonyos holdkórosságra hajlandó, a mit egy delejes hölgyarcz idéz elő; mint a hold, mikor szemben áll a nappal.

De hát ki ez az új nap, ez a Lemming, nézzünk már egyszer bele.

Csillagzatára nézve vállalkozó és pénzüzér, ki mindjárt a növésével oly szerencsésen kezdte az üzletet, hogy három hüvelykkel alul maradt a legalsó katonamértéken, s így ezerötszáz forintot megtakarított, a mit szálasabbnak eredt kortársai mint katonaváltságot kényszerültek az állam tenyerébe leszámlálni. Arczvonásai egy vén gyereket tüntetnek elő; hanem külső viselete maga a divatos elegantia, s külső modora finom és udvarias.

De úgy hiszem, szeretnénk arról is valamit hallani, hogy minő tulajdonsága az, a mivel kiérdemelte, hogy Malvina boldog nőnek érzi magát mellette?

Szinte félve fedezem fel e titkot, s ugyan körülnézek,

hogy nem-e hallja meg valami ártatlan kedély, a kinek még ilyesmit nem kellene megtudni.

Tehát bizony Lemming úr titkos jó tulajdona, a mivel Malvinát oly boldoggá varázsolta át, abból áll, hogy soha sincs otthon egész nap.

Mindig utazik, mindig üzlet után jár, minden találkozása Malvinával vagy búcsú, vagy viszontlátás.

Oh! Így Columbus is fel tudta állítani a tojást; csakhogy az aztán nem volt többé tojás.

Nem tehetek róla. De biz ez így van.

De hát akkor minek Lemming úrnak ez a szép asszony?

Minek? Annak, hogy ez neki egy ambulans firmája.

Egy szép delnő, a kiről az egész világ beszél, a ki után a férjt mindenütt emlegetik, lehet-e ennél hatályosabb reclam? A világ minden hírlapírójának barátsága nem csinálhat annyi szükséges zajt egy üzlet emberének, mint a mennyit egy szép asszonyság csinálhat.

Csak járjon el nagysád minden tánczvigalomba, minden hangversenybe, minden lófuttatásba, minden szinházba; csak viselje haját toronynak fonva, csigának csavarítva, Meduzának borzolva, polypnak csapozva, hableánynak hullámozva, ma veresre festve, holnap aranyporral behintve; öltözzék pávának, pávatollas uszálylyal, királyi rezgőkkel; mutassa szoborszépségű karjait, csábító vállát, bársony keblét a közönségnek; hordozza fehér nyakán a szivárvány tört darabjait brilliánt ékszereknek; tünjék fel ma mint éji lepke, bizarr feketének, rubinos szárnyakkal; holnap mint keleti királyné, minden divatot arczúl csapó új ötletekkel; menjen szemközt az általános ízléssel; fordítsa meg a mindennapi szokást; hódítson, bájoljon, ragadjon magával!

ez mind szükséges az üzletre nézve; mert mindazok, kik elbámulnak, elragadtatnak és mindazok, kik versenyeznek, irigykednek, megszólnak, és mindazok, kik megbotránykoznak, csodálkoznak, kritizálnak: azok mind hirdetve hirdetik a nagy világnak, hogy a Lemming-firma valami nagyszerű, valami utólérhetetlen, valami rendkívüli.

És ez bizony meghozza a maga perczentjeit.

De még egyébre is jó egy szép asszony.

Vannak dolgok, a miket férfiak igen drágán kaphatnak meg, asszonyok pedig igen olcsón.

Nehogy valaki frivolításokra gondoljon, mindjárt meg is mondom, hogy mit?

Hát például ama bizonyos vállalatot, melynek kedvéért a Lemming-firma érdemesnek tartotta áttenni lakását Pestre, s mely igen jövedelmes vállalat, ki tudja, mily áldozatba került volna Lemming úrnak? Vannak a kik e kérdésben birnak tapasztalatokkal. Míg Lemmingné asszony vett magának ötven krajczárért egy fényképet, azon a fényképen vett magának egy hirhedt férfiut, s annak a hirhedett férfiunak az árán megkapta a kérdéses vállalatot.

S ilyen aprópénz több is van még a világban.

Tehát két hónap mulva azon idő után, hogy Harter Nándor elhatározta magát azon lépésre, mely őt egy egészen új sphærába vezette át, Angyaldy úr egy napon déli 12 órakor ellátogatott Lemmingné asszonysághoz.

Az asszonyságnak pompás szállása volt a Lipótváros legdíszesebb utczájában, s salonjait látogatta az előkelő világ is.

Angyaldy úr komornyikot talált az előszobában, annak névjegyet adott át; a komornyik bement, kijött, azzal ajtót tárt előtte s mutatta neki, hogy tessék bemenni. A hogy uraknál szokás.

Az asszonyság nehéz brocatba volt öltözve, elfogadási toilettében, kezein félkeztyűkkel; selyem damaszk pamlagon ült s kecses kézmozdulattal inte Angyaldy úrnak, hogy foglaljon helyet a svájczi karszékben.

Angyaldy úr, úgy látszik, nem tartozott azon niveaun álló emberekhez, a kikre mosolyogni szükség; az asszonyság csupán a nyájas leereszkedés tónusáig alázta meg hozzá magát. Hiszen ez csak titkár.

Távolabb, de már nem svájczi karszékben, hanem csak olyan közönséges széken ült még valami kisasszony, szintén selyem ruhában. Alkalmasint társalkodónő.

Volt még egy papagály is rézkalitban és olajfestmények a falon.

Zongora is volt ott, bár Lemmingné nem tudott zongorázni. Lehet, hogy most tanul.

– Régen nem láttam önt, Angyaldy úr! – szólt Lemmingné hideg közönynyel.

– Bizony régen! Igen szép nagysádtól, hogy még nevemre emlékezik. Most is csak főnököm parancsa késztet nagysád perczeit igénybe vennem.

– Főnöke küldte? Ah! Halljuk: miért? Én egy nagy köszönettel tartozom neki – nem felejtettem el – szíves közbenjárása végett.

– Arról én mit sem tudok! – szólt Angyaldy úr. – Egészen prózai ügy, a miben jöttem.

– Kiváncsi vagyok rá!

Angyaldy úr egy jelentékeny tekintetet vete ama másik

142

hölgyre.

Lemmingné elértette azt.

– Oh! felőle beszélhet kegyed, csak francziául ért. Most francziául tanulok, helyzetemben szükség van erre.

– Azonban a mit én elő akarok adni, illustratióval is bír, a mit a törzs-franczia is megérthet. Egyébiránt – ime, itt van.

Azzal Angyaldy úr elővont egy csomag összehajtott papirost, s azt nagy illedelemmel átnyujtá az asszonyságnak.

– Mik ezek? – szólt Lemmingné, a nélkül, hogy egybe is belenézett volna.

– Megmagyarázhatom, ha nagysád maga nem akarja megnézni. Azon időbeli számlák, a melyben még nagysád Harter úr nevét viselte. Harter úr, bár több másfél esztendejénél, hogy nagysádtok összeköttetése megszünt, készségesen kiegyenlítette azokat, s most azért küldi át nagysádnak, nehogy ugyanazon számlákat az új jogczimen nagysádnak is előmutassák.

Lemmingné egy szót sem szólt arra, hanem felállt a pamlagról büszkén, s csengetett.

A komornyik belépett.

– Menjen ön az úrhoz, s mondja meg, hogy kéretem azonnal egy szóra.

Azzal ismét visszaült helyére s elkezdett a társalkodónővel valamit beszélni francziául.

Angyaldy úr ezalatt nézegethette az olajfestményeket s találgathatta, hogy mi lehetett egynek-egynek az ára?

Jött azonban Lemming úr, az üzenet következtében

sietve.

Volt már szerencséje Angyaldy úrhoz, nem volt szükség őket egymásnak bemutatni.

Lemmingné odamutatott az aranyozott lábu antikasztalon heverő papirokra s felfedezé azoknak kilétét Lemming úr előtt.

– Néhány régi számlám, miket most mutattak be Harter Nándor úrnak – tévedésből, miket a méltóságos úr túlságos udvariasságból kifizetett.

Lemming úr műértő birálat alá vette a papirokat, megnézte őket puszta szemmel is, azután meg aranykeretü lorgnonján keresztül is. Tulajdonképen azért nézte olyan sokáig, hogy addig Angyaldy arczát tanulmányozza.

De hiszen az becsukott könyv volt, még nem is a sarkával kifelé fordítva, hogy a czímét olvashatná.

– Tisztelt titkár úr! – szólt azután, a legimpertinensebb orrhangon: ön igen természetesnek fogja találni, ha Lemming Rudolf semmi tartozását Lemming Malvinának nem engedi senki által kifizettetni, mióta az ő nejévé lett. Lemming Rudolf tudni fogja, hogy mivel tartozik egy gentleman saját maga magának.

Lemming úr annyira becsülte saját énjét, hogy mindig csak harmadik személyben beszélt róla.

– Lemming Rudolf ezt a kétezer forintot Harter Nándor úrnak vissza fogja fizetni, még pedig minthogy e fizetések már egy hónappal ezelőtt teljesíttettek, tehát onnantóli kamatjával együtt.

Lemmingné inte férjének s csendes sziszszenést hallatott.

– Csak hagyjon engemet, kedvesem! Lemming Rudolf

144

bizonyosan nem fogja megsérteni Harter Nándor urat, a ki egy tetőtől-talpig gavallér, s kinek ezen tette is csak lovagiasságáról tanuskodik; egy Lemming be fogja tudni azt bizonyítani, hogy mint férj, mint gentleman és mint financier, egyenlő correctséggel tudott eljárni. A pénznem, melyben ez összeg visszafizettetik, oly bankutalványokban fog átadatni, mik egy hó előtt lejártak, s a miket midőn Harter Nándor úr a legelső bankárnál beváltand, az hozzáteendi a lejárati kamatot. – Óh! Lemming Rudolfnál mindenféle pénznemben történik a fizetés.

A titkár egészen megzavartnak látszék Lemming úr magyarázata által. Ah! egy valódi financiernek véghetetlen előnye van egy más fajta közönséges okos ember felett. Éreztetheti vele, hogy ez az egyedüli tudomány a világon, a mit ő tud és hirdet. A többi mind csak képzelem: ez a reálitás.

A mint hogy ez a reálitás át is vándorolt Angyaldy úr kezébe két darab ezeres bankváltó alakjában, mielőtt eszébe jutott volna, hogy az ellen valami kifogást is lehetne tenni.

Harter Nándor úr nagylelküsége vissza lett fizetve.

Lemming úr e fényes ripostirozás után diadalérzettől ragyogó arczczal nyult az asszonyság keze után s azt ajkaihoz emelve, ott, hol a kézcsuklyónál a keztyü végződik s az omlatag csipkeujj egy részt ama delejes eleven bársonyból szabadon hagy, hódolatteljesen megcsókolá.

Angyaldy úr is hasonlóan tett. Ő is kezet csókolt az asszonyságnak, csak a keztyü fölött. Jó neki ott is.

Azzal a jelenet be volt fejezve. A titkár úr mehetett haza. Ki volt fizetve.

Hanem ezért a felvonásnak még nem volt vége.

145

– Méltóságos uram! A pénzünket visszaadták! – szólt Angyaldy úr, midőn Harter Nándor dolgozó szobájába belépett. Elmondta, hogyan történt.

A méltóságos úr rettenetesen mérgelődött e miatt.

– Az embert legjobb szándéka mellett is félreértik s mindenképen megalázni törekednek. Most mit csináljak én ezzel a pénzzel? Kedvem volna az ablakon kidobni.

– Én tudnék egy jó ötletet mondani! kinálkozék a titkár.

– Mondja ön!

– Itt Pesten van több előkelő női egylet, melyek jótékony czélokkal foglalkoznak. Ha mi a pénzt, melyet már úgy is kiadottnak tartunk, átadnók a női egyletek egyikének, Lemmingné asszonyság nevére iratva, mint alapítványt, akkor a játszma megint a mi részünkre volna megnyerve. A lekötelezett mégis Lemmingné asszonyság volna; s a kiadás neki épen dicsőségére válnék, s azt el sem utasíthatná.

– Ez jó gondolat! mondá Harter. Felhatalmazom rá, hogy végrehajtsa.

– Azonban ezt mégis előlegesen tudatnunk kell az illetőkkel, nehogy illedelemszegést kövessünk el, s visszahuzásra adjunk ürügyet.

– Jó, menjen vissza s kérdezze meg Lemmingnétől, tetszeni fog-e neki e nevére teendő intézkedés?

Angyaldy tehát még az nap délután visszament Lemmingék szállására.

A komornyik megint elvette jegyét s kérdezé:

– Az asszonysághoz tetszik?

– Nem! Az urasághoz.

Tehát bevezette az urasághoz.

– Miben szolgálhatok? kérdé Lemming úr.

– Az elébbeni ügyben jövök Harter úrtól.

– Akkor tessék nőmmel értekezni.

– Bocsánatot kérek, azt többet nem fogom tenni. Ő nagysága ezelőtt néhány órával oly határozottan adá tudtomra, hogy eltévesztettem az ajtót, miszerint nekem soha sem lesz bátorságom többé az ő salonja ajtaján belépni.

– Óh, ho ho hó! kedves barátom. Az nem önt illette. Az más valakit illetett.

– Tudom. Hiszen én senki sem vagyok. Csak azon más valaki megbizásával járok ide-oda. Azért nagyon is rövid leszek. Az a más valaki a neki visszaküldött összeget, ha nagysádtok is beleegyeznek, óhajtaná a megnevezendő jótékony női egyletek egyikének átadni, mint Lemmingné asszonyság alapítványát.

– No már erre csakugyan mégis nőmnek a véleményét kell előbb kikérnünk.

– Az önnek a szabadalma. Én a kérdést önhöz intéztem.

– Teringettét! Ön nagyon szigorú, ha valamit egyszer föltesz magában. Tehát ön csakugyan azt hiszi, hogy magam menjek ezt nőmtől megkérdezni?

– Miután senki másnak joga nincs hozzá.

– Jó! Tehát tessék addig mulatni magát a könyvtáramban.

Lemming úr átvezette Angyaldyt könyvtárába, mely nem állt egyébből, mint pompás illustrált díszkönyvekből, mikben nem a szellemi tartalom, de a metszvények száma s a bekötés a drága, s ráhagyta, hogy töltse addig azok közt az időt, míg ő az asszonyságnál végez. Igazán pompás gyűjtemény az.

Angyaldy rá se nézett a pompás könyvekre. A félóra múlva visszatérő Lemming ugyanazon helyen találta őt állva, ugyanazon székhez támaszkodva s félkezével kalapját csipőjén tartva, mint a hogyan itt hagyta.

– Nos hát mit gondol ön: mi válaszszal jövök?

Angyaldy felhuzta a vállait, meggörbíté a térdeit, féloldalra szegte a nyakát s azt mondá:

– Nekem tökéletesen mindegy. Nem az én ügyem.

– No hát hallja meg a választ ő tőle magától.

Azzal Lemming úr feltárta az ajtót, melyen bejött, s ez ajtón át belépett Malvina.

Ezuttal már lovagló-köntösbe volt a szép hölgy átöltözve. Hosszú, testhez tapadó zsemlyeszín öltöny volt rajta, nyakán keskeny csipkefodor, piros szalag nyakkötővel, fején darutollas süveg, kezében könnyű lovagostor. Hosszú uszályát ostoros kezébe emelte fel, látni engedve az alsó öltöny finom himzését. Keblére egy csokor tavaszi ibolya volt tüzve; haja hosszú csigákban omlott vállaira.

Nagyon szép volt. De az még szebb volt tőle, hogy Angyaldy úrhoz olyan nyájasan szólt.

– Édes Angyaldy! Legyen olyan jó és nevemben mondja meg Harter úrnak, hogy nemesszivű ajánlatát igen szivesen elfogadom.

Így szólt a titkárhoz, tova lejtve:

«Agyiő!»

S azzal ostortalan kezét ismét csókra nyújtá elé. És ezuttal nem volt keztyű húzva ezen kezére. Azt szándékosan lehúzva tartá.

Mind megannyi gyöngéd, kiengesztelő figyelem, a mit feljegyezni méltó.

De Angyaldy nem igen látszott azt észrevenni. A felé nyújtott kézre csak úgy a levegőben csókolt egyet, hozzá sem ért ajkával, s midőn a tovasuhogó amazon a küszöbön elejté lovagostorát, Angyaldy úr olyan szépen elnézte, hogy siet azt feladni a férj maga, ki azután, hogy az asszonyságot kikisérte az előszobáig, még az ablakba állt s oda vonta magával Angyaldy urat is, míg Malvina a kapun kilovagol.

Leming úr arcza ragyogott a büszkeségtől, midőn szép neje végig robogott az utczán.

Szerette volna látni Angyaldy arczán, hogy hát az mit tud ilyenkor érezni?

Bizony semmit.

– Nem a mezőhegyesi ménesből való ez az almásszürke? kérdezé Lemming úrtól.

Soha ilyet! evődék Lemming úr, fejét csodatelten rázva. Mikor egy szép lovagnőt lát, azt látja meg, hogy a lova almásszürke!

– Hát ugyan minek látná meg egy ilyen szegény gyalog-polgár még a szép asszonyságot is? Tessék dictálni azt a dedicátiót.

Lemming úr tökéletesen igazat adott Angyaldy úrnak. Ez egy okos, meggondolt, hűs vérű fiatal ember.

A Lemmingnét érdeklő felajánlás a jótékony női egylethez feltétetett s azontúl Lemming úr biztosítva lehetett, hogy ambulans (és equitans) firmájának most már nemcsak a férfi-nem, sőt a hölgyek igen tisztelt birodalma is buzgó magasztalója leend, nem is említve a tömérdek hirlapi elismerést, a mi mindezzel együtt jár.

Harter Nándor úr ő méltósága pedig még inkább meggyőződött azon hitében, hogy Angyaldy úrban egy olyan kincsét bírja a példátlan hűségű ragaszkodásnak, a ki főnökének még legtitkosabb gondolatait is kitalálni, s vágyait megelőzve, betölteni igyekszik.

***

Tavasz kezdetén azt mondá Angyaldy főnökének, hogy ő beteges. Orvosa azt tanácsolta, hogy menjen ki a budai hegyek közé, az ottani üde lég ismét erőhöz juttatja.

Harter Nándor ráhagyta, hogy menjen ki. Úgy is kevés most a dolog. Elég ha minden másodnap egy pár órára lejön; ezalatt is elvégezhet mindent. Sokat fáradt a derék ifjú, megérdemli, hogy kipihenje magát. Keressen magának szállást a hegyek közt.

Angyaldy aztán keresett magának szállást a hegyek között. Nem a népes «Zugliget»-ben, a hol a gazdag polgárnők selyem uszálylyal seprik az út porondját; nem is a «Vezérhalmon», hol kintornaszó mellett tánczolnak tizenegy kurta-kocsmában minden este; nem is az «Isten-hegyen», hol krumplival, tótbabbal ültetett be minden feltörhető gyepet a haladó kultura; nem is a «Márton-hegyen», hol esernyőt von fel a nap ellen, a ki árnyékban akar pihenni; nem is a «Virányos»-ban, hol koczapuskások lövöldöznek harkályokra, s vénasszonyok állják útját a tévedezőnek, gombát kinálva; hanem van egy kis ház a «Farkas-völgy»-ben, ottan.

Azt is kevesen tudják, hol van a Farkas-völgy; a kis házat még kevesebben látták valaha; pedig az gyönyörű hely egy remetének, – vagy egy pár szerelmesnek.

Egy hosszú, mély völgy, két összeszorult hegyoldaltól képezve, miknek terebélyes bükk- és tölgyfái az út fölött összehajlanak, s e völgy sötét nyilásán keresztül lefelé tekintve, meglátszik a kék Dunának egy része, a ráczkevi szigettől kétfelé osztva, és aztán messze a láthatár ködeivel összefolyó végtelen alföldi róna; sűrűn beszórva messze elfénylő fehér házakkal, berajzolva jegenye-szegélyzett útvonalakkal. Az elterülő síkon élet és élet, itt a völgyben pedig a vadon nyugalma.

Még azt az utat is szépen benőtte a fű, mely rajta végig vezet; az utolsó szekér nyomát, mely a tavalyi szénát innen felvontatta, szépen befutotta a virágos szúlák. Az út mellett kétfelől gyöngyvirágok csengetyűi adnak jelt a prücskök hangversenyére, mik a fészkénülő zöldikét altatják; nagy terjű körökben, miket sötétebb fű képez a gyep között, pofók csiperkegombák csoportja kinálkozik, dagadó pamlagul a röpke nappali pávaszemnek; s a virághullató bokorban rigófütty, fülemüle-ábránd hangversenyez.

Itt nem jár a teljes czímű közönség; mert ha járna, nem volna itt se gyöngyvirág, se gomba, se madárfészek, se nappali pávaszempillangó, azt mind letépnék, megennék, kalitkába tennék, gombostűre szúrnák.

Hanem a völgy mélyében, az útfélen mégis van egy kis ház. Kinek jutott eszébe azt oda építeni? Az is bizonyosan valami különcz lehetett.

A ház kicsiny, csak egy szobából és egy konyhából áll; hátul van valami faépület hozzá, ha akarják, istálló is lehet. Elől a háznak messze kinyuló eresze, mely ablakát, mint fájós szemet, őrzi. Valaha kerítése is volt, de az bizony nem tartott örökké. Hanem a kerítés helyét elfoglalta aztán az ölnyi magasra nőtt csipkerózsa, mely épen most terítve van nyiló virágokkal, egyik fehér, másik testszín, a harmadik piros; egész virágerdő, mely tündérország édes illatát hinti szét.

Elől elvadultan nyiló orgonabokrok bozótja sejteti, hogy ott valaha kert volt, az udvaron pedig térdig érő fű nőtt, sárga pimpimpárévirággal tüzködve.

Ez a lakás tetszett meg Angyaldynak. Bele is költözött. Valami árva csődtömegé az, mely minden harmadik évben ki van adva nyáron át. Még a számát is kitörölte már annak az adókönyvből régen a registratura.

Hanem magános embernek, ki egy pár könyvvel háborítatlanul akar félrevonulni, vagy egy pár szerelmesnek, igen szép hely az ott.

Angyaldynak nem sok kellett a ház felszereléséhez, a mihez bútort természetesen nem adnak; egy hárs-ágy, egy szék, egy asztal, azon irószerek; ezt nem lopja el senki, ha ajtó, ablak nyitva van is. Cseléd nem kell neki, ruhát, szobát maga kitakarít; ebédre eljár félórányira a hegyi vendéglőbe, s vizet egy kis kulacsban maga hord haza magának. Hanem pohara van kettő, az egyikből maga iszik, a másikban virágokat tart.

Ki hinné, hogy még virágokkal is törődik? Tudós ember csak botanikát tanulmányoz azokból, ha figyelmére méltatja is; ez pedig friss vízbe teszi őket, a mi nem férfiszokás, és útra néző ablakát befuttatja friss zöld galyakkal.

Hogy még a száraz bureaucratáknak is vannak regényes kihágásaik!

Egy szép juniusi délután a Farkas-völgy fűvel benőtt útján egy lovagnő léptet egyedül. Kalpagjának kék selyemfátyolát arczára kapta a szellő, de tündéri karcsú termete, a feszes öltönytől elárult szoborszerű idomai

152

szépnek és ifjúnak hirdetik.

Csak egyedül lovagol, minden kisérő nélkül, s midőn alább haladva, mindig roszabbá válik az út, sok helyütt nagy kődarabokkal van torlasztva, ott leszáll a delnő nyergéből, s a mély út martjára felszökve, a szép mohos pázsiton gyalog megy odább, kantárszáron vezetve maga után paripáját.

Az úton gyöngyvirágot keres; azt keblére tűzi, s andalogva megy odább. Talán nem is keres egyebet.

A mint a kis völgyi lak elé ér, megállítja paripáját s kantárjánál fogva megköti egy fiatal bükk ágához, kivéve a zablát szájából, hogy legelhessen kedvére.

Maga pedig a kis ház felé siet.

A ház egyetlen lakója kijön eléje a pázsitos udvarra; az odasuhanó hölgy selyem öltönyét megfogják a rózsabokrok, mintha mondanák: itt maradj, ne menj tovább; az pedig nem vesződik a tövisekkel, hagyja tépetni öltönyét, hanem siet félrevetni arczáról a fátyolt; mert azon keresztül a csók zamatja elvész.

– Itt vagy tehát valahára! szól az ifjú.

Mennyi őrjöngés, mennyi boldogság, mennyi kín e néhány szóban.

«Valahára!»

És azután sorba csókolja az elé nyújtott fehér kéznek minden ujját, egyenkint minden ujjhegyét, és azután végig egész termetét, le egész a ruha szegélyeig, míg végre a földre borúlva előtte, átkarolja lábait egész szenvedélylyel, és zokogva ismétli: «Valahára!»

A hölgy pedig felkaczag magán kívül, s önfeledten veti le

magát melléje a sárga virágos fűbe, s karját karja alá fűzve, így iparkodik mosolygása napsugaraival fölszárítani az öröm könyeit kedvese szemeiből.

– Vártál reám?

– Óh! mi régen vártam!

– S hiszed már, hogy itt vagyok?

– Azt hiszem, hogy álmodom.

A hölgy villanyos kaczagása hangzott. Hahaha! Milyen szép álom! Erdő, bokor, virág, pusztaság minden ide van álmodva; te az én keblemen, én a tiéden. És senki sem tudja, hogy mit álmodunk.

Csak az erdők, csak a bokrok, azok pedig olyan jó titoktartók.

Szerelmet hirdet itt minden: fű, fa szerelmet illatoz; méh, bogár szerelmet zeng; s az erdők minden énekese csak arról dalol, azzal tölti meg a léget.

– Milyen szép vagy! óh! milyen imádandó szép vagy! Ne nézz rám, ne mosolyogj, mert megölsz vele.

– Ha rajtam állna, mindennap megölnélek, s mindennap újra teremtenélek: hogy a míg nem látlak, addig meg légy halva.

– Óh! esküszöm neked, hogy meg vagyok halva, a mikor te nem látsz. Hideg szobor vagyok, a ki nem él. Te viseled magaddal lelkemet. Óh! add vissza, óh add sokszor vissza.

És a hölgy tudta, hogyan kell az elrablott lelket visszaadni.

És aztán kezeit hátrahajtott fejére kulcsolva, melyet kedvese karja tartott fenn, ragyogó arczával a kék égbe

154

tekintett.

– Óh! milyen szép volna ez a világ, ha nem volna benne más, mint fák, virágok, madarak – és mi ketten!

Óh «mi ketten!»

– És egy egész átkozott világ áll közöttünk.

– De mi boszút állunk a világon.

– Szörnyű szép boszú! a minek szerelem a neve.

Az ifjú édes szavakat suttog a hölgy fülébe, az mosolyogva bólintgat fejével; minden idege hallja e szókat, s minden idege érzi azoknak édességét; kezei az «élek-halok» szirmait tépve, kérdezik: «szeret?» «nem szeret?»... Ha igaza van a virágnak, akkor egy csókkal kell mellette bizonyítani; ha nincs igaza: akkor megczáfolására – kettőt.

Vajjon mit suttoghat neki?

– Úgy haragszom rád, mikor messziről látlak; s mindenütt messze vagy nekem, a hol nem egyedül vagyunk. Mások beszélnek hozzád, mások mernek hozzád szavakat mondani, miken elmosolyodol; kísérnek, karjukat nyújtják, és én nem mondhatom nekik: «félre innen! ez az enyim, és senki másé!»

– Elég, ha te tudod, hogy az igaz! viszonzá a hölgy egy észvesztő oldalpillantást vetve felé ragyogó nagy sötét szemeivel.

– De hát annyira igaz-e?

A hölgy nevetett és ezt mondta neki:

– Óh! milyen nagy bolond az, a ki elébb feleletet kap, és azután kérdez.

– Tudom én, hogy ilyen nagy bolond vagyok. De te azon

155

ne csodálkozzál, s ha egyszer ide jösz hozzám, és erre a szép zöld fára felakasztva találsz, azon se csodálkozzál, mert őrjöngök mikor rád gondolok, és mikor a világban találkozom veled, egy légió veszett ördög marakodik szivemen.

A hölgy dévaj kaczagása jutalmazá és bünteté e kitörést.

– Látod, minek tartod a szivedet otthon? Hagynád nálam; én jobban gondját viselném.

– Elégnél tőle, ha te viselnéd.

– Hát nem látsz-e égni!? kiálta fel a hölgy, és most már nem nevetett, de arcza olyan színt váltott, mint azok az égő csipkerózsák, mik még a napsugár elől is eltakarják. Ég miattad testem, lelkem. Belerohanok a lángba, mint a lepke a mécsbe, és nem törődöm vele.

Azzal leszakított két szál vad rózsát, egyiket odatűzte kedvese mellényzsínórjához, másikat saját hajfürtjébe s aztán odahajtá fejét annak ölébe. Mit tehet arról valaki, ha a két leszakított rózsa ismét egymáshoz kivánkozott?

– Milyen szépen illik hajadba ez a félig nyilt rózsa! hizelgett neki kedvese. Olyan leányarczod van vele.

– Jobban tetszem úgy neked?

– Csak így tudok rád nézni, hogy a lelkem fel ne háborodjék. Ha gondolnád: mit szenvedek, mikor fejeden főkötőt látok, soha sem tennéd azt fel. A pokolból került elő, a ki azt a gondolatot előhozta, hogy a nők fejükre tegyenek valamit, a miről mindenki olvashassa: itt van a paradicsom, hanem te ki vagy űzve onnan! Óh ne tégy főkötőt, mikor gondolod, hogy én látlak; szép vagy, szivrontó vagy a nélkül is. Minek kegyetlennek is lenned?

– Jól van! Nem fogod azt látni többet. Hah! mi az?

A hölgy ijedten sikolta fel, s mint az őz szökött fel a gyepről.

– Mi az?

– Egy kígyó!

Úgy meg volt ijedve, hogy minden íze reszketett. Görcsösen kapaszkodék a ifjú nyakába, s minden vér elhagyta arczát.

– Egy kígyó jött hozzám a fűben, odaért a kezemhez; ah! leroskadok... Tihamér, segíts!

– Leona! Térj magadhoz, nincs itten semmi kígyó! Mitől ijedtél meg?

(Most halljuk először e két keresztnevet: Tihamér, Leona; azonban hát ki tudja, ezek-e az ő keresztneveik, vagy csak egymást nevezik így, hogy más előtt el ne árulják magukat véletlenül?)

– Tudod, én úgy félek a kígyótól! Nézd, hogy reszket a kezem. Hallgasd, hogy dobog a szivem.

S aztán olyan jól következett, hogy a reszkető kezet megmelengesse valaki, s a dobogó szivet lecsillapítsa egy visszadobbanó kebel.

– De lásd, milyen gyermek vagy te! hisz az saját lovagostorod volt, a mitől úgy megijedtél, szólt Tihamér, felemelve a fűből a rémület tárgyát.

A mire azután Leona (hivjuk mi is bizalmasan) egyszerre a legcsapongóbb nevetésbe tört át, s visszatért a kedve a szép természethez.

Hanem azért a zöld fűbe nem mert többé leülni.

– Lássuk, hogyan élsz te itt e remetelakban? szólt,

kiváncsian betekintve kedvese szobájába.

Ott pedig nagyon sok látni való volt. Egy nyugágy, betakarva friss fűvel, s egy asztal, ellepve mezei virággal; zöld levéltányérkán zsenge szamócza, a virányból szedve! és aztán egy szerény szilke aludttejjel és egy megszelt fekete kenyér.

– Ah! hiszen te engem kész lakomára vártál! szólt vidáman az úri hölgy s odalépve az asztalhoz, nem várt kinálást, leült mellé, letörte a fekete kenyér felét, beleaprította az aludttejbe, s megette azt a fakanállal, mintha soha annál jobbat nem izlelt volna.

Tihamér nézte őt a nyugágyra ledőlve és gyönyörködött benne.

Milyen gyönyör egy nőt elnézni, a kinek kedvese barna kenyere olyan jól izlik!

– Hát még a pompás szamóczák! Ezeket te magad szedted az erdőn!

De már azokat megosztotta Tihamérral; nem úgy, hogy egy szemet neki, másikat magának, hanem minden szemet megfelezve, a nélkül, hogy kezével törné ketté. A hogy galamb eteti a maga párját.

Milyen zamatosak e szamóczák!

Azután leült mellé a nyugágyra s karját nyaka körül fonva, egy népdalt dalolt neki nem annyira csengő, mint meleg, suttogó hangon.

– Miért nem tart ez így örökké? sóhajta fel Tihamér.

– Hiszen örökké tart, ha addig tart, a meddig élünk.

– Nálam igen. De te asszony vagy; csapodár vagy!

– Ki monda azt neked?

– A két szemem. Olyan szép vagy, hogy lehetetlen meg nem csalnod.

– Kiért? Azért-e, a kit mindennap látok, de nem szeretek?

– Oh! nem azért.

– Vagy azért, a ki engem imád, de a kit én soha sem látok?

– Nem is azért. Hanem a kit te fogsz majd imádni.

– Kit?

– Én nem tudom. De úgy érzem. Érzem, hogy vagy te fogsz engem megölni, vagy én öllek meg tégedet.

A hölgy kedélyesen felkaczagott e szóra.

– Te megölsz engem? Hahaha! Gyilkos! Segítség! Hahaha! És hogyan ölsz meg? Elvágod a nyakamat, elviszed magaddal a fejemet, s iróasztalodra teszed emlékül? Vagy ide szúrsz késsel? ide, ebbe a kebelbe? és nézni fogod, hogy omlik ki belőle az a piros forrás? Ugyan mondd meg, hogyan ölsz meg engem?

– Ne kaczagj! Ne tréfálj! Tudod, hogy én mindig mérget hordok magammal, és igen elhatározott ember vagyok.

– Mérget? Igazi mérget? a mi öl? Óh! mutasd meg nekem. Én soha sem láttam még mérget. Minek az nálad?

– Jó az olyan embereknek, a kik szeretnek hallgatni, s ha kell örökre elhallgatni.

– Óh! mutasd meg nekem!

Tihamér egy kis arany tokocskát vont ki kebléből, mely ott zsinóron függött s abból egy vékony papirburkot vett elő.

– És ez valódi, igazi méreg? kérdé ájtatos elbámulással a hölgy, szemei kerekre felnyiltak, ajkai gömbölyüre összehuzódtak, mint a ki először látja e rejtélyes csodaszert, a melynek neve «halál.»

– Halálos méreg.

– És ezzel megölnél engem, hogyha olyan idő jönne, midőn gyülölni fogsz?

– Bizony megölnélek.

– No hát ölj meg addig, míg szeretsz! szólt, és gyorsabban, mint a villám, kikapta a papirburkot az ifjú kezéből és a szájába tette azt.

Tihamér nem volt elég gyors azt megakadályozhatni, s mikor már megtörtént, akkor a remület torzarczulatával kiálta fel:

– Az Istenért! Leona! Mit csinálsz! Az halálos méreg. Add vissza gyorsan; ha átnedvesűl, meghalsz tőle.

Az ifjú térdre esett előtte, s kezeit megragadva, oda csúszott lábaihoz és kétségbeesésében haját tépte, és vonaglott előtte, mint egy féreg.

A hölgy pedig kevély mosolylyal tekinte le rá, és fehér fogsorát engedé láttatni, a mint összeszorította azt a szájába vett papirtok felett és gyönyörködött amannak kínjaiban, vonaglásában, kétségbeesésében, s mikor aztán megéglette ezt a daemoni gyönyört, akkor kivette szájából a mérget és visszaadá neki.

– Nesze! Tedd vissza! És máskor ne fenyegess engem azzal, hogy megölsz; mert megbánod azt!

Tihamér sietett a könnyelmű teremtésnek poharat hozni

vízzel, hogy öblítse ki száját, bár csak a külső papir érte is azt.

– Szájamat! Talán félsz tőle, hogy mérges? Ha méreg van ajkamon: halj meg tőle te is!

És tanította őt meghalni.

– És már most azután csitt! meghaltál. Egy szót se szólj többet. Gyilkos! Megöltél. Keresni fognak rajtad. Lásd, gondoskodom rólad, hogy meg ne büntessenek.

Azzal dévaj könnyelműséggel felkapott egy irótollat az asztalon s egy fehér lapra e sorokat irá a hölgy:

«Meguntam az életet; – utálom a világot; – gyűlölöm enmagamat; – meghalok önkényt. Isten legyen nekem irgalmas!»

– Ha egyszer meg fogsz ölni, ezt a papirszeletkét rejtsd csipkéim közé keblemen. Tudod?

Az ifjú mit tehetett, mint hogy arczra borúlt ily véghetetlen szenvedély, ily véghetetlen őrültség előtt, mely saját szenvedélyét, saját őrültségét oly messze múlta felül, mint a hogy az ezeregyéji mesék szellemei egymás fölé kerülni versenyeznek.

– Oh; te drágám, oh te mindenem! Nem tégedet megölni, de egy lábnyomodat nem tudnám eltaposni, a mi utánad a porban elmarad. A mihez hozzáérsz nálam, egy toll, egy papirdarab, tovább fog élni, mint magam. Kértem-e tőled valaha, hogy egy fürtöt hajadból vágj le nekem emlékül? Úgy-e, soha? Mert gyilkolásnak tartanám hajadnak csak egy szálát is levágni: e gyönyörű selyemhullámnak, melynek árnyékában annyiszor elrejtém arczomat, mikor a paradicsom fényét nem bírták el többé szemeim. Pedig az őrülés környékez, ha rágondolok, hogy e villanyos selyemszálak között másnak a keze is dúlhat, így, mint az enyim. Holott nekem minden szála ennek, mint egy tündér hárfa ezer húrja, ezer túlvilági dalt zeng. És te még fürtökben, szétszórva viseled azt. Nem gondolod meg, milyen kétségbeejtő arra, a ki szeret, látni, hogy a hány szál hajad, annyi emberhez hozzáér; idegenhez, udvarlóhoz, bolondhoz, gyűlölthöz! Oh! ne viselj szétszórt fürtöket.

– Óh milyen nagy bohó vagy te! suttogá a hölgy, s azzal felugrott Tihamér mellől s az ablakhoz futott, kitekintve annak zöld galy rácsozata között. Ah! nézd csak, lovam féke eloldozott, még eltévelyedik a paripám, s hogy megyek el lovagköntösben gyalog? Kérlek, légy szives segíteni rajta!

– Majd bevezetem az udvarba.

– Ne tedd. A lópatkónak mély nyomai vannak; azoknak nem szabad ebbe az udvarba vezetni; mikor eltávozom, lefelé fogok menni.

– Óh! milyen eszes vagy te!

– Mint a kigyó, úgy-e?

Angyaldy kiment a paripa felől biztosítani kedvesét. Mikor visszajött azzal a tudomással, hogy nem volt az fékéről elszabadulva: a meglepetés és ijedtség megállítá az ajtóban.

A szép hölgy hajfürtei rövidre le voltak vágva. Az az élő selyem, melyben perczek előtt oly kéjelegve dúltak újjai, ott hevert levágva az asztalon. A nő megfosztá magát bűbájos ékétől azalatt, míg kedvesét kiküldé; akkor tette le kezéből az ollót.

Azután mosolyogva inte neki:

– Itt van! Ne féltsd többet. Most már a tied és senki másé.

– Leona? Mit tettél?

– Mit? Boszút álltam azért a szavadért, hogy «eszes» vagyok; most már láthatod, hogy «őrült» vagyok. És ezentúl vagy imádsz, vagy elfutsz tőlem, ha meglátsz! Mert én őrült vagyok, a mikor rád gondolok.

Tihamér nem választotta az elfutást. Szemei kibirták egy nő tekintetét, a ki szerelmében őrjöng.

– És most tudod már, hogy olyan varázserővel bírsz, a minőt a regetündér adott pártfogoltjának; hogy a mi kivánságot kiszalaszt ajkán, az mind teljesül. – Azért vigyázz magadra! Vigyázz, hogy mit szólsz hozzám! mert nem mondhatsz nekem oly nagyot, oly rettenetest, hogy azt meg ne tegyem. Mondtad – és megtörténik!

– Csak azt kivánom, hogy jőjj vissza ismét.

– Az, ha tiltanád is, meglenne. Figyelj a nyitott ablakra.

A nap lemenőben volt már. Válni kellett. Hazáig még vágtatva is hosszú az út, mert Örs felé visz le az ösvény s egész kerülőt kell tenni rajta. Pedig búcsúzni olyan nehéz.

– Maradj itt, ne kisérj. Valaki mégis megláthatna. Hanem állj itt a vadrózsa-bokor mögött és nézz utánam, a meddig láthatsz. Adieu!

A hölgy kisuhant, elérte paripáját, zabláját helyreigazítva, felszökött nyergébe s ügető léptetéssel sietett el a kis ház előtt, könnyeden intve a vadrózsa-bokor felé.

Tízszer is visszatekintett, a míg a völgyi út kanyarulatához ért, hol sziklák, bokrok eltakartak előle házat, vadrózsát – mindent.

Itt megfordítá lovát, meglegyinté ostorával, s vágtatva tért vissza az elhagyott lakhoz. Egészen odalovagolt a rózsabokorhoz. Törődött is vele, hogy valaki megtalálja még a lópatkók nyomát!

Kedvese még akkor is ott állt.

– Csak azért jöttem vissza, hogy meglássam, itt vagy-e még? Nézesz-e még utánam?

Bizony ott volt, bizony utána nézett!

És azután a rózsabokron keresztül még egyszer egymásnak nyújtják kezeiket. A tövisek összekarczolták mind a kettőt. Nem bánták azt.

Azután indúlt csak útnak az amazon. Alkony volt már.

Az ifjú pedig még azután is utána nézett, mikor már erdőt, völgyet ellepett az esti köd.

Csak azután tért lakába vissza.

Hanem a mint az asztalán heverő levágott hajat meglátta (minő tündéri aratás!), akkor egyszerre helyre tért józan eszének ijedelmes uralkodása.

«Hó! Ez bolond dolog! Hiszen ezt mindenki meg fogja tudni, a ki a hiányt észreveszi. Ez a nő helyrehozhatlanul elárulta magát! Mi fog történni vele?»

Ez a gondolat nem hagyta nyugodni Angyaldyt. Rögtön útnak indult és sietett be a városba.

A ki találkozott vele, aligha mondta volna, hogy ez mellbeteg, a ki magát gyógyítani fut hegynek alá, hegynek fel.

Egyenesen a színházba sietett.

Ott szokta kedvesét látni messziről. Ő a földszinten, az a páholyban.

Mikor a földszintre lépett, a páholy még üres volt. Ezen nem csodálkozott.

A harmadik felvonás táján azonban nyilt a páholyajtó, s belépett rajta a várva-várt, és még valami nőismerőse.

Angyaldy csak elbámúlt.

A féltett nőnek olyan szépen omlottak a sötét csigás hajfürtök fehér vállaira, mint két órával ezelőtt.

Angyaldy kebléhez kapott. Az igazi haj bizony ott volt, hova ő tette.

Hanem ezért a szép nő fejét senki sem találhatta a tegnapi fejtől különbözőnek.

... Nem asszony az, a ki el hagyja fogni magát!

Angyaldy az előadás után a szinház előcsarnokában maradt, részt venni azon úri mulatságban, a mit «hölgyek mustrálásának» nevezünk. E mellett észre se vette, hogy háttal fordúlva a jobboldali lépcsőnek, többedmagával útját állja Lemming úrnak, ki páholyából vezeti nejét karonfogva, s kénytelen udvariasan útat kérni az előtte őgyelgőktől.

– Ön meg sem lát bennünket, Angyaldy úr! szól a magas financziák embere, félig szemrehányás, félig bizalmaskodás hangján.

– Óh bocsánat, uram! Jó estét nagyságos asszonyom! szól a megintett, tért nyitva előttük, a nélkül, hogy valamelyikre rátekintene.

A RETTENETES ÉV.

A második tavasz nyílt már, mióta a Világosi-család városi foglalkozását a mezei élettel fölcserélte.

Ki nem olvasta Robinson Crusoe történetét?

Az igen szép egy rege.

Le van benne irva nyomról-nyomra egy magyar haszonbérlő viszontagsága, elkezdve a tengerből kimeneküléstől egészen a vademberek falánksága általi megemésztésig.

Hogy kik ezek a vademberek, kik Robinsont élő testtel megenni a tengeren átjönnek? azt majd a czikk végén elmondom.

Bizony mindent elől kelle kezdeni itt is, miként Robinson névtelen szigetén.

Van istenáldotta föld. Egyéb semmi.

Ha jó esztendő van, húsz magot ád; ha nincs, meghalunk rajta éhen.

A bérletsziget Robinsonja nálunk egy fiatal leány, alig több még, mint gyermek. Az első bérletévben még csak tizenöt esztendős. Más kis leány ilyenkor még babával játszik, vagy legfölebb táncziskolába jár, és Ilonka már az egész atyai gazdaság gondját viszi. Atyjánál a jószándékon és takarékosságon kívül semmi sincs a külgazdálkodáshoz; anyja épen nem ért hozzá, minden teher a gyermek-leányra nehezedik.

És ő meg tud annak felelni.

Mindenütt ott van, mindenütt intézkedik; kora reggeltől késő éjszakáig kigyőz minden fáradságot; s mikor a nap végződik, oly kedélylyel tér nyugalomra, mintha keveselte volna a napot.

A szenvedély látszik meg minden munkáján.

S az a szenvedély magával ragad mindenkit.

A lusta gazdának rest a cselédje, rest az igavonó barma is; az igyekezet ragad mindenkire.

De szerette is őt mindenki.

Száz szitkozódó, veszekedő férfi közül egy sem bírta volna környezetét úgy felserkenteni, mint ez az egy leány, vidám, eleven varázslatával!

A mi csak ember volt körülötte, egész emberré vált; de még az állatok is ragaszkodtak hozzá.

Hiszen az állatnak is van szíve; s ha eszesen bánnak vele, megérti; ha szeretik, visszaszeret.

Szárnyas állat és négylábon járó úgy ügyelt Ilonka szavára, mintha mind értené azt a sok okos beszédet, a mit tőle hallhat.

Volt egy kicsi pony-lova, azon szokta körüljárni a terjedelmes gazdaságot. Az már valódi játszótársúl szegődött hozzá. Szájába fogta lovagvesszejét, míg úrnője hátára felült; a kapúban megállt vele és meghallgatta, hova fognak most menni? Aztán ment oda, a hova mondták. Eljárt úrnőjével tavaszszal ibolyát keresni; a hol virágot talált, ott megállt vele. Ő elindúlt legelészni, úrnője ibolyát szedni, és oly okosan kikereste a füvet a virág közül, hogy egy bimbót le nem tépett. Mikor rekkenő nyári délután a kisasszony kilovagolt az érő vetéstáblákat nézni, olyan bandsalogva őgyelgett vele előre; ha ráhúztak a vesszővel, tréfának vette, felugrott s még lassabban ment; akárhogy biztatták, neki oldalgott egy szénaboglyának, ott leheveredett, ha addig élt is, s letette hátáról a gazdasszonyát, mintha biztatta volna: hogy jobb lesz bizony, ha ő is pihenésnek ereszti magát s nem jár az égető napon, a hol még napszúrást kaphat s szép fehér nyakát elégeti; s ha a kis gazdasszonyon fogott a rábeszélés, s az is letelepedett a fűre, odahajtá eléje nyakát, feküdjék arra, mint egy vánkosra; s ha Ilonka lehajtá fejét hű lovacskájára, akkor az ébren maradt s meg sem moczczant alatta, míg a leány aludt, csak hosszú hófehér farkával verte a legyeket az alvóról. Ha meg aztán közelgő zivatart érzett, messze hangzó nyerítésével figyelmezteté gazdasszonyát, ki az aratóknál járt, míg lova a tarlón legelészett; s ha az sokáig nem jött hivására, maga utána ügetett, szájába véve a földre lerakott kantárját, hogy szerszámozza fel vele; s ha közeledett a zivatar s úrnője fennült nyergében, akkor nem kellett neki sem ostor, sem biztatás; vágtatott vele haza, hogy a szél sem ért nyomába.

A Csilla még a konyhába is bejárt s szabadalma volt a tálakat végigkeresnie: nem hagyott-e azokon valamit számára kicsi gazdasszonya? s az egész udvaron imponált minden állatnak. Még a kocsist is ellenőrzé, mert ha elfelejtett neki zabot adni, megfogta a ködmene szélét s addig el nem ereszté, míg be nem vallotta Ilonka előtt, hogy bizony a Csilla nem kapott abrakot.

Mikor a mezőről hazatért Ilonka, otthon fogadta a kis házi kert. Az is tele volt virággal, a miket ő maga öntözött meg; soha másra nem bízta azt.

És azoknak a virágoknak is volt története.

Mióta Világosiék kijöttek a pusztára, minden hónapban érkezett Ilonka nevére egy levél, majd északi, majd déli Olaszországból, majd később Görögországból, aztán Egyptomból, végre a spanyol-földről. És ezekben a levelekben soha sem volt semmi írva, még csak a levélküldőnek a neve sem: csupán csak néhány csomag virágmag.

Exotikus, külső országok virágainak magvai, miket itt névről sem emlegetnek, azokat Ilonka kertébe, virágcserepeibe elültetgeté, gondosan öntözte, ápolta, fölnevelte. Nőttek belőlük szokatlan idomzatú s színpompájú virágok, miknek senki sem tudta a nevét, mikről senki sem kérdezte, honnan jöttek? kitől jöttek? Hanem a ki azokat oly híven ápolta, meg tudta volna mindegyikről mondani: ez Florenczben született, ez Nápolyban, ez Palermoban; és meg tudta volna mondani minden virágról, mit gondol az magában, mig a földből piros csíráját kihajtja, a míg zöld levélburkai között a rejtélyes bimbó megszülemlik, a míg a bimbóból kifeslő virág lesz, s midőn a virág szirmai lehullanak.

Szabad volt neki a virágok gondolatait találgatni.

Hiszen az, a ki a virágmagokat külföldről küldözi, maga is csak talányokat ád fel.

Az első esztendő letelt.

Valami nagy sikert nem nyújtott. Lehetett mellette szűken és gond mellett megélni.

Voltak zugolódó emberek, a kik azt mondták, hogy olyan rosz esztendő volt biz az, hogy annál sanyarúbbat képzelni sem lehet.

A sors feltette magában, hogy megczáfolja őket.

Óh! milyen nyomorúlt vagy te földlakó, minden képzelt dicsőségeddel együtt! Nem kell az égnek megszégyenítésedre egyéb, csak hat hónapig elzárni tőled az esőt.

Mi láttuk ezt a rettenetes hat hónapot. Ezt az elesett angyalokat megszólaltató hat hónapot.

Kezdte a tél, végezte a nyár.

Már a megelőzött év is oly mostoha volt.

Aszálynak neveztük azt, a mikor még nem tudtuk, hogy mit jelent ez a szó a maga pokolkirályi fenségében?

A szűkmarkú tél után minden őszi vetés roszúl mutatkozott; a tavaszi épen nem kelt ki.

Márcziusban még összejártak az emberek politizálni, vagy mulatni; de minden politikai értekezésnek, minden vigalomnak az volt a vége, hogy «még most sem esett eső!»

Majd talán a jövő héten.

Áprilisban már túlhangozta a társalgást az aggodalom, s még mindig biztattuk magunkat a jövő héttel; utóbb elnémúlt politika és szerelem; nem beszélt senki egymással egyébről, mint a rettenetes derült azurkék égről és annak kegyetlen sugárairól; s ez így haladt folyvást, folyvást egész a porba leboruló kétségbeesésig.

Ilonka délvirágai még díszlettek a kis kertben.

Mindenki tudta, mennyire szereti ő virágait. Pajkos gyermek meg nem lopta volna azokat. Hiszen mindenki úgy szerette őt, és úgy hallgatott a szavára.

Ő maga öntözte meg azokat mindennap kétszer.

Egy reggelen, mikor öntöző kannájával a kúthoz ment, az öreg béres azt mondta neki:

– Kisasszony! Több vizet virágöntözésre nem adok.

Ilonka elbámúlt.

– Hogy mondhat ilyet, András?

– Úgy, hogy a kút fenekét kotorja a veder, alig egy arasznyi benne a víz; az kell a lovaknak. Az ökröket úgy is a Berettyóhoz hajtjuk már itatni. Ha a kisasszony a vizet kiöntözi, a lovak nem kapnak inni.

Ilonka átlátta, hogy a béresnek igaza van, s szomorúan tért vissza üres öntözőjével.

Délben a vizet nem itta ki a poharából; azt tette félre virágainak. Este szintén magát lopta meg miattok. Nem ivott.

Óh! a leányok sokat ki tudnak állni.

A szolgáló észrevette ezt s azontúl Ilonka minden reggel megöntözve találta virágait. A szolgáló éjszaka a Berettyóból hordott vizet a vállán; félóra járásnyiról.

Egyszer aztán jelenték a béresek, hogy a kút végképen kiapadt. Azontúl minden veder vizet a Berettyóból kellett hozni.

Utoljára elfogyott a Berettyó is. Megszünt folyni. Itt-amott maradt a mélyedésekben valami tócsa; azon osztakoztak az emberek és állatok; végre a tócsák is elfogytak; az egész folyam medre olyan volt, mint a kavicsos út. Akkor kénytelenek voltak a folyam medrében kutakat ásni.

És ez alatt folyvást égető ég nappal, harmattalan lég éjjel. Sem eső, sem harmat soha.

Óh! azt rettenetes volt végig élni.

Világosi most már mindennap maga járta körül bérlett gazdaságát! nem ereszté Ilonkát. Ez nem gyönge leánynak

171

való volt.

Látni mindennap a pusztulás fokozatát; az elhagyatottság, a reménytelenség szörnyű tájképét.

Nem volt már semmi zöld távol és közel.

Hol rétek, kaszálók voltak valaha, ott egy halottsárga abrosz volt kiterítve, melyen az éhinség még morzsát sem hagyott. A búzavetés nem nőtt arasznyira, nem hajtott kalászt; nem lehetett remélni, hogy aratást adjon; ráeresztették az éhséggel küzdő barmokat és lehagyták azt legeltetni; le egészen a gyökeréig, s hogy még a gyökere se maradjon, támadt az égő porból milliárd soha sem látott féreg, mely gomolyokban teríté be a földet nappal, s táborszámra járt éjjel, ellepve házat, háztetőt; sáskák czirpelő sokasága ült minden ágon-bokron, melyen, mint télen, nem volt már levél s felverte az éjszakát zörgő hangversenyével, mintha az is a gazdától követelné, a mit a mezőn nem talál.

És azután, ha a sorssal küzdő ember újra akarta kezdeni az elpusztított művet, nekivetette ekevasát az áldatlan tarlónak, s felszántotta aratás nélkül a vetés helyét, hogy új magot vessen bele, elkésett áldást remélve: akkor előtámadt, ki tudná honnan, kitől küldve, kitől felszabadítva, legiója a vándor hörcsököknek, s összerabolta az elvetett magot; űzés, pusztítás nem fogott rajta; ha egy határt kiélt, vonúlt seregestől odább; átúszott a Tiszán s fél Magyarországot megismerteté soha nem hallott hírével.

És eső még mindig nem esett.

Világosi mindennap levertebben tért haza a mezőről. Este vacsoránál nem is beszélt már családjával, csak merően nézett maga elé; érintetlen hagyott ételt-italt, s egész órákat eltébolygott künn az udvaron éjszaka, és nézett fel azokra a fekete lomha felhőkre, a mik este mindig felköltek a

172

láthatáron, rég leimádott záporral hitegetve a földészt s aztán vonúltak el feje fölött részvétlenűl, a túlsó láthatárra; reggel ismét olyan tükörsíma volt az ég, csak a délibáb mutogatott mesés vizet a távolban.

Világosi, mikor egyedűl hitte magát éjszaka, kinn az udvaron letérdelt némán a földre, s úgy terjeszté fel az égre kezeit. Azt hitte, senki sem nézi; pedig neje és leánya szívdobogva nézték őt hálószobájuk ablakából.

És eső azért csak nem esett.

A rekkenő nyár uralkodott egész trópikus hőségével.

A mennyire a szem ellátott, nem volt már egyéb, mint egy sivatag képe: egy porrá vált éden, melynek fekete hamvát a forgószél végigtánczoltatta a síkon, poroszlopokkal ostromolva a kérlelhetlen eget, melyen madár sem járt egyéb, csak keselyű, a hullák vendége.

Az ég pedig kérlelhetlen maradt.

Reménynyel sem biztatott már senki.

Ki volt mondva az itélet: ez az év meghalt.

Törölje ki mindenki évei sorából, mert ez nem tartozik az életéhez.

De hát a ki egy elvesztett évvel magát az életet is elvesztette!

Világosi érzékeny ideges kedélyét megmérgezék e napok. A hasztalan küzdelem a sorssal; a megcsalt remények; a kiszáradt fűszál; az éhség-gyötörte állatok; a panaszkodó cselédség; a kapuját ostromló koldusok vándor csapatja folytonos izgatottságban tarták; s a mi több volt mindennél: a becsület! Miből fogja haszonbérét kifizetni!

Neje kiolvasá arczából ezt a gondolatot.

173

Óh! a nő előtt olyan nyitott könyv a férj arcza.

– Ne aggódjál, kedvesem! mondá neki. Egy rosz évet majd helyrepótol egy másik jó év. A mi legsürgetősebb, a haszonbér, meg van takarítva nálam. Hajdan születésem napjára, névnapomra aranyakat szoktál adni; mikor elvettél, nászajándékúl is azt adtál; ezek az aranyak mind megvannak. Megtartogattam ilyen nehéz időkre, mint a mostani. Elég lesz a haszonbér kifizetésére. Becsületed nem csorbúl. A többit pedig majd megszerezzük Isten segélyével.

A többit?

Óh! de mikor azon még végig gondolni is irtózatos.

Egy ránk jövő telet végig gondolni egy olyan országban, a hol tíz ember közűl kilencz koldúlni kénytelen; és a tizediknek nincs mit adni.

A haszonbérlő lelkét a száraz földig nyomta a jövő gondja. Minden este visszatér szemeibe az a merev, üveges tekintet; arczára az az öntudatlan merengés, a mit úgy fáj látni; mindennap elfelejté, hogy miből fogja fizetni haszonbérét. Pedig neje meg is mutogatta neki a félretett aranyakat: oda számlálta eléje, épen elég volt. Kezébe adta, hogy győződjék meg róla.

Akkor egy kis időre megnyugodott; de másnap megint elővették háborgásai, megint elfelejtette, hogy a haszonbérét miből fogja fizetni, s ha neje az aranyakról beszélt, úgy vette azt, mintha újságot hallana.

Világosné egy napon a kínzó aggodalom kitörésével mondá leányának:

– Ilonkám, én attól remegek, hogy atyád megtébolyodik.

– Ne essünk kétségbe, anyám. Hisz van még gondviselés az égben.

Igaz!

Késik, de bebizonyul, hogy van.

«A hol legnagyobb a veszély, ott legközelebb a segély.» Ezt tartja a kegyes közmondás.

Hanem a földi gondviselésnek, úgy tetszik, hogy még annál is van valamije közelebb.

«A hol legnagyobb a veszély, ott van legközelebb – az adóexecutió!»

A SZÁRAZFÖLDI NYOLCZKEZŰ.

Octopus Schmerlingianus.

Szárazi polyp. Medusa officialis. Gorgon bureaucraticus Hydra executor.

Ugyan már miért ne kevernénk ebbe a dologba egy kis természetrajzot is?

A nyolczkezűt így irják le Cuvier, Lamark, Menke és más természetbuvárok:

«Karjai hosszúk, s minden karja végig van rakva szívó köpölyökkel. E karjai szolgálnak neki úszásra, mászásra, s a préda megragadására. A mit egyszer körülfogott velük, addig el nem ereszti, míg az utolsó csepp nedvet is ki nem szítta belőle, ezt mondja róla Cuvier. Voigt F. S. észlelései nyomán bizonyos, hogy tudja változtatni a színét, a feketéssárgától a legvörösebb vörösig, az időjárás szerint. Köznyelven tintaféregnek nevezik. (Der gemeine Tintenwurm.)

Herodottól Cuvierig csak a tengerben élő példányait ismerték. Korunknak jutott a nagy szerencse a szárazföldieket is megismerhetni, mely válfajt a feltaláló iránti szeretetből a legfent előrebocsátott nomenclatióval jegyzünk fel a természetrajzi cephalopoda osztályába.

———————

Világosi épen az utolsó száz forintját adta ki szalmáért. A saját takarmánya elfogyott már, a szomszédból még lehetett kapni keveset, keserves pénzért.

176

Ehhez a keserves pénzhez pedig úgy jutott, hogy egy emberséges bőrkereskedő megvette tőle azokat a terményeket, a mik sok magyar gazdának egyedüli iparczikkét képezték. Tudniillik, hogy a jámbor háziállatok, mikor arra a meggyőződésre jutottak, miképpen itt már többé nincs mit enni, akkor aztán arra a nemes áldozatkészségre vetemedtek, hogy felerészük odaadta utolsó értékes birtokát, a bőrét; – vegyen annak az árán a gazda a megmaradtak számára eleséget. Így segítették ki egymást kölcsönösen. A szomszéd, a ki eképen eladta a szalmáját, most már a háza tetejét fogja felétetni barmaival; de muszáj volt eladni, mert egy hét óta keblén melengeté az adóbehajtás tizenhat lovas közegét, s igértetett neki a jövő hétre harminczkettő. Azok a szalmát is fölétetik s pénz sem lesz. Tehát inkább a szalmától megválni.

Természetes dolog, hogy a mint a szalma elvándorolt a szomszédból, az executió is odább tette főhadiszállását, a hova a szalma vándorolt.

Tehát ugyanazon a napon, a melyen Világosi összerakatta a drága boglyát, beállított az udvarába tizenhat vértes-lovag, egy kapitány vezénylete alatt.

Volt annak több katonája is; de mind szétosztva hasonló ellenségverési hadműveletre.

A vértes-kapitányban ugyanazt a tisztet ismerjük fel, a ki a megyefeloszlatási műtétre olyan apropos elkésett, s aztán kitért a szózatot éneklők előtt.

A tiszt úr magas, erőteljes férfi volt, napbarnított s egy sebhelytől diszített arczczal; igen szőke haja és bajusza volt, szintoly szemöldei és szempillái, de a mi különben arczának igen mogorva kifejezését nem igen szelidítette.

– Ön a háziúr? kérdé a tiszt lováról leszállva, az eléje siető Világositól.

Világosi bámulva kérdezé: mi tetszik?

– Uram! Én Föhnwald százados vagyok. Ide lettem szállásolva önhöz tizenhat legénynyel. Majd jönni fog utánam egy «másik», a ki megmondja, hogy miért és meddig?

– Gondolom. Adóhátralék miatt.

– Az nem az én dolgom. Azt önök végezzék el egymás között.

– Uram! szólt Világosi határozottan; önök látják, hogy ebben a határban nem termett az idén semmi, a miből az adót meg lehetni fizetni.

– Én nem látok semmit, csak a napiparancsot.

– Akkor tessék beköltözni szobáimba, majd én feleségemmel és gyermekeimmel megvonulok a cselédházban. A barmaimat kivezetem az istállóból, s tessék beköttetni a lovakat. Átadom éléstáram kulcsát, tessék belőle kielégíteni szükségeiket; én semmit meg nem tagadok.

– Uram! szólt fanyar, kedvetlen hangon a tiszt; én nem viszem katonáimat az ön szobájába, magam sem kergetem ki az ön feleségét és gyermekeit. Ha van önnél egy kis zug számomra, a hol az ördögadta éjszakát végig lehet aludnom, hát azt mutassa meg; ha nincs, elhálok a folyóson. Barmait se verje ki az aklokból, majd hevenyészünk ágasokból, deszkákból egyet a lovaink számára, a katonák lovaik mellett hálnak. Kapnak ebédre egy fél font kenyeret, egy negyedrész font húst; én is velük eszem; meg kell vele elégedniök. És most hagyjanak nekem békét, mert én azon kívül, a mit most mondtam, nem fogok önökhöz egy szót sem szólni, ha egy esztendeig itt fekszem is.

Világosi meg volt lepve e beszéd által. Olyan keveréke

volt az a katonai undornak, mely helyzetét elitéli; a nemes emberi jószívűségnek, az ascetai egyszerűségnek, s a nagyuri fel sem vevésnek.

A tiszt azután elmondá katonáinak, hogy mihez lássanak. Világosi azalatt nőcselédeinek rendeletet adott a főzésre, s mikor mind a ketten készen voltak, a háziúr meghívta illedelmesen a kapitányt.

– Nem tetszik bejönni hozzánk?

– Nem!

A kapitány leült a folyosón a hárs-ágyra s szivart vett elő.

– Miért nem?

– Mert szivarozni akarok.

– Odabenn is lehet.

Erre már csak fejét rázta kedvetlenül.

Világosi bement, megint kijött.

– Nőm szívesen látja önt ebédre.

– Köszönöm! Mondja meg az asszonyságnak, hogy nem akarok vendége lenni; majd ha a katonák étele meglesz, ahhoz ülök. – S azzal végig heveredett a hárságyon; kardját megtámasztotta a szögletbe, az eldőlt s leesett a porba. Világosi fel akarta venni.

– Soh'se bántsa! Jó helyen van ott.

És csakugyan meg sem mozdult onnan, a míg a katonák étele el nem készült. Pedig óvhatlan volt, hogy hol a háziasszony, hol a kisasszony végig menjen a folyosón; a tiszt rájok sem nézett, nem is köszöntötte őket; félrefordította fejét, ha lépteiket hallotta.

179

Azután, mikor készen volt a gulyáshus, mit a háziak a katonák számára főztek, ő is odaállt a malomkő-asztalhoz, melyre a nagy tálat föltették s falatozott, míg elverte éhét. Végül inasától előkérte a kulacsot, nagyot húzott belőle s azzal készen volt.

Megint csak leült a hárs-ágyra a folyosón, új szivarra gyújtott s fejét tenyerére támasztva, bámult a csendes világba.

Épen a tál fenekét kanalazták a katonák, mikor kocsizörgés hangzott kívül s egy ötfogatos neutitscheini robogott be az udvarra: abban ült – az a bizonyos másik.

A szárazföldi nyolczkezű!

Óh! nem a természet undorító remeke, a milyen a tengerben lakik! Ez a tintaféreg finom, elegáns úr. Franczia divat szerint öltözik, inggombjaiban gyémántokat hord és fénymázos lábtyűket visel. Szivarfüstjén megismerni a legfinomabb cuba-flort. Nem is torzkép; ha Lavaterre bíznák, azt mondaná fejéről: ez egy érdemeire büszke polgár, ki nyilt vonásaiban embertársai szeretetét árulja el s ajkain azt az öntudatot viseli, hogy őt, a kik ismerik, áldják. Szemeinek őszinte kékje az előzékeny barátságot kinálja ismerősnek, ismeretlennek.

Igen is: a nyájasság és jó kedély sugárzott a nyolczkezű arczáról.

Azonban Socrates azt mondá a koponyatudósnak: «Igazad van; valóban ilyen gazember lettem volna én, a milyennek arczom és koponyám után itélsz, ha a nevelés ellenkezővé nem idomított volna.» – Vannak megfordított Socratesek. Itt az egyik.

A bakon, a kocsis mellett ül a kisérője: a pénzügyőr; magyarul: fináncz.

De már ezt megáldotta a természet hivatása apparatusaival.

Két szeme kancsal, hogy egyszerre két emberre vigyázhasson, minden embernek mind a két kezét ellenőrizhesse, s soha se lehessen tudni, hová néz? Orra, mint a tapiré, hajlékonysági képességgel bír; megbecsülhetlen képességü orr! ellátva a dohánymegszaglás tudományától kezdve az emberfelismerés tanáig minden neveltséggel; rettenetes szája, kapa-nagyságú hatalmas fogsorral; mielőtt szólna, már elmondta a szerencsétlennek, ki vele találkozott, hogy most meg fogja enni, hát most bucsúzzék el a világtól.

Minthogy a két úr aligha fogja magát bemutatni, nem lévén udvarias feladatuk a házigazdával nyájaskodni, nehogy folyvást az igazi neveiken legyünk kénytelenek őket hívni, per «hydra» és «czápa»: magunk keressük elő matricularis neveiket; a nyolczkezű neve Gierig, a czápáé Konyecz.

A hintóból leszálló urak siettek be egyenesen a házba.

Gierig úr meglátta a folyósón szivarozó kapitányt s barátságosan s erős hangon üdvözlé:

– Ah! jó napot kapitány úr, jó napot!

A kapitány csak a sarkantyuit veregette össze s úgy tett, mintha megsüketült volna.

Gierig úr pedig csak azért is meg akarta mutatni, hogy megszólíthatja.

– Ön már megérkezett? Mindig megelőz bennünket. Pedig ugyan siettünk.

Föhnwald százados félrenézett rá, s ezek a fehér szempillák azt beszélték Gierig úrnak, hogy: «mernél is te

181

valahová elébb bemenni, míg minket előre nem küldtél!»

– Nos, hát milyen itt a háztáj? hogyan?

A kapitány nagy füstöt fújt maga elé válasz helyett.

– Vannak fényes bútorok a házban? Fölösleges luxus? vagy eldugtak már előre mindent?

– Nem tudom, nem voltam benne.

– Micsoda? Hát még nem ebédelt?

– Sőt igen jól. A katonáimmal együtt.

– Ah!

A biztos úr gúnyos mosolylyal tekinte le a kapitányra. Megint kezdi már!

– Vannak asszonyságok a háznál? Fiatal kisasszonyok? Finom fehérnép? Ideges természetű?

– Úgy hiszem: egy házinő és egy kisasszony.

– Ez jó; tehát menjünk be!

Azzal, hogy annál illedelmesebb legyen első megjelenése, szivart vett elő, leharapta a végét s a kapitányhoz fordult bizalmasan.

– Kérek egy kis tüzet!

– Nem ég a szivarom.

– Hisz az imént még égett.

– Már kialudt! szólt Föhnwald s eldobta az egész szivart.

No de ott volt dörzsgyufával gyorsan Konyecz; örült, hogy szolgálhatott főnökének. Elsütött egy szálat, még a markát is eléje tartá műértően, hogy a szél el ne fújja a lángot; úgy segített a szivarra rágyújtani.

Sőt még azután összekacsintva főnökével, saját keblébe is tett egy mozdulatot, tán hogy elővegyen egyet azokból az átkozott kapadohány-szivarokból, a miket a magas ærarium azon szent czélra készített, hogy a hol makacs adómegtagadó kuruczok vannak, ott azokat Konyecz úr, az asszonyság hálószobájában a selyem pamlagon végig heveredvén, con amore illatoztassa.

Gierig úr csillapítólag inte. Majd később!

Konyecz elérté az intést, s visszadugta a szivartáskát keblébe.

Mentek aztán a konyhába, onnan a szobába.

Világosi fogadta őket. Nem volt indulatos; tudjuk, hogy igen szelid kedélyű. Kérdezte a nagyságos uraktól, hogy minek köszönje a szerencsét?

– Ön úgylátszik elfelejtette, hogy háromnegyedévi adóhátralékával van tartozásban.

– Nem felejtettem el, uram! Mindig megfizettem eddig pontosan. Tudom, mivel tartozom az államnak, s a mi elmaradt, mihelyt módomban lesz, sietek kipótolni. De most nincs miből fizessek. Láthatta ön, a merre járt, hogy az idén e vidéken nem lesz aratás.

– Azt végezzék el önök az uristennel! Az állam gépezete nem akadhat meg a rosz idő miatt. Az önök dolga kitalálni, hogy honnan fizessenek. Takarították volna meg az elmúlt évek feleslegét.

– Kérem, én új gazda vagyok. Tavaly kezdtem s az is nagyon rosz esztendő volt.

– Sajnálom, de kivételeket nem ismerünk. Minden

tartozás közt legelső az, a mivel az államnak tartozunk. Traktáljanak önök kevesebbet, rakjanak kevesebb zsinórt dolmányukra, ne prédálják a pénzt könyvekre, hírlapokra, lovakra, agarakra és nem lesznek megszorúlva. Az állam követeli a magáét s mi itt vagyunk, e követelésnek nyomatékot adni. Az ön adóbeli tartozása ötszáz forint kerekszámban.

– Uram! Itt szekrényeim kulcsai. Keressen fel minden zugot a házamnál; és ha talál valami pénzt, vagy pénzérőt, vigye el magával.

A nyolczkezű nagy hahotával nevetett fel e szóra.

– Ohohó, gazduram! Ezt a nótát jól ismerjük már. Itt a kulcsok: keresse az úr a pénzt. Köszönöm a grácziát! Mi nem fogunk az ön pénzeért «tüzet, vizet» játszani. Önnek magának kell azt előadni.

– Én pedig komolyan mondom önöknek, uraim, hogy nekem egy fillérem sincs.

– Ebbe is be vagyok már tanulva. Tessék elhinni, hogy semmi újat nem lehet már kitalálni előttem. Másutt is mondták már azt ilyen urak: egy fillérem sincsen. Igen, mert minden pénzüket átadták a feleségüknek, kisasszonyuknak; azoknál volt. Azt hitték, hogy ha személyes motozás alá kerülnek is, nem találtatik náluk semmi. De én kijelentem, hogy nálam az ilyen tréfával nagyon megtetszik járni. Én bírok amaz eszközökkel, a mik az eldugott pénzt napvilágra tudják hozni. S ha végre is türelmem rövidebb talál lenni, mint az urak szívóssága: félreteszek minden tekintetet s megvizsgáltatom az asszonyságok testén levő ruhákat. Előre megmondom. Óh! ezen az uton sok pénz előkerült már.

Világosi két kezét halántékaira szorította, magában suttogva: «Megőrülök, meg kell őrülnöm!»

184

– Nini! Hát ez mi? kiálta közbe most Konyecz úr, egy pamlag takarója alól három levél dohányt húzva elő. Itt dohány is van elrejtve.

Világosi zavarodottan hebegte:

– Azt bizonyosan nőm tette oda, molyok elüzésére.

Hogy nevetett rajta mind a két úr.

– Csináljon ön róla «Befundot!» inte kegyteljesen Gierig úr a finácznak.

Az rögtön nekiült és irta a büntény-álladékot rovatolt papirra.

– De uraim! szólt Világosi zavarodottan, higyjék el önök, hogy én nem tudok semmit a dohányról. Én soha életemben nem pipáztam.

Gierig nagyot nevetett.

– Konyecz úr! jegyezze ön: 163! Uram! Ön százhatvanharmadik, a ki tudomásomra a talált dohányra azt mondta, hogy ő soha sem dohányzik.

– De becsületemre mondom!...

– No, no, no, uram! Ugyan már egy pár forintnyi differentiáért érdemes volna önnek a becsületét vetni mérlegbe? Szégyelje ön magát, uram. Ilyenek önök, lássa!

– Megőrülök, meg kell őrülnöm! rebegé Világosi és égő homlokát az ablak hideg üvegén iparkodott lehűteni.

– No majd jobb gondolatokra fogjuk önt hozni, uram. Remélem, hogy a hol én egyszer prælectiót tartottam, ott nem fogja senki a leczke ismétlését kivánni; és most megengedi, hogy konyhájában rendeletet adjunk az ebéd végett. Önök már talán ebédeltek is? No, nem tesz semmit!

Azért a család tagjai közül egy lesz olyan szives, hogy velünk együtt fog falatozni. Óh! nem a dekorum végett, óh nem! Hanem mivel nem akarjuk, hogy valahol egy haragos ember megmérgezzen bennünket. Már ez nem megy máskép, édes úr, ezer bocsánat! Ön együtt fog velünk ebédelni, vagy a felesége, vagy a kisasszony. No, ebből nem lesz casus belli. Valakit kényszeríteni, hogy kétszer ebédeljen egy nap. Ez nem olyan kegyetlenség. Hahaha!

Konyecz úr segített főnökének nevetni.

– És most nézzük meg, mit csinálnak legényeink?

A két úr kisétált az udvarra.

Ott épen össze volt gyülekezve mind a tizenhat katona a kút körül, s szörnyen magyaráztatta magának az öreg béressel, hogy abból a kútból egy cseppentett csepp vizet sem lehet kikapni már két hét óta, hanem el kell ballagni fél mértföldnyire a Berettyóhoz; annak a fenekén van ásva három kút, a közül egyben talán még kapni vizet, de csak korán reggel.

– Nos, hát hogy vagytok, fiúk? szólt Gierig úr, közéjük elegyedve. Kaptatok már ebédet, bort? szénát, abrakot a lovaknak? magatoknak pelyhes ágyat? Az mind megillet benneteket, arra valók ezek az úri szobák. Reggel kávé czukorral, kalácscsal; délben négy tál étel; este három, napjában két itcze bor, pálinka, a mennyi kell. Tartozik vele a gazda. Ha nem ad, követelni kell. Akármit ád, nem kell vele megelégedni. Most ti vagytok az urak. Ti parancsoltok. Este ágyat vettettek magatoknak a festett szobákban. Ott háltok a pamlagokon. Az abrakos tarisznyát, a lószerszámot, meg a nyerget felakasztjátok a rámás képekre, s ha gyönge a szeg, nem tartja meg, a magatok erős szegeit verítek bele a falba; ha útban van a kép, a képen keresztül. Csak ne zsenirozzátok magatokat semmit! Úgy viseljétek magatokat, mintha itthon volnátok, mintha ellenségnél volnátok. Héj! nagy kópék! most jutottatok csak jó helyre. Itt van szép leány, szép asszony a háznál. Héj! tudom, lesz itt sikongatás naphosszant! Átkozott kópék! A fehércseléd hogy ijedezik tőlük! Hogy fél tőlük! No csak mindent kedvetekre tegyetek. Most élhetitek világotokat. – És aztán, azt mondom, akármit kaptok: semmivel se legyetek megelégedve.

Föhnwald kapitány e beszéd alatt felcsatolta kardját oldalára, s mikor vége volt a biztos beszédének, csak onnan a folyosóról, rövid lapidaris stylusban ennyit tett hozzá:

– Én pedig azt mondom nektek, hogy a ki másként cselekszik, mint a hogy én parancsoltam: a ki egy mákszemnyi pimaszságot elkövet a háziak ellen, olyan ötven botot veretek rá, hogy meg lesz vele elégedve.

Föhnwald ez igéretteljes biztatás után elhagyta a folyosót s bement a szobába. Tudhatta, hogy most mindjárt kell valami jelenetnek következni, a mihez jó lesz a közkatonákat és cselédséget nem hívni meg ingyennéző közönségnek.

Az első szobában találta Világosit, ki az ablakon át hallgatta az udvaron mondottakat. A háziúr könynyel szemében jött eléje, megköszönni a zárszavakat.

– Ejh! hagyjon ön nekem békét! kiálta a tiszt, haragosan elkapva kezét a kézszorítás elől; én önt is gyűlölöm. Miért nem fizetnek önök? Miért kényszerítenek bennünket ebbe az átkozott helyzetbe? Miért nem teremtik elő azt a nyomorú pénzt?

– Hallgasson rám, százados úr! Én önnek őszintén fogok szólani. Meg van a házamnál az a pénz, a mivel az adót kifizethetném; de azt nem adhatom oda, mert kétszeresen nem az enyim. Először nem az enyim, mert nőm menyasszonyi ajándéka és megtakarított születésnapi

187

emlékaranyai. Másodszor nem az enyim, mert az a földbirtokosnak lejárt haszonbérét képviseli: rám nézve idegen pénz, a mihez nem szabad többé nyúlnom. Ön ismeri a német példabeszédet a három fillérről: «Zehrpfenning,» – «Nothpfenning,» – «Ehrenpfenning.» Az első, a fogyasztás fillére rég elfogyott. Utána ment a második: a szükség fillére; most csak a harmadik van még meg: a becsület fillére. Becsületem minden fillérét pedig nőm őrzi, s azt csak erőhatalom fogja tőle elvehetni. Ezt akartam önnek mondani, uram.

Azzal felesége szobája felé ment. Az ajtóban megállt és így szólt:

– Ez nőm szobája.

És bement oda.

Föhnwald századosnak nem volt ideje észrevételt tehetni a vele tudatottakra, mert jött utána nagy garral a biztos és fegyverhordozója.

– De kapitány úr! mit cselekedett ön? rivalt a biztos a tisztre, fensőbbségi dorgáló hangon.

– Azt, a mit régen kellett volna tennem! szólt Föhnwald százados, mellét kifeszítve egész szélességében. A katonai fegyelmet a maga jogaiba visszahelyeztem.

– Ellenkezőleg! ön maga adott példát a fegyelembontásra. Önnek kapott parancsa akként hangzik, hogy mind magát, mind csapatját rendelkezéseim alá bocsássa. Ez a parancs, a mit ön előljárójától kapott.

– Azt teljesítem is. Megyek a hová ön vezényel. Ehhez hozzá szoktam. Solferinonál a kartácstüzbe vezényeltek. Belementem. Így esküdtem a zászlóm alatt. Most egy kloakába küldenek be, a hol mindennap fülig kell gázolnom a sárban. Erre már nem fogadkoztam a zászlóm alatt. Én katonának álltam be, nem martalócznak. Én katonákat vezénylek, nem marodeuröket.

Gierig úr a legnyájasabb mosolygással viszonzá a kapitánynak – ki nem értette nyelvét, azt hihette volna, hogy enyeleg vele:

– Mindezt, uram, végezze ön el a hadügyminiszteriummal. Ha nem tetszik «ez» a szolgálat: tegyen róla. De most ez a tábori jelszó. Itt is ellenséggel állunk szemben, s az ellenségen segíteni itt is árulás.

– Nem is segítek senkin. Mi közöm hozzájok? Ha tartoznak az államnak s nem akarják megadni, pakkoltassa ön szekérre, a mi megkaphatót talál nálok s vigye magával. Mit bánom én? Ha a gazda lábáról lehúzza is ön a csizmát, szót se szólok. De hogy az én jelenlétemben valaki a női szemérmet megsértse: az az én magán-ügyem, azt nem türöm el. Ha katonám teszi, megvágatom; ha más teszi, belém botlik.

– Ah! Tehát egy krinolin?

– Semmi krinolin! Én nem tudom, szépek-e, fiatalok-e a nők itt e háznál? Nem néztem rájuk. De tudom, hogy nők. S ha hottentotta volna is a némber, a kit előttem megbántanak, a sértő tapasztalni fogná, hogy férfi vagyok.

– De kapitány úr! szólt szelid hangnyomattal Gierig; az ön helytelen gavallérkodása elrontja az én egész rendszeremet. Ez a rendszer pedig egyenes kifolyása a kormányzati politikának. Itt egyébről van szó, mint annyi meg annyi garasról. Itt a törvényes rend helyreállításáról van szó.

– És az ön procentjeiről.

E kegyetlen czélzás a nyolczkezűnek még is csak arczába kergette a vért. Mosolygott ugyan még most is, de a düh kék-vörös színével orczáján, s a mit most mondott, azt már sarkairól felemelkedve mondta. Konyecz úr is közelebb lépett oldalához, s a sérthetlenség büszke érzetében úgy segített haragos arczvonásaival kisérni főnöke szavait.

– Kapitány úr! Önt nekem nem azért ajándékozták, hogy ön az én intézkedéseimet birálgassa, azokra véleményt mondjon, azokban kifogást tegyen; hanem hogy azoknak megfeleljen. Nekem missióm van, melyben én vagyok a kéz, ön csak az eszköz. Ha én ezt a küldetésemet az utolsó pontig kérlelhetlen szigorral végre nem hajtom: a magas kormánytól én kapok érte orrot! Tudja ön azt?

Konyecz úr közelebb tolta képét e szónál Föhnwald elé, mintha bizonyítaná, hogy nem tréfa dolog ám egy ilyen kormányi úton kapott orral járni a világban.

Föhnwald aztán fél vállát fordítva feléjök, azt viszonzá nagy nyugodtan:

– Már hiszen, biztos úr, ha orrot kap ön a magas kormánytól, azt viselheti ön miattam ott, a hol akarja; hanem ha én önnek az egyik fülét letalálom szabni, nem tudom, hogyan kap ön a helyett a magas kormánytól másik fület.

Ez a válasz aztán mind a két urat annyira kielégítette, hogy egyszerre hátrahőköltek.

Gierig úr nem is folytatta addig a harczot, míg a nagy tölgyfa ebédlő-asztalt megkerülte, s csak akkor felelt vissza a kapitánynak, mikor e nagy massiv tárgy kettejök között volt.

– Óh! hát csak tessék lovagiaskodni! Legyen ön gentleman. Ez önnek jól áll. Parancsolja meg a katonáinak,

190

hogy csókoljanak kezet a háziasszonynak. Nem lesz szükségem önökre. Ne tessék a miatt aggódni! Tudok én magam is Konyecz úr segítségével annyi kellemetes mulatságot szerezni az illetőknek, a mennyi épen elég ahhoz, hogy a rendszer diadalhoz jusson.

Konyecz úr hallván a nevére hivatkozást, mulhatlannak tartotta az általánosságban tartott alapelveket részletes programmal is illustrálni.

Konyecz úr, mint pénzügyőr, csak őrmesteri fokon állt; de teljes tudatával birt annak, hogy ő a mostani bölcs rendszer folytán ennek a lovas-kapitánynak előljárósága, s az őt ex offo vissza nem torolhatja.

– Hohó! Konyecz úr érti azt már. Pőrére levetkőzve járni keresztül az asszonyságok szobáján; büdös dohányfüstöt fújni az orruk alá, pajkos beszédekkel mulattatni a kisasszonyt és asszonyságot. Játszani a részeget, s ijesztgetni a leány-cselédséget; dörömbözni éjjel a bezárt ajtón és káromkodni hozzá! Óh! Konyecz úr tapasztalt legény ebben. Tudja Konyecz úr, hogy mitől döglik a légy. És utoljára, ha semmi sem használ, azt is tudja Konyecz úr, hogy az úri dámáknál hol kell megkeresni azt a pénzt, a mire azt mondják, hogy nincs sehol. Óh! Konyecz úr tapasztalt legény.

Mindezt Konyecz úr dicsőségtől ragyogó arczczal mondta el saját magáról.

Föhnwald kapitány csak suhogtatott lovagveszszejével a beszéd alatt. Mikor vége lett a henczegésnek, akkor fogta a lovagveszszőt és keresztbe fektette az ajtó előtt, mely a nők szobájába vezetett.

– És én azt mondom, hogy a ki ezt az én lovagvesszőmet át meri lépni, annak én ezt összeszaggatom a fején.

Azzal fogta magát, s felült arra az asztalra, a melyen az épen akkor bejövő leánycseléd elkezdett teríteni Gierig úr és Konyecz úr számára. Biz annak az asztalnak csak a felét teríthette be, mert a másik feléről Föhnwald nem szándékozott leszállni.

A szolgáló jelenléte alatt félbeszakadt a harcz s rövid fegyverszünet állt be. Böske, mint afféle fehér cseléd, rettenetes szörnyen szerette volna látni, hogyan eszi meg egymást ez a három úr? A konyhába kihallatszó lármából kivette már, hogy nem igen nyájasan enyelegnek; annálfogva annyi törülgetni valót talált minden tányéron, annyi rakosgatni valót késen-villán, hogy Gierig urat egészen kihozta a türelméből, ki szerette volna a veszekedést tovább folytatni.

A közben valamit súgott Konyecz úrnak.

Konyecz úr elég indiscret volt a súgásra fennhangon felelni.

– Hogy menjek útra rögtön, mikor még ma nem ebédeltem?

Ez épen jó csap-szó volt Gierig úrnak a sertepertélő szolgálóra rárivallni.

– Hát te szolgáló, mikor hozod már azt az ebédet?

Böskében felébredt az áspis.

– Micsoda szolgáló? Ha szolgáló vagyok is, nem az úrnak a szolgálója vagyok. Azt gondolja az úr, hogy az ebédet is fel lehet fújni, mint a protikilumot? Ez nem kocsma, itt nincs spájczedli, várjanak az urak. Ha kész lesz, majd felhozom. Ha megették, majd kedves egészségükre kivánom.

Mielőtt Gierig úr a nyelves cselédet megfenyíthette volna,

192

Föhnwald százados belevágott a beszédbe:

– Hugám! Ez a két úr nagyon éhes. Az egyiknek sietős útja van. Ha maradt valami abból a gúlyáshúsból, a mi nekünk volt ebédre, hozd fel számukra, nem kivánnak ők egyebet.

– Óh! abból még van; mindjárt hozom.

Böske vagy értette, vagy nem értette a tréfát, annyi bizonyos, hogy a maradékot, a mit vacsorára fenhagyott, nyomban feltálalta a két nagyságos úrnak.

Gierig úr fújt dühében, s hátul összefogott kezekkel járt alá s fel a szobában, közben törülgetve izzadó homlokát s rá sem tekintett a gulyáshús-unicumra. Konyecz úr azonban nem volt vele egy véleményben; gondolá: barátom Gierig, barátom a miniszter, de legnagyobb barátom a gyomrom, s nekiült a kinálatlan lakomának; mire aztán Gierig úr is, ha azt nem akarta, hogy a barátja helyette is megebédeljen, csak nekifanyalódott, s hozzálátott az egyetlen tál ételhez, mely ugyan elég jó és izletes volt, hanem az a hibája volt, hogy elő- és utóhad nélkül jelent meg.

Volt ugyan még az asztalon valami, a mit a két vendég nagyon szeretett volna megenni, de nem tudta hol megkezdeni; tudniillik, hogy az egész étkezés alatt ott ült az asztal másik végén a kapitány, hátat fordítva a vendégek felé.

Gierig úr alig várta, hogy az utolsó falatját lenyelje.

– Most vegye ön elő irószereit.

Konyecz úr kipakolta a bőröndből a szükségeseket.

– Irja ön, a mit dictálok: «Ezredes úr! Föhnwald százados, a kit ön rendelkezésem alá adott....»

– Megálljon! kiáltá közbe Föhnwald. Azt fogja ön irni, a

mit én dictálok: «Föhnwald százados nem akarja intézkedéseimet teljesíteni. Kérem őt feleletre vonatni.» Punctum. Egy betüt sem többet.

Konyecz úr most igazán megakadt; kétfelől is mondogatnak a tollába, ez nem megy!

Julius Cæsar dictált egyszerre hat embernek, de hogy két ember dictáljon egynek, ezt Julius Cæsar sem próbálta. Hát csak a szájába kapta a tollát keresztbe, s nézegetett hol az egyik, hol a másik úrra, hogy mi lesz már ebből.

– Fogja ön irni, a mit mondtam? rivalt rá Föhnwald százados s olyat ütött tenyerével az asztalra, hogy a kalamáris a tábláról, Konyecz úr a karosszékből magasra ugrott ijedtében.

– Irja ön, a mit a kapitány úr dictált! hagyja helybe Gierig úr. A többit elmondhatja élőszóval.

Azzal alákanyarítván a nevét a rövid levélnek, borítékba tette, lepecsételte. Konyecz úr ráirta az ismert czímzetet, s eltette a levelet piros bugyillárisába.

Gierig úr adott neki utravaló pénzt, a mennyit zsebéből épen kimarkolt. A közönség fizeti a költséget.

– És most tessék, uram, küldöttem visszatértéig uralkodni a háznál.

– Fogok!

– No azt talán el fogja ön érni, hogy felszabadul az önnek nem tetsző küldetés alól, de soha sem lesz önből őrnagy – arról bizonyos lehet ön, kapitány úr!

– Ezen a csatatéren bizonyosan nem!

Azzal leszállt az asztalról, kiment az udvarra s az inasának azt mondta, hogy messen számára valahol fűzfaveszszőt, mert lovagkorbácsának más dolga van, s azzal kilovagolt a pusztába egyedül. Késő este vetette haza.

Mikor lováról leszállt, egy perczre találkozott Világosival.

Csak ezt az egy szót mondta neki:

«Rettenetes!»

Világosi úthoz volt készülve.

– Kapitány úr! szólt Föhnwaldhoz. Önnek nemes magaviselete engem olyan elhatározásra bírt, a mit soha sem tettem volna. Én rögtön bemegyek a városba. Ismerek ott körülbelül uzsorásokat, kik száz perczentre szoktak pénzt adni: azoknak lekötöm testemet-lelkemet, jövő évi termésemet; a mi áron pénzt adnak, felveszem, ha örökre belebukom is, de megfizetek. Míg visszatérek, addig az ön ótalmára bízom feleségemet, gyermekemet.

– Jó! Szavamat adom rá: nem fogja őket bántani senki.

Világosi elindult késő éjjel az útra.

Föhnwald szavának állt. Két napig csend és béke volt a háznál. A katonáknak neszét sem lehetett hallani; békén meg voltak a cselédekkel, segítettek nekik a távoli kutakból vizet hordani, gazdálkodva bántak étellel, takarmánynyal.

Föhnwald egyszer sem találkozott a hölgyekkel. Kerülte őket.

Gierig úr is meg volt békén a vendégszobában, és nem boszantott senkit.

A harmadik napon már aggódva várt mindenki Világosi hazatértére. Ma okvetlen meg kell érkeznie a városból. Föhnwald maga kétszer is kilovagolt délelőtt a határba, kémszemlészni, hogy nem jön-e még a házigazda?

Végre ebéd után hangzott az udvaron a szekérzörgés.

A nők az ablakhoz futottak, Föhnwald a folyosóra sietett.

Milyen keserű csalódás!

Nem Világosi érkezett meg, hanem a fináncz.

Szekerén még két csendőr ült – feltűzött szuronynyal.

Konyecz úr nagy ostentátióval viselt a keblébe dugva egy nagy levelet, s midőn lemászott a kocsiról, fensőbbségi parancshangon tanácsolá a csendőröknek, hogy ők is szálljanak le, s maradjanak egyelőre beváró helyzetben a folyosón.

Azzal nagy peczkesen, minden lépésnél egyet lejtve, bevonult a szobába, hova őt Föhnwald százados követte.

Gierig úr is elősietett eddigi duzzogási odújából.

A két rokonkebel arcza oly egymást értően ragyogott egymásra.

Konyecz úr előragadta kebléből a nagy levelet, s mint diadali trophæumot nyújtá át Gierig úrnak.

Föhnwald összefont karokkal dőlt az asztal szegletéhez s várta a szép szót.

Gierig úr feltöré a levelet, átfutotta annak tartalmát, s azzal büszkén lépett Föhnwald elé:

– Kapitány úr! Fel vagyok hatalmazva, önnek ezen levelet felolvasni.

– Hallgatom!

Az ezredes úr ezt irja nekem: «Nagyságos főbiztos úr! Felhatalmazom önt Föhnwald századost oda utasítani,

196

miszerint minden pontban az ön rendeleteihez alkalmazkodjék; s ha ezt tenni nem akarja, azon esetben magánügyeit egyéni nézetei szerint haladéktalanul elintézni siessen stb.»

– Megértettem! szólt Föhnwald. Tehát mi rendelete van önnek hozzám?

– Az, hogy kapitány úr az adó behajtását ne akadályozza e háznál.

– Ezt már teljesítettem. A házi úr egy szavamra megtette azt, mire az erőszak nem bírta rá: bement a városba, pénzt venni fel kölcsön. Nemsokára visszajön és fizetni fog.

– Ezzel csak önt ámította el! Elment, hogy férfit ne kapjunk a háznál. Azt hitte, hogy az asszonyokat kimélni fogjuk. De csalatkozott nagyon! Mi bírunk a dámákkal is. Két napig vesztegeltünk hasztalanul, harmadnap jogunk van a végletekhez nyúlni. Kezdeni fogjuk a kutatást a hölgyeknél.

– Én megigértem a házi úrnak, hogy a míg visszatér, a hölgyeket kimélni fogjuk.

– Ez annyit tesz, hogy ön rendelkezésemet nem teljesíti?

– Annyit.

– Abban az esetben azt kérdem öntől, értette-e fensőbbsége rendeletének második részét?

– Értettem! szólt Föhnwald, és leoldotta kardját s oda vetette az asztalra. Arra kényszeríthetnek, hogy ezt a kardot ki ne húzzam soha; de arra nem, hogy adott szavamat megszegjem.

– Hát jól van, «Föhnwald úr!» hanem azon percztől fogva, melyben ön kardját leteszi: ön rám nézve nem létezik.

Azzal hátrafordult Konyecz urhoz s a nők ajtajára mutatott neki.

– Azt az ajtót fel kell nyitni!

Azt az ajtót, mely előtt keresztbe fektetve volt Föhnwald lovagkorbácsa.

Konyecz úr sietett az ajtó felé. De Föhnwald megelőzte s felvette lovagveszszőjét, és így szólt:

– A százados, meglehet, hogy nem létezik önre nézve többé, de «Föhnwald úr» még mindig létezik; s ha kardom nem lesz is az enyém többé, ez a lovagostor még mindig az enyim, s a mit Föhnwald kapitány mondott harmadnapja, azt Föhnwald úr ma is meg fogja tenni: hogy összetöri ezt a lovagveszszőt annak a fején, a ki a küszöböt át akarja lépni.

– Ah! hisz ez nyilt lázadás! Csendőrök! Hej, ide hozzám! – ordítá magán kívül Gierig úr, s a két csendőr rohant be hívására szuronyszegezve, míg Konyecz úr gyiklesőjét kirántva, szerénykedett az asztal elé ugrani, melyen Föhnwald kardja hevert, ha netalán az fegyveres védelemhez akarna készülni.

Föhnwald pedig hideg nyugalommal állt az ajtóban, karjait összefonva, s a lovagveszszőt hóna alá dugva markában.

– Föhnwald úr! riadt rá most Gierig. Menjen ön az ajtóból!

– Próbáljon valaki innen elmozdítani!

– Föhnwald úr! én önt lelövetem!

– Tegye ön.

E pillanatban felnyilt a nők szobájának ajtaja, s kirohant rajta Ilonka kisasszony.

A fiatal leány egyenesen a biztoshoz sietett.

– Uram! nincs szükség erőszakra. Fizetni fogunk.

A nyitva hagyott ajtón át lehete látni Világosinét, a mint az asztalra leborúlva sírt. Neki nem volt ereje ahhoz, a mihez leányának.

– Ez már más szó! felelt a megszólításra Gierig úr. Tessék beszélni, kisasszony!

– Tessék elébb eltávolítani a fegyvereseket.

Gierig úr tétovázva tekinte hol saját segédcsapatára, hol Föhnwald úrra, hol az asztalon heverő kardra. Meggondolandó ez: hát ha Föhnwald egyszer csak elkapja a kardot, s karmonadlit aprít civilhúsból.

Ilonka elérté a tétovázást; felkapta maga a kardot az asztalról s mielőtt merényletét megakadályozhatták volna, oda vitte azt Fönnwaldhoz.

– Uram! Kérem önt, kösse fel újra kardját. A mi szerencsétlenségünk ne legyen tetézve azzal, hogy önre nézve is végzetessé váljék. Már kielégítjük a biztost s önnek lesz kellemetlensége miattunk. Igen szépen kérem önt.

Most már még sem tehette Föhnwald, hogy rá ne nézzen Ilonka kisasszonyra; s a mint a fiatal hajadon hevülő arczczal, tiszta, nyugodt szemekkel tekinte rá, Föhnwald lelkében azt érzé belül, hogy mégis jól tette, midőn ismeretlennek látatlanban is védelmére kelt.

– Köszönöm jó tanácsát, kisasszony; de ha ma felkötöm is kardomat, holnap megint más háznál újra oda jutok, hogy le kell azt tennem; mert én már ezzel a szolgálattal meg vagyok elégedve.

– Fogadja meg kapitány úr, szólt közbe Gierig úr, a mire a kisasszony olyan szépen kéri. Az ezredes levelének utóirata is van, melyben azt tudatja velem, hogy ha a jelen végrehajtást bevégeztük, önt szakaszával együtt más, adóbehajtás-mentes vidékre teszi át s nekem pihent csapatokat ad rendelkezésemre.

Föhnwald könnyebbülten sóhajta fel e szóra.

– Akkor hozzányulok kardomhoz ismét. Köszönöm, kisasszony!

– A hálával mi tartozunk.

Ilonka szerényen meghajtá magát a tiszt előtt s visszatért a biztoshoz.

Gierig úr inte a csendőröknek, hogy kimehetnek; azután előhozatta Konyecz úrral az okmányokat s kiteríttté az asztalra.

– Kezénél van kisasszonynak a szükséges pénz?

– Itt van nálam! szólt Ilonka, elővonva zsebéből a hímzett erszényt, melynek selyem hálóján keresztül csillogtak anyja megtakarított aranyai; annyi boldog nap emléke!

– Talán akkor meg is várhatnók az összeszámlálással a papát, míg hazajön.

– Egy perczet sem, uram!

– Igaza van, kisasszony. Ön is szeretne már tőlünk menekülni. Ez nagyon természetes. Hanem ez az összeszámolás mégis némi tárgyismerettel jár.

– Nem tesz semmit! Oda fogok figyelni.

– Hát nem bánom.

Azzal elkezdé magyarázni Ilonkának azt a tudományt, hogy mit neveznek jövedelemadónak, földadónak és személykereset-adónak; mennyi háborúpótlék jár ehhez béke idején? Mitől kezdve kell lejárati kamatokat is fizetni? Mennyire megy a közmunkaváltság? hogyan tartozik a gazda cselédeiért is fizetni? húzza le ő maga azoknak béréből. És mindezekhez mennyi végrehajtási költség járul? és ez együtt mennyit tesz ki?

Ilonka mindezt megtanulta szépen, s számadása összeütött Gierig úréval.

Aztán kitöltötte az asztalra az erszényke tartalmát s oda számlálta az aranyokat. Azután kiszámította a valutakülönbséget ércz- és papirpénz között, egy kis vitája volt Gierig úrral az ágió felett, melyet aztán hiteles börzetudósításokkal eligazított egy legujabb keletü hírlapból s végre annyira jutott Gierig úrral, hogy az adótartozást az érczkészlet teljesen födözte.

Gierig úr ki is állítá a szabályszerű nyugtát a megtörtént

fizetés felől.

Föhnwald százados az ablaknak támaszkodva bámulta, mennyi bájjal s mily lélekjelenléttel végzi e szörnyű unalmas dolgot az a gyermek.

Mikor ez meg volt, azaz hogy a nyugta Ilonka kezében, az aranyak pedig Gierig pénztáskájában voltak: akkor előállt Konyecz úr, ki eddig főnöke székének karján áthajolva, kisérte figyelemmel a számadást, hogy nem történik-e benne valami hiba? Most ő is előbbre került s elővett valamit, a mit eddig a háta mögött tartogatott. Széles száját hegyesre szorította, s szemöldeit felhúzta magasra, mint a ki tréfája tökéletességéről meg van győződve, de nem akarja megengedni, hogy saját maga nevessen rajta legelébb is.

– És még ez a kis birság is itten, kisasszony! szólt, Ilonka elé tartva valami fizetési meghagyást.

– Mi az?

– Tetszik látni!

Láthatta biz azt; ama bizonyos dohánylevelek, miket anyja a butorok borítékjai alá rakott, hogy a molyt távol tartsák a szőrkelmétől, az állami gondviselés haragját vonta maga után. Megbüntették érte öt forint és még néhány authentikus krajczárig.

Ezt is meg kell még fizetni.

Ilonka tudja jól, hogy hiába fogja azt mondani, hogy itt több pénz nincs már a háznál; csak azt fogják rá felelni, hogy: «No, hát várunk, a míg lesz.»

Konyecz úr kárvigyorogva állt előtte és gyönyörködött zavarában.

Ilonka most hirtelen a zsebébe nyúlt, kivette onnan a

kését s kinyitotta.

No, no! gondolá magában Konyecz úr. Ez nem jót akar.

Ilonka pedig azt tette azzal a késsel, hogy a karján volt egy karperecz tizenkét magyar ezüst hatosból, a tizenharmadik egy magyar feliratú arany; nagyon viselték azt egy időben. Azzal a késsel kifeszítette a karpereczéből az aranyat s oda dobta Konyecznek. Ez is ki van fizetve.

– Többé nem tartozunk semmivel?

– Ezuttal nem, kisasszony! felelt Gierig úr és mélyen meghajtá magát udvariasan.

Most már igen nyájas akart lenni.

– Lássa nagysád, szép kisasszony; miért nem lehetett azt mindjárt ezen kezdeni? Tudtam én, hogy ez így fog végződni. Hát nem jobb lett volna mindjárt eleve, minden gyülölködés mellőzésével ezt cselekedni? Minek kényszeríteni az államhatalmat, hogy alattvalók iránt kellemetlen módszerekhez folyamodjék?

– Biztos úr! szólt közbe a kapitány, végezze ön kegyes oktatásait röviden, mert én nyergeltetek.

Végezni is kellett, mert Ilonka kisietett a konyhába, hogy rendeletet adjon Böskének minden további vendégellátási készületek rögtöni megszüntetésére.

– No lássa ön, kapitány úr, hogy nekem mindig igazam van! szólt Gierig. Az ember ne legyen sentimentális. Mi mindnyájan csak gépek vagyunk, a kiknek nem szabad éreznünk, gondolkoznunk, hanem azt, akkor és addig cselekednünk, a mit, a meddig és a mikor az államfőnökök velünk cselekedtetni jónak látják.

Hanem már ennek felét sem hallotta Föhnwald; sietett ki

a lovához s rendeletet adott a katonáinak, hogy nyergeljenek.

Konyecz úr meg a biztos és a csendőrök előfogatait sietteté továbbmozdulásra. Nem volna helyes taktika későbbre maradni, mint a katonák eltávoznak.

Gierig úr azalatt vidám, derült arczczal állt ki a folyosóra, mint szeretett házibarát, kit nehezen eresztenek a háziak, de a ki mégis útra készül, s viszi magával e kedves napok feledhetlen emlékét.

A POJÁCZA.

Mielőtt azonban Gierig úr előfogata a sok hámmal rendbe jött volna, még egy kis közbejött esetnek kelle befejezni a vidám nap mulatságait.

Az uton egyszerre csak nagy zsivaj kerekedik; a sok lebzselő béres-gyerek, a kinek mindegy, akármi történik odabenn a házban, elkezd kiabálni bomlottul:

«Hujja hó! Gyün a pojácza! Hopsza pojácza!»

S azzal bevonul a ház udvarára egy karaván, mely áll – először is egy kétkerekü talyigából. A talyigán egy csomó lim-lom, a fölött egy kis szegény kiéhezett gyermek; nem tudni: fiú-e vagy leány? a szekér mellett még egy nagyobb gyerek, csörgős dobbal a kezében; mind a kettő szennyes tricotba öltözve, tulipiros rongyokkal, meg színehagyott szellős tüllanglais-val felczifrázva; szétszórt hajaik leszorítva vásott szalagokkal. A talyiga két rúd-villája között van maga a pojácza befogva. Ő húzza a kocsit. A harminczas években lévő férfi, vándor csepüevő komédiás, a pusztai csárdák mulattatója; csúfsága, bolondozója az utolsó sihedernek is, ki utána kiabálja: «hopsza pojácza!» Ennek a fején van hegyes csörgős sipka, egyéb öltözete tarka foltokból áll, a miken meglátszik, hogy rajta szokta kimosni a zápor, s rajta szokta megszárítani a szél. A pojáczának épen úgy, mint gyermekeinek, vastagon ki van mázolva az arcza krétával és durva piros festékkel, szemöldökeik holdformára feketén, korommal.

Végül a szekér egyik rúdjához kötve, üget egy kis tatár ló. Ez nem huzza a talyigát, csak a gazda. A ló maga is művész s nagyobb kár volna érte, mint az emberért. Mert ha a gazda megszakad, a ló megél nála nélkül, de ha a lova megszakad, az a gazdájának nagy kár.

Tehát ez a karaván épen most vonul be az exequált ház udvarára, egy kis vidám bolondos productiót csinálni a háznép mulattatására.

Soha jobbkor!

– Menjenek innen, szegény emberek, Isten szent hírével. Itt nincs most komédiázni való hely! – küldé őket Böske, mielőtt leczihelődtek volna.

– De csak hagyja őket! hadd jőjjenek. Lássuk, mit tudnak! – monda Gierig úr.

Böske aztán azt gondolta, hogy a biztos úr ma nagyon adakozó kedvében lehet, komédiát akar látni, hadd bukfenczezzenek hát az ártatlanok a tiszteletére, legalább keresnek «ezen» uraktól egy pár krajczárt, az is jó lesz nekik.

Az ember arra a gondolatra is jöhet, hogy ez valami csattanós ötlet: egy, az utolsó fillérig kiexequált háznál komédiát játszani. Gierig úrtól kitelhetik ilyen.

De ne legyünk igazságtalanok. A nyolczkezű nem malitiosus. Ő megragadja áldozatait, kiszívja nedveiket, nem azért, mintha az egyikre, vagy a másikra hagyományszerűleg haragudnék, hanem mert az neki missiója. Egyenlően ragadja meg a fürdő hajadont, s az uszó tengeri pókot. Neki mindegy: rák, vagy ember. Van egy tömlője, melyet meg kell töltenie; abban minden tintává válik: meleg vér és hideg ázalag.

Gierig úr szivarozva dült a folyosó mellvédjére, s onnan nézte a bohócz művészkedéseit.

Az kimerített minden csodamívelést, a mivel ponyvaművészek a falusi nép tetszését és krajczárjait el szokták ragadni. Leterítette a piszkos pokróczot, melyen maga és porontyai tótágast álltak, jártak a tenyereiken, derekaikat kificzamítva; súlyegyenezte talpain mind a két gyermekét, lábaikkal ég felé, fejökkel apjok talpán állva; evett csepüt, okádott tüzet s huzott ki vég-szalagokat orrán száján, s csinált mindezekhez torzképeket, a hogy mozgékony arczvonásaitól kitelt; beszélt hozzá a világ minden nyelvén, és erőtette a kaczagást saját tréfái fölött.

Gierig úr magas érdekeltséggel nézte az előadást.

Végre a bohócz elővezette a kis tatár-paripát, s annak művészi tulajdonaival ismerteté meg a magas társaságot. A kis lovacska tudott apportirozni, mint a vadászkutya; ki tudta toporzékolni első lábaival a számtani kérdéseket, miket gazdája feladott neki; letérdelt a parancsszóra és tánczolt galoppot, keringőt a dobszó melódiája mellett. Igen tudományos egy személynek mutatá be magát.

Mikor aztán a bohócz kimeríté művészete egész tárházát s azt hitte a magas uraságok mosolygó ábrázatából, hogy itt tökéletesen sikerült vendégszereplésével az irányadó körök érdekeltségét felköltenie, elvégre levevé csörgő sipkáját s megindult a müvészet adóját beszedni.

Igy indul meg a szegény tengeri-pók molluscokra vadászni, míg észrevétlenül a nyolczkezű hydra ölelésébe téved.

– Bravo, bajazzo! bravo! tapsola neki Gierig úr. Te ugyan kitünőleg kezeled és lábalod művészetedet. Méltán helyet foglalhatnál a circus Renz tagjai között. Hát már most a belépti díjról van szó, ugy-e? Mi nálad az entrée?

A bohócz viszonozni vélte a tréfát.

– Embere válogatja, uram! – parasztok adnak krajczárt, garast; urak adnak, a milyen urak, ki hatost, ki forintot.

– Ejh! te nem is vagy követelő. «Közönséges emberek a hogy telik; magas uraságok tetszés szerint.» Ilyenformán mégis csak behoz a művészet naponkint egy forintot egyre-másra?

A bohócz olyan ártatlan volt, hogy ezt az urat vidám, nyájas ábrázatjával háziúrnak nézte; a ki csak azért tudakozódik, hogy tájékozhassa magát, milyen mélyen nyuljon a tárczájába, az eléje akadt művészetet megjutalmazni?

– Oh! uram, akár kettőt is, ha ilyen derék urakra akadok.

– No, de vegyünk csak egyet, – szólt Gierig úr; – s tegyük fel, hogy van hatvanöt nap, a mikor semmi kereset sincs; marad egy évre háromszáz forint szabad kereset. Ennyit csak kapsz, bohócz, ugy-e?

A jámbor bolond sietett ráhagyni, hogy igen.

– Hát aztán mennyi adót szoktál ettől a jövedelmedtől fizetni, bajazzo?

A bohócz azt hitte, hogy valami válogatott humoristikus emberrel akadt össze.

– Igen sokat, uram! – viszonzá tréfásan. – Minden évben elszakgatok egy lebernyeget, azt a rongyászok felszedik, abból aztán csupa száz forintos bankó készül.

Gierig úr maga nevetett legjobban a válasznak.

– Jól válaszoltál, bajazzo; hanem az idénre mégis csak hátralékban vagy. Háromszáz forint bevallott évi jövedelem után a III-ik tabella szerint jár évi adó huszonegy forint. Ez a te tartozásod.

Azzal odafordult Konyecz úrhoz.

– Irjon ön ennek az úrnak egy nyugtát huszonegy forint jövedelmi adóról, a III-ik táblázat szerint.

Konyecz úr komolyan vette az utasítást.

A bohócz pedig szörnyű fanyar torzképeket csinált festett ábrázatjával s korom-szemöldeivel.

No még ilyen aprópénzzel csakugyan sehol sem fizették ki Hans Kaczenbuckelt.

Gierig úr dictálta Konyecznek.

Az adóköteles neve Kaczenbuckel János.

A bohócz ekkor kezdett csak környezetére tüzetesebb figyelmet fordítani, s világi eszével összevetegetni: hogy hiszen ő ide átkozott rosz helyre vetődött. Itt executió van. S ezek a vendégek itt harácsot szednek! Nem tréfa itt lenni.

Egyet szólt a fél szája szegletéből a két gyereknek, azok hirtelen összekapták a pokróczot, s kezdtek iramodni a talyigával, meg a kis lóval a kapu felé: hanem Gierig úr visszahozatta a csendőrökkel.

– Ejnye! ejnye! Te Kaczenbuckel János, hát bizony elszöknél előlem a tárgyalás közepett! Ez már rosz tréfa tőled. Biz itt hagynád nékem a nyugtatványodat, pedig milyen régen kereslek vele. Itt van, fogjad, s fizesd ki a huszonegy forintot.

A bohócz csakugyan azt hitte, hogy most már igazán tréfálnak vele. Még országos vásárban sem történt meg az soha, hogy ő huszonegy forintot látott volna egy rakáson. Annyi garas volt néha napján legfőbb kincse.

– Fizessen ön a páholyáért huszonkettőt, a honnan az előadásomat nézte, s akkor aztán quitteljünk! – szólt a

209

bohócz, folytatva a tréfát.

– Művész uram! (Most már művésznek nevezte Gierig úr). Nekem nincs időm tréfálni. Ez komoly dolog. Az ön idei adóhátraléka huszonegy forint, s ön kötelezve van fizetni.

– De nekem egy batkám sincs!

– Akkor ingó zálogot tartozik adni, vagy végrehajtás-képes tárgyat kimutatni.

A bohócz nagyot röhögött.

– Ohohó! Hahaha! végrehajtás-képes tárgyat? Tessék választani a két gyerek közül, melyiket akarja uraságod elkobozni?

– Semmi szó sincs a gyerekről. Van te neked egyebed is. Ott van a ló.

A bohócz festett pofája egyszerre kiegyenesült erre a szóra. Arra nem is gondolt, hogy még a ló is kérdésbe jöhessen.

– Hja, uram, az a ló nem olyan ló, mint más ló; az nekem mesterségem eszköze, mint ácsnak a bárdja, csizmadiának a dikicse, szabónak az ollója. Azt tőlem elvenni semmi tartozásban nem szabad. Az a ló annyi, mintha kezem, lábam volna.

– Lárifári! – hatalmaskodék alá a nyolczkezű. – Te magad a két porontyoddal ló nélkül is csinálhatsz komédiát, hányhatod a bukfenczeket, rághatod a patkószeget, tánczoltathatod az orrod hegyén a szalmaszálat. Vagy fizeted szépen és rögtön, a mivel az államnak tartozol, vagy elveszem a lovadat.

Kaczenbuckel János nem akart hinni egy olyan authentikus organumnak, mint Gierig úr nyelve;

kétségében a lova kantárát tartó csendőrhöz fordult, azt interpellálta saját cseh idiomiáján, hogy tréfa-e ez, vagy valóság?

A jámbor csendőr aligha olyasmit nem felelhetett neki hasonló cseh nyelven, hogy soha se nevessen ezen az előadáson, mert ez a legmagasabb tragikum ő rá nézve. Ha valakit ez az úr megfogott, azon az egész litánia sorozatában nincs senki, a ki segíthessen; legalább a magyarázat után a bohócz elfakadt sírva, elhajítá csörgő sipkáját, felrohant az ámbitusra Gierig úrhoz, térdre esett előtte s elkezde rimánkodni.

– Uram, nagyságos uram! Legyen irgalommal! Nincs nekem pénzem, nincs nekem keresetem; annyi sincs, a mennyiből kenyeret adhassak a porontyaimnak. Nem eszünk mi hétszámra főtt ételt. Kegyelmezen meg! Jertek, gyerekek, ti is öleljétek át kezeit lábait a nagyságos úrnak, a méltóságos, a kegyelmes úrnak.

Konyecz úr majd megszakadt nevettében e jelenet fölött. Az igaz, hogy tréfás látvány is volt! Egy bohócz, fehérre, pirosra kifestve, a ki fenhagon sír, mintha Hinkóból játszana egy jelenetet; aztán a két kicsi pojácza, a ki a nagyságos úr kezeibe, lábaiba csimpajkodik, mig a nagyságos úr kézzel-lábbal igyekszik e gáncsos ölelések közül kiszabadulni; a mi nagyon nehezen megy, mert a bohócz-ivadék karjai szívósak. Az egyik szitkozódik, a másik könyörög. Igazán cirkusi élvezet! Konyecz úr a legméltányosabban megfizethetné a belépti díjat, mert ő jól mulatott, de nem kardlappal, a hogy később ura parancsára cselekvé, szétverve a tolakodó semmirekellőket.

Szemtelen komédiások, még ennyire merik vinni a tolakodást.

Szemtelen komédiás had! – fújt rájok egészen felgerjedve

Gierig úr; majd adok én tinektek Steuernachlaszt! Az ilyen gaz csavargó nép itt megszedi, ott megszedi magát pénzzel: vándor szinészek, czigányok, konczert-adó virtuózok, s aztán adót sehol sem fizetnek. Más szegény ember turja a földet, hogy a státusnak eleget tehessen; ezek meg csak korhelykednek, esznek-isznak; s ha veszik észre, hogy jön az adóintő czédula, álló! szedik a sátorfát, illannak odább. Került már egy pár ilyen országcsaló a kezemre, mint te vagy. Azok is megemlegetnek, tudom. Tizenkét esztendeig nem fizettek adót sehol. Hát azt gondoljátok, hogy szabad az országban olyan embereknek is lenni, a kik tizenkét esztendeig nem fizetnek adót? De már az ilyen ficzkókra valóságos szenvedélylyel tudok vadászni; mert ezek még élczet csinálnak abból, hogy megcsalják az államot. Láss hozzá, hogy fizess, teremtsd elő, a mivel tartozol, vagy gyalog maradsz.

A bohócz nem könyörgött többé a nyolczkezűnek, hanem fölvette alázatosan hegyes süvegét s elindult kéregetni.

Hiszen olyan sokan vannak itt ezen az udvaron. Talán segíthetnek rajta.

Legelső volt, a kit megszólított, a kapitány.

– Édes barátom! – szólt neki Föhnwald, – itt rosz helyen koldulsz. A háziaknak utolsó fillére is azon másik úrhoz vándorolt; azok neked nem fognak semmit adhatni. Rólam pedig hidd el, hogy ha volna pénzem, nem hagytalak volna annyi ideig a porban henteregve könyörögni. Nekem «már» egy garasom sincsen. És az egész legénységemnél nem találsz egy árva batkát. Ha majd találkozol még magadnál is nyomorultabbakkal, a kik éhségtől betegen feküsznek az utolsó vánkosukon, azoktól kérdezd meg, hogy miért nincs a katonáknak pénzük, a kik hozzájuk voltak szállásolva? Ne mázold össze könyeiddel a festéket arczodon, felebarátom!

bucsúzzál el lovadtól, s eredj bukfenczet vetni. A többiek is mind azt teszik.

Gierig úrnál most már point d'honneur kérdése volt, tekintélyét fenntartani. Hintaja elő járt: a csendőröknek parancsot adott, hogy a bohócz lovacskáját kössék oda a lógós mellé.

Az már aztán valódi uraknak való komikum volt, a hogy erre a szóra a bohócz lovacskája nyakába borult, a hogy összecsókolta annak ábrázatját, a hogy annak keservesen hizelgett.

– Kedves lovam! kedves jó barátom! egyetlen kenyeres társam! a kinek minden falatom felét odaadtam, a ki segítettél azt megkeresni. Szegény feleségem nevelt; annak a nevét is viseled. Most már te is utána mégy. Meghalsz, a hogy az meghalt. Oh! kedves szeretett kis lovam, ki keres már az én gyermekeimre kenyeret?

Egy perczre az a gondolatja támadt a bohócznak, hogy leüti a lovát tartó csendőrt a saját puskájával, aztán felkap a lovára, s nyargal vele a világba; hanem aztán csak letett róla. «Hová futnál te szegény ember annyi lovas katona elől, a te kis macskalovaddal?»

Bizony hozzákötötték azt Gierig úr előfogatához.

Gierig úr végezte e helyen munkáját s sietett még ma odább kelni. Folytatnia kell misszióját s magán-mulatságért nem maradhat egy helyen sokáig.

A bohócz még egyszer néma esdekléssel emelé fel hozzá összekulcsolt kezeit, mikor a nagyságos úr a kocsiba felhágott.

– Takarodjék ez az ember előlem! uraskodék alá a nyolczkezű alattvalóihoz.

Konyecz úr felkapott a bakra, a két csendőr a parasztszekérre; Gierig úr nyájasan üdvözlé a századost: «A viszontlátásig, kapitány úr!» – mire Föhnwald olyasmit mormoghatott fogai közül, hogy: «Ne kivánd te azt magadnak!» Azzal a két kocsi elrobogott az udvarról.

A bohócz kiszaladt utánuk a kapuig, onnan nézett sokáig az elrobogó kocsik után. Az a halvány reménye volt, hogy talán mégis tréfa ez az egész. Csak őt akarják egy kicsit megijeszteni a nagyságos urak, a kiknek igen jó mulatság lehet egy ilyen szegény komédiást kétségbeejteni; s majd ha jó messze elmentek, akkor eloldják a lovacskát a kötőfékről s eleresztik. Visszatalál az a gazdájához, egyenest.

Mikor aztán látta, hogy azok bizony egészen elmentek s a lovacska csak nem jön vissza, akkor visszatámolygott az udvarra.

A katonák mind a lovaikon ültek már, a százados is nyergében volt.

– Uram! – kérdé a bohócz; – igazán elvitték a lovamat?

– Igazán!

– Mit fognak vele csinálni?

– Eladják a vásáron.

Ekkor a bohócz szemei elkezdtek vérben forogni.

– Akkor hát minek éljek én tovább és a gyermekeim? Megölöm őket és aztán magamat!

Azzal kirántotta becsukó kését mély zsebéből s rohant gyermekeinek ádáz dühvel.

A két komédiás-poronty vijjongva futott el apja elől, odamenekültek a katonák lovai alá, apjuk utánuk a késsel; a katonák iparkodtak őt visszatartani, egy-kettő leugrott lováról, hogy elfogja; a bohócz kitépte magát kezeik közül s üldözőbe vette gyermekeit; azok végre befutottak a nyitott konyhába, s az utánuk rohanó bohócz Ilonka kisasszonynyal találkozott szembe.

– Megálljon! szólt hozzá parancsoló hangon Ilonka. Mit akar?

– Ölni és halni. Magamat s gyermekeimet elölni. Nem parancsol nekem abban senki.

– Térjen magához! szólt a fiatal leány a dühöngőhöz s kivette kezéből a kést olyan könnyedén, mintha pákosz gyermek kezéből vette volna ki. – Mit akar ön ezzel a késsel?

A bohócz elkezdett zokogni és nem volt több szónak ura.

– Jőjjön velem! – szólt Ilonka. – Én adok önnek elvett lova helyett másikat. Azért ne essék kétségbe.

Azzal megfogta a bohócz kezét s vonta magával az istálló felé.

– «Csilla! ne!» – kiáltott a leány az istálló-ajtóban.

A hívásra kijött hozzá a kedvencz pony; szép kis zsemlyesárga lovacska volt, hófehér sörénynyel és farkkal. Az ajtóban bókot csinált asszonykája előtt s odadörzsölé nyakát a leány vállaihoz.

– Nézze ön, ez épen olyan kis okos paripa, mint az öné volt. Nekem is olyan kedves állatom ez. Szóra hallgat; mindent megtanúl. Vigye el ön cserébe az elveszetttért; s aztán ne bántsa gyermekeit, ne essék kétségbe. Járjanak Isten hirével!

Ilonka kezébe adta a bohócznak lovacskája kötőfékjét.

A bohócz térdre esett előtte.

– Kisasszony! – Én nem tudok mit mondani. – Hallgat is én rám valaki az égben! – Használ is ilyen szegény ördögnek az áldása valamit? – Ön engem a pokoltól mentett meg. Oda akartam menni egyenesen. Kétségbe voltam esve: meg voltam ölve. Ön feltámasztott; ön emberré tett. Én szegény ördög vagyok, Kaczenbukel a nevem. Azt sem örököltem apámtól. Csufságból hagyták rajtam. Bohócz vagyok. Kukacz vagyok. Lábbal tiport féreg vagyok. Nem tudom, hogyan szolgálom meg önnek ezt valaha éltemben. De ha van Isten a mennyországban, ez a nyomorúlt bohócz mégis megszolgálja önnek ezt valaha! – Kisasszony, hadd csókoljam meg szép kezeit.

Ilonka nem gátolta a bohóczot, hogy kezét megcsókolhassa, könyeivel eláraszthassa, s míg a bohócz eléje futott két gyermekét sietett szenvedélyen összecsókolgatni, addig Ilonka is megölelte hű lovacskája nyakát, s lopva egy csókot nyomott annak fejére. Talán nem is látta senki.

«Marsch! Marsch!» hangzott a kapitány vezényszava, s a tizenhat lovas tovarobogott az udvarról.

Ilonka besietett a szobába.

A bohócz odább haladt.

A pusztai lak udvara csendes lett. A nap alkonyatra járt már.

A VÉGSŐ CSAPÁS, A MI MÉG NEM AZ UTOLSÓ.

Késő este érkezett haza Világosi.

Eléje siető neje és leánya arczáról olvashaták a balsikert.

Alig szedték le az utiköpenyt válláról, a szobába érve, midőn egyenesen tudatá velük a rosz hírt.

– Hiába jártam. A városban nem kaphatni már kölcsönt semmi kamatra. A leghirhedtebb uzsorások sem állnak magamforma emberrel szóba. Módjukban van pénzüket a leggazdagabb földbirtokosoknak kiadni százas kamatra. Azokat is adóért fojtogatják.

Ekkor nézett körül s bámulva kérdezé:

– Hát vendégeink hova lettek?

A két hölgy tétovázva nézett egymásra: melyikük mondja meg neki a leverő tényt?

Ilonka vállalta azt is magára, ha atyja haragudni fog azért, ne anyját érje a harag.

– Már elmentek. Ma délután nem akartak tovább várni s erőszakkal akartak betörni anyám szobájába. A százados védett bennünket, s akkor fegyverrel fordultak ő ellene is. Én nem akartam, hogy máson is szerencsétlenség történjék: előadtam a pénzt, a mi haszonbérünkre volt félretéve, s kifizettem mind.

Világosi, a mint ezt meghallá, nem zugolódott, nem tett senkinek szemrehányást, csak leroskadt egy székbe az asztal mellé, s két kezét ölébe téve, fejét lecsüggeszté mellére s szörnyen elhallgatott.

Olyan rém-idéző volt ez elhallgatás. A két hölgy nem mert megmozdulni helyéről, nem mert egy szót szólani.

Szinte jól esett, hogy valaki nyitja kivülről az ajtót s megtöri a csendet.

A majorsági cselédek jöttek be a szobába: a kocsis, az öreg béres, a kis-béres, a juhász; arczaikon szokatlan meghatottság látszott; csendesen jöttek, nem kopogtak a saruikkal, s helyet adtak annak, a kit szószólónak választottak maguk közül.

A juhász lépett előre.

– Tens uram! mink is bejöttünk, ha megengedi, a magunkét elmondani. Nem tudom czifrázni: úgy mondom el, a hogy jön.

Úgy tetszett, mintha Világosi fejével intene, hogy jól van.

– Isten megalázott bennünket a fekete földig – mondá a juhász; – ime, porrá lettünk még életünkben. Érezzük, hogy semmik vagyunk; semmink sincsen. Mikor jó dolgunk volt, ugyan kevélyek voltunk, ugyan zugolódtunk, hogy mért nincs még jobban? Szidtuk a gazdát, nem kiméltük jószágát, nem néztük a kárt. De más emberek vagyunk mostan! Megtanított bennünket rá nemcsak a hatalmas úr Isten, hanem a hatalmas úr emberek is. – Oh uram! Én vétkes ember voltam; gyújtogatás terhe feküdt a lelkemen; de azok után, a miket három nap óta láttam, olyan könnyünek érzem magamat, mint egy semmiben nem tudó gyermek. Az én terhem csak egy pehely lesz ott, a hol ezeket mázsálják. Hiszen vigyék el a tizediket az Isten áldásából, azt a biblia sem tiltja, – de a szent irásban sem olvastuk, hogy a hol az Isten tíz csapást mért a nyomorultakra, az emberek még a

218

tizennegyedikkel is oda sújtanak! – Uram! mi tudjuk, hogy itt ennél a háznál pénz nincsen, nem is lesz soká. De ne csüggeszsze azért fejét búnak. A nyomoruságban megismerik az emberek egymást. Mi megegyeztünk egymás között és bejelentjük, hogy elszolgálunk jövő nyárig bér nélkül, fizetés nélkül. Egy fillér sem kell nekünk új kenyérig. Beérjük száraz kenyérrel, míg benne tart, ha az is elfogy, egyikünk elmegy napszámba, s úgy tartja el a másikat, de nem hagyjuk el a gazdánkat ilyen nyomorúságában. Ha mindent elvittek is az úrtól, ezek a mi kérges tenyereink még itt maradtak, s ezek is érnek valamit. – Ne essék kétségbe az úr. – Jön más idő, más esztendő. A föld kipihente magát, ugarba vetünk mindenütt. A jövő évben ontani fogja a magot a tarló, annyi lesz rajta az áldás. Visszakapjuk, a mit elvesztettünk s majd elfelejtjük, a mit szenvedtünk. – Hát ne essék az úr kétségbe.

Világosiné nem birta e szavakat végighallgatni a nélkül, hogy sirva ne boruljon azon karszék támlájára, a melyen férje ült.

Boldog könyek, amik eltakarták szemeit, hogy ne lássa azt, a mit leánya végignézett.

Ilonka tekintete az egész beszéd alatt atyja arczán függött. Látta, mint változik el annak arczszíne fokonkint, bántalmas ónhalványságot véve fel, mely a beesett szemüregek sötétjét még kisértetiebbé tette. E sötét, mély üregekből oly merőn bámultak elé a ridegen felnyilt szemek, mint az álmodóé, s a homlok redői lesimultak. És azután lassankint összeesett a termete, mint a melyből az élet rugói hiányzanak; feje mind jobban aláhanyatlott mellére. Mikor a kérges kezű ember azt mondá neki végezetül, hogy hát reméljen, ne essék kétségbe: akkor egyszerre összeroskadt, s leesett volna székéről, ha leánya karjai fel nem fogják.

219

– Atyám meghalt! – sikolta fel Ilonka, ki aggó irtózattal szemlélte e szörnyű átváltozást atyja arczán, s hirtelen eléje térdelt, és ölébe fogta fel az összeroskadót.

Hanem Világosi szemei még néztek, és kezei még mozogtak: csak hogy kezeinek mozgása nem volt egyéb, mint tehetlen reszketés, és ajkainak mozgása nem adott már beszédet, csak határozatlan szótagokat.

«Ta-ta-ta–te-te-te.»

Ez volt, a mit még nyelve rebegni tudott.

És az a merev tekintet!

A szél ütötte-e meg? vagy megőrült?

Ki tudná, mi történik ottan belül!

MI LETT A DÉLVIRÁGOKBÓL?

Harter Nándor úr néhány teknősbékalépéssel közelebb jutott czéljához. Találkozott Malvinnal elégszer.

Hivatalánál fogva főellenőre volt azon vállalatoknak, mikre Lemming úr a kormánynyal szerződött. Az ilyen úrtól nem lehet kimélni néhány csésze theát; talán még egyebet sem.

Sokszor volt Malvina egykori és mostani férjének dolguk egymással. Szépen megegyeztek mindig. Egyik kéz a másikat mossa. (Nem mondom vele még most, hogy szükségük van a mosdásra.)

Azután Harter Nándor úrnak is voltak magánügyei, mikben Lemming úr szolgálatát igénybe vette.

Például Elemér úrfinak a dolga. Ennek mindig pénzt kellett küldözgetni, eleinte Olaszországba, azután Francziaországba, azután Angolországba. A küldött pénz persze soha sem volt neki elég. Mindenütt adósságokat csinált államkölcsöni összegekig. Minden városban úgy kellett megszabadítani az adósok börtönétől, mesterséges egyezkedések által, miket csak Lemming úr összeköttetései negocziálhattak.

Mindezeknél az eseteknél megannyi jó alkalma volt Harter Nándor úrnak egy-egy bizalmas theaestélyen Lemmingéknél Malvina szép szemeiért megbocsátani a tékozló fiúnak.

Mikor a szép asszony olyan szépen tudott könyörögni azért a rosz fiúért, a kit most is kis fiacskájának nevezett,

221

miként hajdan.

Harter úrnak olyan jól esett ezt hallani.

Egy este megint jön Lemming úrtól az üzenet, hogy kegyeskedjék ő méltósága odafáradni Lemming úrhoz, kit a rheumája nem ereszt ki a házból, kinek pedig okvetlen és sürgős mondanivalója van Elemér úrfiról. Nagy baj van.

Harter úr ismerte már az ilyen nagy bajokat. Csak épen most ásta ki fiát a londoni uzsorások alluvialis iszapjából, s megparancsolta neki, hogy rögtön üljön hajóra, és sehol ki ne szállva, addig szárazföldet ne érintsen talpaival, a míg Triesztbe ki nem teszik; ott már várni fog reá az eléje küldött Angyaldy, s elhozza hazáig. Elemér úrfi táviratozott is már Southamptonból, hogy ma ül fel az Atlantiquera, s két hét alatt otthon lesz.

Ha igaz?

De mikor soha sem lehet a szavában véglegesen megnyugodni.

Lemming úr a kandalló-szobában várt Harter úrra; erősen be volt a feje kötözve mindenféle melegítővel; az asszonyság ott volt mellette és ápolta, mint illik hű hitvestársához.

– Jó estét!

– Jó estét! – köszönnek egymásnak. Harter Nándor észrevette Malvina arczán, hogy az szokatlanul meg van illetődve. Azt hitte, Lemming úr betegsége hatotta meg ilyen nagyon. Emlékezett rá, hogy mikor neki rheumája volt, akkor nem melegített úgy a képére bodzavirágos vánkosokat. Ez a Lemming mégis szerencsés kópé. Jó lenne rajta sajnálkozni!

– Ön beteg? tisztelt barátom. Higyje el, hogy nagyon, de

nagyon...

– Ne tessék rajtam sajnálkozni nagyon! – vágott bele fájós pofáju kedvetlenséggel Lemming úr. – - Itt van egy telegramm Toulonból, Elemérről.

No de már ez Harter úrnak is főfájást okozott!

De ez már borzasztó! Nem megparancsoltam-e neki, hogy sehol ki ne szálljon? Mit keres Toulonban? A gazkölyök! Én nem küldök neki több pénzt!

– Jaj, jaj, jaj a fogam! – nyivákolt Lemming úr. – Ugyan uram, engedjen szóhoz jutnom. Nincs az ön fia Toulonban, s nem kell már neki több pénzt küldeni. Itt a távirat; az Atlantique a viharban elsülyedt, s egy ember sem menekült meg róla.

Harter Nándor tétovázva tekinte hol a férjre, hol a nőre, ha nem tréfálnak-e vele?

No a mi Lemming urat illeté, arra a legjobb szándékkal sem lehetett ráfogni, hogy az most valami nagyon embernevettető kedvében van: csak úgy tátogott, mint a ki nem meri a fogait egymáshoz értetni, úgy érezvén, mintha azok közül kettő-három különösen meg volna nőve erre az ünnepélyes alkalomra, és midőn Nándor úr Malvinára tekinte, észreveheté, hogy az elébb is észlelt meghatottság kifejezése most már az elérzékenyülésig felmagasztosúlt arczán, s hosszú, sötét szempillái két fájdalomszült gyöngyöt törnek össze szemeiben. Utoljára pedig nem is bírja már elfojtani a szép hölgy érzelmeit, finom batiszt-zsebkendőjét szemére nyomja, halk zokogáshoz kezd.

Erre már Harter úr is átlátja, hogy ez egészen komoly előadás, s gondolkozik valami megfelelő attituderől a maga részére is.

223

Úgy hiszem, legpolitikaibb «pose» ily jelenetnél a fájdalomtelt atyának lerogyni egy karszékbe, s arczát tenyerével eltakarni; aztán időt engedni egy hosszú, művészi pauzának, melynek megsokaltával eljön a percz, melyben a lesújtott férfi erőt vesz érzelmein, parancsol könyeinek, hogy meg ne indúljanak; összeszorítja ökleit, leránczolja szemöldeit s rövid, szakgatott mondatokban megindul, mint kinek minden szava keserűségtől fojtogatott torkon szabadúl keresztül.

– Ez rettentő csapás... Uram... Nem tudom, hogyan élem túl?... Egész életem reménye...

E gondolatnál ajkaiba kellett harapni. – Oly fájdalmas volt tovább mondani azt. Lemming úr pedig csúzos emberek rosz kedvével azt a vigasztalást mondta neki:

– Már most nem kell méltóságodnak több pénzt küldeni utána.

Malvina finom érzése sietett ezt az otrombaságot kiegyenlíteni.

Kezét nyujtá Harter Nándornak.

– Szegény Elemér! Mégis csak jó fiú volt.

S a mint így kezét nyujtá neki s könyező ragyogó szemeivel reá nézett, Harter Nándort még holdasabbá tette vele, mint eddig volt. Áldotta magában azt a tengert s azt a zivatart, mely neki e kézszorítást s e gyöngéd tekintetet megszerezte.

És igyekezett helyzete előnyeit telhetőleg felhasználni.

– Kegyed mindig szerette őt, – szólt megragadva az eléje nyújtott kezet. – Kegyed mindig jó volt hozzá... És nekem egyetlen gyermekem volt... Családom egyetlen ivadéka.

Ki vehetné rosz néven, ha az atyai fájdalom e szónál mindkét kézzel szivéhez vonni kényszeríté a gyöngéd női kezet? Ezért még a jelenlevő férj sem neheztelhet. Hiszen Elemérnek Malvin valamikor kis mamája volt.

Harter Nándor meg is akarta mutatni az üzlet emberének, hogy minő érzelmekre képes egy igazi gavallér, ha az egyetlen fia a tengerbe veszett.

– Oh! asszonyom, kegyed tudja jól, de a világ tán nem hiszi, mennyire szerettem én szerencsétlen fiamat. De most meg fogom mutatni. Tudja meg az egész világ. Nem kimélek semmi költséget. Kerüljön ezrekbe, de emlékét meg fogom örökíteni. Kérem, könyörgök önnek, a nők ily dolgokban a leggyöngédebb leleményességgel bírnak: rendelkezzék ön helyettem, parancsoljon a nevemben. Mit tegyek, hogy fiam halálát a Harter-névhez méltóan ünnepeljem meg? Hogy tanuskodjék keservemről ég és föld? Vonjunk egy asztalt ide elénk. Húzzuk székeinket közelebb; itt az irónom, a tárczám, jegyezze ön bele, a mit szükségesnek, a mit kivánatosnak tart, szegény Elemérem gyászemlékére.

Malvina hogy ne engedett volna ezen óhajtásnak? Ez olyan felhivás, a mit teljesíteni szokás. Hölgyek különösen szeretnek költségvetéseket csinálni. Elfogadta az irónt és tárczát, s sajátkezűleg jegyzé a teendőket.

– Legelőször is ezer példányban a gyászjelentés, bristolpapirra nyomatva, s minden ismerősnek borítékban (nem keresztkötés alatt!) megküldve, 300 forint. Gyászruha az összes cselédség számára: 300 forint. Ünnepélyes gyászmise, teljesen kivilágított katafalkkal: 1000 forint. (Igaz ugyan, hogy mi egyszer konvertáltunk, de a mise mégis ünnepélyesebb, mint a búcsuztató az atyafiaknál; aztán Elemér maradt, a mi volt.)

(Bár mi se konvertáltunk volna! – sóhajtá Harter

Nándor.)

(Azért tették, hogy elválhassanak.)

– Azután egy sírbolt a kerepesi-uti temetőben: 400 forint. Az elé egy pompás síremlék gránitból vagy márványból. Melyik legyen: gránit, vagy márvány?

– A melyik becsesebb! – véleményezé Harter.

– Melyik drágább síremlék, Lemming úr? – kérdezte Malvina; a gránit, vagy a márvány?

– Tudja az ördög! – dörmögé Lemming úr. Nincs is egy-egy jobb mulattatás nyavalygó beteg emberre nézve, mintha temetési szertartásos kellékek lajstromát sorolják el előtte, s még kérdezgetik, hogy melyik tetszik belőle neki jobban.

– Legyen gránit! – válaszolt Harter Nándor.

Malvina odajegyzett 2000 forintot. Azután mindenféle apró ajándék, gyászfátyolok, virágok, viaszgyertyák; fehér és fekete keztyűk; a muzsikusok, a koszoru-csinálók, a sírkertre felügyelő sírásók s más egyéb becsületes emberek, a kiknek emlegetésére Lemming úrnak még a másik oldalán is fájni kezdett a foga. És végül egy pompás olajfestmény, melyet Aladár fényképe után fog készíteni egy bécsi festő. Összesen még egy ezer forint. Az egész ötezer forint.

Harter Nándor gyöngéd szemhunyorítással köszöné meg Malvinának ezt a szivességet.

Lemming úr pedig azt mormogá fájós fogai közül, hogy: «öt perczent.»

– Még egy eszmém van! – szólt Harter elmélázva. – Egy alapítványt óhajtanék tenni Elemér fiam nevére; egy összeget letenni oly czélra, hogy annak kamatjaiból oly ifjak részeltessenek, kiket kemény szivű apák pillanatnyi pénzbeli

226

zavarokban hagytak.

(Ily alapítványra valóban régóta kiáltó szükség van már.)

Erre szántam 5000 forintot.

Lemming úr kínzó fogai azt rebegték: «tíz perczent!»

– Asszonyom! – szólt ekkor Harter Nándor, felkelve székéről; én önnek végtelen hálával tartozom nemes részvéteért; most engedje meg, hogy felkérhessem, tegye meg az intézkedéseket helyettem; én nem volnék azokra képes. Hiszen önt anyjának nevezte egykor szegény fiam s ön oly jó volt hozzá életében mindig.

Malvina kész volt e kérelmet teljesíteni.

– Holnap rögtön átadok Lemming úrnak e czélra 5000 forintot.

– Csak az asszonynak, kérem! Én nem szeretem a gyászszertartások arangirozását; a magam temetéséről is szeretnék elmaradni.

– Az ég távolítsa azt messzire! – felelt meg rá Harter Nándor, s azzal jobb egészséget kivánva a jó úrnak, s még egyszer kezet szorítva az asszonysággal, eltávozott.

Mikor egyedül maradt a férj és feleség, Malvina rátámadt Lemming úrra: «Mi a csodát beszélt ön össze-vissza öt perczentről, tíz perczentről?»

– Ah! – nyögött elébb nagyot a csúz kérdésére az uraság. Hát Elemér anyjának hozománya százezer forint, a mi végrendelet szerint a fiu holta után Nándor úrra marad; annak a perczentjeit értettem.

Másnap csakugyan ott volt az ötezer forint Malvina kezében. A szép hölgy azután megrendelt mindent, a hogy praeliminálva volt.

A brisztolpapir-gyászlapok szétmentek az egész országba; a cselédek felöltöztek talpig feketébe, a szentatyák is mindent megtettek, a mi az elhunyt lelki nyugalmára szükségesnek találtatott; a nagy életnagyságu arczkép is elkészült, ott volt már Malvina szállásán, a gránitsíremlék is befejezéséhez állt közel, épen csak a sírirat hiányozván róla, melyet már háromszor írt meg Angyaldy úr, de a melyet háromszor vetett vissza Nándor úr; nem találván azokban eléggé kifejezve mindazt, a mit egy Harter sírkövén meg kell találni a bámuló utókornak: a család nagyságát, a fájdalom még nagyobbságát és a büszkeség legnagyobbságát illetőleg.

– Már látom, hogy én magam leszek kénytelen ezt megírni.

Így szólt az utolsó epitaphium visszautasításakor Nándor úr.

S hozzáfogott e gyászmunkához, késő este, lámpafény mellett.

Ritka lélekerő kell ahhoz, hogy valaki az egyetlen fia emlékére a sírfeliratot elbírja készíteni.

Harter Nándor bírt e lélekerővel.

Megmutatta titkárának, hogyan kellett volna.

EMLÉKÜL-
HARTER-ELEMÉRNEK-
MELYET-AZ-ATYAI-FÁJDALOM-
EMELE.
TESTÉT-AZ-OCEÁN-FEDI.

Idáig elkészült már, midőn háta mögött lépéseket hall; (ki lehetne más, mint a titkár? egyébnek ide szabad bejárása nincs); hátra se nézett, csak csinálta tovább az epitaphiumot.

228

Egyszer aztán gyöngéden a vállára ütnek, s azt mondja neki egy ismerős hang:

– Szervusz, papa! nem haltam ám a tengerbe!

Harter Nándor lecsapta az irónt a papirosra.

Bámultában csapta le, vagy örömében? azt nem lehet tudni.

Elemér úrfi pedig, mintha csak most jött volna haza valami rókavadászatról s arról akarna beszélni: széket húzott maga magának s bele ült. Ezek voltak a viszontlátás örömei mindkét részről.

– Biz engem kihalászott valami bolond kátrányinges, s visszaadott a hazának s kedveseimnek.

Harter Nándor igazán boszus volt. Nem azért, hogy miért nem halt a fia a tengerbe? Épen nem! ily hollószívet egy apában ki tenne fel? hanem azért, hogy ime, elköltött a szélkergetőnek utolsó tisztességtételére ötezer forintot, s akkor ez csak beállít és azt mondja: köszöni, nem halt meg.

Már ennél haszontalanabbul csakugyan nem lehetett az emberrel kidobatni a pénzt az ablakon. S még tetejébe ki is fogják érte nevetni. És legtetejébe Elemér úrfi azt fogja mondani: ezt a költséget tartsd magadnak papa, én nem kértelek, hogy engem ilyen drágán gyászolj!

Nem is tudja az ember egyhirtelen, hogy mit mondjon neki.

Azonban lassanként visszatér a régi páthosz; az ember összeszedi magát s kezét nyujtja az érkezettnek:

– Üdvözöllek, fiam! Örülök, hogy életben látlak. Mi azt hittük, elvesztél.

– Bizony ha rám nem találnak, el is vesztem. Hanem

229

tudod a példabeszédet a rosz pénzről? Nem vész az el!

– Remélem azonban, hogy mint jó pénz tértél vissza?

– Az a valuta kérdése, papa, s ez, tudod, hogy ezen a mappán, a hol ti laktok, sokat változik. Hallom, hogy te fölváltottad magadat új bankóra a régi tizenhárom próbás ezüstből.

– Ne fecsegj ily esztelenséget!

– Okosan tetted biz azt, papa! akkor adjon tul az ember rajta, mikor magasan áll az ágiója. Itt sokkal külömb lakásod van, mint a vármegyeházánál volt. Én akkor is intettelek, hogy hagyj fel azzal a gyermekeskedéssel. A hazafiság csak fáklyás-zenével fizet. Jól esik fiui keblemnek, hogy megfogadtad józan tanácsadásaimat.

Harter Nándor nagyot prüszkölt ettől a dicsérettől.

– Nekem pedig az esnék jól, ha te fogadnád meg az én atyai tanácsaimat! szólt emelt hangon s elvörösödve.

– Ej no! nézd, hogy rám förmedtél. Hát nem fogadtam-e meg, a mit tanácsoltál: hogy egyenesen hazajőjjek? Igaz, hogy egy kicsit görbén jöttem haza: mert az a bomlott gőzhajós, a ki felszedett a vízből, elébb Corfuba is elvitt, s csak úgy hozott haza: de hát itt vagyok parancsid szerint, s a mióta megjöttem, még nem volt időm megelégedésedet kiérdemelhetni.

– No hát majd lesz rá időd. Nem titkolhatom el előtted, hogy eddigi magadviseletével igen elégedetlen vagyok.

– Azt én neked megbocsátom.

– Ne űzz ebből tréfát! Én téged külföldre küldtelek, hogy ember legyen belőled. S te ott nem tanultál egyebet csak roszat.

230

– Az már igaz! Mennyi jót tanulhattam volna azalatt itthon – nemes példád után!

– Azt akaratlanul is helyesen mondtad. Az én példámból megtanulhattad volna, hogy egy jó hazafinak mindenkor kötelességei vannak; s ha tér és idő változik is, ez őt nem oldja fel az alól, hogy más téren és más időben is ne teljesítse hazája iránti kötelességeit...

... Hazafiui nagyságunkhoz mért évidíj és diætenclasse mellett.

– Rám figyelj s ne szakíts félbe mindenféle allotriákkal. A haza nem tűr heverő tőkéket.

– Sem heverő tőkehalakat.

– Te mondád...

– Jól van, papa. Folytasd.

– A haza nem tűr ingyenélő embereket, minő te vagy. Minden munkátlan ember egy elveszett capitális a hazára nézve.

– Lemouton grammatikájára hivatkozom, a hol azt legelőször olvastam, hogy igazad van. Tehát gondolod, hogy valamihez kellene már kezdenem? Nincs most megint divatban valami olyan kellemetes nekünk való hivatal, a hol a nagyságos «fő» egész nap nyujtózik, s este aláírja a nevét annak, a mit helyette a tekintetes «al» szorgalmasan elvégzett.

– Az most nem így megy. Dolgozni és tanulni kell.

– De az egy millió paragrafust, a mit most törvénynek neveznek, én meg nem eszem. Prókátor nem lesz belőlem, mert perelni nem szeretek; bírónak való sem vagyok, mert én mindig az adóssal fognék sympathizálni s a hitelezőt marasztalnám el. Kanczelláriánál, helytartótanácsnál nekem hasznomat nem veszik, mert én minden titkukat kibeszélem a kávéházban. A diplomátiai testületbe nem keveredhetem, mert azzal megint külföldre kellene mennem s ott, hidd el, hogy még mindig rosz példákat látok magam előtt. Nincs nekem semmi törvényes és közigazgatásos dologhoz való eszem. A puszta írásomért pedig el nem tartanak, mert az, tudod, hogy olyan förtelmes, hogy ilyen infámis kalligrafia mellett csak excellentiás úr lehet az ember, egyéb semmi.

– Hát válaszsz egyéb pályát!

– Hiszen az igaz, hogy van miben válogatni. A mérnöki pályához tudok annyit, a mennyit a nevelőm Pythagoras feladványáig fejembe vert, de a dioptrának nem vehetem hasznát, mert tudod, hogy közellátó vagyok. Orvosnak is jó volnék olyan országba, a hol a népesség nagyon elszaporodott, s a hol egy bölcs kormány az évi termés s a fogyasztók száma közt helyre akarja állítani a helyes arányt. Pappá nem lehetek, nehogy a Harter-család ultimus deficiensét tisztelje bennem. Hogy az igazat megmondjam: még legtöbb kedvem volna kereskedőnek lenni. Milyen nagy emberek ezek a külföldön! hogy megsüvegelik őket! Nagyobb a kereskedő, mint nálunk a főispán. S milyen szabad életet élnek! Mindenki magának dolgozik. Nincs elnök főispánja, a kinek grácziája tartsa benne a lelket; nincs kortesvezére, választó közönsége, a kinek könyörögjön; nem kér senkitől, nem köszön senkinek; adsza, nesze! Miatta lehet az országban respublika vagy provisorium; felülkerülhetnek a vörösek vagy feketék, az ő rangját el nem törlik; neki nem kell lemondani a kenyeréről hazafiságból, vagy elvenni a más kenyerét – megint hazafiságból. Kereskedő szeretnék lenni; csak az az átkozott rosz szokásom ne volna, hogy nem tűrhetem, mikor pénz melegíti az oldalamat. Aztán meg azt nem is engedné a nagyméltóságu Harter-család, hogy egyetlen legitim trónörököse oda álljon a támlány mellé, s mérje eddigi tánczosnőinek a selymet és mohairt rőffel, vagy magyarázza eddigi kollegáinak, hogy melyik sajtnak hogy a fontja? Ily botrányra még a mumiák is megfordulnának pamlagaikon a kaszinóban.

– Hát mondok neked egyet! – szólt Harter Nándor felállva s odalépve fiához. – Légy katona. Egy hó múlva tiszt fogsz lenni.

De már erre nagyot kaczagott Elemér.

– «Ars brevis, vita longa!» Lehet biz ott elég generális, ki egy hónap alatt kitanulta az egész mesterséget s nyolczvan esztendőt élt vele. Nem beszélek a magam gusztusáról. Hanem csak téged figyelmeztetlek rá, hogy a heverő tőke még mindig jobb, mint a passiv tőke: egy hadseregbe dugott úrfi rettenetes kamatokat szokott hajtani, t. i. apjától «el»-hajtani.

– De hát elvégre is mi akarsz lenni? – rivalt fiára a nagy ember.

Elemér kedélyesen húzta félre a nyakát, két kezével két üres zsebébe mélyedve.

– Hát… semmi!

– Semmi?

– Hát van-e ennél szebb hivatás a világon? Semminek lenni! Nem vagyunk-e sokan? Nem-e ez a legboldogabb osztály?

– Jól van! De a semminek is kell valami, hogy megéljen.

– Hát nem élek-e én?

– Miből?

– Tudom is én! Az a te gondod.

– Az enyim?

– Hát természetesen! Pleonasmus volna a sorstól, ha már egyszer nekem egy ilyen nagy férfiút adott apának, s aztán még külön magamnak is adott volna valami talentumot. Én nagyon meg vagyok mind a kettőnk missiójával elégedve. Te végezd a bölcseség munkáit, én pedig a bolondságéit.

– De az, a mit te végzesz, több, mint bolondság! Az jellemtelenség. Vagy azt gondolod, hogy rászedett hitelezők s elcsábított leányok és férjes asszonyok becsületére válnak egy embernek, ki magáról azt mondja, hogy «semmi?» Az ilyen ember nem semmi, hanem «semmirekellő!»

Elemér úrfi nagy hidegvérrel csitítá haragba jött atyját, két kezébe fogva térdét s így himbálva magát a széken.

– No, no papa! Ne itélj olyan keményen. Te is lehetsz még olyan fiatal, mint én vagyok!

– Ismét találóan szóltál, akaratod ellen. Olyan vén, mint te vagy, bizony nem leszek soha. Elfásulva minden iránt, a mi szép, jó és nemes; gúnyt űzve mindenből, a mi más előtt szent; kedv nélkül minden hivatás iránt, a mi egy férfi keblét fölhevíti; aggastyán lehetsz hozzám hasonlítva. Én még halva is tábort fogok vezetni ki magam után a temetőbe, míg te élve sem találsz senkit, a ki utánad kérdezősködjék, ha nem lát.

– Talán még te sem?

– Nem! – Egész őszinteséggel szólok hozzád. Mikor halálhíredet hozták, az szomorított: íme, egy haszon nélkül lefolyt életnek vége! És midőn elém jöttél megmenekülve: bizony mondom neked, hogy egy másodpercz százezred részének parányi töredékeig tartott az öröm, hogy íme megvagy s következett utána a gondolat: hogy íme, egy hasztalanul újra kezdett életnek folytatása!

– Második kiadás, újabb sajtóhibákkal megbővítve.

Harter Nándor letett róla, hogy ezzel a fiúval szív szerint lehessen beszélni. Nem fog rajta semmi.

– Tökéletes bolond vagy, édes fiam! Egyébiránt meglehet, hogy ez a szerencséd.

– Van egy német színdarab is, melynek az a czíme: «Der Dumme hat's Glück!»

– No, ez a te mottód. Férfinak nem sokat érsz, de férjnek talán még beválsz. Nősülj meg. Szerencsés lehetsz.

235

– Álmodtál tán valami számot, a mivel ternót csináljak?

– Álmodtam. Emlékszel Dánváryékra?

– Arra a kopasz úrra, meg arra a kövér asszonyságra, inclusive sápkóros kisasszonyokkal?

– Az úr meghalt, az asszonyság pedig egy gazdag kereskedő nagybátyja után örökölt félmilliót. Most itt lakik Pesten, fényes házat tart. Több izben találkoztam vele; mindannyiszor előhozta, hogy milyen kivánatos összeköttetés volna az, mely gyermekeink közt létrejöhetne. A leányt ismered. Elnyerheted.

– Papa! Te csakugyan ternót álmodtál nekem. Hogy háládatlan ne legyek: én meg egy quinternóval ajándékozlak meg. Vedd el magát az anyát.

Azzal Elemér fölkelt helyéről s apa és fiú iparkodott olyan állást foglalni a szobában, a honnan hátat fordíthattak egymásnak. És azután sokáig nem találtak gondolatfolyamukban semmi olyast, a minek jó legyen élő hangot adni.

Végre Elemér törte meg a csendet.

– Tudod mit, papa! Rázz le engemet már a nyakadról.

– Csak tudnám, hogyan?

– Lökj ki az ajtón s dobd utánam az ajtón anyai örökségemet.

Harter Nándor arczán e szóra egész benső alakjában tükröződött vissza igazi jelleme. A hideg, büszke, érzéketlen önzés.

– Kedves fiam-uram! – szólt dölyfös, hanglökdöső szóval; – hat hó mulva lesz ön teljes korú; addig gyámságom alatt áll. Akkor pert indíthat ellenem; s ha végét éri, akkor majd összeszámolunk, hogy ki mivel tartozik egymásnak. Addig pedig nézzen szét s keressen magának olyan embert, a ki nálamnál szívesebben látja.

– «Dankend saldirt» az atyai áldást, papa! – szólt keserűen nevetve Elemér. – És már most arra kérlek, hogy tagadj ki mindenből, a mi a tied; mert ezt az arczot, a mit most nekem megmutattál, nem akarnám tőled örökölni a világ minden nagy férfiának dicsőségeért.

Azzal vette kalapját és elment. Mikor a lépcsőn lefelé akart indulni, épen akkor jött le Angyaldy a második emeletből, hol szobája volt. A lépcsőcsarnokban találkoztak.

– Jó estét, Angyaldy!

– Ah! – jó estét!

– Nem csodálkozik rajta, hogy élek?

– Természetesnek találom. Beszélt már atyjával?

– Beszéltünk egymással. Azt mondta az öreg, hogy menjek vissza abba a czethalba, a melyik kihozott a tengerből a partra.

– S mit fog ön most csinálni?

– Élek tovább.

– De hogyan?

– Tudom is én! Egy olasz közmondás azt tartja, hogy senki sem látott még holt szamarat.

Angyaldy úr ezt jó ötletnek találta, s nevetett rajta egy kicsit.

– Mit tud ön a nádasi puszta bérlőiről?

– Azt tudom, hogy nagy inségben vannak.

– No hát jó éjszakát!

Az úrfi lement a lépcsőn; Angyaldy bement Harter Nándor úrhoz.

A nagy férfiú izgatottan járt-kelt alá s föl szobájában. Angyaldy úr nem tartotta szükségesnek ez izgatottságot számbavenni.

– Kérem ezt az utánvételi számlát utalványoztatni. Kétszáz forint.

– Mi az? – kérdé Harter Nándor kedvetlenül.

– Megérkezett a kép.

– Micsoda kép?

– A mit meg tetszett rendelni Bécsben. Az olajfestmény. Elemér úrfi arczképe.

– Menjen ön vele a pokol fenekére! – kiálta fel dühösen Harter Nándor, s a földhöz vágta az írótollat, a mit már a kezébe vett, hogy majd aláírja vele a vevényt.

Angyaldy úgy tett, mint a ki bámul és nem érti az egész haragot.

Harter Nándor észrevette magát. Mélyen szemébe nézett titkárának. Nézhetett abba a két ablakba. Azok le vannak függönyözve belül.

– Nem találkozott ön valakivel a lépcsőn, a ki most innen elment?

– Én felülről jövök a szobámból.

– Tehát nem látott senkit?

Angyaldy tudott mindig a kérdés mellé felelni.

– A postalegényt láttam, a ki ezt az avisot hozta. Ez meg

238

van rendelve, ezt ki kell fizetni.

Harter még egy perczig vizsgálta gyanakodva titkárja arczát, míg egészen meggyőződött róla, hogy ez nem akar most vele tréfálózni; aztán csak fogott megint másik írótollat s aláfirkantotta nevét a postai okmánynak.

– Itt van; fizesse ön ki. Azután a képet csak vitesse Lemmingné asszonysághoz; mondja, hogy neki ajándékozom azt.

Angyaldy átvette a postai utalványt, s eltávozott. Még csak azt sem kérdezte főnökétől, hogy miért méltóztatik olyan kegyetlenül mérgesnek lenni.

A postán átvette a nagy deszkaládába szegezett képet s egyenesen vitette azt Lemmingék szállására.

Lemming úrnak nem fájt már a félképe, de még otthon kellett tartózkodnia. Igy úr és asszonyság együtt voltak. Angyaldy úr szivesen láttatott.

– Mi jót hoz ön? – szólt Malvina, s megkinálta üléssel a titkárt.

– Harter úr kivánt nagysádnak fia arczképével kedveskedni. Ide ajándékozza.

– Ah ez szép tőle! Itt van már a kép?

– Magammal hozattam; most veszik ki a ládájából.

Malvina csengetett a komornyiknak s meghagyá, hogy ide hozzák be az arczképet. Ő maga rendezé el, hogy melyik asztalra tegyék le, hogy jó világításban álljon; s mikor el volt helyezve, akkor elővette lorgnonját, a mi nélkül, tudva van, hogy festményt helyesen megitélni nem lehet.

Lemming úr is műértő volt; nem volt rest a kép felől véleményét elmondani: «Nagyon szép, nagyon finom munka, csak hogy a kéz kissé el van rajzolva; a világos háttér nagyon barnítja az arczszínt, a mit különben is sötétít ez a Rahl-iskola modora; a photographia az oka, hogy az orr szélesebb, a szemek kisebbek, mint a valóságban voltak, hanem azért rá lehet ismerni, ugy-e bár, Angyaldy úr?

Angyaldy úrnak nem volt véleménye e tárgyról.

– Én nem értek a festményekhez.

Hanem annál jobban értett Angyaldy úr az élő arczok megítéléséhez, s figyelmét Malvina arczára fordítva, észrevevé a reszkető ajkakról, hogy a szemei elé tartott lorgnon nemcsak arra jó, hogy jobban lásson azon keresztül, hanem arra is, hogy mások ne lássák azt a két lopva gyült könycseppet, mely szemeibe tódul, midőn annak a képét látja maga előtt, ki minden hibája daczára «mégis csak jó fiú» volt, s ki oly szomorú, meggyászolt véget ért ifjúkora virágában.

A bírálat és néma szemlélődés közepett egyszer csak bejön a komornyik, kit Bécsből hoztak s még itt nem ismert senkit, s azon kezdi minden szertartás nélkül, hogy:

– Jeszszus Maria! – Ez az úr itt van!

– Micsoda úr, te? – kérdé Lemming.

– A ki ott a képen van.

– Hol van az az úr?

– Itt van az előszobában. A látogatójegyét kértem, arra azt mondta, hogy elázott a tengerben; azután a nevét kérdtem, arra azt felelte, hogy csak jőjjek be s mondjam itt, hogy valaki akar a «kis mamával» beszélni.

E szóra Malvina felsikoltott s egy szék karjába fogódzott,

hogy el ne essék.

Pár percz mulva feltárult az ajtó s belépett rajta a holtnak hitt fiú.

No, itt nem úgy fogadták, mint az atyai háznál.

Malvina örömsikoltva rohant eléje; átölelte, görcsösen kebléhez szorította. Összecsókolta fejét, arczát, szemeit; sírt, kaczagott, vállára borult: az nem volt szó, nem emberi hang, a mit hozzá beszélt, hanem a fiára találó madár ékesszólása, az öröm őrültsége, az asszonyi szív közvetlen beszéde; melyben az érzés kikerülte a gondolkozást.

Lemming úr, a férj, és Angyaldy úr, a titkár, furcsa képekkel néztek egymásra.

Mind a kettő azzal látszott mentegetőzni, hogy hiszen szabad valakinek az elveszett fiacskáját ily melegen fogadni.

Elemér hagyta magát öleltetni, csókoltatni, ránczigáltatni, s mikor vége volt, akkor elnevette magát.

– Itt vagyok biz én megint, kis mama.

– Kilenczven perczent! mormogá magában Lemming úr, állát símogatva, s ajkán lebegett ez a kérdés: «de hát hogy mert ön meg nem halni!»

– Rosz, gonosz fiú! – szólt Malvina, könyeit felszárítva batiszt zsebkendőjével. – Bennünket így kétségbeejteni. Látja ezt a fekete ruhát rajtam. Ezzel is magát gyászoltam. Mennyit sírtam a requiemén.

– Az én requiememen?

– Biz a magáén! Pompás volt. Elköltöttünk rá ezer forintot.

– Tyhű! Nem lehetne azt a papoktól visszakérni?

– Maga most is olyan bolond, mint volt? Maga ostoba!

És azzal gyöngéden megveregette a kis ostobának pofácskáit, oda vonva őt maga mellé a pamlagra. Épen most néztük az arczképét, mit a jó papa festetett Bécsben. No, ne nevessen mindig! A papája nekem ajándékozza azt, épen most hozta el Angyaldy úr.

– Ah! mi másodszor is találkozunk, tisztelt barátom.

– Hát már ön látta Elemér urat? – kérdé Lemming úr, erősen rámeresztve szemeit Angyaldyra.

– Találkoztunk.

– S ön azt nem is mondta nekünk.

– Nem kérdezték önök tőlem.

– Ah! ez eredeti! Ez az Angyaldy átkozott flegmájú ember! Hallja ezt, kedvesem?

Malvina nem hallgatott oda.

Angyaldy úr vette a kalapját és búcsuzott.

– Nekem mennem kell. Jó éjt!

Lemming úr órájára nézett s úgy találta, hogy már eljött az az időpont, a melyen az orvos parancsa szerint reconvalescens embernek az ágyban kell lenni.

Sajnálta nagyon, hogy nem hallgathatja meg mindazon érdekes dolgokat, a miket Elemér úr csodálatos megmenekülése tárgyában képes leend előadni. Majd holnap elmondatja magának a nejével; de most a doktornak kell engedelmeskedni; doktor parancsa szent. Azért engedelmet kér: jó éjszakát kivánhatni magamagának.

Voltaképen pedig arra gondolt, hogy korántsem olyan veszedelmes ez a fiatal ember az asszonyságra nézve, ki neki

242

quasi anyja, ha vele egyedül marad, mint ha hárman vannak együtt, mert ennek most okvetlenül pénz kell, ezt az apja elkergette, s ha ő ott marad, az ő erszényén üttetik seb. Tehát csak beszéljen inkább az asszonynyal; mi mondjuk azt, hogy «alszom, alszom!»

– Hát volt-e már a papánál? – kérdezé Malvina, midőn egyedül maradt Elemérrel.

– Oh! voltam bizony; már ki is lökött az ajtón.

– Menjen maga nagy bohó! Bizonyosan valami illetlenséget követett el megint, a mivel az atyját megharagította.

– Hát persze, hogy azt követtem el!

– No ugy-e?... Mit tett?

– Hát azt az impertinentiát követtem el, hogy nem fulladtam a tengerbe.

– Ah menjen! Micsoda beszéd ez már megint?

– Csupa tiszta rágalom. A mi nekem nyavalyám. Elismerem. Az én apám a megtestesült jóság és szeretet. Ezt tudod te is igen jól, kis mama. És én épen oly rosz szivű, hideg, háladatlan leszek iránta, mint te voltál: én is válópert indítok ellene.

– De kérem, gondolja meg, mit cselekszik?

– Hát én nem kértelek, mikor el akartál menni, hogy ne hagyj itt minket? Hát én nem mondom azt most: hogy de jól tetted, hogy ott hagytál bennünket? Ha gyülölted volna, ha haragudtál volna rá: tán kiengesztelődhettél volna iránta; de lenézted: s ez, az a miből nem lehet kigyógyulni. Én pert indítok az apám ellen, anyám hozományáért. De beszéljünk kellemesebb tárgyakról.

243

– Jól van, fiam; – legelső kérdés magára nézve az, hogy míg a pere eldől, az pedig elhuzódhatik, mert apja hatalmas ember, addig miből fog élni?

– Hahaha! Hát veszek magamnak egy fazekat, s mindennap ebéd után eljárok ide hozzátok a maradék juskulumért.

– Ne beszéljen így, mert megtépem a haját! Hiszen azt tudhatja jól maga nagy ostoba, hogy a míg nekem van egész szelet kenyerem, addig magának is van fél. Csak hogy nálam mégis nem lakhatik: maga már nagy kamasz, s aztán a világ mindent félremagyaráz; de meg Lemmingnek is olyan viszonyai vannak Harterrel, hogy vele ilyen nyiltan újjat nem húzhat. Mi ugyan szükséget szenvedni nem engedjük, de maga mindez ideig gavallér, s ahhoz volt szokva, hogy havonként legalább száz forintot költsön. Csak nem járhat ezentúl se kopottan. Ez iránt kell valamit kigondolni.

– Hát hiszen majd te fogsz valamit kigondolni.

– Én? Én, ugy-e – szólt kedélyesen felkaczagva Malvina. – Milyen jól ismer a kis semmirekellő! Hogy én gondoljak ki számára valamit. No hát lássuk! Micsoda kőből lehetne az ön számára olajat facsarni?

Malvina ajkára tette szép rózsaszín ujja hegyét és tervezett.

– No egy már van! – szólt, a mint fürkésző tekintete megakadt az arczképen. – Egyik ez a kép.

– Ez a kép?

– Igen, az ön képe.

– A hátamra vegyem és eladjam?

– A kép az enyém; értse meg! Én rendeltem meg.

Háromszáz forintba került. Ezt a háromszáz forintot Lemmingnek is ki kell fizetni, meg Harternek is. Mind a kettőn megveszem az árát, s az egyik az öné. A kép az enyém marad. Lemming jogosan fizeti meg az árát, mert az ő termét diszíti. Kétszáz forintot mingyárt átadok önnek. Több nincs a ládikómban. Ha Lemming el nem sietett volna aludni, most a harmadik százast is előadatnám vele. Így érje be holnapig ezzel a kettővel. Azaz: hogy két hónapig.

Elemér megcsókolta Malvin kezét.

– Mondtam én, hogy te vagy a legszeretetreméltóbb kis mama a világon.

– No ne hizelkedjék most, hanem nézzünk tovább. Maga rettenetes sok bolond költségbe vert bennünket halálával. Tudja-e, hogy még sírboltot is készíttettünk az ön emlékére roppant nagy gránitsíremlékkel, a mi kétezer négyszáz forintba került.

– Borzasztó! Hisz ezek a halottak iszonyú luxust űznek.

– Ne űzzön tréfát mindenből. Az az élők fájdalmának nagyságát fejezi ki. Hanem én egyet gondoltam. Lemmingnek sok ismerőse van a pénzes körökben, talán el lehet adni önnek a kriptáját és sírkövét valakinek, a kinek hamarább kell.

– Hahaha! – kaczagott fel Elemér. – Ez már csakugyan non plus ultrája a tékozló fiú tökélyének. Egy korhely, a ki fölkel halottaiból csak azért, hogy eladja a kriptáját meg a szemfödelét, s még egy kicsit hazajön élni, míg sírkövének az árában tart. Ezt még csakugyan nem produkálta előttem senki!

Malvina maga is olyan szívesen nevetett a «tékozló fiú» könnyelmű bohóságain.

245

– Már most hát egyidőre el van látva. Most kivánjon szépen jó éjszakát a kis mamájának s menjen a szállására. Hol van a holmija?

– A holmim? Az Atlantique cajutejében, hat fonálnyira a tenger szine alatt.

– Hát semmit sem mentett meg?

– Még egy nyakravalót sem.

Valóban, Elemérnek még nyakkendője sem volt. Inggallérjai összegombolatlan voltak kétfelé hajtva.

– Igy pedig még csak vacsorálni sem mehet tisztességes helyre. Megálljon!

Malvinának egy vékony fekete selyemkendő volt a nyakán, finom csipkézettel, azt leoldta onnan, s aztán felkötötte Elemér nyakára.

– No, nézze maga gézengúz, maga ágról szakadt, valahogy legyen mégis emberi formája. Csókoljon kezet, aztán takarodjék! Holnap délben elvárom, akkor aztán majd beszéljen az ön ügyeiről.

– Arról a nagy kőről, a mi szívemről esett le.

Elemér gyöngéden kezet csókolt és távozott.

Az ajtóból visszahívaték.

– Jőjjön vissza, még kap valamit.

Visszajött.

Malvina megcsókolta az arczát.

Azzal aztán Malvina elsietett hálószobájába.

Elemér úrfi pedig vágtatott le a lépcsőkön és futott egyenesen az utczára, mint a hogy futhat egy fiatal ember, a kinek már régóta nem volt egy garasa sem, s most egyszerre kétszáz forint sír a zsebében szabadulás után.

Dehogy ment szállást keresni! a legelső bérkocsist, a kit előtalált, elfogta s parancsolta neki, hogy vágtasson, megmondta, hová?

A bérkocsist gyorssá tette a borravaló igérete.

Épen jókor érkezett meg Elemér a vasuti indóházhoz.

Hirtelen jegyet váltott s a harmadik csengetésnél kapott fel a vaskocsiba.

Hová? Hová?

Csak egy gondolatja volt most.

Vajjon lett-e virág azokból a délszaki növényekből, miket ő jó szerencsére távol országból valakinek ide küldött?

«Mit csinálnak a nádasi puszta bérlői?» ez volt egyetlen kérdése Angyaldyhoz, ki leveleit, miket külföldről küldött, közvetíteni szokta.

«Nagy nyomorban élnek!»

Ez a szó minden egyéb gondolatot kitörült lelkéből.

Uti pénzéből annyija maradt még, hogy vasutat, fuvarost oda-vissza kifizethetett. Azt a két százas bankjegyet nem szabad fölváltani. Éhségét elverte egy zsemlyével. Azoknak talán ennyi sincs!

A kocsiban aztán elnyomta az álom, csak akkor ébredt fel, mikor jó késő reggel a kalauz fülébe kiáltá az állomás nevét, melyen ki kelle szállnia.

Az egy alföldi mezőváros végén volt.

Elemér azonnal szétnézett fuvaros után.

247

Egyetlen egy szekér volt a pályaudvarnál; annak gazdájával hamar meg volt az alku. Keveset kért és keveset igért a fuvaros. Csak a szomszéd faluig ajánlkozott, onnan aztán lássa a tens úr, hogyan megy odább!

A szekérbe ülésnek egy szál deszka volt keresztül téve.

– Ejnye, bátyja; nem tudna egy kis szalmából jobb ülést csinálni ide?

– Szalmából-e? – szólt a kocsis; – magunk is megennénk, ha volna.

Elemér nem értette ezt a választ. Ő messze világból jött, a hova a hazai nyomornak híre nem jutott el.

A fuvaros aztán, hogy megmagyarázza neki a dolgot, mikor leszedte a lovai fejéről az abrakos-tarisznyákat, oda vitte az egyiket az úrfihoz, s legyűrve a szélét, megmutatta, mi van benne? Apróra vágott jegenye-hajtások.

– Ez az abrak.

Azután a saját tarisznyájába nyúlt, s abból húzott ki valami furkónak gyúrt fakószínü ismeretlen tárgyat.

– Ez meg a kenyér.

– Miből van ez?

– Őrölt kukoriczacsutkából, egy kis korpával keverve.

Elemér ekkor kezdett csak maga körül nézni. Most vette csak észre, milyen sivatag terül itt körüle.

A táj, melyen tegnap átutazott, még a paradicsom képe volt, a Dunán túli vidéknek még volt zöldje, mezeje, a házak körül asztagok, boglyák; a szérükön nyomtattak, szórtak; itt kopár minden, és csendes minden.

Felült hát a szekérre; a milyen ülés volt, olyan volt.

A kocsis bevezetésül jó sort húzott a fonott ostorral lovai bőrére, mire azok egy kissé tanakodtak magukban, hogy mire értelmezzék ezt a megszokott intést? normális abrakpótlék-e ez, vagy megindítása egy ujabb provisoriumnak? Az egyik aztán csak-csak felvette a fejét a földről s ereszté maga előtt; a meglódult fej vitte maga után a négy lábát, mire a szekér is előre zördült s megtaszítá a másik lovat, inán ütve a kisefával, az azonban még hátratekintett, nem hihetvén hátának és füleinek, míg szemeivel is meg nem győződik, hogy elodázhatlan kötelesség a megmozdulás; erre aztán nagyon megcsóválta a fejét, kiöltötte nyelvét a világra, s egy sikertelen kisérlet után bajtársának oldalára dülhetni, csakugyan elhatározta magát, hogy hozzá fog az előre esegetéshez, a mit más lónál ügetésnek is szoktak nevezni: mire az egész jármű megindult, kajla rúdjával barátságosan ütögetve orron hol az egyik, hol a másik lovat, a szerint, a mint időszakonkint az egyik nagyobbat rántott rajta, mint a másik.

Keserves előremenetel volt ez; pedig a fuvaros lelkiismeretesen alkalmazta az ostornak a madzagát is, a nyelét is.

S azután jöttek még sajátságos akadályok is, a mik feltartóztatták a haladást.

Egész csorda teheneket, ökröket, rideg gulyákat, birkanyájakat hajtottak a poros úton szemközt, mik előtt Elemér alkalmatosságának meg kellett állania, mert a szemközt jövő tulok nem bánta, ha keresztül megy is rajta a rúd, nem tért ki a szekér elől.

– Országos vásár van itt valahol, bátya? – szólítá meg kocsisát Elemér.

– Nem biz a téns úr; hanem elhajtanak minden lábas állatot tul a Dunára kiteleltetni – felébe. Itt már nincs egy szál szalma sem, a min rágódjanak.

Elemér most kezdé érteni azt a keserves bömbölést, a mit az elsoványkodott állatok ezrei úthosszant hangoztattak. Vajjon eljutnak-e Dunántúlra?

Szemközt jövő emberek nem köszöntötték már egymást, nem hangzott se «jónap!» se «dicsértessék!» Vert had utazott itt, egymás sarkára taposva.

Néhol egy kidült állat hevert az útfélen. Ott hagyták, nem jöttek érte.

– Talán a husát használhatnák? – jegyzé meg Elemér.

– Mit ér a hús, ha nincs só hozzá?

– Hát nincs só? – kérdé Elemér elbámulva.

– Hja uram, szegény ember minálunk csak marhasóval szokott élni, mert az olcsó; az úri sót mi nem győzzük. A marhasóból meg már nem adnak többet. Rájöttek, hogy magunk is azzal élünk, hát már most azt sem adnak ki.

Nagyon hosszan tartott az út, a fáradt gebék alig czammogtak. A távolban régóta látszik már annak a falunak a tornya, a hova el kellene jutni, de az mintha útban volna, alig akar közeledni. Jó délután volt már, mikor egy útféli csárdához értek. Itt megállt a fuvaros pihentetni.

A helység nem volt már messze. Elemér kifizette a kocsist s nem várt rá, míg annak a lovai új erőhöz jutnak hanem megindult gyalog a helységbe.

Mikor már jó közel járt, az úttól jobbra és balra mintegy ötven-hatvan embert vett észre, a kik sajátságos munkában voltak.

Az út mentében hosszú gödröket ástak, mintha sírvermeket készítenének óriások számára. Néhányan lenn

250

dolgoztak a verem fenekén, felbukkanva fejeikkel, mikor egy ásó földet kivetettek a mély gödörből. A szél elkapta azt mint a hamut. Ölnyire ki volt égve a föld. Másutt már hantolták a vermeket befelé.

Elemér nem ért rá szóba eredni a munkásokkal. Sietett be a faluba. A biró után kérdezősködött. Elvezették a házáig. Elmondta neki, hogy a nádasi pusztára szeretne utazni, megfizet az alkalmatosságért.

A biró nagyon rosz kedvü volt.

– Ha aranyat fizet az úr, sem kap itten lovat.

– Miért nem?

– Mert egy sincs.

– Hát hova lett?

– Ma vertük agyon valamennyit.

– Miért verték agyon?

– Azért, hogy ne lássuk a kínlódásukat. Ma harminczkettedik hete, hogy hiába várjuk, hogy a fű kijőjjön a földből. Ha látta az úr azokat a nagy gödröket, a miket a falu végén ásnak, megkérdezhette, minek lesz az? megmondták volna: szegény ember oda rakja el igavonó állatjait kitelelni. Ezután majd gyalog járunk s jövő tavaszszal, a ki megéri, nem szántunk, hanem kapálunk.

Elemér mind lejebb hangolta az igényeit.

– Hol van itt egy csapszék, a hol kenyeret és vizet lehetne kapni?

– Hja uram, ha kenyerünk és vizünk volna, akkor nagy urak volnánk. Itt nem lakik uraság.

Hát már azt, a ki itt kenyeret eszik, uraságnak hívják?

Elemér tagjain hideg borzadály futott végig; pedig elég forrón sütött a nap.

– Nem hallottak valamit a nádasi puszta bérlőiről, hogyan vannak?

– Nem tud most senki a szomszédjáról semmit; nem jár most látogatóba. Az úr talán oda igyekszik?

– Oda; messze van-e gyalog?

– Jó három óra járás. Csak jobbra, naplement felé tartson, nem tévedhet le az útról: s ha azután egyszer meglát egy magas kéményt a távolban, ez a nádasi puszta pálinkafőzőjének a kéménye. Az is pihen, tudom, mert nincs miből főznie.

– Kérek hát legalább egy botot az útra.

– Azzal szolgálhatok; még nem hordták el mind koldusbotnak.

Egy ácsorgó vézna gyerek aztán egy kutyanyelv-bankóért, a mi jó pénzben tiz krajczárt ér, vállalkozott rá, hogy kivezeti Elemért a határból egész a dülő útig, mely a nádasi pusztára vezet.

Onnan azután egyedül ment Elemér tovább.

Rettenetesen egyedül. Sem mezei munkás, sem vándor nem járta azt az utat; kocsinyom is rég elenyészett róla; befujta azt hamuszürke porral a szél. Csak a kipusztulhatatlan szerbtövis az út két felén, mely nagy tért foglalt a vetetlen avarban, mutatta, hogy merre jártak itt hajdan szekérrel. S a mennyire a szem ellátott, a sötét hamuszín avar ízzott előtte, el-elveszve a hullámjátszó délibáb tengerében, mely távol zöld oázokat mutogatott a magányos vándor előtt, lombos, árnyékos erdőkkel, miknek lába tóban fürdik. Káprázat! Egy bokor sincs ott, egy

252

ökörnyomnyi víz sincs ott.

– Még madár sem száll a tájon.

Elemér kábultan haladt órákig e siketítő némaságban, e véget nem igérő vigasztalan pusztaságban, e rémledező délibáb-rezgés felé. A nap nyugovóra szállt már, a vándor árnyéka messzenyult mögötte, s még mindig nem látott maga előtt mást, mint fekete avart és délibábot. Ekkor egy hosszú tűzvörös felhő mögé tűnt el a nap, mely mintha az égő földnek lelke volna; s abban a perczben eltűnt a délibáb, tengereivel, oázaival s Elemér maga előtt látta a távolban a hosszú kéményt.

Úgy örült ennek, mintha otthonába sietne.

Pedig még egy jó órai útja volt odáig.

Mire a bérlői lakhoz megérkezett, egészen beesteledett, a kapu is be volt már téve.

Bekiáltott az udvarra, hogy nyissák ki; s hogy azután nem jött senki, felnyitotta maga a kaput, könnyen jár az ilyen falusi szerszám; s bement az udvarra.

Nem ugatták a kutyák, a min nagyon csodálkozott.

Még nagyobb lett a bámulata, midőn a konyha-ajtóhoz érve, azt bezárva találta. Zörgetett, nem felelt senki. Lehetetlen, hogy már lefeküdtek volna.

Ekkor, a mint szétnézett az alkony fényénél, észrevette, hogy a mint a szél telefújta a folyosót a konyha-ajtóig finom porral, ebben a porban semmi lábnyom nem látszik. Itt nem lakik senki.

Benézett az ablakon; sehol sem volt gyertyavilág.

Elindult a cselédházakhoz. Azok is mind zárva voltak. Sorba járta az aklokat, istállókat, üres minden. Ki lehet nyitni, csak be vannak reteszelve, de belül senki, semmi.

Az egész udvar, az egész szérüskert üres, egy szál szalma nem hever az udvaron. A pajtának zsupptetője volt, az is le van szedve félig; egy szecskavágó a félszerben, reves, korhadt szalmatöredékkel mutatja, hogy mire lett elhasználva a tetőzet.

Az udvarból lement a kertbe. A fákon sem gyümölcs, sem levél; félszázados vastag gyümölcsfák koronáiktól gyökereikig végighasadva az aszálytól, s a kert földje mélyen fölrepedezve, mint a kihült lávafolyadék.

Azután talált egy kis elkerített helyet, fűzveszszőkkel körülsövényezve, oda is belépett, és ott megtalálta, a mit keresett.

Ott voltak a délvirágok, miknek magvait ő küldözé tengereken túli hazákból. Rájok ismert; ezek azok!

Elszáradva, porrá égve, halotti koszorúnak aszva.

De megvoltak, de felnőttek, de kivirultak. Valaki ápolta őket, gondolt rájok.

Hová lett, a ki ápolta őket? hová lett az egész család? senkitől sem kérdezheti.

Nincs egy lélek, nincs egy pára, a ki távol vagy közel hangot adjon a kérdezőnek.

Egy ugató eb, egy vijjongó madár, egy csiripelő prücsök nincs emberjáró kerületben.

Csak azok a száraz virágok beszélnek.

Egy hosszú földhalom van a kis kertecske közepén; valaha gyeppad volt, most csak szikár domb. Arra leül az ifjú s elkezd beszélgetni a virágokkal. Az elszáradt virágokkal.

Olyan csendes, olyan puszta körülötte minden. Háta mögött egy elhagyott ház, melyben nem lakik senki; körülötte egy nesztelen sivatag, lombtalan fákkal: egy téli tájkép, az égető nyár hevétől elperzselve; száraz galyakkal, üres mezőkkel; csak hogy a mi a téli tájképen fehér, az itt most mind fekete.

És az ifju, a ki nevetett, mikor az apai házból kiűzték, a ki gúnyt űzött saját temetéséből: most, mikor lehajtá fejét arra a kiszáradt gyepágyra, a hol senki se láthatta, a hol senki se hallhatá, elkezde sírni keservesen.

Ott viradt meg azon a gyeppamlagon.

Ott mélázta át az egész csend-ülte éjszakát; egyedüli élő a véghetetlen nagy sírban, melynek feneke egy egész ország, négy fele a négy égsark maga.

Álmatlanul ott lelte a hajnal.

Akkor leszakított egyet azokból az aszúvirágokból, miket oly jól ismert, mik úgy kiválnak az otthonos növények rendéből, s azt tárczájába rejtve, ismét neki vágott az útnak, melyen idáig jött; saját lábnyomain kívül még nem látott egyéb nyomot az egész pusztán végtelen végig.

Az úrfi ezuttal a vasuti állomásig gyalog mehetett. Pedig nem volt az ilyen expeditióhoz szokva. De szekeret semmi árért nem birt többé kapni, s úgy kellett tennie, mint más szegény embernek: megerőltetni az apostolok lovait.

Utközben megkóstolta a kukoriczacsutkából készült kenyeret is. Másformát nem kapott. Ettől a kenyértől sok egyet-mást megtanult, a mit még eddig nem tudott.

A vasuti indóházhoz épen jókor érkezett meg éjszaka közepén, hogy a vonatra felülhessen.

Ott azután megpihenhetett volna, ha engedte volna

pihenni az, a mit magával elhozott belül.

Az a szomorú pusztai kép!

A sötét éjben is szüntelen azt a fekete, sivatag pusztai tájképet látta maga előtt, mely paradicsom lett volna, ha az ég átka el nem perzseli; egy holt, emberijesztő vadon most.

És gondolá magában: az én lelkem egy ilyen tájkép.

S valahányszor elszenderült, mindig azokat a hosszú sírokat látta maga előtt, mikből a sírásók feje fel-felbukkan és hallotta a szózatot az üregekből: «Temessük el, a mink még van; aztán temessük el magunkat is; végezzük el a megfordított teremtés munkáját: temessük el az ötödik napon a párás állatokat, a hatodik napon aztán az embert, – saját magunkat.»

Két napot töltött az ide s tova utazással Elemér. Késő délesti órákban érkezett vissza Pestre.

Egyenesen Lemmingnéhez sietett. Még tegnap délben kellett volna odamennie.

Leverte ruháiról a port, hogy ne lássék rajta a két napi gyalog-utazás. Hanem azért lábai ki voltak állva, alig birta egyiket a másik után vonszolni.

A komornyik, ki bejelenté, előre tudatta vele, hogy ő nagyságaik épen indulni készülnek a circusba. Little Wheal jutalomjátéka van.

Azt persze Elemér tartozott tudni, hogy Little Wheal most az első ember a világon, a bohócz; a második a miniszter.

Azonban egy szóra mégis elfogadtatik.

Malvina valóban teljes páholyfoglalói ornátusban volt már, s Lemming úr csakhogy a keztyüit nem húzta fel.

Az asszonyság kiszámított neheztheléssel fogadta az úrfit.

– No maga szépen eljött!

– Egy kicsit elkéstem.

– Szép kicsi! Ha a tegnapi ebéddel mind ekkorig vártunk volna önre, szépen elhültek volna az ételek. Ugyan hol járt?

– Minek kérded? Ugy sem mondanék igazat.

– Összeakadt úgy-e, mindenféle korhely pajtásokkal? Eljárt olyan helyekre, a miket tisztességes emberek előtt nem lehet bevallani? A szemeiből látom, hogy azóta nem is aludt. Ugy néz ki, mint a ki két nap, két éjjel kártyázott és dorbézolt. Még most is alig állhat a lábán a korhelykedés miatt. Mintha két báléjt végig tánczolt volna.

– Csak szidj és korholj, jó kis mama! Mindent megérdemlek. Nem gondolhatsz felőlem olyan roszat, hogy még annál roszabbat is nem tettem volna. Haszontalan, silány ficzkó vagyok. Tudod te azt!

– Ez elég szomorú önre nézve. Én az ön érdekében egész nap fáradok, s ön azalatt még csak annyira sem méltat, hogy eszébe juttassa magának, vajjon vagyok-e a világon? Mernék fogadni, hogy azóta minden pénzét elpazarolta.

– Oh milyen jól ismersz!

– Menjen! Haragszom magára. Ma nem akarok ránézni. Menjen haza valahova; aludja ki magát. Nagyon haragszom!

Lemming úr azt gondolta, hogy haragvó nejének segítségére kell sietnie, s ő is nekifordult Elemérnek.

– Hja, mon cher! Ez így nem fog sokáig menni. Ön félreismeri a helyzetet, melybe önhibája által jutott. Ön visszaél a mi gyöngeségünkkel, a mivel mi önt elkényeztetjük. Ez szégyenteljes pálya, a mit ön folytat, mon cher; mindig csak idegen emberek pénzét költeni, mások rovására könnyelműsködni; a gyalázatból tréfát csinálni: ez nem tisztességes embernek való!

Elemér arcza mélyen elpirult, de nem felelt semmit; ajkait összeszorította, és szemeit lesüté. Hadd szidják!

Hanem az utolsó szóknál, midőn Lemming úr épen nagyon belejött a nagybőjti leczkéztetésbe: Malvina csak félretolta őt félkezével maga és Elemér közül, s szavába vágott:

– Édes Lemming! ne avatkozzék ön ebbe a dologba, a mire senki sem kéri. Elemér könnyelmű suhancz, de alávalóságot nem követett el soha; azt én előttem ne mondja senki. Ha pazarolt eddig, mindig a magáét pazarolta, s a mit fizettek érte, azt sajátjából fizették. Most is azt veszteget, a mit nálánál érettebb eszű emberek az ő tulajdonából kihajigálnak az ablakon. Azért ön ne vessen neki semmit a szemére. Én szidhatom, mert jó vagyok hozzá; de önök többiek ne szóljanak a dolgába. Ez a mi dolgunk.

Azután szép fehér keztyűit végig gombolva, Elemérhez fordult.

– Ön tékozló fiú a bibliából! Tudja meg, hogy a sírkövét eladtuk egy ezer forintért. A ki megvette, részletenkint fogja lefizetni, havonkint száz forintjával. Tehát tiz hónapra el van ön látva. Ahhoz tartsa magát. Addig majd csak lesz valami ujabb kilátása. Meg van-e ön velem elégedve?

Elemér csak némán bólinta fejével.

– Még csak meg sem köszöni! – dörmögé magában Lemming úr, midőn Malvinának nyújtá karját, hogy őt a lépcsőn levezesse.

Elemér hátul maga maradt, úgy kullogott szótlanul utánok.

De Malvina, mielőtt a kapuív alatt váró hintajába ült volna, még egyszer hátratekinte, s az ifju semmiházinak nyújtva kezét, mondá:

– No, már nem haragszom!

A KESERŰ KENYÉR.

Hova lettek hát a puszta ház lakói?

Ama nagy csapás után, mely a Világosi családot érte, első legsürgősebb teendő volt a lesujtott családapát felhozni Pestre és orvosi tanácsot kérni, mit tegyenek vele? Hiszen azt sem tudhatták még: szélütés érte-e, vagy megháborodott?

Az volt a kérdés, hogy ki menjen el és ki maradjon otthon?

Világosiné maga is oly idegbeteg volt, hogy lehetetlen volt egyedül útnak ereszteni a háborodott férjjel. Ilonkára sem lehetett a beteget magára bizni; s ha mind a ketten elmennek, ki viseli gondját a ház másik keresztjének: a siketnéma gyermeknek? Azt is magukkal vigyék?

E miatt volt nagy töprengés.

Meghallotta ezt Böske, s sietett rajta segíteni.

– Csak menjenek el maguk arra a Pestre, mind a ketten, a szegény urunkkal. Majd ügyelek én a kis némára magam. Bizzák rám az egész házat. Úgy áldjon meg az Isten engem, a milyen igazán mondom, hogy nem vész el ebből a házból egy szál toll sem, a míg oda lesznek.

Biz abba bele kellett nyugodni. Rá kellett hagyni Böskére a házat és gyermeket.

Úgy szöktek el szegénykétől korán reggel, mikor még

aludt: fel sem költötték egy búcsucsókkal, nehogy nagyon sírjon utánok. Böske esküdött az egekre, hogy éjjel-nappal vigyázni fog reá.

A szegény beteggel szörnyű sok baj volt az úton.

Nem akart mozdulni, ha valahová leült, úgy kellett mindenüvé erővel vezetni. Nem evett, ha nem etették: gyermek volt, ki nem tudja még, mire valók a tagjai.

Pesten összehívták hozzá az orvosi tudomány előkelő bölcseit. Azok igen rosz vigasztalást adtak. Hosszú betegség ez, mit majd meggyógyít a halál. Az volt a legjobb tanács, hogy haza kell menni, vissza a falura, a zöldbe.

A zöldbe! Hisz épen ebben tébolyodott meg!

Pedig e baj ellen a város hét gyógyszertárában nincs orvosság.

Egy délelőtt épen az orvost várták, midőn az ablakon kitekintő Ilonka egy parasztleányt s egy kis fiut pillantott meg az utczán. A parasztleány hátán nagy batyú volt.

– Nézd anyám, szólt Ilonka, ha nem tudnám, hogy Böske odahaza van a kis öcsémmel, azt mondanám, ezek ők.

– Ah, dehogy! szólt Világosiné; nem is hasonlítnak hozzájuk.

A paraszleány a kis fiúval azonban épen azon vendéglő kapujában állt meg a kapustól tudakozódni, a hol Világosiék voltak szállva. Néhány percz mulva nyilt az ajtó s bejöttek rajta.

De most már rájuk kellett ismerni.

Naptól elégetve, portól belepve mind a kettő. Böske és a kis néma.

261

– Az Istenért, mi történt? kiálta Világosiné elrémülten, míg Ilonka kis testvéréhez rohant, karjaiba ragadta a kis némát, ki csak zokogva omlott oda, fáradtan, kimerülten.

– Mi ám? De mi ám? monda Böske, lekanyarítva nyakából a roppant lepedőbe kötött batyut, s mintha ott volna a legjobb helye, föltevé azt a legközelebb talált asztalra. Hát majd mindjárt elmondom én azt egymásután. Hanem ha megengedik, hát leülök, mert gyalog jöttünk ám idáig, aztán még a kis úrfit is az ölemben hoztam, mikor elfáradt.

Azzal letette magát egy székre, s eddig kezében hozott czipőit felhúzva mezitlábára, képesítve érezte magát a történteket elején kezdeni.

– Hát a mint tensuramék eljöttek hazulról, negyednapra odajön szekéren egy vöröshajú fiskális egy magakerült úrral – tudják: így hívjuk magunk között ezeket a mostani szolgabirákat. Az hozott magával még egy irnokot, meg egy hajdút. Hát a mint bejön ez a két úr, se kérd, se hall, csak leülteti az irnokot, az előveszi a tollat, tintát, papirost, s elkezdi ám irogatni, hogy hány tükör, hány szék, hány almáriom van a szobában? – üm! Mi lesz már ebből? Azután azt kérdezték tőlem, hogy nálam vannak-e a szekrények kulcsai? «Nálam hát!» minek hazudnám, ha nem akarok. Hát hogy adjam oda. – «Biz a Herkópáternek sem!» – Hát hogy nekik az mindegy. Akkor aztán gyertyát gyújtottak, spanyolviaszkot vettek elő: s elkezdtek dirib-darab papirosokat ragasztani az almáriomokra a kulcslyuk fölé.

«Hallják az urak, ezt én nem engedem, hogy a mi almáriomainkat összespanyolviaszkozzák. Itt minden én rám van bizva, s én nem engedek semmihez hozzányulni, mikor a gazdám nincs idehaza.» Akkor rám förmedt az a vörös fiskális: «Hát miért nincs idehaza? Épen azért foglaljuk le a holmiját, mert megszökött az egész családjával együtt.»

262

– Megszöktünk! kiálta fel Világosiné, szégyentől égő arczát eltakarva kezeivel. Hogy mi megszöktünk?

– No, csak ne tessék elkeseredni! Megcsináltam én a statisfactiót ezért nyomban. «Micsoda? szökött ám az urnak a sehonnai öregapja, mikor Sziléziából egy paruplival ide bejött kis kutyatánczoltatónak, de az én gazdámról azt ne merje az úr mondani, hogy megszökött, mert mindjárt az úr fog innen szökni, hol az ajtón, hol az ablakon!» Erre a vörösszakállú úr azt mondta, hogy elhallgassak, mert mindjárt pofon vág! «Azt próbálja meg, tudom, hogy kiszedem felét annak a vörös szakállának!» Akkor aztán az a másik úr mondott valamit diákul, nyilván csillapította, s mikor azzal készen volt, hozzám fordult, és azt gondolta, hogy majd én olyan bolond leszek, hogy mindent elhiszek neki, a mit mond. «Hallod-e, hugom, a földes úr a bérlet felől akarja magát biztosítani, s azért vagyunk mi kiküldve, hogy a bérlő ingóságait összeirjuk. Nem viszünk el innen semmit, csak összeirjuk, hogy más rá ne tegye a kezét. Azért legokosabb lesz, ha a kulcsokat előadod, ha nálad hagyták, mert különben erőszakkal is felnyittathatom a zárakat. Addig-addig beszélt, míg rávett, hogy felnyítogassak neki mindent egymásután. Akkor aztán egyenként előszedegették mindent: felső ruhákat, alsó ruhákat, abroszt, asztalkendőt; azokat mind felirta a kanczellista. Én csak néztem. Mikor a kisasszonyom ruháira került a sor, azt mondtam nekik. «Ehhez ne nyúljanak, mert ez a kisasszonyomé.» Még kinevettek vele. Azokat is egyenkint mind előhúzgálták. Szégyen gyalázat! Nekem az orczám égett, hogy nem szégyelik ilyen idegen urak egy tisztességes kisasszony fehérneműit sorba előszedegetni, számbavenni. Mikor azokra a szép hímzett inggallérokra került a sor, nem állhattam tovább: «De már hallják az urak, ezt csak ne irják oda a többihez! Ezt a kisasszonyom mind maga kezével hímezte, egyéb drágasága sincsen, mint ezek a finom hímzetei, az már csak mégis nagy szemtelenség volna, ha még azt is elexequálnák a gazdámtól, a mi nem is az övé, hanem a kisasszonyé.»

– Erre az irnok azt mondta, hogy ne ugassak! – No, tetszik tudni, ez már csak elég nagy gorombaság. De én mégis moderáltam magamat; nem feleltem neki semmi goromba szót vissza; egyetlen egy szót sem, csupán csak hogy a kalamárist felvettem az asztalról, végigöntöttem neki az irásán, a tenyeremmel elkentem az egész papiroson, s a mint ezért megakart fogni, a tintás markommal bemázoltam az ábrázatját. Különben egy rosz szóval sem illettem szegényt.

– De hiszen te hallatlan nagy bolondságot követtél el! szólt hüledezve Ilonka kisasszony.

– Bánom is én! Most jön még a java. A szolgabiró erre dühös lett; a pandurjának kiáltott, hogy jőjjön a békókkal s verjen engemet vasra. No, de én sem voltam ám rest, kikiáltottam az ablakon: «Marczi! Pista! Jancsi! dorongra, kapára! Zsiványok vannak a háznál! Segítség!» No azt kellett volna látni, hogy hordta az irhát a három úr a hátulsó ajtón nagy hevenyében. A pandur bácsi ijedtében még a puskáját is kezemben hagyta, pedig nem is nagyon szorítottam meg a nyakravalóját. Az volt a boldogabb, ki hamarább a kocsin teremhetett. Úgy elszeleltek, mintha ott sem lettek volna. Persze, aztán mikor magunkra maradtunk, akkor kezdtünk el évelődni, hogy bizony nagy bolondot tettünk mi most: ezek az urak majd nagyobb erővel térnek vissza; mindnyájunkat vasra vernek, bekisérnek. De mikor én nekem a szivem elfacsarodott arra a gondolatra, hogy Ilonka kisasszonynak a hímzett schmizlijeit összeirják.

A jó lélek még most sem állhatta meg, hogy zokogásra ne fakadjon ennél a szónál.

– Hát azután? Mi történt azután? sürgeté őt Világosiné.

Böske megtörülte a szemeit a bodros ingújjával, s egész jó kedvvel folytatá ismét:

– Hát bizony mink azt láttuk, hogy itt ugyis mindennek vége. A földesúr nem fizetett árenda fejében úgy is lefoglal minden ingó-bingót; ez többet nem a mi gazdánké; strázsálja, a ki elfoglalta; nagy a világ, ki merre lát! Ennél a háznál meg nem hálunk többet. Én is aztán hirtelenében fogtam egy lepedőt, összepakoltam ihol ni ezt a batyut, felvettem a vállamra, a kis némát az ölembe, neki indultam a világnak, s most itt vagyunk.

– Szerencsétlen! szörnyedezék Ilonka; te nem tudod, hogy ez rablás! Te elraboltad a biró által lefoglaltakat a mi számunkra.

– Hagyja csak, kisasszony! Jobban tudom én azt. Három gazdámat kiexequálták már abból a házból, a mióta én azon a pusztán lakom, mert lehetetlen ott semmivé nem lenni. Láttam én mindeniknél, hogy a gazdának, gazdasszonynak, házi népnek a viselő ruháit soha sem volt szabad lefoglalni. Úgy tudom én ezt már úzusból, mint a legveszekedettebb prókátor. Azért is másztam a tintás kezemmel annak a kanczellistának a képére, hogy minek nyúlt olyashoz, a mihez nem volt semmi jussa. Ne tessék engem félteni, megfelel a Böske magáért, akárhová czitálják. Nem hoztam én el egyebet, mint a mivel a gazdámnak tartoztam: meg ezt a drága kedves kis jószágot, ni!

Azzal odament a kis némához, ki bágyadtan borult anyja keblére, s oda térdelve eléje, megcsókolgatá kezecskéit, s úgy elkérdezgeté tőle, hogy el van-e fáradva? Pedig az ölében hozta.

Világosinéból most tört ki a keserv. Néma gyermekét szívéhez szorítva zokogá:

– Koldusok lettünk, gyermekem! Földönfutó koldusok.

Ő szegény, nem tudott keservén uralkodni.

Ilonka nem sírt együtt az anyjával; összeszorítá finom ajkait, s mint hullámhányta hajó kormányosa, csak a környezetére ügyelt, magát nem érezé.

Míg Világosiné sírt, zokogott, addig a családapa érzéketlenül ült egy karszékben és nem látszott hallani, érteni azokat, a miket előtte elmondanak, a mik előtte történnek. Vagy talán hallotta, értette mindazt, s ép úgy kínozta szivét, a mit megértett, de a léleknek nem volt már hatalma az idegekre, hogy közölje velük. Merően bámult a semmibe.

Ilonka egy intést tett a szolgaleány felé, hogy hagyja őket magukra.

Böske elérté azt.

– Nem megyek ki, kisasszony! Itt akarok maradni. Itt akarok magukkal maradni minden nyomorúságban. Beszéljenek előttem akármiről. Talán én is tudok valamihez hozzászólni. Ne küldjön engem ki. Hadd tartozzam én is ide.

Ilonka némán inte fejével s megszorítá a leány kérges tenyerét; azután odament az anyjához, megcsókolá az arczát, letörölgeté róla a könyeket.

– Ne sírj, anyám. Térj magadhoz. Kétségbeesnünk nem szabad. Nézz atyámra, erre a néma kis gyermekre. Isten ránk bizta, hogy gondjukat viseljük, kik magukon nem tudnak segíteni. Nekünk erősnek kell lennünk, hogy ezt megbirjuk.

– Hiszen semmivé vagyunk téve! Minden vagyonunk, minden reménységünk oda! Az Isten mindent elvett tőlünk.

266

– Ne mondd azt, anyám. Még épen az van meg nekünk, a mit az Isten adott.

– Mit?

– Tehetséget és kedvet a munkához, a mi becsületes kenyeret ád.

– Mit beszélsz?

– Igen, igen! kiáltott közbe Böske, én is azt akartam mondani; kisasszonyom tud drágalátosan hímzeni, varrni, azt jól fizetik ebben a gazdag városban; én meg leszek mosóné. Megélünk a jéghátán is.

– Annál jobb és háladatosabb munkát is tudok! felelt Ilonka, szeliden anyjához símulva. Ti engem annyi éven át taníttattatok mindenre, a mit egy nőnek tudni gyönyörűség. Én tudok francziául, angolul. Nyelvtanításból sokan megélnek ily nagy városban. A ki engem tanított is igen tisztességes sorsban volt és elégülten élt; családját eltartotta.

– Az férfi volt! rebegé az anya.

– Azt hiszem, hogy nők és ifjú gyermekek még szivesebben tanulnak nőtől.

– De te még magad is gyermek vagy; hiszen alig vagy tizenhat éves.

– Azért alaposan tudom a nyelvészetet, s képes vagyok másokat tanítani.

Világosiné csak fejét ingatta, tagadólag, kétkedőleg.

– Nem tudod te még, hogy mi az? Idegen házakhoz járni egyedül, anya nélkül.

Ilonka igazán nem tudta, mert csak mosolygott rá; egy

267

futó pír sem vetett alkonysugárt szép tiszta arczára.

– Nehéz lesz, de majd hozzászokom.

Világosiné megkapta leánya kezét, mintha félne, hogy már elveszíti.

– Gondold meg; de hiszen te nem is képzeled még, mennyi veszély, mennyi kisértet áll lesben egy fiatal leány utján, a ki egyedül jár a világban, a nagy világban! Ki őriz, ki védelmez meg azoktól tégedet?

– Én magam!

De már e szónál a büszkeség pírja ragyogott az orczáján. A mire most hivatkozott, azt már ismerte jól.

«Én magam!»

Nagy úr az, a ki a világ kérdésére azt tudja felelni: «én magam.»

Sem előttem, sem utánam senki. Magam őrizem magamat.

Világosiné egy szót sem szólhatott többé leánya ellen, csak oda vonta karját saját nyaka körül, s a kis néma gyermek karjaival Ilonka vállait koszorúzta körül, úgy rebegte zokogástól szakgatott suttogással:

– Tégy hát velünk, a mit akarsz. Vedd kezedbe apád, anyád, szegény testvéred sorsát. Isten segítsen, édes jó leányom!

Ilonka összecsókolta anyja kezét, oly örömmel, mint a kinek gazdag örökséget hagyott e megáldó kéz; azután odalépett néma atyjához, mintha annak is akarná elébb megnyerni az engedelmét; odahajolt a vállára, megcsókolta márvány-hideg homlokát, lehajolt térdén heverő kezeihez, az élő halott arczvonásait lesve. És úgy tetszék, mintha annak merev szemei egy pillanatra szelidebben tekintenének alá, s leánya arczában tárgyat találnának a visszatérő lélek számára. Megnyiló ajkai párszor hallaták:

«To to to, ta ta ta.»

Ez volt az ő minden beszéde.

⊢━━━━━━━⊣

Ilonka még az nap beiktatá a fővárosi hirlapokba, hogy egy fiatal leány hölgyek és leánygyermekek számára tanórákat kiván adni angol és franczia nyelvből.

Másnap rögtön hivatták egy úri házhoz, azzal az örvendetes hirrel tért haza, hogy első tanítványa egy igen kellemes úrhölgy, s hogy havonként harmincz forintot fog kapni mindennap egy órai tanításért.

Tehát nem vagyunk már koldusok!

Az is igaz pedig, hogy harmincz forint jövedelem havonként a kontinens legdrágább városában épen csak arra ád jogot az embernek, hogy magát koldusnak ne nevezze, hogy az utczaszegleten meg ne álljon, a járó-kelőknek a süvegét alamizsnára tartani, ronda ruhájával undort gerjeszteni, az ég alatt hálni; hanem egymagában

269

odahaza épen annyi inséget láthat mellette, mint a legnyomorultabb koldus.

S ha e harmincz forintból még apát, anyát, testvért is kell tartani, kik közül egyik úgy, mint a másik magával jótehetetlen; ha ebből még egy részt orvosra és gyógyszertárra is kell költeni, s a világ előtt még is finom külsővel járni: akkor elképzelheti mindenki, mennyit nélkülözhet az, a ki azt a harmincz forintot megkeresi?

Ezek a harmincz forintos existentiák a legalsóbb fokú nyomor képviselői nálunk. A mi azon alul van, az már emelkedés. A napszámos sorsa már egy fokkal közeledik a jóllét felé.

Ilonka elmondá otthon anyjának, hogy legelső tanítványa egy gazdag polgárnő. Várt sokáig, hogy anyja fogja-e kérdezni tőle e polgárnő nevét: nem kérdezte. Ő pedig nem sietett azt kérdezetlenül megmondani. Mit is kérdeztek és mondtak volna róla? Világosiné az egész Pest városában egy lelket sem ismer; ránézve mindegy akárminek hívják azt a polgárnőt. Megnyugtató volt reá nézve, hogy leánya legelőször is polgári családhoz fog járni. Azt ő igen komoly társaságnak hiszi, hova a nagyvilági csábok még nem jutottak el.

Az is igen ajánlotta eleve a vállalkozó polgárnőt, hogy a veendő tanórát reggel hét órára tűzte ki. A ki korán kel annak sok dolga van; a kinek sok dolga van, az a jó gazdasszony. És így ott igen jó családi életnek kell lenni.

Nem ez volt ugyan az oka a korai tanulásnak, hanem az, hogy a gazdag delnő már korán reggel ki szokott lovagolni, s a visszatérés s az új átöltözés közti órát legjobban értékesítheti nyelvtanulásra; így aztán egész napja szabad. Ilonkára nézve is kedvező ez óra, mert szintén az egész napot otthon töltheti családjánál, s otthon varrhat,

270

hímezhet pénzért; a mi ismét hoz néhány forintot a konyhára.

És azután a mi legfőbb: hét órakor még aluszik az egész divatos világ s nem jár az utczán; Ilonkának nem kell attól tartani, hogy valami ismerőssel találkozik, a ki előtt pirulni kell szegénységükért. Óh! mert a szegénység olyan szégyenelni való nagy vétek! A ki abba beleesik, úgy kerüli régi ismerőseit, úgy rejti előlük arczát, úgy fordítja félre tekintetét, mint a ki nagy bűnt követett el. Úgy könyörög az emberiségnek, hogy ne lássák meg, hogy felejtsék el. S ha még az elszegényült egy fiatal leány!

Azért esett jól Ilonkának, hogy messzeeső külvárosi szállásukból csak kora reggel kellett a belvárosba bemennie. A reggeli publikumnak nem ötlött fel a serényen végig suhanó alak; szatyrot czipelő mészáros-legények nem iparkodtak befátyolozott kalapja alá tekintgetni; a bevásárló szakácsnők roppant krinolinjai nem szoríták őt le a járdáról, ki még csak krinolint sem viselt; minden fényűzése egy en-tout-cas napernyő volt; jó nap ellen, eső ellen, s hajlós halcsont nyelével az ember a koszorú-utcza kutyáit is távol tarthatja magától.

Így eltelt egy jó hónap a nélkül, hogy Ilonkát meglátta volna valahol Elemér. Pedig annak már nyomára jött, hogy Világosiék Pestre jöttek fel. Mi lett belőlük? Elácsorgott naphosszant az utczán, eljárt a színházba, hogy talán megláthatja valahol, a kit keres. Még arra is vetemedett, hogy a rendőrségi osztálynál tudakozódjék; ott nem tudtak még csak igazán semmit felőlük.

Pedig bizony mindennap megfordult ő annál a háznál, a hova Ilonka eljárt; mindennap leült abba a karszékbe, melyből Ilonka fölkelt; csakhogy természetesen Elemér úrfinál kilencz órakor kezdődvén a nappal, astronomiai lehetetlenség volt valakivel találkoznia, a ki már nyolcz órára el is végezte a nap terhét.

Az előkelő polgárnő, a kit Ilonka angolul tanított: Lemmingné asszonyság volt.

Hogy maga Malvin sem beszélt Elemér előtt Ilonka felől soha, annak meglehetnek a maga jó indokai.

Még tán annak is lehetett oka, hogy Lemming úrnak sem szólt e felől senki.

Lemming úr, mint üzlet embere, nem tartott egyforma életrendet. Mikor utaznia kellett, akkor hajnalban kelt, mikor pihenő nap volt, délig sem jött ki a szobából; az asszonyság lakosztályát pedig délelőtt soha sem látogatá. Neki más lépcső-feljárata is volt az irodájához.

Egy reggelen azonban Lemming úr, midőn a vaspályáról hazaérkezett, a lépcsőn találkozott a lefelé jövő Ilonkával.

Ilonka arcza még nem volt lefátyolozva; akkor jött Malvintól. A gentlemennek erősen feltünt az ismeretlen szép gyermek, kinek ittjártát semmivel sem tudta indokolni, különösen ily szokatlan órában.

– Jó reggelt, kisasszony! Kit keres ön a háznál?

– Jó reggelt, uram! – Én órákat adok itt az angol nyelvből.

– Ön? áh! szólt hitetlenül rázva fejét a bankár. És ki vesz itt leczkét az angol nyelvből?

(Ő lakta az egész emeletet.)

– A nagyságos asszony, Lemmingné.

– Ah! Az én nőm? Ez új dolog!

– Isten önnel uram! üdvözlé őt e fölfedezés után Ilonka; s jónak látta nem folytatni ezt az értekezést, itt a lépcsőn.

Lemming úr pedig ott maradt s utána nézett, míg a lányka a csigalépcsőn lehaladt. Az pedig egyszer sem tekintett vissza.

Lemming úr nagy fejcsóválással ment fel szobájába. Ott azután kivallatta a komornyikot, hogy mióta jár ide ez a kisasszony?

Attól az időtől fogva Lemming úr nem hagyta többet a kulcsot az iróasztala fiókjában, hol angol levelezései állottak.

Hanem ennél inkább gondolt valami egyébre.

Azontúl mindennap érdeklődött hét óra tájon megkérdezni a komornyikot, hazajött-e már a lovaglásból a nagyságos asszony? Rendesen hazajött hét órára.

Egyszer aztán eltalálta a napot, melyen Malvina elkésett valahol hét órán túl, s az angol nyelvmesternő, ki pontosan szokott érkezni, az elfogadási terembe bocsáttaték, hogy várja ott, míg az úrnő megjön.

Az udvariasság úgy kivánja, hogy mikor az úrnő nincs honn, a nyelvmesternőt a háziúr fogadja.

Lemming úr átment lakosztályából neje elfogadótermébe.

– Megbocsát, kisasszony, nőm elkésett; de bizonyosan rögtön megérkezik: addig foglaljon helyet és tekintse magát egészen idehaza.

– Köszönöm, uram!

Ilonka leült; Lemming úr szemközt vele foglalt helyet.

– Kegyed régóta tanítja már nőmet?

– Egy hava.

– No' s hogy halad előre?

273

– Igen jól.

– Nem önfejű, nem makacs? nem kell néha a vesszőhöz folyamodni? micsoda?

Lemming úr kezdett ügyeskedni.

– Nem.

Lemming úr gondolá magában: ohó! majd bővebb beszédre kényszerítem én a kisasszonyt most mindjárt. A magyarban «igen»-nel és «nem»-mel sokáig kisegítheti magát, a ki nem akar többet mondani; hanem egy angol nyelvmesternő csakugyan nem veheti rossz néven, ha egy praktikus családapa meg akar a felől győződni, hogy vajjon tud-e az, a ki óránként egy forintot kap, egyebet is: mint «yes, sir». – Angolra fogta a társalgást.

– Kegyed született angol, miss?

Ilonka erre kissé elpirult. Ő valóban azt az ártatlan értelmezést adta ennek a szándékos dialogusnak, hogy az emberséges bankár meg akarja tudni, vajjon milyen angolt fogott a nehéz pénzeért.

Tehát elmondott neki folyékony angol nyelven mindent, nem várva további kérdezősködést.

– Nem vagyok angol, uram; szülőim magyarok. Atyám tisztviselő volt, neve Világosi. Tisztségéről a mult években ő is lemondott; aztán mezei gazdálkodáshoz kezdtünk, abban az év mostohasága miatt mindenünket elveszítettük. Atyám súlyos beteg lett, ide kellett hoznunk; s most én előveszem azt, a mit tanultam, hogy szülőimnek visszaadhassam azt, a mit rám fordítottak.

– Ah! ez nagyszerű! Ez megindító! Kisasszony, ön igen nemes érzelmeket tanusít. Tiszteletet érdemel érette. Én hizelgek magamnak azzal, hogy van némi befolyásom a világban. Utána fogok járni, miben lehetek az ön családja helyzetének enyhítésére. Én sokakon segítettem már hasonló helyzetben. Önt jó sorsa vezérelte ehhez a házhoz. Ön családja szerencséjét alapíthatja meg. Néhány nap mulva lesz szerencsém kegyeddel értekezhetni. Ha talán családjának addig is valami szüksége volna, legyen nyiltszivű.

Ilonka nem felelt semmit, de még mélyebben elpirult. Alamizsna-elfogadáshoz nem volt szoktatva az arcza.

– Jó, jó! Nem szóltam semmit. Minden közöttünk marad! kegyeskedék tovább Lemming úr. A mit mondtam, megmondtam. Kegyedet jó sorsa vezette ehhez a házhoz. A Lemming-háznál Isten áldása van. God bye miss! Nőmet hallom érkezni. Nem zavarom a tanórát. Isten önnel!

Azzal felszedte magát és kezét nyújtá Ilonkának. Ilonka elfeledte a kéznyújtást elfogadni. Talán észre sem vette azt.

Vagy talán nagy beszélgetésben volt valakivel, a kitől kétes helyzetekben tanácsot szokott kérni; valakivel, a kinek az a neve, hogy: «én magam».

Lemming úr pár nap mulva ismét talált alkalmat Ilonkával a tanóra előtt szólani.

– Tisztelt kisasszony! annyit mondhatok kegyednek, hogy nőm egészen szerelmes kegyedbe. Nem győzi kegyed szép tulajdonait magasztalni. Úgy tekinti, mintha saját gyermeke volna. – Nekem egy eszmém jött, a mivel egyszerre kettős czélt vélek elérni: Nőmnek egy idő óta nincs társalkodónője, kevés asszonynyal tud rokonszenvezni, de kegyedet nagyon szereti. Én tudom, hogy kegyedre nézve mily áldozat volna az, magát rászánni, hogy szülőit elhagyja s idegen házhoz menjen lakni, azonban ajánlatomat tudom megfelelő kárpótlással is kisérni. Én kegyednek oly összeget igérek nőm körüli fáradságáért, mely képessé teendi, szülőinek illő comfortot szerezhetni. Ez összeg évenkint – kétezer forint.

Kétezer forint! Bizony szép pénz; semmi egyébért, mint hogy az ember valakit megtanítson, hogyan kell az angol «th» betüt úgy mondani ki, mintha selypítne, s közbe-közbe a házi asszonyság migrainjének a napjain egy kis asszonyi házsártoskodást szótlanul eltűrni. Ez talán egy kicsit sok pénz is «azért?»

De Ilonkának nem jutott ez eszébe. Az ártatlan szívnek gyanúi nincsenek. Volt más talizmánja.

– Köszönöm, uram, nagylelkű ajánlatát! De családomat nem hagyhatom el. Atyám állapota napról-napra rosszabb, különösen éjjelenkint; gyakran magánkívül van. Anyám fél tőle. Az egész háznál senki sem tud vele bánni, rajtam kívül. Ha én szólok hozzá, akkor megnyugszik.

– Legczélszerűbb volna őt a gyógyintézetbe adni.

– Oh! uram, az rettenetes volna. Annál nincs borzasztóbb gondolat, mint egy kedélybeteget, kinek úgyis az egész lelke lázban van: egyszerre az ismerős családi körből a hideg, vad-idegen emberek közé kitaszítani. Én elhiszem, hogy ott egész őrültté kell lenniök. Meglehet, hogy ott meggyógyítanák atyámat, de azalatt én magam veszteném el az eszemet, szüntelen arról gondolkozva, álmodva, hogy miket szenved ő most tőlem távol? talán megkötözve, talán öntestét tépve, talán halálra dermedve, és én nem lehetek ott mellette, ki ha kezem fejére teszem, elcsendesül; ha zsibbadásában megszólítom, föleleveniül. Lehetetlen atyámtól elválnom e boldogtalan állapotában. Addig az egy óráig is, míg itt vagyok, minden aggodalom gyötör. Ezért nem is vállaltam több tanórát. A mit így keresek, az nekünk otthon elég. Megelégszünk kevéssel, csak hogy együtt lehessünk.

– Bocsánat, én jót akartam.

– Köszönöm, uram! hálás vagyok jóakaratáért.

Ezzel aztán Lemming úr félbehagyta ezen ügynek további negociátióját.

Ilonka soha sem jött rá, hogy mi oka lehetett a számok emberének ily nagy összeget ajánlani ily látszólag csekély viszontszolgálatért.

Magától rá nem jött, mert hiányzottak lelkéből azok a fogalmak, a mik erre rávezetnek; s másnak nem beszélt felőle. Még otthon sem mondta el: félt tőle, hogy anyja a sok pénznek megörül s rákényszeríti, hogy fogadja el az ajánlatot.

Pedig kár volt félnie. Mert ha anyjának elmondotta volna, az majd tudatta volna vele, hogy a fiatal szép leányok jóltevőit nem sorolják a Mæcenások közé, s hogy ezentúl jó lesz, ha leczkét adni sem jár Lemming úr házához.

Hát olyan ember is tud lenni Lemming úr? Ezzel a mumia profillal? Ez a kicsiny, zsebbeli kiadása a teremtés remekének.

Biz olyan ember Lemming úr, mint akármelyike azoknak a fülig vigyorgó malitiosus majmoknak, a mik az állatkertben a kalitka rácsozatán keresztül a gyanútlan leánykák viganói után kapkodnak, hogy ha valamelyiknek szép fehér bőrébe beleharaphatnának; vagy legalább egy darabot leszakíthatnának a ruháik fodrából!

S a majmok aztán boszuállók.

Lemming úr nem kereste többé az alkalmat Ilonkával társaloghatni.

Ez a gyümölcs még nagyon kemény, várni kell, míg megpuhul és míg valaki lerázza a fáról.

Mert már azt tudja Lemming úr, hogy ez így szokott lenni.

A vén vadásznak rossz lába van; a fiatal őzikének jó lába van; hanem a kopónak még jobb lába van, s így a vén vadász utoljára mégis csak lövésre kapja az őzet.

Lemming úr egy idő óta többször elhítta magához ebédre Elemér úrfit. Ebéd után aztán a pipázó-terembe vonulva, a mokka és curacao mellett elbeszélgettek mindenféle bolond kalandokról.

– Hát találkozott-e már ön azóta megint a kékfátyolos ismeretlennel? tudakozódék egy kávészürcsölési pausa alatt ifju barátja kebeltitka felől. – Ismét kétszer találkoztam vele. Ismét úgy le volt fátyolozva az arcza, hogy nem ismerhettem vonásaira. De egész alakja, termete, járása annyira az övé, hogy esküdni mernék rá. Megint úgy jártam vele, mint legelőször. Köszöntöttem; nem fogadta el. Megszólítottam; arra nem is ügyelt. Azután elkezdtem kisérni, hogy megtudjam, hol lakik? Akkor egyszerre úgy eltünt előlem, mint valami igazi boszorkány. És én meg vagyok felőle győződve, hogy ő az.

– És az ismerős gentlemanek közül senki sem tud felőle semmit?

– Senki semmit! Sem a kioszkban, sem a mandolettinél nem tud senki útbaigazítást adni. Pedig a ki egyszer meglátja, nem felejti el. Már az maga felötlő rajta, hogy nem viseli azt a csúf krinolint, a mi az asszonyokat olyanná teszi, mint Buffonnál vannak rajzolva a fehér hangya-anyakirálynék. A kezében egy en-tou-cast hord, hol felnyitva, hol összecsukva, és kék fátyolt a kalapján.

– És eltünik, mikor üldözi valaki?

– És eltünik!

Lemming úr tudott volna Elemérnek felvilágosítást adni, mert nejétől elégszer hallotta, hogy az úrfinak ugyanez a kis leány volt eszményképe, a ki most a házukhoz jár tanítani; de nagyon a becsületére kötötte férjének, hogy azt ne tudassa Elemérrel. Ilonka őszinte volt Malvinhoz. Megmondta neki, hogy nem akar Elemérrel találkozni többé. Szégyenli előtte szegénységüket.

Nincs-e igazság ebben a szégyenben?

Azt tehát Malvina egyenesen megtiltotta férjének, hogy Elemér előtt Ilonkát elárulja. Ez szegény leányt a háztól elmaradni kényszerítené, a falat kenyért venné ki szájából.

Véletlenül pedig lehetetlen Elemérrel összetalálkoznia házuknál, miután ez még olyankor az igazak álmát aluszsza, mikor Ilonka ott napi munkáját végzi. A városban olyankor találkozott vele, mikor Ilonka orvosért sietett. A fátyol ismerhetlennek hagyta.

– Kedves barátom! monda Lemming úr, az nekem nagyon gyanus dolog, ha egy hajdani ismerős leány későbbi találkozásnál nem akar az emberre ismerni.

– Nekem is.

– Mikor elébb találkozott ön vele, akkor még egészen tisztességes leány volt?

– Még gyermek volt. Anyjával járt mindenüvé.

– Most pedig anyja nélkül jár és egyedül; s ha önnel talkálkozik, nem akar megismertetni. Ez nem jót jelent. Tudok én már ilyen esetet eleget.

Elemér nagyon boszús képet csinált erre a szóra. Vagy talán csak a papir-cigarette csípte igen a száját.

– De hát utoljára is, mi baj van az egészből? Az ember

megeszi a diót, ha nem a fogával törte is fel. Néha a való többet ér, mint az illusiók. Nem féltem én önt. A gutába is! Egy szép leánytól félteni Elemér barátomat. Ha úgy van, annál jobb.

Hogy «hogyan» van: azt nem mondta.

Elemér nagyon köpködött a cigarette keserű nedvétől.

– Apropos! szólt Lemming úr, a napokban egy szép paripát vettem; arra gondoltam, hogy majd meglepem vele Malvint, egyszer utána lovagolok, mikor nem is sejti. Vettem egy leczkét a lovardában, hanem átkozottul megviselt. Azt hittem, hogy nem kell egyéb ahhoz, hogy az ember lovagolni tudjon, csak hogy épen az egyik lába innen, a másik túlnan legyen a ló oldalán. No, szépen köszönöm! Mikor megindult velem a griffmadaram s éreztem, hogy megy alattam a világ, szétkaptam a két kezemmel, meg akartam fogózni a levegőbe, félre rántottam a kantárt, azzal a ló elkezdett oldalt hátrafelé menni; akkor azt mondtam neki: «gyihő!» akkor elkezdett sebesen koczogni, hogy a lelket is apróra rázta bennem; azt hittem, minden lökésnél a saját koponyámat ütöm keresztül; hát még az ellenkező pólusom! Hüh! teringette, ha a jobb kezemmel a nyeregkápát meg nem kaptam volna hátul! Mentül jobban kiabáltam arra a veszett állatra, hogy «hóha! hóha!» annál jobban vágtatott velem, míg utoljára a sörényinél fogva vissza nem húztam. Úgy vettek le félholtan a nyeregből. Dejszen én ugyan nem ülök fel többet!

Tudta Lemming úr, hogy Elemérnek egyik gyönge oldala a paripa.

A nagyságos papa (mikor még jó atyafiságban éltek) mindig vett az úrfi számára lovat, s Elemér délczeg lovagnak képzelte magát.

– Hát már most mit csinál ön azzal a lóval? kapott az úrfi

az új tárgyon, s abba hagyott minden elébbi thémát az üldözött lilaszín ruhákról.

– Hát megtartom. Csak akad egyszer-másszor egy-egy gavallér, a ki a feleségemet kikiséri a városligetbe. Tud ön lovagolni?

– Elhiszem azt. Egyebet sem tudok.

– Hát akkor akár mindennap kilovagolhatna ön Malvinnal.

– Igen szívesen!

– Hanem akkor ugyan jókor kell önnek felkelnie. A feleségem már öt órakor a városligetben futtat.

– Ha vadászni, vagy lovagolni hívnak, akkor nincs rám nézve korán reggel. Ha tetszik, hajnal előtt itt vagyok. Mikor parancsolja?

– Akár holnap.

– Itt a kezem! Lovat már vett ön: már most vegyen meg engemet hozzá lovászmesternek.

– Áll az alku. A szerződés: szabad reggelizés nálam – késő estig.

– Beállok.

Másnap öt órakor csakugyan ott volt Elemér úrfi. Lemmingék kocsisa tudatá vele, hogy a nagyságos asszony már egy negyeddel elébb kilovagolt.

– Nem tesz semmit, majd utólérem.

Két óra hosszant vágtatott keresztül-kasul, hol lépésben, hol ügetve a kis park sétányain, de biz ő sehol sem találkozott össze Lemmingnével.

Bizony pedig az egész városliget nem olyan nagy erdő, hogy abban két lovas sokáig bujóskát játszhasson egymással.

Azután még egy órát elült a kioszkban, mely előtt okvetlenül el kellett haladnia Malvinnak, ha a városligetben volt; de biz ő csak ott sem találkozott vele.

Utoljára is el kellett rá szánnia magát, hogy az oltalmára bizott amazon nélkül lovagoljon vissza.

Mikor felment Lemmingékhez, elbeszélni a bankárnak, mi jó tulajdonokat fedezett fel a lovában? (szereti azt az olyan ember hallani, a kinek soha sem volt lova, s azt mondják neki, hogy az ezer forintos lovában ötezer forintos erények vannak) hát már akkor otthon találta Malvinát.

Épen reggelihez készültek. Elemér számára volt fenhagyva a harmadik teríték.

– Ah, ön szép gavallér! kiálta eléje Lemming úr. Hát hol hagyta ön el a feleségemet?

Elemér egy tekintetet vetett először Lemmingre, azután Malvinára s e tekintet után egyszerre otthon volt.

Ez az én Lemming barátom arra akarja használni a lovát meg engemet, hogy kitudja általunk, vajjon a felesége csakugyan a városligeti fasorok alatt élvezi-e a testgyakorlat legamazoniasabb gyönyöreit? No – ennyire lovak nem vagyunk.

Egyszerre bizalmas mosolygásra fordította bámulatát.

– Hát elárultál volna, kis mama? Ejnye, pedig én azt akartam idehaza Lemming papának mondani, hogy nem találkoztunk össze.

– Ahán! ravasz gonosztevő! kaczagott Lemming úr, most

az egyszer megfogtuk önt! Hát illik az, a kisért hölgyet egyszerre csak magára hagyni? s a legelső lilaszín ruhának utána nyargalni?

– Ne éljen ön vissza gyönge oldalam ismeretével.

– Ahá! ön nevezetes széltoló! Még az udvariasságról is meg tud feledkezni, ha a bolondja rájön! Boldog fiatalság! Én is ilyen voltam fiatal koromban. Hanem ha Malvinának vagyok, önnel csakugyan nem megyek ki többet együtt lovagolni. Hisz ön képes arra a tréfára, hogy a mint a lilaszín tündérét meglátja, leugrik a lóról, odaadja a kantárt a kisért delnőnek: «Fogja ön madame, míg én ennek az őzikének utána szaladok!»

Elemér maga nevetett legjobban Lemming úr élczének.

Malvina is segített nevetni.

A reggelizés felett azután volt mit hallgatni Elemérnek sikertelen parforce vadászatáról.

– De ki hallott valaha ilyet: lóháton üldözni az őzikét valamennyi utczán keresztül? Persze, az megint valamely átjáró-ház kapuján ön elől szépen megmenekült. És aztán nem tudott nyomába akadni többet. Lássa ön, maradt volna szépen az egyenes úton...

Tovább nem mondhatta, mert Malvina egy czukormorzsát hajított fejére, s az által figyelmeztetve lőn, hogy a mihez semmi köze nincs, abba ne avatkozzék.

Úgy tett azután, mint a ki észrevette magát és most felteszi magában, hogy helyrehozza hibáját.

– Verje ön ki, barátom, az egész lilaszín tüneményt a fejéből! van Pesten, a ki után szaladjon, elég. A ki szégyenli önnel találkozni, annak bizonyosan oka van, hogy szégyenlje magát.

Most egy sokkal nagyobb czukrot kapott a mellényére Malvinától. Ha az orrát éri, betörte volna.

– De hát, becsületemre mondom, én többet bele nem szólok senkinek a szívügyibe. De ha én nekem volna egy imádottam és az én előttem el akarná titkolni csak egy óráig is magát, én belőlem gyilkos lenne.

– Kérem, Lemming úr, ne felejtse el, hogy ön feleséges ember! nevetett közbe Malvina, könnyelmű kedélyes hangján.

– Korrektül szóltam. Az én imádottam az én nőm. Az én nőm nekem minden órájáról számot ad, hol volt és merre járt? Mit szólnék hozzá, ha egyszer elfutna előlem, mikor találkozunk, s eltagadná előttem, hogy engem ismer?

– Lemming úr, önnek, mint okos embernek, rettenetes fáradságába kerülhet ilyen ostobaságokat összebeszélni.

– Én a legrosszabbat képzelném felőle. Én nem kétkedem kimondani, hogy ilynemű titkolózásra csak két indokot ismerek: egyik az, ha az ismerős nő a legutóbbi látás óta úgy megrútult, hogy nem lehet ránézni; másik az, ha valakinek szeretője, a mit szégyel.

Malvina boszusan kelt föl helyéről.

– Ugyan kérem, Elemér, menjen haza!

– Magam is azt akartam! szólt Elemér, és sietett elkotródni.

Eltávozása után kitört a zivatar Lemming úr feje fölött.

– De mit ingerli ön az ellen a leány ellen azt a hóbortos fiut? Vétett az önnek?

– Ellenkezőleg; én ki akarom Elemér fejéből beszélni az egész leányt.

– Akkor ön nem ismeri az embereket. Hisz ezzel csak jobban utána uszította. Ön tudja legjobban, hogy az a leány nem akar találkozni a fiuval, és igen okosan teszi. A leány szolgálatból él; mert bizony keserű szolgálat az, a mivel kenyerét keresi. A fiu maga kegyelemkenyéren élődik; egy könnyelmű, semmihez nem értő kóbor lovag, kiben én tartom a lelket, korábbi rokonság emlékénél fogva. Neki kellene magát szégyenelnie egy korábbi ismeretsége előtt, midőn újra találkozik vele, s kénytelen azt tudni magáról: hogy akkor voltam valami, mostan pedig semmi sem vagyok. Az a szegény leány szégyenli azt, hogy akkor kisasszony voltam, most szolgálattevő némber vagyok. Hagyjatok annak a leánynak békét.

Lemming úr nagyot nevetett. Utálatos feketefogú kaczajra nyitotta kétfelé a fejét.

– Ha az nem, hát más!

Itt van a szívtelenség elve.

Ha egy nem: hát más.

Elég ok letépni a virágot: «ha egyik le nem tépi, letépi a másik».

Lemming úr nevetve távozott el nejétől, mint a ki győzött.

Malvina oly haragosan ránczolta össze szemöldeit addig, míg férjét láthatá. Azután derült lett az arcza.

Talán arra gondolt, hogy az asszonyok tudják arra a fentebbi mondásra a «rímet».

Vagy talán nem gondolt sem az egyikkel, sem a másikkal azok közül, a kikről most szó van?

Lemming úr magára vállalta, hogy majd kigyógyítja

285

Elemér öcsénket idétlen ábrándozásaiból.

Lemming úrnak volt pénze hozzá; mert az ilyen gyógymód pénzbe kerül. Az asszonyok iránti rajongást kigyógyítani az asszonyok megvetése által.

Köztünk mondva, Elemér úrfinak nem is sok útbaigazítás kellett e tekintetben. Ő igen szép hajlamokkal bírt arra, hogy utólérje azon mintaképeit, kik teljes életükben mindig diákok maradnak: megőszülnek, meg is kopaszodnak, mégis diákok maradnak. Különösen a szépnem irányában mindig a boldog burschikos kort élik. Keresik a szerelemben a könnyű diadalokat, s mert azokra könnyen rátalálnak, mert a szerelmet csak mint szolganőt ismerik, nem hisznek annak királynői fenségében, s nem értik a meghódolás gyönyöreit.

Lemming úr maga is nagy világfi volt teljes életében, míg Bécsben lakott. Azután Pesten nem hal meg az élvezetvágy éhen. Ha pedig egy-egy bécsi lovas művésztársulat ütötte föl ideiglenes tanyáját a városban, azok benne épen ismerősre találtak. Elemér úrfinak igen jó mestere akadt, ki őt a hozzá illő társaságokba bevezette. Olyankor clownok és lovasművésznők képezték mindennapi társaságát. Azok között is vannak derék, tiszteletreméltó egyéniségek; hanem azoknak az ember békét hagy. Vannak mások, a kik kétségbeesni csakugyan nem hagyják. Ott azután megtanulja, hogy az asszonyféle mind egyforma bűnös; csakhogy az egyik jobban el tudja tagadni, mint a másik. Egyik a benevolumra is kivallja bűnét, másik bevárja a kínpadot. Némelyik bele is hal a kínzásba; hanem azért az is bűnös volt, csakhogy mindhalálig tudott tettetni.

Elemér egészen beleélte magát a szeleburdiságba, s azokat az érzelmeket, miket még a nyáron, a pusztai lak gyeppadán ülve, könyjeivel keresztelt meg, a télen már tréfa tárgyaivá hagyta lenni, s borral anabaptisálta Lemming úr

286

társaságában.

(«Ez a Lemming fidelis egy ficzkó!» Az ember nem is tenné fel róla.)

A lilaszin tündért azonban csak nem tudta kézre kapni Elemér. Pedig egész nap az utczán lakott; pedig minden nap ült abban a székben, a melyből egykori kedvese ugyanaz nap felkelt; minden nap forgatta azt a könyvet, a mit az becsukott, és ujjai érintették azokat a helyeket, a miket annak ujjai végiglapoztak, és nem tudatták vele, hogy valami gyönyört éreznek az érintés alatt.

Most már csak mint valami földi tünemény foglalta el ez a kép szivét.

Úgy volt vele, mint az arab mese lepecsételt szelleme a tenger fenekén, a ki az első században azt fogadta, hogy megszabadítóját gazdaggá teszi; a másodikban azt, hogy a ki felhalászsza, azt királylyá emeli; a harmadikban aztán megharagudott s felfogadta, hogy a ki napvilágra hozza, azt megöli.

Első hónapban azt fogadta Elemér, hogy a hol megtalálja eszményképét, ott szerelmet vall neki és nőül kéri; a második hónapban azt, hogy a hol összetalálkozik a kegyetlennel, ott agyonlövi magát előtte; a harmadikban aztán esküdött, mint egy lepecsételt szellem, hogy a hol elfogja az őt kínzó szökevényt, legyen az utcza, sétány, idegen ember háza: meg fogja csókolni ott.

A mese boszuálló szellemét is akkor fogta ki a szegény halász, mikor az már gyilkos szándékkal volt iránta.

A rossz idők beálltával abban kellett hagynia Malvinának a korán reggeli kilovaglást. Az angol tanórát is át kelle tenni késő délelőttre.

Így azután óvhatatlan volt, hogy Elemér össze ne találkozzék Ilonkával.

Egy délelőtt az úrfi fellátogatott Lemming úrhoz.

A financiernek nem volt most ideje ifju barátjával enyelegni; azt mondta neki, hogy menjen át nejéhez.

Lemming úr ugyan tudta jól, hogy neje elment hazulról, s a társalkodónét is magával vitte: valami divatkelmét mentek megnézni; s hogy neje szobájában egyedül várakozik Ilonka, s készíti addig az angol feladványokat.

Azért csak azt mondta Elemérnek, hogy menjen át nejéhez.

Az úrfi dudolva korcsolyázott végig a közbeeső termek puha szőnyegein. Malvina lakosztályában nem voltak ajtószárnyak, csak félig összehajló nehéz függönyök, mik alatt három szobán lehetett végiglátni. A mint az elsőbe belépett Elemér, a harmadikban ott látta az asztalnál ülve az ő kis lilaszin tündérét, a mint egy iratban mélyen elmerülve igazgatott irónnal valamit.

Ha akkor a lepecsételt szellem első fogadása jutott volna eszébe, úgy abból még nagy veszedelem származhatott volna Ilonkára nézve; de mivel a legutolsó fogadás jutott eszébe: úgy a veszedelem egyedül Elemér úrfinak jutott ki; a hogy majd mindjárt meglátjuk.

Míg a két közbeeső terem szőnyegein végig lépdelt, gyorsan átfutott emlékén: hogy hiszen ez az a sokat emlegetett nyelvmesternő, ki abban az órában szokott idejárni leczkét adni, a melyben ő haza szokott menni lefeküdni. És így Ilonka mindennap megfordul annál a háznál, a hol ő úgyszólván otthon lakik, s még sem láthatta eddig soha. Hisz ez szándékos gúnyolódás. Hisz ezért őt minden ember neveti régóta. Ez boszut követel. És hát ez a leány csakugyan szolgálattevő osztályhoz tartozik, s mint ilyen, nem is tarthat igényt az eddigi tekintetekre.

– Ah! elfogtalak tehát valahára, te kis szökevény tündér! e szókkal rontott be a harmadik szobába Elemér úrfi, s tárt karokkal indult a lilaszinű tünemény felé, hogy ha futni akarna előle, elkeríthesse.

A megriasztott lányka egyszerre felugrott székéből, hanem a helyett, hogy ijedelmét bármi asszonyos módon nyilvánította volna: egész hidegvérrel felkapta a székhez támasztott en-tous-cas-ját, s a legtökéletesebb «en garde» tempóval oda tartotta ennek a hegyét az úrfi orra alá.

– Hohó, fiatal ember! ki ne szúrja ön a szemét.

Elemér úrfi ilyen nemére az ellenállásnak nem tudott replikát eddigi «beszélgetés tárában»; hanem annyi bizonyos volt előtte, hogy ha a szemét ki nem akarja szúratni ezzel az en-tous-cas hegyével, akkor azt a sétabotjával félre kell hárítania.

– Ah! ön vívni is tud? mondá neki a leány. No, lássuk, mit tanult.

Azzal a legszabályszerűbb tőrvívó állásba helyezve magát, egy gyönyörű «prim»-mel úgy az oldalába döfött a barátunknak, hogy az en-tous-cas nyele meghajlott bele; de nem törött el, jó halcsontból volt.

Elemér barátunk átlátta, hogy itt komolyan kell a védelemhez látnia, mert ennek fele sem tréfa; hiszen ő is sokáig járta a vívó-iskolát.

Azonban egy védtelenül hagyott mozdulatnál olyan «terzet» kapott a hüvelykujja körmére, hogy minden támadási kisérletről le kellett mondania. Ez a rettenetes leány gyilkos módra szorongatta ellenállhatlan támadásaival, s elvégre egy remek «quarttal» úgy kicsapta a kezéből a sétabotot, hogy az felment az üvegcsillár csilingelő prismái közé s azok közt keresztben is akadt, míg Elemér úrfi egy bekövetkező halálos döfés elől meghátrálva, neki sarkalt Malvina himzőrámájának, s abba úgy beleült, hogy keresztül szakította a félig kész kifeszített himzést.

S még hogy a veszedelem tökéletes legyen, e pillanatban kitörő kaczagás hangzott a középteremből. Malvina érkezett meg, még pedig nyomban Elemér úrfi belépte után, s így végignézte az egész harczias jelenetet, mely kis fiának ily határozott vereségével végződött.

Elemér meg volt semmisítve. Most látta csak át, hogy milyen gyáva, milyen léha! Még egy leány is megveri – ha akarja.

Malvinának pedig végtelenül tetszett ez a tréfa.

– Ah, dicső! Ah, felséges! Hahaha! Bravo, Ilonka! Bravo, kicsi leány! Nem adnám egy millióért, hogy a barátom így kikapott. Úgy kell neki!

És tapsolt elragadtatva.

Ilonka arcza pirosra volt hevülve. Szégyenlette magát és Elemért, örült diadalának és pirult miatta. Szégyenlette az ostoba helyzetet, melyben neki, a fiatal leánynak, egy ifjut (kinek virágaival annyit ábrándozott) egy szilaj, izetlen merényletért így kellett megbüntetnie, így küzdenie vele, mint diáknak diáktársa ellen.

Elemér pedig sápadt volt a szégyentől. Felvette elhullatott kalapját, s rekedtes hangon e szókat mondá Ilonkának:

– Ön engem megölt.

Ilonka elfordult tőle s lelkéből kivánta neki, hogy bár lett volna hegyes vítőr a kezében, hogy járt volna keresztül a szivén a döfése. Menjen hát, haljon meg, ha meg van ölve.

Elemér el is ment. Kis mamájának annyit sem mondott, hogy «befellegzett»: attól ugyan hiába is bucsuzott volna, mert az még most sem tudott magához térni a nagy nevetéstől.

És azután nem is tért többet vissza, és úgy el tudott tünni, hogy senki sem tudta, hova lett? Volt útlevele a külföldre, elmehetett a világba, a merre akart. Hogy a Dunába nem ölte magát, onnan gyanítható, mert eltünése napján még felhatalmazásokat adott ügyvédének az apja ellen megindított per dolgában s egyúttal utalványt is, hogy ha visszatérteig valami pénzhez jutna, abból fizettessék vissza Lemming urnak a rá tett költség. Végül, ha két év alatt vissza nem találna térni vagy halálhirét hoznák, ott hagyta a végrendeletét.

Tehát meg nem halt, annyi bizonyos.

Malvina azonban el volt ragadtatva Ilonkától.

– Kedvesem! ön egy valóságos Amalazuntha. Ön úgy vívott, mint egy orleáni szűz. Mondja, tanult ön vívni?

– Igen, gyermekkoromban a testgyakorló-intézetben.

– Ah! az felséges tudomány! Az valami gyönyör. A levegőben játszani a tőr hegyével s azt mondani: Vigyázz, vagy meghalsz! A két szemét az ellenség két szemébe szegezni, s akkor aczélt aczél ellen feszíteni; a vakmerő támadót félrehárítani s aztán visszadöfni, hogy a vas a lelkén menjen keresztül.

A delnő összeborzadt – a kéjtől, a mint ezt magának elmondta.

– Óh! én mindig úgy szerettem volna megtanulni vívni; csak lett volna kitől. De férfi vívómestertől nem tanulhatok.

Meg is szólnának érte. Lássa ön, ön adhatna nekem mindennap egy órát a vívásból.

– Ah, asszonyom...

– Nos, mit «oh asszonyom?»

– Hiszen én magam sem sokat tudok.

– De, láttam. Úgy verte ön az úrfit, mint egy spadassin.

– Zavarba jött, s elfeledte, a mit tudott.

– No, én nekem az untig elég volna, a mit ön tud. Szánja rá magát. Még egy óra napjában, az angol leczkével egyfolytában. A testmozgás önnek nem fog megártani. Aztán én mindig kocsin küldöm haza, hogy meg ne hűtse magát, ha fel lesz hevülve. Aztán fizetek önnek havonkint száz forint tandíjt.

Ilonkát megfogta az ajánlat. Szép pénz. Aztán semmiért. Egy kis előrelépés, hátralépés: karmozdulatok fel és le. S ha mindezért jobban fizetnek, mint az angol nyelvtudományért. Kissé szokatlan ugyan, hogy egy fiatal szép leány a művészetnek ezzel a nemével keressen pénzt, de a kereset tisztességes, nincs rajta mit előre szégyenleni, utána megbánni.

– Jól van, asszonyom. Hát én megtanítom önt vívni.

– No, ennek igazán úgy örülök, mint a kis fiuk a majálisnak. Ah! ezzel egy régi vágyam lett betöltve. Valahányszor egy kardot, tőrt láttam magam előtt, mindannyiszor úgy szerettem volna ezzel úgy tudni vágni, szúrni, a hogy a férfiak tudnak. Nézze ön: nem elég erősek-e karjaim?

S azzal felgombolta ruhája ujját s feltürve azt könyökéig, büszkélkedett szép gömbölyű karjaival, miken iparkodott megfeszíteni az izmokat.

– Holnap mindjárt hozzákezdünk, ugy-e? ön megrendeli a kellékeket. Mik kellenek hozzá?

– Néhány vítőr; egy-egy hamar eltörik; két kebelvéd szarvasbőrből, két víkesztyü és két sodrony-álarcz. Aztán egy szál hosszú lágyfa-deszka, a min a vívóknak mozogni kell, mert a fénymázon és a szőnyegen nem lehet vívni.

– Derék, nagyon derék! csak parancsolja ön meg. A kék termet fogjuk vívó-teremnek használni; akkor bezárjuk az ajtókat, hogy senki se zavarhasson bennünket. Igazság! Nekünk alkalmatlan lesz ezekben a hosszú ruhákban vívni, különösen nekem ezzel a szertelen amerikai krinolinnal.

– Bizony, mikor én vívni tanultam, akkor még kis leányi ruhában jártam.

– Hát csináltatok mind a kettőnknek rövid ruhát, mint a kis leányoknak. Egész amazon-jelmezt. Nem fog bennünket senki meglátni benne. Bezárjuk az ajtókat, lefüggönyözzük az ablakot. Egyedül magunk állunk szemtül szemben, s mi nem fogjuk egymást kinevetni. Ugy-e bár, derék lesz?

Ilonka ráhagyta.

Malvina pedig már annyira kedvet kapott szeszélyéhez, hogy nem hagyott békét Ilonkának addig, míg az két lovagvesszővel az első tempókat meg nem mutatta neki; nagyokat sikoltott ugyan, mikor a lovagvessző hegye valahol a testéhez ért, mert csiklandós volt, hanem azért folyvást kiáltozta: «pompás! felséges!»

Nem is tanult az nap angolul. Hanem mikor vége volt az órának, irósztalához futott s egy százast kihalászva az összegyűrt papirok közül, azzal az első havi díjt előre kezébe erőlteté Ilonkának a vívás-leczkékért. Szegény gyermek! –

úgy örült annak a pénznek.

Úgy sietett vele haza: hogy átadhassa aggódó anyjának. Van már miből tűzifát szerezni a télre, orvost, gyógyszertárt kifizetni, a ház betegének kényelmesebb ellátásáról gondoskodni, a házbért félretenni. Nem kell már küzdeni naponkinti nyomorral, lemondással. Száz forintból olyan sok kitelik. Még nehéz időkre megtakarítani való is marad.

És mindezt mi szerzi? nem az, a mire egy nő büszke: nem a szépsége, nem a szelleme, nem a művészete, hanem egy kis testi ügyesség, olyan tulajdon, a minek soha sem hitte volna, hogy hasznát vegye; s a mi aranyalmát termő fává lett, egy szeszélyes úrhölgy phantasiájának tündér földébe tévedve.

Azt hinné az ember, hogy Ilonkának az már csak tréfa volt és mulatság.

De nem volt az.

Épen azért, mert tréfa volt az és mulatság.

Otthon a legmélyebb gyász – egy őrjöngő apa kiáltásaitól megszakgatott álomkerülte éj, egy ideges anya örök remegése; – egy néma testvér állati ragaszkodása az egyetlenhez, ki őt megérti; – a nappal siralma, az éj sóhajtásai; a sorsverte élet egyik reggeltől a másikig. És ebből naponkint kiragadva két óra a mulatságnak, a játéknak, melyben nevetni, tombolni, vijjongani kell, – mert fizetnek érte.

Mikor aztán vége van a játéknak, a tréfának, a sikongatásnak: akkor arra gondolni, hogy milyen szomorú élet volt azalatt odahaza!

Mikor Ilonka mentéjét fölvette, hogy a tanórára induljon, mikor lenyugtatá háborgó atyját, mikor lecsókolá anyja könyeit, s aztán meg tudott szökni testvérétől, nagyot sóhajtott. Ez a sóhajtás azt mondá: menjünk mulatni!

De mikor ez ád kenyeret. Keserű ugyan, de mégis kenyér.

MINDENFÉLE RABLÓTÖRTÉNETEK.

Ki szeret rablótörténeteket hallgatni?

Patkóról, Hajnal bandájáról, Bogár Józsi lovas utonállóiról?

Majd én mondok ilyenféléket, – a mikben nem fordul elő se Patkó, se Hajnal, se Bogár Józsi.

Egyszer azt mondta Lemming úr a feleségének:

– Asszonyom! Ismerte ön Montefiore marquisnőt? Igen? Hát Anzelm bárónőt? Azt is? Hát a mindenkitől magasztalt Radák bárónőt? – Hogyne? No hát én azt mondom önnek, hogy azok mind a hárman nem irnak be egy év alatt annyi jótékonysági összeget a kiadási könyveikbe, mint a mennyit ön beirat velem az enyimbe. Nem mulik el egy nap, hogy egy szerencsétlen családapát ne kellene önnek megmenteni kilencz gyermekével az éhenhalástól; vagy egy szerencsétlen hivatalnoknak, ki a rábízott pénzt elkártyázta, a becsületét kirántani a vízből, vagy egy elhalt irónak a temetési költségeit előteremteni, vagy egy sánta honvédnek műlábat csináltatni, vagy egy árva leányt kiházasítani; nem is említve a nyilvános aláírások ezerféle nemét, a mikből ön mind nem marad ki. Úgy hiszem, ön a pápának is adakozik, meg Garibaldinak is.

Hisz biz tudott egyebet is Lemming úr, azt: hogy Malvina sem a pápának nem adakozik, sem Garibaldinak, s hogy azok a felsegített szerencsétlenek nem léteznek sehol;

hanem ezt nem merte bolygatni.

– Tudja ön, kedvesem, hogy én ezt már nagyon unom? végezé Lemming úr.

– Hát jól van! felelt vállvonva a szép asszony; jövőre törölje ki ön a jótékonysági rovatot a főkönyvéből.

Mintha bizony egy szép asszonynak csak egyféle kulcsa volna a férje Wertheim-szekrényéhez, mely, mint minden reklám hirdeti, tűz- és betörésmentes.

Lemming úr bátran perbe idézheti a szekrénygyárt. Az övé nem betörésmentes.

Félév múlva megint így szólt Lemming úr a feleségéhez:

– Asszonyom! Hallotta ön hirét Persigny grófnénak? Bizonyosan. Olvasott ön valaha a mi Metternich herczegnőnkről? Kétségtelenül. Hát Rothschild baronesseről nem meséltek önnek valamit? – úgy hiszem, igen. No hát ez a három legelegansabb úrnő Európában nem küld a férje nyakára annyi selyem- és pipereáru-árjegyzéket, mint kegyed, kedvesem, egymaga. Én azt hiszem, hogy kegyed mindennap háromszor öltözik selyembe és csipkébe, s kétszer egy öltönyt soha sem vesz fel.

De bizony egyebet is hisz Lemming úr, azt: hogy szeretett hitvese fel sem veszi azokat a drága tárgyakat, hanem azt a sajátszerű üzletet folytatja, hogy az egyik helyen megveszi a czikkeket, a hogy adják, a másik helyen meg eladja, a hogy veszik, s így jut pénzhez. Az árjegyzéket fizeti a férj, ki ez üzlet mellett száz perczentet veszít. Hanem ezt nem merte kimondani Lemming úr.

Malvina azt felelte rá:

– Ugy-e bár az ön előtt megfoghatatlan, kedves barátom?

– Sőt nagyon is megvannak róla a saját fogalmaim. Tudom én, hogy ennek így kell lenni, s ha ön törvényes nőm nem volna, azt mondanám: méltóztassék azért a gyönyörért, hogy önt enyimnek mondhatom, engemet magával együtt tönkre tenni. Ez fashion. Hanem miután törvényesen családi egységet képezünk: kénytelen vagyok önnek azt az időpontot jelezni, a melyben életkérdés a «ház»-ra nézve, hogy az asszonyság egy kis ideig szüntesse meg a kiadásait.

– Csodálatos időpont lehet az! Épen az ősz beálltával. A saison kezdetekor. Van önnek belátása? Van a világon férj, a ki ilyen ajánlattal lepje meg a nejét a saison elején? Nem bánom: a bőjtben, tavaszszal, ha falura megyünk, eljárok egy crépe-ruhában hat hétig, s ha akarja, nem tartok cselédet. De most egyáltalában lehetetlen az ön parancsára ügyelnem, kedves barátom.

– Arra pedig ügyelnie «kell», kedvesem! Tudja? Azt mondom, hogy: kell! Most oly válságos ügy kezdetén állok, a melyben minden rendelkezésemre álló összeget a mérlegbe kell dobálnom, egyiket a másik után, hogy a serpenyő nyelve felém hajoljon. Szó van nem kevesebbről, mint egy millióról. Egyszerre éktelenül gazdagok lehetünk; de minden erőnket meg kell érte feszítenünk. Oly küzdelem ez, a minőnél a financierek feleségei zálogba szokták vetni ékszereiket, ezüstneműiket, eladják lovaik, csipkéik feleslegét, hogy férjeiket diadalra segítsék. Én mindezt nem kivánom öntől; csupán azt, hogy nekem három hónapig egyetlen egy árjegyzéket se küldjön a pénztáramhoz.

– Hát hova küldjem?

– Szinte feleltem rá valamit. Tehát egész világosan és határozottan megmondom önnek, hogy az én pénztárnokomnak rendelete van tőlem, három hónapig semmit, de semmit sem fizetni ki az asszonyság helyett.

Malvina nagyot kaczagott rá.

– Hát jól van, édes Lemming! Azért jó barátok maradunk.

– Elhiheti ön, hogy az nekem legforróbb óhajtásom. Én önt véghetetlenül tisztelem; hódolattal környékezem. Épen azért nem mulaszthatom el önt arra is figyelmeztetni, hogy az osztrák törvények szerint egy nő igen kellemetlen helyzetbe hozza magát, a kinek a férje nem fizeti ki az adósságait.

Ezért még jobban kikaczagta Malvina.

– Jól van, édes Lemming; ne féltsen ön engem semmi nemzet törvényeitől!

De bizony azt Lemming maga is tudta, hogy nem látott még ember se osztrák, se franczia, se más nemzetbeli delnőt az adósok börtönébe jutni, ha annak a delnőnek – szép szemei voltak.

Hiszen tulajdonképen nem is akart egyebet tudatni Malvinával, mint azt: hogy kedves barátném, te eddig végtelen genialitást fejtettél ki az én belügyeim zavarba hozására; nagy kár volna a világra nézve, ha azt a szép talentumot a külügyekben is nem érvényesítenéd. Rabolj már másutt.

Vagy talán azt, hogy:

«Raboljunk együtt».

… Egy millióról van szó!

Ugyan ki hajigálódik itt úgy a milliókkal?

Ne felejtsd el regényiró, hogy osztrák koronaország földén jársz, a tízkrajczáros állam-pénzjegyek országában a hol még a miniszter is a szájára üt, mikor ezt a szót

299

kimondja: «egy millió», s utána teszi «uram bocsá'»; s a hol egy milliót érő földbirtok urának nincs tíz csengő pénz a zsebében; s még azt mondani ki, hogy egy millió van nyerni való! Ah! ez túlmegy minden poetica licentia határán; beszélj inkább halfarkú kisasszonyokról, vagy tedd át Belgiumba, vagy Észak-Amerikába a regényed szinhelyét.

Pedig valóban és voltaképen egy megnyerni való millióról van szó. Egy kerekre vert millióról, a mit csak be kell seperni valakinek. Valakinek, a ki előtt a roulette golyója megáll.

A játékasztal egy nagy puszta ország.

Egy háromezer négyszög mértföldet meghaladó térség, melyen nincsen egy foltnyi zöld.

Az idén nem termett rajta semmi.

És jövő esztendőre megint ilyen kopár fog az lenni, mert az idén nem vetnek bele semmit: mert nincs.

Úgy fog járni, mint köves Arábia, mint a Holdhegyek vidéke, mint a Palmyra hazája, melyek a föld paradicsomkertjei voltak egykor; most pedig sivatag puszták, napi járó földre, embertől és állattól lakatlan holt vidékek, paloták eltemetett romjaival az úttalan avarban.

Az államhatalomnak ezt a sorsot mégis csak baj lenne bevárni azzal a phlegmával, a mivel más itt termő bajok elmultát igyekezett végigbőjtölni.

Elhatároztaték legnagyobb irányadó körökben, hogy az inséges népnek egy millió mérő vetőmagot kell kiosztani – kölcsön, hogy földjei parlagon ne maradjanak.

Tehát egy millió mérő vetőmagot kell előteremteni: gyorsan, pontosan, azt helybe küldeni, kiszolgáltatni; haladék nélkül, mert az idő sürget; itt az ősz, minden nap drága, megfizethetetlen; az esős idő beállt, a föld megázva:

300

épen most volna szükség. Tanakodásra nincs elvesztegetni való óra.

Ki állítja elő az egy millió mérő vetőmagot?

Természetesen annak az ajánlata lesz elfogadva, a ki legelőnyösebb feltételek alatt vállalkozik.

Legelőnyösebb feltételek?!

Hahaha!

Érted-e már tisztelt olvasó, miért kell Lemming úrnak minden rendelkezésére álló összegét egybekapargatnia, hogy azokat abba a mérlegbe dobálja, melynek ha a nyelve feléje billenik, az a nyelv azt mondja: tied a millió?

Érted-e már, miért vetik zálogba a financierek feleségei ilyenkor az ékszereiket, s miért nem fizetik ki a financierek a feleségeik árjegyzékeit ez idő alatt?

Még majd világosabban is meg fogjuk azt érteni mindjárt.

Arról már meg lehetünk győződve, hogy az a millió valóban megvan. Hogy az nem mythologiai csoda, nem idealis szám, hanem pénz, frissen, a sajtóból most kikerült azon módon zöld pénz; nem is kell hozzá semmi nagy furfangos calculus, csak egyszerű kivonás. Négyet az ötből: marad egy. Hogyan tudja azt meg a status, hogy az a gabona, a mit a jámbor paraszt beleszántott, beleboronált a földébe, öt forintos tiszta buza volt-e, vagy szemetes, konkolyos, üszögös olcsó zagyvalék?

A föld jó titoktartó.

━━━━━━━━━━

Miket olvasott ez idő szerint Angyaldy úr főnöke titkos

301

naplójában?

Tudjuk meg mi is.

«Ma Lemming volt nálam délelőtt.

Beszélt sokat az országos vetőmag-kölcsönről.

Elhiszem, hogy azt szeretné megkapni nagyon.

Tőlem az igaz, hogy sok függ; de nem minden.

Egy szavam az irányadó körök előtt oda döntheti a mérleg két egyenlő serpenyőjét, a hová kivánom.

Csak hogy tartok tőle, hogy a mérleg serpenyői nem egyenlők. Egyik vállalkozóban több lelkiismeretesség van, mint a másikban.

Úgy hiszem, Lemmingben van legkevesebb.

Ez a mostani pedig igen kényes ügy.

Egy egész jövő év áldása, egy egész ország jóléte forog kérdésben.

Ez nem olyan üzlet, mint a hadsereg-élelmezés. A katona, ha liszt helyett malomport kapott is, nem rövidült meg vele. Mentül feketébb a kenyere, annál táplálóbb. Aztán a katonának nincs is szája, hogy panaszkodjék.

Hanem ha a parasztnak roszabb vetőmagot adunk, mint kell, mint a kormány akarja, az megrontja a jövő évi termés minőségét; a paraszt lármát üt, kiabál, deputátiót küldöz, félreveri a harangot, csunya dolgokat csinál.

Itt nagyon óvatosnak kell lenni.

Én Lemmingnek nem igértem semmit.

Azzal bocsátottam el, hogy a legokosabb és biztosabb ajánlatnak fogjuk adni az elsőbbséget.

Délután egy katulyát küldött hozzám komornyikjától.

Felnyitottam s egy szivartartót találtam benne.

Levél volt hozzá mellékelve, s abban a levélben tudatta velem Lemming, hogy ezt a szivartartót küldi nekem Malvina ajándékul a születés-napjára.

Kissé szokatlan gondolat, hogy valaki a saját születésnapjára küldözzen ajándékokat másoknak.

Felötlött, a mint a szivartartót a kezembe vettem, hogy az

303

olyan különösen nehéz. Húsz fiókra volt osztva, mindegyik egy szivar számára, s azokban vékony papirba burkolt tekercsek voltak. Egyet kivettem, felszakítottam. Kétszázötven aranyat találtam benne. Mind a húsz hasonlót tartalmaz. Ez ötezer darab arany.

Háromszor is végig futott testemen a hideg borzadály. Tehát már ennyire jutottam volna.

Tehát csakugyan azt hinné felőlem a világ, hogy nálam minden eladó?

Hát az volna irva homlokomra, mellemre, hogy «gänzlicher Ausverkauf»?

Nem! pénz embere! Még ebben az egyben csalatkoztál!

Ha hibáztatnak mint politikust, mindig tudom magamat védeni; de ha mint ember, mint az ország hivatalnoka hibázom: arra nem lehet semmi mentségem.

Majd megmutatom én ennek a kalmárnak, hogy ki lakik abban a barlangban, a hova ő oly bizton tette be a lábát.

Egy visszaadni való tromf van most a kezemben.

Egyszer ő tette azt velem, hogy a pénzemet, melylyel nagylelküséget akartam gyakorolni, egy jótékonysági közczélra adatta velem, melyet pedig eszem ágában sem volt gyámolítani; most én fogom őt hires emberré tenni.

A nekem küldött pénzt átadom a magyar tudós akadémiának; egykor kértem Lemminget, hogy irjon alá valamit a hazai intézetre, megigérte, hogy fogja tenni. E most küldött összegnek czélját nem nevezte meg: úgy fogom azt átadni, mint általa tett nagylelkű alapítványt.

Még ma megirom a dedicatiót, a holnapi lapokban már olvasni fogja.

Ismerjen meg, hogy ki vagyok?

———————

Egy nappal később aztán azt olvasta Angyaldy úr a napló újabbi lapján:

Nem siettem el a dolgot.

Mégis az illető tudta nélkül valami nyilvános adományt tenni, koczkáztatott dolog volna. Hanem föltettem magamban, hogy azért tervemtől el nem állok. Ezt az ötezer aranyat az akadémia fogja kapni.

Elmegyek Lemminghez, nyakára vetem a hurkot, s azt mondom neki: «Uram, ön ma ötezer aranyot küldött hozzám. Ennek csak kétféle czélja lehet: vagy tisztességes, vagy megsértő. Ha tisztességes czélja van e küldeménynek, úgy az nem lehet más, mint a mire önt felkértem. Egy hazai közintézetre teendő alapítvány. Ha pedig az ellenkező, akkor önnek kétszer gyülik meg velem a baja: először mint birájával, másodszor mint gentlemannel; s én mind a két minőségben fogok magamnak elégtételt szerezhetni.»

Ezzel a tervvel indultam el hozzá ma korán reggel.

Készen voltam rá, hogy nem fogok semmit tekinteni. Goromba leszek vele, mint egy hajdú.

Izgatottságomban nagyon korán is találtam választani az időt.

Mikor lakosztályába beléptem, a komornyik azzal fogadott, hogy ő nagysága még alszik.

No, csak fel kell hát kelteni ő nagyságát, mert az én kicsiségem akar vele beszélni.

A komornyik kegyes volt bevezetni az uraság

dolgozószobájába, onnan az elfogadási terembe, s ott megkinált, hogy foglaljak helyet, míg a nagyságos urat felöltözteti.

Jól van, gondolám, a mosdatást majd elvégzem én.

Lemming elfogadó-szobája szomszédos Malvin lakosztályával. Egy üvegajtó választja el a legközelebbi teremtől, s az a legközelebbi terem arról nevezetes, hogy egyik falát egészen egy rámába foglalt velenczei tükör-táblák képezik, mikből rézsút tekintve, végig látni a szomszéd ebédlőn, melyet egy függönyös boltozatív választ el másik szobától.

Nagyon jól ismerem már e szobákat.

Abban az utóbbiban szokott Lemming díszebédeket adni.

A mint ott unatkoztam a várakozásban: egyszer női hangokat hallok a harmadik teremből. Halk beszélgetés volt, miből nem lehetett kivenni semmit.

A halk beszélgetést később egy előttem ismeretes csengő női hang parancsszerű rövid felkiáltásai váltották fel, kisérve egymást felváltó lábdobbantásoktól, és összecsiszszenő vítőrök sajátszerű zenéjétől.

Néha egy-egy vissza nem fojthatott vihogás szakította félbe a hangokat, másszor mintha két nő egész haragban zihálna forró lélekzettel, de a melyet megint oly hirtelen váltott fel egy-egy kitörő kettős kaczaj, a diadal és meglepetés kaczaja egyik és másik részről.

E kaczajban már ráismertem Malvina hangjára az egyik részről.

Át akartam nézni az ajtón. Nem lehetett, sűrűen le volt az függönyözve, vastag, átláthatatlan damaszt-szőnyeggel.

Az ajtó pedig túlfelől volt bezárva.

Hanem egyszer észrevettem, hogy a baloldali függöny egyik széle fenn van akadva a felfogó fogantyú arany czifrázatában. Erre nem ügyelt az, ki a túlsó szárnyát még egy gombostűvel is odatűzte az ajtóhoz, hogy félre ne lebbenjen. Az a terem, honnan az ismeretlen jelenet hangjai jöttek, jobbfelül esett.

Pedig épen ezen a baloldali nyiláson át bele lehetett látni az átelleni üvegfal tükrébe, s abban az egész szomszéd terem, mint egy nyitott szinpad volt végig nézhető.

Leskelődtem.

Mi volt az?

Egy jelenet az olympi szinjátékokból.

Két hölgy-alak állt egymással szemközt, rövid, térdig érő ruhákban. Az egyiknek megyszín vörös ruhája volt és rózsaszínű selyem harisnyája; a másiknak sötétkék ruhája, és zergeszín harisnyái. Mindkettő keblét szarvasbőr mellvért takarta, piros kivarrott szívvel balfelől; arczaikat rostély-álarcz fedte. Malvinára ráismertem alakjáról. Ő volt a piros ruhás.

A két hölgy fleuret-vívást gyakorolt. A karcsúbb alak, a kék ruhás, volt a mester.

Eleinte a tempókat gyakorolták végig. A kék ruhás mondta fenhangon, mi következik, s engedte a döféseknek a keblén levő piros szívet találni, s a magas terznél, quartnál az arczán levő rostélyt. Azután ugyanazon döfések elhárításaira tanítá a piros ruhást, hogyan kell hirtelen átmenni a primből a quartba, a vítőr erejével az ellenfél vítőre gyöngéjét elfogni, s a parádból a döfésbe átmenni; a contraparaddal az ellenfél kardját megkerülni, vagy egy vigyázatlan fogása alatt a rapiert egy hatalmas battute-el kiütni kezéből.

A két hölgy alak oly csodaszép volt e játék alatt! A piros ruhás minden mozdulata az amazon-királynőkre emlékeztet; karjainak gömbölyű hajlásai, vállainak ideges emelkedése; karcsú derekának párduczszerű vonaglása; telt csipőinek kihívó daczossága; s azok a szoborszerűen szép lábak, miket térdig enged látni a vívó-öltöny: a mesék tündérhősnőinek egyikét rajzolák elém; míg ellenfele, a kék ruhás, egy karcsúbb, ifjabb alak, még nem bírt a nőiség telt idomaival, inkább úgy tünt fel, mint egy küzdő Mihály angyal.

Az iskolát végiggyakorolva, átmentek a szabad vívásba; ekkor aztán a piros ruhás mozdulatai egész szenvedélyességet árultak el, oly szenvedélyt, a milyen csak egy nő tagjait mozgathatja, a kinek kard akadt a kezébe. A kék ruhásnak elég dolga volt az össze-vissza járó döféseket mind felfogni; egyszer aztán úgy összekerültek, hogy térd térd ellen, mell mell ellen feszült, a két vítőr markolatnál keresztbe akadván; mire a kék ruhás hirtelen balkezével marokra kapta vítőrét, s szuronyként szegezte a piros ruhás mellére.

A piros ruhás hangosan felsikoltott, csiklandós volt, ha a tőr hegye érte; még nem szokott hozzá; s aztán csak folytatta a kaczagást.

– Ön ezt nekem sokszor tanította már; de nekem mindig későn jut eszembe, mikor így összekerülünk. – Pihenjünk meg egy kissé.

Azzal levette arczáról a sodrony-álczát, s leveté a plastront kebléről.

Óh! milyen szép volt e pillanatban.

Arcza a küzdelem hevélyétől kigyúlladva, szemei titkos

delejességtől szikrázók, egész termete egy élő, tündéri villanytelep; a ki e perczben hozzáért volna, tán szikrákat idézett volna ki belőle.

A gyönyörtől túlcsapongó jókedv sugárzott róla. Kaczagott, tapsolt, nem bírt magával. Jó kedvében leveté magát a zongora előtti székre, s elkezdett rajta verni egész czigány-művészi hévvel egy ismeretes spanyol tánczdallamot, a seguidillát.

– Nem tánczol ön rajta? kérdé, fejét hátravetve, a kék ruhástól.

Az is letette álczáját. Úgy tetszik, mintha láttam volna ez arczot már valahol; de nem emlékszem rá.

– Nem, asszonyom; én nem táczolhatnám! felelt a kék ruhás, félig-meddig mosolyogva.

– Úgy hát üljön kegyed ide, s verje ezt a dallamot; mert én tánczolhatnám.

A kék ruhás hirtelen helyet cserélt vele; míg Malvina a terem közepére szökött s elkezdé tánczolni azt az észbontó spanyol tánczot, a miben minden csáb ki van fejezve, a mire egy nő képes; és járta azt azzal a bohó szabadsággal, a mire feljogosítva érzik magukat a nők, mikor azt tudják, hogy csak női szemek látják őket.

Ez oly tünemény volt, a minőre Faust eladta lelkét az ördögnek.

Az én szivemben tűzi veszélyre doboltak.

Ez a nő, ez a hideg arczú nő, pazarolta a csáb, a kaczérság minden tündéri bűvészetét csupán azért, hogy egy fiatal leányt megmosolyogtasson.

Hiába vesztegette a bűvészetét. Az a fiatal leány a

zongáránál végignézte az egész csábtánczot, mit e hölgy pajkos jókedvvel járt magának, a tükörnek és ő neki, s még csak el sem pirult rá az arcza.

Malvina egyszerre csak abban hagyta a tánczot, s felragadva a vítőrt, oda ugrott a kék ruhás elé, s nevetve kiálta neki:

– Vigyázzon ön! Mert én önt megölöm!

A kék ruhás mosolyogva viszonza:

– Nincs semmim, a miért ön megöljön.

– Megölöm önt ezért a drága megfizethetlen kincseért: ezért az ártatlan arczáért.

– Nem engedem magamat! szólt a kék ruhás, s ő is fleuretjéhez kapott, a mely a zongorára volt téve.

Malvina nem engedett neki annyi időt, hogy a plastront és a sodrony-álarczot feltegye; maga sem vette fel; úgy kényszeríté fedetlenül vívni.

A kék ruhás helyt állt a kényszerítésnek; maga felől egészen biztos volt.

A mint Malvina egy quart-döfést intézett felé, melylyel a zongorának neki szoríthatni vélte a fiatal leányt: az hirtelen egy mesteri passadeot tett a ballábával előre lépve, s míg balkezével ellenfele vívótőrét félrehárítá, saját vítőrével egy ligamen-t csinálva, kiütötte azt annak a kezéből.

Malvina még akkor sem hagyott fel a tréfával. Pajkos volt, mint egy gyermek; utána futott a szoba szegletébe elrepült tőrének, s ismét kézbe kapta, s ismét oly hevesen támadta meg vele fiatal tanítónőjét.

Az még mindig nem jött ki hideg nyugalmából. Megmutatta Malvinnak, hogy mi az a theatre-coup?

310

A mint Malvina egy merész second-döfést intézett melle felé, egy hirteleni előrelépéssel megkapta Malvina jobb kezének csuklóját balkézzel, annak vítőrét egy körmozdulattal ellenfele keblére szegzé; s most aztán birtokában volt a vítőrnek is!

– Ezt nevezik szinpadi döfésnek, asszonyom.

Láttam Malvina összeharapott ajkáról, mélyen elpirult arczáról, nedvesülő szemeiről, hogy kezd boszús lenni.

Férfiakon is megesik az a vívás játékaiban, hogy a lefegyvereztetésért megorrolnak.

– Bocsássa ön ki a tőrömet! monda a kékruhásnak.

– Nem addig, míg meg nem fogadja ön, hogy okosan fog vívni, feltett álarczczal és melltakaróval.

– No csak bocsássa el, ha mondom!

– Ha meg nem igéri, hogy csak plastronnal fog vívni, eltöröm a vítőröket s nem tanítom önt többet.

– Jól van! Megigérem.

A kék ruhás e szóra kibocsátá az elfogott kezet és vítőrt fogságából. De arról már bizonyos voltam, hogy Malvina, a hogy én ismerem, semmibe sem fogja venni fogadását. Ő tökéletes asszony. Fékezhetetlen, semmi törvényt nem ismerő teremtés.

Tudtam jól, hogy a mint szabadon érzi kezét és fleuretjét, azonnal ismét rá fog rohanni a kék ruhásra.

A fiatal leány aztán erre a perfidiára maga is elveszté türelmét, s a fegyverszünetet megtörő tanítványnak ezúttal megmutatta, hogy mi az az arret-döfés?

A mint Malvina egyenesen a prim-döféssel rohant feléje, a

kékruhás hátracsúsztatta ballábát egészen, a fejét félrekapta, jobbját second-döféssel kinyújtá, s míg Malvina vítőre az ő feje fölött siklott el: azalatt az övé Malvinát jobb válla alatt találta, s minthogy a nő rohama teljes erővel jött, a találó fleuret pengéje csaknem ívet képezett, úgy meghajlott.

Erre aztán mind a ketten úgy megijedtek, hogy elhajigálták vítőreiket.

A kék ruhás egyszerre sirva fakadt.

Malvina is elsápadt és lélekzet után kapkodott néhány perczig; hanem azután magához tért, és hogy a kék ruhást sírni látta, elkezdett rajta kaczagni.

– Lássa ön! szólt szemrehányó zokogással a kékruhás.

– De hát mi baj van? kérdé, hol nevetésre derülő, hol elboruló arczczal Malvina. Mért sír ön?

– Most én önt megsértettem! szólt a kékruhás.

– Ah! dehogy sértett. Tréfa az egész.

– De én tudom. Egy ilyen döfés nagyon fáj a vékony ruhán keresztül.

– Egy cseppet sem fáj; bizonyosan mondhatom. Meg sem látszik a helye. Nézze ön bár.

És azzal sebesen felgombolá felső öltönyét, s lehuzta azt válláról odáig, a hol a vítőr gombja érte a keblét. Egy kerek piros folt látszott meg azon, mint az alabástromra hullott rózsalevél.

– No lássa ön, semmi baj sincs. Nézzen ide. Még jól jön ki ezen a helyen.

A kék ruhás megnyugodott abban, a mit látott; – de nem én!

Malvina aztán gyöngéden átölelte a leányt, és arczát arczához szorítá engesztelve.

– No, ne haragudjék. Nem leszek ilyen bolondos többet. Látom, hogy nem tudok semmit. Tanulni fogok rendesen, a hogy illik. Ez az utolsó döfés igen szép volt, mi ennek a neve?

– Coup d'arrêt. Magyarul kardbafuttatás.

– No, azt a kardbafuttatást jól betanuljuk majd!

Malvina igen fel volt hevülve. Az asztalon állt egy kristály pohár, tele hideg vízzel, oda ment inni.

A kék ruhás jó tanácsot akart neki adni.

– Ne igyék ön most! Az veszélyes. Egészen fel van hevülve.

Malvina arcza egészen elkomolyúlt e szóra. Az a tekintet a mit a kék ruhásra vetett, tele volt keserüséggel.

– Boldog gyermek! A ki még nem tudja, hogy ez az egész élet nem ér egy ilyen jó pohár vizet!

S azzal fenékig ürítette a poharat.

Ez a szava a velőmön járt keresztül.

A túlcsapongó kedv után ez a keserű öngúnyolás.

S engemet ennek a csodálatos mágnesnek mind a két polusa vonz. Ha víg, ha szomorú, az nekem egyforma kín.

... Az ajtó előtt lépteket hallottam; Lemming jött. El kellett hagynom leshelyemet, a honnan e tündéri szinjátékot néztem végig.

S már most beszéljünk üzletekről, hivatalos intézkedésekről – a ki tud – nyugodtan.

313

A belépő bankár azzal fogadott, hogy nagyon örül a szerencsének, hogy őt meglátogattam. Kérdezte, hogy minek köszönje azt?

Egyike volt ez azon pillanatoknak, a mikben az ember lelke az egyenlítőtől a földsarkig befut egy egész világot.

E pillanat alatt sebesebben a villámnál kellett végigczikázni gondolataimnak attól, a mi egy percz előtt kísértett, addig, a mi mostan kísért; a kaczagó, könnyelmű tüneménytől a hidegen mosolygó alakig. És azután a felszívott gyönyörtől a lelkemet nyugtalanító utálatig: – és azután ismét vissza ez alaktól, ki kegyetlenül lesújtani vágyik minden ízem, vissza azon másikhoz, mely a kaczagás közepett elszomorodva mondja, hogy nem ér az élet egy pohár vizet; és azután ismét ide, az ellenfélhez, míg végre a közöny nyugalmában egyensúlyra találok.

Nem fogom ez embert pellengérre állítani. Köszönje jó angyalának!

Hiszen Malvint szomorítanám meg azzal.

Az összeg egy egész vagyon. Azt Malvintól venném el, ha boszúm szavára hallgatok.

Jól van, kegyelmet osztok ő érette.

Visszaadom a vesztegetésre adott pénzt a bankárnak, s nem szégyenítem meg a világ előtt.

De valaki előtt csakugyan pirulnia kellend! Ezzel a tromffal tartozom neki.

Mind ezt azon percz alatt gondoltam végig, a míg a bankár az ajtótól hozzám jött és üdvözölt.

– Kedves Lemming! feleltem neki. Ön engem valóban meglepett azon gyöngéd figyelemmel, a mit irántam tanúsított. Kegyed tisztelt nejének születésnapján nekem kellett volna az elsőnek lennem, ki őt üdvözölni siessek, nem megfordítva. A szép szivartartót igen kedves emlékül fogadom.

– No, és a szivarokat milyennek találja kegyed? kérdé Lemming bizalmas hunyorgással.

Közönyös arczot mutattam.

– Még nem próbáltam meg őket.

Erre szörnyen elmeresztette a szemeit.

– De tessék megpróbálni, kérem; mert kitünő szivarok, s nehogy elajándékozzon belőlük vagy egyet, mert kár volna értte.

– Majd megizlelem, ha hazamegyek, s estére elmondom felőlük véleményemet. Remélem, estére szabad lesz a nagyságos asszonynak születésnapján üdvözletemet személyesen átadni?

– Óh! épen én akartam önt erre felkérni. Egy theaestély baráti körben. És ha nagyságod elhozná magával a kedves Angyaldyt is, úgy még egy whisztpartie is ki lenne egészítve.

Angyaldyt is! Ez még jobb; ő is tanúja volt annak, mikor Lemming engemet megalázott Malvina előtt a pénzvisszautasítással, most legyen tanúja annak, hogyan fogom én megalázni Lemminget.

Ezzel a tromffal tartozom mind a négyünknek.

Tehát a viszontlátásig!

Tervem ez volt. Elviszem magammal a nekem küldött összeget s mikor négyen együtt leszünk, akkor en famille udvariasan lehordom Lemminget (ez az asszonyságnak is jó leczke lesz), s visszaadom a neje előtt a pénzét, tudatva vele, hogy fordítsa olcsóbb vállalkozásra birtokát, mint hogy hazafias gentlemanekat akarjon rajta vásárolni. Erre a czikkre még nincs árkelet. A vetőmag vállalatát nem bizzuk oly kezekre, a mik vesztegetésen kezdik.

Este elmentünk Angyaldyval Lemmingékhez.

Malvinával találkozva, őt igen szomorúnak találtam.

Egész este oly felötlően bánatos volt, hogy egy párszor meg kellett tőle kérdeznem, talán migrainje van? Arra tagadólag válaszolt, s erőtetni kezdte a jó kedvet, de sehogy sem ment; megint csak visszaesett búskomor mélázásába. Úgy látszott, hogy valami nagy szomorúsága van, hogy egész lelke tele van azzal a gondolattal: ez az egész élet nem ér egy pohár vizet.

Vacsora felett is olyan szótalan volt; oly láthatólag csüggedt és bánatos. A mit evett, ivott, mind azt látszott vele mondatni, hogy ez mind nem ér annyit, mint egy pohár víz, egy olyan pohár víz, a mitől az ember meghal.

Nekem sehogy sem akadt olyan alkalmas pillanatom, a melyben azt a tárgyat, a miért idejöttem, előhozhatnám.

Ennek a bánatos arcznak mondjak-e sértő gorombaságokat? Nem visszaborzad-e valaki attól, hogy egy fájó sebet megüssön?

Malvina búskomolysága engemet is levertté tett. Mindenki tudja azt, minő léleknyomás van egy panasztalanul búslakodó női arcz látásában. S ha ez arcz a mi kedvesünk arcza; s ha ez arcztól meg kell válnunk, a nélkül, hogy jogunk volna tőle megkérdeni: «Kedvesem, mondsza, mi fáj?» Ha hidegen jó éjt kell kivánnunk neki az elváláskor, és engedni őt egyedül távozni szobájába, azon remény, azon jog nélkül, hogy utána mehessünk, megkérdeni: «Mondd meg nekem, miért vagy szomorú?»

Nem volt bátorságom őt megbántani.

Pedig mentem ágyúk torka elé is, de ezen bánatos arczot megsérteni több bátorság kellett volna, mint a mennyi embernek adatott. Ördögnek, vagy fenevadnak kellett volna lennem.

Holnap egyszerűen vissza fogom küldeni Lemmingnek azt a pénzt, s levélben mondom el felőle véleményemet.

Ne ült volna csak az a nő ott velünk szemközt!

─────────

Eddig olvasta Angyaldy főnöke naplóját; a míg azt éjnek idején az irányadó egyéniség felhivatta magához.

Az irányadó egyéniségnek tudniillik az a mulatságos szokása volt, hogy ha éjjel nem tudott aludni, felhivatta magához a főhivatalnokait, a tanácsosokat, a rendőrfőnököt diskurálni; s ha rossz kedve volt, lekocsikázott éjnek idején a sajtóhivatalba: sorra fogta a hírlapok előleges átnézésével foglalkozó censori kart, s rettenetes autodaféket rendezett közöttük, ha valami tendenciosus czikket benne felejtettek valami ellenzéki lapban.

Tehát Harternek, a mint a naplóját megírta, menni kellett oda fel.

Angyaldy persze nem várta, míg visszakerül, hanem megtudva a megtudandókat, a mellékkulcs segélyével, felment saját szobájába aludni.

Másnap délelőtt találkozott ismét főnökével.

Harter Nándor a tegnapi estélyről kezdett vele beszélgetni.

– Lemmingnének úgy látszik, hogy nagyon rossz kedve lehetett tegnap.

– De én tudom bizonyosan, hogy rossz kedve volt.

– Vajjon mi baja lehetett neki?

– Én az okát is tudom, hogy miért volt rossz kedve.

No, no! Mikor Angyaldy úr annak az ő hármas lakat alatt tartott szájának megengedi, hogy elmondjon valamit, a mit még a kérdező nem tud!

– S ön tudná, hogy mi szomorúsága van Lemmingnének?

– Véletlenül tudtam meg; Lemming ügyvédjétől, a ki jó barátom.

– Tehát már ügyvédszájra került a dolog?

– Igen, mert pénz és perbefogás körül forog.

– Ah! képzelem: Malvina megint sok adósságot csinált, s a jó Lemming ki akarja őt ebből a betegségéből gyógyítani.

– De egész komolyan hozzáfogott a kúrához; pénztárnokának kiadta a rendeletet, hogy az asszonyság semmi árjegyzékét se fizesse ki.

– Most a sok divatárus aztán nyugtalankodik.

– Sőt fenyegetőznek, hogy beperlik az asszonyságot.

– No, azt Lemming nem engedi.

– Bizony nem tudom én. Agyafúrt ember.

– Egyébiránt nálunk nincs személyfogság adósságért.

– Ma nincs, holnap lehet: tetszik tudni, hogy a pesti nagykereskedők ostrom-petitióval készülnek a miniszteriumhoz, azt állítva, hogy ennek a sok napirenden levő bukásnak mind az az oka, hogy az adósokat nem börtönözik be; s a miniszteriumnak «most» csak egy ív papirosába kerül egy új törvényt alkotni a számunkra.

– Csak hogy odáig még jó messze van.

– Messze annak, a ki elég phlegmával bír a hitelezőnek semmi nógatása által magát fel nem veretni fektéből, hanem végigvárni az egész törvényes hadjáratot, minden perorvoslataival. Csak hogy Lemmingné nem bírt ezzel a nyugalommal, s a legelső kereplő hangra fel hagyta magát riasztatni. A mint egy hitelezőjének eszébe jutott a «Pester Lloyd» nyilttér rovatában a jól ismert figyelmeztetést közzétenni: «Frau M... von L... werden aufgefordert, hogy tudvalevő tartozását fizesse ki, ellenkező esetben az egész nevét kinyomatjuk», Malvina megijedt a botránytól, s a legközelebbi pénzzel, a mi a kezébe akadt, sietett betömni minden hitelezőjének a száját, részletfizetésre kötelezve magát.

– No azok hát legalább egy hónapig el vannak ringatva; addig meg majd csak változnak az idők.

– Csak hogy ez által még kényesebb helyzetbe hozta magát; mert az a pénz, a mivel a lármázók torkát bedugta, nem arra a czélra volt szánva. Azt ő ama jótékony női egylet megbizásából gyűjtötte az inségesek számára, melynek maga is bizottmányi tagja.

– Ez már baj! Ez már átkozott nagy könnyelműség.

– Lemmingné persze azt hitte, hogy erre a pénzre egy pár hónapig nem lesz szüksége az egyletnek. Az azonban látja, hogy a nyomor már a nyakunkba szakad, úton-útfélen lézengnek az éhezők, s rögtön meg akarja kezdeni az ingyenleves-főzést, s sürgeti a tagjainál levő pénzeket. Lemmingné megmondta férje ügyvédének, hogy milyen galibában van; s Lemming erre is vállat vont s azt felelte rá, hogy nem segíthet rajta.

– De hiszen ha azt megtudják, hogy ez az asszony elköltötte a jótékony czélra adott összegeket, az éhezőknek szánt falatok filléreit, örökre semmivé van vele téve.

– Ezt is mondta az ügyvéd Lemmingnek; erre is azt a feleletet kapta, hogy nem lehet rajta segíteni. Úgy látszik, Lemmingnél valami olyan nagy válság forog fenn, melyben az asszony hitele nem nyom semmit.

Harter ismerte ezt a válságot jól.

– És mennyire mehet az az elköltött összeg?

– Az ügyvéd azt mondta, hogy öt ezer forinton túl.

– Van nekünk pénzünk?

– Kevesebb a semminél. Azt tetszik tudni, hogy az idén nem termett semmink. Mindennel tartozásban vagyunk, a mit fizetnünk kellett volna. Csupán méltóságod állásának köszönhetjük, hogy embereink nem zúgolódnak. És egy egész évig nemcsak semmi jövedelem nem jön be méltóságod hivatali díján kívül, hanem még a felett az egész külső gazdaságot pénzen vett kenyérrel, pénzen vett szénával, szalmával kell végig kitartanunk. És én nem tudom, miből?

– Ah! Egy Harter néhány ezer rongyos forintért még nem akadt meg soha.

– Nem eddig. Mert kezünkben voltak az állampapirok, a mik Elemér örökségét képezik; most azonban, hogy az úrfi pert indított, ezek birói zár alatt állanak, s ezeket nem adhatjuk szokás szerint kézi zálogba. A bank senkinek sem hitelez Magyarországon, még az eddigi váltókat sem prolongálja.

– Hát a bankárunk?

– Az a bizonyos? A kinek huszonnégy perczentet fizetünk a váltóinkért? Az a legnagyobb könyörgésre szelídült meg odáig, hogy az eddigi kölcsönöket harminczhat perczenttel tovább is nálunk hagyja. Új kölcsönről azonban hallani sem akar. Minden garasára szüksége van. Egy bécsi consortiummal van valami nagy vállalata.

– Miféle vállalat lehet az?

– Azt is tudom. Több bécsi consortium concurrál azért az egy millió mérő vetőmag kiállításának elnyeréseért.

– De hát minek oda a pénz? A kormány maga adja rá a pénzt annak, a kit meg fog vele bízni.

– Hm! Vannak előleges kiadások ilyen eseteknél.

Harter sehogy sem akarta elérteni, hogy miféle kiadások lehetnek azok?

– Micsodák?

– Hát szekérkenőre, borravalóra.

– Szekérkenőre, borravalóra?

– Biz arra! «Wer schmiert, der fahrt!» Ezt tartja a bölcs német közmondás. Aztán a borravaló olyan dolog, a mit nemcsak az előszobában vesznek el, hanem a salonban, a bureauban, a boudoirban – még az audiencziateremben is.

Harter Nandor ajkai körül ideges rángások mutatkoztak. Az ő audienczia-teremében is ott feküdt az ilyenforma borravaló.

– Hát bizony ezt a jó bécsiek értik. És miután nagyon jól értik, kétségtelen, hogy ők fogják elnyerni a megbizást az egy millió mérő vetőmag iránt.

– Ön azt hiszi? Csak hogy másoknak is van még abba beleszólójuk.

Angyaldy nem folytatta a discursust; látott a levelezései után.

Főnökének mai napról szóló naplóját akár el se olvassa. Előre diktálhatná azt magának, a mit az most magában beszél.

«Ah! tehát a bécsiek! Ismét az a kapzsi Bécs! Itt is a magyar elől akarják elkapni a konczot! A mi kereskedelmünk rovására akarják a bécsit protegálni? Ezt már nem engedjük. Szeget szeggel! Hazám véres verítékét nem engedem az idegen által kiszivattyúztatni»... Et sic porro! stb.! stb.!

Harter Nándor bele fogja magába disputálni, hogy tiszta hazafiui kötelességet teljesít, midőn a hazai Lemminggel kiütteti a nyeregből a bécsi Lemmingeket.

Másnap reggel azt mondta Harter Angyaldynak:

– Én szerencsésebb voltam, mint ön. Kaptam kölcsönt. Itt van ezer darab arany. Vigye ön valamely bankárhoz felváltani.

Azután 12 órakor elment Malvinához látogatóba.

– Hallottam, hogy kegyed az inségesek számára gyűjt kegyes adakozásokat.

Malvina arcza e szóra elsápadt.

– Engedje meg, hogy én is járuljak ez összegekhez, s a kegyed ívére írhassam fel ezt az ötven aranyat.

Malvina előadta az aláírási ívet, s Harter beirta az ötven aranyat, azokat egy papircsomagba burkoltan az asztalra letette, s azzal eltávozott.

Malvina hirtelen fölvette az egész csomagot s sietett vele a jótékony egylet pénztárához. Ez az adomány jókor jött. A míg az elfogy, addig a többiért majd elvárnak.

Ott megmutatta az aláírási ívet, átadta a csomagot, s asszonyi fensőbbségi tudattal mondá a pénztárnoknak, hogy addig is vegye át ez összeget, míg többet hozhat. Sok nincs még befizetve az aláirottakból.

A pénztárnok kibontotta a csomagot, összehasonlította az ívvel s azután – visszaadott belőle Malvinának öt darab ezerest.

Malvina elbámúlt.

Hanem azután hirtelen eszére tért, hogy el ne árulja bámulatát.

Az aranyakat takaró papir öt darab ezeres volt.

Most vette csak észre, hogy mit hagyott nála Harter?

Ezt már most visszautasítani is késő lett volna.

– Oh! igen. Az az én saját pénzem. Észre sem vettem, hogy mind együvé volt csomagolva.

Boldog úrhölgy, a ki észre sem veszi, hogy öt darab ezerese hol hentereg?

Ezen már segíteni nem lehet. Szerencsétlenség biz az. Baleset! De valahogy csak eltűri az ember.

Úgy látszik, hogy Malvinának huszonhetedik születésnapjával igen szerencsés éve kezdődött. Néhány nap mulva Harter látogatása után Lemming úr nagylelkűségtől ragyogó arczczal sietett nejéhez és tudatá vele, hogy a kényszerített vesztegzár megszünt: most már ismét rendelet

323

van adva a pénztárnoknak, hogy ezentúl az asszonyság árjegyzékeit fizetheti. Ámbár ugyan csak egy harmadrésze sikerült a vállalatnak, mert kétharmadrészt más versenytársaknak kelle átengedni; de még ez is elég, hogy magunknak megengedjük azt, hogy urak legyünk.

Malvina nem tagadhatta meg magától azt az elégtételt, hogy azt ne felelje Lemming úrnak:

– Köszönöm, már nem veszem igénybe a szivességét!

Hát Lemming úr annak még jobban örült.

A kivívott sikert, mit Lemming úr fényes financztalentumának köszönt, pompás tánczvigalom avatta fel a feledhetlen napok közé: jelen voltak abban a kitünő celebritások s a főváros szépségei. Valamelyik helyi lap közölte is a toilettjeiket, s a menű franczia étlapját.

A NAZARÉNUS.

Megbocsát a tisztelt olvasó, ha most egyidőre lekantározom a pegazust, s elkezdem azt vezetni fékénél fogva a megtörtént dolgok tarlóin keresztül.

Tele van ez a tarló tövissel és virággal: tövissel, mely még most is sebet ejt, s virággal, mely még most is illatos.

Egy borzasztó tél áll előttünk; nem a képzelem: az emlékezet előtt.

Nincs emberi phantásia, mely egy új vonást tudjon hozzáadni azon borzasztó képhez, a mit a tények jegyzetei apróra kirajzoltak.

Csak azt szedem sorba, a mit az akkori tudósítások egybehalmoztak.

Több mint két millió embernek nem volt egy falat kenyere a tél kezdetén. Az egész alföldön egyedüli tüzelő szer a szalma; tehát fűtőszere sem volt; házi-állatjain rég túl adott; hitelbe nem kapott senkitől.

Hogy kenyeret kaphasson: elvesztegette ágyneműit, butorait, utoljára öltözetét. Ha vevője akadt, eladta házát, eladta telkét, annyi árért, a mennyi elég volt családját az éhhaláltól megmenteni.

Egész falvak népsége felkerekedett, elvándorolt harmincz, negyven, ötven mértföldnyire; a Tiszán túl: a székely földig, a Dráváig. A házakat otthon betapasztották agyaggal; ajtót, ablakot beraktak.

És ha olvassátok azt a rettenetes étlapot, az «éhhalál

étlapját», a mivel szolgál azon időkből minden hírlap: azt hiszitek, hogy az álom! Porrá őrölt tengeri csutkák, mint liszt; keserü lapu, bogáncs, mint főzelék; a vadrepcze levele, a lósóska gyökerei, fürészpor, a szeszgyárak mosléka, hulladékok, mik undort gerjesztenek; ragály-tenyésztő tápszerek, miknek nyomában terjed a fekély és a süly. Temesből azt írják, hogy ott már a kutyákat kezdik lelövöldözni és megenni; sőt egy más helyről az van feljegyezve, hogy ott a nép agyagból készít golyócskákat, s azokat nyeldesi; ott már a földet eszik! Közbe-közbe aztán olvasható a kormánylapban egy-egy különös gourmandise, ajánlva a kormányi szakácskönyvből a nép konyhája számára: hogyan lehet eldobált csonthulladékokból és korpából igen ízletes levest főzni. Ilyen étlappal szolgált az a rettenetes tél, mely a fehér abroszt felteríté az ország számára. Jól járt, a kinek ez már szemfödele volt.

No de még erre mind azt mondta Budavára: nem nagy baj az. Legalább megszelidül az a nyakas nép. Ni, hogy tud könyörögni mostan!

Azért csak nem hal meg senki éhen. Mert ha egynek nincs, van a másiknak: ha nem kap tőle, majd lop tőle Az urak bánják meg. Ezek a nyers, nyakas földesurak, a kik nem akarnak meghódolni az állam mindenhatóságának. Remegnek most! Mert ha oda nem adják az utolsó fillérüket is az éhező népnek, az megeszi őket magukat. Hadd remegjenek! Hadd egyék meg őket!

És azok oda is adták. A hol az inség árterén nemesi udvartelek volt, a hol papi jószág volt: rajzott ki s be ottan a nép. S az éhező nép oly szelid volt, oly bánatosan önmegtagadó, hogy nem követelt, nem zajongott, nem rabolt. Két millió koldus között nem volt tolvaj.

Hanem egyszer azután az udvartelkek hambárai is kifogytak; a zárdák, a szerzetek pinczéiben sem volt semmi kiosztani való: a megnyomorodott vidéken nem volt már úr!

Hanem azt nem hitte senki. Legkevésbbé az irányadó körök.

«Firlefáncz!» «Nem látott még senki éhen meghalt embert Magyarországon».

Egyszer aztán bekövetkezett, hogy azt is lásson valaki.

Nem valami lázító rebellis, ki szereti a hatalmasokat rágalmazni – egy derék ájtatos zárdafőnök írta meg a legszelidebb kormányhű lapban azt a hírt, hogy Szolnokban egy családapa meghalt éhhalállal. Harmadnapon ujra írt ugyanazon kegyes papi személy, hogy ma ismét három áldozata van az éhségnek: egy anya, ki összekoldult falatjait folyvást gyermekei között osztá ki, maga meghalt éhen; egy szorgalmas kézműves, ki koldulni szégyelt, hat napig nem evett, a hetediken meghalt; egy más kézműves családapa, ki gyermekeinek nem tudott enni adni, hogy ne lássa kinlódásukat, felakasztotta magát. A többi nép látja már, hogy nincs kitől koldulni: nem sír, nem zugolódik, hanem csak kifekszik az ajtók elé; eldülöng az utczán; jár csoportostól, mint búcsunapján; odamennek papjaikhoz a halotti szentségeket felvenni, s aztán járnak végig az utczán, temetési zsolozsmákat énekelve!

Mintha arczul vágtak volna minden embert ezekkel a hírekkel. Mint az itéletnapi szemrehányás hangzott az mindnyájunk lelkén keresztül, kiknek még egy fölösleges pénzünk van s nem sietünk azt küldeni haldokló népünk segélyére.

Semmit sem csodálkozom rajta, hogy maguk az irányadó körök is éreztek valamit ez országos arczulüttetés pirjából; s egészen megmagyarázhatónak találom azt a kedélyállapotot, melyben Harter Nándornak meghagyatott, hogy az esetről szigorú vizsgálatot vezessen; mely vizsgálat azon

327

megnyugtató helyreigazítást eredményezte, hogy a kormány parancsára sírjaikból felásott halottak a kormány orvosai által felbonczoltatván, kiderült, hogy azok ugyan teljesen nélkülöztek minden tápszert napok óta, de azért még sem úgynevezett éhhalállal, hanem csupán orvostanilag correct kifejezésü «végelerőtlenedés» következtében haláloztak el. És azontúl rendelet adatott ki a községek jegyzőinek, hogy ha még valamelyik azt meri a felküldött tudósításában állítani, hogy az ő falujában valaki meghalt éhen: rögtön elcsapatik, becsukatik. A szerkesztők pedig értesíttettek, hogy a melyik egy éhen meghaltról említést tesz a lapjában, bizony maga is részesülni fog a kormány kenyerében, a mit tudniillik a rabok kapnak. Mely erélyes intézkedések folytán természetesen emberi lehetetlenség volt valakinek éhen meghalni az országban.

A rémzaj azonban felkölté az alvó közszellemet.

«Segíts magadon!» ez lett a jelszó.

Még mindig semmi költeményt nem kell felidéznem: a múltnak fényes adatai beszélnek.

Minden városban, minden faluban, hol boldog emberek laktak, egyszerre felhangzott a buzdító szó: oszszuk meg boldogságunkat azokkal, a kik éheznek, fáznak, kétségbeesnek.

Az ég minden cherubinjainak dolgot adott feljegyezni az Úr aranykönyvébe a neveket és tetteket, a mik e szomorú napokat átragyogták: a főúrtól kezdve, ki ezer mérőjével küldött lisztet, gabonát a szűkölködőknek, a szegény kondásig, ki egész évi bérét, ötven forintját küldé el számukra; a bájos úrnő csókjától, mely ezer forinttal lett megváltva, a szegény paraszt szolgáló kézszorításáig, melylyel a bazár tisztelt védasszonyának kezébe nyomta egyetlen ezüst huszasát, melyet addig csodának tartogatott.

Urak és úrhölgyek elindultak végigkoldulni a városokat, inséges honfitársaink számára; diákok és mesterlegények szedegették össze egymás között a filléreket. Okos emberek, komoly urak, nevelt kisasszonyok tanultak be színdarabokat, játszottak, énekeltek, deklamáltak; a hol az nem volt, tánczot rendeztek, s mint az olasz, ha a tarantula megcsípi, addig tánczol, míg eltánczolja a mérget: addig tánczoltunk, míg összetánczoltuk a pénzt.

Kinek nem maradt meg emlékében a pesti női bazár?

Vannak álmok, a miket soha el nem felejtünk.

Ilyen álom az, hogy volt egy keleti fényű bazár a Dunaparton, annak két sor boltjaiban a világ legszebb hölgyei árultak csemegét, piperét, illatszert, emléket, csecsebecsét; szépségek, kiket rang, vagyon, szívnemesség emelt ki; s kik most ide álltak szolgálni a közönségnek s töltögetik a poharkát; tiz krajczárért a szegény diáknak, – száz forintért az uraságnak...

– Ugyan mire való az a nagy zaj és pénzgyűjtés? – kérdezé az irányadó körök vezéregyénisége.

– Én azt hiszem, magyarázá Harter Nándor, hogy ez csak álarczos játék; bizonyos malcontens körök ezen ürügy alatt gyűjtenek pénzt forradalmi czélokra, fegyvervásárlásra, toborzásokra.

Harter Nándornak kellett hinni, a mit mondott.

Amaz elégületlen körök azonban nem vásároltak az így összegyűjtött pénzen sem fegyvereket, sem egyenruhákat, hanem lisztet és gabonát, és miután a pénzhez nem volt már bizalma senkinek, mindjárt in facie loci kenyeret süttettek belőle, úgy küldözték azt ezerével, hajó teherszámra az inséges vidékekre; népkonyhákat, közkemenczéket állítottak fel; az egyikhez az asszonyságok, a másikhoz a táblabirák odaálltak maguk, a főző kanállal, a sütő lapáttal; maguk merték az ételt, maguk szeletelték a kenyeret a szükölködőknek, s dicsőség adassék a nemzetnek: nem is halt meg azontúl éhen senki nagy Magyarországon.

De hát az irányadó körök? Azok is csak tettek tán valamit? Hiszen húsz millió forint országos kölcsön állt rendelkezésökre!

Arról, a mit ők tettek, hadd ne beszéljek én. Hadd mondja el helyettem e birálatot a rákövetkezett évek országgyülési naplója:

«Nem tudjuk-e, hogy 1863-ban mily áldásdúsan osztogatta a kormány malasztjait? (így szólt egy képviselőházi szónok) hogy hány retortán ment keresztül az élelemszer? úgy, hogy a buzából végre zab lett, s mikor elvetették, még ki sem kelt; a pénzek pedig enyvesekké váltak, s nagyon kis mértékben mentek a szegény szenvedők zsebébe, és csak azért jutottak oda, hogy az elrendelt fináncz által rögtön visszavétessenek és oda vitessenek, honnan ezen könyörületesség került. A visszaélések ezer neme gyakoroltatott».

De – bocsánat.

Most veszem észre, hogy egy baloldali tag beszédéből találtam idézni. Ej, ej! legyünk igazságosak. Mit mondtak erre a másik oldalon?

Halljuk a higgadtabb hazafiak véleményét.

Egyik így szólt:

«Nem akarok szólani az 1863-iki visszaélésekről. Kétségtelenül számosak voltak azok, helytelenül volt vezetve az egész, és azt hiszem, hogy azok az emberek, a kik az éhező ember szájából lopták ki a kenyeret, nemcsak tolvajok

330

voltak, hanem szentségtörők is! Teljes a hitem, hogy okulva a szerencsétlen példákon, a mik akkor történtek, a fejedelem oly férfiakat és eszközöket fog választani, a kik ily alávalóságokra nem lesznek képesek. És ha volna olyan, ki erre képes lenne, hiszem, reménylem és megvárom a fejedelem igazságszeretetétől, hogy ezeket hatalmával büntetni fogja. És büntetni fogja őket az ország gyülése, és ha annyira eltompult volna lelkiismeretök, hogy az nem szab reájuk büntetést és annak kínjait nem értik, – büntetni fogja őket a nép átka!!!»

És a ki ezt így mondta, az nem volt heves fejű lázító, nem volt meggondolatlan ifju, nem volt képzelgő poéta: – az Deák Ferencz volt.

Világosiéknál is minden nap négy szegény inséges ember kapott ebédet.

Sokan voltak a fővárosban, kiknek neveiről hallgatnak a hírlapok, kik titokban, senkitől nem magasztalva, szedték fel, úton-útfélen a dülöngő éhezőket s részesíték saját kevesükben.

Böskének meg volt mondva, hogy mikor a piaczi bevásárlásról hazajön, négy szegény embert is hozhat magával, a kivel a család ebédjét meg fogja osztani.

Böske nagy örömest járt el e hivatalban. Inkább lealkudott néhány krajczárt a kofáknál, s lelkesen beszámolt vele, csak hogy az éhezőknek jusson.

Egy kis kedélyes önzés is volt részéről ebben a nagy barátságban.

Az forgott mindig a fejében, hogy lehetetlen ebben az

inséges időben az ő pufók Marczijának azt a végzetet kikerülni, hogy orczájának kerek kidudorodásai helyet ne adjanak a sanyarú éhség aszott redőinek. Hátha a között a sok rongyos koldus között, a ki a Dunapartot ellepi, egyszer csak ráakad a saját Marczijára, s akkor azt oldalba döfve könyökkel, így szólhat neki: «No lélekadta, gyere velem. Lakjál jól!»

Mindennap kereste Marczit; de csak nem volt az ott.

Pedig kezdett már az egész ország koldussága a fővárosban összecsoportosulni.

«Lehetetlen pedig, hogy ez a Marczi most valahol bottal, tarisznyával ne járja az országot! A ki még akkor is restelt dolgozni és serénykedni, mikor könyökig turkálhatott a lebbencsben: lehetetlen, hogy most, mikor a munkáért senki sem ád enni, legalább azt az édes visszatorlást ne szerezze magának, hogy neki induljon az okadatolt koldulásnak».

Már hiszen itt még lehetne belőle valamit faragni. Marczi lehetne dunavizes ember, Böske dunavizes asszony. Ez igen solid társadalmi állás. Nincs a divatnak alávetve. Egy szamár, hat puttony, egy talyiga, hamar be van szerezve.

Ilyen álmai voltak Böskének, mikor a piaczra kijárt.

Hanem Marczit csak nem lelte a koldusok között.

Egy szép reggel, mikor épen hazatért a bevásárlásból, a mint a konyhaajtón belép, ime, kit lát ott ülni a lóczán? A rég keresett Marczit, meg Mihály bácsit, a hajdani öregbérest.

Hanem Marczi szolgám épen nem volt koldusnak öltözve, sem elsoványkodva: ellenkezőleg igen tisztességes új ruha volt rajta. (Új ruha ebben az esztendőben, mikor a devecseri vásár elmúlt a nélkül, hogy egyetlen egy

332

pruszlikot eladtak volna a szabók a sátorok alatt.)

Böske nagyot rikkantott örömében, a mint Marczit meglátta Mihály bácsival együtt. Nagyot ütött tenyerével Marczi hátára.

– Hát kenteket mi hordja itten? Adjon Isten!

Marczinak már kiszaladt a száján a jónapkivánás fele, de Mihály bácsi visszarántotta belé a szót.

– Fiu, vigyázz! Tudod, hogy nekünk nem szabad senkinek jó napot kivánnunk. Mert nem illik, hogy az Úr Istennek parancsolgasson az ember; aztán meg egyik ember olyan, mint a másik. Az sem szabad, hogy kiválogassuk az emberek közül, hogy melyiknek kivánjunk jót. Mink nem köszöntünk senkit, se az utczán, se a házban.

– Ejnye! kiálta fel Böske, hát ugyan miféle szerzet kentek?

– Mi, leányom, názárénusok vagyunk.

Böske nagyot bámult erre a szóra; sohse tudta ő, hogy mi az?

– Bánja a kánya! Legyen kentek, a mi akar. Hanem azért üljenek le ide a tűzhely mellé. Mindjárt szaladok egy kis papramorgóért, itt van a szatócsboltban.

Marczinak a szája állásáról lehetett látni, hogy biz a jó lesz: de Mihály bácsi nagyot csóvált a fején, s megfeddé a leányt.

– Ej, ej, leányom, hát még azt sem tudod, hogy a názárénusok nem isznak pálinkát?

– Hát mit?

– Mikor megszomjaznak, vizet. Arról ismerhetsz rá a názárénusra, hogy az nem iszik mást, csak vizet.

333

– No ez hát jámbor szerzet. Azonban csak mégis üljenek le kentek nálunk.

– Le se ülünk leányom, mert nekünk nem szabad addig leülnünk, a míg a dolgunkat el nem végeztük; most pedig dologban járunk itten.

– Dologban? ugyan mi dologban?

– A Marczi fiam számára akarunk téged testvérül megkérni.

– Testvérül?

– No az názárénusul van mondva; voltaképen hát: feleségül.

– Né te né! Hogy meg akarják kentek tréfálni a szegény ember leányát. Mintha nem tudnám, hogy Marczi még a sorozás alatt van, s addig össze nem ád bennünket a pap, míg a regementtől vissza nem kerül.

– Nincs mi nekünk semmiféle pappal dolgunk. A názárénusoknál minden háznál a legöregebb férfi maga a pátriárka. Mi paphoz nem megyünk, templomba nem járunk.

Böske összecsapta a kezét.

– Hát akkor kentek pogányok! Hát hol tanulták azt kentek, hogy nem kell se pap, se templom?

– A paptól tanultuk a templomban. Látod, leányom, azelőtt, a régi jó világban, ha az ember a templomba ment, ott hallott szent beszédeket a bibliából; ha pedig meg akarta hallani, hogy mit rendel a szolgabiró, felment a községházához, ott kidobolták, meghallhatta: most pedig, valahányszor valami új kormány-regula jött onnan felülről, a papra parancsolták rá, hogy prédikáljon a felől, mint

334

valami üdvösséges dologról a kathedrából. Az emberek eleinte azt vették fel, hogy elkezdtek összefeleselni a templomban, aztán kimaradoztak a templomból, összegyültek a malom alatt; azt mondták: minek menjünk mi amoda, ha ott nekünk a mennyország helyett a földi pokolban mutogatják a mi üdvözülésünket? A hatalmasok adtak ki egy kátét, annak a neve «Polgári katechismus», ezt tanították az iskolákban. Mi volt abban a kiskátéban? Eleitől végig az: hogy a ki az adót nem fizeti, a ki a zsandárt, fináncot nem tiszteli, a ki az idegeneknek nem engedelmeskedik, az nem üdvözül; hogy csak az a jó ember, a ki a maga vérét gyülöli. Ettől aztán a gyermekek is kimaradtak az iskolából, s szaporodtak a názárénusok. Kiki imádkozik magának otthon; s a gyerekeik ne tudjanak inkább semmit.

– De hát aztán ki esket bennünket össze? nyilvánítá Böske legfőbb nehézségét ez új tan ellenében.

– Én magam adlak benneteket össze! szólt erre kenetteljes hangon Mihály bácsi. Mert én vagyok ezen fiatal férfiunak pátriárkája.

– Hát tud kend esketni?

Mihály bácsi komoly mosolygással rázta a fejét.

– Leányom, a názárénusok nem esküsznek soha. Mert senkit sem szabad arra kényszeríteni, hogy valamit elmondjon, a mit különben nem akarna elmondani; vagy valamit megtartson, a mit különben nem tartana meg. Nézd meg, mi van az adó-bevallási ívre írva: «Minden ember tartozik eskü ereje alatt bevallani igazán, mi jövedelme van?» A názárénusokat ez tanította meg, hogy esküdni nem jó. Én összeteszem a kezeiteket; elmondom, hogy: te Marczi már most Böskének a férje vagy; te Böske pedig ezentúl Marczinak a felesége vagy; s nem fizettek érte semmit.

335

– Jaj, Mihály bácsi, ez nekem mégis nagyon kevés czeremónia. Így én mégis szégyenlenék főkötő alá jutni. Nem is hinnék, hogy asszony vagyok. Hát aztán ki kereszteli meg a gyerekeket?

– A legvénebb a háznál. Ád nekik nevet is. A názárénusok csak egy nevet viselnek; az apja nevét senki sem veszi át.

– Mi a hét csodáért?

– Azért, hogy a hagyaték miatt el ne igazodjék közöttük a fináncz.

Böskének nyitva maradt a szája e magyarázat után, Mihály bácsi vette azt észre s nagy elégült ravaszsággal mondá:

– Oh! a názárénusok vallásának mindenben megvan a maga oka. Hiába, ok nélkül nem vettek ők be semmit. Hogy az apa hagyatéka miatt meg ne fináncholhassák a fiut, senki sem visel mást, csak keresztnevet; a vezetéknevét elhagyja veszni minden názárénus.

– Hát kenteknek még mátrikulájuk sincsen?

– Épenséggel nincsen. Azért nem visszük épen a paphoz keresztelni a gyermekünket, hogy ne legyen beírva a nevük abba a nagy könyvbe, a honnan ujonczozáskor csak ráolvasnak a fiatalságra, hogy ki következik a korosztályban? A názárénusok gyermekeit nem kapják meg: azok sehova nincsenek felírva. Hiába is vinnék el őket katonának: a názárénusoknak tiltja a hitük a verekedést, még káromkodniok sem szabad. Ugy-e, Marczi fiam? erről szoktunk el legnehezebben. Azért nem szabad bort innunk, hogy a veszekedés lelke fel ne támadjon bennünk. Ha megüt valaki, el kell tűrnünk; nem szabad haragudni érte. Ha pedig erővel elhajtanak a háborúba, ott sem veszi hasznunkat a német: a názárénus katonának a puskájába megfordítva kell leverni a töltényt, hogy el ne süljön; s ha közelít az ellenség, eldobni a puskát és elszaladni.

Böske még a kifutó leves sziszegését sem vette észre, úgy elbámult mindezeken.

Valami jutott mégis eszébe.

– De hát ha kenteknek valami bajuk van egymás között, kihez mennek panaszra?

– Se biróhoz, se fiskálishoz. Nálunk nem szabad pörlekedni. Minden ember vigyázzon magára, hogy meg ne csalják. De minek is csalnánk meg egymást? Nálunk nem szabad senkinek se gazdag embernek, se szegény embernek lenni. A kinek többje van, mint a mennyi szükséges, tartozik odaadni annak, a ki kevesebbel bír, mint a mennyire szüksége van. Egyik ember nem hagyja el a másikat. Látod, mindenütt nyomorúság van, ugy-e? s mink milyen szép díszes öltözetekben jöttünk ide. A testvérek ruháztak fel. Minden ember úgy híja egymást, hogy testvér. A testvéreknek nem szabad bélyegpapirost használni, nem

337

szabad pörlekedésért fizetni.

– Az is a vallásukban van kenteknek, hogy nem szabad fizetni?

– Soha és senkinek. Nekünk nem szabad sem adót, sem bordézsmát, sem papbért fizetni.

– Hát ha executióval keresik?

– Akkor odaadjuk a kulcsot a hatalmasnak: itt van, nyissa ki a ládánkat, vegye ki belőle, a mennyit akar; de mi nem fizetünk.

– Hát a kinek adóssága van, az sem fizet?

– Nem szabad adósságot csinálni. Egy názárénusnak nem szabad odatenni a nevét semmi írás alá, a minek fizetés a vége.

– De mikor szűrt, kalapot, dohányt akarnak venni, akkor csak fizetnek talán?

– Azt nem nevezzük fizetésnek, hanem csak cserélésnek. Cserélünk buzát pénzért, s cserélünk pénzt kalapért. Dohányról pedig szó sincsen. A hatalmasok kitalálták a trafikot, a názárénusok pedig kitalálták azt, hogy nem szabad pipázni. A mi hitünk excommunikálja a dohányt.

– De már akkor mégis hatalmas emberek kentek! A Pista kocsis, tudom, hogy nem állna ebbe a szerzetbe.

– Pedig ő is velünk vagyon, és nem dohányzik.

– De már akkor közel van az itélet napja.

– Oh, leányom! Nem tréfa ez a mi dolgunk. Igen sokan vagyunk mink már! minden városban ott van a székünk és lehetetlen ellenünk valamit tenni, mert mi nem bántunk senkit; csak azt teszszük, hogy nem látjuk és nem halljuk

338

azt, a mit hozzánk beszélnek és nekünk mutogatnak. Szaporodunk mink erősen, mert minden buzgó szolgája a világi hatalmasságnak a mi apostolunk. Maguk sem tudják, de azok viszik városról-városra a názárénusok kis-kátéját; nincs is az kinyomtatva semmi nyelven, mégis olvassák magyarok, ráczok, oláhok, tótok és németek, bárha olvasni sem tudnak.

– No, ezt a bajukat végezzék el kentek a hatalmasokkal; hanem nagyobb annál az a baj, a mit én velem kell elvégezniök. Ha már engem csak úgy kend ád össze a Marczi bátyámmal, a kinek még majd a nevét sem hordhatom, mert ő maga sem hordja; aztán egyszer a Marczi meglát egy másik leányt, a ki nálamnál szebb, s akkor elmegy kendhez és azt mondja: pátriárka uram, én most meg ezt a másik leányt óhajtanám testvérül venni: mi lesz akkor?

– Semmi baj se lesz. Én azt a másik leányt is odaadom neki testvérül.

– Mi a gutát? Hát aztán egy háznál leszünk két asszony?

– Két testvér és egy bátya. Ellenben neked is szabadságodban áll, ha egy másik tisztességes ifjuval megismerkedel, nekem bejelentened, hogy egy másik testvéred is támadt, s én azzal is összeadlak.

– S akkor lesz mindenikünknek két férje s két felesége?

– Ez a názárénusoknál valóban így van. S azt a názárénusok nem titkolják, sőt nagy erénynek tartják. A nemnázárénusok is cselekszik ugyan ezt, de titkolják és bűnnek nevezik; hanem azért szeretik tenni.

Böske megfogta Marczi gallérját s azt súgta neki:

– Te Marczi, valamit akarok neked mondani titokban

Mihály bácsi azonban közbevetette magát.

– Csak mondd előttem, édes leányom. Mert hiába mondanál neki akármit titokban. Egy názárénus tartozik mindent elmondani a pátriárkája előtt, és mindent elhallgatni a hatalmasok előtt, még ha kínpadra húznák is.

– No hát elmondom fenhangon, a mit akarok. Te Marczi, hagyd ott ezt a bolond szerzetet: akkor rád várok, ha hat esztendő mulva kerülsz is elő; s akkor kezdünk valamit abból, a mit megtakargatok; de ha ott maradsz a názárénusok közt, Isten ugyse, kiöklek az ajtón.

– Juj! te leány, ne esküdjél oly pogánymódra! szörnyedt fel rá Mihály pátriárka.

– De még többet is elmondok kenteknek! szólt a leány, s felgyűrte a két inge ujját a válláig. Azt mondom kenteknek, hogy kentek nemcsak bolondok, hanem rossz emberek is. Ha kenteket megharagította a templomban a német kormány: az ősi valláson kell-e azért boszút állni? Majd én olyan bolond leszek, hogy mikor én itt a főtisztelendő úr aranyos szavait hallgathatom, a kend szamár prédikáczióját fogom magamba bevenni! Azokat az istenes légátusokat, azt a dicső beszédű káplánt kentek valamennyi pátriárkájáért nem adom. A rektortul a gyereket, ha lesz, el nem fogom; mert a ki épen csak beszélni tud, egyebet semmit, az a Bálám szamarával áll egy rangban, az is tudott beszélni. Hogy kentek semmi dologban sem akarnak fizetni, az kenteknek jó; de minthogy a hatalmasok azt, a mit kentek nem fizetnek, csakugyan megveszik másokon: tehát nem a hatalmasokat truczczolják meg, hanem más becsületes embereket terhelnek vele. Az egész vallásukkal úgy vannak kentek, mint az egyszeri fuvaros a kocsi-üléssel, a ki azt mondta, hogy «németnek csinálta»; szálljon le róla az utazó, ha magyar, annak másként csinálja meg. Mi lesz a názárénus hittel, ha egyszer magyar világ lesz? pedig én hiszem az Istenemet, hogy lesz! s ha akkor a magyar hazát kell ellenség ellen oltalmazni? Mit? ha én nekem akkor názárénus volna az uram, vagy a fiam, s azt mondaná, hogy neki tiltja a vallása a verekedést; ő nem foghat fegyert a saját hazájáért, ő nem ölhet ellenséget: kendert kötnék rá, guzsalynyélnek használnám az ilyen pipogya férfit, s magam venném vállamra világ csúfjára a mangalétát. Azt pedig kereken és czifrára kimondom kenteknek, hogy ha én valakinek hites felesége vagyok, nem nézem: názárénus, nem názárénus? tiltja neki a hite a káromkodást, veszekedést? de ha nekem a szomszéd asszonyra mer pislogni, s az meg ő rá: összekáromítom a lelkét, betöröm az orrát, letépem a kontyát, az egyiknek úgy, mint a másiknak, így szentelem fel a názárénus kátét; átkozott Pontius Pilátusra esküszöm kenteknek!

Erre a legnagyobb méregből hirtelen átcsapott a kedélyességbe a bőszült amazon.

– No már most mondják meg kentek, hogy csak tréfáltak azzal az egész názárénuskodással.

A két férfi csak némán rázta a fejét.

Erre Böske megint dühbe jött:

– Micsoda? Hát igazán beszéltek? Hát te Marczi? Te egész valósággal mertél engem feleségül kérni csak úgy esküvő nélkül? Merted te azt? Te? Te názárénus feleségnek mertél engem megkérni?

Marczi hüledezve huzódott a fal felé a nagyon is erélyes kérdések elől, s olyasmit hebegett, hogy: «Biz igen!»

– No hát nesze! – názárénus kézfogó!

Már akkor nagyot csattant a jobb tenyere Marczi pofáján, és a bal tenyerének is volt még számára válasza, a mit Marczi aligha fogadott volna már názárénusi lemondással; sőt nagyon is nézett a csipővas felé, s közel volt hozzá, hogy minden názárénusi erénye összeomoljon; azonban hirtelen közéjük lépett Mihály pátriárka s így szólt a leányhoz:

– Ne bántsd ez ifjut, leányom! ő még ujoncz; ha valakin tölteni akarod haragodat, ime, itt vagyok én: a pátriárka. Tartom ütésed elé az arczomat.

Böske meg akarta mutatni, hogy vele nem jó tréfálni, s a bal tenyér adományával Mihály bácsi orczáját tisztelé fel.

Csak akkor hüledezett azután el, mikor látta, hogy ez a nagy izmos ember, kit ő mint híres verekedőt ismert még nem rég idő előtt, az arczulütésre meg sem hunyorítja szemét, hanem nagy nyugalommal azt mondja rá: «Köszönöm, édes leányom! Ez ütés által megkönnyítetted a magad lelkét s diadalt szereztél az enyimnek. Legyen neked megbocsátva. És már most, hogy lásd, miként a názárénus is tud olvasni s előadja az eldugott pénzét, ha szüksége van rá a közönségnek: ime, én olvastam, még pedig ujságból, hogy a te kisasszonyod (az ég áldja meg őt egykor valami derék názárénus férjjel!) az inségesek számára pénzt gyűjt; én hát a mit eddig szolgálatomból megtakarítottam, elhoztam: add át neki!»

És azzal letett az asztalra ötven forintot.

Böske elámult. Most már kezdett megijedni a félelmes embertől, a ki a pofonra ötven forinttal felel.

– Meg ne köszönd, mert nekünk köszönést nem szabad elfogadnunk. A nevemet ki ne tegyék, mert azt egy názárénusnak nem szabad híresztelni, ha valamit adott. Fiam, Marczi, kövess!

Marczi engedelmeskedett és rá sem mert nézni Böskére, mikor eltávozott.

342

Ime, az új vallásfelekezet, tisztelt irányadó urai egy szerencsétlen korszaknak. Egy új vallásfelekezet, melyet önök teremtettek meg!

Önök odafenn politikát csináltak a vallásból, s ezek idelenn vallást csinálnak a politikából.

Minden, a mit önök hímeztek a szőnyeg egyik oldalán, a túlsó oldalon, mint megfordított torzalak, tünik elő.

Minden, a mi abban őrültség, csak felelet egy őrült kérdésre.

Vallássá van benne emelve az a tan, hogy az egyéni jólét az élet egyedüli czélja; a haza, a közügyek, a szabadság iránti tartozásokért nem kell lelkesülni senkinek.

Nem önök vetették-e el azt az átkozott magot, melyből ez a tan felburjánzott? Nem önök irtották-e ki a haza iránti szerelmet, a közügyekérti buzgalmat, a szabadság utáni vágyat?

A názárénus nem lövi el a fegyvert a harczban! vallása tiltja. Nem önök csinálták-e ezt a vallást?

A názárénus azt mondja: «A nép ne adjon az államnak semmit!» Nem az önök tétele-e ez megfordítva: «Az állam ne adjon a népnek semmit?»

A názárénus azt mondja: «Az állam nem a mienk». Nem visszhang-e ez az erdőből az önök kiáltására: «Az állam egyedül a mienk?»

Megcsalni, megkárosítani az államot, a hol lehet; eldugni, eltitkolni, eltagadni előle, a mit lehet; ellenségnek tekinteni azt, s mindenütt sánczot, árkot, farkasvermet húzni ellene: rettenetes tan! Lázadás ez a haza ellen. De a

343

tanítványokat itéljük-e el elébb, vagy a mestereket?

Nem venni a családi életet semmibe! Közös birtok a szerelem! Erény nincsen! A női szív olyan: adom, veszem. A született gyermek csak kárvallás annak, a ki tartja, nyereség, ha születésekor meghal. Ez a názárénustan. Gyilkosok tana! De ha az új Malach-Hamovesh angyal kezébe venné a pallost a büntetésre, hol kezdené el az írtást: a szalmakunyhók alatt-e, vagy az aranyos kilincsek ajtain belül?...

... Apropos, «arany kilincs!» Harter Nándor ez inséges esztendőben egész appartementját újra bútoroztatta; az ócska képek helyébe (ócska hazafiak; lásd IV. fejezet) szerzett híres művészek remekét, drága majolica-edényeket, etrusk vázákat, celta régiségeket, római camækat, vert ezüst műveket; szobái invitálták a belépőt csodás, meglepő látványokkal, így szólva hozzá: «mindenüvé bámulhatsz, csak a gazdánk szemébe ne!»

Oda valóban jó volt nem bámulni egy idő óta.

Tessék elhinni, csak az első lépés esik nehezen.

Férfinak, asszonynak.

Csak az első szégyenletes ajándékot elvenni kerül lelki izzadságba; a többi már nem okoz fájdalmat.

Azt hiszi a vízbe ugró, hogy hiszen majd feneket érek, s onnan felküzdöm magamat, a mikor akarom, s kiuszom a partra.

De csalatkozik!

Mert nem talál vízfeneket, hanem hínárt, mely befonja és lassan húzza lejebb, mindig lejebb, míg végkép elnyeli.

Óh! ebbe a hínárba de sokan belefulladtak már!...

344

A FÖLD MÁSIK OLDALÁN.

Undorodol már e légkörtől, tisztelt olvasóm? Én is!

Fojt, elüli a keblet ez a közelmúlt emléke. Minden idegünk érzi azt a fájdalmat, a melyben akkor betegek voltunk.

Jer velem egy szabad lélekzetet venni. Odáig takarjuk el arczunkat, ajkainkat, hogy a midőn egy merész röpülés után a föld másik oldalára érünk, azt mondhassam: nézz ide és szídd tele kebledet a levegővel.

A mit látsz magad előtt, az egy borzasztó mocsár, melyből méreg-illatú magános fák merednek elő. A táj sivatag, lakatlan: egy ház sincs távol és közel. Hanem a mocsár szivárgó ereiben piros habarék folyik, emberek vére, s e véres patakokon haldoklók feküsznek keresztül megcsonkított tetemekkel; a távolban egy összezúzott pallisade romjai izzanak még, fojtó bűzt füstölögve, mely lomhán visszaszáll a földre, s kékes-barna felleg gyanánt terül el a mocsár fölött; a rom körül elterülve, a sánczkarókról aláfüggve, az ágyúk kerekeitől letiporva, torzalakú halottak, kik még vonaglanak, még életet adnak a sárnak, a ködnek, az éjnek, halálrángással, halálhörgéssel; és az egész iszonyú tájképre sápadtan világít le az epesárga ég, a nyárnak lázápoló gyilkos ege.

Itt végy, óh magyar olvasó, egy szabad lélekzetet! mert ez a hely az, a hol egy szabad nemzet a szolgaság hada felett első győzelmét kivívta; s az a nehéz csatatéri döglelet – éltető levegője a szabad nemzeteknek.

Igen, itt a Potomak mocsarában verte le legelőször a föld

legelső nemzete a rabszolgaság bálványimádóit.

A föld legelső nemzete! – Óh! édes népem: ne hizelegtess magadnak. Lehettél volna egykor te is ugyanaz, lehetsz még tán egykor az; de most a föld túlsó oldalán keresd.

Ez a szatócsok és kalmárok népe, melynek Isten nem adott mást, csak földet, két kezet és szabadságot, a titánok harczát tudta megvívni egy isteni eszméért, a rabszolgaság eltörléseért; tudott milliárdokat áldozni szorgalomgyűjtötte vagyonából; tudott polgárból katonává alakulni; tudott csodákat alkotni és oly harczokat vívott, hogy a föld reszketését érezhették itt a túlsó oldalon is. És mindezt miért? azért, hogy egy fehér ne mondhassa azt egy feketének: «Te rabnak vagy teremtve!»

Soha nemesebb ügyért harcz nem vívatott a földön, s soha nemesebb ügynek diadalt nem adott az ég, mint midőn ez győzött.

Tudatni akarta Isten a gondolkodó porszemekkel, hogy még mindig ő az úr a mindenségben, a csillagoktól le az ázalagokig.

Ez volt a potomaki első győzelem napja.

Távolabb a domb mögött, az ellenséges ágyútelepektől védett helyen van felütve a tábori orvosok ápoló tanyája. Száz meg száz harczos hordja ide össze hordszekerén a csatatérről felszedett sebesülteket.

Egyik tábori ambulance mellett rögtönzött sátorban két orvos bajlódik egy nehéz sebesülttel.

Az ápolt harczos ifjú volt még, de sápadt arczának elkényszeredett vonásai azon vének közé sorozzák, a kik már napjaik befejezéséhez közelítnek. Testéről leszabdalt egyenruhái azt mutatják, hogy előkelő tiszt volt az önkéntes

347

lovasságnál.

A két orvos nagy tanakodásban van egymással, hogyan fektessék a sebesültet?

Mert ugyanaz a golyó, mely elől bement a mellén, hátul kijött az oldalán s kettős sebet ejtett rajta.

– Még él! szól az egyik.

– Csodálom, hogy lélekzetet tud venni. Semmi vért nem látni a száján.

– Majd megindul az, ha fel talál ébredni. Azt hiszem, a golyó a tüdő jobb szárnyán ment keresztül.

– De az is megesik, hogy félrecsúszott, s ilyenkor körülfut a bordák alatt, s úgy jön ki a túlsó oldalon.

– A kémlő majd megmutatja.

– Kár érte! Derék fiú volt. Én ismertem. Az önkéntes lovasokat vezérelte. Valami magyarországi gentleman. Ha jól tudom, Harter volt a neve, valami pogány előnévvel. Átkozott merész katona volt. Rémület volt a confœderáltak guerilláinak. Éjjel-nappal háborgatta őket. Hatodmagával is újra kezdte a harczot. A tábornok igen fogja sajnálni.

A sebesült fejénél ott pipázott egy öreg huszár. Valami becsületes farmer, a kinek mindenét felégették a déliek; s aztán ő is beállt közlegénynek.

– Biz ez vitéz ficzkó volt! dörmögé az öreg, míg a két orvos sondirozta a sebet. Olyan rohamot csináltatott velünk a mocsáron keresztül, hogy azt hittem, mind ott veszünk. A nehéz lovasság szentül beleragadt volna a feneketlen szurokba. Hanem ez keresztül vágtatott rajta, neki az ellenség sánczvonalának lóháton; soha sem láttam ennél bolondabb tréfát. Hanem sikerült; felmásztunk a sánczra lovon, le is aprítottuk a kit értünk, be is szegeztük az ágyúkat. Hogy ez hogyan történt, most sem tudom; csak azon bámulok, hogy magam ép bőrrel kerültem vissza; ez a fiatal ember pedig csak egy golyót kapott.

– Hanem ez, úgy látszik, egészen elég lesz neki.

A kémlővel való mulatságra felébredt a sebesült.

A mint felébredt, mindjárt mosolygott.

– Good morrow, sir!

– Good morrow! (pedig ugyan «ivning» volt.) Hogy van ön?

– Épen öntől akartam kérdezni, hogy vagyok?

– Csendesen, sir!

– Meg van kezem, lábam?

– Mind a kettő.

– Akkor semmi baj!

– De egy kis baj mégis van. Ön keresztül van lőve.

– Nem érzek belőle semmit.

– Annál roszabb!

– Tudom, sir, mikor az ember nem érzi már, hogy fáj, akkor közel van hozzá, hogy meghal.

A két orvos nagyot hallgatott erre, s némán tapaszolá kötegét az ifjú sebeire.

– Győztünk-e sir? kérdé most az ifjú harczos, félkönyökére emelkedve.

– Tökéletesen, colonel! dörmögé rá a vén huszár. Az

ellenség szét van verve.

– Akkor hurráh! kiálta fel az ifjú vitéz, s mind a két kezét a levegőbe emelte. Hurráh, Lincoln! hurráh, Grant! hurráh, világszabadság! hurráh!

– Az Istenért, ne kiáltozzon ön! csitítá az egyik orvos; kötelékei felszakadnak, a vér tüdejébe tódul, megfullad ön.

– Hadd szakadjanak! hadd fulladjak, csak hogy győztünk! De ordítok még egyet utoljára életemben. – Ez az utolsó lélekzetvétel még arra való, a mit ellhallgattam eddig! Hurráh, te szent szabadság! Hadd fojtson meg ez a kiáltás engem. Hengerítsetek le oda a pocsétába, a mi a hóhérok vérével van tele, hadd fulladok abba bele. Hadd hörgöm el ott utoljára: hurráh, világszabadság!

Erre csakugyan úgy ellepte száját a vér, hogy nem kiálthatott többet.

A két emberséges orvos nagy türelemmel kezdé ujra az egész elrontott munkát.

A vén huszár ölébe vette az elalélt fuldokló fejét, s tenyerével símogatá hideg, verítékes homlokát. Milyen kár az ilyen szép ifjúért, hogy meghal!

Mikor ismét magához tért, az egyik orvos azt kérdé tőle:

– Nem kivánja ön a lelkészt, sir?

Az ifjú régi humoránál volt ismét.

– Köszönöm, sir, nem kell! Nem akarok én sem a pokolba, sem a mennyországba jutni. Itt akarok maradni. Nem zsenirozom a szenteket odafenn, sem az elkárhozott urakat odalenn; úgy is elegen vannak; szűk lehet náluk a szállás. Itt maradok. Köszönöm a másvilágot... Majd én meghúzom magamat itt valami zúgban... Mi kell egy olyan kis léleknek, mint az enyim?... Nyáron majd ellakom valami harangvirág odujában,... télire meg fogok magamnak valami üres csigahéjat,... ellakom én abban szépen... nem alkalmatlankodom én senkinek halálom után.

– Nincs önnek valami végső rendelkezése? Itt az idő, uram, hogy intézkedjék ön.

– Ne tréfáljon, uram... Az egész vagyonom nem volna elég kötélre azoknak, a kiknek szeretnék egyet-egyet testálni.

– Nincs önnek senkije, a ki önt szereti?

– Majd három nap mulva kérdezze ön meg leendő laktársaimat... azok, úgy hiszem, szeretni fognak.

Úgy nevetett ez ötletnek.

A vén huszárnak kellett tartania a fejét, hogy nevethessen. Minden nevetésnél három forráson tört ki piros vére: a két sebén és a száján.

De mégis csak nevetett.

– De talán szükséges lesz azonban tudatni, hogy meghaltam, valakivel, a kinek erre szüksége van. Sergeant barátom, ön tud írni. Legyen szíves, kérem, feljegyezni a mit mondok... Orvos urak... köszönöm a szolgálatot, már fölösleges; menjenek önök más életrevaló halotthoz.

A két orvos azonban ott maradt; parancsuk volt a tábornoktól ez ifjú megmentésére mindent elkövetni.

A vén huszár kerített tollat és papirost, hanem tinta nem volt.

– Hát ez a vér mire való? szólt tréfálózva a haldokló. Mártsa bele a tollat, azt fogják hinni, alkörmössel írt, s jobban elhiszik.

351

S iratott saját vérével levelet.

– Czímezze ön kérem «Mister Francis Béltekynek. – Írja «mylord»-nak. Kérem... ezóta meglehet, hogy gróffá lett; nagy hajlama volt hozzá... s ez ott most ragályos. Tehát: «Dear mylord! Tudatom önnel, hogy a bolondos ficzkó, Elemér Harter in optima forma meghalt; el van temetve a szélesség 36-ik, s a hosszúság 78-ik foka alatt, huszad magával egy közös hotel-garniban... Végrendeletét, a mit önnél hagyott, most már adassa ön át annak a bizonyos missnek. És tudassa a missel, hogy a silány ficzkó a csatában esett el.

E szónál alkonypír futotta el arczát.

– Írja meg ön azt is neki, hogy tudassa a missel: hogy a silány ficzkónak két seb miatt kellett megválnia a világtól. Egyik seb a mellén, másik a hátán. De világosan megírja ön... hogy szemközt kapta a sebet, nem hátulról... ezt ön megírja neki,... és a mylord elmondja a missnek... Másként ne írja ön valahogy, sir!... Meg ne tréfáljon ön azzal, hogy hátulról kapottnak írja a sebemet... Én nem értem a tréfát... Ha ön engem rászedne, én boszút állok magamért... Halálom után beállok kopogó szellemnek... Elbujok önnek az asztalfiókjába... Bemászok a nyoszolyája szögletébe... felzörgetem, mikor alszik... Jól van, jól, csak írja ön, a mint mondtam... Majd azután én elolvasom... Elolvasom, nem hagyom magamat megtréfálni... Tartsa ön a szemem eleibe... Hadd lássam, mit írt?... Óh! kedves miss Ilonka... ha ön azt tudná... hogy én most az ön talpa alatt fekszem... nem venné el rólam a lábát... megvárná, míg elalszom... Tartsa ön ide, sir, azt az írást... hadd olvasom... mit írt bele?...

A sápadt alkony még oda világított... A vén farmer a haldokló szemei elé tartá a megírt levelet, s az rászögezte szemeit merően. És aztán sokáig a levélre szögezve tartá szemeit; de már azt, a mi benne volt, nem olvasta többé...

Már akkor valahol ott himbálózott egy harangvirág kelyhében, vagy kereste az üres csigahéjak között téli szállását.

– Ugy hiszem, azt a levelet már bátran elküldhetjük! szólt az egyik orvos, az ifjú szivére téve kezét.

– Átadhatja ön a tábori postának, szólt a másik a huszárhoz. Ez meghalt.

– Ez ifjú egy missről beszélt, szólt a vén huszár; ne csatolnánk e levélhez egy fürtöt a hajából?

– Meg egy csipet földet arról a térről, a hol hősileg kiszenvedett.

Beletakartak a levélbe egy hajfürtöt és egy csipetnyi földet.

Három óra mulva útban volt a tábori estafette New-York felé, a tábornok diadaltudósításával s a csatatérről írott levelekkel.

És másnap már vitte a postahajó az oceánon keresztül a Bélteky Ferinek írt levelet, a hajfürtöt és véres port, a mik Harter Elemér haláláról tesznek bizonyságot.

EGY HÁZASULANDÓ IFJÚ.

Bélteky Feri megkapta az amerikai levelet, mely Harter Elemér halálát tudatá, megkapta a bizományt is, a hajfürttel és a csatatéri porzóval s szépen eltette a fiókjába a levelet; a porzót, meg a fürtöt kiöntötte valahová, s nem adott át semmit annak a bizonyos missnek.

Bélteky Feri akkor már pesti ügyvéd volt, igen ildomos ifjú. Jó pénzkereső. Csoda módon tudta hajtani az ügyeket.

Harter Nándor is tapasztalta ezt a jó tulajdonságát. Azt az Elemér úrfi igényperét anyai örökének kiadása iránt veszedelmesen szorgalmazta a biróságnál. Harternek minden hivatalos tekintélyét össze kellett szedni, hogy egy kis időhaladékot szerezzen magának.

Különösen ádázul utána vetette magát e pernek a kitünő ifjú, a midőn a Potomak melletti diadaluk az unionistáknak Európában köztudomású lett.

De hogyha Harter Nándornak azt a találós mesét adta volna fel valaki, hogy fejtse meg: mi összefüggése van a potomaki ütközetnek az ő perének siettetésével? azt ugyan egész világi életében ki nem találta volna.

De még más rendkivüliséget is tanusított a jeles jogtudós a fentebbi világesemény óta. El kezdett Világosiékhoz látogatóba járni, kiknek holléte felől addig az ideig nem igen tudakozódott.

Én világért sem szeretek senkit rágalmazni, s csak úgy találomra mondom el gyanakodásomat. Én azt gyanítom, hogy Bélteky Feri nőül akarja venni Ilonka kisasszonyt.

Ilonka kisasszony szép leány, okos leány, erényes hölgy; de elvégre is csak szegény leány, ki leczkeadással szerez családjának mindennapi kenyeret; ha őt egy jóhírű, solid, ügyvédi praxisban levő gavallér nőül veszi: az annak a részéről tagadhatatlanul igen nemesszívű elhatározást feltételez.

Azt még Bélteky Ferin kívül egy teremtés sem tudja, hogy Harter Elemér végrendeletében halála esetére általános örököséül Világosi Ilonka kisasszonyt nevezte meg. Azt sem tudja rajta kívül még senki, hogy a hagyományozó sietett is minél előbb meghalni; itt van a hivatalos tudósítás felőle.

Mind erről maga Ilonka kisasszony sem tud semmit.

Majd csak akkor lesz kellemesen meglepetve e felfedezés által, midőn már Bélteky Feriben egy szerető férjet fog bírni. A neki hagyományozott összeg menni fog a lezárolt kamatokkal együtt valami százezer forintra.

Én úgy hiszem, hogy ilyes valami combinatió fordulhatott meg Bélteky Feri agyában, midőn Ilonka kisasszonynak elkezdett udvarolni.

A jeles ifjú nem panaszkodott már szívgörcsökről: azok egészen elmultak nála. Hanem bálrendezői rangját még mindig nem adta föl a császárfürdői bálokban.

Ilonka kisasszony igen szivesen látta őt mindig. Ezt a szivesen látást a felületes fiatal emberek rendesen félreértik.

A kisasszonyok szivesen látják azt az embert, a ki szívüknek közönyös, a ki mulattat, míg itt van; nem kérdezik tőle, hová megy, mikor odább áll, s nem kérdezik tőle, hol járt, midőn visszajön.

Az «igazi»-val nem így szokás bánni! Azzal nem mulatnak; arra nem mosolyognak. Azt durczás arcz fogadja, s kötelességévé van téve kitalálni, mivel haragított meg valakit? s jaj neki, ha ki nem találja! A bűbájos Sphinx széttépi apróra, hogy aztán megint összeilleszsze.

Tehát Ilonka derülten fogadta mindig a látogatót. Talán még dícsérte is érte magában, hogy ime, egy hajdani tánczosának eszébe jut őt felkeresni most is, midőn a szegénység bevallott dolog a háznál. Ime, egy ember mégis van, a ki illedelmesen köszönti az elszegényült család leányát, ha az utczán találkozik vele, s báli meghívókat küldöz családjának most is, miként a boldogabb időkben, mikor még oda is eljártak; sőt ismerve Ilonkának a könyvek iránti szenvedélyét, elsőkézből hordja számára Hugó Victor és Charles Dickens legújabb regényeit eredetiben.

«Jó fiú» ez a Bélteky Feri.

Ez lehetett felőle Ilonka véleménye.

A mama tapasztaltabb hölgy volt: ő már sejtette, hogy e látogatások alatt komolyabb czélok is lappanganak. Hogy e czélok egészen törvényesek és alkotmányosak, ez iránt nem lehetett semmi kétsége. Bélteky Feri mint nemeskeblű s igen szilárd jellemű ifjú állt hirben. Valahányszor jött, kezet csókolt a mamának, tudakozódott «urambátyám» hogyléte felől: egy ily tisztességes ifjúról semmiképen sem lehetett föltenni, hogy urambátyám és asszonynéném leányát az ablakon át akarná elszöktetni. No, ezt Ilonka felől sem tehetné. De nem is arra termett.

Bélteky Feri nem az az ember, a ki a leányok elcsábításán kezdi a dolgot; nem gyújtogat tilos szenvedélyekkel, nem rabol sziveket; nem gyilkol gyanutlan ártatlanságot; gyújtogatás, rablás, gyilkolás, jól tudja, hogy kriminális eset: ő marad a polgári perrendtartás utján, megalkuszik a tulajdonossal.

A tulajdonos természetesen a mama.

Civilisált országban, tudjuk jól, hogy a leány kezét mindig az anyától szokás kérni: úgy illik az; nincsenek ugyan rá irott törvényeink, de szentesíti az alkotmányos szokás.

Egy napon Világosiné azzal az ujdonsággal lepte meg Ilonkát, hogy Bélteky ő előtte komolyan nyilatkozott. Látogatásainak egészen komoly czélja van. Házasulandó ifjú.

Az első ostromot könnyen elhárítá Ilonka.

Odamutatott kedélybeteg atyjára s azt felelé:

– Majd ha atyám férjhez ad, akkor férjhez megyek.

Világosiné elértette a választ s nagyott sohajtott rá.

– Igazad van: kije maradna atyádnak, ha te is elmennél? Egyedül te tartod benne a lelket.

Ezzel aztán fegyverszünet lett.

De ez nem sokáig tartott. Másnap már ragyogó arczczal tudatá Bélteky ujabb látogatása után az örömhírtől földerült mama:

– Lásd, mily nemeslelkű férfi! Kijelenté előttem, hogy ha te nőül mennél hozzá, mi mind együtt laknánk veletek. Szegény atyád ott volna közeledben, jó ápolás, kényelem gyógyítaná baját; nem válnánk el egymástól.

Már erre erősebb eszközei kellettek az ellenállásnak.

– Anyám, én ezt az embert nem szeretem.

– Más valakit szeretsz?

– Senkit, anyám!

– Talán magad sem tudod. – Az az idő itt van nálad, a

mikor a leány lelke nem lakik már a szülői ház küszöbén belől. Isten rendelte azt így, és így van. Az egész világon csak rád nézve nem volna senki, a kire azt mondanád: ezt másként szeretem, mint az atyámat?

– Nincs!

E rövid szó oly szomorúan viszhangzott, mint a kriptába lekiáltott hang.

– Nincs! – ismétlé Ilonka. – Hol lehetne? Míg gyermekből hajadonná nőttem, az egész ismeretes világ elveszett körülöttem. Abban az új világban, a miben most járok, minden ember idegen nekem: az egyik nem vesz észre engem, a másikat nem veszem észre én.

Azt kellett volna Világosinénak kérdezni leányától: nincs-e valaki, a kit gyülölsz? akkor megtudta volna az igazat.

– De lásd, Bélteky oly derék ifjú, becsülete van, és kenyere.

– Igaz! Ez is elég ok arra, hogy ne adjak neki egy üres szívet, mely egész életére boldogtalanná teszi.

– Oh! kedves leányom, sokan beszéltek így már, a kik mint boldog emberek ébredtek föl. Minden két menyasszony közül egy sírva megy az oltárhoz. Azonban én nem beszéllek rá, ámbár elég szép szerencse volna, a mi mostani elhagyott helyzetünkben. Csupán arra kérlek, ne utasítsd határozottan vissza. Fogadd el továbbra is Bélteky látogatásait. Lehet, hogy felébred benned iránta a vonzalom. Én annak nagyon örülnék. Hiszen fiatal vagy még: ráérsz várni. De hadd járjon ő tovább is ide. Én oly nagyon becsülöm.

– Nem bánom, anyám; szivesen fogom látni.

E második ostrom után tehát következett a rendszeres megszállás. E naptól fogva Ilonka cernirozva volt. Bélteky Feri hozzáfogott a várőrség kiéheztetéséhez.

Elővétettek a megvesztegetés minden nemei: apró ajándékok, mik a nők jóindulatát megnyerik; a mindenre kiterjedő gyöngéd figyelem, elfogadtatott és kikönyörgött arczképek; sőt még divatlapokban kiadott szerelmes versek is. Bélteky Feri még szerelmes verseket is írt: «Ilonkához». «A megölő kék szemek»-hez. «Oh ha tudnád!» Elő is fizetett a lapra Ilonkának, melyben azok megjelentek.

(Zárjel között mondva, én kétféle nemét ismerem a szerelmes verseknek: az egyik olyan, mint a méhe, szeretem zöngését, tudom, hogy tele van mézzel, s viszi azt királynéjának; hadd vigye, nem bántom; a másik olyan mint a szúnyog: úgy énekel messziről, úgy könyörög, hogy hadd csípjen meg valakit! Hiszen bár csípné már, csak ne énekelne a fülébe. – Bélteky Feri verseit Ilonka határozottan a szúnyogok válfajába osztályozta.)

Ez így folyt egy ideig. A várőrség még mindig nem kapitulált. Akkor megkisértetett a külhatalmak interventiója.

Egy reggel, mikor Ilonka Lemmingnéhez ment leczkét adni, az úrhölgy azzal a szóval fogadta őt, hogy «ma nem tanít ön engem angolul; ma én tanítok önnek valamit, a mit ön nem tud. Ma a vívás is elmarad: hanem azért harczolni fogunk. Üljön le mellém!»

Ilonka helyet foglalt Malvina mellett a causeusön s várta, hogy mi lesz ebből.

– Én tegnap összejöttem önnek az édes anyjával a nemzetgazdasszonyok gyülésén.

(Az inség óta Világosiné is tagja lett az emberbaráti

társulatnak. Szegény, legalább egy pár órára kiverte a fejéből családi bajait, míg a máséit elintézni segített.)

– Édes anyám említette azt.

– De azt nem mondta, hogy önről beszéltünk.

– Nem!

Panaszkodott önre az édes anyja, hogy milyen rosz leány. Igen, igen! Ne is nézzen rám azokkal a nagy kék szemeivel. Ön rosz leány. Nem akar férjhez menni.

– Én nem mondtam, hogy nem akarok.

– Igen, de ahhoz nem akar menni, a ki kéri.

– De mikor nem kér senki.

– Ah! Hisz Bélteky mindennap odajár önhöz.

– De tőlem soha sem kérdezett olyasmit, a mire azt mondhatnám: itt a kezem.

– Értem én azt, kedvesem. Mert ön olyan szemeket tud vetni az emberre, a kit magától távol akar tartani, hogy megfagy benne a lélek. Szegény Bélteky számtalanszor panaszkodott ön édes anyjának, hogy oly fagyos tekintetekkel találkozik önnél, mikor komolyan akar önnel szólani, hogy nem tud hogyan belekezdeni; másszor meg, ha jó kedve van önnek, oly gunyoros és mindent tréfára vevő, hogy nem tud hogyan végezni. Illik-e egy embert kínozni, a ki szeret?

– Nem! Azért igen helyesen cselekszem én, midőn nem akarok egy becsületes embert halála órájáig kínozni.

– Ah! kedvesem, az nem úgy van, a hogy ön azt leányészszel elképzeli. «Nem megyek férjhez, inkább meghalok!» azt mondja a leány; aztán mikor a főkötő a fején van, akkor tudja meg, hogy mi van egy újvilágban?

– Vagy mennyország, vagy pokol.

– Azt mindig az asszony alkotja magának. Higyje el nekem kedvesem. Mert én megpróbáltam mind a kettőt. Hibáztam első férjhezmenetelemkor. Nem tudtam magamat oda törni, hogy azt mutassam férjemnek, hogy szeretem. Elhidegültem iránta s megfagyasztottam őt magát; végre elváltunk egymástól, mint két halott. Mostani eszemmel kárhoztatom akkori kedélyemet. Én oktalanul csináltam a kárhozatot férjemnek és magamnak. Most egészen boldog vagyok. Derült kedélyem magamat is boldoggá tesz, és mást is. A férjnek soha sem szabad azt megtudni, hogy a nő szive hideg: még ha igaz is.

– De hát mi czél van ezzel elérve? – kérdé a leány elbámulva, mint a ki e czélzatokat fel nem foghatá.

– Az, hogy az ember: asszony!

Lemmingné szemei szikráztak e szónál.

– Az ember ura magának és mindennek maga körül. Nem az a titka a férjhez-menetelnek: nagyon szeretni! Hanem az, hogy: nagyon szerettetni. Ha nekem azt mondanák, hogy van egy férfi, a kit ön imád: lebeszélném róla, az szerencsétlenség; de mikor azt mondják, hogy van egy férfi, a ki önt imádja: ahhoz menjen hozzá, mert az nagy szerencse.

– Köszönöm a jó tanácsot, asszonyom; de én várni fogok addig, míg a szerencse és a szerencsétlenség összetalálkozik.

– A míg találkozni fog egy férfi, a ki önt imádja, s a kit ön is imád. Kedvesem! Sok ilyen szép sima arczú gyermek lesz ránczos képű aggszűz e várakozásban.

– S az aggszűzeket kinevetik, ugy-e, de nem siratják meg.

– Azt is. De meg nem tudhatja kedvesem, minő sivatagot viselnek azok keblükön belül?

Ilonka büszkén kelt fölt Malvina mellől.

– Asszonyom! Én azt tudom. Mert ezt a sivatagot most is viselem már szivemben. Viselek szivemben egy embernemlakta sivatagot, a hol nem találok egy leszakítani való virágot, egy megpihenni való árnyékot; a minek közepén elülök magamban és nem látom a láthatárt sehol. Agg szűz vagyok én már; a ránczokat érzem arczomon, mikor még tükrömből nem látom; s ha nem keserít el az, a mi belül vagyok: attól, a mi kívül leszek, már nem borzadozom.

Lemmingné úgy olvasott ennek a leánynak a szivében, mint a nyitott könyvben.

Engedte őt hazamenni.

Ilonka pedig azután is jókedvű volt otthon, s ha jött a kelletlen udvarló, nem volt hozzá kegyetlenebb, mint máskor.

Mi tudjuk jól, hogy Béltekynek nem törte el semmi csontját ez a kegyetlenség.

Ne lett volna csak Harter Elemér végrendelete a kezében, nem fájt volna az ő szíve Ilonka szép szemei miatt.

Söpörjük ki az «ilyen» szívfájdalmas emberek után a szobát!

Éjenkint aztán, mikor álmatlan fekhelyén heverve, egyedül találta magát az ifjú leány abban a végtelen nagy, emberlaktalan sivatagban, elővették az elfojtott keservek. Minthogy szeretni nem lehetett, kénytelen volt gyűlölni. Gyűlölete tárgyát maga elé hozni. Azt, kit annyiszor látott álmában, annyiszor került ébren, a ki elől futott, a kit mindenüvé magával vitt, a kinek meg nem tudott bocsátani soha, s a kit el nem tudott felejteni soha.

Az ám nem hizelgett, az megbántotta durván, vakmerőségével. Megbántotta őt akkor, a mikor ha nem tisztelte benne a szűz hajadont, tisztelnie kellett volna benne a szegénységet! Kinek nem arczát kellett volna, nem csókjával, nem meggyalázni: de kezét, de könyjeivel, de megszentelni!

De mikor e nyomorult ficzkónak meg a gonosz tettében is több erény van, mint annak a másiknak a jótéteményében. Szeretett! Őrült volt.

Aztán meg is bűnhődött úgy, a hogy férfi még soha. Megverte egy leány. Megverte egy asszony előtt. Jól mondta, hogy meghalt; mert ezzel meg is kellett halni. Úgy kellett neki!

Bár hoznák már halálhírét. Bár mondanák már, hogy el van temetve: – hogy aztán megsirathatná kedve szerint; – hogy bebocsáthatná szobájába ismét, hogy helyet adhatna szűzi fekhelyén – a halottnak, – a léleknek; a kit úgy gyűlöl, úgy gyűlöl most, hogy majd a szive szakad meg érette.

Ha egyszer halott fog lenni: akkor jó, engedelmes fiú lesz; nem csapong tétova, nem lesz csapodár; nappal nem kell őt félteni; este otthon marad; ügyel egyetlen szavára: «jó légy, olyan légy, a milyennek én akarlak, ártatlan, szelíd és nemes; aztán engem szeress; aztán majd lassankint egymáshoz vénülünk mind a ketten; s aztán majd egyszerre meghalunk mind a ketten; ekkor majd te is meghalhatsz igazán; addig még sokáig idefenn kell maradnod, mellettem, körülöttem, szívemben: hült porod odakint a hideg földben...»

Most egy ideig úgy tettek a vár-ostromlók, hogy nem mutatták előkészületeiket: rejtekben ástak a várfalak alá valami tűzaknát, hogy aztán egyszerre föllobbantva, megrohanhassák a meglepett várőrséget.

Lemmingné napokig nem beszélt a tárgyról Ilonkával többet; – hanem egyszer azt mondta neki az angol leczke végeztével:

– Apropos! Hallotta ön már, hogy Elemér meghalt?

Ilonka arczán egy vonás sem változott.

– Nem hallottam.

– Elesett a Potomak melletti ütközetben.

Erre épen nagyot kaczagott Ilonka.

– Hogy került volna ő a Potomak mellé elesni? S hogy esett volna el az amerikaiak harczában?

– Önkénytes volt, s azt mondják, igen jó katona lett.

– Az is meglehet! – szólt Ilonka meggondoltan; – ha úgy történt, szép halála volt.

Malvina nem engedte el a vívóleczkét. Meg akarta tudni: nem reszket-e most ennek a leánynak a keze? Nem téveszti-e el a tempókat? Nincs-e megzavarodva?

Bizony eszénél volt az most is; Malvina nem birt rajta kifogni. Utoljára is ő szakította félbe a leczkét.

– Nem vagyok ma képes vívni. Ennek a fiúnak a halálhíre mégis nagyon felizgatta idegeimet. Egészen megzavart. Önt nem?

– Engemet nem!

– De hogy lehet az?

– Én nem hiszem, hogy meghalt.

– Ah! No megálljon. Itt a hírlap, a melyben körülményesen le van írva, hol és mikor esett el? kik ápolták? Maga az írta alá a levelet, a ki véglehelletéig mellette volt. Olvassa ön.

Ilonka végigolvasta a hírlapi czikket, s aztán azt felelte rá:

– Úgy tudom, hogy már egyszer a tengerfenekén is volt az az úr; el is requiemezték; aztán megint csak előkerült. Majd hazajön az megint!

Lemmingné boszusan veté félre a hírlapot. Mérgelődött, hogy ezt a gyermeket nem birja megtörni.

– No, no, kedvesem; egy férfinak a lelke már bizony az ön lelkén szárad; ezt ne hagyja magának elfeledni.

Ilonka úgy sietett haza.

Nem is akart e hírre gondolni, míg haza nem ér. Félretette azt maga számára. Majd ha odahaza lesz, kis kertre nyiló szobácskájában, hol tanulmányozni szokott, majd mikor nem látja és nem hallja senki: akkor leborulva asztalára, előveendi ezt a gondolatot s betölti vele egész lelkét.

Hazaérve, anyját nem találta honn (a nemzetgazdasszonyok gyülésén volt a derék honleány), csak azok voltak ott, a kik nem hallanak és nem hallgatnak. Ha ideje volt a sírásnak, tehette lelke szerint.

Leveté kendőjét, kalapját, letérdelt asztalkája elé, lehajtotta két kezére homlokát s elkezdé elejétől végiggondolni azt, a mit olvasott, s miután hosszan végiggondolt rajta: hirtelen felszökött helyéből és elkaczagta magát.

«Nem igaz! Az én szívem nem tud erről semmit!»

«Ha ő annyi idő óta halva volna: hogy azt az én szívem annyi idő óta meg ne érezte volna!»

Az pedig most sem hiszi még, hogy ez igaz.

Bélteky Feri ugyan megmutathatná neki magát az eredeti levelet, magával az úrfi vérével írva, mely levél után lett szerkesztve ama hírlapi tudosítás is; de Bélteky Feri ezt nem teheti, mert akkor idejekorán tudatná Ilonkával a végrendelet történetét is, a mi megint az ő tisztességes végczélját hozná hamis világításba, sőt meglehet, hogy épen el is ütné tőle. Ilonkának nem szabad azt megtudni, hogy ő már gazdag.

Tehát ez a tűzakna fellobbantása sem használt.

Ilonka szeme közé nevetett mindenkinek, a ki előtte arról beszélt, hogy Harter Elemér a csatában esett el.

Utoljára is egyenes ostromhoz kellett fogni.

Egy délután Világosiné megmondá leányának, hogy tovább ez a kétséges helyzet nem tarthat, Bélteky maga fog előtte nyilatkozni; holnap reggel tizenegy órakor eljő és ünnepélyesen megkéri Ilonka kezét.

– Én pedig még most sem szeretem őt.

– Miért nem?

– Mert nincs rajta semmi igaz. Nem való, a mit mond, nem való, a mit mutat. Maga magát is mindig csalja. Elhitet magával valamit, s aztán megbánja, hogy elhitte magának. Teszi magát hazafinak, s aztán megijjed tőle, mikor benne van; haragra gerjed, s aztán nagyot kerül, mikor haragja tárgyával összetalálkozik. Olyan kiállhatatlan «jó ember.»

– Leányom, még egyszer kérdezlek: szeretsz valakit mást?

– Senkit.

– Akkor jól mondod, hogy «senkit», mert ha legalább engem szeretnél: családod boldogságát egy oktalan szeszélyért össze nem tépnéd.

Ilonka szíve elfacsarodott e szóra.

Hogy ő az, a ki családja boldogságát szeszélyből összetépi! Hogy ő az, a ki nem szeret sem apát, sem anyát!

Azt hitte, hogy a szemrehányás alatt meg kell szakadni szívének.

– Anyám! – szólt tűzben lángoló szemekkel, miknek még e perczben meg volt tiltva a sírás; – ne folytassuk ezt ma. Én tudom előre, én esküszöm neked rá, hogy ez az ember holnap nem fog eljönni, hogy kezemet megkérje. Bizonyos vagyok róla, hogy mikor jönnie kellene, levelét fogod kapni, melyben szívgörcseit fogja jelenteni, mert megbánja minden gondolatját; meg fogja bánni azt, hogy házasságot igért. Ő nem jön el holnap. Ha pedig eljön és szavának áll: akkor Isten legyen közöttünk a biró, hogy szerette-e valaha gyermek apját-anyját jobban, mint én titeket! Most bocsáss szobámba s holnap reggelig ne bántsatok, mert ki akarom magamat sírni.

Azzal bement szobájába, és sírt.

Anyja megbánta aztán, a mit mondott neki, s aggódva lesett be ajtaján este felé. Leánya már akkor aludt. Odalopózott hozzá: nincs-e meghalva. Oh! nem volt. Szép mosolyogva feküdt vánkosán s keble nyugodtan pihegett.

Másnap jó kedvvel kelt fel; tréfált, enyelgett. Böskével felöltöztette magát legcsinosabb ruhájába; még hajfürteit is divatosabban bonyolíttatta össze, pajzánul czélozva, hogy az a háztűznézőbe jövők kedveért történik. Végre eljött a válságos tizenegy óra. De Bélteky Feri nem jött.

Féltizenkettőre is elmult; akkor beállít – egy hordár egy levéllel, melyre nem kell választ vinni.

A levél Világosinénak szólt. A czímen megismerte Bélteky írását.

Nem volt ereje a levelet elolvasni, úgy reszkettek a kezei. Szemei előtt összefutottak a betük.

Ellenezte; de Ilonka kivette a levelet kezéből, s aztán olvasta fenhangon.

«Tisztelt nagysám!

A sors átka... stb. stb. midőn már boldogságom küszöbén stb. stb. – régi nagy bajom, a szívgörcsök visszatérte stb. stb. ily csapással boldogtalanná tenni egy angyalt... stb. stb.; jobb, ha csak egyedül szenvedem végig az élet kínjait, stb. stb.»

A s a többik helye ugyan ki volt töltve ékes szép frázisokkal: de azokat Ilonka részint átfutotta, részint úgy elkaczagta, hogy nem lehetett hallani, mit olvas.

Elég az hozzá, hogy levél vőlegény helyett.

Ilonka arcza ragyogott. Diadalmaskodott.

Mint valami elfoglalt zászlót, úgy lobogtatá kezében azt a levelet.

– Nem mondtam-e előre, hogy a szívgörcsei megérkeznek erre az órára?

Világosiné boszusan tépte szét a levelet s aztán sírva borult Ilonka nyakába, és keserűn suttogá:

– Igazad volt! Többet ne hallgass az én tanácsomra soha!

Pedig hát igazán mondom, el akart menni pontban tizenegy órakor Bélteky Feri leánykérőbe Világosinéhoz, már baraczkvirágszínű keztyűit is felhúzta; már a fiakker is ott állt a kapu előtt; már ki akart lépni az ajtaján, mikor szemközt nyitja azt rá valaki, s előtte áll testestül-lelkestül Harter Elemér.

AZ ÚJ EMBER.

– Hát... te... élsz? Ezzel a szóval hőkölt vissza e megjelenő kisértet elől Bélteky Feri.

– Úgy látszik, hogy élek. Legalább a gőzhajón megfizettették velem a személydíjt, s így nem vagyok láthatlan lélek.

– Nekem azt írta egy yankee, hogy meghaltál.

– Jól írta. Keresztül voltam lőve. Elől bement a golyó, hátul kijött rajtam. Olyan jól meg voltam halva, mint akár ki hasonló esetben. A tábornok személyes jóakaratának köszönhetem, hogy nem temettek el. Hogyan jöttem megint életre? azt az orvosok megmagyarázták, s ha orvos volnál, elmondanám, hogy írd ki az «Orvosi Hetilap»-ba, mert érdekes eset. A golyó a mellhártya és a bordák között futott bennem körül, s nem sértett meg semmi nemes részt, csak a paraszt bőrt s a polgári csontokat viselte meg. Minthogy azonban nem vagy doktor medicinae, hanem doktor juris: hát beszéljünk másról. Átadtad a végrendeletemet?

Oh! bizony Bélteky nem azért volt doktor juris utriusque, hogy ne tudja, mi az a kétféle igazság?

Mosolygó suprematiával felelt:

– Én nem adtam hitelt a távolról jött tudósításnak; bíztam benne, hogy újra látlak, s a végrendelet átadását elhalasztottam.

– No, azt nagyon okosan tetted. Becsüllek e circumspectusságért. Most igen nevetséges helyzetben volnék. A pöröm folyik csendesen?

370

– Kedvező itéleteket kaptál benne, s jelenleg a legfelsőbb törvényszék előtt van appellátában. Meg lehetsz felőle győződve, hogy lelkiismeretesen utána láttam. Anyád állampapirjai birói zár alatt vannak, s a lejárt szelvényekre most már akárki hitelez.

– Köszönöm, nem veszem igénybe, sőt ellenkezőleg arra kérlek, hogy szedd össze az embereket, a kiknél imitt-amott tartozásom van, hadd fizetem ki őket. Jövőre adósságból nem élünk.

– Ah! Te pénzzel jöttél vissza?

– A szabad állam azokat, a kik szolgálatában harczképtelenekké lettek, meg szokta jutalmazni. Nekem általányt adtak, úgy bocsátottak el; s aztán majd valami dologhoz látok.

Bélteky Feri nagyon csóválta a fejét.

– Te, úgy látszik, nagyon megváltoztál.

– Az onnan van, hogy megsoványkodtam, s a szakállam megnőtt.

Bélteky nem úgy értette azt.

– Legközelebbi találkozásunkig a perköltségeinket is számítsd össze, hogy köszönettel kiegyenlíthessem. S most még csak arra kérlek, hogy ne beszélj senkinek arról az én állítólagos elesésemről. Azt én egyszerűen el akarom tagadni: hogy ne kelljen minden embernek elmondanom, hogyan volt és hogyan nem volt? S most god bye! A te időd is drága, az enyim is.

Kezet szorított, és ment.

Hogy aztán Bélteky Feri, barátja eltávozta után, nagy mérgesen tépte le a kezéről a baraczkvirág-szín keztyűket s dobta az almáriom szegletébe, s kergette az inasát, hogy hozzon neki a bérkocsi helyett hordárt; s írta a lemondó levelet Világosinénak: azt az előzmények után mindenki igen természetesnek fogja találni.

Majd bizony okos ember elvesz egy kisasszonyt, a kinek van egy tébolyodott apja, egy siketnéma öcscse, és semmi vagyona a világon; s a kinek most került haza valakije, a ki mindenét neki akarta hagyományozni! Ez volna a rosz vétel.

A halottaiból feltámadott pedig ment a barátjától egyenesen a másik, nőnemen lévő barátjához, kinek a második látogatással tartozott itt ezen a földön.

Ezuttal nem rontott fel Lemmingékhez egyenesen; hanem otthagyta a kapusnál látogatójegyét, s csak délután ment ismét viszsza. Malvina elkészülhetett a látására, nem úgy, mint mikor a tenger fenekéről került elő.

Az érzékeny ölelkezési scéna ezuttal el is maradt.

Elemér nem volt az ölbeli fiucska többé.

Szép, daliás férfi volt, egyenes magatartással, nyugodt mozdulatokkal. Arcza megnyúlt, sötét sürű szakáll vette körül, s naptól barnított szint kapott; de a mi még többet változtatott rajta: az a hideg, gondolatteljes komolyság volt, mely annyira elüt az ifjukori lanyha blazirtságtól.

Malvina, mikor meglátta őt, úgy érezte, hogy ez alaknak hatása van rá. Ezzel már máskép kell beszélni, mint a mult esztendei emberrel. Ezt már nem kinálhatja üléssel maga mellett, hanem magával szemközt.

– Ön engem másodszor is megrettentett halálával! – szólt neki gyöngéd szemrehányással. Hát mondja, illik ez?

– Vak-hír volt.

– De ön súlyosan meg volt sebesülve.

– Nem érdemes róla beszélni. Csak golyósurolás volt.

– De az öntől még sem szép, hogy olyan helyeken jár, a hol golyókat lehet kapni; hát ha nyomorékká lőtték volna, hát ha féllábbal jött volna haza?

– Akkor féllábon kellene tánczolnom, mint Donatonak. Ez most, úgy hallom, európai divat.

– De úgy elszökni tőlünk, búcsuzatlanul! Tudja ön, hogy én kétségbe voltam esve a miatt, hogy nem tudtam merre lett ön?

– Hiszen nem mentem messzire.

– Persze nem! Csak lábbal voltunk fordulva egymásnak.

– Bizony az génant helyzet lehetett!

– Eh! menjen, ön mindenből gúnyt űz. Mi szükség volt önnek az amerikai monitorok lövegei közé furakodni? ha verekedni volt kedve, nem elég szép alkalom kinálkozott-e idehaza?

– Idehaza?

– No igen, idehaza Schleswig-Holsteinban. Ott teremnek az ilyen hősök számára az igazi babérok!

– Köszönöm, asszonyom! Már én majd valami máshoz látok.

– De mért nem tegez ön engem? Mért hí «asszonyom»-nak?

– El vagyok már szokva a tegezéstől. Abban a világban, a hol én jártam, nem tegeznek senkit; egyforma czíme van az országfőnek s a favágónak. Egyedül az Istennek mondják: «Te!»

373

Malvina gondolta magában: «ez most yankee-erkölcsöket affectál; ha ez a gyönge oldala, úgy beszéljünk vele az amerikai diapason szerint.»

– Tehát legyünk ezentúl «miszter» és «missziz.» Tehát, édes úr, önnek egy kiegyenlítetlen számadása maradt nálam, a midőn «durchbrennolt» – nem tudom, így nevezik-e azt Amerikában? Önnek volt nálam ezer forintja, s abból ön csak ötszázat vett fel, ötszázat pedig a nyakamon hagyott. Ezért én önt beperlem.

– Szükségtelen lesz, asszonyom; mert én a felvett összeget is visszaadom, kérni fogom önt, hogy kézbesítse azt Harter Nándor úrnak. Szüksége lesz neki ez összegre, majd mikor egymással összeszámolunk.

Malvina kerekre felnyitá nagy szemeit.

– Mikor összeszámolnak?

– Hiszen tudja, asszonyom, hogy a «Harter et Son» s Companie felbomlott, s most külön kezdünk majd üzletet; ki szalagokkal, ki egyébbel.

– Ön szalagkereskedést nyit?

– Nem! Azokkal Harter Nándor kereskedik: rendszalagokkal. Én komolyabb czikkben szándékozom dolgozni: alkalmasint gépeket szállítok be az országba.

– Ah! értem! suttogá Malvina. Most értek már mindent! – Azzal közel hajolva az átellenben ülő ifjúhoz, annak kezére tette kezét.

– Ön a komité bizományosa, ki ágyukat fog becsempészni.

Malvinának tökéletesen mindegy volt: a Dannewirkét fogja-e ostromolni Elemér a sasos zászló alatt, vagy emisszáriusnak jár-kel titokteljes utakon. Ép olyan könnyen lett volna a kedvéért fekete-sárga, mint vörös republicánus; csak titkába férkőzhessék.

– Óh! dehogy, asszonyom. Cséplő- és arató-gépekről beszélek.

Malvina okosan ingatta szép fejét, mint a ki többet tud, mint a mit hall, de nem akarja a dolgot erőtetni.

(Vajjon ezért volna-e ama változás Elemér arczán?)

– Akkor ön olyas spediteur lenne, nemde?

– Körülbelül!

– Hát nem kapott ön Amerikától jutalmat, a miért érette küzdött?

– Holtig való ellátást kaptam.

– Az szép! mennyi évdíjjal?

– A mennyit meg tudok magamnak keresni a két tenyeremmel, meg az eszemmel. Azt ajándékozta nekem Amerika, hogy a ki dolgozni akar, az megél.

(Malvina még mindig nem tudott Elemér titkába behatolni. Mi tette őt ily komolylyá, oly rövid idő alatt?)

– És ön mégis úgy szereti, úgy tiszteli azokat az amerikaiakat?

– Szeretem, mert náluk tanultam meg szeretni az embereket, még a férfiakat is. Tisztelem, mert szabad ember náluk mindenki, még az asszonyok is.

– Ah! Ez már szép szabadság! – szólt Malvina nevetve.

– Ne úgy értse azt, asszonyom, a hogy nálunk értelmezik a szabad nőket. Amerikában azért szabadok a nők, mert nem szabad őket egy sértő tekintettel is illetni. Ott a tizenhat éves leány jár egyedül, kiséretlenül, munkája, üzlete vagy szórakozása után; utazik egyedül, szárazon és vizen! de jaj volna annak a férfinak, a ki őt egy vakmerő érintéssel, vagy csak egy megpirító szóval meg merné bántani: azt a legközelebbi férfi le fogná ütni, mint az ebet. Az új világban a nők a közönség oltalma alatt állnak, s a ki egy nőt megbánt, az a társadalmat bántja meg, s azt kidobják a hajóból.

Elemér szép, napbarnitotta arcza úgy átmelegült ezeknél a szavaknál; szemei égtek, mint mikor a sötét házban egyszerre világot gyújtanak.

Malvina ezeken a kivilágított ablakokon belátott egy pillanatra, mielőtt a bennlakók eléje húzhatták volna a függönyöket.

– Láttam Bécsben több amerikai nőt, azok igen rútak voltak, – szólt Malvina; – azoknak itt Európában is könnyű leendett megvédelmezni az erényüket.

– A kiket én láttam, mind szépek voltak.

– Talán szebbek is mint az itthoniak?

– A szépség nem tür összehasonlítást.

– Csodálom, hogy ön meg nem házasodott közöttük.

– Ahhoz elébb az kell, hogy eltudjon valaki tartani egy asszonyt; s az amerikai nő, a míg szülői élnek, szivén és a rajta levő ruhán kívül semmit sem visz a férjéhez.

– Tehát ott a szegény embernek nem szabad szeretni?

– Ott a szegény embernek dolgoznia kell, hogy szeressék.

Malvina végre nagyott nevetett.

– Tudja ön, mit nevetek én mostan?

– Gyanítom.

– Azt nevetem, hogy ön most úgy tért haza Amerikából, mint mikor egy nagy tolvajt becsuknak a dolgozóházba, s ott azután jól viseli magát, kieresztik. És akkor azután nem győzi eléggé mondani, hogy milyen dicső dolog az a munka! mennyire megnemesíti az embert; hogy már most ő ezután soha többé lopni nem fog. Meg is tarja mindaddig, a míg a legelső őrizetlen szobába be nem jut, s a legelső arany órát nem látja magára mosolyogni. Ön is így jött elő most abból a nagy dologházból, a mit Amerikának hínak. Nem haragszik ön azért, hogy nevetek?

– Hiszen mikor elváltunk is nevetett ön.

– Szeretném, ha ön is tenné. Nekem ez az ön komoly képe nem tetszik. A biró mikor vallat, a tiszteletes, mikor prédikál, hadd tegyen úgy, mintha haragudnék; de ha csak ketten vagyunk, se biró, se pap ne tegye azt, mert nem hiszem el neki. Önnek épen roszul illik az.

– Tudom, s nem alkalmatlankodom tovább.

– Itt van ni! Eddig csak savanyú volt ön, most meg már keserű.

– Sőt mind a kettőnél roszabb: ízetlen. Bocsásson meg érte, asszonyom! Én magam is annyira tudom, milyen kiállhatatlan ember vagyok, hogy szeretném a saját énemet valahol otthagyni, mikor aluszik, aztán megszökni tőle, hogy rám ne találjon többet.

– Sőt én azt hiszem, hogy ez úgy is történt. Én egészen hajlandó vagyok azt hinni, hogy önt valóban agyonlőtték; s aztán valami yankeenek a lelke megtalálta önt, felöltötte magára, s az jár-kel itt most az ön képében, míg ön maga a

Savannák virágait járja sorra, valami lepke képében, s csapja nekik a szépet sorra, mint hajdan itthon.

– Az meglehet! – szólt Elemér elmosolyodva. Neki is volt egyszer ilyen gondolatja.

– Hanem egyet ne feledjen el, master, azért ha a túlvilágról jött is vissza: azt az egyet, hogy az ó-világban volt még valaki, a ki önről sokat gondolkodott.

Elemér szótlanul hajtá meg fejét és indulni készült.

– Nem megy ön át Lemminghez? – kérdezé Malvina.

– A mi ügyeink voltak egymással, azt majd elintézi az ügyvédem.

– Tehát olyan ügyeik voltak egymással? Jól van; nem kérdezősködöm felőlük. Remélem, hogy látni fogom önt ismét?

– Mihelyt egyszer Bécsből visszatérek; az éjjel oda utazom.

– S mit keres ön Bécsben?

– Embereket, a kik nem ismernek.

– Ön kerüli ismerőseit?

– Mint minden tolvaj, kit a dologházból most eresztettek ki.

– Tehát ön maga is fél, hogy ha egy bizonyos háznak a számát megtudhatná, azt a házat fel találná törni? Nem akarja ez adreszt megkapni?

– Nem akarom!

Azzal meghajtá magát Elemér és búcsut vett.

Mikor elment Malvinától, a delnő sokáig járt alá és fel

hevesen szobájában, azután parancsot adott lovászának, hogy nyergelje fel paripáját, s kilovagolt.

A VETÉLYTÁRS ÉS VETÉLYTÁRSNŐ.

Régen láttuk a farkasvölgyi magános kis házat: talán el is felejtettük már.

Talán még most is jönnek ott össze a régi boldog emberek.

Forró, fülledt nyári délutánra felhőontó zivatar támadt. A zápor millió sugára, mint tündérhárfa az ég és föld között felvonva, zengett a villám czikázó kezétől, s a hegyi utakon apró zuhatagokban omlott alá az eső patakja, sárga, iszapos vizével.

A mezőkről a munkások haza menekültek már, minden madár fészkébe huzódott. Mikor néha lecsap a villám, recsegő dörgés hangzik fel utána, s arra még jobban rákezdi a zápor.

E záporban, viharban egy hölgy lovagol alá a farkasvölgyi úton.

Az eső mind szemközt vágja; lova nagyokat csuszik a sikamlós agyagban; néhol küzdenie is kell a rohanó hegyi árral; a lovagnő arcza pirosra van kigyulladva. A hol gyepes az út, gyorsabb haladásra korbácsolja lovát; a villámlobbanás ellen fel-felkapja kezét, mintha meg tudná magát védeni azzal.

Már látszik a kis ház. Itt felkap a gyepre, s engedi vágtatni a paripát, nem törődve a futókat üldöző villámmal, s a mint berobban a ház udvarára, gyorsan leszökik nyergéből s menekül a házba.

A ház lakója rémült arczczal fut ki elé.

– Az ég szerelmére! Te jösz? ilyen időben?

– Az én szerelmemre... nincsen rosz idő! – válaszol a hölgy, s kedvese keblén függ.

Egészen át van ázva; a könnyü nyári öltöny úgy tapad termetéhez, mint egy Venus-szoborhoz; elszabadult hajfürtei csapzottan tévelyegnek keblén, vállain. Hanem arcza és szemei égnek.

– Nem láttad a keletkező zivatart, mikor elindultál?

– Csak téged láttalak.

– Ah! milyen hidegek kezeid!

– Melegítsd meg!

– Mint át vagy ázva.

– Takarj be köpenyedbe!

– Nem félsz a mennydörgéstől?

– Nagyon félek. Szoríts magadhoz.

S aztán leültek egymás mellé a nyugágyra; egy köpeny takarta be vállaikat, egy csók beszélte el, a mit gondolnak.

A nő önfeledt volt szenvedélyében; nem tudott, nem látott a külvilágból semmit, s aztán valahányszor a villám átfénylett az ablakon, a dörgés átharsogta az eget: felriadt, reszketett, futni akart; úgy rettegett tőle, s azután ismét felkereste menedékét a szerelemben, a kedves égő keblén; s mentül jobban villámlott, mennydörgött odakinn, annál jobban kereste a rémületben túlvilági gyönyörét.

S már nem volt az átázott öltöny többé nedves márványtermetén: a belül égő tűz megszárította azt.

A zivatar lassan odább vonult; a távoli moraj nem

zavarta már a közeli suttogást.

– Tudod-e most már, hogy mennyire tud egy asszony szeretni? Tudod, mennyire rettegek az ég-zengéstől, mégis szembejöttem rá, hogy veled lehessek. Tudod, hogy ilyenkor rettegem legjobban Isten büntető haragját, mégis az ő mennydörgése alatt vétkezem szerelmemben hozzád! Hisze de már, hogy őrülten szeretlek?

Az ifju lehajtotta tenyerében homlokát s elmélázva felelt:

– Nekem pedig egy sajátszerű gondolatom támadt e pillanatban. Én azt hiszem: te azért jöttél ez órában, ez időben, e viharban hozzám – mert soha sem foglak látni többet.

A hölgy rábámult merően s félre veté előrecsúszott fürteit.

– Hogy gondolsz ilyet?

– Minden csókod azt mondta nekem: ez búcsucsók volt, azért forróbb, édesebb, mint valaha.

– Álomjáró!

– Igaz! Az vagyok. De hát nem a holdasoknak adatott meg a kínzó előny, hogy a jövendőket megsejtsék? Te ma búcsuzni jöttél hozzám!

– Melyik érzéked mondja ezt neked? Szemeddel láttál, füleddel halottál valamit?

– Láttam is, hallottam is; de érzek valamit, a mit nem lát szem, nem hall fül. Én veszendőben vagyok te előtted.

– Háládatlan!

– Az nem igaz! Ha te boldog órákat adtál nekem: én egész életemmel fizettem érte. Mindenemmé tettelek. S ha elvesztelek, semmim sincsen; semmi vagyok. Te akkor is boldog vagy. Nincs közöttünk helyes alku.

– Tihamér! – Valld meg, mi nyugtalanít?

– Te! Arczod, tekinteted, kezed reszketése; a sóhaj, mely kebledből kitör; a köny, mely szemedben vágyakat árul el; az ajk, mely elnémul ajkam alatt, mind azt mondja, hogy valaki áll közöttünk. Midőn engem ölelsz, azt öleled; mídőn szemembe nézesz, az ő szemét látod; mikor megcsókolsz, őt csókolod. Egy alak áll közöttünk, a kit én szeretnék megölni – ha tudnám.

– Te bohó vagy! – szólt a hölgy, és lesütötte szemét.

– Ne mondd azt! Te tudod, hogy én a szívedbe látok. Hasztalan tanulmányoztam volna én éveken át minden gondolatát lelkednek, minden mozzanatát szeszélyednek, és még se ismernélek?

– Ez jutalmam, a miért itt vagyok? szólt szomorú szemrehányással a hölgy.

– Óh! Leona, ma nem volt jó hozzám jönnöd. Csak ma ne! Szerelmedben volt valami, a mi hasonlít a boszuálláshoz.

– Nem értelek!

– Óh! nagyon is értesz. És én rettegek miattad. Leona! Olyan hű ebet, mint én, nem találsz a föld kerekén sehol. Egész életemet annak áldoztam fel, hogy egy boldogító bűnnek rabja legyek. E bűn rabja voltál te is. Légy hű hozzá! mert ha az erényedet csalod meg, kibékülhetsz vele; de ha a bűnödet csalod meg, kivel békülsz ki akkor?

– Mindig homályosabbak előttem talányaid.

– Akkor ne fejtsd meg őket. Mondd, hogy nincs igazam; taposs el, gúnyolj ki, csak igazad legyen: az nekem jól fog

383

esni. Nevezz magad előtt bolondnak. Csak azt ne felejtsd el, hogy a te bolondod vagyok.

– Édes szerelmes bolondom!

Egy elkésett mennydörgés kényszeríté a megrettent hölgyet ismét menedékét keresni; egy köpeny fedte vállaikat, egy csók beszélt gondolataikról, de végbúcsuról az nem beszélt többet.

Másnap azután, hogy Elemér meglátogatta Malvinát, Lemming úr úgy beszédközben tudatá nejével, hogy Harter Elemér már el is utazott Bécsbe; elintézendő ügyeit barátjára, Béltekyre bízta. Bélteky el is jött és beszélt sok mindenfélét. Lemming úr meghívta Elemért, hogy legalább estére tisztelje meg házát egy kis barátságos soupé elköltésével, de nem fogadta el: még az éjjel akar utazni. Fut Pestről.

De hát miért fut! Ki elől fut!

A szokott angol leczkére feljött Ilonka Lemmingnéhez.

Lemmingné igen meglepettnek mutatta magát.

– Én azt hittem, hogy ön már több leczkét adni nem jön el hozzám.

– Miért tetszett azt hinni?

– Nos, önnek édes anyja mondta nekem, a gazdasszonyok ülésén jöttünk össze: hogy kegyed kezét másnap megkéri Bélteky. Ez a másnap tegnap volt. Én igen természetesnek találom, hogy egy oly kitünő gentleman jegyese azontul pénzért leczkéket senkinek sem adhat, s miután kegyed tegnap csakugyan nem jött el, azt hittem, hogy az ügy rendben van. Ön jegyet váltott Béltekyvel.

– Nem váltottam, asszonyom.

– Ah! Anyja mint bizonyost mondta nekem.

Ilonka arcza égett. A szégyen tiltotta neki, hogy megvallja az igazat, úgy, a hogy történt. Hogy mondja el azt egy fiatal leány magáról: «Kérőm nem jött el: ott hagyott, lemondott rólam?» A helyett azt felelte, a minek tán történni kellett volna:

– Én visszautasítottam őt.

– Üm! Ugy-e?

Malvina ajkába harapott, s öldöklő szemekkel tekinte végig a leányon, sokáig arczán feledve vizsgáló szemét. Nem talált rajta semmit abból, a mit keresett.

– Kedves Ilon! Hadd szóljak én önnek egy bizalmas szót. Vegye azt tőlem úgy, mint legjobb barátnőjétől. Bélteky már itt volt, és férjemmel mindenfélét fecsegett, a hogy férfiak szoktak egymás között. Én rájöttem a dolog igazi bibéjére, a mi önök egybekelését akadályozza. Ne neheszteljen azért, a mit mondok. Ön azt mondja, kiadtam a kérőmön. Én tudom, hogy a kérő bátortalan volt megtenni az első lépést.

– Ne piruljon ezért el kedvesem; az ön helyzetében minden leány, a ki becsületére büszke, azt fogná mondani: én adtam ki rajta. Ez nekünk gyöngéknek a mi előjogunk. Bélteky pedig igen jó ember és nagyon szereti önt; de fél a házasságtól, azért, mert ő kezdő ember. Kegyed pedig szegény leány. Attól fél, hogy rangjához illően nem tudja feleségét eltartani.

– Elhiszem, asszonyom; s semmi neheztelésem nincs ellene. Neki igaza van.

– Hallgasson végig. Én beszéltem Lemminggel, Lemming helyeselte azt, a mit mondtam neki. Lemmingnek most igen sok ügye van, a mi egy ügyvédnek foglalkozást adhat. Ő Béltekyt nevezetes évi fizetéssel fogja ügyvédül alkalmazni. Ad neki kétezer forintot.

Ilonkának eszébe jutott, hogy ennyit kinált neki is.

– A mi pedig kegyedet illeti, kedves gyermekem: azt bizza rám. Én magam gondoskodom kiházasítása felől. Én kegyedet úgy szeretem, mint saját leányomat, és mi gazdag emberek vagyunk. Lemming félmilliót nyert ez évben. Én tizezer forintot szántam kegyed kiházasítására. Meg van ön velem elégedve?

Ilonka kezet csókolt Malvinának.

– Asszonyom, ön nagylelküsége hódolatra indít. Bélteky úr szerencséjének igen örülök; neki szívemből kivánom, hogy boldog legyen; de felesége nem leszek soha.

– Úgy? – szólt kegyetlen hangnyomattal Malvina. Ez egy szóban annyi gyűlölet, szenvedély volt kifejezve. No hát tanuljunk angolul.

És folyt csendesen az angol tanulmány, Malvina részéről ezuttal a lehető legroszabbul. Úgy látszott, mintha mindent elfelejtett volna. Ilonka nem győzte őt elégszer figyelmeztetni a hibás szórakásra. Észrevehető volt rajta, hogy másutt jár a lelke.

Egyszer aztán, mikor épen valami igen egyszerű mondat lefordításával sehogy sem boldogult, hirtelen odafordítá arczát Ilonka felé s azt mondá neki:

– Tudja ön már, hogy Harter Elemér hazaérkezett?

Ez orgyilkos támadás volt. A döfés egészen védtelenül találta a gyanútlan leány keblét. Ezúttal nem bírta azt elhárítani. Vére elhagyta arczát, egészen elsápadt, s szemeinek riadt tekintete elárulá, hogy szíven van találva.

– Nem tudom! rebegé; maga sem tudta, mire? s halvány arcza elárulá, hogy homloka szédül.

Malvina elég kegyetlen volt végig élvezni e lelki halálküzdést. Mint a római messalinák, gyönyörködni kivánt sebzett áldozata halálküzdelmében, s csepegetett méreggel fokozta annak kínjait.

Most már ő examinálta ki az angol nyelvből tanítónőjét. Folytatta a leczkét.

És közbe-közbe elejtett egy-egy újdonságot ama közbejött tárgyról.

«Visszajött; nem halt meg».

«Szép, gyönyörű férfi lett belőle».

«De büszke lett és hideg; senkit sem akar látni hajdani ismerői közül».

«A mely nap jött, az nap el is utazott; még az országban sem akar maradni».

Ezeket Malvina mind apródonkint adogatta elő, az angol mondatok szünetei között, s azután gyönyörködött benne, hogy ejt hibát hibára maga a tanítónő; hogy nem jutnak eszébe a legközönségesebb szavak; a legszokottabb tárgynak a nevéért hogy folyamodik a dictionnairhez, s keresi benne az R betüt a G előtt; hogy reszket kezében az irótoll és mást fog, mint a mit írni akar vele; s hogy akarja eltitkolni a lázt, a mely már minden erében elterjedt.

Nem engedett el neki egy másodperczet sem.

Mikor vége volt az angol órának, azt mondá Ilonkának:

– Kedvesem, kegyednek valami baja van.

– Nem érzek semmit.

– Látom az arczán. Mutassa üterét, én értek ahhoz.

És megfogta Ilonka kézcsuklóját.

– Ah! Legalább százhuszat ver egy percz alatt.

– Mindig annyit szokott.

– Mindig? Tehát ez önnél rendes állapot?

– Úgy látom, hogy rendes, mert eddig mindig egészséges voltam vele.

– Akkor, kedvesem, kegyednek jó lesz sietni a férjhezmenéssel. Tizennyolcz évbe járó leányoknak jó magukra vigyázni, ha az üterük százon felül ver.

Ilonka oly ingerült volt, hogy nem birt szokott higgadtságához jutni.

– Kérem, asszonyom, ne bántson engem a férjhezmenéssel, az az én dolgom.

– Ezt nem jól tudja ön, kedvesem; egy leány férjhezmenetelénél néha csak egy ember van érdekelve, néha mind a kettő, néha három, néha négy.

– Nem értem!

– Lehet, hogy én azt önnek egyszer meg fogom magyarázni; de jobb szeretném, ha nem kivánná. Én értem, a mit mondtam.

Ilonka egy perczig szótlanul állt és összevont szemöldökkel nézett fel a magasba, mintha keresné a távolban az ismeretlen magyarázatot. Hasztalan! Oly távol volt tőle, hogy még láthatárán is alul esett.

Az, hogy egy leány férjhez menjen valakihez, mint lehet ügye egy harmadiknak – és egy negyediknek?

Nem talált rá.

– Ha parancsolja, asszonyom, lássunk a vívási tanulmányunkhoz.

– Önnek ma nem lesz biztos keze.

– Honnan gondolja ön?

– Láttam, hogy reszketett, mikor irt.

– Óh! dehogy reszketett a kezem.

– Próbálja ezt a nevet leirni: Elemér.

Ilonka vállat vont s felvette a tollat: «Miért ne? S aztán leírta a tanulmány-lap szélére e nevet azokkal a finom hosszúkás betükkel, a miknek minden vonala oly gyöngéden simult a papirra, mint a virághimszál.

– Tehát menjünk a terembe!

Malvina, mint rendesen, bezárta a terembe vezető ajtókat, hogy senki se zavarhassa gyakorlataikat.

Már rég idő óta nem vívtak sem rövid ruhában, sem melltakaróval, csupán felső ruháikat tüzték fel gombostűvel térd fölőtt, s a szokásos sodrony-álarczot tették fel vívás alatt.

Ilonka kereste az álarczot.

– Hol van az arczvédem?

– Sehol. Ma a nélkül fogunk vívni! szólt Malvina és odanyujtá neki a vítőrt.

Ilonka megdöbbenve kiálta fel:

– Mi ez?

A vítőrnek nem volt gombja, a helyett a hegye élesre volt

köszörülve.

– Ma valamelyikünk megöli a másikat! felelt Malvina s a neki szabadult szenvedélytől lihegő kebellel állt oda a leány mellé, jobb vállán keresztül daczosan tekintve le rá, s lábát keresztbe téve előtte; – «ma egyikünk meghal!»

Ilonka csendesen csóválta a fejét.

– Nem értem ezt a tréfát.

– Nem érti, kisasszony? szólt gyilkos tekintettel a delnő, s szép fogai egymáshoz verődtek indulat-lázában. No hát értse meg! Te egy embert szeretsz, a kit nem szabad szeretned; a kit én szeretek.

Ilonka megdermedt e szóra. A szűz-érzet egész szemérmes iszonyata állta el minden idegét. Bámulva nézett a szemközt álló csodaszép furiára, s nem bírt lelkében azzal a fogalommal, mely annak, a mit lát, nevet tudjon adni.

Elfordítá mélyen elpirult arczát e nőtől, s kezét keblére tevé, mintha szívét akarná óvni e szavaktól, miknek értelme még ott nem visszhangzott soha.

– Asszonyom! rebegé fulladozó hangon. Ezek olyan dolgok, miket önnek, férjes nőnek, elmondani, s nekem, hajadonnak, meghallani nem volna szabad.

– Ne taníts arra engem! kiálta szenvedélyesen a delnő. Én ördög leszek, ha akarom; s ha te angyal akarsz lenni, annál inkább ellenséged! De az sem igaz! Nő vagy, mint én. Őrült vagy, mint én. Egyikünk sem jobb, sem rosszabb, mint a másik. Két őrült került össze, az történt! Te nem tudsz lemondani egy férfiról; én sem. Te kész vagy érte elveszteni mindent; én is. Családot, jövendőt, kényelmet, jó hírnevet – mindent. No, hát küzdjünk meg érte! Mert két ilyen őrültnek ez a kis világ szűk!

Ilonka szívét mély szánalom fogta el e dühöngő szavak alatt; most már szánta ezt a nőt, mint szánnak egy beteget, kit görcsök kínzanak.

Összefogta ölébe leeresztett két kezét, úgy nézett reá, mint egy kárhozottakat megtérítő őrangyal.

– Asszonyom, ön nagyon szenved. Isten őrizzen meg minden nőt hasonló szenvedéstől. Én kivánom önnek, hogy az ég gyógyítsa meg. Elhiszem, hogy ez rettentő fájdalom. Hallgatni fogok arról, a mit ön előttem mondott. Elfelejtem. Bocsásson innen.

– Ah! még szán? még gúnyolódik? Az majd a végén válik el, hogy melyikünk lesz a megsiratni való. Én téged megölhetnélek, ha akarnálak, alattomosan; megölhetném jó híredet: kihíresztelhetnélek, mint becstelen szerelmest; kiírthatnálak a világból, a melyben lélekzeni akarsz: de nekem az a munka nem tetszik. Én szemtől-szembe, lábat lábnak vetve, vasat vas ellen feszítve akarlak semmivé tenni. Fogd ezt a fegyvert! s ha van bátorságod őt szeretni: legyen bátorságod érte megvívni.

Ilonkában feltámadt a harag.

– Asszonyom! Ön már nem őrjöngő előttem többé, hanem nevetséges bolond! Én nem fogok önnel egy férfiért vívni, mint fiatal diákok szoktak imádottaikért.

S azzal odadobta Malvina lábához a vítőrt.

Malvina hangosan dobbantott lábával.

– Vedd fel rögtön azt a vítőrt!

– Soha többet ez életben, asszonyom!

– Vedd fel, mert leszúrlak irgalom nélkül!

– Azt teheti ön, ha kedve tartja.

– Ettől nem félsz, ugy-e? mert nem hiszed. De azt el fogod hinni, hogy ha innen távozni akarsz, ezzel a vítőrrel kezemben olyan bélyeget vágok angyalképű arczodra, hogy egész életedben ott viseled.

– Azt a bélyeget is örömestebb fogom viselni arczomon, mint viselném rajta egy bűnös szenvedély öntudatát.

Ez a szó olaj volt a hölgy szenvedély-lángjára.

Vad dühvel szökött a leánynak, a vítőrt feje fölé emelve.

Ilonka pedig ott állt előtte nyugodtan, s két összetett keze még mindig ölébe volt leeresztve.

Ez a nyugodt tekintet leverte a támadást.

Malvinának nem volt sem fegyvere, sem szava e tiszta, nyugodt, szűz alakot megtámadhatni. Megállott és reszketett. Keble zihált és egész arcza égett.

Ilonka azt vélte, hogy megengesztelheti őt.

– Bocsásson ön engem innen, asszonyom. Nekem nincs jogom önt akár sérteni, akár gyógyítani. Járjon ön miattam, a merre akar; engem nem fog útjában találni soha. Én felfogadom önnek, hogy nem fogok gondolni oly emberre, a kire tán ön is gondolhat. Felfogadom, hogy álmomban sem látom meg azt, a kiről ön álmai beszélnek. Bírja ön tőlem az egész világot. Bocsásson engem innen, s én úgy elmegyek, hogy soha még híremet sem fogja hallani többet. Elhagyom ezt a várost, elhagyom ezt az országot. Elmegyek más hazába. Idegen nevet veszek fel. Eltagadom, hogy Magyarországon születtem.

– Ah! Mulatságos ártatlanság! gúnyolódék a delnő. Ki akar menni e városból, ki ez országból: mert jól tudja, hogy «ő» is elhagyta a várost, kiment az országból. Utána akarsz menni, ugy-e? Fel akarod őt ott keresni, a hol senki sem ismer? – Becstelen!

Ilonka összerázkódott e szóra.

– Asszonyom! E szó után többet nem beszélhetünk egymással. Bocsásson!

Malvina azonban az ajtó elé állt s elzárta az útját.

– Oh! te hasztalan fogsz utána menni. Hiába hálózod körül. Hiába csalogatod. Nem te őt, hanem ő fog megcsalni téged. Ne hitesd el magaddal, hogy egy ártatlan, szép pofácskáért valakit nőül vesznek. Ő téged kigúnyol, megvet, kinevet!

Ilonkának elfogyott a türelme.

– Ejh, asszonyom! ne zárja el előttem az ajtót! Ez már otrombaság... S azzal előre lépett az ajtó felé; a hegyes vítőrt, mit Malvina eléje szegzett, félre hárította puszta kézzel, s azzal megkapva az útját elálló hölgy karját, félretaszította azt maga elől, mint egy gyermeket. Hiszen aczél volt minden izma, s ha úgy akarta volna, összetörhette volna őt.

És birtokába jutott a kilincsnek, s felnyitotta a kulcscsal az ajtót.

Malvina tehetetlen dühében megragadta Ilonka ruháján a vállfodrot.

– Azt letépheti ön, ha akarja.

De nem azt akarta letépni.

– Ugy-e? Nem törődöl vele, akármi lesz belőled miatta? Eldobod magad érte, s neki indulsz a világ gúnykaczajának. Szeretni akarod őt, ha becstelen fogsz is lenni miatta. Az akarsz neki lenni, a mi volt az apjának az anyád!...

... Ilonka e szóra visszafordította a kulcsot a závárba, s egy szökéssel az eldobott vítőrnél termett, felkapta azt, s azt mondá ellenfelének:

– Most már én öllek meg «téged!»

A nő elégülten mondá:

– Tehát mégis kényszerítettelek!

– No hát rajta!

– Az úgy is hallatlan az ó-világban, hogy két nő vívjon meg egy férfi miatt. Hadd történjék meg egyszer ez is!

A vítőrök kereszteződtek.

Malvina a szenvedély vak dühével rohant a leányra, nem törődve saját védelmével. S Ilonka ama sértő szó után, mely kényszeríté a vítőrt felvennie, egy arczulköpött arkangyal kegyetlen boszúálló haragjával fogadá, hogy azon a rossz szíven fogja keresztülverni ezt a vasat, melyben ily méregkeverő gondolat megfogamzott.

«Most már én öllek meg téged!»

Hanem azután, mikor egyszer az aczél a kezében volt, elkezdett eszmélni. Az aczélcsattogás magához téríté. Gondolkozott. Férfiaknál hadvezéri adománynak nevezik azt, mikor a viadal perczei alatt tér meg a szív nyugodt érverése, s míg a szem vigyáz, míg a kéz cselekszik, azalatt a fő gondolkodni tud s nem engedi a heves vérnek a vezéri szót; nem ijed, nem buzdul, nem borzad, nem dühöng: higgadt lesz, meglátja a távol- és közellevőt; fölötte lebeg annak, a mi vele történik.

Ily adománya volt Ilonkának; a vívás hevélye neki visszahozta lelki önuralmát. Meggondolta: ha én most ez asszonyt leszúrom, a tett nyilvánosság elé kerül.

Törvényszék elé állítanak. Ki fognak vallatni: miért vívtunk? okát kell adnom. Azt mondom-e: egy férfiért; vagy azt mondom: az anyámért? Magamat gyalázom-e meg, vagy anyám erényére engedek mérges lehelletet fújni? Hát lelkemen hogy fogom elviselni egy megölt vérét? Ha a törvényszék előtt kimenthetem magamat, hogy mentem ki a belső biró előtt? Nem: én ezt az asszonyt nem ölhetem meg. De le fogom fegyverezni. – És akkor letérdepeltetem őt lábamhoz s úgy fog bocsánatot kérni attól, kit oly gonoszul bántott, s ki őt nem bántotta soha. A port fogja csókolni előttem, azt a port, mely a szörnyű megbántásnak tanuja volt. S azután megvetem és magára hagyom és keble ördögeire.

Tízszer leszúrhatta volna vetélytársnőjét ez idő alatt, nem törődött ellene fedetlen oldalai védelmével, ki untalan csak ostromolt, – de nem tette. Csupán azon törekedett, hogy kiüsse kezéből a fegyvert.

Azonban Malvina erősen marokra fogta azt, s gyanítva ellenfele szándékát, mindig csak egész döféseket intézett feléje, miknél a lefegyverzés lehetetlen.

Egyszer azután, mikor Ilonka egy kötéssel ki akarta facsarni ellenfele kezéből a vítőrt, az kiszabadítva fegyverét a kötésből, úgy döfött azzal Ilonkához, hogy a fleuret hegye mélyen belemerült annak keblébe, épen a váll alatt.

A mint Malvina visszarántá fegyverét, a nyilt seben keresztül szemébe szökött a leány meleg vére.

Ez érzésre, e látmányra a delnő elsikoltá magát, kiesett kezéből a fegyver, s ő maga ájultan rogyott a megsebesített leány lábaihoz, hanyattvágta magát s hosszú, fekete fürtei szétbomolva terültek el a szőnyegen.

A megsebesített hajadon pedig állva maradt, s megvetéssel nézett le a lábánál heverő élettelen alakra.

Annak arcza sárga volt, mint a viasz, és szemei felett félig csukva a szempillák, keble mozdulatlan, és ajka nyitva. Mintha őt érte volna a haláldöfés.

Megijedt a saját keze ontotta vértől, s elájult bele.

Ilonka a mosdószekrényhez sietett, hol minden alkalommal készen volt tartva, véletlen esetekre, a vivó-iskolák segédszere, a szivacs és árnica-festmény. Belemártotta a szivacsot a festménybe s betömte vele a keblén szúrt seb nyílását.

Csak arcza lett kissé halványabb, de járásán nem látszott meg semmi ingadozás.

Még arra is gondja volt, hogy a két vítőr hegyeit, lábával rájuk lépve, letördelje s zsebébe elrejtse.

Azután kinyitotta a cselédséghez vezető ajtót s kiment a szobaleányt behívni.

– Jőjjön be kegyed. A vívásleczkén úrnője kezében a vítőr elpattant, a csonkájával megsebesítette vállamat, s arra ijedtében elájult; menjen, segítsen rajta.

A cselédnek azonban nemesebb szíve volt, mint az úrhölgynek; a mint meglátta Ilonka ruháját vérrel összefecskendve, lelkendezve kiálta fel:

– Jézus Mária! Bánom is én, ha elájult, majd felébred. De a kisasszony keresztül van szúrva. Szaladok bérkocsiért.

Ilonka nem tudta őt visszatartani; a cseléd akkorra visszaérkezett a bérkocsival, mire Ilonka lement a lépcsőkön, s azután felült mellé a kocsiba. Ott feküdhetett asszonya ájultan, a meddig magától fel nem ocsúdott; ő Ilonkát ápolta hazáig.

Hiszen úgy szerette őt mindenki!

Otthon Ilonka elmondott anyjának mindent.

Mindent... ·

Nem lehetett semmit eltitkolnia többé.

Világosiné átkozta az egész világot, az egész emberiséget, megsebesített leánya ágyánál. Szemrehányásokat szórt magára és a gondviselésre, ki még csak azt sem hagyta fenn, hogy valaki boszút álljon ezen istentelenségért!

A férj tébolyodott, az anya beteg, a testvér még gyermek és siketnéma. Nincs, a ki igazságot adjon ezen a világon, egy ily kegyetlenül letört virágszálért!

Hanem a letört virágszál csak még sem hervadt el.

A fiatal, egészséges vér győzött a haláldöfés felett; a vészes seb begyógyult. A természet nagy orvos.

Két hét mulva már Ilonka felkelhetett az ágyból; a sebláz elmult.

Még talán szebb volt, mint azelőtt. Sápadtabb, de nőiesebb volt arcza. Járása nem volt oly kevély, de szendébb, hajlékonyabb, mint eddig. Ha kérdezték tőle: fáj-e még? azt mondta: már nem, és igazat mondott, mert valahányszor a behegedt szúrás fájdalmát érezte, titkos boldogságot érzett mellette, mint a ki azzal egy nagy adósságot fizet le – másnak.

– Elmegyünk innen, leányom! bíztatá őt anyja. Elmegyünk e városból, ebből az országból, ez alól az ég alól, a hol ezek az emberek laknak. Eltemetkezünk idegen emberek közé, a hol senki sem ismer bennünket. Nem viszünk innen magunkkal semmit; még a saruinkra ragadt port sem.

És úgy tettek.

Még Böskét is itt hagyták. A jó leány, ki utánuk vitte a gőzösre holmijaikat, csak nézett utánuk a partról, míg a füstöt láthatta, akkor megfordult, s azt mondá:

– Már most én is megyek, s felkeresem a názárénusokat!

EGY KATONA, A KI RABLÓKAT FOG.

Az ismeretlen leány után nem tudakozódott senki; eltünhetett, elveszhetett; az ismerős delnő megmaradt a küzdtéren, mint ünnepelt szépség, divat-uracsoktól körülrajongva, fiatal tárczairóktól megénekelve. Nem eshetett meg lóverseny, császárfürdői dalidó a nélkül, hogy öltözéke le ne lett volna irva. Valami fogékony keblű ujdondász azt is feljegyezte róla, hogy a legutolsó estélyen oly pompás gyöngyöket viselt, hogy szebbeket még csiga könyje nem teremtett.

Jól találtad, becsületes hírharangozó; annak a nagy csigának a könyjéből termettek e gyöngyök, mely nem tud élni, ha házából kiveszik; mi itt a tenger fenekén magyar népnek is nevezzük ezt a kagylót, mely gyöngyöket terem, mikor kínoztatik. – A szép asszonyság minden gyöngyszeme ezer meg ezer nyomorult könyjéből támadott; síró gyermekek könyjeiből, kik hiába imádkoznak a mindennapi kenyérért; a ti kenyeretek nem jöhet ma, mert az ma egy szép asszony hófehér nyakán tánczol.

Ragyogj velük, szép amazon!

* * *

Föhnwald százados ez idő szerint valamelyik alföldi magyar városban tanyázott csapatjával.

A nyomor zenithjén jártak már a rossz csillagok. Itt-amott az is hallatszott, hogy a megéhezett emberek rabolnak. Onnan vesznek, a hol kapnak.

Egy szép napon a maga előljáróságától azt a parancsot

kapta Föhnwald, hogy abban a megyében, a hol ő fekszik, ki levén hirdetve a rögtönitélő biróság, ő is lásson utána a rablóvadászatnak; a hol erdőn, mezőn, tanyán, falun, városban, úton, pinczében megtalál egy rablót: fogja meg, kösse meg, lőjje meg, hozza be élve vagy halva. Ne kiméljen senkit, ha szűrben, ha selyemposztóban jár, orgazdát, tolvajrejtegetőt egybevegyen magával a rablóval; ne válogasson se kicsinyt, se nagyot, se urat, se parasztot; legyen irgalom-nemismerő mindenki iránt.

«Auch eine schöne Gegend!» mondá magában Föhnwald, és zsebébe tette a felsőbbségi meghagyást.

* * *

Lemming úr sokat utazott ez idő szerint.

Hja! bizony a százezreket megérdemelni nem jár fáradság nélkül.

A vállalat sok járás-keléssel van összekötve.

Az egész nyereség többfelé oszlott meg; egyes vállalkozónak ugyan rajta kellett lenni, hogy a mit elvesztett a réven, megnyerje a vámon!

Aztán az embernek főkép arra kell ügyelni, hogy valami panasz véletlenül ki ne pattanjon.

A panaszoknak ugyan a mostani időjárás nem igen kedvező. Ha valamelyik parasztnak kedve találna kerekedni a lamentálásra, hogy ő ocsut kapott buza helyett: csak lesz esze az előljáróságnak, hogy szép szerével lecsendesíti; ujságba pedig be nem adhatja panaszát, mert annak az iktatási díja hat hónaptól egy esztendeig terjedő börtön. Azt már tudják az ujságirók, hogy az a «csendháborítás» rovata alá esik, s őrizkednek a hadi-törvényszéktől leczkét venni. S ha akad itt-ott előljáró, a ki azt hiszi, hogy neki megbocsátják azt az érdemét, ha a pórul járt paraszt ügyében felmegy panaszkodni Budára, azt az ember útközben elfogja, nyomatékos indokkal megnyugtatja, visszatereli; ha nem hajt a szép szóra, engedi eltévedni abban az erdőben, a minek «hivatalszoba» a neve, míg végre a vándor rátalál az igazira, a kinek lelke szerint elmondhatja minden keserűségét: hogyan szedik rá, milyen istentelenül pusztítják azt a szegény éhes, rongyos embert odakinn! ez igazi ember, a ki panaszát végighallgatja, Harter Nándor lesz; az azután majd segít a dolgán, ne féljen semmit. Ha pedig épenséggel oly életrevaló és ügyes ember akad, a ki egész Bécsig elviszi a panaszszal telt tarisznyát: az meg épen eltalálta az üdvösség kapuját, ott a vállát is megveregetik, számot is írnak a panaszlevelére; azt azután leküldik a maga útján – Harter Nándornak, hogy tartson e tárgyban szigorú vizsgálatot, s akkor aztán a panaszkodó egészen meg lehet nyugosztalva a felől, hogy most olyan ember kezébe jutott az ügye, a ki majd igazságot szolgáltat az ő szegény fejének. Csak várja békével!

Lemming úrnak tehát sok dolga volt, hogy becsülettel megfeleljen feladatának.

Épen egy nagy alföldi városban volt a kölcsöngabonaosztásnak ideje. Mint vetőmag, elkésett már az; de a kormány elrendelé, hogy az éhezőknek még azonfelül is kell élelmiszereket osztani, tisztességes kölcsönképen; ma aláírnak öt forintot egy mérő buzáért; aratás után aztán harmadfél mérőnek az árából visszafizethetik azt könnyen.

Abban a városban volt egy alkusza Lemming úrnak. Azt meg Hameternek hítták. Bánom is én, akárminek hítták.

A mint Lemming úr megérkezett a vendéglőbe, felkereste az alkusz.

– Itt vannak a szekerek!

– Megkapta ön a buzát? Hogy vette?

– Olcsóbban, mint rám volt bízva. Harmadfél forinton.

– Az képtelenség! Annak már nem lehet buza-alakja.

– Tessék megnézni a mustrát!

Az alkusz egy vászon-zacskóból kitöltötte az asztalra a mutatványszemeket.

Lemming úr elbámult.

– Hisz ennél szebb buzát a londoni ipartárlaton sem mutogattak, hisz ez van kilenczvenöt fontos.

Szép, piros, nehéz buza volt az. Száznyolcz fontos!

– De hát hogy vehette ön ezt harmadfél forinton, mikor négyen is alig kapjuk a selejtesebbet?

– Valami hibája van.

– Mi hibája lehet? Nem képzelem.

– Az a hibája van, hogy hat óráig hevert a viz fenekén. Az a kereskedő, a ki tegnapelőtt nem adta négy forinton alól, a mint felvontatta a hajóját, tőkére ment vele; a hajó elsűlyedt, a buza átázott, azonban közel volt a parthoz, fél nap alatt kihordták, megszárították; hanem a kereskedő kénytelen volt rögtön túladni rajta, a hogy veszik. Meg is ölelt, mikor harmadfél forintért az egész szállítmányát elvállaltam. Más senki ennek hasznát nem veheti: mert ez holnapután csirázni fog; mi még kioszthatjuk azt ma. Igaz ugyan, hogy vasárnap van, de a szegényekkel jót tenni vasárnap is lehet. Ha rögtön megörletik, ragacsos, csirizes lisztet kapnak ugyan belőle, de megeszik azok azt, nem halnak meg tőle; ha holnap észreveszik is, hogy mi baja van a buzának, akkor már beszélhetnek; ma a bőrükből bújnak ki örömükben, ha meglátják. Olyan minden szem, mint ha üvegből volna.

– Ön ügyes ember.

Lemming úr megdicsérte az alkuszt, kifizette neki, a mit megszolgált, s azzal rábízta, hogy legyen jelen a gabona kiosztásánál.

A szekerek ott álltak már a piacz közepén, a hatóság értesítve volt az osztásról; az embereknek a mint kijöttek a templomból, dobszó mellett tudtukra adatott, hogy itt a kenyérnek való, kinek mennyi kell belőle?

Délig el is volt osztva minden. Ki-ki vitte haza magával, a mit kölcsön elvállalt, ki talyigán, ki a hátán.

A gondviselés azonban megőrizte a szegény embereket attól, hogy ez egészségtelen gabona kenyerével még nyavalyát is vonjanak magukra; értem t. i. a polgári gondviselést.

Mikor a hívek hazaértek a buza-osztozásból, ugyanakkor már ott várt mindeniknek a házánál két-három darab fekete-harisnyás katona, kit a fentisztelt czivil gondviselés épen akkorra rendelt oda, adóbehajtás végett.

Ezuttal csakugyan nem mondhatta senki, hogy nincs miből leróni az adóját, mert épen akkor vitte haza a kölcsön kapott buzát. Tehát van.

A jámbor emberek aztán rajtamentek az adóbekergető biztosra, kit jó hirnevéből nekünk is van már szerencsénk ismerhetni: Gierig urra, s az okosabbak közülök szörnyen mutogatták neki a kormány hivatalos lapjából azt a helytartósági rendeletet, mely meghagyja, hogy az inséges helyeken nem szabad az adót kényszerítve behajtani. Ott

403

olvasható az ma is; tanúlságos adalék egy gyöngyidőszak illustratiójához.

Hogy még ezt el is kellett rendelni!

De nagyobb dicsőség lett volna az annál, ha akadt volna valaki, a ki ezt a rendeletet meg is tartsa.

– Mi nekem ez? förmedt a panaszkodókra Gierig úr, s fricskát adott az eléje mutatott papirosnak, mintha csak le akarná róla peczkelni azt a furcsa bogarat; nekem a budai helytartóság nem közegem. Az én felsőségem a bécsi pénzügyminiszterium.

– De uram! hisz épen ebben az órában adta maga a kormány ezt a buzát, most irtuk alá, hogy tartozunk azt visszafizetni; hát ugyanaz a kormány ugyanabban az órában meg elveszi tőlünk, a mit épen adott?

– Természetesen!

Ne időzzünk ennél a jelenetnél sokáig. Megtörtént ez.

Gierig úr szépen összeszedette a kiosztott buzát, s ugyanazokkal a szekerekkel, a mik azt idáig hozták, átvitette a szomszéd városba; ott átadta a katonai élelmezési biztosnak, mely állomást ez idő szerint Konyecz úr töltött be, jutalmúl sokszoros érdemeiért. A két jeles úr jó vásárt csinált egymás között. Az exequált buza olcsó áruczikk, azonfelül is egy kis hibája van. Hanem jó lesz az azért még a katonának.

* * *

Egy szép napon aztán belép egy őrmester Föhnwald századoshoz, s így szól hozzá:

– Százados úr! Mondja meg nekem, mi ez, a mit én most itt a kezemben tartok?

404

S letette eléje a névtelen valamit.

Valóban névtelen valami volt. Ha megemelte az ember, súlyánál fogva azt hihette, hogy sajt; ha megbámulta, szinére nézve valami volt az a tőzeg és olajpogácsa között; ha megtapintotta, fogadhatott rá, hogy ernyedni kezdő aszfalt; ha megszagolta, eczetágyba fojtott gomba; ha megtörte, akkor millió egymásból nyuló selyemszál valami új találmányú gyapot-degetet mutatott be előtte, ha pedig annyira vitte a vakmerőséget, hogy megkóstolja, akkor megtudta, hogy az «kenyér».

Ilyen kenyérrel tanítják a hazaszeretetre ő felsége legvitézebb hadseregét.

Föhnwald százados, hogy bebizonyítsa katonája előtt személyes bátorságát, valamint hogy tanusítsa készségét minden sanyarúságban osztozni vitézeivel, megevett, megrágott, le is nyelt egy darabot abból a megnevezhetlen tárgyból.

És akkor így szólt:

– Őrmester! vegyen ön magához négy embert töltött karabélyokkal; rendeljen szekeret. Én azokat a gazembereket, a kik ebben a kenyérben bűnösek, akárkik és akárhányan legyenek, mind vasra verem, és fölviszem Budára. Becsületszavamra esküszöm.

Mikor Föhnwald ilyen dologra fogadkozott, még nem tudta, kik és mik akadnak a markába? mert ha tudta volna, bizonyára még egyszer megesküdött volna rá.

Öt percz múlva ott állt négy legény, őrmester és fuvarosszekér az ajtaja előtt.

Legelőször is elindúlt a tábori sütőt fölkeresni.

A katonakenyerek nagy része még ott hevert az élelmi tárban. A mint egymásra voltak rakva, a legalsónak folyott a leve. Közelíteni is merészség volt a fojtó bűz miatt feléjük.

– Ön a porkolábhoz fog menni! szólt Föhnwald a sütőhöz; majd azután a katonai törvényszék fog ön felett itélni.

– Tudom, százados úr! felelt a sütő. A kenyerek rosszul ütöttek ki, magam sem tagadom; egyébiránt én csak olyan lisztből süthettem, a milyent a molnár ideküldött.

– Az ön hibája volt, ha látta, hogy rossz a liszt, és

mindjárt föl nem jelentette. Majd mentse magát a törvényszék előtt.

A sütőt a porkolábnak kölcsönözték, s azzal mentek a molnárhoz.

Föhnwald a kenyér-corpus-delictin kivül egy tarisznya lisztet is vitt magával.

– Mi tetszik, uram? kérdé a molnár a szokatlan látogatótól.

– Nekem tetszik önt elfogatnom, azért, hogy ilyen lisztet őrölt a katonáim számára.

– Én csak olyan lisztet őrölhetek, a milyen buzát nekem adnak. Az önök élelmezési biztosa csirás, dohos buzát küldött ide; biz abból csak csiriz lesz aztán. Az önök buzája mind egy szemig valami elsülyedt hajóról való kárbaveszett portéka.

– Önnek, meglehet, hogy igaza van az élelmezési biztos irányában; azt majd igazítsa el vele: hanem én önt is mindenesetre elfogatom. Tessék felülni a szekérre!

– Megyek, uram! Fogtak el engem már külömb dologért is. Ültem én már odabenn furcsább állapotok miatt is; majd kieresztenek, ha megunnak.

Föhnwald még mindig az aprajánál volt a vallatásnak. Ezek azok az apró legyek, a kiket a pókháló megfog; de majd jönnek mindjárt a dongók és darazsak, kik a törvények pókhálóján keresztűl-kasul járnak.

Este volt, mire a malomtól az élelmezési biztos lakáig visszakerült. Konyecz úr után kérdezősködve, azt felelték neki, hogy az már elment vacsorálni.

Utána küldött, hogy jőjjön haza.

Konyecz úr meg akarta mutatni, hogy ő most milyen nagy úr, s csak azért is megvárakoztatja a kapitányt. Nem sejtette, minő fergeteg tornyosúl a feje felett?

Jó félóra múlva került elő. Vigan fütyörészve jött, félrecsapta a sipkáját; erős borokat ivott a vendéglőben.

– Ön nagyon megvárakoztatott; veté szemére a százados.

Konyecz úr impertinensül mosolygott a szemébe, s nem szólt rá semmit. Be akart vele menni a szobába.

– Nem megyünk oda. A raktárt akarom látni; kérem felnyitni az ajtaját.

Konyecz úr meghökkent.

– Mit akar ön ott?

– Meg akarom látni azt a buzát, a melyikből ez a kenyér készült.

Azzal odatartá Konyecz úr orra alá az oldaltáskájából kivett süteményt.

Konyecz úr négyszer is színt és arczot váltott e látmányra; hol vigyorgott, hol elsápadt; utoljára is azt vélte, hogy legjobban kisegít innen egy kis rendszeres arczátlanság.

– Hát... hát nem jó kenyér ez? Mi baja van ennek a kenyérnek? Most még igen fris, hát puha; a legfinomabb buzából van, becsületemre! Csak mindig ilyen kenyeret kapnának a katonák a táborban! Becsületemre! Nagyon jó kenyér ez, kapitány úr. Becsületemre!

Föhnwald azonban egy olyan mozdúlatot tett a kezében tartott kenyérrel, mintha a fejéhez akarná azt vágni a magasztalónak. Az hátra is hőkölt.

De csak még sem tette azt Föhnwald. Elégnek tartá nagy nyersen közbekiáltani:

– Ez a kenyér a kutyának sem való! Akarom látni a buzát, a miből ön ezt sütteti. Hol a raktár kulcsa?

Konyecz urat csak a merész ellenállás menthété meg, ha megmenthété valami.

– Azzal én önnek nem tartozom! pattogott vissza hetykén. Ön nekem sem előljáróm, sem ellenörzőm. Ha panasza van ellenem, adja be az élelmezési főfelügyelőségnek. Ön parancsol a katonáinak, de nekem nem.

Föhnwald tehát parancsolt a katonáinak:

– Ezt az embert vasra kell verni; aztán el kell tőle venni a kulcsait.

Azok ugyan hirtelen szót fogadtak.

Konyecz bort ivott, dühös volt, ellenszegült; a miből aztán az lett, hogy meg is tépázták, meg is kötözték.

Az erővel elvett kulcsok egyikével felnyitotta Föhnwald a raktár-ajtót.

Elszörnyedve jött ki onnan.

Egy csomó buzát, a mint kimarkolta azt a zsákból, odatartott a megláncolt biztos szeme elé.

– Van önnek erre valami mentsége?

Az undok káromkodással válaszolt neki vissza.

– Jobb lesz pedig önnek imádkozni, mint káromkodni; mert holnap függni fog.

– Igen! kiáltá tajtékzó ajakkal a fogoly; a kis tolvajokat felakasztják, régen tudom azt, a nagyokat pedig futni engedik. Önnek van kurázsija megfogatni az ilyen apró szegény ördögöt, mint én; de följebb nem mer kereskedni. Nekem ezt a buzát helyembe küldték; maga a főbiztos adta át a mint összeszedte az execución. Mit tehetek én arról, ha a gaz paraszt megnedvesítette a buzáját, mikor exequálták, hogy nekünk kárt tegyen.

– Legyen ön az iránt megnyugodva, hogy a ki ebben a dologban bűnös, azt én mind ön mellé fogom kötöztetni.

– Jó lesz, nagyon jó lesz! Csak tessék feljebb kereskedni. Ott van Gierig úr, végezzen azzal, ha tud. Annak menjen neki, ha mer. Úgy-e abba nem mer belekötni?

Konyecz jó taktikának tartotta Gierig urat tolni maga elé, gondolva, hogy az megszentelt fejű ember; a szava többet ér Bécsben, mint száz lovaskapitányé; az már egyszer leszállította Föhnwald urat a nyeregből, majd most is elbánik vele; csak annak menjen neki.

Föhnwald nem felelt neki többet.

A buzából is megtöltetett egy tarisznyát, s azt őrmesterére bizta; a raktárt ismét bezárta, az ajtaját háromszorosan lepecsételé, és őrt állított eléje.

– Már most hol lakik Gierig úr?

Magánháznál, természetesen, mint mindig. Egy új szóval szaporította szótárunkat: «Kényszer-vendégszeretet».

Már feküdt a jó úr és aludt, mikor késő éjjel látogatására ment Föhnwald. El nem tudta gondolni, mi baja lehet annak vele ilyen órában? Nem halaszthatná reggelre?

De Föhnwald nagyon sürgette az értekezést, s fel kellett czihelődni a kedvéért.

– Nos, mi baj van, százados úr? Nem szokott ön ilyenkor

aludni? Én nagyon álmos vagyok.

– Majd segíteni fogok rajta, hogy ne legyen az. Én azért jöttem ide, hogy önt elfogjam.

Gierig úr nagyot bámult erre a szóra, s csodálatosan csóválta a fejét.

– Ön most jön valami jó vacsoráról, százados úr, ugy-e?

– Jónak nem mondhatom! felelt Föhnwald sértetlenűl, mert nem vacsoráltam egyebet, mint egy darabot ebből a kenyérből, a mit a katonáim számára sütöttek. Nézze ön, ez gyilkos méreg. Elfogattam a tábori sütőt; az a molnárra utalt, ki a lisztet őrölte. Ime, itt e dobozban a mutatvány a lisztből. A molnár az élelmezési biztossal mentette ki magát, ki a buzát küldte neki. Azt is elfogattam. E másik dobozban látja ön a buzát, a mi a katonai raktárba került. A biztos azt mondá, hogy ezt a buzát ön küldte neki; igaz-e ez, vagy nem?

Gierig úr fölpattant szörnyű haraggal.

– De mi közöm nekem mindehhez a sok ostobasághoz, a mit ön nekem itt össze-vissza mesél? Mi bajom nekem azzal, hogy önök mit esznek, mit nem esznek? S hogy mer ön engem akármi dologért felelősségre vonni? Ki adta önnek ehhez a jogot? mi?

Gierig úr ugyan dühösen állt szembe Föhnwalddal, két nagy papucs volt a lábán, azok csak úgy csattogtak, mikor eléje toporzékolt. Föhnwald pedig nagy hidegvérrel vonta elő belső zsebéből a hozzá küldött felsőbbségi parancsot.

– Itt a rendelet a kezemben, uram, melynél fogva én, Föhnwald százados megbizatom, hogy minden, e megyében megkapható rablókat, tolvajokat s azoknak orgazdáit, czinkosait, a hol találom, elfogjam, beszolgáltassam, nem

411

válogatva személyökben, ki úr, ki paraszt? akár szűrben, akár selyem-kabátban jár, akár pusztán, akár kastélyban lakik: mindenütt elfogjam, lánczra verjem, tömlöczbe vessem. És én ezen parancsnál fogva elfogom önt és czinkostársait, a kik kilopják a nép szájából az alamizsnafalatot; mérget csinálnak belőle, s úgy adják a katonának enni; kik elrabolják az uralkodótól a nép szeretetét, kilopják a törvényből az igazságot, s még a fegyvernek az élét is letörik s ellopják. Én rablókat hajhászni küldettem! Teljesítem a megbízást s elfogom önöket mind. Katona vagyok; keresztűl vágom magamat mindenen. Meglehet, hogy ezért azt fogják mondani, hogy félreértettem valamit, de katonai parolámra fogadom, hogy csuffá teszek mindenkit, a ki ebbe a rút dologba belekeveredett, s megteszem azt!

Gierig elsápadt; látta, hogy ellenfele most már veszedelmessé kezd rá nézve válni. A támadóból védelmi helyzetbe tette magát.

– Én itt hivatalból járok, s hivatalos kötelességemet végzem.

– Az sem igaz! Önnek nem volna szabad ott járni és kobozni, a hol inség van. Világos parancs van az ellen az ország legfelsőbb hatóságától. Ez azonban csak kegyetlenség, csak zsarnokság; hanem itt rablásról is van szó. Ön azt a gabonát, a mit az élelmezési biztosnak átadott, nem kaphatta adó fejében, mert az egy elmerűlt hajó szállítmánya mind. Önnek az exequált buzát ki kellett cserélnie egy ilyen veszendőbe ment szemétért.

Gierig úr abban érezte magát megfogva, a miben tökéletesen ártatlan volt.

– Uram, én esküszöm önnek, hogy ez nem úgy van.

– Talán minden ember összebeszélt, hogy elébb beáztassa

a gabonát, a mit ön elvisz tőlük adó fejében! És csak épen azt, a mit ön visz el? És ön épen azt kereste ki minden adókötelesnél, a mi hibás volt? No, feleljen ön erre? Gondoljon ki valamit!

Gierig úr veszedelmesen meg volt akasztva. Pedig nem úgy volt, a hogy vádolták; de hogy mondja meg az igazat?

– Nos, uram, öltözködjék ön fel egymásután; mert én nem érek rá önnel itt szaporítani a szót. Egy, kettő, három! Ha nem tetszik önkényt, idekinn vannak a legényeim; van náluk békó is. Önnek a czinkosa, Konyecz, odakinn ül már a szekéren megvasalva. Kényszerítsem-e önt?

Gierig úr könyörgésre fogta a dolgot.

– Én elismerem, hogy itt nagy bűn van elkövetve; nem tagadom, hogy nekem is járulhatott hozzá hibám; de a bűnben nincs részem; az magas, igen magas állású uraknál kezdődik.

– El fogok odáig is menni. A katona előtt nem marad zárva egy ajtó sem. Megyek, a meddig embert találok, akármilyen nagy ember lesz is, és rákiáltom a megbélyegző szót: «Ez is rabló!» Ön a kisebbek közé tartozik; ne vesztegettesse magára az időt.

– Uram! Tekintse ön, hogy családapa vagyok.

– Nem jegyezte ön fel magának, hogy hányan mondták azt önnek ebben az évben: «Uram, tekintse ön, hogy családapa vagyok?» Nem kaczagott ön erre a szóra mindannyiszor? Jól van! Én irgalmasabb leszek. Nem veretem önt vasra, megengedem, hogy saját kocsiján kisérhessen bennünket, a hova mondani fogom; de mondja ön meg nekem: ki következik most ön után?

Gierig meg volt puhulva.

– Elmondok önnek mindent, kapitány úr, a hogy van. A kérdéses gabonát a kormány osztatta ki egy inséges város lakosainak. Én azon nyomban foglaltam le a kiosztottat. Ha hibás volt a gabona, az a vétkes, a ki azt kiosztotta. Annak a neve pedig Lemming.

– Lemming? Úgy tetszik, mintha hallottam volna ezt a nevet valaha emlegetni. Hol kapható ebből az urból?

Épen itt van ebben a városban, a vendéglőben van szállva.

– Ezt is elfogatom.

– Nagy kegyben áll a magasabb körök előtt.

– Mégis elfogatom. Siessen ön felöltözni uram, egy katonát itt hagyok az ajtójában. S kérem, hagyja az ajtót nyitva.

– Óh! ne tessék félni. Nem szököm meg, sem a nyakamat el nem metszem addig, a míg egy fejjel magasabb embert tudok a hátam mögött. Elvárom ön további rendelkezését a legnagyobb engedelmességgel.

Gierig ur meghúnyászkodásában pedig csupa merő gonoszkodás volt. Azzal a jó szándékkal bíztatta neki a századost Lemmingnek, hogy az a heveskedő katonatiszt majd most a fensőbb körök kegyenczét valami oly brutális megrohanással fogja megsérteni, hogy e miatt saját magát keveri galibába. A gabonaosztás körüli visszaélések köztudomású dolgok. Hanem az is köztudomású, hogy e visszaélésekbe Lemmingen túl még igen nagy és hatalmas emberek vannak belefonva: ha valami szeles kéz valahogy Lemminget torkon találja ragadni, egyszerre támadnak láthatatlan kezek, melyek a vakmerő igazságszolgáltatót lefegyverzik, földre verik, mégbénítják: azokat a láthatlan kezeket pedig már nem lehet felfedezni, mert azok ellen nem kapni sehol bizonyítékokat. És így bizonyosan a szeles katona fog belemaradni a hinárba, a hová senki sem küldte.

Tehát Gierig úr egész töredelmesen vallott Lemmingre. Igen nagy szükség volt egy ilyen állású útitársra.

Három óra tájon lehetett az idő, mikor Föhnwald a vendéglőbe érkezett, a hol Lemming úr kapható volt. Már pitymallott, s a vendéglő udvarán befogva állt Lemming úr előfogata, jeléül annak, hogy az uraság igen korán szándékozik elutazni. Ugyan a vendéglő udvarára hozatta maga után katonai fedezet alatt Föhnwald Konyecz urat megvasalva a szekéren, s Gierig urat saját hintójában. A szemközt jövő vidéki emberek, kik a hetivásárra jöttek, ugyan nagyot bámultak e furcsa processión. Nem volt köztük, a ki a két urat személyes tapasztalatai után ne ismerte volna.

Föhnwald maga felsietett Lemming úr szobájába.

Az inas be akarta jelenteni. A százados mondá neki, hogy ez egészen szükségtelen; majd bemutatja ő mindjárt maga magát, s benyitott egyenesen.

Lemming úr már fel volt öltözve s theáját szürcsölgeté, mikor belépett hozzá a kapitány.

Lemming úr azt hitte, hogy az idegen úr eltévedt s igen nyersen kérdezé:

– Kit tetszik keresni?

– Lemming urat.

– Az én vagyok. Tessék leülni!

– Nem ülök le. Más dolgunk van együtt. Én Föhnwald százados vagyok, az itt e környéken állomásozó lovasság parancsnoka. Tegnap este a katonáim panaszt tettek nálam, hogy ehetetlen kenyeret kaptak. Meggyőződtem róla, hogy igazuk van. Utána jártam mindennek, elfogattam sütőt, molnárt, élelmezési biztost, most épen az adószedő főfőbiztost vettem őrizet alá. Mind bűnösök.

– Diable! mormogá Lemming úr, s csendesen kihörpinté csészéjéből theája maradékát.

– Nem lehetett tagadniok. A bizonyítékok itt vannak nálam: a kenyér, a liszt, a buza. A mi még az utóbbiból megvan, azt lepecsételve őriztetem a raktárban.

Lemming úr hozzáfogott egy lágy tojás feltöréséhez.

– S mit fog ön most ezekkel az emberekkel kezdeni, a kiket ilyen szépen rakásra fogott?

– Még nincsenek mind együtt.

– Szappermán! Még több is lesz? S ha mind megfogta őket?

– Akkor felviszem őket Budára a helytartósághoz s olyan lármát csapok, hogy a félvilág meghallja.

– S szabad megtudnom, mennyiben érdekel engemet ez a történet, a mit kapitány úr most velem közölni sziveskedett?

– A legutolsó elfogott, ki az adóbehajtó biztos, azt vallotta előttem, hogy ő azt az emberhasználatra nem fordítható buzát, a mit katonáimnak adott, mint adóhátralékot gyűjtötte fel a szomszéd városban, a hol azt ön, Lemming úr, osztatta ki, mint kormányi segélyt. Ön pedig vásárolta azt egy megmerűlt hajóról, melynek gazdája kénytelen volt ázott gabonájától potom áron menekülni.

Lemming úr úgy találta, hogy mégis nagyon keményre van megfőzve az a tojás, nem lehet már megenni.

Gondolta pedig magában: «Ahán! Itt van már megint

egy ember, a kinek be kell dugni a száját». S csendesen becsülgette magában az előtte álló kaliberét, vajjon mennyivel lesz tele.

Azért még föl sem kelt helyéről; hadd álljon az a másik, ha neki úgy tetszik.

– Tudja ön, kapitány úr; ilyen félreértések megtörténnek. Sajnos dolog. Az ember maga nem lehet mindenütt jelen.

– Csak hogy ön ott épen jelen volt.

– No, no, no! Az a gabona nem volt a kegyed katonáinak szánva. A biztos ügyetlensége, minek szedte el a parasztoktól. Azok elhasználták volna vetőmagnak.

– Ön azt hiszi uram, úgy-e, hogy Föhnwald százados nem tudja azt, hogy ebben az évszakban nem vetnek buzát?

Most aztán felkelt a helyéről Lemming, s egy finom világfi húnyorgó simaságával lépett Föhnwald elé.

– Én azt hiszem, hogy Föhnwald százados egy derék gavallér ember, ki a katonáiról gondoskodni lovagias kötelességének tartja. Ily eseteknél Lemming is tudja, mit jelent gavallérnak lenni. Ha a katonák tévedésből rosz kenyeret kaptak, a Lemming-ház kalácscsal fogja őket kárpótolni.

S azzal nagy mosolyogva belső zsebébe nyult s kivonta onnan nagy, sok rekeszű tárczáját.

Itt biz egy pár ezer forintot megint ki kell ugratni. Vele jár a risicoval. Ezt majd felirjuk a «manco»-ba.

Föhnwald százados a füle hegyéig elvörösödött, a mint azt látta, hogy a tárczáját kezdi nyitogatni ez az ember.

S az a sértő biztosság, a mivel ezt tette, mint a ki tudja már, hogy hasonló esetekben hogyan kell, hogyan szokás a kérdésre kellő választ adni; mint a ki ismeri már az embereit, a kik lármáznak, fenyegetőznek, s aztán egy percz múlva mosolyognak, bókot vágnak; meg vannak nyugtatva.

– Adja ön ide azt a tárczát! rivalt rá dühösen Lemmingre.

Lemming ugyancsak megszeppent.

(«Teringettét! gondolá magában; ez ugyancsak érti ezt a tudományt, még pedig alaposan. Az egész tárcza kell neki. Ugyan szerencse, hogy nincs bele téve több tizenkétezer forintnál. Ez ugyan üstökön tudja ragadni a jó alkalmat. De már mit van mit tenni? Menekülni kell tőle. Hadd vigye hát az egészet.»)

– Tessék, kérem! szólt odanyujtva a félig felbontott tárczát.

Föhnwald mohón kapta el azt kezéből.

Lemming boszus megvetéssel tekinte rá. Ez ugyan kap a pénzen, a mit megragadhat; mintha csak a csatatéren szedné az ellenségtől.

– Tessék, uram. Vegye ön ki belőle, a mi pénzt talál benne; s aztán majd az üres tárczát adja vissza.

Föhnwald egészen úgy tett, a hogy Lemming úr mondta. Kiszedte a tárczából a pénzt; mind, mind; kikereste annak a legelrejtettebb zúgát is, a hol még tán egy árva egyforintos meglapúlhatott légyen; nem maradt benne semmi.

Hanem azután még sem egészen úgy tett, a hogy Lemming úr kivánta, mert a kiszedett pénzt, az utolsó egyforintost is oda fektetve a többi közé, nyújtá vissza Lemming urnak, s az üres tárczát dugta a saját zsebébe.

Lemming arcza most kezdett csak az ijedelem hypocratesi halálkifejezésére torzulni. Ez az ember, a ki előtte áll, nem a pénzét, de a fejét akarja megkapni.

– Uram! szólt rémülettől reszkető hangon; nekem arra a tárczára szükségém van. Üzleti jegyzeteim vannak abban.

Föhnwald begombolta kabátját az eltett tárcza fölött.

– Meg vagyok felőle győződve, hogy azok vannak benne. Jegyzetek az ön üzlete felől. Derék egy üzlet! Üzlet az éhező nyomorultak falatjaival; üzlet a ragyogó méltóságos és nagyságos urak jellemével. Én ezeket az adatokat akarom birni. Akarom azoknak a derék, jeles férfiaknak a névjegyzékét birni, a kik látták önnek ezt a tárczáját akként megnyilni, mint a hogy ön azt előttem megnyitotta, hogy megszelídülve hulljanak bele, mint a vak pipiskék, miket a vadász tükre leszédít.

– Ön csalatkozik, uram!

– Az ön elsápadt arcza, az ön reszkető keze bizonyítja, hogy nem csalatkozom; hogy a titkos zár nyitjára találtam. Ön ily titkokat iróasztala fiókjában nem tartogathat. Önnek azt mindig magával kellett hordania.

Lemmingnek nehéz veritékcseppek kezdtek gyöngyözni homlokán.

– Jól van, én elismerem, hogy ez az üres tárcza rám nézve sokkal értékesebb, mint a csomag pénz, melyet ön belőle visszadobott. Nekem e tárczát vissza kell kapnom minden áron; minden áron, uram! Egész hitelem fekszik benne. Ön ezt nem tudja; azt csak egy üzlet embere érti, mit tesz az: «egész hitelem». Szabja ön árát; mondjon merész összegeket, én megadom. Adok önnek tíz darab váltót tízezer forintról, – mindenütt a világon készpénzül fogadják.

Föhnwald haragosan dobbantott:

– Elég volt már! Ne sértegessen ön tovább. Nem adom

vissza!

Lemming könyörgésre fogta a dolgot; oda rohant Föhnwaldhoz, megragadta kezét, úgy kezdett el neki rimánkodni.

– Édes úr, kedves százados úr, legyen ön ember, legyen ön keresztyén. Ne kivánja ön halálomat. Ön engem megölhet. Hát azt akarja-e, hogy megöljem magamat? Ön tudhatja, hogy egy üzérnek becsülete a mindene; becsület nélkül nem élhet tovább. Adja ön vissza most, a mit később senki sem adhat vissza. Szegény nőm! Mi lesz belőle? Én főbe lövöm magamat. Itt, ön előtt lövöm magamat főbe! Százados úr, legyen irgalommal. Adja vissza üres tárczámat s vegye el azon kívül mindenemet.

És e beszéd alatt elkezdett sirni, és le akart térdelni Föhnwald előtt s meg akarta csókolni a kezét.

Föhnwald bosszusan rántotta el tőle azt.

– Eh! uram, ne játszék ön itt nekem jeleneteket Shylockból; ezt én láttam önnél sokkal jobb szinésztől. Készüljön az utra.

Lemmingtől pedig épen nem volt az komédia, a mit akkor játszott; a legmélységesebb való volt az, a ketségbeesés komoly tragédiája.

A mint Föhnwald elrántá tőle a kezét, felugrott térdéről; szemei véresen forogtak felnyilt pilláik alatt, arczát elfutotta a vér, haja ziláltan csapzott izzadó homlokán, összeszorítá ökleit és rekedten ordított:

– De én nem fogom engedni, hogy ön tárczámat elvigye! Saját szobámban mint egy rabló támad ön meg! Én védem magamat, mint rabló ellen szokás. Én erővel is ellenszegülök.

És a közbön zavart tekintete a szekrényen heverő revolverét kereste. Föhnwald hideg nyugalommal fonta össze karjait melle fölött, s csendes hangon szólt:

– Tanácslom önnek, hogy ki ne nyujtsa kezét revolvere felé; mert abban az esetben gyalog fogom önt két lovas között hátrafont kézzel Budára felkisértetni.

E biztos nyugalom megtörte a kétségbeesés elszántságát Lemmingnél. Nem mert többé revolvere felé tartani. Még egy futó pillantást vetett borotválkozó eszközeire, s a nyitott ablakra; talán gondolt egy gyors kanyarításra a borotvával, vagy egy merész ugrásra fejtetővel le a kövezetre. Csak abbanhagyta. Valami azt sughatta fülébe: qui habet tempus, habet vitam. A ki él, az még tovább élhet. S megadta magát az elkerülhetlennek.

Kijelenté, hogy kész menni, a hová a tiszt parancsolja.

Épen hetivásár volt a városban, midőn Föhnwald a három kocsit a három elfogott urral végig vivé az utczákon, lovas katonák fedezete alatt. A nyitott szekér embere még meg is volt vasalva, hogy a díszmenet charaktere valahogy félreérthető ne legyen.

Azt a hujjahót kellett volna hallani, a mit a vásáros nép csapott, mikor azt a jelenetet látta. Jól ismerték mind a hármat.

Kivánt is nekik szerencsés utat minden ember.

VILLÁM A DERÜLT ÉGBŐL.

Reggeli tíz óra volt, mikor Angyaldy nagy sietve lépett be Harter Nándor úr hivataltermébe, s az ott uralkodó irodafőnöktől kérdezé, hogy van-e valaki ő méltóságánál?

Ez azt felelé, hogy senki sincs, csak Bélteky Ferencz úr.

– No, e felől bemehetek hozzá! mondá Angyaldy, és benyitott Harter szobájába. Hanem a méltóságos úr magas bosszusággal riadt titkárára:

– No, ugyan mit akar?

– Igen sürgös tudatni valóm van.

– Várjon vele! Most fontos ügy van előttem.

Angyaldy visszalépett, s leült a hivatalteremben.

Harter urnak csakugyan fontos beszéde volt az ifjú Béltekyvel.

– Ön már most, fiatal barátom, csakugyan azt hiszi, hogy megnyerte Elemér úrfi perét ellenem, miután minden forumon rá nézve kedvező, rám nézve elmarasztaló itéletet kapott?

– Valóban azt hiszem; s épen azért igen idején valónak találtam ajánlatommal fellépni.

– Azon ajánlattal, hogy egyezzem ki az úrfival, mikor már nyert ügye van neki ellenemben? Ez az ön szempontjából, természetesen, igen nagylelkű ajánlat. No, hát legyen, én önnek ajánlatát visszautasítom. Nem kell semmi egyesség!

422

– Tehát bevárja méltóságod a törvényes végrehajtást?

Harter Nándor mosolyogva lépett Bélteky Feri orra elé, s beszédközben annak nyakkendőcsokrát igazítá helyre:

– Kedves öcsém! ön még igen fiatal ügyvéd, s azt hiszi, hogy minden meg van nyerve, mikor a kedvező itélet a kezében van. Tapasztalt ügyvédek azonban jól tudják, hogy csak akkor kezdődik még az igazi per, mikor már a végrehajtás napja is ki van tüzve, s nekem gyakorlott ügyvédem van. Aztán magam is értek valamihez.

– Ezt mind számításba vettem.

– Gondolom. És azért ajánlotta ön nekem az egyességet, a mit én ismételten visszautasítok. A ki oly vakmerő volt, hogy én ellenem pert kezdett: az tudja meg hát, hogy ki vagyok? A lázadót én megtudom bűntetni. Mert a fiú, ki atyja ellen pert indít: lázadó, nem más. Meg fogom neki mutatni, hogy én most is úr vagyok fölötte. Azt hiszi ön, hogy abban az állásban, melyet én elfoglalok, csak olyan könnyedén lehet valakit ad peram et saccum exequálni?... – Önnek oda lehet itélve a rajtam levő köntös, hanem azt tapasztalni fogja ön, hogy nem akad ember, a ki azt rólam lehúzza. Nem fogok Elemér úrfinak egy fillért sem kiadni abból, a mit magáénak tart. Nem; azért, mert ellenem lázadt. Éljen szükölködve és nyomorogva, míg daczos lelke megtörik. Én fogadom önnek, hogy ha keresztbe teszem egy ajtó előtt a lábamat, ő azon az ajtón nem fog bemenni; s ha húsz évig élek, húsz évig nem mozdítom el lábamat előle.

Bélteky Feri valami mosolygást engedett arczának elárúlni. Harter észrevette azt.

– Ön azt gondolja magában ugy-e: hogy hiszen nem szükség épen a felséges halálnak jönni, hogy engem elmozdítson az ajtóból; jöhet arra egy új excellentiás úr is, ki rendszer-változáskor engem is székestől az ajtó elé helyez.

Akkor roszul ismeri ön a helyzetet, édes barátom. Egy Harter Nándort nem olyan könnyen tesznek hol ide, hol amoda. Tekintélyt, minő én vagyok, minden kormány levett kalappal szokott kérni, hogy méltóztassék a helyet megtartani, melyre előde emelé. Vannak nélkülözhetlen emberek, kiket semmi rendszer-változás meg nem dönt, de mindenik magasabbra emel. Ezt higyje el ön felőlem, ifjú barátom.

... Angyaldy ismét belépett az ajtón.

– No, mi az megint? rivalt rá Harter, félbeszakíttatva büszkesége legélvezetesb kitörésében.

– Igen fontos és sürgetős az ügy, méltóságos úr!

– Maradhat későbbre! inte büszke, hatalmaskodó kézmozdulattal Harter, s a titkár újra visszalépett.

Harter folytatta oktató előadását a tapasztalatlan ifjú ügyvédhez. Ismét közel lépett hozzá s beszéd közben Bélteky Feri óralánczát fogva meg, azon iparkodott minden módon csombokot kötni.

– Tehát, hogy csak egy körülményt említsek fel ön előtt, mely mindjárt meggyőzendi önt arról, hogy most jutott még el csak a nehézségek kezdetéhez. Mikor ön már kezében tartandja a végrehajtási parancsot: akkor az én ügyvédem elő fogja mutatni mindazokat a váltókat, a miket én Elemér úrfinak világban csavargása alatt helyette Olasz-, Franczia- és Angolországban kifizettem. Azok oly mesés összegekről szólnak, hogy kétszer is túlhaladják az úrfi összes anyai örökét.

– Tudom jól! szólt Bélteky, óralánczát kiszabadítva valahogy Harter kezei közül, s inkább a nyakkendőjét engedve át neki, hogy azon csináljon tetszés szerinti csokrokat. Elemér könyelmű fiú volt; ezeret írt alá, hol százat kapott; hanem azt is tudom, hogy méltóságod az ő hitelezőit szinte úgy elégítette ki százzal ezer helyett: s így az összegek nem rugnak többre, mint épen Harter Elemér örökének kamatjaira.

– Az is meglehet, csak hogy arra nézve, hogy ön azt bebizonyíthassa, csupán két mód van. Az egyik: Lemming urat rábirni, hogy ellenemben: érti ön, az «én ellenemben» adja elő azon legmagányosabb természetű üzleti jegyzeteit, a mikből kiderűljön, hogy mit fizetett ő ki megbizásomból Florenczben, Nápolyban, Cadixban, Londonban Elemér úrfi helyett? Reméli ön Lemming úrtól ezen adatokat megszerezhetni?

– Bizony bajosan.

– Talán sehogy sem? A második lehetőség aztán önre nézve: személyesen kimenni Florenczbe, Nápolyba, Cadixba, Londonba; ott a kérdéses uzsorásokat törvényszék elé idéztetni, kivallatni, saját maguk ellen tanuskodtatni. Lesz önnek erre való pénze, ideje és ereje?

Bélteky nagyon kezdé vakarni az orrát ennél a feladványnál.

Harter úr látta, hogy mennyire maga alá gyürte ezt a gyenge embert.

– No lássa ön, ifjú barátom: minő emberfölötti vállalatot emelt ön fel, midőn egy Harter Nándor elleni küzdelmet fogadott el barátságból. Ez a küzdelem saját életpályáját is elronthatja. Ön még nem tudja, mi értéke van a befolyásos körök jóakaratának egy ügyvéd életpályájára? Ismerünk jeles készültségű talentumos embereket, kik nem birják a napi kenyeret e pályán megkeresni, és viszont másokat, kik korlátoltabb tehetségek mellett fényes előmenetelt biztosítnak maguknak. Ez utóbbiak ismerik az emberek értékét. Tanácslom önnek, hogy tanulmányozza azt ön is.

Hogy elvállalta ön az ügyvédkedést Elemér úrfi perében ellenem, azt nem hibáztatom. Ha ön nem, tette volna más. Hogy eddig nagyon szorgalmazta, azért is megbocsátok önnek; hanem azt a jó tanácsot adom, hogy a mi most már ezután jön, abban a küzdelemben ne iparkodjék ön a fejét az én fejemhez ütni valami hevesen; mert mondhatom önnek, hogy az én fejem vasból van!

Bélteky úgy érezte, mintha az övé üvegből volna.

– Vigye ön a processust szokott kötelességszerű malatiával; ne mondjon le róla, tegyen benne lépést lépés után, a hogy illik: egyszer bizonyosan véget fog az érni; csak hogy akkorra az ön cliense kopasz lesz! Ön azon legyen, hogy maga is ősz hajakat ne kapjon miatta. Nekem sokszor lesz alkalmam önnek bebizonyíthatni, hogy atyai jó akaratom mázsányi súlyt adhat fiam ügyvédének szerencse-mérlegéhez: de soha egy szemernyit sem fiaméhoz. – Ezt jegyezze ön meg magának, ifjú barátom.

Azzal véglegesen megköté Bélteky nyakravalóját. A jeles ifjú elszédülve a hallott fenyegetésektől és biztatásoktól, alázatos búcsut vett és eltávozott.

Nyomban utána, ugyanazon ajtónyilással sietett belépni Angyaldy.

– No ugyan, mi az a sürgetős dolog? riadt rá fensőbbsőbbségi házsártoskodással Harter. Nem szeretem, ha olyankor háborgat valaki, mikor fontos hivatalos ügyeim vannak. Ezt százszor is mondtam. S kivánom, hogy tartsa magát hozzá minden ember!

Harter Nándor e magasra tartott orral elmondott rendreutasítás alatt egy hivatalfőnök jogosult hypochondrikus rosz kedvével sétált el a szoba tulsó szögletéig; onnan aztán visszafordúlva, élvezteté kegyes engedelmét Angyaldyval a beszéd megkezdhetésére.

– No, hát halljuk, mi az a sürgetős ügy, a mit önnek velem tudatnia szükség?

Angyaldy nagy hidegvérrel hagyta főnökét szavakkal és léptekkel alá s fel büszkélkedni, s azután felhivatva szólásra, mindennapi csendes hangján mondá:

Azt kell tudatnom méltóságoddal, hogy kegyeskedjék ma tizenkét óráig lemondását illető helyen benyujtani; mert különben délutáni két órakor meg fogja kapni az illető helyről az elbocsáttatást.

Harter Nándor oda ment egészen Angyaldyhoz, hogy a szeme közé nézzen.

Bizony ott állt az, és egy vonása sem mutatta, hogy tréfál.

– Ébren vagyunk mind a ketten? kérdé tőle.

– De alunni megyünk mi mind a ketten, méltóságos uram.

– De hát mi ez? Rosz tréfa?

– Rosz való! Most beszéltem azzal a barátommal, ki a helytartóságnál történtekről tudosítani szokott.

– Az önt elámította.

– Nem ámított el. Tessék az elejét meghallgatni. Lemminget elfogták.

– Kicsoda?

– Valami szeles katona. Még nem tudom egészen, hogy miért? Azt mondják, hogy élelmezési ügy miatt.

– De hát mi közöm nekem az élelmezési ügyhöz?

– Én nem is mondtam, hogy van köze hozzá

méltóságodnak. A tiszt fel volt bőszülve Lemming ellen, s lefoglalta a nála levő jegyzeteket. Ezen jegyzetekben foglaltatnak mindazoknak a nevei, a kik az országos gabonaosztási vállalat ügyében Lemmingtől összegeket fogadtak el. E lajstromban méltóságod neve is előfordul, ötezer arany összeg mellett.

Ez olyan nehéz kalapács-ütés volt Harter fejére, hogy le kellett ülnie egy karszékbe.

– Megfoghatatlan!

Hogy mi legyen az a megfoghatatlan? azt engedte találgatni.

Kis idő mulva újra megszólalt.

– De hát mit mondanak: miért?

– Én mindent elmondok, a mit megtudtam! felelt Angyaldy. A mit nem mondok, azt nem tudom.

Harter talpra pattant.

– Megyek rögtön ő excellentiájához!

– Bizonyosan mondhatom méltóságodnak, beszélt a kérlelhetlen oraculum irgalom nem ismerő nyugalommal, hogy ő excellentiájánál ki van adva a rendelet, hogy méltóságodat többé eléje ne bocsássák.

Harter Nándornak már kezében volt a kalapja; azt e szónál az asztalhoz vágta.

– De hát miért? A kalap legurúlt az asztalról, felvette s újra odavágta, ezuttal úgy, hogy nem gurúlhatott le. De hát miért?

– A gabona-kiosztásnál óriási csempészetek sültek ki Lemming ellen.

428

– De mi közöm nekem az ő csempészetéhez? szólt ismét, bevágva magát karszékébe.

– Semmi! Én is mindenkinek azt fogom hirdetni. Hanem méltóságod neve és sok másoké előfordul Lemming jegyzőkönyvében.

– Lemming irhatott jegyzőkönyvébe a mit akart; mit tartozik az én rám?

– Törvény szerint nagyon keveset. A biró előtt azt mondhatja méltóságod, hogy ez nem bizonyít semmit. De az a szeles katona még több ügyetlenséget is követett el; mielőtt feljött panaszra, úton-útfélen, boldognak-boldogtalannak elmondotta, mit fedezett fel; megmutogatta sok embernek, laicusoknak, profán szemeknek Lemming jegyzékeit; compromittálta a közvélemény előtt a megnevezett urakat; a kormány vezetői dühösek érte; a botrány köztudomású lett; azt többé a censori vörös irlával eltakargatni nem lehet; a kormány a szégyent magára száradni nem engedi, hanem lerázza magáról azokat, a kik compromittálva vannak. Egyéb baj nem történik. Méltóságod megelőzi a bukást; én rögtön sietek fel lemondásával a várba.

Harter Nándor merően bámult maga elé s néhány perczig határozatlanul mélázott.

Angyaldy sokallta az időhaladékot.

– Uram! A hajó sülyed: legelső gondunk megmenteni a zászlót. Azután majd szétnézhetünk, hogy mi volna még megmenteni való? De ezzel sietni kell.

Harter Nándor szótlanul felállt karszékéből, mire Angyaldy ugyanazon karszékbe telepedett, azt az iróasztalhoz fordította, s gyorsan megirta a lemondási oklevelet.

Azután felkelt s ismét megkinálta az üléssel Harter Nándort.

Harter Nándor érezte, hogy minő báb lett ő egy nálánál erősebb ember kezében. Alig egy negyedóra előtt azzal kérkedett, hogy húsz évig meg nem mozdítja a lábát onnan, a hová keresztbe tette, s most idejön ez az ember, ez a szolgálattevő alattvaló, ez a senki, és elfújja őt egy lehelletével, mint egy darab papirost, makulatur papirost.

Érezte, hogy repülni kénytelen, és csak leült és felvette a tollat, mit amaz kezébe adott és aláirta nevét.

Semmi kétsége sem lehetett a felől, hogy a mit Angyaldy beszélt, az való. Az ötezer arany említése megfosztá minden lélekerejétől. Hinnie kellett, hogy azt kettőjökön kivül senki sem tudhatja. Ha most így beszélnek róla, azt csak Lemming irataiból tudhatták meg. Ez nagy hiba volt, akárhogyan történhetett meg. Ha már erről csak suttognak is, neki nem lehet tovább megmaradnia állásán.

– De nem suttognak; de ordítanak és harsognak uram!

Aláirta, és reszketett a keze, midőn aláirta nevét a lemondásnak.

– Fogja ön, és siessen vele! szólt Angyaldynak, s hozzá tevé sugva: és tudjon meg mindent, a mi megtudható.

– Tartok tőle, hogy délutánig közbeszéd tárgya lesz minden.

– Azt hiszi ön? – Hát Lemmingnéről mit tud?

– Azt tudom, hogy épen most van nála a bizottság, mely mindent zár alá vegyen, a mit a háznál talál. Lemming ellen alighanem kárpótlási követelésekkel is fel fognak lépni.

– Szegény Malvina! Mondja ön meg neki, hogy ha nincs

más menedéke, foglalja el a kastélyomat Bartafalván. Én magam sem maradhatok egy napig sem tovább Pesten az otrombaság után.

– Kénytelen vagyok méltóságodnak még egy kellemetlen körülményt tudomására hozni. Nem ugyan parancsképen, hanem csak úgy barátságos jó tanácsul kéz alatt tudtára fog adatni méltóságodnak még ma, tizenkét és egy óra között a rendőrfőnök által, a ki igen udvarias, kellemes úr, miszerint ne tessék méltóságodnak egy ideig Pest sorompóit elhagyni, mert jelenlétére szükség lehet.

– Mit? Tehát még letartóztatás is! – kiáltá felháborodottan Harter.

– Nem! Csak szivélyes ittmarasztalás. Lemmingnének azonban határozottan tudtul fog adatni, hogy a várost elhagynia nem szabad.

Harter Nándor minden szónál zavartabb lett.

– De hát minek kevernek egy ilyen dologba bele egy asszonyt?

– Azt én magam sem tudom.

– Nem is sejti ön?

– Úgy hiszem, a Lemming ellen indítandó vizsgálatnál az ő saját számvetésének próbája lesz az asszony fényüzésének költségvetése. A kettő összehasonlításából remélnek bizonyos végeredményekre jutni.

Harter Nándor zsibbadásokat érzett minden idegében.

– Jól van! Siessen ön fel a lemondással, igyekezzék mentől elébb beszélni Lemmingnével. Azután keressen fel a szállásomon. Itt ne többet.

Angyaldy keblébe dugta az iratot és távozott a nagy

431

iroda termen keresztül.

Az irodafőnök suttogva kérdezé tőle: milyen kedélyben van a méltóságos úr? lehet-e most hozzá bemenni? Angyaldy azt válaszolá, hogy ő méltósága bizony nagyon ingerült kedélyben van; jól teszi minden ember, ha ma délelőtt nem kerül a szeme elé semmi ügyével, bajával.

A kisebb-nagyobb alárendelt népek aztán szépen meghúzták magukat iróasztalaik mellett, s félve tekingettek a nagy szárnyajtóra, hogy mikor jön ki az a haragos nagy ember, méltóságos rosz kedvét éreztetni az alázatos apró emberekkel.

A méltóságos nagy ember pedig azalatt a hátulsó kis ajtón lopva osont ki hivatalos lakosztályából; a hivatalos hírlapok nem fogják közölni ünnepélyes búcsuszavait, mint közölték beköszöntőjét; az alattvalók nem fognak sorban hozzámenni búcsut venni, kardosan, panyókásan, magyar vitézeknek masquirozva; még a portás sem fog tisztelegni nagy buzogányával, midőn hintaja utólszor kigördül a hivatalos lak udvarából: csendesen a falnak lapulva, suhan az utczákon végig a nagy ember, s a szemközt jövők arczáról találgatja magában, a szerint, a hogy köszönnek neki, vagy fejeiket ismeretlenül félrefordítják: «Ez még nem tud semmit!» – «Ez már tud valamit.»

AZ ALKU.

Harter Nándor egy órakor délben már tapasztalá, hogy Angyaldy nagyon is jól volt értesülve. Inasa a rendőrségi osztálytanácsos látogatását jelenté.

Hiszen nincs benne semmi különös. A rendőrfőnökök is lehetnek az embernek a társaséletben jó barátai. Megesnék vele, ha egy rendőrfőnöknek nem lehetne senkivel sem barátkozni.

Igen nyájas férfiú volt. Erősen sajnálkozott rajta, hogy Harter úr ily hirtelen elhatározá magát a leköszönésre. No de persze «noblesse oblige», egy cavalier még az árnyékát sem tűrheti a szennynek nevén. Nem is kétségeskedik felőle senki, hogy Harter úrnak távolról sem lehetett legmicroskopikusabb része is Lemming ügyében. Hanem Lemmingről ugyan semmi jót sem tudott felhozni. Az egy háromszoros gonosztevő. Azzal kegyetlenül fognak elbánni. Ily dolgokban a kormány nem érti a tréfát. Minden oldalról ömlik a panasz ellene. S e kelepczébe jutott bűnös még a mellett oly gonosz volt, hogy magánjegyzékeiben több nagy és közbecsülésben álló derék férfiut compromittálni igyekezett, nagy összegeket jegyezvén neveik mellé. No persze, mindazon derék férfiakról senki sem teszi fel, de legkevésbbé egy Harter Nándorról, hogy képesek lettek volna a közinség rovására valami bűnfoglalót elvenni: s azért nagyon jó lesz, ha az érdekelt derék urak, és különösen a közbecsülésben álló Harter Nándor úr e per folyama alatt itt helyben maradnak, hogy adott alkalommal e rágalmazó gonosztevőt erélyesen lezúzhassák. Csupán a saját becsületük érdekében!

Internálás biz ez in optima forma.

A rendőr-tisztviselő eltávozta után Harter egyedül maradt. Szerencséje, hogy soha sem tudott mélyen érezni, mert különben félhetett volna, hogy az az ember, a kivel most egyedül maradt, őt megöli. Egy nagy terv kerekei készültek agyában, melynek tengelyét egy szenvedély rögeszméje képezi, s szélmalmát ugyanazon szenvedély örök szele hajtja.

Merész dolgot mondunk; Harter e földrezúzó bukásban valami örömöt érzett.

Ebben a társaságbontó felkavarodásban úgy érezé, hogy ő valamihez nagyon közel jutott, a mi eddig mindig távol esett tőle.

Minden egyebet el tudott felejteni ez egyetlen csalképért, még azt a mély gödröt is, a melybe az belecsalogatta.

Ki tudta magának ékíteni a sírt, s tudott szépeket álmodni a sárban fekve.

Egész nap nem hagyta el lakását; ott egyik szobájából a másikba járva, főzött, forralt ízzó szívében messzeható ábrándos terveket, mikbe nem vegyült már politikai nagyság, társadalmi igények, csupán egy rajongó szerelmes kábitó vágyai.

Angyaldy csak estefelé tért vissza.

Meg volt lepve főnöke nyugodt, csaknem könnyelmű magatartásától.

– Volt ön Lemmingnénél?

Ez volt első szava titkárához.

– Nála is voltam. Mindenüvé eljutottam, a hová kellett. Még Lemminggel is tudtam érintkezésbe jönni.

– És hogyan veszi e csapást Malvina?

Angyaldy boszus is volt, bámult is e kérdésen.

– Természetesen, hogy igen rosz kedvvel veszi. Fekszik bele. De nem az ő baja itt a főkérdés, hanem Lemmingé.

– De mit törődöm én Lemminggel? Bánom is én; akaszszák fel. Én nem ismerem s nem tudok róla semmit. Az én nevemet hiába irta a jegyzőkönyvébe.

– Ez természetes! Mikor a hajótöröttek egy csónakba szorulnak, s valaki még kapaszkodik a csónak szélébe, azt bele szokták taszítani a tengerbe: s igazuk van, különben ők merülnek el. Csak az a baj, hogy Lemminget nem lehet a tengerbe taszítanunk a nélkül, hogy Lemmingnét is utána ne taszítsuk.

– Ezt nem értem! Mi köze lehet a hatalomnak egy asszonyhoz, akárminő vétkesnek találtassék is a férje?

– Nem is az a veszély fenyegeti őt, hogy bezárják, hanem hogy nagyon is szabadon eresztik. Lemminggel az a baj van, hogy két dolog akar rá kiderűlni. Az egyik az, hogy vesztegetés utján jutott az országos gabona-kiosztás vállalatához; a másik az, hogy selejtes gabonát osztott ki. Az első vád nagyon sulyos, az utóbbi pedig nagyon költséges. Ha bebizonyodik rá, hogy vesztegetett, akkor azért ítélik el; ha nem bizonyodik be rá, akkor csaló volt, hamis kiadásokat jegyzett fel könyvébe, s azért bűnhödik: igy is, úgy is kelepczébe jutott; a második vád miatt pedig lefoglalják vagyonát, kárpótlás fejében. Azért gondolja meg méltóságod: mi lesz egy fogságra itélt bankár nejéből, a kinek vagyonát elveszik; a ki hozzá van szokva, hogy pompában, kényelemben éljen; és a ki elég szép asszony arra, hogy a mihez hozzászokott, azt meg is találja? és a ki elég gyalázatot kapott már a férje nevéhez férje érdeméből, hogy ne irtózzék a későbbiektől, a miket már maga szerez

435

hozzá. Mi lesz az ilyen asszonyból?

Harter Nándor találgatta magában, hogy mi lesz hát belőle?

– Megsughatom méltóságodnak, hogy Lemmingné minden előkészületet megtesz hozzá, hogy a mint egy kissé félrefordul róla a hatóság figyelme, azonnal elszökjék Párisba.

Hartert e szó tetőtől talpig átvillanyozta.

– Képes volna elszökni innen?

– Köztünk mondtam.

– S cserben hagyná Lemminget?

– Mint minden ember.

– Tehát nincs ennek az embernek a megszabadítására mód?

– Van! Épen e felől tettem magamat vele érintkezésbe. Lemming el van veszve, ha méltóságod a vizsgáló biróság előtt azt fogja mondani, hogy az általa beirt ötezer aranyról nem tud semmit.

– És ha azt mondom, hogy tudok róla valamit, akkor ő is el van veszve, meg én is.

– Kérem! Lemming azt fogja állítani a vizsgáló bíró előtt, hogy ő azt az ötezer aranyat méltóságodnak kölcsön adta, s ha méltóságod hasonlót ismer el, akkor Lemming a vesztegetési vád alól kiszabadul, miután a vesztegetés egyszerűen meg van czáfolva.

– Hanem abban az esetben az én elismerésem rögtön adóslevéllé fog válni, a mit a biróság nálam lefoglal s velem kifizettet.

– Azt én is úgy hiszem.

– S ön tanácsolja nekem, hogy Lemming megszabadításáért én dobjak ki ötezer aranyat?

Angyaldy vállat vont s nem mondta, hogy tanácsolja-e, vagy nem tanácsolja? Hanem annyit gondolt magában, hogy kérdezze meg Harter úr a saját naplójától, vajjon lehet-e valami alapja ilynemű nemes áldozatkészségre.

– Jó! szólt Harter. Kész vagyok erre az áldozatra. Meghozom azt Lemmingnek; hanem egy föltétel alatt. E föltételt közölje ön vele. Ha ő «igen»: én is «igen!»

– Méltóztassék közölni velem a föltételt.

Harter Nándor arcza szokatlan hőségtől ragyogott e perczben, szemeiben egész szenvedélye látszott tündökölni, erősen megszorítá Angyaldy kezét és súgva mondá neki:

– Föltételem Lemmingnek: Adja vissza nőmet!

Angyaldy visszahőkölt e szóra, mint a ki most veszi észre, hogy őrülttel áll szemben; hanem az őrült vasfogóval szorította keze csuklóját, s mégegyszer mondá ama forró, reszketeg hangon:

«Adja vissza nekem nőmet.»

Angyaldy csodálkozva rázta mindenfelé fejét, s kétkedve mondá:

– Hogy lehessen az, kérem: ezt én nem értem!

Erre Harter elmosolyodott s egy szerelmes ifjú naivságával taszítá el magától a megszorított kezet.

– Menjen ön! Hogy lehet oly együgyű? Törvényes ember, és még sem érti. Jőjjön hát, majd én megmagyarázom. De üljünk le hozzá, mert ez hosszadalmas tárgy. Én sokat gondolkoztam ezen; és ön még soha? Hogyan lehetne Malvinát visszahozni, mint asszonyt az én házamhoz; vissza az elhagyott házba, régi tulajdonába, minden erőszak, minden botrány nélkül, a legegyszerübb, a legtisztességesebb uton; ön nem tudna erről semmit?

– Valóban, nem jutott eszembe ilyen expediens.

– Óh! én sok nyughatatlan éjszakának köszönhetem, hogy azt így kifőztem.

– Hiszen nekem is van sejtelmem valami hosszadalmas útról. A válóperek hosszuk.

– Óh! ide nem kell válóper. Ide nem kell, csak egy elhatározás. Két napi határidő, s a változás megvan. A Lemming-ház özvegyen marad, s a Harter-háznak van házi asszonya.

– És annak az asszonynak mi lenne a neve?

– Harter Nándorné! Isten és világ előtt. Egyházi és világi törvények szerint Harter Nándorné.

– Kiváncsi vagyok a lehetőség alakjára.

– Tehát értse meg azt! Ön tudja, hogy mi római katholikusok voltunk, midőn egybekeltünk. Mikor elakartunk válni, kitértünk a protestáns hitre, mert a római katholikus dogmák a házasságot felbonthatlannak tartják. Tehát a dogmák szerint Malvina most sem nője Lemmingnek, hanem az én nőm. A protestánsok canonai szerint törvényes házastársa ő Lemmingnek, de a katholikus szentszék nem ismeri e viszonyt másnak, mint együttlakásnak. E szerint nekünk semmi egyébre nincsen szükségünk, hogy ismét egymásé lehessünk, mint visszalépni a római egyház kebelébe mindkettőnknek; ott Malvinát csak Harter Nándornénak ismerik most is; ott a

438

kolozsvári consistorium határozata nem érvényes, ott Malvina egyedül és elszakíthatlanúl az enyim. Tehát, hogy holnap az én nőm lehessen: nem kell hozzá egyéb, mint hogy ma térjen vissza az elhagyott egyház szövetségébe. Érti ön már?

– Értem! – felelt Angyaldy tompán.

– Lehetőnek tartja már most azt, a mit feltételül szabtam: adja vissza Lemming nőmet?

– Igen! Csupán azt jegyzem meg rá, hogy az alkuban határozni egy harmadiknak áll jogában: az a harmadik Lemmingné.

– Tudom! Én tehát rábizom önre. Legféltettebb titkomat bízom önre. Menjen el Malvinához és mondja el neki, hogy én szeretem őt, és megtanultam ismerni, minő világot vesztettem el benne, a midőn elváltam tőle: óhajtom őt újra birni, nem birni, de magamat az ő rabjává tenni. Nyitva előtte szívem és házam. Jőjjön, mint úrnő, mint királynő, és szálljon meg abban. Én mint koldus fogok előtte állni, ki kegyének alamizsnahulladékáért is hálálkodik, s még csak könyörgésével sem alkalmatlankodik. Mondja ön neki, hogy én nemeslelkü akarok lenni, és Lemminget önfeláldozással is megszabadítom nyomorult helyzetéből; csupán csak ő érte, az ő könyező szemeiért; de hogy egy óráig sem tűrhetem tovább, hogy ily meggyalázott ember karján a világ előtt megjelenjen: ő, kit én nevem egész ragyogásával akarok környezni.

Angyaldy meghajtá magát.

– Mindezt el fogom Lemmingnének mondani.

– Menjen ön minél hamarább, kedves Angyaldy; s hozzon jó választ.

A titkár engedé kezét főnöke forró kezei által összeszorongattatni. Az ő keze bizony hideg volt, mint a kő, s nem szorította amazt vissza.

Angyaldy még az nap eljárt a rábízott küldetésben. Nem volt semmi rendkivüli benne, hogy ily késő órában is bejusson Lemmingnéhez; eddigi kiváltságos helyzete fel jogosította arra.

A válasz határozott volt; határozottan rosz.

– Lemmingné azt felelte: «Nem!»

– Nem? szólt megütődve Harter, s aztán hihetlenül rázta fejét. És mit mondott, miért nem?

– Nem, mert neki nem tetszik.

Harter gyanakodva nézett Angyaldy szemébe; aztán lehangoltan monda neki jó éjszakát.

Angyaldy bejelenté, hogy az éjjel kissé sokáig ki fog maradni.

Utóbbi időben többször előfordult ez nála. Azt beszélték róla, hogy szeret dőzsölni s reggelig elpoharazgat.

«Hadd tegye, úgy sincs egyéb öröme a világon!» szokta mondani Harter, és hagyta menni kérdezősködés nélkül.

Angyaldy csakugyan vacsorálni ment, s mint elégszer tevé, a vacsora után éjfélen tul is ott maradt az ivóasztalnál – egyedül. Nem kellett neki víg társaság: egyes egyedül tudott inni. Palaczkot palaczk után ürített, mintha tudományos elemzést tartana a fölött, hogyan lesz a józan emberből részeg? De tökéletesen részeggé soha sem tudott lenni. A bornak az a hatása volt rá, hogy szótlanná, komorrá tette; ébren maradt.

S volt egy gondolatja, a mi mellett ébren maradt.

Más ember e gondolatot fekhelyén őrizte volna, ő utat engedett neki; hadd fusson: szemközt kell neki rájönni.

Más azt az embert, a kit egy perczig sem bocsát el lelke szemei elől, nyomról-nyomra kisérte volna, utána leskelődött volna; ő engedte tenni, menni: nem menekülhet az ő előle.

Tudta jól, hogy Harter Nándornak minden léptére van, a ki vigyáz ez órától fogva. Sem éjjel, sem nappal úgy ki nem mozdulhat lakából, hogy fel ne legyen róla jegyezve, hova ment, hol állt meg, kivel találkozott, kinek mit mondott?

Midőn Angyaldy későn éjfélután a dőzsasztalt elhagyta, neki indult egy kerülőt tenni a városban. Felsétált egész a főutig. Annak volt akkor egy szöglet háza, melyben az éjnek minden órájában ébren voltak. A gondviselés mindig ébren van.

Angyaldynak a hivatalos irodák mindegyikében voltak meghitt ismerősei; ott is vannak emberek, a kik egymás között, magukhoz hasonlókkal szeretnek barátkozni, vígan lenni.

Angyaldy rátalált ismerősére.

– Otthon maradt-e ma este főnököm? – kérdé tőle.

– Nem! Elment vacsorálni az «Európá»-ba. Oda egy hordárt hivatott s attól egy levelet küldött Lemmingnéhez; a hordár egy óráig várakozott a válaszra. Harter másfél óráig várakozott a hordárra; mikor megkapta, elolvasta, zsebébe tette és hazament. Négy csésze theát ivott meg a várakozás alatt. Még e perczben gyertya ég a szobájában.

Angyaldy megköszönte a tudósítást a jó pajtásnak, jójczakát kivánt neki, s hazament és lefeküdt.

Szobája főnöke lakosztálya fölött volt; sokáig nem tudott elaludni, emennek alá s fel járó lépteire figyelve.

Reggel ismét mind a ketten összejöttek, Harter úr magán dolgozó-szobájában.

A két férfi arczán nem látszott semmi változás nyoma.

– Semmi újság? – kérdezé Harter.

– Semmi!

– Én tudok valamit! – szólt Harter, fogain keresztül szíva a léget; – ma délelőttre híva vagyok a vizsgáló biróhoz, Lemming ügyében.

– Hány órára?

– A hány órakor nekem menni tetszik. Az én rangomból való uraknál ezt saját discretiójukra szokták bizni.

Minden erőtetett nyugalma és büszkesége mellett szavai belső izgalmát árulták el.

– Nem tudom még, mi kimenetele lesz e beszélgetésnek; de minden lehető esetre készen kell lennem. A mai bolondos világban a legfeddhetlenebb jellemű ember sem érezheti magát biztosítva a nonputaremektől. Azért egy bizalmas kéréssel akarom önt terhelni.

– Parancsoljon velem!

Harter elővette iróasztalából amaz ismeretes naplókönyvet.

– Egyszer már voltam azon helyzetben, hogy ezt a magán-naplómat az ön felügyelésére bíztam. Most ismétlem e megbizást. Nincsenek abban veszélyes titkok, de mégis olyan magánérzületeim vannak benne megirva, a miket nem óhajtanék közbeszéd tárgyaivá tétetni. Azért még egyszer kérem önt arra a szivességre, hogy vegye a tokot magához. És azután maradjon itthon, míg én visszatérek. Tartsa előszobája ajtaját zárva. Ha az alatt, míg én odaleszek, netalán rendőrségi házmotozást intéznének lakásomon (ön ismeri személy szerint az illető urakat): a mint ön egyet meglát a lépcső-rácsozat előtt, ezt a naplót mindenestől együtt vesse a fűtött kemenczébe, s ajtaját ki ne nyissa

443

addig, míg az végképen el nem égett. Számíthatok önre?

– Bizton!

– Köszönöm! Még meg fogom ezt önnek hálálhatni! szólt Harter, megszorítva titkárja kezét. – Egyébiránt semmitől sem tartok. Tisztában vagyok magammal. A baj nem olyan nagy, mint a milyennek látszik. Igazságos akarok lenni mind magam iránt, mind mások iránt. Mindenki meg lesz velem elégedve.

Angyaldynak nagyon feltünt e hangulat Harternél. Főnőkének arczán nem volt eltagadható bizonyos felmagasztosultság, a mi nem folyhatott a helyzetből. Alig várta, hogy eltávozzék.

Alig várta, hogy egyedül maradhasson, kettős bezárt ajtó mögött azzal a végzetes naplóval.

Óh! ez a Harter valóban a világ legkönnyelműbb embere: először, a miért titkokat, miket csak magának sug meg az ember, magának is csak akkor, mikor az a belső biró aluszik, hogy az meg ne hallja, hogy ilyen titkokat papirra leir; s miután leirta, azt hiszi, hogy egy emberi kéz-csinálta zár azoknak elég koporsó. S elvégre az egészet rábízza egy emberre, a kiről azt hiszi, hogy legjobb híve.

Angyaldy sietett felnyítni a zárt, feltárni a napló lapjait.

És akkor csak elbámult.

Óh! ez a Harter nem olyan könnyelmű ember, a milyennek mi hisszük: az egész naplóban egy sor irás nincsen!

Egyetlen egy irott lap sincsen benne.

Az egykor beirt lapok mind le vannak fejtve éles késsel a kötésből; egyedül a tiszta papiros maradt ott.

Előről hátra lapozta: nem talált egy sort, egy betűt a naplóban többé.

Harter tudta, hogy mivel játszik? s a játék komolylyá lehetett.

De hát akkor minek e játék folytatása? Minek volt e naplót tokostul titkárjának adni, azzal az utasítással, hogy ha motozni jönnek, égesse el? hiszen ha nincs benne egyéb, mint üres papiros, azt hadd találja meg akárki: azon nincs mit őrizni, félteni.

Az egész naplóban hasztalan kereste e talány nyitját; üres lapokra talált.

De hát a napló tokja!

Angyaldy a világosság felé fordítá azt, hogy bele láthasson; s akkor észrevette, hogy a napló tokjának a fenekén egy összehajtott zöld levélpapir van.

Ollójával kihuzta azt onnan.

A levélre ráismert. Ráismert a papir színéről, illatjáról, mielőtt a kéz vonásait látta volna.

Lemmingné levele volt az.

Ugyanazon levél, melyet tegnap éjjel a hordár által válaszul küldött Harternek.

Angyaldy elolvasta azt:

«Kedves barátom!»

«A nyujtott békejobbot elfogadom. Mindkettőnkre nézve jobb lesz az így. De hát lealkudhatlan föltételem van hozzá nekem is. Egyik az: hogy Lemming legyen megmentve; gyalázat volna őt veszni hagynunk. Másik az, hogy béküljön ön ki fiával. Nem tudnám átlépni azon ház küszöbét, melyből a család egyetlen fia ki van tiltva. E föltételeimet ön, ha engemet szeret, könnyen teljesítheti.»

«Még egyet!»

«A közöttünk szövődő új viszonyba ne avassa ön titkárát többé; végezzük azt levél utján egymással. Sőt óhajtanám, ha ön titkárja számára valami állomást szerezne, tán Bécsben a kanczelláriánál; megérdemelné, hogy jutalmazva legyen. Önnél úgy sem maradhatna, miután ön hivatalt nem viselend többé.»

«Tehát csak ovatosan és vigyázva!»

«Malvina.»

Angyaldy ismét és ismét olvasta ezt a levelet. Elolvasta tizszer, elolvasta százszor, nem is olvasta már, de magában nézte; nem is szemeivel nézte, de lelkével nézte, míg oda rajzolódott az szive falára, minden betű úgy, a hogy irva van, azokkal a reszketeg vonásokkal; míg minden betű magában beszélt, és sokat beszélt, mindent elbeszélt.

Akkor összehajtotta a levelet, visszadugta azt rejtekhelyére ismét, rázárta az angol-lakatot s azután összefonta karját, oldaállt az ablakba és várt főnöke visszatértére. Ha valaki az átelleni házból nézte, azt hihette: viaszbáb, mely egészen hasonlit az emberhez, csak hogy nem tud szemeivel pillantani.

Késő délután került elő Harter. Nem is a saját szállására, hanem egyenesen fel titkárjához sietett.

A meleg évszakban folytonosan fűtött kandalló meggyőzheté a felől, hogy egészen hű emberre talált, ki utasitását a kényelmetletlenségig pontosan követé.

– Nem volt szükség a fűtött kandallóra? – kérdé.

– Senki sem jött, felelt Angyaldy, kezébe véve a naplót.

– Úgy hiszem, már nem is fog jönni.

– Vajjon?

– Mint előre láttam, az egész kellemetlen ügy sokkal simábban fog legombolyodni, mint gondoltuk.

– Lemming, természetesen, ártatlan.

– A fődolgokban igen; a mellékesekben pedig majd innen is, onnan is kisegítjük. A mit alárendeltjei hibáztak, azok ha bebizonyulnak is, őt közvetlenül nem érinthetik; a vesztegetési vád pedig magában elenyészik.

– Ha a feljegyzettek elismerik, hogy a megnevezett összegeket a bankártól csak kölcsön vették.

– No – igen!

– Méltoságod szives volt erre buzdítást adni a többieknek?

Harter huzta-vonta magát egy kissé.

– Én ugyan soha sem fogadtam el Lemmingtől semmit, de régi jó barátom, nem hagyhatom ily bajában elveszni, et cætera.

– Az igen nemes tett méltóságodtól – Lemmingné tagadó válasza után is.

Harter igyekezett ezt a beszélgetési tárgyat, mint valami nagyon szorító csizmát, minél hamarább levetni a lábáról.

– Czélom visszavonúlni egészen a politikai küzdtérről. S ezt a rövid időt, a míg befolyásom tart, igyekezem felhasználni arra, hogy legalább a hozzám közelebb álló embereknek valami hasznot tehessek. Először is ez a Lemming. Hadd fusson szegény! Sokat theáztunk együtt.

Az ember nem feledheti el.

(«Akaszszák fel!» ezt mondta még tegnap ez ember! – gondolá Angyaldy.)

– Önre is volt gondom, kedves Angyaldy!

– Én rám? – szólt a titkár, s alsó ajkát foga közé szorítá.

– No, igen! miután én hivatalt nem fogok többé viselni. S így ön, mint titkár, nálam nem maradhat.

– Valóban?

– Nem! Semmi esetre sem! – állítá hevesen Harter úr, ki Angyaldy közbeszólását saját jövendő elhatározására volt hajlandó magyarázni. – Ha egy világot kinálnának is, többé hivatalt nem vállalnék el ily méltatlanság, ily keserű csalódás után. Nekem köszönheti a kormány az ország pacificatióját. De hallgatok róla. – «Philippinél találkozunk!» – Most csak azokról akarok szólni, kiket magammal rántottam önhibájok nélkül. Azok között van ön. Ajánlottam önt az udvari kanczelláriához Bécsbe. Alkalmaztatása kétségtelen. E kegygyel expiálni fogja a kormány a rajtam ejtett sérelmet.

– Köszönöm! szólt Angyaldy. (Ez a második pont.)

Tudta jól, hogy van még egy harmadik is.

Harter hozzáfogott a neki oly jól illő hetvenkedéshez.

– Voltam az irányadó helyeken, ott is, a hol az ön állítása szerint igen roszul beszélnek felőlem. Mondhatom, hogy mindenütt igen nyájasan fogadtak. Egész együttlétünk a vizsgáló biróval inkább bizalmas discursus volt, mint törvényes vallatás. Elég volt annyit mondanom, hogy Lemming jegyzéke rám nézve adóssági tétel. A mikor visszakivántatik, kész fizető vagyok. – A többi értekezés más tárgyakról folyott, önről is sokat beszéltem. Ajánlatomat igen sokba vették. Kineveztetése a kanczelláriához egészen bizonyos. Ön úgy is óhajtozott hajdanában Bécsbe.

– Évek előtt.

– Tehát régi kivánsága teljesülend. Ön felmegy a szép Residenzstadtba. Én csak egy viszon-szivességre fogom önt felkérni. Ön bizonyosan találkozni fog azzal az én bondos szeleburdi fiammal Bécsben; most ott lakik; ha összejön vele: mondja meg neki, hogy kész vagyok bohóságát megbocsátani, ha hazajön, és mint rendes ember viseli magát. Vegye rá, kérem!

Angyaldy állához szoritá a kezében tartott naplótokot. Ama zöld levél jazmin-illata keresztülhatott azon. Ez is benne van a zöld levélben.

Óh! milyen erőszakába került ajkait leparancsolni róla, hogy hangos hahotával a szeme közé ne nevessenek ennek a bolond embernek; hahotával, mely zokogásban végződik – egy másik bolond ember sorsa fölött.

– Köszönöm kegyes gondoskodását! Azonban, ha Elemér úrfival szándékozik méltóságod amicázni, e szándékot jó lenne legelébb is Bélteky úrral közölnünk.

– Igaza van önnek! Legelébb is a pert kell megsemmisítenünk, mely közöttünk folyik. Arra nézve is a legelfogadhatóbb feltételeket szándékozom tenni. Mondja ön azt meg Béltekynek. Tegye magát érintkezésbe vele.

––––––––

Angyaldy érintkezésbe tette magát Béltekyvel.

A mit a fiatal ügyvédtől válaszúl nyert, azt soha sem mondta el Harter Nádornak; oly mértéktelen gorombaságok voltak.

«Szeretne most már a vén róka alkudni, ugy-e? Mikor fejtetőre bukott le az ugorkafáról. Mikor nem bizhatik – magas szövetségesekben. Most már semmi alkudozás! Maradjunk a pör útján. Megyünk az executióig. Majd meglássuk, hogy ha egyenlő fegyverrel küzdünk, melyikünk esik el? De most már meg fogja fizetni a perköltségeket is. Majd nem küld el most már engemet Smyrnába, Kalkuttába, Grönlandba, uzsorásokat vallatni! Majd annak a másik sirásónak a számadásaiba is bele tudunk most már nézni ingyen. Jó, hogy rákerült a nagy urakra is a dög egyszer!»

Ilyenformán patakzott a büszke visszatorlás.

Hja! e' biz úgy van. Igy fizet a világ!

Angyaldy azt mondta főnökének, hogy addig nem hagyandja el, a míg e két főügy rendezve nincsen: a Lemminggel és az Elemérrel elintézendő ügyek. Addig szüksége leend ő méltóságának az ő szerény szolgálatára.

Az ajánlat szivélyesen fogadtatott.

A Lemming-féle ügynek sok tekervénye volt még. A biró előtt bevallott ötezer arany lefizetéséről bizony gondoskodni kellett, pedig ismét igen rosz esztendő volt, semmi ára a föld termékeinek; aztán egyéb állapotok is kerültek még elő: Harter úr több rendbeli közköltségek felől is tartozott számadással, ezeknek bevégeztéhez idő kellett és ember; idő legalább az új termésig, és ember, ki az új termésre pénzt teremtsen, mert biz ott pótolni való hiányok is lehetnek. Az ember, kivált gavallér ember, soha sem tudja, ha sokféle pénzt kezel, melyiket adta ki töltés-csinálásra, s melyiket a szép asszonyra. Van miből megtéríteni.

A legnagyobb baj az volt, hogy Elemért nem lehetett megkapni. Hol Bécsben volt, hol Angliában járt; ki tudja, mi dolga volt? Emigransokkal szövetkezett-e, vagy csakugyan gazdasági gépeket szállított? Senki sem tudja bizonyosan;

pedig Angyaldy és Bélteky eleget jártak utána, ha ugyan jártak utána. Legalább Harternek azt mondták, hogy keresik, mint a tűt.

Harter pedig nem birta a lelkén viselni azt a terhet, hogy a fiával még sem békült ki. Szörnyen üldözték az atyai szív keserű vádjai!

Persze, ez is egyik föltétele volt Malvinának, a mihez kötötte ama végzetes visszalépést.

Lemminget is olyan soká benn tartják abban a gőzfürdőben. Bizony kiizzasztják belőle az utolsó garast is, a mi materia peccansul csordogál üzlete ereiben.

Addig pedig Harter még csak nem is találkozhatik élő alakban Malvinával.

Már övé az asszony; már megfogta, már kezében tartja a szárnyát, és még sincsen a czélnál. Hogy olyan rettenetes hosszú idő van a ma és a holnap között!

S hogy a szép asszony őt most egyáltalában nem fogadja el, arra neki igen szép igazsága van.

Mit mondana hozzá a világ? Nem a közerkölcsiség arczul verése volna-e, ha egy nő az alatt, míg férje fogva van (igazságtalanul, az ő meggyőződése szerint), felhasználná az alkalmat, hogy tőle megváljon, s régi férjéhez visszaköltözzék? Ezt még az indian morál sem engedné meg.

Tehát Harternek várni kell, először: a mig Lemming kiszabadul. Tovább nem. (Azt hitte ő.) Mert hiszen, hogy az Elemérrel való kibékülés nem valami olyan lényeges kapitulationalis föltétel: az világos. Azt elég megigérni. Az asszony megnyugodhatik benne, ha ő szavát adja, hogy kibékül a fiával.

És aztán hetek multak, hónapok multak, s Lemming még

mindig benn volt abban a nagy gyógyintézetben, a hol a becsületén ejtet sebeket gyógyították. Kegyetlen kín volt az. Ha egy sebet begyógyítottak, megint a másik helyen tört ki; megint arra kellett flastromot rakni. Keserves, drága flastromok voltak! De csak hogy kapni lehetett.

Végre aztán egyszer valamikor csakugyan kibocsátották a becsület kórházából, mint tökéletesen kigyógyult derék, helyreállt embert, a kin meg sem látszanak többé a bélpoklosság nyomai. Szépen kitisztult belőle. A vádak nem voltak igazak. Lemming úr fölmentetik; a kik legbűnösebbek voltak, azok átköltöztettek Galicziába; azokhoz a magyarországi biró nem nyúlhat, mert ott más helytartó uralkodik; annak meg más dolga van; az egész miniszteriumnak megint egészen más dolga van. Denique nem sült ki semmi.

Föhnwald századost áttették egy Bécsben állomásozó uhlánus-ezredhez.

S azzal minden rendben volt megint.

A publikum beszélhetett, a mit akart; a hirlapokba nem mehetett semmi a gondviselés tudta nélkül.

A mint Lemming hazakerült, a legelső látogatója volt Harter Nándor.

Lemming igen szépen megköszönte neki azt a szolgálatot, a mi által őt nagyszerű kelepczéjéből kiszabadítá.

– Nem tettem ingyen! mondá Harter.

– Tudom! Ön az asszonyt akarja visszakapni tőlem. Már mondta az asszony.

Harter örömét nem birta elrejteni.

452

– Mit mondott önnek, kedves barátom?

– Az derék, hogy ön kedves barátjának nevez. Tehát azt mondta az asszony: hogy kész tőlem elválni és önhöz visszamenni. S ez megtörténhetik, a mint önök elhagyott hitükre visszatérnek. Hanem az szép öntől, hogy engemet kedves barátjának nevez, a mikor a feleségemet csak így karonfogva elvezeti tőlem.

Harter maga is nagyon tréfásnak találta a helyzetet.

– Hiszen azért mi jó barátok maradunk! szólt nevetve, s igyekezett Lemming hideg kezébe meleget szorongatni.

– Igen nagyon jó barátok. Hanem önnek elébb meg kell ám fizetnie azt az ötezer aranyat, a mit bevallott, hogy adósom vele.

Ezt már nem találta Harter valami olyan nagyon nevettető ötletnek.

Egy perczre össze is huzta a homlokát, mintha valami magaslatot keresne büszkesége számára, a honnan letekinthessen erre a közlelkű kalmár-emberre, a kinek mindig csak pénzen jár az esze, s a ki attól, ki őt kiszabadította a kutból, most még fizetést is követel; hanem azután eszébe jutott, hogy biz ennek az üzérnek teljes igényei lehetnek bizonyos ötezer aranyak visszafizetéséhez; hát csak mégis síma arczot csinált hozzá, s csendes vérrel válaszolt:

– Azt minél elébb vissza fogom fizetni.

– Én magam is igen szeretném, ha azt minél elébb elvégezhetnők. Holnap költözöm vissza Bécsbe. És az igen furcsa helyzet rám nézve, hogy magammal hordjak egy asszonyt, a ki tudtomra, mától fogva már nem az én feleségem.

– Ön Bécsbe akar menni? – kérdé megütődve Harter.

– Bizony nem is akarok ebbe a földbe belenőni.

– Legalább várja meg ön, míg ez a mi köztünk fenforgó ügy rendbe lesz hozva. Azt magam is igen nevetséges helyzetnek tartanám, hogy Malvina most önt kövesse.

– Egyedül önön mulik. Fizesse le nekem ma, a mivel tartozik, s én holnap az asszony nélkül megyek Bécsbe, s nem törődöm vele, mi történik aztán tovább?

Harter Nándor minden izét zsibogni érzé.

– Meg kell önnek mondanom az igazat. Most nincs rendelkezésem alatt semmi összeg. Közpénztárakról kellett beszámolnom, a mire nem voltam készen; az minden hitelemet úgy igénybe vette, hogy nem vagyok képes ma egy aranyat sem előteremteni. A gabona ára ugy leszállt, hogy az idei termést potom pénzért kellett elpazarolnom. Még így is kárt vallott vele, a ki megvette. A jövő évi termésemet kináltam az üzérnek, s azt felelte rá, hogy még az idei is mind a raktárban van, s ha kivánom, visszaadja azon az áron, a min tőlem vette. Nem vagyok képes most az ötezer aranyat előteremteni.

– Jól van! szólt Lemming igen szelid, jóakaró képpel; hát akkor majd várunk – mind a ketten.

Ez a «várhatunk» szó ugyan akkor uralkodó jelszó volt ebben az országban; hanem azért Harter Nándornak sehogy sem tetszett.

– Uram! Én önnek becsületemet kötöm le, hogy legközelebbi tavaszszal lefizetem önnek azt az összeget.

– Nem játszunk becsületbe! felelt rá Lemming. Nekem az én becsületem valami másfélszázezer forintomban van; ön még nem költött a magáéra.

– Adok önnek váltót arról az összegről, s ha nem fizetek napjára, koboztasson meg irgalom nélkül.

– Köszönöm! Felfogadtam, hogy nem pörölök ebben az országban a jövő milléniumig.

Harter dühbe jött.

– De uram, ez alacsonyság, a mit ön cselekszik!

Lemming elpusztithatlan phlegmával csitította a dühöngőt.

– Ne tessék haragba jönni, uram; az nálam nem használ. Az akasztófa lajtorja-fokán végig minden czimet végigrakhat ön rám; hozzá szoktam, vízmentes vagyok. Se vissza nem mondom, se pört nem kezdek érte, se nem duellálok; végighallgatom, zsebredugom, s viszem azt is haza a többi becses emlékekkel. – Holnap, minden bizonnyal holnap. Az asszonyt is viszem holnap, minden bizonnyal holnap.

– De hisz ez erőszaktétel!

– Ha erőszaktétel: megakadályozhatja ön. Nem utazom incognito, nem rablok asszonyt éjszaka, fedett, salugádoros hintóban; a reggeli vonattal utazom, fényes nappal. Jőjjön oda a váró terembe: figyeljen rám, teszem-e rá a kezemet az asszony kezére? hurczolom-e őt magammal? s ha legkisebb erőszaktételt vesz ön észre, kiáltson a rendőrségnek. Óh! itt pompás rendőrség van; fogasson be, mint feleségem elrablóját; még ilyen czím alatt úgy sem ültem. De hozzá ne szóljon, uram, mert azt nekem még ma jogom van. Lemmingné asszonynak megtiltani, kivel beszéljen, kivel ne? Mint adósomat, mikor fizetni akar, szivesen látom önt: de mint feleségem kérője előtt, jogom van bezárni a szobám ajtaját és a korcsma ajtaját. Azért igyekezzék ön mint fizető adósom bejutni hozzám: akkor azután majd lequittelünk.

Addig pedig – örültem, hogy volt szerencsém.

Harter haragtól reszketve távozott el a bankártól. Még gondolatnak is kétségbeejtő, hogy ez az ember most elvigye Malvinát magával. De miért is nem sürgette Malvinát jobban, hogy tegye meg a visszalépést azalatt, míg Lemming fogva van. Most ime a kiszabadult gonosztevő rázárja az asszonyra az ajtót, s elébb a pénzét akarja látni.

Sietett Angyaldyhoz.

– Emil barátom! – szólt hozzá, lélekzet-fogyott sietséggel – az egekre kérem; ha valaha jó szolgálatot tett nekem, tegyen most, és örök hálára kötelez le. Teremtse ön nekem elő még ma estig azt az ötezer aranyat, a mivel Lemingnek adósává tettem magamat. Holnap el akar utazni, s nekem becsületbeli kötelességem azt neki Bécsbe költözése előtt az utolsó darabig lefizetni... Ön ért engem: ez becsületbeli adósság; egész becsületem forog a koczkán.

Angyaldy tudta azt jól, hogy mije forog Harternek a koczkán.

Azt felelte, hogy rögtön útra kel, és vándorolni fog az uzsorások országában.

– Ne kiméljen ön semmi árt; adjon meg bármily képtelen kamatot, csak a pénzt teremtse elő.

Angyaldy már akkor tudta azt a választ, a mit főnökének ma este mondani fog, midőn ez excursióból visszatér, de hagyta őt addig ég és föld között lebegni. Gyönyörüsége telt benne: elmenni a megbizással és arra gondolni, hogy számítja visszatértéig Harter Nándor a perczeket, a mik nehéz órákká nőnek, és sóhajtozik kibocsájtott hollója után.

A holló csakugyan visszatért este.

– Van-e pénz?

Ez volt az egyetlen kérdés hozzá.

– Nincs és nem lesz! – volt a kérlelhetlen válasz. – Égszakadás, földindulás van a pénzvilágban. Megbukott a legelső, legrégibb bankárház Bécsben, magával rántotta a monarchia egész pénzvilágát. Az első milliomosok ugy ütik el egymást lábaikról sorba, mint a felbukó tekebábok. A panique tökéletes; senki sem tudja, holnap él-e még, vagy halva kel föl? Zárva minden pénztár, minden tárcza. A pénzemberek insultusnak veszik, ha valaki kölcsön kér tőlük. És mi készen lehetünk rá, hogy holnap, holnapután egész lajstromát mutatják be előttünk saját megóvatolt váltóinknak, miket bankrott hitelezőinktől megint más bankrott-firmák csődtömegei lefoglalnak, s miknek kifizetését bejáratkor sürgetni fogják.

Harter Nándor megsemmisülve rogyott karszékébe.

– Ön nem tudja azt, – rebegé hőségtől kiszáradt ajakkal, – mit vesztek én azzal, ha holnapig ötezer aranyat nem tudok kapni!

Angyaldy olyan ártatlan arczot csinált hozzá, mint a ki semmit sem tud arról. Ott állt nagy tisztelettudó helyzetben főnöke előtt, derült homlokkal, összeszorított ajkakkal. Hanem lelke szemeivel úgy látta ott magát főnöke előtt állani, mint a ki gunykaczajra torzult arczczal vereget vállára a csüggeteg férfinak s azt sugja fülébe:

«De hát még a második föltétel, uram?!»

«Hát a fiaddal kibékültél-e már?»

«Mit mondott még az illatos levél!?»

EGY ÁLLAT, A KINEK LELKE VAN.

Világosiék olyan szépen el tudták magukat temetni, hogy senki még a fejfájukra sem akadt rá.

Felmentek Bécsbe lakni. Az elég nagy temető azoknak, a kiket senki sem ismer.

Ott is Ilonka tartotta az egész családot, most már nem leczkeadással, hanem kézi munkával.

A leczkeadás nem szép leánynak való váló. Senki sem hiszi el neki, hogy épen csak a nyelvtant tanítja. Szépsége rossz útlevél számára. Örökös gyanú alatt áll.

Anyja nem is bocsátotta volna el magától többé; azért Ilonkának valami olyan munkát kellett keresnie, a mit odahaza végezhet, talált is ily megbízást. Egyike volt az a legveszélyesebb kézimunkáknak, a mikbe fiatal leányok arczrózsái lehervadnak: az «entreprise universelle des pompes funèbres» (magyarul: temetkezési pompák vállalata) boltjából kapott megbízást gyászhímzésekre. Azért vállalkozott erre a munkára, mert azt legjobban fizetik, s az ő kedveseinek nem szabad szükséget szenvedni. Az igaz, hogy néhány év alatt belevakulnak, a kik szüntelen ezzel foglalkoznak; a folytonos feketére feketével himzés megrontja szemeik világát; hanem a ki vállalkozik rá, azt hiszi, hogy az ő szemei tartósabbak, mint a többieké, kik ezen az úton jutottak el a vakok intézetébe, vagy az utczaszegletekre.

Gyakran sietős munka is akadt, mikor valami nagy úrnak méltóztatott meghalni; olyankor Ilonka lámpánál is dolgozott egész mély éjszakákon keresztül, hogy a temetés napján a nagyságos asszony himzett uszálya készen legyen. Olyankor néha öt forintot is megkeresett.

De szükség is volt a pénzre. Drága volt az élelem és a házbér. Pedig oly szük volt az ebéd, s oly nyomorúlt a kis szállás, nedves, dohos, udvarszoba; aztán egyik beteg a másikat váltotta fel. Atyja folyvást egyforma testi-lelki dermenetben volt; kis öcscsének nagyon ártott a hirhedett gyermekölő bécsi lég; anyja is folyvást panaszkodott, hogy a melle oda van, fulladoz és szívszorongást érez. Okozta érte az ötödik emeletre járást, a mihez nem volt szokva.

Csak Ilonkán nem fogott a nyomor. Sem szép testén, sem szép lelkén. Rossz lég, silány tápszer, sanyargató munka mind nem hatott rá: aranyból volt egészen. Még szépült, még ragyogóvá lett ebben a dohos légkörben, ebben az inségben. Még őrangyala sem hallotta soha egy sóhajtását annyi nyomor miatt. És aztán adott neki a természet valami sajátszerű ajándékot, hogy a hol járt-kelt, akármi egyszerű öltöny volt rajta: az az eltanulhatlan fenség, a mi minden mozdulatát besugározta, hirdeté, hogy ez egy delnő!

Anyja félté, hogy a sok súlyos munkában megtörik. Ilonka vigasztalá őt; a kinek Isten terheket ad, annak erőt is ad azok elviseléséhez.

Neki valóban adott mind a kettőből eleget.

Egyszer aztán anyja is megbetegedett, nem birt fenmaradni többé. Három beteg feküdt abban a szobában, a melyben ő dolgozott. Az orvos, kit segélyűl hivatott, azt mondta, hogy legelső gyógyszer ebből a szállásból kiköltözni; mert ez olyan nedves, hogy a legépebb embernek is el kell benne pusztulni.

Ilonkának tehát más szállásról kelle gondoskodni. Nemcsak az a baj volt, hogy ilyent nagyon nehéz találni időközben, hanem még nagyobb az, hogy ahhoz pénz is kell, mert azt előre ki kell fizetni.

Ilonka nagyon érzé, mit jelent most ez a szó: «én magam!»

Három beteg panaszát vigyázni; reggeltől éjfélig a varróasztalnál dolgozva, egy jövő hónap terhét kettőzött szorgalommal leróni, s aztán olyankor, midőn maga elmegy a gyógyszerekért, útközben új szállást keresni.

Az is mind meglett. Az «én magam» sokat elbir.

Kapott kétannyi munkát, mint eddig; dolgozott éjről-éjre; talált jó szállást, szárazabbat, földszintit, csak felpénz kellett még rá. Az is meglesz. Szombaton elkészül a fogadott munkával s akkor kap pénzt, a mennyivel ki lehet fizetni a lakbért, átszállíttatni a betegeket.

Szombat estig nagy szorgalommal elvégzé a felvállalt munkát, kissé késő is volt már, mikor útra kelt vele. Mind a három beteg oly nyughatatlan volt miatta. Atyja tombolt, és izgatottan kiabált rá; anyjának láza volt épen, rémeket látott mindenütt, kik leányát elfogták az utczán; s a kis néma a nyakába csinpajkozott, úgy sírt, nem akarta ereszteni.

Ilonka nagy nehezen megnyugtatá mind a hármat. Megigérte, hogy sietni fog haza. Kerül, fordul és itthon lesz.

Sietett is a kész munkával a szokott dologadó üzletbe. Akárhány comfortablet megelőzött lépteivel.

Mikor az üzlet irodájába belépett, a hol rendesen át szokták venni a munkáját, ezúttal egy egészen ismeretlen úr fogadta, azzal a kérdéssel:

— Mit hozott, mamzell?

— A megrendelt himzéseket. Itt van róluk a számla. Kérem a térítvényemet, s a munkáért járó díjt. Sietek.

– Hm, hm! dünnyögött az ismeretlen úr, s elvevé tőle a himzéseket. Lelkem, a térítvényét én nem tudom előadni, mert itt most zavar van; hanem adok róla elismervényt, hogy átvettem.

– Az is jó lesz!

Az ismeretlen úr írt valami macskakaparást egy papirszeletre s odaadta neki.

– Azután kérem a számlámat kifizetni.

Az ismeretlen úr megnézte Ilonka számláját, s aztán visszanyújtá neki.

– Hja, kedves mamzell, az «entreprise universelle des pompes funèbres» ma reggel megszüntette a fizetéseit, s azóta csukva a cassa.

Ilonka nem értette azt.

– Hogyan lehet az?

– Hja, lelkem, ez nagy dolog. Maga még nem is tud róla semmit? Pedig tele van vele a város. Hallotta hírét a gazdag Arnstein és Eskelesnek? No hát az megbukott tegnap; ez magával rántotta A. Mayert, az magával rántotta B. Mayert, ez meg C. Mayert; tegnap a bankárok buktak sorba, ma a nagy boltok buknak utánuk, s holnap valószinüleg a Milchmeyerek fogják bejelenteni a cridát. A kinek most jóravaló firmája van, mind siet becsukni a boltot. Az entreprise universelle des pompes funèbres szintén bejelenté a cridát, s senkit sem fizet többé.

– De hogy lehet az, hogy a munkásait ne fizesse valaki?

– Lelkem mamzell, ez pedig így van. Tudja mit: jegyeztesse be magát a hitelezők közé követelésével; nyolcz-kilencz esztendő alatt a csődpernek vége lesz; akkor, ha még marad valami a csődtömegből, ön bizonyosan a második categoriában fogja magát találni azok között, a kik kiváncsiak lesznek megtudni, hogy minden forintjuk után hány krajczár jár vissza.

Ezzel az ismeretlen úr, mint a ki nagyon ügyes humoristikus ötletet hallatott, elégült mosolylyal fordult hátra egy másik ismeretlen úrhoz, a megzavarodott leányra bízva, hogy elmenjen-e, vagy további mulatságul szolgáljon részvétlen idegen embereknek.

Ilonka annyit mondott még:

– Uram! Nekem itt biztosítékom is volt letéve, mert otthon-dolgozóktól biztosítékot kérnek. Én negyven forintot tettem le a pénztárnoknál; azt mégis vissza kell adni.

– Minden bizonynyal, mamzell! A mondott nyolcz-kilencz év alatt az is visszakerül. Indítson ön e végett igénypert. Ajánlhatom önnek a saját ügyvédemet, doctor Stempelmayert, a ki nem fogja önnek azt a pert száz forintnál többe keríteni.

Ilonka eszméletlenül támolygott ki az utczára.

Az utolsó fillér is ki volt ütve kezéből.

Óh! mily gonoszok az emberek! még a koldust is meg tudják lopni!

Késő este volt már, haza kellett volna mennie. Betegei, kedvesei rég epedve várnak reá. Várják a vigaszt, várják a gyógyszert, várják mosolygó arczát. De hogy menjen hozzájuk haza? Nincs vigasz, sem gyógyszer, sem mosolygó arcz. Egy fillére sincs többé, és nincs kilátás munkára a jövő napokban, nincs miből élni egy napig sem többé!

A nép-áradat, mely az utczákon alá s fel hömpölyög,

vitte őt magával, az öntudatlant. Maga sem tudta, merre megy, hová megy? mit keres?

A mit csak jövő-menő emberek fenhangon beszéltek körüle, az egyes szavak, a miket hallott, mind általános halomrabukásról, szökésekről, semmivé-lételről beszéltek. Másnak is volt kétségbeesése, nemcsak neki.

A néphullám elsodorta őt magával a csatorna partjára: ott bolyong czéltalan, gondolat nélkül, eszme nélkül. Egy helyütt nagy tolongás támadt; a nép összefutott. Az emberek kérdezték egymástól, mi történt? Aztán jöttek, a kik tudtak rá felelni. Egy öreg kereskedő most ugrott bele a csatornába: kifogták, de már halva. Minden vagyonát elveszté a tegnapi bukás napján.

Ilonka látta, a mint azt az embert négy munkás elvitte a legközelebbi hordszekérig. Hosszú, ősz haja volt, a víz csorgott végig az úton hátraszegett fejéről.

A bámész sokaság tódult az öngyilkos hullája után, megtudni: mi lesz hát belőle?

Ilonka magára maradt azon az elátkozott helyén a csatorna-partnak, a honnan épen most húztak ki egy öngyilkost.

És azután azt gondolta magában: nem volt-e annak az embernek igaza?

Kihajlott a mellvéden keresztül s alátekintett a csatorna vizébe.

A szél lobogtatta a lámpákat a parton, azoknak a világa tánczolt a víz fekete tükrén.

És a fekete tükörben látta a leány a kétségbeesés minden rémjelenetét. Mindazoknak a végső nyomorát, a kikért eddig emberi erőt megtörő küzdelmet viselt; a rút, csalfa, igazságtalan világot; a gyűlölt arczokat, kik üldözik azt, a mi szép; a mostoha évet, mely megfeledkezett a férgekről, miknek elődei életet adtak; s vágya jött megtudni, hát a fekete tükrön belül mi van?

Talán egy jobb világ? talán egy másik élet? talán örök nyugalom? talán a semmi?

Kétszer is elhagyta azt a helyet, kétszer is visszament oda; s megint belenézett a fekete víztükörbe, a miben a lámpák bolygó fénye tánczolt a vizek halottai fölött; és homloka égett attól a gondolattól, a mi lelkében támadt: levette kalapját s oda tette a mellvédre. Milyen jó volna nem élni többé.

Ekkor valaki megfogta a kezét, s egy ismeretlen hang nevén üdvözlé.

– Jó estét, Ilonka kisasszony!

Megrettenve tekinte hátra. Egy egészen idegen arczot látott maga előtt. Negyven éves férfiu volt az, simára borotvált képpel, melynek vonásain annyi komoly jószívűség volt rajzolva, hogy Ilonka önkénytelen kezében feledte kezét.

– Ön nem ismer rám, szólt az ismeretlen nyájasan. Pedig igen közelről látott; persze, hogy nem ezzel az emberi ábrázatommal. Én vagyok a Kaczenbuckel Hans.

– Ah! Ilonka most már vissza is szorította a kezét.

– Az a Kaczenbuckel Hans, a ki akkor meg akarta ölni porontyait, meg magát kétségbeesésében; s a kit kegyed, jó kisasszony, megszabadított a pokol torkából. Emlékezik-e még rá?

– Óh igen!

465

A férfi még mindig nem eresztette el Ilonka kezét. A leány érezte, hogy az őt fogja.

– Hát a kis lóra, a mit nekem adott? Az nekem sok szerencsét hozott. Rám nézve valódi kincs volt. Híres lettem vele; most ide vagyunk szerződtetve mind a ketten a cirkushoz, szép fizetéssel. Sokat tudakozódtam kegyetek után, mert le akartam tartozásomat róni, s megtudtam, hogy kegyed családját messze elüldözte a balsors, egész idáig üldözte. Kegyednek anyja beteg, ugy-e?

– Honnan tudja ön? kérdé Ilonka elámulva.

– Onnan, hogy kegyed magánosan jár itt este; bizonyosan betegen fekszik az anyja.

– Igaz!

– Kegyed varrás után él, nemde?

– Honnan gondolja?

– Érzem a mint a kezét fogom, hogy az ujjai fel vannak varrva. Kegyed most alkalmasint a munka-adójánál volt, s azt nem találta otthon. Sokan vannak most hasonló helyzetben; sok dolgozó-leány az utczákon ácsorog és várja az ajtó nyílását, melyet a munka-adó szombat este bezárt előle. Talán el is tévedt kegyed. Hol lakik?

Ilonka megmondta a szállását.

– Óh! oda magában vissza sem talál. Engedje, hogy anyjához visszakisérjem.

Ilonka nagyot sóhajtott. Valami szorító kíntól szabadult meg a szíve. Megindult a kisérőjével.

– Kisasszony! Én önnek sokkal tartozom! beszélt a bohócz; nem rajtam múlt, hogy azt eddig nem róhattam le; de nem tudtam önöket feltalálni. Ime, a szerencsés véletlen kezemre játszott. Épen a cirkusból jövök, a hol dolgomat végeztem. Most nem hínak Kaczenbuckel Jánosnak; franczia vagyok, Tresor a nevem. Mindennap előadást tartok a kegyed kis lovával. Tudja kegyed, hogy mit ér a kegyed kis paripája? Én megköszönöm, ha kegyed átengedi azt nekem ötszáz forintért.

Ilonka megremegett. Mennyi pénz!

– Én azt önnek ajándékba adtam! felelt rá.

Még most is büszke.

– De én nem fogadtam azt úgy; emlékezhetik rá, kisasszony, hogy akkor is megmondtam, hogy azért Kaczenbuckel János, mihelyt módjában lesz, fizetni fog. Most pedig módomban van. Úr vagyok, olyan fizetésem van, mint egy osztálytanácsosnak, s jobban szeretnek mellette. Kegyednek pedig családja van, melynek bizonyosan jól fog esni, ha egy régi adósa azzel a szóval kerül elő, hogy eljött fizetni. Nemde? No hát, ha áll az alku: a kis lónak ötszáz forint az ára.

– Nem, uram! az nem ért akkor százat, mikor én önnek adtam. Én értem azt.

– Ah! dehogy érti, kisasszony. Igen, a lónak a feje, meg a négy lába. De annak a lónak lelke van! s azt a lelket kegyed ébresztette benne. Tudja, kisasszony, minden állatnak van lelke, kisebb-nagyobb, épen, mint az embereknél; némelyik meg egészen barom marad, ez az embereknél is úgy van. Ha az állattal kicsi korától fogva úgy bánnak, mintha ember volna; okosan, szeretettel beszélnek hozzá, megmagyarázzák neki, mit miért kellett úgy tenni, ok nélkül meg nem ütik, igazságtalanul nem mellőzik: lélek támad benne. A mi mesterségünk az állatok lelkével foglalkozni. Óh! nagyon szép mesterség ez. Több, mint mesterség: művészet; több, mint művészet: tudomány! A hány állat, annyi jellem, annyiféle nevelési modor; de a ki ért hozzá, semmi sem vész kárba náluk. Egyikben humor van, másikban nemes páthosz; egyik naiv, másik filosof. A kegyed kis ponyja különb humorista, mint én magam; és a mi legjobban bizonyítja, hogy lelke van, az, hogy nagy financier! Óh! azt kegyednek meg kell nézni, mikor egyszer egy nagy lakoma után (én vagyok a pinczér, ő a vendég) eléje hozom a számlát, s ő egy fekete táblára írja a patkójába csiptetett krétával a mondott számokat, s utoljára összeadja az egészet, hogy kijön a helyes összeg, mintha akármi Buchhalter adta volna össze. Óh! az nagyon derék. A közönség tombol, mikor ezt látja. Óh ezt kegyednek is meg kell nézni. Holnap mindjárt. Tudom, mit akar mondani: hogy a kedves mamája beteg. Úgy értem, hogy ha jobban lesz. Nekem van egy kis leányom, tizenkét éves (már kötélen dolgozik), azt majd elküldöm kegyedért s előadás után magam hazakisérem szállására. Óh! igen jó helye lesz kegyednek, a proscenium előtt, a hol nem őgyeleg a profán publikum, s a honnan legközelebb láthatja kegyed az állatokat. Pompás állatjaink vannak. De valamennyi között legkedvesebb a kegyed kis ponyja. Okvetlenül szükséges, hogy kegyed azt meglássa, hogy maga megbecsülhesse, mit ér, mert így hiába mondom, kegyed valami rossz élcznek veheti, hogy ötszáz forintot igérek egy olyan kis tizennégy markos lovacskáért. Pedig bizony Isten, az kevés. Ebben a nyomban megadnám kegyednek, de persze Tresor nem hordja az egész tresorját magával. Kérem, azt mégis engedje meg kegyed, hogy foglalót adjak rá. Úgy hiszem, ötven forint van a tárczámban. Kérem kegyedet, az én érdekemben kérem, vegye el, mint foglalót a kis lóra, mert lássa, attól tartok, hogy más még többet talál igérni kegyednek, ha megtudja, hogy az a ló a kegyedé, én pedig el nem tagadom, s még elárverezik a kezemről. Vannak rivalis lovardások, a kik nehéz összegeket dobnának ki, hogy ezt a specifikumot elüssék a kezünkről. Azért fogadja el, jó kisasszony, tőlem ezt a felpénzt; bizony Isten, ha holnap meglátja a lovát, azt fogja mondani: ez a ló egy milliót ér, s akkor rajtam lesz a sor szépen könyörögni, engedjen le az árból kilenczszáz kilenczvenkilenczezer ötszáz forintot.

Azzal odaerőltette Ilonka kezébe a tárczájából kivett bankjegy-csomót.

– Jól van! szólt Ilonka; elfogadom, mert szükségem van rá. Még többet is megvallok önnek: e nélkül tán a kétségbeesés sugallatát követtem volna, mert honn három betegem fekszik, apám, anyám, testvérem nyomorban, s engem kézi-munkám díjától fosztott meg a csalárdság. Ön engem oly örvény széléről húzott vissza, a mire borzadva tekintek hátra. Hiszem Istenemet, hogy ez nem ok nélkül történt, s kezdem remélni, hogy egy forduló pont következik, a hol egy jobb élet veszi kezdetét. Óh! az eddigi rettenetes volt. Nem mondom senkinek soha, mert a kik hozzám legközelebb állnak, azoknak nem szabad azt megtudniok: de eddigi életem egy mindennapi meghalás volt, mindennapi ujraébredéssel. Engedje, hadd szorítom meg becsületes kezét. Idegen, ismeretlen komédiás! Egyedüli, önzetlen jó barátom! Legyen nekem az ezután is. Mindenki eltaszított a világban; egyedül ön nyújtá kezét, ki nem tartozott nekem semmivel, egyedül egy rég elhangzott jó szó emlékével.

A leány sírva fakadt. Nem illett az utczán, de tették azt azon az estén mások is Bécs város utczáin, s a járókelők tudták, hogy van ok rá elég.

– Most hagyjon ön el; innen már egyedül is haza találok; még a gyógyszertárba is kell mennem, s ott megvárakoztatnak. Felpénzt is kell adnom az új szállásra, hova az enyéimet holnap átköltöztetem. Itt a szállás czíme. Ha elküldi ön holnap hozzám a kis leányát, megengedi, hogy azt «kis testvérkém»-nek szólítsam?

– Oh! kisasszony!

– El fogok menni mindenüvé, a hova ön mondja, hogy menjek.

A bohócz büszke arczczal felelt:

– Azt teheti is, kisasszony! Mert a bukfenczhányó bohócz fejtetőn jár a publikum előtt; de emelt fővel jár a publikum között; pirosra festi az arczát este, de mikor lemosta róla a festéket, nincs oka pirulni senki előtt, én Istenre mondom önnek, hogy a bohócz leánya, mikor a kötélen tánczol, jobban meg van őrizve mindennemű lebukástól, mint az a herczegasszony, a ki őt páholyából nézi.

Ilonka édes anyja már aggódott leánya hosszas kimaradásán, midőn az hazaérkezett. A lány elmondott anyjának mindent. Világosinét egészen felélénkíté ez a történet. A mily nagy mértékben szidta azokat a gézenguzokat, a kik leányának egy heti munkabérével s még keserves utolsó biztosítékpénzecskéjével is kridát csináltak, ép oly túlcsapongó volt a bohócz magasztalásában, ki az elvesztettet visszapótolta. Óh! ennek a derék embernek a barátságát visszautasítani nem szabad. Még ő unszolta leányát legjobban, hogy elmenjen a holnap estéli előadást megnézni. Nem történik az alatt idehaza semmi baj.

A jó asszonyság annyira biztatta magát, hogy másnap elhitette Ilonkával, hogy már nem beteg: fölkelt jókor, maga segített a másik szállásra átköltözésnél.

Az egy jó kis kedves szállás volt. Egy jó nagy szoba, festett deszkafallal kétfelé választva, ugy hogy kettőnek lehetett használni; mindkét ablaka egy urasági kertre nyílt. A kertbe ugyan tiltva volt menni, de az akáczfáknak nem volt tiltva, hogy virágaik illatával a körüllakó zsellérek szobáit is betöltsék.

Kevés munka volt a berendezésével, délig bőven el lehetett rakosgatni mindent.

Az orvosnak igaza volt. A szállásváltoztatás, a jobblét reménye legjobb gyógyszere volt Ilonka betegeinek. Sok olyan betegség van a világon, a miben a kedély férgei marczangolják szét az idegeket, mintha a menekülni vágyó lélek tépné magáról a testet!

Világosit nem lehetett az ablaktól elvonni, úgy tetszett neki a kilátás azokra a tulipánokra, a mik a szomszéd kertben már ütögették fel a fejeiket a földből; Világosinénak a láza is elmaradt e napon, s azzal biztatta Ilonkát, hogy már egészen meggyógyult.

A délután igen boldogan folyt le. Ilonka maga is úgy érzé, mintha azzal, hogy most a délutáni nap besüthet ablakukon (volt szállásuk soha sem kapott napsugárt), már az egész élet világosabb volna. Talán már hajnalodik.

Anyja határozottan kivánta tőle, hogy estére elmenjen a cirkusba. Ez félig-meddig kötelesség volt. Üzlet forog fenn. Ha a lovardás meg akarja adni a lova árát tisztességesen, miért ne fogadnák azt el? Rá is vannak szorúlva, mert egy ideig alig lehet arra számítani, hogy Ilonka himző-munkát kapjon. Egyéb női munka pedig nem szerzi meg a kenyérhez való sót. Ha tehát Ilonka szereti a családját, áldozza fel az ő kedvükért ezt az estét. Hiszen anyjának nincsen már semmi baja. Kötelessége, hogy menjen mulatni.

Délután, jóval hét óra előtt, meglátogatta őtet a bohócz leánya, a kis tizenkét éves Hermin: egy vidám, kondor, szőke hajú gyermek, kit atyja azért küldött, hogy vigye magával a cirkusba Ilonkát.

Mademoiselle Hermin fiatalsága daczára már önálló művésznő volt, még pedig kötélen és vassodronyon, és féllábon is önálló, s tartott valamit művészi renomméjára.

471

Mint jól nevelt kisasszony, nem járt egyedül; testvére kiséretében jött, az ifjú Francois Tresor lovagias oltalma alatt, ki ugyan tíz éves gentleman, de mint kitünő acrobata, kellő tekintélylyel bírt a világban elfoglalt állásának nyomatékot adni.

A miniatur-Lovelace megbizatásához illő applombbal mutatá be magát és testvérét az úri családnál, melynél már egyszer volt szerencséje, lábbal az ég felé, tisztelkedni. Az első bevezetés után gyorsan következett, hogy a kis szöszke leányt megszeressék a Világosi-család tagjai. Az eleven, beszédes leányka úgy emlékezett minden apró körülményre, mely amaz emlékezetes látogatásukat Világosiék udvarán jellemzé, a hogy csak romlatlan szívek szokták tartogatni elfogadott jó tettek emlékeit. Egyfolytában elbeszélte a «Csilla» egész folytatólagos élettörténetét, onnan kezdve, a hogy a tiszamelléki nyomorúság völgyéből kijutottak, egymás mellett hálva a puszta fenyéren s egymás kenyerét osztva a puszta vásárokon, egész odáig, a hol a bécsi híres lovarda-igazgató figyelmét felköltötték a bohóczok és kis paripájuk, s lett a Kaczenbuckelekből Tresor, a «Csillá»-ból «Filosof».

– «Filosof»-nak nevezte el a papa, mivel nagyon bölcs állat, mi csak röviden «Filli»-nek hívjuk. No majd meglássa kegyed, Ilonka kisasszony, milyen okos kis állat lett belőle. Még a kegyed nevére is emlékezik. Mi sokszor megtettük vele azt a tréfát odahaza, hogy elszámláltunk előtte egy csoport nevet a naptárból sorba: Linka, Minka, Amália, Pepita, mindegyikre csak a fejét rázta, de mikor azt a nevet mondtuk: «Ilonka», akkor elkezdett röhögni, nyeríteni, s a fejével bókolt. Oh! mi nem hagytuk magunknak elfelejteni ezt a nevet; megtanultuk azt az úton a parasztgyermekektől, a kik nem győzték dicsérni azt a jó Ilonkát, a ki nekik kenyeret és jó szót adott azokban a keserves időkben.

Az ifjú Hercules is erősíté, hogy az bizonyára úgy volt. Azért csak jőjjön el ma a kisasszony, őket megtekinteni. Ő ma a kisasszony tiszteletére a «fogoly cserebogár» malom repülését fogja produkálni. Ez csak nagy ünnepélyek alkalmára tartatik fenn, mert igen nehéz. Hogy pedig ez a másik ifjú gentleman, ki olyan nagyon hallgat, ne unja magát odahaza, hozott a számára egy képes könyvet, az is tele van tarka állatokkal, erőművészi alakokkal, majd elmulatja vele magát.

A kis néma nagyon megörült a képes könyvnek; egészen elfeledte tőle minden baját. Meg tudta köszönni szépen, csókot vetve érte kezével, s mutatta az ifju acrobatának, hogy ő azzal a könyvvel vele fog hálni. Az ifjú Tresor egész komoly arczczal helyeselte ebbeli szándékát.

Ily solid társaságban bizony nyugodtan ereszthené el leányát Világosiné, kivált miután arról is biztosítva volt, hogy előadás után ismét haza fogják kisérni.

Ilonka maga is könnyű szívvel távozott hazulról.

A cirkusban a művészek számára fentartott mellékajtón vezették be Ilonkát. Ott már teljes costumeben várt reá régi jó barátja, tudniillik, hogy zöld békának öltözve, zöldre festett ábrázattal és rózsaszinű üstökkel. Ilonka nem is ismert rá, csak mikor a gyermekek biztosíták róla, hogy ez a béka a papa.

Egy szolga azután a helyére vezette Ilonkát, egy számozott székre. A gyermekek benmaradtak az öltözőben, készülniök kellett az előadáshoz.

Ilonka számára igen jó hely volt választva az előszínben, mely a fövénykör és a szinpadi függöny között van: oda többnyire a művészekhez tartozó családtagok települnek le, s az biztos társaság. Ilonka sokat élvezett az előadás alatt. A cirkusi látványok gyönyörei nem olyan felületesek, mint azt mi magas paripáinkról szoktuk megitélni; van abban valami elmélkedésre méltó, minő tökélyre képes az emberi izom, s az állati halandó lélek?

Merész gondolat ez: a gyönge gyarló emberi testet aczéllá edzeni; megmutatni, hogy az ember, ha akarja, még az állatok királyát is megfoszthatja rangbeli elsőbbségétől, mert lehet erősebb, mint az oroszlán; s még merészebb gondolat: lelket nevelni egy állatban, lelket, melynek ismeretei vannak, nemes indulatai, van kedélye, van emberi nyugalma, van szeretete emberek iránt.

Ilonka különös élvezetét találta a jól idomított paripákban; a testgyakorlati mutatványoknak is tudott tapsolni: gyermekkorában neki is kedvencz mulatsága volt az, s aczélizmait, elpusztíthatlan egészségét annak köszönheté.

A «cserebogár szélmalma» csakugyan fortélyos mestermű volt. Egy keresztben álló vasrúdon forog kezénél fogva Tresor, a béka és fia, a leveli béka, sebesen, mint a szélmalom szárnyai, akkor a gyermek lecsúszik az apja termetén végig, s utoljára annak bokáiba kapaszkodik két kezével; az apa azalatt folyvást hajtja magát körben a magasan álló rúdon, míg fia oly sebesen repül lábait fogva a légben, mint a czérnára kötött cserebogár. Ez a látvány a gyöngébb idegzetű nézőket borzalommal tölti el.

Most következik a «Filosof».

A nézőtömegben már előre hangzik az a készülődő nyüzsgés: egyik ember mondja a másiknak, hogy no, most jön valami jó.

Ilonka mellett is ült egy sovány asszonyság, a ki nagy barátsággal magyarázta neki, hogy mi jön egymás után: no, most vigyázzon ide, mert ez valami nagyon jó lesz!

A csengetyű-jeladásra kilépdegélt a fövényre a «Filosof». Nagy gravitással jött, a fején volt egy irtóztató nagy czilinder-kalap, erősen gyűrődött állapotban, a hogy «Filosof» kalapjához illik; az pedig nem volt a fejéhez kötve, de szabadon állt rajta, magának kellett ráügyelni, hogy a két füle közül le ne billenjék.

A beszédes szomszédnő előre elmondá Ilonkának: milyen dicső dolog lesz majd ezzel a kalappal, mikor végül a «Filosof» a korcsmában nem tud fizetni a pinczérnek, s az el akarja érte venni a kalapját, az meg nem engedi, a kalapot elkapkodják egymástól, utoljára is a kalap a bohócz fejére kerül, ki abba nyakig esik bele; a «Filosof» pedig totál részegen borul a pinczér nyakába, s annak úgy kell azt két első lábainál fogva a hátán kiczipelni a korcsmából. Az

475

ember holtra nevetheti magát azon.

Volt pedig a «Filosof» szájában egy roppant nagy pipa, úgy félszája szegletébe volt vágva, a hogy azt korhely bummlerek szokták fityegtetni. Lépésein a «Filosof»-ot megillető gravitáson kívül bizonyos bizonytalanság is volt észrevehető, mely azt a gyanút költi, mintha a «Filosof» az egyik korcsmától a másikig terjedő út távolát méregetné. A fövény közepére van letéve egy kerek asztal, a mellett áll egy harangláb, nagy rézcsengetyűvel. A «Filosof» odatalál, leül uri módon az asztal mellé, s elkezd hatalmasan csengetni.

Tresor, a pinczér jön lélekszakadva. Megismeri a maga emberét. – Ah! ismét itt tetszik lenni? Pompás vendég. Hat helyett eszik; hét helyett marad adós.

A «Filosof» felrakja a két első lábát az asztalra, s türelmetlenül dörömböz. «Mindjárt, mindjárt! Tessék addig egy kis ujság!» A bohócz eléje teszi a «Volkszeitung»-ot. «Filosof» boszúsan csapja azt le az asztalról: neki nem kell ultramontán lap. A közönség tapsol. A bohócz aztán kiteríti eléje a «Kikeriki»-t. Persze, fejjel visszafelé fordítva. «Filosof» segít magán. Megváltoztatja az ülését s úgy foglal helyet, hogy egyenesen álljon előtte a «Kikeriki». Azt azután, a szájában levő pipát az asztalra támasztva, olvassa neki borulva. A bohócz siet fidibuszt csinálni a «Volkszeitung»-ból s rágyujt vele a «Filosof» pipájára. Abból akkor tűzokádó tör ki: a bohócz hanyatt esik ijedtében, a «Filosof» pedig nyugodtan néz a lapba, s nem törődik az orra alatt sziporkázó tűzijátékkal. Jön aztán a bohócz az étlappal. Hosszú papirlepedő van a vállán keresztül göngyölgetve, melyről százféle czifra franczia ételnevet hadar elő vendégének. A «Filosof» int, hogy csak egymásután valamennyit. A pinczér kiszalad, visszajön, húsz tányért egyensúlyozva a két kezében, hat poharat a fogai között, hetediket a feje tetején. A vendég sorba fogyasztja az eléje rakottakat, s engedi magát itatni. Végre következik a fő tréfa. A pinczér előjön egy nagy fekete táblával, a mire ökölnyi számok vannak felírva. Azokat a «Filosof»-nak kell összeadni, mert a pinczér számítása hamis. A «Filosof» patkójába egy darab kréta van szorítva, azzal ő a főösszeget maga szokta felírni római számokkal, a közönség általános bámulata között. Hogy tud egy ló különbséget tenni X és V, meg az L és az I számértéke között?

Idáig haladt az előadás.

Hanem mikor már a számlára került a sor, a «Filosof» elkezdett nem figyelni oda, a szemei megakadtak egy tárgyon, s a pipa kiesett a szájából. Mikor aztán a bohócz eléje tartotta a táblát, hogy adja össze a számokat, hirtelen kapta magát, keresztül húzta a krétájával az egész számlát, felugrott, átszökött az asztalon, feltaszította vendéglősét táblástól együtt, a kalap lerepült fejéről, s ő maga megugrott.

A közönség azt hitte, ez valami víg improvisatió, s végtelenül jónak találta a tréfát; hanem a bámulat lepte el aztán, midőn egy percz mulva azt látta, hogy a «Filosof» egyenesen odarohan a proscenium zártszékeihez, ott egy fiatal leány előtt megáll, s aztán egyszerre két térdre bocsátkozik előtte, és elkezd vihogni, mint egy ember, ki örömét akarja kifejezni és nem talál rá szavakat; odanyujtja feléje fejét, orrlyukai forró párát fúnak, sörénye repked egyik oldalról a másikra, szemei szikráznak, azután pajkosan megugrik s elkezd ott egy helyben negédes tánczot járni, a hogy azt a délczeg iskola-paripák szokták, azokkal a nemes hajlásokkal, azokkal a bókoló térdelésekkel, azokkal a lejtő quadrill-lépésekkel, a miket ő tőle nem látott soha senki; s feláll két hátulsó lábára, mint azok az első művészi paripák, s ágaskodva körül fordul egész negéddel, mint azok a büszke mének; utoljára aztán levágja magát a porba, meghentergőzik, mint valami igazi paraszt-ló, s elnyujtva mind a négy lábát, odafekteti a fejét egykori kisasszonya lábaihoz, miként régen odakinn a tarlón, mintha mondaná neki most is: «Nem jösz-e ide megpihenni?»

A ki ezt a jelenetet meg nem értette volna, nagyon fogékonytalan idegzettel kellett volna birnia.

Maga a bohócz is mozdulatlanul állt ott, szerepéből egészen kiesve, zöldre festett arczán a meghatottság látszott: olyan volt vele, mint a bronz-szobrok, mik rézzöld szinük alatt komoly indulatok vonásait mutogatják.

Ilonka el volt érzékenyülve. A kedvencz állat hű ragaszkodása könyeket csalt szemeibe. Nem hallá a közönség bámulatának kifejezését, a felriadó tapsot, nem látta a feléje szegzett látcsöveket, csak régi kedves lovacskája hizelgésének változatait látta és hallá, s szive megtelt valamivel, a minek túl kellett ömleni.

Mikor végül a kedvencz állat oda fekteté fejét lábaihoz, a proscenium párkányzatára, Ilonka elfeledte az egész világot maga körül; lehajolt hozzá, egyet ütött a hű paripa nyakára tenyerével, és régi nevén szólítá: «Csilla!»

A lovacska mint egy villanyütésre szökött fel erre, s egy csodálatos félszeg ugrásban fejezve ki hódolata bókját, szép csendesen visszaügetett elhagyott asztalához, még a bohóczot is megfogta szájával, hogy kötelességére figyelmeztesse, s azután folytatta a félbehagyott szerepet, minden bravourját elővéve eddigi tanulmányainak.

A par excellence «kedélyes» főváros közönségét egészen megnyerte ez a jelenet: taps és tombolás kisérte a ponyt, ezernyi szemsugár fogta kereszttűzbe a leányt. Hiszen azon is volt mit nézni. Oly szende, oly valódi volt elpirulása ennyi bámuló nép közepette, s oly őszinte az öröm, az elérzékenyülés kifejezése arczán. «Ki lehet ő?» kérdezte ezer meg ezer ember egymástól.

Az előadás végeztével Tresor és gyermekei emberi alakjaikba travestálva fogadták Ilonkát.

– No, hát mit mondtam önnek? – kérdezé a bohócz ragyogó arczczal. – Nem egy milliót ér-e a kegyed kis paripája?

Ilonka meghatottan rebegé:

– Félek tőle, hogy még elcsábít. Mikor odajött hozzám, egy perczre az a gondolatom jött, hogy odavetem magamat a hátára s vágtatok rajta, mint a többiek, míg lélekzetem elhagy.

– No, az volna csak még ránk nézve a fogás! Most már tehát semmi különöset sem fog kegyed találni az ajánlatban, melyre foglalót adtam?

– Elfogadom azt!

– Az igazgatóság egyszerre fizetné ki az árt kegyednek, ha neki adná el, de én szeretném megvenni magamnak. Megteheti-e azt a szivességet nekem, hogy tőlem öt havi részletben fogadja el a fizetést?

– A hogy önnek tetszeni fog.

Tresor nem titkolta el örömét az alku fölött.

– Meglássa, mit fognak a lapok beszélni e mai intermezzoról. Az én zöldre festett pofámon is csorgott alá a köny. Egy fűzöld könyeket siró béka.

Tresor bérkocsit hozatott, s mind a hárman együtt kisérték haza Ilonkát.

Másnap délben az első havi részlet második felét is kézbesíték Ilonkának.

A család betegei ismét szemlátomást javultak.

Hanem harmadnap nagy szomorúan látogatott el hozzájuk Tresor.

– Jaj, kisasszony! – mondá kétségbeesett ábrázattal; – kegyed minket tönkre tett, bankrottok vagyunk, cridát mondunk s becsukjuk a boltot. Képzelje csak: a tegnapi előadáson a «Filosof» meg volt bolondulva. Nem hallgatott semmi szóra, nem produkált semmit, kétszer-háromszor körülnyargalta a szinkör fövényét, benézett minden páholyba, s azután, hogy nem találta, a kit keresett, vissza akart menni az istállóba; minden biztatásom haszontalan volt, ha megfogtuk: rúgott, ficzánkolt, harapott; úgy tett, mint egy tökéletes vad ló, a kit akkor fogtak ki a mokány ménesből, s utoljára is kitépte magát a kezeim közül, s a numerusának végkép el kellett maradni. Nem akar semmiről tudni, ha kegyedet nem látja.

Ilonka kedélyesen elnevette magát.

– Hát jól van! Majd oda ülök ismét, hogy lásson.

Tresor ugyan kapott ezen szón.

– De komolyan igéri ezt kegyed? Nem tréfál?

– Ha ezzel önöknek szolgálatot tehetek.

– Oh! ez igen nagy jóság lesz öntől, kisasszony! Hiszen erre gondoltunk mi is. Az igazgató felhatalmazott engem, hogy igérjek kegyednek minden estére, melyen szinkörünk egy páholyában végignézi az előadást, tiz forint tiszteletdíjat.

– Ah! minek azt? Nekem nem kerül az semmibe.

– Tanácslom önnek, kisasszony, hogy fogadja el. Tisztességes úton jött jövedelem, s aztán elfér az egy háztartásnál. Nekünk pedig bőven behozza az a kamatjait. Gondolja ön, ma minden ember arról beszél: a «Filosof» nem akar játszani, ha feltalált úrnőjét nem láthatja. Ha holnap kiteszszük a szinlapra: «Filosof, recognising his mistress» – micsoda tolakodás lesz a pénztárnál! És az kegyedet egy cseppet sem fogja zsenirozni. Kegyed mindennap más páholyban ülhet, azt a kis arczfátyolt lebocsáthatja az álláig, hogy a bámész tekintetek ne háborgassák.

– De uram, ha én elfogadom az önök művészete által szerzett kenyeret, akkor nem fogom az arczomat eltakarni, hogy szégyeneljem ezt a művészetet, melynek magam is kiegészítő részeül szegődtem. Elmegyek s hagyok az arczomra nézni három óra hosszat mindenkinek.

– No, az dicső lesz! Ezeren tudakozódnak már nálam, hogy kegyed kicsoda? Nem mondtam meg senkinek. Nyersen, kereken elutasítottam mindenkit. Egy distinguált hölgy, a kihez senkinek semmi köze, punktum! Azt fogom mondani, hogy kegyed angol nő; magyar honfitársai ne tudják meg.

Ilonka keserűen felkaczagott.

– Hagyja ön el, jó barátom! Az én magyar honfitársaim közt vannak oly hirhedett bukfenczhányók, oly országos komédiások, hogy ha azok miatt nem akarják magukat szégyenleni, nem szükség a pirulást azon kezdeniök, ha egy honleányuk a cirkus homokjából veszi fel az istenadta kenyeret!

Világosinénak nem volt semmi szava az alku ellen. Ilonka formaszerű szerződést kötött. Mindennap nyolcz órától fél tizig a cirkusnak egyik földszinti páholyában helyet foglalni: ez volt kötelessége.

Eleinte nehéz volt hozzászokni a nyomasztó érzéshez, hogy perczekig az összes ezernyi közönség tekintete az ő

481

alakján tűz össze, mintha minden tekintet egy-egy lidércz-nyomás volna; hanem később megszokta ezt, mint a hogy megszokja az ember, hogy tizennyolcz ezer mázsányi levegő-oszlop nehezül alakjára, s jár-kel vele, a nélkül, hogy érezne a teherből valamit.

Az esték egyforma sikerrel végződtek. A «Filosof» addig nem kezdett az előadáshoz, míg régi úrnőjét valamelyik páholyban meg nem találta; a páholy mindig változott; akkor azután szokott üdvözletét megtéve előtte, egész kedvvel fogott groteszk produkczióihoz, s a szinlapon állandó tért foglalt ez a sor: «Filosof, recognising his mistress». («Filosof» ráismer úrnőjére).

Előadás után a Tresor családtagok kisérték haza rendesen Ilonkát; ha jó idő volt, gyalog; ha rosz idő volt, bérkocsiban; s Ilonka tapasztalhatá, hogy a bohócz leánya jól meg van védelmezve. Az öreg Tresor egészen úgy viselte magát irányában, mint második apja. Szeles tolakodókat erélyesen hessegetett el tőle messzire; egy pár ifju himpellérnek azt is megmutatta, hogy a cirkusi herkules öklei a tettleges kapaczitátióhoz is értenek, s a védenczéhez csempészendő szerelmes leveleket hozóikkal együtt röpítette ki az ajtón.

Mert szerelmes levelek jöttek özönnel.

A leány tüneményes szép alak volt. Titokszerű megjelenése még érdekesebbé tette. Megfejthetlen maradt a bűvhatás, melyet a cirkus egyik legügyesebb állatjára gyakorolt. Hogy a társulat személyzetéhez nem tartozik, azt tudták. Mi a neve? azt az igazgató most sem mondhatta meg: azt a Tresor-családon kívül senki sem ismerte, s azok nem voltak kivallathatók. Lakását nem lehetett felfedezni. Figyelmét nem lehetett megragadni. Szemei nem tévedeztek a közönségen soha. Egyedül ült páholyában, s az előadást nézte, vagy merően bámult fekete legyezőjére, mintha arról olvasna valamit.

Pedig sokat beszéltek felőle. A hol csak a cirkusok habituéi összejönnek, mindenütt emlegették a bűbájos straniérát, a megközelíthetlen tündért, a kit senki sem ismer.

Egy délután épen egy asztalnál beszéltek róla a «Café Daum»-ban, hol katonák és polgári uracsok ültek vegyest, s birálgatták a város szépségeit.

– Én már tudom, ki ő? – szólt az egyik. – Amerikai tábornok leánya, ki a déliek részén esett el; maga is apja mellett szokott ponyján lovagolni; ez az a pony. A háború megszünt, az apa meghalt, a leány elszegényült, a lovat elfogták. Itt találkoztak ismét.

A másik mást tudott.

– Nem is leány az, hanem férfi; vannak, a kik ismerték, mint Garibaldi-önkénytest. Azért nem válaszol, ha hozzá szólnak, mert hangja elárulná férfi-létét.

A harmadik legokosabb akart lenni.

– Komédiásnő, mint a többi. A társasághoz tartozik. Betanult szemfényvesztés az egész, a közönség elbolondítására. Alkalmasint valamely bohócznak a szeretője.

Ennél a szónál felkelt az asztaltól egy szőke szemöldökű katonatiszt, ki eddig hallgatag szürcsölte fekete kávéját, s így szólt:

– Én hát megmondom, uraim, önöknek, hogy ki ez a hölgy valóban és igazán.

Ez a fölszólaló volt Föhnwald.

HÁT JŐJJ.

– Én tudom, hogy ki ez a hölgy! – mondá Föhnwald; – azt is tudom, honnan ismeri a clownt, s mi köze van a «Filosof»-hoz? Ott voltam a történet kútforrásánál, a mit tudok, azt magam láttam és hallottam. Egyszer adóbehajtáson voltunk Magyarországon, a nádasi puszta bérlőinél; úgy emlékszem, hogy Világosi volt a bérlő neve. Miután a biztos és peczérei az utolsó pénzt kisajtolták a háznépből, még a kisasszony karpereczében levő magyar aranyat is: vesztére egy vándor komédiás jött épen az udvarra, bohócz mutatványaival mulattatni a háziakat. Az adóbiztos nyakon fogta a bohóczot fizetetlen jövedelmi adóért, s mert annál egy garast sem talált, elvette tőle a betanított kis tatárlovát, a mi annak kenyérkereső társa volt; el is vitte irgalom nélkül, s el is adta valahol néhány forintért egy házalónak. A bohócz kétségbeestében meg akarta ölni magát és gyermekeit: ekkor a kifosztott ház kisasszonya megszánta a nyomorultat, s neki ajándékozá tulajdon kis kedvencz ponyját. Ime, ez az ismeretlen nő, a bohócz és a «Filosof» története. Később az elemi csapás miatt elpusztult a bérlő család; úgy hallottam, hogy sokáig élődtek a fővárosban, hol a leány leczkeadással tartotta fenn egész családját. Egész rege, a mit e szép gyermek önfeláldozásáról beszélnek. Utoljára elüldözte őt egy úrnő Pestről, ki féltékeny volt a leány szép szemeire. Én nem láttam őt a pusztai executió óta, s csak most ismertem fel a cirkusban ujra a nádasi puszta szép tündérét; most még szebb, mint akkor láttam.

– Ejh! százados úr! – jegyzé meg erre az egyik dandy – ön úgy beszél e tündérről, mintha szerelmes volna bele.

– Biz uram, ha szegény legény nem volnék s ha okosabb mesterségem volna, utána járnék, hogy elvegyem: mert ez az egy leány van a világon, a kit tudnék szeretni és becsülni; de így hasztalan rá gondolnom: mit ér a katona családfőnek? Míg él: ágyútöltelék; ha meghal: koldusok őse. De elég szégyen gyalázat, hogy a magyarországi ifjak elfeledik s veszni hagyják ezt a leányt, mert lehetetlen, hogy boldogabb években ő érte is ne sóhajtozott volna valami suhancz, a ki aztán a nyomorba jutott családnak hátat fordított szépen, s egykori imádottjának most már nem is köszön.

Ezeknél a szavaknál egy magas fiatal ember felkelt az asztal végéről, s szótlanul eltávozott.

Ez a fiatal ember volt Harter Elemér.

Két nappal később a Tresor-család jutalomjátéka volt hirdetve a cirkusban. A gyermekek oly régen örültek előre e napnak, maga Tresor is nagyon érdekelve lehetett általa; neki ez nagy jövedelmet igért.

Az előadás estéjén ismét ott ült Ilonka a proscenium egyik karszékében. Nem fogadott el páholyt ezen a napon, a mikor a közönség előre láthatólag lefoglal minden helyet.

Ez este le nem vette szemét fekete legyezőjéről, úgy nézte azt, mintha egy könyv volna, a mit ha szétterjeszt, olyan sokat olvashat belőle.

Ha azt tudná valaki, hogy miket olvas ő most ebből a könyvből?

… Nem néma már a kis testvér…

… Ott fekszik halva az ágyon…

… Ott énekli most már az égben a többiekkel együtt: «Dicsőség a magasságban az Úrnak…»

... Az ő arcza is olyan piros és olyan gömbölyű most, mint azoké a többieké...

... Milyen szépen, csendesen halt meg testvére ölében; azt hitték, csak elaludt...

... Késő estig varrta számára nénje a halotti köntöst, szép fehér tafotából, kék szalagokkal...

... Még a szemfödél van hátra...

... Abban kellett hagyni a munkát, mert ütött az óra...

... Hét órakor a circusba kell menni, a közönség mulatni akar...

... Ott kell hagyni a kis halottat, és el kell menni ahhoz a nagy halotthoz, a kinek ismeretlen világ a neve...

... Félbe kell szakítani a gyászt, a siralmat, a szemfedővarrást, a betegápolást, a tébolycsillapítást, menni kell a látványba.

... Nem lehet abból elmaradni, a közönség kegyetlen nagy úr, ha rabszolgájának szegődtél, szolgáld...

... A jó barát jutalomjátéka van: még csak panaszkodni sem szabad ma; az utolsó, egyetlen ember, ki kezét az elbukottak felé nyújtá, kivánja ezt az elfeledését az otthoni gyásznak... Maga nem is sejti azt...

... Tehát gyászoljunk két óráig zeneszónál, tapsriadal mellett, könytelenül...

... Majd folytassuk azután egész reggelig, a virrasztómécs mellett...

Egy ismerős gyermeki hang zavarta fel e töprengéseiből.

A kis Hermine köszönt neki jó estét. Most következett az ő előadása a kötélen, s míg végigment az előszín előtt, figyelmezteté magára Ilonkát.

Ilonka viszonzá a köszöntést s utána nézett a gyermeknek, a mint az a kifeszített kötélen felfutott, chinai leánynak volt öltözve; olyan röpke volt, mint egy hímes pillangó.

Ilonka máskor élvezettel kisérte Hermin játékát a kötélen; de most ez is lázasan hatott idegeire. Ő remegett miatta szüntelen, hát ha le talál esni? hát ha valami baja történik ennek is? Vannak napjai a csillaghullásnak, a gyermekhalálnak.

Inkább eltekintett mellette a közönség felé.

Azt a pillanatot is megbánta.

Két ismerős arczczal találkozott egy tekintetre. Az átelleni páholyok egyikében látta ülni Lemmingnét. Szemei találkoztak annak kihívó, lenéző tekintetével, és azután a páholysor fölötti erkélyen megpillantá Elemért. Épen Lemmingné fölött ült az, úgy, hogy a delnő nem vehette őt észre.

Ekkor azután ismét leszögzé szemeit legyezőjére s nem volt figyelme többé semmire, mint azokra a gondolatokra, miket a fekete lapokról leolvas.

... Egygyel kevesebben vannak, a kik szeretnek...

... Mindig szűkebb lesz körülöttem a világ...

... Jön idő, a hol nem lesz számomra sehol «otthon»...

... Szép küldetés a sorstól egy szegény leány számára! Azokat, a kiket szeretek, egyenkint eltemetni, elfeledni. Vagy elsiratni, vagy elgyűlölni...

... Csak már vége volna e zajnak, hogy mehetnék haza az én kis mosolygó halottamhoz, az ő fehér koszorúcskáját elkészíteni...

Pedig végig kellett az előadást várnia, a «Filosof» művészi előadása legutoljára volt téve. Elébb következett még a cserebogár malma, Tresorral és fiával.

Ezt a hajmeresztő látványt Ilonka soha sem szerette nézni. Meg is mondta Tresornak, hogy annál valami okosabbat is gondolhattak volna ki. «De nem merészebbet!» volt az acrobata válasza. Ilonka azonban kikötötte magának, hogy ő ezt soha sem fogja nézni, mert ez már nem is testgyakorlat, ez istenkísértés.

Most is arcza elé tartja legyezőjét, hogy oda se lásson ez életveszélyes mutatványra, s csak a közönség tapsaiból figyelte meg, hogy most van a kettős malom, most csúszik alá apja derekán a fiú; most indúl meg az őrült repülés a tengely körül, két ember hosszában.

Egyszer aztán a tapsot egy általános elszörnyedés hörgő zúgása váltá fel a közönségnél, melyet száz meg száz nősikoltás követett.

Ilonka odapillantott: mi az?

Az érczrúd, mely körül kezeinél fogva forgott az apa és fiú, hirtelen kicsúszott kapcsából; az erőművész, ki észrevette a veszedelmet, erősen megragadta azt mind két kezével, s úgy csúszott végig rajta, különben mindkettőjüket a tetőig veti a megszakított lóderő; így pedig az történt velük, hogy mind a kettőjüket úgy csapta a földhöz önrepülésük rohama, hogy élettelenül terültek el rajta.

Ilonka felszökött helyéről, és le a fövényre.

Nem volna érdemes, hogy nőnek nevezzék, ha azt nem tette volna, hogy midőn egyetlen igazi barátját ott látja lezúzva a földön heverni, oda ne rohanjon hozzá és első ne legyen, ki annak fejét felemeli s véres arczát megtörli; ha e perczben eszébe jutott volna: hogy mit mond erre a bámuló világ?

Az előadásnak e balesettel vége szakadt; a nők futottak ki a nézőtérről; az előkelőbbek ájuldoztak, a lovarszemélyzet összefutott bohócz-köntösben, tündér-álczában és sietett a földön heverő apát és fiút az öltöző-szobákba átvinni. Ilonka velük ment.

Most azután két kínos delejvonzás között oszlott meg lelke: otthon egy halott, a ki már az; és itt talán csak lesz még kettő. Amaz a kín haza vonta, emez itt tartotta, mint a háztetőn járó holdkórost, kit föld és hold kínoz egyszerre rettentő vonzerejével.

Addig nem lehetett barátját elhagynia, míg az orvos nem biztosítá, hogy él. A fiú már jobban van, csak keze marjult ki, hanem az apa súlyosan megütötte magát. Még nem tudni, mi lesz a vége? Kétszer vágtak rajta eret, míg eszméletre tért.

Tresor, mikor felveté szemeit, Ilonkát látta maga előtt. Kezét fáradtan emelé fel s szivére tette. Talán azt akarta mutatni, hogy nincs semmi baja, vagy talán meg akart köszönni valamit?

Azután bágyadt mozdulattal inte, mintha távozásra késztné.

Ilonka maga is idején látta, hogy haza menjen. Az idő későre haladt már; anyja ezóta aggódik szokottnál hosszasabb kimaradása fölött; sietnie kell haza.

Megszorítá szótlan barátja kezét, megsimítá homlokát, s aztán sietett a circusból.

Csak akkor vette észre, hogy most már az sincs, a ki haza kisérje. A circus szolgái is el voltak foglalva vagy küldözve, nem akart senkinek alkalmatlan lenni, gondolta, egyedül is haza talál. Talán bérkocsi is lesz a circus előtt.

A mint az oldalajtón kilépett, bérkocsi után nézegetve, az ajtó mellett egy férfit pillantott meg. Ott állt az mozdulatlanul és várakozni látszott.

Ilonka megismerte őt: Elemér volt.

Most már nem nézett bérkocsi után; sebesen elhaladt mellette, a nélkül, hogy feléje nézne.

A követő léptekről megtudá, hogy Elemér őt nyomban kiséri.

Óh ő ismerte még lépéseinek hangját is.

Ezek a léptek követék őt utczáról utczára. Ilonka hallotta azokat kongani, kiismerte más jövő-menők léptei közül, és lelke hánykódott visszás érzelmek alatt.

Harag, szégyen és remegő vonzalom kűzdött szivében.

A léptek mindig közel hangzottak mögötte. Ő egyszer sem tekintett vissza.

Végre egy szűk sikátorhoz jutott, melyen keresztül kellett mennie lakásukhoz.

Abban a sikátorban egy lélek sem járt már.

A mint ide befordúlt s a kisérő lépteket most gyorsítva hallá közeledni magához, a nemes kétségbeesés kitört nyugalma bilincseiből. Hirtelen visszafordult s eléje dobbantva az utána jövőnek, rárivalt tompa, de indulatos hangon:

– Mit akar ön? Miért követ ön engem? Kiüldözött ön már

hazámból, ki akar-e üldözni a világból is?

A megszólított ott maradt, a hol a leány megszólította.

– Hallgasson meg engem kisasszony! Egy lépést sem közelítek, de hallgassa meg, a mit mondok. Ha én üldöztem kegyedet, megbűnhödtem érte, mert üldöztem azután magamat kegyed emlékével még jobban. Óh! a kegyed megbántásának emléke engem túl üldözött a világtengeren, bele üldözött idegen nemzetek őrjöngő harczába, kiüldözött az életből, halálba hajtott; még ott sem engedett megpihennem, a túlvilágról is visszakergetett; se élnem, se halnom nem szabad, nem lehet a kegyed haragjával. Hát örökké tart-e az?

– Mit kiván ön tőlem? kérdé a leány ridegen.

– Mindent. Nőül akarom önt venni.

Ilonka nem titkolhatott el egy keserű mosolyt az arczán.

Elemér elérté a választ.

– Rosz helyen, rosz időben szólok, tudom; de mit tehetek mást? Ez a kezdete, ez a vége annak, a mit önnek meg kell mondanom. Évek óta keresem önt, hogy ezt megmondhassam, s nem tudom, nem tűnik-e el előlem újra, a nélkül, hogy ezt meghallhatta volna tőlem. Én önt nőül akarom venni, mert én önt szeretem. És ön nem gyűlöl engem. Hiába vet ön oly megölő tekintetet rám: ön nem gyűlöl engem.

– Ki mondta azt önnek?

– Valaki, a kinek ön azt elmondá.

– Ily valaki nem él a földön! felelt rá büszkén a leány.

– Igaz! szólt az ifjú; de vannak, a kik halva is beszélnek. És azzal keblébe nyúlt s kivette tárczájából a délvirágot, melyet a nádasi pusztakertből leszakított. Ez a virág mondta azt meg nekem. Ön ismeri ezt, ön beszélt vele; s ez elmondott nekem mindent. Gyalog, éhszomjan vándoroltam odáig, hol e virág termett, mint zarándok a búcsújáró szent helyre. Tagadhatja-e ön ezt?

A leány lesüté szemeit, miknek hideg villáma meg volt törve. Érzé, hogy bűverejének vége van. Mély sóhajjal, keserűséggel csak annyit mondott:

– És hány éve annak, hogy ez a virág önnek beszélt?

Az ifjú egészen átérté a mély vádat.

– Igaz, nem tagadom, hogy az régen volt, egy örökkévalóság. És nincs mentség, mely elvehetné rólam a vádat, hogy oly soká késtem a következő szóval. De nem volt az idő elveszve. Engem mint bolondos kölyket hajtott keresztül a tűzön önhóbortosságom; de mint férfi jöttem ki abból; férfi, kinek minden szava tettrevaló, s minden gondolata kimondható. Nagyon késtem, azért nagyon sietek. Mutasson be kegyed szülőinek: én még ma megakarom tőlük kérni kegyed kezét.

Ilonka arczán sajátszerű fájdalom kifejezése foglalt helyet. A gyöngédség éde és a gúny keserve volt ebben elvegyítve.

– Szülőimhez? mondá; most rögtön? Még ez órában? Jó! jőjjön kegyed mellettem.

S azután vezette őt a hosszú sikátoron végig. Egyik sem szólt a másikhoz több szót, míg a házhoz értek, hol Világosiék szállása volt.

Ilonka kinyitá a kaput s bebocsátá rajta Elemért. Azután végig vezette a hosszú, sötét folyosón szállásuk ajtajáig.

Elemér tudhatta, hogy Ilonkát szülői ébren fogják várni.

A mint az ajtón bebocsátá, Elemér az elrekesztett szoba első osztályában lelte magát, hol Világosi ült örök karszékében. Mindig ült, soha sem feküdt le.

Ilonka oda vezeté Elemért.

– Itt van az atyám. – Harter Elemér úr! szólt az ifjúra mutatva.

Világosi e szónál felrettent béna tompulatából s haragosan kezde kezével-lábával dörömbözni és sebesen kiáltozá egymásután: «tatata, tototo»; nem volt ez emberi beszéd, de mégis erős indulatot fejezett ki ez állati hangban.

Elemér megmerevedve állt ott, nem tudta elgondolni, mi lehet ez?

Ilonka szomorúan mondta neki:

– Ez lett az atyámból! Most lépjen át a másik szobába.

A deszkafal függönyét félrevonva, azon belül látott Elemér egy halvány, összeesett arczú nőt feküdni a kórágyon, és egy holt gyermeket a ravatalon.

– Itt az anyám és a testvérem! rebegé fülébe súgva Ilonka.

Elemér feje körül zúgott a lég; azt az érzést hozta vissza emléke, mikor a végtelen tengert érzé maga körül összecsapni, s merült alá egy ismeretlen világba. De az eszmélet, mely ott sem hagyá el, itt is uralkodott a helyzet benyomásán. Keble elszorult attól, a mit látott; de szive helyén volt.

Odalépett a beteg nőhöz.

– Asszonyom! megbocsát ön, hogy ily szomorú órában háborgatom önök nyugalmát. Midőn azt kértem Ilonka kisasszonytól, hogy vezessen be családjához, nem tudtam minő gyász van itten; most pedig annál inkább kérem, hadd legyen e gyászban osztályrészem nekem is. Ismeri kegyed nevemet? Én Harter Elemér vagyok.

– Ismerem ezt a nevet! felelt rá Világosiné komoran.

– Én öntől azt jöttem kérni, vegyen fel családja tagjai közé, adja nekem Ilonka kezét. Hogy ez a gondolatom nem ebben az órában támadt, azt bebizonyíthatom atyám levelével. Tegnapelőtt tudtam meg véletlenül, mit régóta fürkészek, kegyetek hollétét, s azonnal írtam Harter Nándor úrnak, hogy Világosi Ilonka kisasszonyt nőül akarom venni. Vele, mint atyámmal, – illő volt azt tudatnom. Ma megkaptam rá a választ. Nem meglepő, mert előre tudtam. Ő tiltja nekem e lépést. De én az ő tilalmával nem gondolok, magamé vagyok s itt állok, hogy Ilonka kisasszony kezét öntől ünnepélyesen megkérjem.

Világosiné e szavak alatt csendesen félkönyökére emelkedett kórágyán.

– Tehát Harter Nándor úr megtiltja önnek ezt a házasságot? Jó, tehát legyünk ketten, kik azt megtiltjuk. Én is ellene mondok annak! Itt a nyomorúság vermének fenekén, a halottak házában, magam is a sirhoz közel, utasítom vissza önnek a kezét. Nem, egy Harter keze még a sirból kimenekülni sem kell nekem. Tudja ön, minő sebfolt az én szívemen a Harter-név emléke? Egykor jegyese voltam Harter Nándornak; nem úgy kért meg, mint ön ezt a leányt: este, mámor után; de ünnepélyesen, egész világ tudtával, kihirdetve templomszerte, háromszor egyesítve nevemet a magáéval – s a menyegző napján elhagyott. Akkor én az eget szidalmaztam szégyen és kétségbeesés miatt, s e fájdalom, e gyalázat terhe földre sújtott. Óh tiszta ég, óh örök bölcseségű Isten! bocsáss meg érte: most áldalak, hogy ez nem úgy történt, a hogy én kivántam. Látta ön azt a tébolyodott koldust ott a másik szobában? Azt a tébolyodott koldust rendelte nekem Isten hitestársul az ön méltóságos gazdag atyja helyett. Áldott legyen érte bölcs irgalma Istennek! Mert ennek a tébolyodott koldusnak van becsületes neve, a mit viselhetünk én és gyermekem büszkén; ha élünk, élve, ha haltunk, fejfánkon; míg az ön apjának neve átkozott egy egész ország előtt, a kire újjal mutogatnak az utczán és utána kiáltják: «Ime, itt megy az éhezők megkoplaltatója, a közkincs megrablója, a tolvajok orgazdája, Harter!» El innen, uram! Ön nagy úr, mi koldusok vagyunk. De vigye ön magával azt a tudatot, hogy a földhöz ragadt koldusnak circusban szolgáló leánya sem köti össze a nevét egy Harter nevével!

Világosiné láztól égő arczczal roskadt vissza fekhelyére.

Elemér elzsibbadtan hallgatá végig e rettentő öldöklő beszédet. Mikor vége volt, így szólt, mélyen felsohajtva:

– Asszonyom, még egyszer találkozni fogunk. Most Isten önnel!

Azzal eltávozott.

A mint egyedül maradtak, Ilonka odarogyott anyja ágya mellé s könyező arczát annak kezére fektetve, zokogá fájdalmasan:

– Anyám... én szerettem őt.

Világosiné elképedve hallá e vallomást, s bánatosan mondá hanyatt roskadva párnái közé:

– Miért nem mondtad ezt nekem soha?

AZ ÚRNAK EGY LEHELLETÉRE.

Harter Nándor végczélja közelében érezte magát.

Itt volt az áldást igérő tavasz, gazdag vetéssel takarva minden mező, s akadt egy gazdag kereskedő-ház Bécsben, hol nagyszerű előleget igértek birtokának minden terményére. Csak érte kell menni a pénznek, hogy felvegye azt.

Angyaldyt is fölvitte magával, ez volt titkárjának utolsó szolgálata nála; ezentúl a magyar udvari kanczelláriánál lesz alkalmazva, hol bizonyosan nagy jövendő kinálkozik szép tehetségei számára.

A bankárház, melynél ez előleget meg kellett volna kapni, pár nap óta huzta-halogatta a dolgot, mindenféle forma-hiányok miatt; Harter el nem tudta képzelni, miben scrupulosuskodnak még? a termények fel vannak becsülve mind. E miatt várakoznia kellett Bécsben több napon át.

Azonban a várakozásnak is meg volt a maga jutalma; egy este valami jótékony czélra tánczvigalmat adtak, s Harter Nándor jól sejtett, midőn azzal a gondolattal ment oda, hogy ott Malvinát felfogja találni.

A szép hölgy hogy is maradhatott volna el onnan?

Ilyen báli helyen aztán Lemming úr semmiképen nem akadályozhatta meg, hogy Harter Nándor conversatióba ereszkedjék Malvinával; legfeljebb a fölött ellenőrködhetett, hogy a társalgás tárgya tiltott terekre át ne tévedjen.

Az nem is feküdt czéljában Harter Nándornak; a mi titkos egyezménye volt Malvinával, azt el tudta intézni levél útján; a mi jelenlegi szomját enyhíté, az a társalgás hangja volt.

Van a nők hangjában valami, a mi megittasít, ha a legmindennapiabb tárgyról beszélnek is, s Malvina e varázslatot nagy mértékben bírta. Bűbájos volt, ha csak arról beszélt is, hogy milyen hideg van!

Pedig valósággal hideg volt.

Május vége felé az idő, kinek jutna eszébe ilyenkor a termet fűttetni?

Malvina pedig valahányszor a tánczból visszatért ülőhelyére, mindannyiszor összeborzongott. S ez az ideges borzongás is olyan jól illett neki, a mint vállait kaczérul megrázta, hogy a ki csipkés mantilleját rátakarta, elkábulhatott bele.

– Igazán, olyan hideg van idebenn.

– Én csak a meleget érzem kegyed körül! bókolt rá Harter.

– De valóban, nézze ön csak: az ablakon jégvirágok rajzolódnak. Ez szokatlan tünemény májusban.

– Ezek jégkeblű hölgyek tekintetétől rajzolódnak oda! enyelge Harter.

Lemming úr maga sokkal figyelmesebb kezdett lenni az ablakok jégvirágaira; Harter csak tréfát űzött belőlük.

Pedig méltóságos és nagyságos tánczosok és tánczosnők, jó volna egy perczre elhallgattatni a zenét, félbehagyni a keringést és leborulni a földre, és rázendíteni reszkető ajakkal: «De profundis ad Te clamavi Domine!»

... Az Úrnak öldöklő lehellete jár odakünn az éjszakában, s míg idebenn a táncz, zene tart: országok lesznek hamuvá!... Azt jelentik azok a jégvirágok az ablakon.

═══════════

Másnap késő délfelé ébredt fel Harter úr; világos reggel vetette haza a vigalomból. Angyaldy régen várt már reá.

A mint Harter úr reggelijét behozták, Angyaldy is bejött hozzá.

– Nos, hát mi ujság, kedves Emil? kérdé tőle igen derült kedélylyel. A múlt éj rózsaszínű hangulatba hozta ő méltóságát. Midőn Malvinától búcsút vett, az megszorítá kezét. Midőn Harter Lemmingnek jó reggelt kivánt, egyuttal figyelmezteté, hogy a napokban elmegy hozzá «ügyeiket» végleg rendezni, Lemming azt mondta, hogy igen szivesen látja.

Tehát Harter úr derült kedélylyel kérdezé Angyaldytól: mi ujság?

– Az az egyetlen ujság, hogy az éjjel négy fok volt a minus alatt.

– Ejnye, bizony azt mink is éreztük a bálban az éjjel. Tartok tőle, hogy az a sok könnyen öltözött delnő náthát, grippet és rheumát fog kapni.

– Csak attól tart méltóságod? Én meg attól tartok, hogy az idén megint nem fog kapni fél Magyarország egy harapás kenyeret.

– No, már hogyan?

– Úgy, hogy az éjjel lefagyott tisztára minden. A repczének vége; a rozs virágzásban volt, az tönkre ment; a buza épen tejében volt, az megvakult. Az idén nem ád sem egy repczehüvely egy szem mustárt, sem egy kalász egy szem magot, sem egy szőlőszem egy csepp mustot. Üres év áll előttünk.

– Ah, azt csak ön képzeli! szólt Harter, kinek a forró thea nagyon megégette a torkát.

– Hogy nem csak én vagyok az, a ki ezt képzelem, hanem vannak, a kik bizonyosak is felőle, azt méltóságod a bankárház tudósításából megtudandja; nekem már élőszóval tudtul adták.

Azzal átnyújtá a bankárház levelét Harter úrnak.

Harter úr azt olvasá a levélből, hogy az illető kereskedők végtelenül sajnálják, de miután csakugyan bekövetkezett az, a minek jöttétől már napok óta rettegnek, a mit minden üzér kezében tartott hévmérővel lesett és vigyázott, hogy az éjjel a kényeső négy fokkal alul ment a minuson: e csalhatlan tény után teljes bizonyosság van a felől, hogy mindennek, de mindennek, a mi zöld volt, el kellett az éjjel fagyni; annálfogva semminemű előlegek magyarországi földbirtokok ez évi terményeire nem adatnak.

De már ez olyan csapás volt, a mely még Harter úr theáscsészéjét is feldöntötte.

– De hisz az lehetetlen! kiáltozott magánkivül. Ez égrekiáltó volna! az Isten csak nem sújthatja ezt az országot kétszer egymásután ily iszonyu csapással?

Angyaldy összeszorítá ajkait, miken ki akart szabadúlni ez a mondás: «Hát ha épen ti értetek sújtja azt így!»

– Lehetetlen ez! kiabált Harter, s az ablakhoz futott. A vendéglő előtt volt egy szép fasor, ernyős akáczokból, azoknak a levelei mind feketék voltak már, és alácsüngtek.

– Elpusztult világ ez, uram!

Hiszen nem az elpusztult világért dühöngött ő, hanem leforrázott szenvedélye bimbójaiért; azokat is, mikor legbújábban díszlettek már, akkor fagylalta le ez a rettenetes éjjel.

Malvina ismét a holdba távozott kinyújtott keze elől. Pedig már csak egy pókfonálnyi távol választotta el tőle.

– Oh! milyen kegyetlen a sors! milyen ádáz a végzet!

– Az ám! mondta magában az az összeszorított száj; s az a legnagyobb baj, hogy nincs az embernek kin a mérgét kiadhatni? Még csak a nemzetet sem lehet szidni érte.

Harter Nándor összeszorítá ökleit s fogcsikorgatva tekinte az égre: kivel küzdjön most meg?

Akadt az is.

Inasa egy látógató-jegyet hozott be neki. Harter Nándor fia nevét olvasta rajta.

Soha jobbkor!

– Elemér úrfi! kiálta dühösen, Angyaldy elé vetve az asztalra a névjegyet. Még szemem elé mer kerülni! oly gyalázat után! Csak hadd jőjjön!

Angyaldy el akart távozni a jelenet elől. Elég keresztyéni jóindúlattal birt, nem lenni útjában e barátságos találkozásnak, de Harter úr visszatartá.

– Csak maradjon ön itt, önre szükségem van. Ezzel a suhanczczal többé soha nem fogok másként beszélni, mint tanuk jelenlétében. Ön üljön le az asztal mellé, és föl ne keljen, midőn az bejön. Épen jó kedvemben fog ma találni!

Az ajtó nyílt s belépett rajta Elemér.

Pár lépést tett atyja felé, mire Harter tiltó mozdúlattal

tartva felé kezét, indúlatosan reárivallt:

– Vissza! Egy tenger fekszik közöttünk!

– Tudom, uram! viszonzá Elemér nyugodtan; nem fogok a másik partra átvitorlázni. Ha tetszik, az asztalt közénk tolhatjuk.

– Komédiás!

– Hagyjuk azt el. Térjünk a dologra! Igen szeretem, hogy tanú is van jelen. Szükségünk lesz rá.

– Tán párbajra akar híni! Oh! én helyt állok, az elhiheti.

– Én nem állok helyt. Tegnap öntől választ kaptam azon levelemre, melyben kinyilatkoztattam elhatározásomat, hogy Világosi Ilonkát nőül veszem.

– Egy englische Reiterint!

– Legyen az! Ön nem adta helyeslését ez elhatározásomhoz. Én mindamellett is megkértem e hölgynek a kezét édes anyjától.

– Hát az «micsoda?»

Elemér mély, szemrehányó tekintettel nézett apja szemébe, s halkan mondá:

– Arra feleljen ön meg magának...

Harter elharapta egy perczre haragját; ez az emlék meghűté. Elemérnek ideje maradt folytatni:

– Ez az asszony elutasított engem, és megtagadta tőlem leánya kezét. Megtagadta, szemembe mondta, hogy a Harter-név úgy be van szennyezve, hogy azt egy koldus leánya, egy kötélen tánczoló komédiásnő sem viselheti szégyen nélkül.

– Hallgass, te őrült!

– Uram, ne kiáltson ön! Beszéljünk csendesen, hogy a folyosókon meg ne hallják. Azt, a mit nekem mondott az az asszony, meg kell önnek hallania tőlem, s ha ön kiáltani fog, én kiáltani fogok még jobban. Ha ön kihallgat, én suttogva beszélek.

Harter Nándor melle elfulladt a névtelen dühtől, szégyentől és izgalomtól. Leült az asztal mellé.

– Azt mondta nekem ez az asszony: a te apádra úgy mutogatnak, mint a közkincs megrablójára.

– Suhancz! ordítá Harter, felpattanva s öklével ütve az asztalra; te engem szidalmazni jösz-e?

– Csendesen, uram! Már megtörtént. Mondva van. De nem azért jöttem ide, hogy ezt én mondjam önnek; hanem azért, hogy ezt ne mondhassa önnek más. Én nem tudom, igaz-e, nem-e, mível önt közpénztárak kezelésében vádolják? Ön el fogja azt intézni.

– És neked ahhoz semmi közöd!

– De van! E név van anyám sírkövére felírva; s e névnek nem elég, hogy aranybetükkel van oda vésve. E névnek tisztán kell maradni. Ime, én átadok önnek egy iratot, melyben elismerem, hogy anyám örökségét öntől megkaptam egészen; Angyaldy úr aláírja, mint tanú. Ön vegye fel egész anyai örökömet, s siessen tisztára lemosni magáról azt a vádat. Soha nem kérem számon, hova tette? Az ön titka marad. Magam majd megélek a nélkül valahogy.

Azzal odatette apja elé a kész íratot, s még egyszer kérte Angyaldyt, hogy azt írja alá, mint tanú.

Ha ügyelt volna arra a tekintetre, a mit akkor Angyaldy vetett rá!

Valóban, Elemér soha sem volt közelebb ahhoz, hogy valaki az asztalról felkapott késsel hirtelen keresztűlszúrja, mint ebben a pillanatban!

Harter Nándor úrnak pedig egyszerre gyönyörteljes mosoly derűlt el az arczán.

Lenyelte mind azt, a mi keserű: csak az maradt meg a szája ízében, a mi édes.

Tehát bírni fogja az eszközt, mely Malvinát visszavívja számára!

Nemeskeblű ifjú!

Az elérzékenyült apa melodramatikus hangúlatban kelt föl helyéről s meghatott arczulattal közelített fia felé.

Most azután Eleméren volt a sor visszautasító mozdulatra emelni föl kezét.

– A tenger van közöttünk, uram! Én leróttam, a mivel önnek tartoztam, s több dolgunk nincsen egymással. S mivel életemet, a mit öntől kaptam, önnek vissza nem adhatom: azon leszek, hogy azt hazámnak adhassam. De nevét visszaadom önnek. Ön legyen utolsó ívadéka családjának. Én nevemet mától fogva megváltoztattam magyarra. Isten önnel!

Azzal elhagyta Harter Nándor úr szobáját.

Harter Nándor fia irását diadalmasan dúgva keblébe, ragyogó orczával tekinte Angyaldyra; és olyan vigyázatlan volt, hogy azon sok és nehéz mondás közűl, miket fiától hallott, s miken oly hosszan ellehetett volna gondolkoznia, épen csak egy szót vett figyelmébe, s e szóra fenhangon mondá el észrevételét:

– Hát ha nem leszek utolsó ivadéka a Harter-családnak?

Az az összeszorított száj félrehuzódott kissé, mintha mosolyogna.

━━━━━━━━━━

Fel volt öltöztetve már a kis halott; szépen, a hogy szoktak felcziczomázni égbemenendő kis angyalkákat; csak a papra vártak még, a ki eltemesse.

Anyja nem kisérheti őt ki a temetőbe, mert betegen fekszik; apja önmagáról sem eszmél, csak nénje van ott, a ki fekhelyéig elmenjen vele, az ifjú hajadon. És nincs senki, a kinek a gyászoló hajadon vállára boúljon, ha a köny ellepi arczát, ha a fájás elszorítja szívét; egyedül zokoghat a kis koporsó után végig.

A délutáni nap olyan szép melegen süt be az éjjel lefagyott akáczfák fekete lombjain át.

Az ég fel akarja azokat melegítni, kiket tegnap megölt, s aztán ma megsajnált.

Csakhogy az az égnek sincs hatalmában többé.

A fekete legyező lapjai ezt mondják.

Hanem a fehér sorokban is olvasható még valami.

A csendes folyosó visszhangját az oly jól várt léptek hangja költi fel, miket olyan jól ismer már a leány. Szíve nagyot dobban e hangra. Odamegy anyjához, hogy megigazítsa vánkosát, hogy egy csókot nyomhasson arczára. Mire föltekint, előtte áll az az igazi.

Elemér az, fénytelen fekete ruhába öltözve.

Komoly, meghatott arczczal lép Világosinéhoz, halk üdvözlés után.

– Azt mondtam önnek, asszonyom, hogy még egyszer találkozni fogok önnel: itt vagyok. Harter Nándor úrtól jövök. Ön azt mondá: gazdag úr vagyok, s nevemet átkos vagyon szerzése vádolja; ma már nem vagyok se gazdag, se úr, se Harter. Vagyonomat átadtam Harter Nándor úrnak, enyhítse vele, a hol sebet ütött; magam egy angol gépgyár ügynöke lettem, becsületes jövedelemmel, mely munkám szerint növekedik, s egy családot tisztességesen eltart; nevemet pedig megváltoztattam: mától Szivós Elemérnek hínak. Becsületes név lesz. Elfogad-e ön így vejének?

Világosiné keble elszorúlt. Csak kezével inte leánya felé. Kérdje a választ attól!

Ilonka ott állt kis testvérkéje koporsója mellett, és arcza olyan halavány volt.

Elemér őszinte, szerető tekintettel fordúlt feléje, kérdő szemeivel feleletre várva.

A leány ajkai remegtek, egész termete reszketett; utoljára odaveté magát kis testvére néma tetemére és zokogva rebegé:

– Megbocsáthatsz-e nekem, hogy én most boldog tudok lenni?

... És az bizony megbocsátott neki érte!...

«JÓ!»

A hernalsi kertek között van egy kis mulatólak; annak egyik titoktartó szobájában ül együtt bizalmasan egy boldog pár. Tihamérnak és Leonának szólítják egymást.

Előttük habozó poharak állnak, néhány palaczk a földön üresen hever már.

De a bornak ellentétes hatása van mindkettőre; míg a hölgy víg kedélyét a kicsapongó pajkosságig fokozza az, addig a férfit mélázóvá, búskomorrá teszi. Amaz játszani, enyelgni, kötekedni szeretne: emez bölcselkedni kezd, s egyre érzékenyebb lesz. S mikor ez féltékeny pillantásokat lövell rá s titkolt gondolatokért faggatja, amaz kaczagva dalolja neki: «Az asszony ingatag...

– Hallgass reám, Leona!

– «... Álnok, csalfa vér!»

– Akarsz-e egy komoly szót beszélni velem?

– «... Megbánja holnap, mit ma igér!»

– Ne csalfáskodjál, úgy is elég bűvésznő vagy!

A hölgy dévajúl karolja át nyakát.

– Te, bűnöm! Mit akarsz szememre vetni? Magadat?

– Magamat! Jól mondtad, hogy bűnöd vagyok, mert az vagyok. De hát mért nem lehetek erényed, dicsőséged, büszkeséged, mikor az akarok lenni? Mért nem tehetlek oda oltárképnek magam elé, a kit imádatommal környezzelek? a kiben felmutathassam életem végczélját, a kiért meg tudok

507

halni? Mért nem vagy egészen az enyim; örökké az enyim; egyedűl az enyim?

A hölgy lenyomtatá rózsás mutatóujjával a beszélő ajkát.

– Csitt! A gyermekeknek nem kell minden kivánságukat megadni.

– Lásd: olyan rabod vagyok, mint egy hold a bújdosójának; a hova mégy, nap közelébe, nap távolába: veled megyek. Egész életemnek titka te vagy. Most eljöttem hazámból, s új pályát kerestem miattad, s ha innen is elmennél: ezt is félbeszakítanám; a te földönfutód lennék. Oh! légy az én paradicsomom tudásának fája, a honnan ne űzzön ki engem semmi lángkardu Cherubin többé.

– Ne hallgass a kigyóra, ha a paradicsomban lakol!

– Az én kigyóm a becsvágy. Nem tagadom. Mert kínoz a gondolat, hogy annyi silány cretin, annyi fél-ember áll fölöttem, s viseli a tőlem irígylett czímeket; pedig a férfi én vagyok! Az egyik azt hazudja, hogy ő a férj; a másik: hogy ő az állambölcs; pedig a szívet, mely boldogít, s a lelket, mely alkot, én viselem. S ők csak bábnak tekintenek engem, pedig a férfi én vagyok, s ők csak az álcza, melyet viselek.

– Elég, ha ketten tudják azt! sugá az asszony. Az egyik te magad, a másik én.

– Nem elég! kiálta nyersen a férfi. Én akarom már egyszer mutatni a világ előtt, mivel birok? A gyönyör titka nekem szomjat okoz, nem ittasít. Hallgass rám! Komolyan beszélek. Különös idők fognak következni, a mik az eddigi nagyságoknak nem lesznek kedvezők. Egy egészséges szél lerázza őket a fáról, mint a férges almát. Más kornak más emberei lesznek s én érzem magamban az erőt, a tehetséget, hogy az a kor engemet föl fog emelni. Magasabbra talán, mint a kik most a fejemen járnak. A nyomorúltak azt hitték, ők visznek engem, pedig én vittem őket; én emeltem őket, hogy mikor egyenkint lebuknak, egyenkint, mint a lépcsőn, menjek föl rajtuk oda, a honnan ők leszédűltek. Minek vágyom én oda? Mi kell nekem ott a magasban? Téged akarlak elérni. Akarom, hogy fény, tisztelet övezzen körül, a milyent még nem élveztél eddig. Azt akarom, hogy nőm légy.

Az asszony felkaczagott:

– Hahaha! Nem félsz-e tőlem?

– Igen! Azt akarom, hogy válj el férjedtől, ki nem törődik már veled. Légy igazán, egyedül, örökre az enyim. Ne nevess ki! Nem vagyok én bolond! Nem vagyok én ittas! Ne akarj elfutni tőlem! Hamarább kettétörik karcsú derekad két karom között, mint tőlem elfuthass. Hallgasd meg, a mit mondok! Én nem vagyok oly szegény, mint hiszed. Kinek észt adott a sors, s hozzá bolond gazdát, lehetetlen annak meg nem gazdagodni. Nekem vagyonom van: több, mint a mennyi elég, hogy úrnő légy vele; s van eszem újat szerezni, ha ezt elpazarlod. Válj el férjedtől, és légy nőm!

És e szónál oly szenvedélyesen szorítá őt magához, hogy a hölgy kérte, bocsássa el.

Azután gyöngéden odasimult hozzá ismét s hízelgő csábbal mondá neki:

– Szeretlek, imádlak, mikor keserű vagy; de jobban szeretlek, mikor édes vagy. A bor tégedet rendesen keserűvé szokott tenni; gyújtsd meg a theakatlan alatt a serpenyőt! Az megédesít.

És Tihamér meggyujtotta a thea alatt a borlélt.

– Égess nekem a csészémbe rhumos czukrot!

Tihamér szót fogadott; rhumot töltött czukorra s azt egy

csészében meggyujtá.

– No, hát beszéljünk városi mendemondákról! szólt a hölgynek.

S azzal mind a ketten az asztalra hajoltak, és mind a ketten azt látták egymás arczáról, a mint az égő rhum lángja felvilágított rájuk, mintha az a másik arcz egy halott arcza volna.

– No, hát mi hír a városban?

– A kanczellár eladta a lovait.

– Ez politikai ujdonság. Ez nem a mi társaságunkba való.

– A szép Pepi ismét felpofozta a szinház igazgatóját.

– Ez meg már régi dolog, minden héten egyet.

– Kellenek borzasztó ujdonságok, fej nélkül talált kisasszonyról?

– Nem! Ne ilyenkor, este, mert vele álmodom.

– Hát valami jól eső, megnyugasztaló hír.

– Teszem föl.

– Hogy a cirkus kedvencze, a Tresor, a minapi esést már kiheverte. Az utczán is volt már.

– Ebcsont beforr! szólt cynikus egykedvűséggel a hölgy. Tégy még a theámba égetett rhumot, nem elég erős!

– Igazság! Ezzel kapcsolatban jut eszembe egy kis pletyka, a mihez véletlenül jutottam. Egy fiatal magyar gentleman nőül veszi azt a bizonyos lovardai leányt, ki mindig páholyban ült, s ki előtt a «Filosof» bókokat szokott csinálni: «recognising his mistress.»

– Valóban? Ez már érdekes! Az a leány Pesten

510

vívómesterné volt. Onnan elűzték.

– Meglehet. Nem ülsz közelebb hozzám?

– Várj! Elébb lefüggönyözöm az ablakot; künn sötét kezd lenni, s idebenn világos.

– Addig új theát csinálok neked.

– Kérlek! Nos, hogy hívják azt a magyar gentlemant? kérdé Leona visszatérve s közelebb húzva székét Tihamérhoz.

Tihamér átölelte a hölgy vállát s közönyös hangon mondá:

– Harter Elemérnek.

Minden újjahegye, mely a hölgy testéhez ért, érezte e perczben a villanyos ütést, a mit ez a név előidézett.

– Ah! Valóban? kérdé a hölgy, s visszanézett Tihamérra, hogy a felnyított szempillái alatt kilátszott a szeme fehére.

– Azt hiszem, hogy valóban.

– S megengedi azt az apja? kérdé a hölgy titkolhatlan hevülettel.

– Odadobta az apjának a nevét és vagyonát. Más nevet vett fel és üzér lett.

– És mindezt azért, hogy egy nyomorúlt lovarkomédiásnőt elvehessen?

– Én nem tudom, nyomorúlt-e az a leány? lovarkomédiásnő-e?... hanem azt tudom, hogy az az ifjú azt a leányt nagyon szereti.

– De hisz az botrány! Az lehetetlenség! pattogott a hölgy felélénkülten. Hisz azt mindenki tudja, hogy az a leány egy

511

bohócznak volt a szeretője! Mindenki!

Tihamér úgy tett, mint a ki tréfás sarcasmusokra van hangolva.

– Mindenki nem tudhatja: mert például én sem tudom, és valószinüleg Elemér sem tudja.

– Igen! igen! bizonyozott a delnő, egész önfeledtséggel belehevűlve az állításba. Én tudom bizonyosan, beszéli mindenki, hogy a bohócz kedvese volt neki. Minden este egyedül kisérte őt haza lakására; látták együtt kocsizni vele; nem is számítva azt a botrányt a cirkusban, a mikor úgy elárúlta magát, midőn a bohócz leesett a rúdról.

– Ezek még mind igen ártatlan dolgok.

– Ártatlan dolgok? szólt a nő s tekintete maenadi kifejezést öltött. Hát az ártatlan dolog-e, hogy a bohócz havonkint pénzt adott a leánynak? Ő tartotta azt ki. Ezt kibeszélte egy cseléd. Ha ezt tudatná valaki Harter Elemérrel!

Tihamér oda könyökölt az asztalra, úgy nézett a hölgy vonásaiba.

– De hát mi közünk nekünk mindehhez? Mi ketten nem fogjuk ezt Harter Elemérrel tudatni.

És csendesen a hölgy keze után nyúlt.

A hölgy keze izzadt és reszkedett.

– Oh! én ismerek egy asszonyt, a ki ezt meg fogja neki írni.

Most Tihamér mind a két kezével megfogta a hölgy kezét és szelidítő tekintettel nézve annak tűzbe, lángba borult szemeibe, tompa, áhítatos hangon mondá neki:

– Ha ismered azon asszonyt, ki ezt tudná és tudatni

képes volna: mondd meg neki, hogy ha kedves előtte életének boldogsága, ha kedves előtte lelke üdvössége: ne tegye azt!

A hölgy kirántá kezét Tihaméréből s daczosan fölvetett ajakkal szólt:

– A hogy én ismerem azt az asszonyt, ha lelke üdvössége utána vész is, meg fogja tenni!

– Jó!...

QUITT!

Harter Nándor repült gyorsvonat szárnyain haza Pestre. Ott voltak letéve az Elemér örökségét képező peres állampapirok.

Fia elismervényére kiadták azokat rögtön, s a pénzváltással nem telt el több két napnál. A harmadnap esti vonattal még vissza is mehetett Bécsbe.

A délutánt a casinóban tölté. Jelen voltak többen a klubb tagjai közül.

Harter igen beszédes volt e napon.

– Képzeljétek: ma minő bonne fortune ért. Mikor haza megyek, a postáról egy ládikát hoznak oda, nekem czímezve: abban találok egy pompás művészi faragványú Venusszobrot carrarai márványból.

A klubb tagjai komoly arczczal állíták, hogy az bizony igen szép ajándék.

– Azt nekem bizonyosan valami szép asszony küldhette.

Ezt mindenki igen komoly valószinüségnek találta.

E hitében még inkább megerősíté Hartert egy levél, melyet tegnapelőtti kelettel kapott Malvinától, s melyben a szép asszony tudatá vele, hogy még e héten megteszi a lépéseket az áttérés végett, s azonnal elhagyja Lemming házát és Bécset, s Pestre fog leköltözni.

Azután még tovább fecsegett Harter Nándor.

– Nézzétek el csak: a fiam, Elemér megbolondult; elvesz

egy englische Reiterint feleségül, s hogy elvehesse, megváltoztatja a nevét és beáll commis voyageurnek! Ezt besorolhatnátok a szerelem bolondjai klubbjába levelező tagnak!

Általános hahota fogadta szavait. Ő maga is belenevetett.

Szegény! Azt hitte: a fián kaczagnak.

Az esti vonattal sietett fel Harter Nándor Bécsbe. Minden közpénztári számadásnál sürgetősebb volt neki az «ügy», melyet Lemminggel kellett kiegyenlítenie.

A mint reggel megérkezett Bécsbe, csak újra öltözött, azonnal sietett Lemminget felkeresni.

A bankár száraz udvariassággal fogadta az uraságot, nem volt hozzá se hideg, se meleg.

– Uram! – szólt Harter; – ön tudja, hogy miért jövök. A pénzt, a mit ön nekem kölcsönözött, im visszahoztam.

Azzal elővette a tokocskát, melyben tiz darab göngy volt elhelyezve, mindegyik ötszáz aranynyal.

A bankár arcza el sem mosolyodott rá; azt mondta: «Jól van.»

– Nem számlálja ön meg?

– Fölösleges! Becsületszóra tett fizetéseket nem szokás megszámlálni.

– Irás nem volt közöttünk; azt tehát nem szükség se adni, se venni.

– Igaz!

– Kamatot nem számítottam, bizonyos okoknál fogva.

– Az okokat nem kérdem. Bizonyosan helyesek.

Harter Nándor oly kényelmetlen zsibongást érzett minden idegében, a mint ez a kicsiny, czingár ember azokkal a hideg szemeivel szenvtelenül arczába nézett. Ez a tekintet őt galvanisálta.

Igyekezett tőle szabadulni.

– És most, uram, ezzel quittek vagyunk!

A bankár némán tekinte rá azzal a delejező hideg szemveréssel és nem felelt semmit.

Harter pedig várta tőle, a mi erre a szóra következik.

Mikor aztán a bankár nagyon soká hallgatott a következő szóval: ő maga volt kénytelen azt kimondani.

– És most, uram, hol van Malvina?

A bankár tompa, szenvnélküli hangon felelt rá neki:

– A hernalsi temetőben…

– Mit csinál ott?

A bankár ugyanazon szenvtelen hangon válaszolt rá:

– Várja a feltámadás napját.

– Meghalt!? – kiálta fel összerezzenve Harter.

– Megölte magát! – felelt Lemming.

– Az nem lehet! Az nem igaz!

– Az úgy van. Itt saját keze írása, melyben tudtul adja szomorú elhatározását. Ön ismeri ez írást, olvassa.

És azzal odaadott Harter Nándornak egy iratot, melyről

az káprázó szemekkel olvasá e szavakat:

«Meguntam az életemet; – utálom a világot; – gyülölöm magamat; – meghalok önkényt. – Isten legyen nekem irgalmas!»

Harter Nándor zsibbadt kézzel ejté le az asztalra ez iratot.

Az a kis czingár ember pedig odalépett hozzá, s megfogva a nagy kegyelmes úr kezének csuklóját, azt mondá neki:

– Most vagyunk már quittek, méltóságos uram!

CSENDÉLET.

Meleg, nyári délesti szél fuvall a kert lombjai közt, pávaszem-pillangó ringatja magát a lombon, melyet a gyümölcs lehúz a földre, s a másodszori virág felhúz az ég felé. Gyümölcs és új virág egyszerre az ágon. Azt mondják: áldott esztendő az ilyen. Bizony az is volt, a mi az ég és föld jóakaratát illette; mintha a jóságos úr Isten egész évben mindennap kihallgatta volna a maga alkotmányos miniszteriumát: mi kell ezeknek idelenn? kell hó? kell eső? kell napfény? megint egy kis eső? megint derült ég? Bort akarnak inkább? vagy kenyeret? kapjanak mind a kettőt; legyen már egyszer nekik alkotmányos időjárásuk. Bíz így: a jóságos úr Isten az égben.

A földig hajló gyümölcsfák lombjai alatt a kövér fűben heverész két ember; egy öreg ember, meg egy kicsiny ember. Az öreg ember lehetne fiatalabb is, ha olyan éveket nem élt volna keresztül, a miket egész kapitulácziónak lehet beszámítani, a mikben ez a bolond gazda, a gond, az arczot szántotta fel barázdákkal, s mégis a homlokon aratta le a fürtöket. A kicsiny ember pedig mintegy harmadfél éves, piros, gömbölyü arczú honpolgár, azokkal az aranyszín göndör fürtökkel, a miket a kis gyermekek, úgy látszik, még a napból hoztak el magukkal, a honnan ide származnak. A kicsiny ember abban munkálkodik, hogy fűből, falevélből koszorú-forma takarót fonjon a nagy ember kopasz fejére, mert az nem igazság, hogy azt olyan tarnak feledte a természet. A nagy ember hagyja azt történni fejével, s nem haragszik érte, még inkább mosolyogva tekint a kis emberre.

A kis ember aztán egy szál füvet, egy falevelet kezébe véve, azt odatartja a nagy ember elé és mondja neki: «Ez fű, ez fa.» No mondd utánam: «fű... fa.»

S az öreg ember úgy igyekezik azt utána mondani: néha sikerül is neki. A kis ember úgy örül annak, s tapsol kicsi kezeivel.

Az unoka tanítja nagyapját beszélni...

Távol kocsizörgés hallik. A kis ember felugrik a fűből: «Apa jön! siessünk!» S kezét nyújtja az öregnek, mintha az ő erős inai segítenék azt fölállni helyéből, s aztán vezeti magával és oktatja gondosan: «Vigyázz, el ne essél, itt egy nagy kő van, kikerüld!» A nagy ember szót is fogad szépen, s kikerüli a nagy követ.

Az unoka tanítja nagyapját járni.

A kertből a verandába három lépcső visz föl. Azon felmenni még csak a nagy tudomány! a kis ember előre lép s aztán a nagy embert úgy tanítja: «Itt vigyázz! a jobb lábaddal lépj; nem az a jobb! másikkal. Úgy! No, még egyet. Itthon vagyunk!»

Azután, mint a ki dolgát jól végezé, otthagyja a nagy embert utána csoszogni; maga ujjongva fut előre; megbotlik, földhöz vágja magát, de nem töri ám be az orrát, nem fakad sírva, fölkel és fut odább, nevetve, mint a kivel semmi sem történt.

A veranda végén ül a fiatal nő. Arcza nagyon megváltozott, mióta nem láttuk. A hajadoni komolyságot az anya sugárzó boldog tekintete váltotta fel arczán. Mint leánynak, volt az arczában valami férfias; most egészen női ez. Az «én magam» nincsen többé; helyét elfoglalta a «mink». Egy gondolatja sincs többé, a mely egyedül járna; minden eszméje társat keres, s ez veti arczára azt a mondhatlan édes fényű glóriát, mely szótlanul is rávall a nő végtelen boldogságára.

519

Dolgozó-asztalkáján hímes selyem van és tarka gyöngyök, arany, ezüst fonál, azokból készít valami miniaturszigonynyal valami parányi kis főkötőcskét; sokkal kisebbet, mint hogy azt jelenleg látható emberek viselhetnék.

A kis fiú lármája fölveri: «Apa jön, zörög a kocsi!» Percz mulva már meg is jött a kocsi, és az apa belép.

Délczeg, szabad tekintetü férfi; olyan arcz, a melyikről sugárzik az öntudat, hogy a kerek világon nem tartozik családján kivül senkinek egy köszöntéssel sem; egész szivét ezeknek tarthatja meg mindig; egész szive csak ezekkel van tele.

Férj és asszony megölelik egymást, olyan gyöngéden, oly szerelmes szelidséggel, mintha mind a kettőnek az járna eszében, hogy a másik, a kit megölel, egykor ő miatta kapott egy sebet keblén, s félne, hogy az most is fáj ott. Pedig csupa édesség most annak az emléke.

– Mit dolgozol?

A nő nem felel; jól illik arczának a piruló mosoly: selymet, kötést háta mögé eltakarít; mi szükség ezt «magának» látni?

«Maga» pedig mégis csak kitalálja azt, hisz az ő gondolatai is csak épen ott járnak, a hol a «mink» másik feléé!

Oh! édes, üdvösséges neme a szent dualismusnak, melyet nem garantiroznak ratificált paragrafusok!

Azután jön a sor a kis emberre. A kis ember nagy Herkules, képes apja nyakát lehúzni magához, képes őt kényszeríteni, hogy leüljön, képes őt térdére ülve, leigázni, s azután megered gyermeki ékesenszólásának csevegő patakja; elmondja az odaérkező nagyapáról, milyen jól viselte ma magát: megtanult két szót kimondani; már ma mankó nélkül is járt; holnap megpróbálja átlépni a nagy követ, a mi az útban van.

– Úgy-e, nagypapa? mutasd meg apának, hogy ki tudod mondani azt, hogy «fű», meg «fa».

Az öreg ember megteszi a kedveért; a kis ember úgy kaczag és tapsol rajta, hogy szemei könynyel lesznek teli, s nem veszi észre, hogy a másik háromnak is megtelnek a szemei könynyel.

Bizony megtanítja még az öregapját beszélni és járni, a ki azt mind tudta már egyszer; hanem aztán elfelejté.

– Hát anyánk hol van? – kérdi a férj.

– Gazdasága között.

– Hívd ide! Szeretem, ha mind együtt vagyunk, mikor itthon lehetek.

Azt pedig nagyon nehéz előteremteni; annyi baj van, annyi dolog azzal a gazdasággal! A fejős tehenek, a kotlósok, a veteményes kert, a befőttek, a hízók, a cselédek! Annyi baj van velük, hogy az ember majd a lelkét veszti! (Pedig a nélkül a baj nélkül élni sem tudna.) Végre nagy nehezen előkerül; akkor aztán nem szükség senkinek beszélni, van mit hallgatni a fiatal férjnek; ifjabb és öregebb családtagok, lábas és szárnyas jószágok, lelkes és párás állatok, gyümölcsök és földi növények viselt dolgairól; míg az végre kevélységében azt képzelheti magáról, hogy ő az egész planéta-rendszer napja, a ki körül asszony, ember, gyerek, malacz, pulyka, dinnye, káposztafej, mint megannyi planéták és drabantjaik forognak.

Oh! legdicsőbb fejedelmi méltósága a földnek: egy férjnek rangja, a kit mindenki szeret otthon; még az állatok is; még a fák is.

Milyen szépen megy le a nap, mely valamennyinek arczát bearanyozza!

* * *

Sötét zivataros éjjel.

Pest utczáin hordja a homokot a szél, az alvók fel-felriadnak, a mint egy-egy roham csoporttal vágja ablakaikhoz az utczák megbontott szemét-kupaczait; a háztetők levert cserepei csörömpölnek a kövezeten.

Ez a pesti szél nem olyan, mint más istenes szél: ez mindenütt szemközt fúj. Minden utczán eléd kerül; hátat nem fordíthatsz neki. S aztán milyen goromba szél! Ha jó lábon nem állsz, bizony odavág a falhoz.

De ki is járna ilyenkor az utczán? Két óra éjfél után; még a boltőrök is alszanak, s a kávéházakat is becsukják.

Egy alak botorkáz az utczán végig, szemközt a széllel.

Kalapja mélyen fejébe nyomva; öltözete elhanyagolt, járása tántorgó és szakgatott.

Egyszer-egyszer daczosan nekifeszíti mellét a szélnek; másszor meglódul a titkos ellenség rohamától s hanyatt dülve a falnak, két kézzel tartja magát vissza, hogy tovább ne taszítsa a szél.

Nem tartozik a jókedvű éjszakázók közé, a kik danolva indulnak haza, és nem találnak oda.

Ez szótlanul tántorog. Egyszer megáll egy lámpás alatt, melynek lángját erővel el akarja fújni a hazai szamum. Ott merőn föltekint maga elé.

Ez arczot ismerjük. E tüskeborostás áll valaha síma volt,

e csurgóra álló bajusz valaha egy szép asszony csókjainak volt közeli tanuja, ki őrjöngve és hamisan, epedve és csalfán suttogá: «Kedves Tihamér!»

A szép asszony nincsen többé!

És a kedves nem kedves többé senkinek.

Magának sem.

Semmi gondja magára többé.

Nem törődik vele többé, milyen ruhája van annak az embernek, a kit az ő nevén hínak? kell-e neki, fáj-e neki valami? alhatnék-e? örülhetnék-e? Néha enni sem ád neki; hanem annál inkább öli itallal, a mitől elfelejti, hogy kicsoda; el a multat, el a jelent; a jövővel ki gondolna?

Nappal soha sem jön ki a szobából, csak éjszaka jár az utczán, s reggel felé vetődik haza. Nem keresi azokat a helyeket, a hol ismeri valaki: eltemetkezik az emberek söpredéke közé; ott nem keresi senki, nem kérdezi senki.

S ha néha a véletlen egy-egy ismerőst összesodor vele: nem akar ránézni, félrehuzódik előle. Vagy talán igazán nem látja azt, nem veszi észre.

Összevont szemöldei alatt szemei merően föld felé vannak szegezve, mintha egy sötét pont lebegne homloka előtt, melyet egyedül ő maga lát – és kivüle senki.

Szegény boldogtalan!

* * *

De van egy, ki nálánál boldogtalanabb: Harter Nándor. Ki derült, vidám arczczal jár-kel a világban; jár mindenütt, hol hajdani ismerősei élnek, s mosolygó tekintettel visel a homlokán egy sötét foltot, melyet mindenki lát – egyedül ő maga nem.

Hát Föhnwald?

A chlumi völgyben van egy húsz ölnyi kerületű halom.

Azon most már szép mezei virágok nyílnak.

A mezei virágokat döngő méhek zsibongják körül; s a méhek döngése így beszél:

«Mi vagyunk a lég harczosai. Vándorlunk, gyűjtünk, harczolunk. Mikor vége a virág-időnek, leölnek, eldobnak, meg nem siratnak...»

A bajnok ráér a méhzöngést hallgatni és álmodni felőle.

UTÓHANG A «SZERELEM BOLONDJAI» REGÉNYHEZ.

Ez a regény egészen realis alapon van fölépítve.

Megjelenése után azt mondta rá az én igen kedves barátom és kortársam (nógrádi) Szontágh Pál (a kritikára szoktam visszaemlékezni): «Harter Nándort, azt jól ismerem; Lemming urat is ismerem; Gieriget és Konyeczet is jól ismerem; – de Föhnwald kapitányt, azt nem ismerem.» No, hát én azt is ismerem: valamint az egész háttérnek, a *korszaknak* az élethűségeért elvállalom a szavatosságot.

Már most azután azt kérdezheti tőlem a tisztelt olvasó, hogy ugyan mirevaló volt akkor ehhez a realisticus regényhez még két exoticus novellát is hozzá ragasztani a «szerelem bolondjai klubbjáról», hitegető fictió révén?

Most már, közel három évtized után számot adhatok róla, hogy mire való volt e regény elején az a két megelőző novella? melyet magam is a regény rámájának kértem tekinteni.

Hát egy kis politika volt a dologban.

Senki sem tenné fel rólam, hogy ravasz tudok lenni. Ez egyszer az voltam.

Az «Új földesúr»-ban leírtam a «Bach-korszakot», ez a regény a «Schmerling-korszak» alatt látott napvilágot. A Schmerling-provisorium alatt lehetett a Bach-provisoriumról historizálni. Mikor aztán ennek is véget vetett a kiegyezés, új phasisa kezdődött a nemzeti ethikának, ezzel a jelszóval: «vessünk fátyolt a multakra».

Tetszik tudni, hogy az egész nemzet két hatalmas, nagy pártra volt oszolva, a miket úgy híttak (híttunk is), hogy Deák-párt és Tisza-párt. (A függetlenségi pártnak még akkor a czíme sem létezett, szélsőbalnak hítták, állt tizenhárom képviselőből s még hírlapja sem volt.) Az irodalom képviselői is e két tábor között voltak felosztva. Én a Tisza-párthoz tartoztam.

Ennek aztán viselnem is kellett a consequentiáit.

A kritika «durch die Bank» Deák-párti volt. Hajdani személyes jó barátaim mind félrehuzódtak tőlem, s tömérdek hibáim, írói gyarlóságaim, miket ez ideig jóakaratuk titkolgatott, egyszerre napvilágra kerültek.

Egy kemény kritikusom egyenesen kimondta a fejemre az itéletet, hogy *a mennyit használtam ez ideig költői munkálkodásommal a nemzeti szellem ébresztésére, most már, a kiegyezésben föltámasztott új korszak idején épen annyi kárt teszek a közszellemben: ideje volna már és áldás a magyar nemzetre, ha meghalnék… (Dömötör János.)*

Szegény fiú! Néhány év mulva öngyilkos lett. Kár érte.

Tehetség volt.

Én pedig még meg akartam kisérteni, hogy annak a «multakra vetett fátyol»-nak egy csücskéjét fellebentsem: a mi azt a bizonyos inséges provisoriumot takarja.

Ha én ennek a regénynek a megfelelő czímét írom ki a kezdő lapjára s mingyárt in medias res gázolok a történetekbe: ezt az én ellenlábasaim rögtön az *index prohibitorum librorum*-ba fogják lajstromozni, s az egész igazhívő közönség előtt excommunicálva lesz a regényem.

Ezért lett kigondolva az a két exoticus novella a regény bevezetéseül. Igazi phantasticus, extravagans mesék. A milyenekért engem összeszidnak; de elolvassák. S azután, ha egyszer valaki az elejét elolvassa valami munkámnak, erős a reménységem, hogy tovább is fogja olvasni.

Az első novella egy kissé pikáns is. A másodikban pedig az a korona fényétől besugárzott ideál, a volt nápolyi királyné, a mi hódolattal környezett felséges nagyasszonyunknak a nővére. Ezt az elbeszélést a legmagasabb körökben is figyelemre méltatták.

Mikor aztán a regényem egészen megjelent (előbb a Hon és a Pester Lloyd közölte tárczánkint) abban a legnagyobb kitüntetésben részesültem, hogy felséges királynénk megengedte, hogy ennek egy példányát személyesen adhassam át legáldottabb kezébe.

A politikai anathema le volt véve a fejemről.

Megjelenése után egy hónapra e regényem második kiadást ért.

És a kik erősen politikai ellenfeleimnek vallották magukat, még azzal a deterioráló insinuatióval is éltek ellenem, hogy ennek a regényemnek tulajdoníthatom az első terézvárosi választásnál elért győzelmemet egy miniszter fölött: a Pester Lloyd olvasónői harczoltak mellettem legsikeresebben.

Más hatását is fel kell jegyeznem e munkámnak.

Wallner, berlini színháztulajdonos (afrikai útleírásáról emlékezetes író), egyszer Rómában egy esős napon véletlenül kezébe vette egy ottani könyvárusnál Budapesten megjelent fordítását e regényemnek, s a mint azt elolvasta, írt Berlinbe Janke Ottó kiadónak, figyelmessé téve őt rám, a ki azután állandó kiadóm maradt s közel százhatvan kötet szépirodalmi munkámat adta át a nagy németországi olvasó közönségnek, tisztességes írói díjazás mellett. S ebben a fentebbi regényem volt az úttörő. (A hazánkban kiadott német fordítások soha sem bírtak Németországba bevergődni.)

Néhány adatot e regényemből kell az utókor számára mint történeti tényt felemlítenem.

Tény az, hogy 1861-ben egyszerre az összes magyarhoni tisztikar, mintegy kilenczezer férfi, leköszönt a hivataláról, nem akarva a Schmerling által octroyált osztrák összalkotmány keresztülvitelében segédkezni. Én magam is ott voltam, a hol a haza és Pest megye legkomolyabb férfiai, a tőlük elfoglalt Pest-megyeházi teremből az utczán végig vonultak hosszú processióban a szózatot énekelve.

«Irányadó egyéniség» alatt értettük a kormányzót. Magyarországnak nem volt akkor «kormánya», hanem volt «kormányzója». – Annak tetszett légyen opponálni!

«Richard abbé» valóságosan létezett alak, a ki el tudta hitetni az emberekkel, hogy ő megérzi a föld alatt a titkos források létezését (megfelelő honoráriumért). Magam is szaladtam utána a Sváb-hegyen, forrást keresni; ásattunk is egy harminczöles kutat az abbé által indigitált ponton: biz abba soha se került víz.

«A rettenetes év» és a «szárazföldi nyolczkezű» leírásánál csak az egykorú (1863–64) hírlapi tudosításokra hivatkozom.

«Tízkrajczáros államjegyek». A Schmerling-korszak emlékpénzei. Ujjnyi hosszú, keskeny *papirszeletek*, tíz krajczár értékben, melyeket, piros alapszínük miatt a népajk «kutyanyelv-bankónak» nevezett el.

«A kiosztott vetőmag» kolosszális *panamájának* minden itt elmondott phasisát jól tudta az egész közönség; de a lapokban nem volt szabad arról beszélni. «Schwamm drüber!»

«Az osztrák nemzeti bank» összes hitelezése Magyarország részére tett abban az évben *négy millió* forintot: nem többet.

«A bájos úrnő csókja, mely ezer forinton lett megváltva». Az inségesek javára rendezett bazárban egy mézeskalácsos sátor alatt árult Zichy-Kray grófnő, a high life ünnepelt szépsége krajczáros mézeskalácsos csókocskákat forintjával a *jókedvű adakozóknak*. Almássy Pál, az ellenzék ismert vezére odajött a sátorához s merész volt egy igazi csókot kérni a grófnőtől. «Szívesen, – az inségesekért: ára ezer forint.» – Úgy lett adva és véve.

«Dunavizes ember». Ez volt Budapestnek a vízvezetéke harmincz év előtt. Hat puttony, egy kordé, egy szamár, egy tótlegény feleségestől, a kik utczahosszant «Dónavasszert» kiabálnak.

«A nazarénusok». Sajna! Most is így van. Ezt nem nyelte el az idő.

«A föld másik oldalán.» Tény, hogy magyar ifjak egész csapatszámra szolgáltak az északi hadseregben s fényes lovas rohamokat végeztek a döntő ütközetben. Egy magyar (Számvald, hajdani nyomdászom és kiadóm) tábornokságig vitte. – A rabszolgatartók seregében tudtommal egy magyar sem szolgált.

«Donato». Egy ballettánczos, a ki az egyik lábát elvesztette s azontúl féllábon tánczolt. Divatba jött. Akadtak utánzói, a kik féllábukat felkötötték, úgy piruetteztek.

«Az 1865-iki fagy». Ezt is végig éltem fokról-fokra. Valahol le is írtam. Az rettenetes volt: a hogy közeledett a hévmérő minden reggel a fagyponthoz (május derekán) végre – nem akarom újra leírni. 1867-ben a kiegyezés tárgyalásakor épen így szállt a kéneső alább-alább. Az eldöntő nap estéjén csak négy fok volt a plus. Nyáry Pál azt mondá Deáknak: «imádkozzatok, hogy reggel négy fok minusra ne ébredjünk; mert ha még egy májusi fagy éri az országot, vége a kiegyezésnek. Jól imádkoztak (azaz hogy – tunk). Reggelre 8 fokot mutatott a hévmérő. A kiegyezés létrejött s abban az évben lett áldott esztendő az egész hazában: húsz magot adott a búza s tizennégy forintos árakat a külföld. Isten akarta így!

Most már minden emotio nélkül olvashatja akárki ezt a regényt. Nem tesz kárt a közszellemben…

Jókai Mór.

TARTALOM.

FRANKLIN-TÁRSULAT NYOMDÁJA.

www.ingramcontent.com/pod-product-compliance
Lightning Source LLC
Chambersburg PA
CBHW032002110726
47901CB00004B/937